DEBORAH CROMBIE

Und ruhe in Frieden
Kein Grund zur Trauer

Und ruhe in Frieden

Inspector Duncan Kincaid und seine Kollegin Sergeant Gemma James, die sich auch privat zugetan sind, stehen vor einem neuen Fall. Als Connor Swann tot aus der Themse gezogen wird, ist ein Unfall zwar nicht ganz auszuschließen, doch eigentlich deutet alles auf Mord hin. In Verdacht gerät zunächst die Ehefrau des Toten, Julia Asherton, Tochter eines bekannten Dirigenten und einer gefeierten Primadonna – und das schwarze Schaf der Familie. Das Ableben ihres Gatten nimmt sie äußerst gelassen, wenn nicht gar erfreut zur Kenntnis. Außerdem hat sie kein Alibi. Als Kincaid und James die ehrenwerte Familie etwas genauer unter die Lupe nehmen, stellt sich heraus, daß der tote Schwiegersohn ein notorischer Schürzenjäger und Schuldenmacher war – und daß Tod durch Ertrinken bei den Ashertons offensichtlich Tradition hat.

Kein Grund zur Trauer

Der Tod von Alastair Gilbert, einem hochrangigen Polizeibeamten im Verwaltungsdienst, gibt Inspector Kincaid und Sergeant Gemma James Rätsel auf. Ist er tatsächlich von Einbrechern erschlagen worden, wie seine Frau Claire den Beamten einzureden versucht? Bald zählt sie selbst zu den Verdächtigen, war doch bereits Claires erster Mann Opfer eines Verbrechens geworden. Ständig wächst der Kreis möglicher Täter, die den unsympathischen Alastair aus beruflichen oder privaten Gründen nach dem Leben hätten trachten können. War es einer der Männer, mit denen Claire eine Affäre hatte? Als Kincaid und James schließlich ein Geständnis erhalten, hoffen sie, den Fall endlich zu den Akten legen zu können – doch da sind sie im Irrtum …

Autorin

Deborah Crombie ist in Dallas, Texas, aufgewachsen, hat aber lange in Schottland und England gelebt und ist mit einem Schotten verheiratet. Schon nach ihren ersten beiden Romanen, »Das Hotel im Moor« und »Alles wird gut«, wurde sie von der Kritik mit Elizabeth George und Martha Grimes verglichen. Mittlerweile liegen bereits sechs Titel mit Inspector Kincaid und Sergeant Gemma James vor. Weitere sind bei Goldmann in Vorbereitung.

Von Deborah Crombie außerdem bei Goldmann lieferbar:

Alles wird gut. Roman (42666) · Das Hotel am Moor. Roman (42618) · Das verlorene Gedicht. Roman (44091) · Kein Grund zur Trauer. Roman (43229) · Und ruhe in Frieden. Roman (43209) · Böses Erwachen. Roman (44199)

Deborah Crombie

Und ruhe in Frieden
Kein Grund zur Trauer

Aus dem Amerikanischen von
Mechthild Sandberg-Ciletti

Zwei Romane in einem Band

GOLDMANN

Die Originalausgabe von »Und ruhe in Frieden« erschien
1995 unter dem Titel »Leave the Grave Green«,
die von »Kein Grund zur Trauer« 1996 unter dem Titel
»Mourn Not Your Dead«
beide bei Charles Scribner's Sons, New York.

Umwelthinweis:
Alle bedruckten Materialien dieses Taschenbuches
sind chlorfrei und umweltschonend.

Der Goldmann Verlag
ist ein Unternehmen der Verlagsgruppe Bertelsmann.

Genehmigte Taschenbuchausgabe 6/2001
Und ruhe in Frieden

Published by Arrangement with Deborah Crombie
Kein Grund zur Trauer

Published by Arrangement with Deborah Crombie
Dieses Werk wurde vermittelt durch die Literarische
Agentur Thomas Schlück GmbH, 30827 Garbsen.
Umschlaggestaltung: Design Team München
Umschlagfoto: AKG Berlin
Druck: Elsnerdruck, Berlin
Titelnummer: 45067
BH · Herstellung: Heidrun Nawrot
Made in Germany
ISBN 3-442-45067-5
www.goldmann-verlag.de

1 3 5 7 9 10 8 6 4 2

Und ruhe in Frieden

Roman

Für meinen Vater,
dessen Kreativität und Lebensfreude
mich stets aufs neue inspirieren

Prolog

»Gib acht, daß du nicht ausrutschst!« Mit ängstlich besorgtem Gesicht strich Julia die feinen Strähnen dunklen Haars zurück, die sich aus ihrem Pferdeschwanz gelöst hatten. Die Luft war schwül und schwer, so dicht wie Watte. Feuchtigkeit glänzte auf ihrer Haut, und von den Bäumen tropfte es auf den durchnäßten Boden unter ihren Füßen. »Wir kommen bestimmt zu spät zum Tee, Matty. Und du weißt, was Vater sagt, wenn du nicht rechtzeitig zum Üben mit deinen Hausaufgaben fertig wirst.«

»Ach, hör doch auf, Julia«, entgegnete Matthew, ein Jahr jünger als seine Schwester, blond und stämmig. Er hatte die schmale, dunkle Julia im Lauf des letzten Jahres körperlich überflügelt, und das hatte ihn noch selbstherrlicher gemacht. »Du bist eine richtige alte Glucke. ›Matty, gibt acht …, Matty, paß auf …‹«, äffte er sie spöttisch nach. »Als könnte ich mir noch nicht mal selbst die Nase putzen.« Die Arme in Schulterhöhe ausgebreitet, balancierte er auf einem umgefallenen Baumstamm am Ufer des angeschwollenen Bachs. Seine Schultasche lag achtlos hingeworfen im Schmutz.

Die eigenen Bücher fest an ihre Brust gedrückt, wippte Julia ungeduldig auf den Fußballen. Geschieht ihm ganz recht, wenn Vater ihn ausschimpft. Aber das Gewitter, selbst wenn es heftig war, würde sich rasch verziehen und alles wieder seinen normalen Gang gehen – wobei ›normal‹ bedeutete, daß sich alle benahmen, ›als ginge mit Matthew die Sonne auf und unter‹, wie Plummy zu sagen pflegte, wenn sie besonders verärgert über ihn war.

Mit einer kleinen Grimasse stellte Julia sich vor, was Plummy sagen würde, wenn sie seine schmutzige Schultasche und die verdreckten Stiefel sah. Aber ganz gleich, ihm wurde immer alles verziehen; Matthew nämlich besaß eine Gabe, die ihre Eltern über alles schätzten. Er konnte singen.

Er sang mühelos, leicht wie ein Hauch lösten sich die klaren reinen Soprantöne von seinen Lippen. Und beim Singen verwandelte er sich. Der tolpatschige Zwölfjährige mit den Zahnlücken schien sich zu verklären, wenn er sich voll ernster Anmut auf seinen Gesang konzentrierte. Sie pflegten sich nach dem Tee im Wohnzimmer zu versammeln, wo ihr Vater geduldig mit Matthew die Feinheiten der Bachkantate übte, die er zu Weihnachten mit dem Chor singen sollte, während ihre Mutter laut und häufig unterbrach, um Kritik oder Lob anzubringen. Julia schien es, als gehörten diese drei einer verzauberten kleinen Welt an, zu der ihr aufgrund eines Versehens bei ihrer Geburt oder einer unerklärlichen Laune Gottes der Zutritt auf immer verwehrt bleiben würde.

Die Kinder hatten am Nachmittag ihren Bus verpaßt. Julia hatte in der Hoffnung auf ein Gespräch mit ihrer Zeichenlehrerin zu lange gewartet. Vollbeladen war der Bus an ihnen vorbeigerumpelt und hatte dunkle Schlammspritzer auf ihre Beine geschleudert. Sie mußten zu Fuß nach Hause gehen, und auf dem Weg quer über die Felder wurden ihre Schuhe so schwer vom Lehm, daß sie Mühe hatten, die Füße zu heben, und sie sich fühlten wie Besucher von einem leichteren Planeten. Als sie den Wald erreichten, faßte Matthew Julia bei der Hand und zog sie rutschend und schlitternd durch die Bäume den Hang hinunter zum Bach in der Nähe ihres Hauses.

Fröstelnd blickte Julia auf. Der Tag hatte sich merklich verdunkelt, und sie fürchtete, auch wenn jetzt im November die Tage deutlich kürzer waren, das würde neuen Regen bedeuten. Seit Wochen gab es jeden Tag schwere Regenfälle. Scherze über die vierzig Tage und die vierzig Nächte hatten sich längst totgelaufen; jetzt folgte auf die Blicke zum düsteren Himmel nur noch schweigendes und resigniertes Kopfschütteln. Hier, in den Kreidehügeln nördlich der Themse, sickerte das Wasser unablässig aus dem durchtränkten Boden in die bereits überlasteten Flüsse und Bäche.

Matty hatte seinen Seiltänzerakt auf dem umgestürzten Baumstamm beendet; er hockte jetzt am Bachufer und stocherte mit einem Stock im Wasser herum. Der Wasserlauf, bei normalem Wetter ein trockener Graben, war jetzt bis zu den Uferböschungen gefüllt, das brodelnde Wasser so trübe wie milchiger Tee.

Julia, die immer ärgerlicher wurde, sagte: »Komm jetzt endlich, Matty. Bitte!« Ihr Magen knurrte. »Ich hab Hunger. Und kalt ist mir auch.« Sie drückte ihre Bücher fester an ihre Brust. »Wenn du nicht kommst, geh ich ohne dich.«

»Schau mal, Julia!« Unbeeindruckt von ihrem Drängen, wies er mit dem Stock aufs Wasser. »Da hat sich was im Wasser verfangen, gleich unter der Oberfläche. Eine tote Katze vielleicht?« Er drehte sich nach ihr um und grinste.

»Sei nicht so eklig, Matty.« Sie wußte, daß ihr pingeliger, scharfer Ton ihn in seiner Necklust nur bestärken würde, aber es war ihr inzwischen egal. »Ich geh wirklich ohne dich.« Als sie sich zornig abwandte, spürte sie, wie sich ihr Magen unwillig zusammenzog. »Ehrlich, Matty, ich hab keine Lust –«

Das aufspritzende Wasser klatschte ihr an die Beine, gerade als sie herumwirbelte. »Matty! Sei nicht so –«

Er war in den Bach gefallen, lag mit Armen und Beinen strampelnd rücklings im Wasser. »Das ist vielleicht kalt«, rief er mit verblüfftem Gesicht. Lachend robbte er auf das Ufer zu und schüttelte sich dabei das Wasser aus den Augen.

Julia sah, wie sein Lachen erlosch. Wie seine Augen sich weiteten, sein Mund sich mit einem Ausdruck des Schreckens öffnete.

»Matty –«

Die Strömung erfaßte ihn und riß ihn fort. »Julia, ich kann nicht –« Wasser überschwemmte sein Gesicht und füllte seinen Mund.

Stolpernd rannte sie am Ufer entlang und rief seinen Namen. Es begann zu regnen. Große Tropfen schlugen ihr ins Gesicht und nahmen ihr die Sicht. Sie blieb mit dem Fuß an einem Stein hängen und stürzte. Sie rappelte sich hoch und rannte weiter, den Schmerz an ihrem Schienbein kaum wahrnehmend.

»Matty! Oh, Matty! Bitte!« Die immer selben Worte wurden zur Beschwörung. Durch das schlammige Wasser konnte sie das Blau seiner Schuluniform sehen und den hellen Fleck seines Haars.

An der Stelle, wo der Bach breiter wurde und sich von ihr abwandte, fiel das Gelände jäh ab. Julia schlitterte den Hang hinunter und hielt an. Auf der anderen Seite hing eine alte Eiche über den Bach, ihre starken Wurzeln freigelegt vom Wasser, das das Ufer unterhöhlt hatte. Hier hing Matthew fest, unter den Wurzeln eingeklemmt wie von einer Riesenhand.

»Oh, Matty!« schrie sie, lauter jetzt und voller Angst. Sie watete ins Wasser, und warmes, salziges Blut sickerte in ihren Mund, als sie sich die Unterlippe aufbiß. Die Kälte war ein Schock, betäubte ihre Beine. Sie zwang sich weiterzugehen. Das Wasser wirbelte um ihre Knie, riß an ihrem Rock. Es erreichte ihre Taille, dann ihre Brust. Sie schnappte nach Luft, als die Kälte sie einschloß. Ihre Lunge schien wie gelähmt von der Kälte, unfähig, sich auszudehnen.

Die Strömung riß an ihr, zerrte an ihrem Rock, drohte ihre Füße von den bemoosten Steinen zu stoßen. Die Arme ausgebreitet, um die Balance zu halten, schob sie vorsichtig ihren rechten Fuß vorwärts. Nichts. Sie tastete nach der einen Seite, dann nach der anderen, auf der Suche nach Grund. Noch immer nichts.

Kälte und Anstrengung raubten ihr schnell die Kraft. Sie atmete mit zitternden, keuchenden Stößen, und die Strömung schien fester zuzupacken. Sie blickte bachauf und bachab, sah keinen Weg, zur anderen Seite zu kommen. Aber das hätte sowieso nicht geholfen – von dem steilen Ufer aus hätte sie ihn niemals erreichen können.

Sie begann leise zu jammern. Sie streckte ihre Arme nach Matty aus, aber er war viel zu weit weg, und sie hatte zu große Angst, um der Strömung zu trotzen. Hilfe. Sie mußte Hilfe holen.

Sie spürte, wie das Wasser sie hochhob und vorwärtsriß, als sie sich herumdrehte, aber sie stolperte weiter, stemmte ihre Absätze und Zehen in die Steine, um Halt zu finden. Die Strömung ließ nach, und sie kletterte aus dem Wasser. Von einer Welle der Erschöpfung überschwemmt, blieb sie einen Moment am schlammigen Ufer stehen. Noch einmal sah sie zu Matty hinüber, sah seine Beine, die sich seitwärts in der Strömung drehten. Dann rannte sie los.

Das Haus hob sich aus dem Dunkel der Bäume, seine weißen Kalksteinmauern schimmerten geisterhaft im frühen Zwielicht. Ohne zu überlegen rannte Julia an der Haustür vorbei, um das Haus herum, zur Küche, wo Wärme und Geborgenheit warteten. Keuchend vom steilen Anstieg den Hügel hinauf, rieb sie sich das Gesicht, das von Regen und Tränen naß war. Sie hörte ihren eigenen Atem, das Quietschen ihrer

Schuhe bei jedem Schritt und spürte das Kratzen der dicken feuchten Wolle ihres Rocks an ihren Oberschenkeln.

Sie riß die Tür zur Küche auf, stürzte hinein, blieb stehen. Wasser sammelte sich auf den Fliesen zu ihren Füßen. Plummy, die mit einem Holzlöffel in der Hand am Herd stand, das dunkle Haar zerzaust wie immer, wenn sie kochte, fuhr herum. »Julia! Wo seid ihr so lange geblieben? Was wird eure Mutter sagen –?« Sie brach plötzlich ab. »Julia, Kind, du blutest ja. Ist etwas passiert?« Sie warf den Holzlöffel weg und eilte voller Besorgnis auf Julia zu.

Julia roch Äpfel, Zimt, sah den Mehlfleck auf Plummys Busen, registrierte automatisch, daß Plummy dabei war, einen Apfelkuchen zu backen, Mattys Lieblingskuchen. Sie spürte, wie Plummy mit beiden Händen ihre Schultern umfaßte, sah durch Tränenschleier das gütige und vertraute Gesicht, das sich ihr näherte.

»Julia, was ist passiert? Was ist los? Wo ist Matty?«

Plummys Stimme klang atemlos vor plötzlicher Angst, doch immer noch stand Julia stumm und starr, mit zugeschnürter Kehle, unfähig, ein Wort hervorzubringen.

Behutsam streichelte Plummy ihr Gesicht. »Julia. Was ist mit deiner Lippe? Was ist passiert?«

Sie begann zu schluchzen, so heftig, daß es weh tat. Sie drückte ihre Arme fest auf ihre Brust, um den Schmerz zu lindern. Ein losgelöster Gedanke schoß ihr durch den Kopf – sie konnte sich nicht erinnern, ihre Bücher weggeworfen zu haben. Matty. Wo hatte Matty seine Bücher gelassen?

»Schätzchen, sag es mir. Was ist passiert?«

Sie lag jetzt in Plummys Armen, ihr Gesicht an der weichen Brust. Als wäre plötzlich ein Damm gebrochen, brachen die Worte aus ihr hervor. »Matty! Oh, Plummy, Matty ist in den Bach gefallen. Er ist ertrunken.«

1

Vom Zugfenster aus konnte Duncan Kincaid die Haufen von Gerümpel in den Gärten und auf Gemeindeland sehen. Altes Bauholz, abgebrochene Zweige und Äste, zusammengedrückte Kartons, gelegentlich ein ausrangiertes Möbelstück – alles, was irgendwie zu schleppen war, mußte als Nahrung für die Freudenfeuer des Guy-Fawkes-Tages herhalten. Ohne viel Erfolg wischte er mit seinem Jackenärmel über die schmutzige Fensterscheibe, um sich einen besseren Blick auf ein besonders eindrucksvolles Monument britischen Übermuts zu verschaffen, dann lehnte er sich seufzend wieder zurück. Der feine Nieselregen draußen reduzierte in Verbindung mit den Reinlichkeitsnormen der British Rail die Sichtweite auf wenige hundert Meter.

Der Zug fuhr langsamer, als er sich High Wycombe näherte. Kincaid stand auf und streckte sich, dann nahm er seinen Mantel und seine Reisetasche aus dem Gepäcknetz. Er war direkt vom Yard aus zum Bahnhof gefahren, hatte nur die Reisetasche mitgenommen, die stets gepackt in seinem Büro stand und das Nötigste enthielt – ein sauberes Hemd, Toilettensachen, einen Rasierapparat, was man eben für den Fall eines unerwarteten Rufs brauchte. Dabei wäre ihm praktisch jeder andere Auftrag angenehmer gewesen als gerade dieser, eine mehr oder weniger persönliche Bitte des *Assistant Commissioner*, einem alten Schulkameraden in einer heiklen Situation unter die Arme zu greifen. Kincaid schnitt eine Grimasse. Dann schon lieber eine unbekannte Leiche im Straßengraben.

Er schwankte, als der Zug ruckend zum Stillstand kam, und beugte sich zum Fenster vor, um auf dem Parkplatz nach dem Empfangskomitee Ausschau zu halten, das man ihm geschickt hatte. Der Streifenwagen, selbst im dichter werdenden Regen deutlich zu erkennen, stand mit eingeschalteten Parklichtern nahe am Bahnsteig.

»Jack Makepeace. Sergeant, sollte ich sagen. Kriminalpolizei Thames Valley.« Makepeace lächelte und zeigte gelblich verfärbte Zähne unter dem borstigen blonden Schnurrbart. »Freut mich, Sie kennenzulernen, Sir.« Er drückte Kincaid mit kräftiger Pranke die Hand, dann nahm er Kincaids Reisetasche und schwang sie in den Kofferraum. »Steigen Sie ein, wir können auf der Fahrt reden.«

Im Auto roch es nach kaltem Zigarettenrauch und feuchter Wolle. Kincaid öffnete sein Fenster einen Spalt und setzte sich ein wenig schräg, so daß er den Sergeant sehen konnte. Ein Haarkranz von derselben Farbe wie der Schnurrbart, Sommersprossen, die Gesicht und glänzende Glatze sprenkelten, eine kräftige, vermutlich von einem Bruch deformierte Nase – insgesamt nicht gerade ein einnehmendes Gesicht, doch die hellblauen Augen wirkten scharfsichtig, und die Stimme war unerwartet sanft für einen Mann seiner Wuchtigkeit.

Makepeace steuerte den Wagen sicher auf den regennassen Straßen nach Südwesten, bis sie die M 40 überquerten und die letzten Reihenhäuser hinter sich ließen. Dann warf er Kincaid einen Blick zu, bereit, einen Teil seiner Aufmerksamkeit von der Straße abzuwenden.

»Also dann, erzählen Sie mal«, sagte Kincaid.

»Was wissen Sie schon?«

»Nicht viel. Mir wäre es am liebsten, Sie fangen ganz von vorn an, wenn Ihnen das nichts ausmacht.«

Makepeace sah ihn an, öffnete den Mund, als wolle er eine Frage stellen, schloß ihn dann wieder. Nach einer kleinen Pause sagte er: »Okay. Als der Schleusenwärter von Hambleden, ein gewisser Perry Smith, heute morgen bei Tagesanbruch das Schleusentor öffnete, um die Kammer für ein Boot zu füllen, das schon in aller Frühe unterwegs war, hat's plötzlich eine Leiche durch das Tor hereingespült. Er hat natürlich einen Riesenschrecken gekriegt, wie Sie sich vorstellen können. Er hat sofort in Marlow angerufen – die haben einen Streifenwagen und den Notarzt geschickt.« Er hielt inne, als er vor einer Kreuzung herunterschaltete, und konzentrierte sich dann darauf, einen uralten Morris Minor zu überholen, der den Hang hinaufkeuchte. »Sie haben den Toten rausgefischt, und als sich zeigte, daß der arme Kerl nicht mehr zu retten war, haben sie uns angerufen.«

Die Scheibenwischer krochen quietschend über trockenes Glas, und Kincaid sah, daß es nicht mehr regnete. Frisch gepflügte Felder stiegen zu beiden Seiten der schmalen Straße an. Die nackte Erde hatte eine blaßbraune Färbung, von der sich die futtersuchenden Saatkrähen wie schwarze Sprenkel abhoben. Weiter im Westen krönte eine Gruppe von Buchen einen Hügel.

»Wie haben Sie ihn identifiziert?«

»Er hatte seine Brieftasche in der Hüfttasche seiner Hose. Connor Swann, fünfunddreißig Jahre alt, braunes Haar, blaue Augen, Größe ungefähr einsachtzig, Gewicht etwa fünfundsiebzig Kilo. Wohnhaft in Henley, nur ein paar Meilen flußaufwärts.«

»Na, das klingt doch simpel genug. Damit hätten Sie doch bestimmt auch allein fertigwerden können«, sagte Kincaid, ohne sich zu bemühen, seine Verärgerung zu verbergen. Eine reizende Aussicht, seinen Freitagabend damit zu verbringen, in den Chiltern Hills herumzustapfen, anstatt den Arbeitstag mit

Gemma zusammen bei einem gemütlichen Glas Bier im Pub in der Wilfred Street zu beschließen. »Er trinkt ein Glas zuviel, macht einen Spaziergang auf dem Schleusentor und fällt rein. Fertig ist der Lack.«

Makepeace schüttelte den Kopf. »Das ist noch nicht die ganze Geschichte, Mr. Kincaid. Er hatte nämlich auf beiden Seiten seines Hales ein paar deutliche Druckstellen.« Er hob einen Moment beide Hände vom Lenkrad, um seine Worte zu veranschaulichen. »Sieht aus, als sei er erwürgt worden, Mr. Kincaid.«

Kincaid zuckte die Achseln. »Tja, das ist wahrscheinlich eine ganz vernünftige Vermutung. Aber ich verstehe immer noch nicht, weshalb da gleich Scotland Yard zugezogen werden muß.«

»Es geht nicht um das *Wie*, Mr. Kincaid, sondern um das *Wer*. Der verstorbene Mr. Swann war nämlich der Schwiegersohn von Sir Gerald Asherton, dem Dirigenten, und Dame Caroline Stowe, die, soviel ich weiß, eine ziemlich bekannte Sängerin ist.«

Angesichts Kincaids verständnisloser Miene fügte er hinzu: »Sie sind wohl kein Opernfan, Mr. Kincaid?«

»Sind Sie einer?« fragte Kincaid, der seine Überraschung nicht unterdrücken konnte, obwohl er wußte, daß er nicht vom Äußeren des Mannes auf seine Vorlieben hätte schließen sollen.

»Ich hab ein paar Platten und ich schau mir immer die Opern im Fernsehen an, aber in einer Liveaufführung war ich noch nie.«

Die weiten, sanft ansteigenden Felder waren dicht bewaldeten Hügeln gewichen, und nun, als die Straße aufwärts führte, rückten die Bäume immer näher.

»Wir kommen jetzt in die Chiltern Hills«, bemerkte Makepeace. »Sir Gerald und Dame Caroline wohnen nicht weit von hier, in der Nähe von Fingest.« Er zog den Wagen um eine

Haarnadelkurve herum, und dann rollten sie, von einem Bach begleitet, wieder abwärts. »Wir haben Sie übrigens im Pub in Fingest untergebracht, im *Chequers*. Er hat einen wunderschönen Garten, ganz herrlich bei gutem Wetter. Aber den werden Sie wahrscheinlich kaum genießen können«, fügte er mit einem Blick zum dunklen Himmel hinzu.

Die Bäume schlossen sie jetzt ein. Golden und kupferrot leuchtete es über ihnen, und feuchtes Herbstlaub bedeckte die Straße. Der Spätnachmittagshimmel war noch immer dicht bewölkt, doch im Schein eines vereinzelten Lichtstrahls schienen die Blätter einen geisterhaften, beinahe phosphoreszierenden Glanz anzunehmen.

»Denken Sie, daß Sie mich brauchen werden?« fragte Makepeace. »Ich hatte eigentlich erwartet, daß Sie mit einem Mitarbeiter kommen würden.«

»Gemma James, meine Mitarbeiterin, kommt heute abend. Bis dahin schaffe ich es sicher allein«, antwortete Kincaid.

»Ist schon besser, daß Sie das machen.« Makepeace gab ein Geräusch von sich, das halb wie ein Lachen, halb wie ein Schnauben klang. »Einer meiner Constables hat heute morgen den Fehler gemacht, Dame Caroline ›Lady Asherton‹ zu nennen. Sie hätten hören sollen, wie ihm die Haushälterin die Leviten gelesen hat. Sie hat ihm unmißverständlich erklärt, daß Dame Caroline einen Anspruch auf ihren eigenen Titel hat und erst in zweiter Linie Lady Asherton ist.«

Kincaid lächelte. »Ich werd mich bemühen, nicht ins Fettnäpfchen zu treten. Es gibt also auch eine Haushälterin?«

»Ja, eine Mrs. Plumley. Und dann noch die Witwe, Mrs. Julia Swann.« Nach einem amüsierten Seitenblick auf Kincaid fuhr er fort: »Daraus soll einer klug werden. Anscheinend wohnt Mrs. Swann bei ihren Eltern und hat nicht mit ihrem Mann zusammengelebt.«

Ehe Kincaid eine Frage stellen konnte, hob Makepeace die Hand und sagte: »Schauen Sie jetzt.«

Sie bogen nach links in eine steile, von hohen Böschungen begrenzte Straße ab, so schmal, daß Brombeerbüsche und nacktes Wurzelwerk die Seiten des Wagens streiften. Der Himmel war mit dem nahenden Abend merklich dunkler geworden, und unter den Bäumen war es schattig und düster. »Da rechts ist das Wormsley Tal, auch wenn man es kaum ahnt.« Makepeace machte eine Handbewegung, und durch eine Lücke in den Bäumen sah Kincaid flüchtig dunstige Felder, die wellig zum Tal abfielen. »Kaum zu glauben, daß man nur ungefähr vierzig Meilen von London entfernt ist, nicht wahr, Mr. Kincaid?« fügte er mit einem gewissen Besitzerstolz hinzu.

Auf der Anhöhe der Straße bog Makepeace nach links ab in das Dunkel der Buchenwälder. Die Straße führte sachte abwärts, ihr dicker Laubteppich dämpfte die Geräusche der Räder und des Motors. Einige hundert Meter weiter umrundeten sie eine Biegung, und Kincaid sah das Haus. Die weißen Steinmauern leuchteten im Dunkel der Bäume, und Lichterschein glänzte willkommenheißend in den Fenstern. Mit seinen schmucklosen weißen Mauern und den Bogenfenstern und -türen vermittelte es einen Eindruck schlichter Eleganz, hatte beinahe etwas Klösterliches.

Makepeace brachte den Wagen auf dem weichen Blätterteppich zum Stehen, ließ den Motor jedoch laufen, während er in seiner Tasche kramte. Er reichte Kincaid eine Karte. »Ich fahr gleich wieder. Hier ist die Nummer von unserem örtlichen Revier. Ich hab noch was zu erledigen, aber wenn Sie anrufen, sobald Sie fertig sind, holt jemand Sie ab.«

Kincaid winkte dem davonfahrenden Makepeace nach, dann wandte er sich dem Haus zu und blieb einen Moment stehen, während die Stille des Waldes sich über ihn senkte. Eine gramgebeugte Witwe, verstörte Angehörige, Diskretion und Takt dringend erforderlich ... Das waren keine Voraussetzungen für einen gemütlichen Abend. Er straffte seine Schultern und ging auf das Haus zu.

Die Haustür öffnete sich, Licht strömte ihm entgegen.

»Ich bin Caroline Stowe. Ich danke Ihnen für Ihr Kommen.«

Ihre Hand, die die seine ergriff, war klein und weich, und er blickte in das nach oben gerichtete Gesicht der Frau. »Duncan Kincaid, Scotland Yard.« Mit seiner freien Hand zog er seinen Dienstausweis aus der Innentasche seines Jacketts, aber sie beachtete diese Geste gar nicht, sondern hielt noch immer seine Hand.

Er, der bei den Worten ›Dame‹ und ›Oper‹ Assoziationen von ›groß und imposant‹ gehabt hatte, war im ersten Moment verblüfft. Caroline Stowe war nur knapp über einen Meter fünfzig groß, und wenn auch ihr zierlicher Körper wohlgerundet war, hätte keiner sie als korpulent bezeichnen können.

Seine Überraschung war ihm offenbar anzusehen, denn sie lachte und sagte: »Ich bin keine Wagnersängerin, Mr. Kincaid. Meine Spezialität ist der Belcanto. Im übrigen ist körperliche Größe für den Stimmumfang nicht ausschlaggebend. Er hängt vielmehr von der Atemtechnik ab – unter anderem.« Sie ließ seine Hand los. »Aber bitte, kommen Sie doch herein.«

Während sie hinter ihm die Tür schloß, sah er sich mit Interesse um. Eine Lampe auf einem kleinen Tisch an der Wand beleuchtete das Vestibül mit dem glatten grauen, gefliesten Boden. Die Wände waren in einem hellen Graugrün gehalten und schmucklos bis auf einige große, in Gold gerahmte Aquarelle, die üppige, barbusige Frauen vor einer Kulisse wild romantischer Ruinen zeigten.

Dame Caroline öffnete eine Tür zur Rechten und wartete mit einladender Handbewegung, um ihm den Vortritt zu lassen.

Direkt gegenüber der Tür war ein offener Kamin, in dem ein Feuer brannte, und über dem Sims, in einem Spiegel mit verziertem Rahmen, sah er sich selbst – das kastanienbraune Haar kraus von der Feuchtigkeit, die Augen umschattet, ihre Farbe auf diese Entfernung nicht zu erkennen. Von Caroline war lediglich ihr dunkler Scheitel etwas unterhalb seiner Schulter zu sehen.

Er hatte nur einen Moment Zeit, einen Eindruck von dem Raum zu gewinnen. Der gleiche graue Fliesenboden, seine Härte hier durch Teppiche gemildert; bequeme, leicht abgenützte, chintzbezogene Sitzmöbel; Teegeschirr auf einem Tablett; alles beherrschend ein Flügel mit aufgeschlagenem Notenheft. In seiner dunklen Oberfläche spiegelte sich das Licht einer kleinen Lampe. Die Klavierbank war zurückgeschoben und stand etwas schräg, so als sei gerade jemand im Spiel unterbrochen worden.

»Gerald, das ist Superintendent Kincaid von Scotland Yard.« Caroline trat zu dem großen, zerknautscht wirkenden Mann, der aus dem Sofa aufstand. »Mr. Kincaid, mein Mann, Sir Gerald Asherton.«

»Es freut mich, Sie kennenzulernen«, sagte Kincaid und war sich bewußt, wie unangemessen diese Erwiderung war. Doch wenn Dame Caroline seinen Besuch unbedingt wie ein gesellschaftliches Zusammentreffen behandeln wollte, würde er eben das Spiel eine Weile mitspielen.

»Nehmen Sie Platz.« Sir Gerald nahm eine Zeitung von einem der Sessel und legte sie auf einen Beistelltisch.

»Möchten Sie eine Tasse Tee?« fragte Dame Caroline. »Wir haben schon welchen getrunken, aber es ist überhaupt kein Problem, frischen zu machen.«

Kincaid stieg der Duft von Toast in die Nase, der noch in der Luft hing, und ihm knurrte der Magen. Von seinem Platz aus konnte er die Gemälde sehen, die ihm entgangen waren, als er das Zimmer betreten hatte – wieder Aquarelle, von derselben Hand gemalt, diesmal jedoch ruhten die Frauen in eleganten Zimmern, und ihre Gewänder glänzten wie Seidenmoiré. Ein Haus für den Genießer, dachte er und sagte: »Nein, danke.«

»Dann nehmen Sie doch einen Drink«, meinte Sir Gerald. »Dafür ist es nun wirklich nicht zu früh.«

»Nein, danke, wirklich.« Ein seltsames Paar, diese beiden, wie sie da nebeneinander standen und sich um ihn bemühten, als sei er ein königlicher Gast. Dame Caroline, in pfauenblauer Seidenbluse und dunkler langer Hose, wirkte adrett und beinahe kindlich neben ihrem massigen Ehemann.

Sir Gerald sah Kincaid mit einem breiten, ansteckenden Lächeln an. »Geoffrey hat Sie uns sehr empfohlen, Mr. Kincaid.«

Geoffrey mußte Geoffrey Menzies-St. John sein, Kincaids *Assistant Commissioner* und Ashertons alter Schulkamerad. Die beiden Männer mußten im gleichen Alter sein, aber äußerliche Ähnlichkeit hatten sie keine. Doch der *Assistant Commissioner*, der pingelig und genau bis zur Pedanterie war, besaß eine scharfe Intelligenz, und Kincaid bezweifelte, daß die beiden Männer über die Jahre den Kontakt gehalten hätten, wenn nicht Sir Gerald über ähnliche Verstandesgaben verfügte.

Kincaid beugte sich ein wenig vor. »Möchten Sie sich nicht setzen, bitte, und mir berichten, was geschehen ist?«

Sie setzten sich gehorsam, Dame Caroline allerdings nur auf die Kante des Sofas, kerzengerade, abseits vom beschützerisch gekrümmten Arm ihres Mannes. »Es geht um Connor. Unseren Schwiegersohn. Aber das wird man Ihnen bereits gesagt haben.« Sie sah ihn an. Die braunen Augen wirkten dunkler durch die erweiterten Pupillen. »Wir können es einfach nicht glauben. Weshalb sollte jemand Connor töten wollen? Es ist völlig unsinnig, Mr. Kincaid.«

»Wir brauchen natürlich zusätzliche Indizien, ehe wir die Sache offiziell als Mordfall behandeln können, Dame Caroline.«

»Aber ich dachte –«, begann sie und sah Kincaid ratlos an.

»Beginnen wir doch einmal beim Anfang, ja? War Ihr Schwiegersohn ein Mann, den die Leute mochten?« Kincaid richtete die Frage an beide, doch es war Dame Caroline, die ihm antwortete.

»Aber ja. Jeder mochte Con. Man konnte gar nicht anders.«

»War sein Verhalten in letzter Zeit irgendwie anders als sonst? Wirkte er verstimmt oder unglücklich?«

Mit einem Kopfschütteln antwortete sie: »Con war immer – nun eben einfach Con. Sie hätten ihn kennen müssen ...« Ihre Augen wurden feucht. Sie ballte eine Hand zur Faust und drückte sie an ihren Mund. »Wie albern! Ich neige sonst nicht zur Hysterie, Mr. Kincaid. Oder zum Stammeln. Es ist vermutlich der Schock.«

Kincaid fand ihre Definition von Hysterie recht übertrieben, sagte jedoch beschwichtigend: »Machen Sie sich darüber keine Gedanken, Dame Caroline. Das ist doch ganz normal. Wann haben Sie Ihren Schwiegersohn zuletzt gesehen?«

Sie schniefte einmal und rieb sich mit einer Hand über ihre Augen. »Beim Mittagessen. Er kam gestern zum Mittagessen. Das hat er oft getan.«

»Und Sie waren auch hier, Sir Gerald?« fragte Kincaid, der den Eindruck hatte, daß er von diesem Mann nur auf eine direkte Frage eine Antwort erhalten würde.

Sir Gerald saß mit zurückgelehntem Kopf, die Augen halb geschlossen, das Kinn mit dem kurzen zerzausten, grauen Bart vorgeschoben. Ohne sich zu rühren, sagte er: »Ja, ich war auch hier.«

»Und Ihre Tochter?«

Bei dieser Frage hob Sir Gerald den Kopf, doch es war wieder seine Frau, die Kincaid antwortete. »Julia war hier im Haus, aber sie hat nicht mit uns gegessen. Sie ißt mittags lieber in ihrem Atelier.«

Das wird ja immer seltsamer, dachte Kincaid. Der Schwiegersohn kommt zum Lunch, aber seine Frau lehnt es ab, mit ihm zusammen zu essen. »Sie wissen also nicht, wann Ihre Tochter ihn zuletzt gesehen hat?«

Ein rascher, beinahe verschwörerischer Blick zwischen Mann und Frau, dann sagte Sir Gerald: »Für Julia war das alles sehr schwierig.« Er lächelte Kincaid an und zupfte dabei an einem losen Fädchen seines braunen Pullovers. »Sie werden es gewiß verstehen, wenn sie ein wenig – empfindlich ist.«

»Ist Ihre Tochter im Haus? Ich würde sie gern sehen, wenn ich darf. Und ich würde gern ausführlich mit Ihnen beiden sprechen, sobald ich Gelegenheit gehabt habe, mir die Protokolle Ihrer Aussagen anzusehen.«

»Natürlich. Ich bringe Sie hinauf.« Dame Caroline stand auf, und Sir Gerald folgte ihrem Beispiel. Ihre unsicheren Mienen erheiterten Kincaid. Sie hatten ein Verhör dritten Grades erwartet und wußten jetzt nicht, ob sie erleichtert oder enttäuscht sein sollten. Keine Sorge, dachte er im stillen, ihr werdet noch froh sein, mich loszuwerden.

»Sir Gerald.« Auch Kincaid stand auf und reichte Sir Gerald zum Abschied die Hand.

Die Aquarelle fielen ihm wieder ins Auge, als er sich zur Tür wandte. Obwohl die Frauen auf den Bildern fast alle blond waren, mit zart rosiger Haut und ebenso rosigen Mündern, die halb geöffnet kleine weiße Zähne zeigten, erinnerten sie ihn irgendwie an Dame Caroline.

»Das war früher das Kinderzimmer«, bemerkte Dame Caroline, nicht im geringsten außer Atem nach den drei Treppen, die sie hinaufgestiegen waren. »Wir haben es zum Atelier für sie umbauen lassen, ehe sie aus dem Haus ging. Ich denke, man könnte sagen, es hat sich als nützlich erwiesen«, schloß sie mit einem Blick zu ihm, den er nicht deuten konnte.

Sie waren im obersten Stockwerk des Hauses. Der Flur war kahl, der Teppichboden an manchen Stellen fadenscheinig. Dame Caroline wandte sich nach links und blieb vor einer geschlossenen Tür stehen. »Sie erwartet Sie schon.« Sie lächelte Kincaid noch einmal zu und ging davon.

Er klopfte, wartete, klopfte noch einmal und lauschte einen Moment mit angehaltenem Atem, um ja nichts zu überhören. Das Geräusch von Dame Carolines Schritten war verklungen. Von unten hörte er gedämpfes Husten. Noch einmal klopfte er an, dann drehte er kurz entschlossen den Türknauf und trat ins Zimmer.

Die Frau saß mit dem Rücken zu ihm auf einem hohen Hocker, ihren Kopf über irgend etwas geneigt, das er nicht sehen konnte. Als Kincaid sagte: »Äh – guten Tag«, drehte sie sich ruckartig nach ihm um, und er sah, daß sie einen Pinsel in der Hand hielt.

Julia Swann war nicht schön. Er sagte sich das ganz bewußt und sachlich und konnte dennoch den Blick nicht von ihr wenden. Sie war größer, schmaler, kantiger als ihre Mutter, trug ein weißes Herrenhemd und enge schwarze Jeans. Ihre Figur und ihre Gestik hatten nichts Weiches, Rundes. Das kinnlange dunkle Haar folgte mit brüskem Schwung der Bewegung ihres Kopfes, als sie sich umdrehte.

Ihre Haltung, wie aufgeschreckt, die sogleich spürbare Intimität des Raums verrieten ihm das Störende seines Eindringens. »Verzeihen Sie, daß ich Sie störe. Ich bin Duncan Kincaid von Scotland Yard. Ich habe mehrmals geklopft.«

»Ich habe Sie gar nicht gehört. Ich meine, wahrscheinlich habe ich Sie gehört, aber nicht darauf geachtet. Das geht mir häufig so, wenn ich arbeite.« Selbst ihrer Stimme fehlte der samtige Wohlklang, den die Stimme ihrer Mutter besaß. Sie glitt vom Hocker und wischte sich die Hände an einem Tuch ab. »Ich bin Julia Swann. Aber das wissen Sie ja schon, nicht wahr?«

Ihre Hand war ein wenig feucht von der Berührung mit dem Tuch, doch ihr Zugriff war rasch und hart. Er sah sich nach einer Sitzgelegenheit um, konnte aber nur einen schäbigen alten Sessel entdecken, so tief, daß er ihr darin praktisch zu Füßen gesessen hätte. Er zog es vor, sich an einen Arbeitstisch zu lehnen, auf dem heilloses Durcheinander herrschte.

Obwohl der Raum ziemlich groß war – wahrscheinlich, dachte er, hatte man hier eine Wand herausgerissen, um aus zwei Zimmern eines zu machen –, war kein Winkel vom Chaos verschont. Nur die Fenster, mit Sonnenjalousien aus einfachem weißem Reispapier, waren Inseln der Ruhe im Sturm der allgemeinen Unordnung, ebenso wie der hohe Arbeitstisch, an dem Julia Swann gesessen hatte, als er ins Zimmer gekommen war. Auf diesem Tisch lag lediglich ein Stück weißen Kunststoffs, das mit leuchtenden Farbklecksen gesprenkelt war, und daneben lehnte leicht schräg eine Sperrholzplatte. Ehe sie sich wieder auf den Hocker setzte und ihm den Blick versperrte, sah er, daß ein kleines Blatt weißen Papiers mit Klebeband an der Sperrholzplatte befestigt war.

Sie warf einen flüchtigen Blick auf den Pinsel, den sie immer noch in der Hand hielt, legte ihn auf den Tisch hinter sich und zog eine Packung Zigaretten aus ihrer Hemdtasche. Sie hielt ihm die Packung hin, und als er den Kopf schüttelte und »Nein danke« sagte, zündete sie sich eine Zigarette an und musterte ihn, während sie langsam den Rauch ausblies.

»Also, Superintendent Kincaid – Sie sind doch Superintendent, nicht wahr? Meine Mutter war sehr beeindruckt von dem Titel, aber das ist nichts Ungewöhnliches. Was kann ich für Sie tun?«

»Zunächst mein Beileid zum Tod Ihres Mannes, Mrs. Swann«, sagte er, wie es sich gehörte, obwohl er bereits ahnte, daß ihre Erwiderung nicht den Konventionen entsprechen würde.

Sie zuckte die Achseln. Er sah die Bewegung ihrer Schultern unter dem losen Stoff des Hemdes. Frisch gestärkt, die Knöpfe links – Kincaid fragte sich, ob es ein Hemd ihres Mannes war.

»Nennen Sie mich Julia. An ›Mrs. Swann‹ konnte ich mich nie gewöhnen. Da bin ich mir immer vorgekommen wie Cons Mutter.« Sie neigte sich zu ihm hinüber und nahm einen billigen Porzellanaschenbecher mit der Aufschrift ›Besuchen Sie die Cheddar-Höhle‹. »Sie ist im letzten Jahr gestorben, die Schmerzensmutter bleibt uns also erspart.«

»Haben Sie die Mutter Ihres Mannes nicht gemocht?« fragte Kincaid.

»Eine zweihundertprozentige Irin, die immer nur ihr irisches Image gepflegt hat.« Dann fügte sie freundlicher hinzu: »Ihr Akzent hat sich proportional zu ihrer Entfernung von County Cork verstärkt.« Zum erstenmal lächelte Julia. Es war das Lächeln ihres Vaters, unverwechselbar, und es verwandelte ihr Gesicht. »Maggie hat Con vergöttert. Sein Tod hätte sie vernichtet. Cons Vater hat sich aus dem Staub gemacht, als Con noch ein Säugling war – wenn er überhaupt je einen Vater hatte«, fügte sie hinzu, leicht amüsiert, wie über einen Scherz, den nur sie kannte.

»Bemerkungen Ihrer Eltern entnahm ich, daß Sie und Ihr Mann schon länger nicht mehr zusammengelebt haben.«

»Nein seit ...« Sie spreizte die Finger ihrer rechten Hand und schien abzuzählen. Ihre Finger waren lang und schlank, und sie trug keine Ringe. »Wir lebten seit mehr als einem Jahr getrennt.« Sie drückte ihre Zigarette im Aschenbecher aus.

»Ein etwas merkwürdiges Arrangement, wenn ich das mal sagen darf.«

»Finden Sie, Mr. Kincaid? Uns hat es gepaßt.«

»Keine Scheidungspläne?«

Wieder zuckte Julia die Achseln. Sie schlug die Beine übereinander und wippte leicht mit einem Fuß. »Nein.«

Während er sie betrachtete, fragte er sich, wie hart er sie eventuell anfassen könnte. Wenn sie um ihren Mann trauerte, so verstand sie gut, es zu verbergen. Sie wurde unruhig unter seiner Musterung und klopfte mit einer Hand leicht auf ihre Hemdtasche, als wollte sie sich vergewissern, daß ihre Zigaretten nicht verschwunden sind. Er hatte den Eindruck, daß ihre Panzerung vielleicht doch nicht ganz undurchdringlich war.

»Rauchen Sie immer so viel?« sagte er, als habe er ein Recht, das zu fragen.

Mit einem Lächeln zog sie die Packung aus der Tasche und nahm sich eine neue Zigarette.

Er bemerkte, daß das weiße Hemd nicht so makellos sauber war, wie er zuerst gedacht hatte – quer über der Brust hatte es einen violetten Farbfleck. »Standen Sie mit Ihrem Mann auf freundschaftlichem Fuß? Haben Sie ihn häufig gesehen?«

»Wir haben miteinander gesprochen, falls Sie das meinen, aber wir waren nicht gerade die dicksten Freunde.«

»Haben Sie ihn gestern gesehen, als er zum Mittagessen hier war?«

»Nein. Ich mache im allgemeinen keine Mittagspause, wenn ich arbeite. Das reißt mich aus der Konzentration.« Julia drückte die Zigarette aus, die sie gerade erst angezündet hatte, und glitt vom Hocker. »So wie Sie mich jetzt herausgerissen haben. Für heute kann ich Schluß machen.« Sie sammelte eine Handvoll Pinsel zusammen und ging durch das Zimmer zu einem altmodischen Waschtisch mit Schüssel und Krug. »Das ist der einzige Nachteil hier oben«, bemerkte sie über ihre Schulter. »Kein fließendes Wasser.«

Jetzt, da sie ihm die Sicht nicht mehr versperrte, richtete sich Kincaid auf und betrachtete das Blatt Papier, das an das Zeichenbrett geklebt war. Es hatte etwa die Größe einer Buchseite und zeigte die Bleistiftskizze einer ihm unbekannten Blume mit stacheligen Blättern. An einigen Stellen hatte sie begonnen klare, lebhafte Farben aufzutragen, Lavendelblau und Grün.

»Rauhhaarige Wicke«, sagte sie, als sie sich herumdrehte und sah, daß er das Bild betrachtete. »Eine Rankenpflanze. Sie wächst oft in Hecken. Die Blumen sind –«

»Julia!« unterbrach er den Wortschwall, und überrascht von seinem Befehlston hielt sie inne. »Ihr Mann ist gestern abend umgekommen. Heute morgen wurde seine Leiche gefunden. Reichte das nicht aus, um Sie aus Ihrer Konzentration zu reißen? Um Ihren Arbeitsrhythmus zu stören?«

Einen Moment lang wandte sie sich ab, und ihr dunkles Haar verbarg ihr Gesicht. Doch ihre Augen waren trocken, als sie ihn wieder ansah. »Sie erfahren es am besten gleich, Mr. Kincaid. Sie werden es sowieso früh genug von anderen hören. Connor Swann war ein Schwein. Und ich habe ihn verachtet.«

2

»Ein Lagerbier mit Zitronenlimo bitte«, sagte Gemma James lächelnd zu dem Mann hinter dem Tresen. Wenn Kincaid hier wäre, würde er über ihren Geschmack zumindest spöttisch eine Augenbraue hochziehen. Sie hatte sich so sehr daran gewöhnt, von ihm geneckt zu werden, daß es ihr tatsächlich fehlte.

»Unfreundlicher Abend, Miss.« Der Mann schob ihr einen Bierdeckel hin und stellte das kühle Glas darauf. »Kommen Sie von weit her?«

»Nur von London. Der Verkehr war allerdings grauenhaft.«

Als sie das Verkehrschaos West-Londons endlich hinter sich gelassen hatte, war sie bis Beaconsfield auf der M 40 geblieben und dann das Themsetal hinaufgefahren. Selbst durch den Nebel hatte sie einige der prächtigen viktorianischen Häuser am Fluß gesehen, Relikte aus einer Zeit, als die ländliche Gegend hier oben ein Tummelplatz der Londoner gewesen war. In Marlow hatte sie die Straße nach Norden genommen, die sie direkt in die von Buchenwäldern bedeckten Hügel hineingeführt hatte. Es war, als dringe sie in eine geheime Welt ein, dunkel unter dichtem Laub und weit entfernt vom breiten, friedlichen Lauf des Flusses unten im Tal.

»Was sind eigentlich die *Chiltern Hundreds?*« fragte sie den Barkeeper. »Ich hab den Ausdruck mein Leben lang gehört und weiß bis heute nicht, was er bedeutet.«

Er stellte die Flasche ab, die er gerade mit einem Tuch abgewischt hatte, und bedachte seine Antwort. Er war ein Mann mittleren Alters mit dunklem, welligem Haar und dem Ansatz eines Bauches und schien gegen einen kleinen Schwatz nichts einzuwenden zu haben. Das Pub war fast leer – wahrscheinlich noch ein bißchen früh für die Stammgäste, dachte Gemma –, aber gemütlich mit einem offenen Feuer und Polsterstühlen. Am Ende des Tresens war ein Buffet mit kalten Pasteten, Salaten und Käse aufgebaut, bei dessen Anblick ihr das Wasser im Mund zusammenlief.

Man konnte wirklich nichts sagen gegen die Kollegen von der Kriminalpolizei Thames Valley. Sie hatten das Pub in Fingest gut ausgesucht und ihr präzise Fahranweisungen gegeben. Bei ihrer Ankunft hatte sie in ihrem Zimmer bereits ein Bündel Berichte vorgefunden, und sobald sie sie durchgesehen hatte, brauchte sie nur noch genüßlich ihr Bier zu trinken und auf Kincaid zu warten.

»Tja, also, die *Chiltern Hundreds*«, sagte der Barkeeper,

Gemma aus ihren Gedanken reißend, »das sind Bezirke. Früher haben sie die Grafschaften in Hundertschaften aufgeteilt. Jede hatte ihr eigenes Gericht, und drei davon in Buckinghamshire bekamen den Namen die *Chiltern Hundreds,* weil sie in den Chiltern Hills liegen. Stoke, Burnham und Desborough, genau gesagt.«

»Ganz logisch eigentlich«, sagte Gemma beeindruckt. »Sie sind wirklich gut beschlagen.«

»Ich beschäftige mich in meiner freien Zeit ein bißchen mit Lokalgeschichte. Ich heiße übrigens Tony.« Er reichte Gemma über den Tresen hinweg die Hand.

»Gemma.«

»Die Hundertschaften sind mittlerweile veraltet, aber es gibt noch das Amt des Verwalters der *Chiltern Hundreds,* es untersteht dem Finanzminister. Nur wer dieses Amt innehat, darf sich aus dem Unterhaus verabschieden. Ein bißchen fauler Zauber in Wirklichkeit und wahrscheinlich der einzige Grund, warum es dieses Amt überhaupt noch gibt.« Er lächelte. »Sehen Sie, jetzt hab ich Ihnen mehr erzählt, als Sie vermutlich überhaupt wissen wollten. Möchten Sie noch ein Glas?«

Gemma blickte auf ihr beinahe leeres Glas hinunter und fand, sie habe genug getrunken, wenn sie einen klaren Kopf behalten wollte. »Lieber nicht, danke.«

»Sind Sie geschäftlich hier? Wir haben um diese Zeit eigentlich kaum Gäste. Im November zieht es Urlauber nicht gerade hierher.«

»Das kann ich mir vorstellen«, sagte Gemma, die sich des unablässigen Regens unter den dunklen Bäumen erinnerte.

Tony wusch seine Gläser und behielt sie gleichzeitig aufmerksam im Auge, bereit, mit ihr zu schwatzen, wenn sie das wollte, jedoch ohne sie zu drängen. Angesichts seiner selbstsicheren Freundlichkeit fragte sie sich, ob er vielleicht der Wirt des Pubs war; wie dem auch sein mochte, er war vermutlich ein ergiebiger Quell lokalen Klatsches.

»Ich bin wegen des Toten hier, den man heute morgen an der Schleuse gefunden hat. Ich bin von der Polizei.«

Tony starrte sie verblüfft an. »Von der Polizei sind Sie? Ist ja nicht zu glauben.« Er schüttelte ungläubig den Kopf und musterte sie ganz ungeniert, das lockige rotblonde Haar, das sie mit einer Spange zurückgesteckt hatte, den grobgestrickten naturfarbenen Pullover, die dunkle Hose. »Na, da sind Sie jedenfalls der bestaussehende Bulle, der mir je über den Weg gelaufen ist, wenn ich das mal so sagen darf.«

Gemma lächelte. »Haben Sie den Mann gekannt? Ich meine den, der ertrunken ist?«

Tony nickte. »Ja, natürlich hab ich ihn gekannt. Traurig, wirklich. Jeder hier in der Gegend hat Connor gekannt. Ich glaub, zwischen hier und London gibt's kein Pub, wo er nicht ab und zu reingeschaut hat. Und keine Rennbahn. War ein echter Lebenskünstler, dieser Mann.«

»War wohl allgemein beliebt?« fragte Gemma, die Mühe hatte, ihre Vorurteile gegen einen Mann mit einem solchen Faible für Alkohol und Pferde zu unterdrücken. Erst nach ihrer Heirat mit Rob hatte sie entdeckt, daß er das Flirten mit anderen Frauen und das Glücksspiel als sein unveräußerliches Recht betrachtete.

»Connor war ein netter Kerl. Er hatte immer ein freundliches Wort oder einen kameradschaftlichen Klaps für andere. Und er war gut fürs Geschäft. Wenn er ein paar Gläser getrunken hatte, hat er immer sämtliche Gäste eingeladen, die gerade da waren.« Lebhaft neigte sich Tony über den Tresen. »Wirklich eine Tragödie für die Familie nach dieser anderen Geschichte.«

»Was für eine andere Geschichte? Für wessen Familie?« fragte Gemma verwirrt.

»Entschuldigen Sie.« Tony lächelte. »Ich weiß, für den Außenstehenden ist das Ganze ein bißchen unklar. Ich hab die Familie von Connors Frau Julia gemeint, die Ashertons. Die leben seit Ewigkeiten hier. Connors Familie stammt aus Irland, glaub ich, aber trotzdem …«

»Was war denn mit den Ashertons?« drängte Gemma interessiert.

»Ich war damals noch ein junger Kerl, zwei Jahre aus der Schule und hatte gerade mal in London mein Glück versucht.« Seine weißen Zähne blitzten, als er lachte. »Ich bin ziemlich schnell dahintergekommen, daß die Großstadt doch nicht so glanzvoll ist, wie ich mir das vorgestellt hatte. Es war übrigens genau um diese Jahreszeit, kalt und naß. Es hatte wochenlang unaufhörlich geregnet.« Tony hielt inne, nahm ein Glas vom Regal und hielt es hoch. »Haben Sie was dagegen, wenn ich mir auch ein Bier genehmige?«

Sie schüttelte den Kopf. »Natürlich nicht.« Das Gespräch machte ihm jetzt sichtlich Spaß, und je weiter sie ihn seine Geschichte ausspinnen ließ, desto mehr Details würde sie erfahren.

Er zapfte sich ein Guinness, trank einen Schluck und wischte sich den cremigen Schaum von der Oberlippe, ehe er zu sprechen fortfuhr. »Wie hieß er gleich wieder? Ich meine, Julias kleiner Bruder. Es ist bestimmt zwanzig Jahre her, oder fast.« Er strich sich über sein welliges Haar, als hätte die Erwähnung der vergangenen Zeit ihm sein Alter zu Bewußtsein gebracht. »Matthew, genau! Matthew Asherton. Gut zwölf Jahre alt, so eine Art musikalisches Wunderkind. Und eines Tages, als er mit seiner Schwester von der Schule heimging, ist er ertrunken.«

Das Bild ihres eigenen kleinen Sohnes stand Gemma plötzlich vor Augen – die Vorstellung, Toby, der kleine blonde Frechdachs, der gerade begann den Babyspeck zu verlieren, könnte ihr entrissen werden, drückte ihr das Herz ab. Sie schluckte und sagte: »Wie schrecklich. Für alle natürlich, aber besonders für Julia. Erst ihr Bruder und jetzt ihr Mann. Wie ist der Kleine denn ertrunken?«

»Ich glaube, so genau ist das nie rausgekommen. Es war wohl einfach so eine Verkettung unglücklicher Umstände.« Er zuckte die Achseln und kippte die Hälfte seines Biers hinunter. »Keiner hat damals offen darüber gesprochen. Es wurde nur getuschelt, und der Familie gegenüber wird es bis heute nicht erwähnt, soviel ich weiß.«

Ein kalter Luftzug blies Gemma in den Rücken, als sich die Tür des Pubs öffnete. Sie drehte sich herum und beobachtete eine Vierergruppe, die hereinkam und sich mit einem freundschaftlichen Gruß zu Tony an einem Ecktisch niederließ. »Wir möchten gern in einer halben Stunde einen Tisch, Tony«, rief einer der Männer. »Inzwischen dasselbe wie immer, okay?«

»Jetzt wird's langsam voll werden«, bemerkte Tony zu Gemma, während er begann die bestellten Getränke zu mixen. »Am Freitagabend ist hier im Restaurant meistens Hochbetrieb – da machen sich die Leute einen netten Abend, ohne ihre Kinder.« Gemma lachte, und als erneut ein kalter Luftzug sie erfaßte, drehte sie sich nicht mehr erwartungsvoll herum.

Kincaid tätschelte leicht ihre Schulter, als er sich neben sie auf den Hocker setzte. »Hallo, Gemma. Ich sehe, Sie halten hier für mich die Festung.«

»Oh, hallo, Chef.« Sie spürte, wie ihr Herz stolperte, obwohl sie ihn erwartet hatte.

»Und flirten mit den Einheimischen. Sie Glückspilz.« Er lachte Tony an. »Ich nehme ein – Brakspear, das wird doch hier in Henley gebraut?«

»Mein Chef«, sagte Gemma erklärend zu Tony. »Tony, das ist Superintendent Duncan Kincaid.«

»Freut mich, Sie kennenzulernen.« Tony warf Gemma einen überraschten Blick zu, als er Kincaid die Hand bot.

Gemma musterte Kincaid kritisch. Groß und schlank, das braune Haar ein wenig zerzaust, die Krawatte schief, das Tweedjackett feucht vom Regen – er sah wirklich nicht so aus, wie sich die meisten Leute wahrscheinlich einen hohen Beamten von Scotland Yard vorstellen. Und er war natürlich viel zu jung dafür. Superintendents hatten entschieden älter und gewichtiger zu sein.

»Also heraus damit«, sagte Kincaid, als er sein Bier bekommen hatte und Tony damit beschäftigt war, den Gästen am Tisch ihre Getränke zu bringen.

Gemma wußte, daß er sich darauf verließ, daß sie alle Informationen sichtete und ihm dann die relevanten Einzelheiten vorlegte. Selten mußte sie von ihren Notizen Gebrauch machen. »Ich hab mir die Berichte von Thames Valley angesehen.« Mit einem Kopfnicken wies sie zu den Zimmern über ihren Köpfen hinauf. »Sie lagen schon da, als ich kam. Sehr gewissenhaft.« Sie schloß einen Moment die Augen, um ihre Gedanken zu sammeln. »Sie bekamen heute morgen um sieben Uhr fünf einen Anruf von einem Perry Smith, dem Schleusenwärter an der Hambleden Schleuse. Er hatte eine Leiche gefunden, die an seinem Schleusentor hängengeblieben war. Die Kollegen schickten einen Bergungstrupp los, um den Toten rausholen zu lassen, und identifizierten ihn anhand seiner Brieftasche als Connor Swann, wohnhaft in Henley-on-Thames. Als der Schleusenwärter sich vom ersten Schock erholt hatte, konnte er ihnen sagen, daß Connor Swann der Schwiegersohn der Ashertons ist, die ungefähr zwei Meilen von Hambleden entfernt wohnen. Er sagte aus, die Familie gehe häufig da spazieren.«

»Was, auf der Schleuse?« fragte Kincaid überrascht.

»Ja, anscheinend ist das Teil einer Panoramawanderung.«

Gemma runzelte flüchtig die Stirn und führte ihren Bericht da fort, wo er unterbrochen worden war. »Nach der Bergung hat der örtliche Amtsarzt die Leiche untersucht. Er stellte erhebliche Druckstellen rund um den Hals fest. Außerdem war der Tote sehr kalt, aber die Leichenstarre hatte gerade erst eingesetzt –«

»Man würde doch erwarten, daß das kalte Wasser den Beginn der Leichenstarre verzögert«, unterbrach Kincaid.

Gemma schüttelte ungeduldig den Kopf. »Im allgemeinen setzt die Leichenstarre bei Ertrunkenen sehr rasch ein. Er hält es daher für wahrscheinlich, daß der Mann erdrosselt wurde, ehe er im Wasser landete.«

»Der gute Mann ist ja ziemlich großzügig mit seinen Vermutungen, finden Sie nicht?« Kincaid nahm einen Beutel Chips mit Zwiebelaroma von einem Ständer und zählte Tony das Geld dafür auf den Tresen. »Wir werden sehen, was die Obduktion ergibt.«

»Hauptsächlich Unappetitliches«, sagte Gemma mit einem angewiderten Blick auf die Chips.

Kincaid antwortete mit vollem Mund. »Ich weiß, aber ich bin total ausgehungert. Was haben die Aussagen der Familie ergeben?«

Sie trank den letzten Schluck aus ihrem Glas, ehe sie antwortete. »Lassen Sie mich überlegen – die Kollegen haben die Schwiegereltern und die Ehefrau befragt. Sir Gerald Asherton hat gestern abend im Coliseum in London eine Oper begleitet. Dame Caroline Stowe war zu Hause im Bett und hat gelesen. Und Julia Swann, die Ehefrau, war bei einer Vernissage in Henley. Ihren Angaben zufolge hatte niemand von ihnen mit Connor Streit oder Anlaß zu glauben, er könnte erregter oder verzweifelter Stimmung gewesen sein.«

»Natürlich nicht.« Kincaid schnitt ein Gesicht. »Das alles bedeutet gar nichts, solange wir keine geschätzte Todeszeit haben.«

»Sie haben die Familie doch heute nachmittag kennengelernt, nicht wahr? Was sind das für Leute?«

»Hm«, machte Kincaid. »Interessant. Aber ich denke, es ist besser, Sie bilden sich Ihre eigene Meinung. Wir sprechen morgen noch einmal mit ihnen.« Er seufzte und trank von seinem Bier. »Ich glaube allerdings nicht, daß da die große Offenbarung auf uns wartet. Keiner von ihnen kann sich vorstellen, weshalb jemand hätte Connor Swann töten sollen. Wir haben also kein Motiv, keinen Verdächtigen, und wir sind nicht einmal sicher, daß es Mord ist.« Er hob sein Glas und prostete ihr mit spöttischem Gesicht zu. »Auf einen spannenden Fall.«

Nach einer Nacht gesunden Schlafs brachte Kincaid etwas mehr Enthusiasmus für den Fall auf. »Zuerst die Schleuse«, sagte er beim Frühstück im Speisesaal des *Chequer* zu Gemma. »Ich kann erst weitermachen, wenn ich das selbst gesehen habe. Dann möchte ich einen Blick auf den Toten werfen.« Er spülte seinen Kaffee hinunter und schaute sie mit zusammengekniffenen Augen an. »Wie schaffen Sie es, so früh am Morgen so frisch und vergnügt auszusehen?« Sie trug einen Blazer in leuchtendem Rostrot, ihr Gesicht war wach und lebendig, selbst ihr Haar schien vor Energie zu knistern.

»Tut mir leid.« Sie lächelte, doch Kincaid hatte den Eindruck, daß ihre Anteilnahme mit Mitleid gefärbt war. »Ich kann nichts dafür. Wahrscheinlich hat es was mit den Genen zu tun. Oder damit, daß ich die Tochter eines Bäckers bin. Wir sind zu Hause immer sehr früh aufgestanden.«

»Puh.« Er hatte nach einem Glas Bier zuviel am Abend zuvor tief und fest geschlafen und eine zweite Tasse Kaffee gebraucht, um wenigstens halbwegs munter zu werden.

»Es wird schon werden«, sagte Gemma lachend, und sie beendeten ihr Frühstück in freundschaftlichem Schweigen.

Im frühen Morgenlicht fuhren sie durch das stille Dorf Fingest und dann weiter nach Süden in Richtung Themse. Nachdem sie Gemmas Escort auf dem Parkplatz eine halbe Meile vom Fluß entfernt stehengelassen hatten, überquerten sie die Straße zum Wanderpfad. Ein kühler Wind blies ihnen in die Gesichter, als sie langsam hangabwärts gingen. Kincaid, der mit seiner Schulter versehentlich Gemma streifte, spürte ihre Wärme selbst durch sein Jackett hindurch.

Ihr Weg kreuzte die Straße, die parallel zum Fluß verlief, und schlängelte sich dann zwischen Häusern und verwilderten Büschen hindurch. Erst als sie aus einem eingezäunten Durchgang traten, sahen sie den Fluß. Bleiernes Wasser reflektierte den bleiernen Himmel, und direkt vor ihnen führte ein Betonweg im Zickzack über den Fluß.

»Sind wir hier auch wirklich richtig?« fragte Kincaid. »Ich kann nichts entdecken, was wie eine Schleuse aussieht.«

»Da drüben, hinter dieser Böschung dort, sind Boote zu sehen. Es muß da einen Kanal geben.«

»Gut. Dann gehen Sie voraus.« Mit einer galanten kleinen Verneigung ließ er ihr den Vortritt.

Einer nach dem anderen traten sie auf den Betonweg hinaus. Nebeneinander hätten sie nicht gehen können, ohne an das Metallgitter zu stoßen, das eine gewisse Sicherheit bot.

Auf halbem Weg erreichten sie das Wehr. Gemma blieb stehen, und Kincaid machte hinter ihr halt. Sie sah in die donnernden Wasserströme unterhalb des Wegs hinunter und fröstelte. »Manchmal vergessen wir die Macht des Wassers. Die friedliche alte Themse kann ganz schön wild sein, nicht?«

»Der Fluß hat Hochwasser vom vielen Regen«, sagte Kincaid, die Stimme über das Brausen erhebend. Er spürte die Vibrationen der Wasserkraft unter seinen Füßen. Mit beiden Händen umfaßte er das Metallgitter, dessen Kälte beinahe schmerzhaft war, und beugte sich hinüber, um ins stürzende Wasser zu sehen, bis ihm schwindlig zu werden begann. »Meine Güte, wenn man wirklich jemanden in den Fluß stoßen wollte, wär das der richtige Platz dafür.« Als er sich aufrichtete und Gemma ansah, bemerkte er, daß sie fror. Ihr Gesicht wirkte ein wenig verkrampft, die Sommersprossen hoben sich dunkel von ihrer blassen Haut ab. Er legte ihr leicht eine Hand auf die Schulter. »Gehen wir weiter. Drüben, unter den Bäumen, ist es wärmer.«

Sie gingen schnell, die Köpfe gegen den Wind gesenkt, ganz bedacht darauf, den Schutz der Bäume zu erreichen. Der Weg führte noch etwa hundert Meter weiter, am Wehr vorbei, immer parallel zur Böschung, dann machte er eine plötzliche Biegung nach links und verschwand in den Bäumen.

Die Atempause war kurz, der Baumgürtel schmal, doch er gestattete ihnen zu verschnaufen, ehe sie wieder ins Freie hinaustraten und die Schleuse vor sich sahen. Den Zugang hatte die Polizei mit gelbem Plastikband gesperrt. Rechts von ihnen stand ein kompaktes kleines Haus aus rotem Backstein mit je einem Fenster symmetrisch zu beiden Seiten der Tür. Das Fenster, das ihnen am nächsten lag, war jedoch so üppig überwuchert von einer grünen Kletterpflanze, daß es aussah wie ein Auge unter buschiger Braue.

Als Kincaid mit einer Hand das Plastikband leicht anhob und darunter hindurchschlüpfen wollte, trat ein Mann aus der Tür des Hauses und rief sie an. »Sir, Sie dürfen da nicht weitergehen. Da hat die Polizei gesperrt.«

Kincaid richtete sich wieder auf. Während er wartete, musterte er den Mann, der auf sie zukam. Er war kurz und stämmig, mit grauem, kurzgeschorenem Haar, und hatte ein Polohemd an, das mit dem Emblem des *Thames River Authority* gekennzeichnet war. In einer Hand trug er einen dampfenden Becher.

»Wie hieß der Schleusenwärter gleich wieder?« flüsterte Kincaid Gemma zu.

Gemma schloß einen Moment die Augen. »Perry Smith, glaube ich.«

»Das wird er sein, wenn ich mich nicht täusche.« Er zog seinen Dienstausweis heraus und hielt ihn dem Mann hin, als dieser zu ihnen trat. »Sind Sie zufällig Perry Smith?«

Der Schleusenwärter nahm mit seiner freien Hand den Ausweis und studierte ihn argwöhnisch, dann musterte er Kincaid und Gemma, als hoffte er, sie wären Betrüger. Er nickte einmal kurz. »Ich hab der Polizei schon alles gesagt, was ich weiß.«

»Das ist Sergeant James«, fuhr Kincaid im Plauderton fort, »und Sie sind genau der Mann, den wir suchen.«

»Das einzige, was mich interessiert, ist, daß hier an der Schleuse alles ordentlich läuft, Superintendent. Gestern mußte ich wegen der Polizei das Tor geschlossen lassen, während die hier mit ihren Pinzetten und ihren kleinen Plastikbeuteln rumgerannt sind. Eine Meile weit hat sich der Verkehr auf dem Fluß gestaut«, erklärte er mit wachsendem Unmut. »Lauter Trottel, sag ich Ihnen.« Er warf Gemma einen finsteren Blick zu und entschuldigte sich nicht für seinen Ton. »Die hatten sich offensichtlich überhaupt nicht überlegt, was passieren würde oder wie lange es dauern würde, das Chaos wieder zu beseitigen.«

»Mr. Smith«, sagte Kincaid beschwichtigend, »es ist nicht meine Absicht, den Betrieb Ihrer Schleuse zu stören. Ich möchte Ihnen lediglich ein paar Fragen stellen –« Er hob eine Hand, als Smith den Mund öffnete – »Ja, ich weiß, Sie haben sie bereits beantwortet, aber ich würde alles lieber von Ihnen direkt hören und nicht aus zweiter Hand. Da passiert's nämlich manchmal, daß was durcheinanderkommt.«

Smiths Gesicht wurde eine Spur freundlicher, und er trank einen Schluck aus seinem Becher. Die geballten Muskeln seines kräftigen Oberarms zeichneten sich unter dem Ärmel seines Hemdes ab. »Durcheinanderkommen ist noch gelinde ausgedrückt, wenn man nach diesen Eseln von gestern gehen kann.« Er sah Gemma an, die ihren Jackenkragen hochgeschlagen hatte und ihn unter dem Kinn zusammenhielt, und schien erst jetzt wahrzunehmen, daß sie fror. »Wir können ja reingehen, Miss, da ist es wärmer«, sagte er etwas weniger aggressiv.

Gemma lächelte ihm dankbar zu. »Danke. Ich hab mich offensichtlich nicht richtig angezogen.«

Smith wandte sich wieder Kincaid zu, als sie zum Haus gingen. »Wann machen die dieses blöde Band endlich wieder runter?«

»Da müssen Sie bei der Polizeidienststelle Thames Valley nachfragen. Aber wenn die Spurensicherung hier fertig ist, wird es sicher nicht mehr lang dauern.« Kincaid blieb stehen, als sie die Haustür erreichten, und betrachtete die Schleuse und den grasüberwachsenen Pfad, der auf der gegenüberliegenden Seite flußaufwärts führte. »Ich fürchte allerdings, sie werden nicht viel Glück gehabt haben.«

Der Boden in dem kleinen Hausflur war mit Sisal ausgelegt, auf dem mehrere Paar abgetragener Gummistiefel standen. An den Wänden hing Arbeitskleidung – Ölhautjacken und -hüte, leuchtendgelbe Regenmäntel und Seilrollen. Smith führte sie in ein Wohnzimmer, spartanisch eingerichtet, aber warm.

Gemma klappte ihren Jackenkragen herunter und zog ihren Block heraus. Smith stellte sich ans Fenster, den Blick auf den Fluß gerichtet.

»Erzählen Sie uns doch erst mal, wie Sie die Leiche gefunden haben, Mr. Smith.«

»Ich bin gleich nach Sonnenaufgang rausgegangen, genau wie immer. Erst trink ich eine Tasse Tee, dann schau ich nach, daß alles in Ordnung ist. An manchen Tagen geht's schon früh los mit dem Verkehr, obwohl jetzt nicht mehr so oft wie im

Sommer. Na ja, und oben wartete schon ein Boot, das durch die Schleuse wollte.«

»Können denn die Bootsführer die Schleuse nicht selbst betätigen?« fragte Gemma.

Er schüttelte den Kopf. »Eigentlich ist es ja ganz einfach, aber wenn man zu ungeduldig ist, um abzuwarten, bis die Kammer voll ist und sich wieder richtig leert, kann man da ganz schön Mist bauen.«

»Gut. Was passierte dann?« hakte Kincaid nach.

»Ich seh schon, daß Sie von Schleusen nicht viel Ahnung haben«, sagte Smith und sah sie mit einem Ausdruck des Mitleids an, als hätte er jemanden vor sich, der noch keine Schleife binden kann.

Kincaid verkniff es sich zu sagen, daß er in West Cheshire aufgewachsen war und eine ganze Menge von Schleusen verstand.

»Normalerweise ist die Kammer leer. Wenn ein Boot kommt, öffne ich zuerst die Schleusen im Oberhaupt, um die Kammer zu füllen. Na, und wie ich dann das obere Tor öffne, daß das Boot einfahren kann, taucht da plötzlich eine Leiche auf.« Smith trank einen Schluck aus seiner Tasse und fügte verächtlich hinzu: »Irgend so ein albernes Frauenzimmer auf dem Boot hat angefangen zu schreien wie am Spieß, so was haben Sie noch nie gehört. Ich bin sofort ins Haus gerannt und hab den Notruf angerufen, nur damit ich dieses Geschrei nicht weiter ertragen muß.« Smiths Augenwinkel kräuselten sich leicht, als lächelte er. »Die Leute vom Bergungstrupp haben den armen Kerl dann rausgefischt und versucht, ihn wiederzubeleben. Aber meiner Ansicht nach hätte jeder mit einem Funken Grips sofort sehen können, daß er schon seit Stunden tot war.«

»Wann haben Sie ihn erkannt?« fragte Gemma.

»Ich hab ihn nicht erkannt. Jedenfalls nicht die Leiche. Aber als sie ihm die Brieftasche rauszogen, hab ich sie mir angesehen, und der Name kam mir sofort bekannt vor. Ich hab dann nur noch einen Moment gebraucht, bis mir eingefallen ist, wer er war.«

Kincaid trat ebenfalls zum Fenster und sah hinaus. »Woher kannten Sie den Namen?«

Smith zuckte die Achseln. »Wahrscheinlich vom Klatsch aus dem Pub. Hier in der Gegend kennt jeder die Ashertons.«

»Halten Sie es für möglich, daß er draußen auf dem Schleusentor war und von dort aus hineingefallen ist?« fragte Kincaid.

»Na ja, das Gitter ist nicht so hoch, daß ein großer Mann da nicht drüberfallen könnte, wenn er betrunken ist. Oder leichtsinnig. Aber flußaufwärts vom Tor läuft der Betonvorbau noch ein Stück weiter, ehe er mit dem alten Treidelpfad zusammenstößt, und da ist überhaupt kein Gitter.«

Kincaid erinnerte sich der Häuser, die er auf dieser Seite des Flusses stromaufwärts gesehen hatte. Alle standen sie in wohlgepflegten Gärten, deren Rasenflächen bis zum Wasser hinunterführten, einige hatten außerdem kleine Bootsstege. »Und wenn er nun weiter stromaufwärts hineingefallen ist?«

»Die Strömung ist da oben nicht so stark wie unmittelbar vor dem Schleusentor. Wenn er also da oben reingefallen ist« – er wies mit dem Kopf flußaufwärts – »würd ich sagen, daß er bewußtlos gewesen sein muß oder vielleicht sogar schon tot. Sonst wär er bestimmt wieder rausgekommen.«

»Und wenn er hier beim Schleusentor in den Fluß gestürzt ist? Wäre die Strömung dann stark genug gewesen, um ihn hinunterzudrücken?«

Smith sah einen Moment lang zur Schleuse hinaus, ehe er antwortete. »Das ist schwer zu sagen. Es ist ja die Strömung, die das Tor geschlossen hält – sie ist ziemlich wild. Aber ob sie auch einen Menschen runterdrücken könnte, der mit aller Kraft versucht, sich zu retten – unwahrscheinlich, würde ich sagen, aber man kann natürlich nie sicher sein.«

»Eines noch, Mr. Smith«, sagte Kincaid. »Haben Sie in der Nacht irgend etwas Ungewöhnliches gesehen oder gehört?«

»Ich geh früh zu Bett, weil ich immer schon bei Tagesanbruch aufstehe. Nein, mir ist nichts aufgefallen.«

»Hätte ein Kampf Sie geweckt?«

»Ich hab einen sehr gesunden Schlaf, Superintendent. Das kann ich also wirklich nicht sagen.«

»Nach dem Motto, ein gutes Gewissen ist ein sanftes Ruhekissen«, flüsterte Gemma, als sie gingen und Smith energisch die Tür hinter ihnen schloß.

Kincaid blieb stehen und sah wieder zu der Schleuse hinüber. »Wenn Connor Swann bei seinem Sturz ins Wasser bewußtlos oder vielleicht sogar schon tot war, wie zum Teufel hat man ihn hierhergebracht? Das wäre selbst für einen starken Mann eine beinahe unmögliche Aufgabe.«

»Mit einem Boot vielleicht«, meinte Gemma.

Kincaid sagte nichts.

Den Wind im Rücken, gingen sie langsam zu dem Fußweg, der sie über das Wehr zurückführen würde. Vertäute Boote lagen leise schwankend im ruhigen Wasser. Enten schwammen schaukelnd auf den Wellen.

»War er schon tot, als er ins Wasser stürzte? Das ist die Frage, Gemma.« Kincaid sah sie mit hochgezogener Braue an. »Haben Sie Lust auf einen Besuch im Leichenhaus?«

3

Der Geruch nach Desinfektionsmitteln erinnerte Kincaid immer an das Krankenzimmer seiner alten Schule, wo die Hausmutter das Verbinden aufgeschrammter Knie überwacht und die Macht besessen hatte, einen nach Hause zu schicken, wenn die Krankheit oder Verletzung sich als ernst genug erwies. Denen jedoch, die sich in diesem Raum befanden, konnte niemand mehr helfen, und das Desinfektionsmittel vermochte den Hauch der Verwesung nicht ganz zu kaschieren. Es war so kalt, daß ihn fröstelte.

Ein Anruf beim Revier Thames Valley hatte sie ins städtische Krankenhaus High Wycombe geführt, wo Connor Swanns Leiche auf die Obduktion wartete. Das Krankenhaus war ein alter Bau, die Leichenhalle noch immer ein kalter gekachelter Raum mit Porzellanspülbecken; die langen Reihen von Schubladen aus rostfreiem Stahl, in denen sich die Leichen sauber und unsichtbar aufbewahren ließen, gab es hier noch nicht.

»Wen suchen Sie gleich wieder?« fragte sie die junge Frau im weißen Kittel, auf deren Namensschildchen ›Sherry‹ stand und deren heiter unbekümmerte Art besser in einen Kindergarten gepaßt hätte.

»Connor Swann«, antwortete Kincaid mit einem belustigten Blick zu Gemma.

Die junge Frau ging die Reihe der Tragen ab, wobei sie im Vorübergehen an die an den Zehen der Leichen befestigten Etiketten schnippte. »Hier haben wir ihn schon. Nummer vier.« Mit routinierter Geschicklichkeit schlug sie das Leintuch bis zur Taille des Toten zurück. »Eine schöne saubere Leiche. Das macht es immer ein bißchen einfacher, finden Sie nicht auch?« Sie lächelte sie strahlend an, als hielte sie sie für leicht debil, ging dann zur Schwingtür zurück und rief laut »Mickey!« in den Flur hinaus. »Wir brauchen Hilfe, wenn wir ihn umdrehen wollen«, fügte sie zu Kincaid und Gemma gewandt erklärend hinzu.

Mickey erschien einen Augenblick später. Wie ein Bulle, der endlich aus dem Stall gelassen worden ist, stürmte er durch die Tür. Die Muskeln in seinen Armen und Schultern spannten das dünne Gewebe seines T-Shirts, und er trug die kurzen Ärmel aufgerollt, um ein paar Extrazentimeter Bizeps zu zeigen.

»Kannst du diesen Leuten hier mal mit Nummer vier helfen, Mickey?« sagte Sherry sehr artikuliert. Ihrem freundlich gönnerhaften Kindergärtnerinnengehabe war jetzt eine Prise Gereiztheit beigemischt. Der junge Mann nickte nur mit unbewegtem Pickelgesicht und zog ein paar dünne Latexhandschuhe aus der Hüfttasche seiner weißen Hose. »Lassen Sie sich Zeit, soviel Sie wollen«, bemerkte sie zu Kincaid und Gemma. »Wenn Sie fertig sind, brauchen Sie nur zu rufen, okay? Tschüs inzwischen.« Mit flatterndem Kittel flitzte sie an ihnen vorüber und ging durch die Schwingtür hinaus.

Sie traten zu der Trage und blieben schweigend vor ihr stehen. In der Stille hörte Kincaid Gemmas leisen Atem. Connor Swanns Hals und Schultern waren mager und gut geformt, das volle glatte braune Haar hatte einen Stich ins Rötliche. Kincaid vermutete, daß er im Leben einer jener Männer gewesen war, die im Zorn oder in der Erregung schnell rot anliefen. Sein Körper zeigte in der Tat kaum Male. Am linken Oberarm und an der Schulter waren Blutergüsse zu erkennen, und als Kincaid näher hinsah, entdeckte er auf beiden Halsseiten schwache dunkle Stellen.

»Ein paar Quetschungen«, sagte Gemma zweifelnd, »aber keinerlei Verfärbung von Gesicht und Hals, wie man sie bei manueller Strangulierung erwarten würde.«

Kincaid beugte sich tiefer über den Toten. »Keine Ligatur. Schauen Sie, Gemma, da am rechten Wangenknochen, ist das ein Bluterguß?«

Sie musterte die dunkle Stelle. »Möglich. Schwer zu sagen. Er kann leicht mit dem Gesicht gegen das Schleusentor geschlagen sein.«

Connor Swann, dachte Kincaid, mußte ein gutaussehender

Mann gewesen sein, hohe, breite Wangenknochen, eine kräftige Nase und ein ebenso kräftiges Kinn. Über seinen vollen Lippen saß ein gepflegter, rötlich schimmernder Schnauzbart, der auf der fahlen Blässe der Haut seltsam lebendig wirkte.

»Sieht nicht übel aus, der Mann, finden Sie nicht auch, Gemma?«

»Ja, er war wahrscheinlich recht attraktiv ... Möglicherweise allerdings auch ganz schön eingebildet. So wie ich es verstanden habe, war er ein ziemlicher Casanova.«

Kincaid fragte sich, wie Julia Swann damit umgegangen war – sie hatte ihm nicht den Eindruck einer Frau gemacht, die bereit war, brav am heimischen Herd zu sitzen, während ihr Ehemann den Draufgänger spielte. Und er fragte sich weiter, wie weit sein Wunsch, Connor zu sehen, mit dienstlichem Interesse zu tun hatte und wie weit mit persönlicher Neugier.

Mit fragend hochgezogener Braue wandte er sich Mickey zu. »Könnten wir uns den Rest mal ansehen?«

Der junge Mann leistete der Aufforderung wortlos Folge, indem er das Laken ganz herunterzog.

»Er war im Urlaub, aber es scheint schon länger her zu sein«, bemerkte Gemma, als sie die Ränder verblaßter Sonnenbräune an den Oberschenkeln und am Bauch sahen. »Aber vielleicht hat er auch ein Boot und ist damit im Sommer auf der Themse herumgegondelt.«

Kincaid nickte und ahmte dann Mickeys nonverbalen Kommunikationsstil nach, indem er mit einer Hand eine Drehbewegung machte. Mickey schob daraufhin seine beiden behandschuhten Hände unter Connor Swanns Körper und drehte ihn mit scheinbarer Mühelosigkeit herum, wobei er allerdings ein Ächzen nicht ganz unterdrücken konnte.

Breite, sommersprossige Schultern; im Nacken, unter dem Haaransatz, ein blasser Streifen, Zeugnis eines kürzlichen

Haarschnitts; ein Muttermal, wo die Schwellung des Gesäßes begann – Trivialitäten, dachte Kincaid, aber alle Beweise für Connor Swanns Einzigartigkeit. Stets trat im Lauf einer Ermittlung dieser Augenblick ein, in dem aus dem Leichnam ein Mensch wurde, eine Person, die vielleicht eine Vorliebe für Gewürzgurken oder alte Benny-Hill-Komödien gehabt hatte.

»Genug gesehen?« fragte Gemma, etwas gedämpfter als sonst wirkend. »Keinerlei Male auf dieser Seite.«

Kincaid nickte. »Genug gesehen«, bestätigte er. »Und das alles hilft uns sowieso nicht viel, solange wir nicht wissen, was er in der fraglichen Nacht getrieben hat, und keine geschätzte Todeszeit haben. – Okay, Mickey«, sagte er zu dem jungen Mann, der sie anstarrte, als hätten sie Griechisch gesprochen, »das wär's. Sprechen wir noch mal mit Sherry Sonnenschein.«

An der Tür drehte sich Kincaid noch einmal herum. Mickey hatte Connors Leiche bereits wieder auf den Rücken gelegt und das Laken über ihr ausgebreitet.

Sie fanden die junge Frau in einem winzigen Büro gleich links von der Schwingtür, wo sie über einem Computer saß.

»Wissen Sie, für wann die Obduktion angesetzt ist?« fragte Kincaid.

»Da muß ich mal nachsehen.« Sie studierte einen Plan, der über ihrem Schreibtisch an der Wand hing. »Winnie wird ihn sich wahrscheinlich morgen am späten Nachmittag oder übermorgen gleich in aller Frühe vornehmen können.«

»Winnie?« fragte Kincaid, dem plötzlich ein absurdes Bild von Pu dem Bären mit Messer und Skalpell vorschwebte.

»Dr. Winstead.« Sherry lächelte, und in ihren Wangen bildeten sich niedliche Grübchen. »Wir nennen ihn alle so – er ist ein bißchen mollig.«

Kincaid dachte mit Resignation daran, daß er der Obduktion würde beiwohnen müssen. Die anfängliche gruselige Erregung angesichts der Vorgänge hatte sich längst gelegt. Jetzt fand er sie nur noch widerwärtig, und diese letzte Verletzung menschlicher Intimsphäre schien ihm manchmal unerträglich traurig.

»Würden Sie mir Bescheid geben, sobald der Zeitpunkt feststeht?«

»Sie können sich darauf verlassen.« Sherry strahlte ihn an.

Flüchtig nahm Kincaid Gemmas Gesichtsausdruck wahr und wußte, sie würde ihm nachher eins dafür auf den Deckel geben, daß er den kleinen Angestellten Honig ums Maul schmierte. »Vielen Dank, Schätzchen«, sagte er zu Sherry und beschenkte sie mit seinem charmantesten Lächeln. »Sie waren mir eine große Hilfe.« Mit klimpernden Fingern winkte er ihr zu. »Tschüs inzwischen.«

»Sie sind wirklich schamlos«, sagte Gemma, sobald sie draußen waren. »Das arme kleine Ding war ja völlig hingerissen von Ihnen.«

Kincaid lachte. »Aber man erreicht was damit, oder nicht?«

Nach einigen nicht eingeplanten Umwegen infolge ihrer Unvertrautheit mit dem Einbahnstraßensystem von High Wycombe fand Gemma schließlich ihren Weg aus der Stadt hinaus. Kincaids Anweisungen folgend, fuhr sie in südwestlicher Richtung, zurück ins Gebiet der Chiltern Hills. Ihr knurrte ein wenig der Magen, aber sie hatten beschlossen, noch vor dem Mittagessen mit den Ashertons zu sprechen.

Was sie von Tony und Kincaid über die Familie gehört hatte, hatte sie neugierig gemacht. Mit einer Frage auf den Lippen sah sie Kincaid an, doch sein ins Leere gerichteter Blick verriet ihr, daß er mit seinen Gedanken ganz woanders war. Er war oft so vor einer Vernehmung, als müßte er sich in sich selbst versenken, um diese intensive Konzentration dann nach außen richten zu können.

Sie lenkte ihre Aufmerksamkeit wieder auf die Straße, war sich jedoch plötzlich seiner Nähe und seines Schweigens ungewöhnlich stark bewußt.

Nach ein paar Minuten erreichten sie eine Straßengabelung, und ehe sie fragen konnte, welchen Weg sie nehmen sollte, sagte er: »Biegen Sie hier ab. Das Haus liegt ungefähr auf halbem Weg an dieser kleinen Straße.« Mit der Fingerspitze zog er eine feine Linie auf der Karte nach, die die Dörfer Northend und Turville Heath verband. »Sie ist nicht gekennzeichnet, wahrscheinlich eine Abkürzung für die Einheimischen.«

Ein Wasserlauf kam aus den Bäumen hervor und kreuzte die schmale Straße, und Rinnsale klaren Wassers schlängelten sich über den Asphalt. Ein gelbes Dreieck warnte: VORSICHT! GEFAHR DER ÜBERFLUTUNG, und plötzlich wurde die Geschichte, die Gemma über Matthew Ashertons Tod im Wasser gehört hatte, sehr plastisch.

»Scharf links jetzt«, sagte Kincaid, und Gemma zog das Lenkrad herum. Das von hohen Böschungen begrenzte Sträßchen, in das sie hineinfuhren, war für den Escort gerade breit genug. Zu beiden Seiten standen dicke alte Bäume, deren Zweige sich über ihnen zu einem Dach schlossen. Die kleine Straße stieg stetig an, und die hohen Böschungen wuchsen, bis die Baumwurzeln auf Augenhöhe waren. Rechts konnte Gemma durch das dichte Laub gelegentlich den Glanz goldener Felder sehen, die sich zu einem Tal hinabsenkten. Links stand der Wald, dunkel und undurchdringlich, und das Licht, das durch das Laubdach über der Straße sickerte, hatte einen grünlichen Schimmer.

»Wie beim Rodeln«, sagte Gemma plötzlich.

»Was?«

»Das erinnert mich ans Rodeln. Sie wissen schon, Schlittenfahren.«

Kincaid lachte. »Sie haben vielleicht eine Phantasie! Vorsicht jetzt, gleich kommt eine Abzweigung nach links.«

Sie näherten sich dem höchsten Punkt der Steigung, als Gemma in der Böschung zur Linken einen Einschnitt entdeckte. Sie nahm Gas weg und steuerte den Wagen vorsichtig auf den laubgepolsterten Fahrweg, folgte seinem leicht abwärtsführenden Lauf, bis sie hinter einer Biegung eine Lichtung erreichte. »Oh«, sagte sie leise und überrascht. Sie hatte ein Fachwerkhaus erwartet, ein Haus wie jene, die sie in den nahe gelegenen Dörfern gesehen hatte. Die Sonne, die immer wieder von Wolken verdrängt worden war, fand eine Lücke und malte lichtgesprenkelte Muster auf die weißen Kalksteinmauern des Gebäudes.

»Gefällt es Ihnen?«

»Ich weiß nicht recht.« Gemma kurbelte das Fenster herunter, nachdem sie den Motor ausgeschaltet hatte, und einen Moment lang blieben sie sitzen und lauschten. Durch die Stille des Waldes hörten sie ein schwaches, tiefes Summen. »Es ist ein bißchen gespenstisch. Ganz anders, als ich es mir vorgestellt hatte.«

»Warten Sie nur«, sagte Kincaid, als er die Wagentür öffnete, »bis Sie die Familie kennenlernen.«

Gemma nahm an, die Frau, die ihnen öffnete, sei Dame Caroline Stowe – elegante lange Hose aus teurem Stoff, Seidenbluse und marineblaue Strickjacke, kurzes dunkles, von Grau durchzogenes Haar – alles an ihr zeugte von konservativem gutem Geschmack. Doch als die Frau sie beide verständnislos anblickte und dann sagte: »Kann ich Ihnen irgendwie behilflich sein?« wurde Gemma unsicher.

Kincaid stellte sich und Gemma vor und fragte dann nach Sir Gerald und Dame Caroline.

»Oh, tut mir leid, sie sind im Augenblick nicht hier. Sie sind zum Bestattungsunternehmen hinuntergefahren. Wegen der Beerdigung.« Sie bot erst Gemma, dann Kincaid die Hand. »Ich bin Vivian Plumley.«

»Die Haushälterin?« fragte Kincaid, und Gemma erkannte an seiner nicht gerade sehr taktvollen Frage, daß er auf diese Begegnung nicht vorbereitet gewesen war.

Vivian Plumley lächelte: »So könnte man sagen. Es stört mich jedenfalls nicht.«

»Gut.« Kincaid hatte seine Gewandtheit und sein charmantes Lächeln bereits wiedergefunden. »Wir würden uns gern auch mit Ihnen unterhalten, wenn das möglich ist.«

»Kommen Sie mit in die Küche. Ich mache Ihnen einen Kaffee.« Sie führte sie durch den mit Schieferplatten ausgelegten Flur und wich dann zurück, um ihnen den Vortritt zu lassen.

Die Küche war von Modernisierungen verschont geblieben. Gemma mochte über Fotografien blitzender Superküchen in wehmütige Seufzer ausbrechen, sie wußte dennoch instinktiv, daß sie für einen Raum wie diesen keinen emotionalen Ersatz boten. Ein geschrubbter alter Eichentisch, umgeben von Stühlen mit Lederrücken, stand in der Mitte des Raums, bunte Flickenteppiche milderten die Kühle des grauen Schieferbodens, und an einer Wand stand ein rot emaillierter Herd, der Wärme und Gemütlichkeit verbreitete.

»Nehmen Sie doch Platz«, sagte Vivian Plumley mit einer Geste zum Tisch. Gemma zog einen Stuhl heraus und setzte sich. Sie spürte, wie die Spannung, derer sie sich gar nicht bewußt gewesen war, aus ihr herausfloß. »Etwas zu essen?« fragte Vivian, und Gemma schüttelte rasch den Kopf, da sie fürchtete, sie würden, von der Behaglichkeit des Raumes verführt, die Kontrolle über das Gespräch verlieren.

Kincaid sagte »Nein, danke« und setzte sich auf den Stuhl am

Kopfende des Tischs. Gemma nahm ihren Block aus ihrer Tasche und legte ihn unauffällig auf ihren Schoß.

Der Duft frischen Kaffees begann sich im Zimmer auszubreiten. Vivian stellte Tassen, Sahne und Zucker auf ein Tablett. Sie verrichtete ihre Tätigkeit schweigend, eine Frau, die selbstsicher genug war, um sich nicht gezwungen zu fühlen, Konversation zu machen. Als der Kaffee fertig war, füllte sie die Tassen und trug das Tablett zum Tisch.

»Bitte, bedienen Sie sich. Das ist übrigens richtige Sahne, kein Diätersatz. Wir haben einen Nachbarn, der ein paar Kühe hält.«

»So einen Genuß darf man sich natürlich nicht entgehen lassen«, sagte Kincaid und kippte eine Ladung Sahne in seine Tasse. Gemma lächelte, sie wußte, daß er seinen Kaffee gewöhnlich schwarz trank. »Dann sind Sie also gar nicht die Haushälterin?« fuhr er in leichtem Ton fort. »Bin ich ins Fettnäpfchen getreten?«

Vivian rührte ihren Kaffee um und seufzte. »Oh, ich gebe Ihnen gern Auskunft über mich, wenn Sie das möchten, aber es klingt immer so schrecklich viktorianisch. Tatsächlich bin ich mit Caroline verwandt, wir sind Cousinen zweiten Grades, um genau zu sein. Wir sind praktisch im selben Alter und gingen zusammen zur Schule.« Sie hielt inne, um einen Schluck Kaffee zu trinken, verzog aber gleich das Gesicht. »Zu heiß. Nach der Schule haben wir uns ein bißchen aus den Augen verloren. Wir heirateten beide, und Caro begann ihre Karriere als Sängerin.« Vivian lächelte. »Dann starb mein Mann. Eine krankhafte Arterienerweiterung.« Sie schlug kurz ihre Hände aneinander. »Praktisch von einem Tag auf den anderen. Wir hatten keine Kinder, ich hatte keine richtige Berufsausbildung, und das Geld war knapp. Das ist jetzt dreißig Jahre her. Damals war es noch nicht üblich, daß jedes junge Mädchen einen Beruf erlernt.« Sie sah Gemma direkt an. »Bei Ihnen war das sicher ganz anders.«

Gemma dachte an ihre Mutter, die an jedem Tag ihrer Ehe vor Tagesanbruch aufgestanden war, um zu backen, und dann den ganzen Tag im Laden hinter der Theke gestanden hatte. Die Möglichkeit, *nicht* zu arbeiten, kam Gemma und ihrer Schwester nie in den Sinn – Gemmas größter Ehrgeiz war es gewesen, einen Beruf zu wählen, der sie erfüllte, und nicht einfach irgendeinen Job zu machen, damit abends etwas zu essen auf dem Tisch stand. »Ja, da haben Sie recht«, sagte sie in Antwort auf Vivian Plumleys Bemerkung. »Und was haben Sie getan?«

»Caro hatte zwei kleine Kinder und einen sehr anstrengenden Beruf.« Sie zuckte die Achseln. »Die Lösung schien vernünftig. Sie hatten Platz, ich hatte genug eigenes Geld, um nicht ganz von der Familie abhängig zu sein, und ich liebte die Kinder, als …«

Als wären sie deine eigenen, vollendete Gemma im stillen für sie und verspürte spontan eine starke Sympathie mit dieser Frau, die aus dem, was das Leben ihr zugeteilt hatte, das Beste gemacht zu haben schien. Sie strich mit ihren Fingern über die Tischplatte und bemerkte schwache Farbspuren, die sich in die Maserung des Holzes eingegraben hatten.

Vivian, die sie beobachtete, sagte voll Wärme: »Die Kinder haben immer an diesem Tisch hier gesessen. Sie haben natürlich meistens in der Küche gegessen. Ihre Eltern waren so viel auf Reisen, daß eine Mahlzeit in der Familie eine ganz besondere Sache war. Sie haben hier ihre Hausaufgaben gemacht, gespielt – Julia hat hier an diesem Tisch zu zeichnen angefangen.«

Die Kinder dies – die Kinder das … Gemma hatte den Eindruck, als wäre die Zeit mit dem Tod des Jungen einfach stehengeblieben. Aber Julia war ja noch dagewesen, allein.

»Für Julia muß das heute alles sehr schwer sein«, sagte sie, sich vorsichtig dem eigentlichen Thema annähernd. »Ich meine, nach dem, was ihrem Bruder zugestoßen ist.«

Vivian wandte sich ab. Mit einer Hand umfaßte sie die Tischkante, als müßte sie sich daran hindern aufzustehen. Nach einem kurzen Schweigen sagte sie: »Darüber sprechen wir nie. Aber ja, Cons Tod ist eine schwere Belastung für Julia. Er ist eine Belastung für uns alle.«

Kincaid, der bisher schweigend zugehört hatte, beugte sich vor und sagte: »Haben Sie Connor Swann gemocht, Mrs. Plumley?«

»Gemocht?« wiederholte sie ein wenig verblüfft, dann runzelte sie die Stirn. »Ich habe eigentlich nie darüber nachgedacht, ob ich Connor mag oder nicht. Er war einfach … Nun, Connor eben. Eine Naturgewalt.« Sie lächelte ein wenig über ihren Vergleich. »In vieler Hinsicht ein sehr attraktiver Mann, und doch … Irgendwie hat er mir immer ein wenig leid getan.«

Kincaid zog eine Augenbraue hoch, sagte aber nichts, und Gemma folgte seinem Beispiel.

Achselzuckend fügte Vivian hinzu: »Ich weiß, es klingt ein bißchen albern zu sagen, so ein vitaler Vollblutmensch wie Con habe einem leid getan, aber Julia war ihm immer ein Rätsel.« Die Goldknöpfe an ihrer Strickjacke blitzten im Licht auf, als sie sich ein wenig anders setzte. »Nie reagierte sie so, wie er es erwartete oder wünschte, und damit hatte er keine Erfahrung. Deshalb benahm er sich manchmal – unangemessen.«

Im vorderen Teil des Hauses fiel eine Tür zu, und sie neigte lauschend den Kopf. Sich halb von ihrem Stuhl erhebend, sagte sie: »Sie sind zurück. Ich will ihnen gleich –«

»Eine Frage noch, bitte, Mrs. Plumley«, unterbrach Kincaid. »Haben Sie Connor Swann am Donnerstag gesehen?«

Sie ließ sich wieder nieder, jedoch nur auf die Stuhlkante, wie auf dem Sprung. »Natürlich habe ich ihn gesehen. Ich habe ja das Mittagessen gemacht – nur kalte Salate und Käse –, und wir haben alle zusammen im Speisezimmer gegessen.«

»Alle außer Julia?«

»Ja, aber sie arbeitet mittags oft durch. Ich habe ihr selbst einen Teller hinaufgebracht.«

»War Connor Swann wie immer?« fragte Kincaid wie beiläufig, doch Gemma wußte, daß er voll stiller Konzentration auf die Antwort wartete.

Vivian entspannte sich, während sie überlegte, lehnte sich auf ihrem Stuhl zurück und zeichnete geistesabwesend das Blumenmuster auf ihrer Kaffeetasse nach. »Con hat immer viel gescherzt und gelacht, aber vielleicht war es ein wenig aufgesetzt. Ich weiß nicht.« Mit einem Stirnrunzeln sah sie Kincaid an. »Es ist gut möglich, daß ich das erst jetzt, im nachhinein so sehe. Ich traue meinem eigenen Urteil nicht recht.«

Kincaid nickte. »Ich danke Ihnen für Ihre Offenheit. Erwähnte er beim Mittagessen etwas über seine Pläne für den Rest des Tages? Es ist wichtig für uns festzustellen, was er an diesem Tag getan hat.«

»Ich erinnere mich, daß er auf seine Uhr sah und etwas von einer Verabredung sagte, aber er nannte keinen Namen. Das war gegen Ende des Essens. Als wir alle fertig waren, bin ich in die Küche gegangen, um abzuspülen, und danach in mein Zimmer, um mich ein wenig hinzulegen. Am besten fragen Sie Caro oder Gerald, ob er ihnen Näheres gesagt hat.«

»Danke, das werde ich tun«, antwortete Kincaid so höflich, daß Gemma sicher war, es würde Vivian Plumley überhaupt nicht auffallen, daß sie ihn soeben darüber belehrt hatte, wie er seine Arbeit tun solle. »Es ist natürlich eine reine Förmlichkeit, aber ich muß Sie bitten, uns zu sagen, wie Sie den Donnerstagabend verbracht haben«, fügte er beinahe entschuldigend hinzu.

»Sie wollen ein Alibi von mir?« fragte Vivian in einem Ton, der mehr Überraschung als Gekränktheit verriet.

»Wir wissen noch nicht, wann genau Connor Swann gestorben ist. Es geht vor allem darum, Fakten zu sammeln – je mehr wir über das Tun der Personen wissen, die mit Connor in Verbindung standen, desto leichter wird es, die Lücken zu sehen. Die Löcher in der Logik.«

»Natürlich.« Besänftigt lächelte sie. »Das ist ganz einfach. Caro und ich haben im Wohnzimmer zusammen zu Abend gegessen. Ziemlich früh, wie häufig, wenn Gerald nicht da ist.«

»Und danach?«

»Danach haben wir noch eine Weile am Feuer gesessen, gelesen, ferngesehen, ein wenig miteinander geredet. Gegen zehn habe ich uns beiden eine Tasse Kakao gemacht, und als wir ausgetrunken hatten, bin ich zu Bett gegangen.« Mit einem Anflug von Ironie fügte sie hinzu: »Ich weiß noch, daß ich dachte, es sei ein besonders friedlicher und angenehmer Abend gewesen.«

»Das war alles?« Kincaid richtete sich auf und schob seine leere Tasse weg.

»Ja«, antwortete Vivian, doch dann hielt sie abrupt inne und starrte einen Moment ins Leere. »Ich erinnere mich tatsächlich an etwas, aber es ist ziemlich lächerlich.« Als Kincaid auffordernd nickte, fuhr sie fort. »Kurz nachdem ich eingeschlafen war, glaubte ich, die Türglocke zu hören, aber als ich mich aufsetzte und lauschte, war es völlig still im Haus. Ich muß es geträumt haben. Gerald und Julia haben natürlich beide ihre eigenen Schlüssel, es bestand daher kein Anlaß, auf sie zu warten.«

»Haben Sie die beiden nach Hause kommen hören?«

»Ich glaubte, gegen Mitternacht Gerald zu hören, aber ich war nicht richtig wach, und als ich das nächste Mal aufwachte, begann es draußen schon hell zu werden, und die Krähen machten in den Buchen vor meinem Fenster einen Höllenlärm.«

»Könnte es nicht auch Julia gewesen sein?« fragte Kincaid.

Sie überlegte einen Moment mit gekrauster Stirn. »Ja, möglich wäre es, aber wenn es nicht gerade schrecklich spät ist, schaut Julia im allgemeinen noch einmal zu mir hinein, ehe sie hinaufgeht.«

»Und an diesem Abend hat sie das nicht getan?«

Als Vivian den Kopf schüttelte, sagte Kincaid mit einem Lächeln: »Ich danke Ihnen, Mrs. Plumley. Das war schon alles.«

Vivian Plumley sah ihn an und fragte: »Soll ich ihnen jetzt sagen, daß Sie hier sind?«

Sir Gerald Asherton stand im Wohnzimmer vor dem Feuer, die Hände auf dem Rücken. Wie man sich einen Landjunker vorstellt, dachte Gemma, als sie ihn sah, in entspannter Pose, die Beine leicht gespreizt, in sportlichen Tweed gekleidet. Selbst die obligaten Lederflicken auf den Jackenärmeln waren da. Nur eine Pfeife und zwei ihm zu Füßen liegende Jagdhunde fehlten, um das Bild zu vervollständigen.

»Tut mir leid, daß Sie warten mußten.« Er kam ihnen entgegen, schüttelte beiden die Hand und wies zum Sofa.

Gemma fand seine Höflichkeit entwaffnend und vermutete, daß sie genau das bezweckte.

»Danke, Sir Gerald«, sagte Kincaid mit gleicher Höflichkeit. »Und Dame Caroline?«

»Sie hat sich hingelegt. Die Sache beim Bestattungsunternehmer hat sie doch sehr mitgenommen.« Sir Gerald setzte sich ihnen gegenüber in einen Sessel, schlug die Beine übereinander und zog sein Hosenbein ein wenig hoch. Ein Stück karierter Socke im herbstlichen Orange und Rostbraun zeigte sich zwischen Schuh und Hosenaufschlag.

»Ich möchte Ihnen nicht zu nahe treten, Sir Gerald«, sagte Kincaid mit einem gewinnenden Lächeln, »aber ist es nicht etwas merkwürdig, daß Ihre Tochter diese Formalitäten nicht selbst erledigt? Connor Swann war schließlich ihr Ehemann.«

»Eben«, antwortete Sir Gerald mit einem Anflug von Schärfe. »Manchmal ist es besser, wenn diese Dinge von jemandem erledigt werden, der etwas mehr Distanz hat. Und diese Bestattungsleute sind ja berüchtigt dafür, daß sie aus den Gefühlen der Leute gern Kapital schlagen.« Mit einer Aufwallung von Mitleid erinnerte sich Gemma daran, daß dieser stämmige, selbstsichere Mann aus schlimmster persönlicher Erfahrung sprach.

Kincaid zuckte die Achseln und ließ die Sache ruhen. »Ich muß Sie fragen, was Sie am Donnerstag abend getan haben, Sir.« Als Sir Gerald fragend eine Augenbraue hochzog, fügte er hinzu: »Es ist nur eine Formalität.«

»Natürlich, Mr. Kincaid. Ich habe am Donnerstag abend eine Aufführung von *Pelleas und Melisande* dirigiert. Im Coliseum.« Er sah ihn mit seinem breiten, jovialen Lächeln an. »Sichtbar für alle Welt.«

Gemma stellte ihn sich auf dem Podium vor einem großen Orchester vor und war überzeugt, daß er einen Konzertsaal ebenso mühelos beherrschte wie diesen kleinen Raum hier. Von ihrem Platz aus sah sie eine Fotografie von ihm, die zusammen mit mehreren anderen in Silber gerahmt auf dem Flügel stand. Möglichst unauffällig erhob sie sich und ging hinüber, um sich die Bilder anzusehen. Das nächststehende zeigte Sir Gerald im Smoking, den Dirigentenstab in der Hand. Er wirkte so ungezwungen wie im sportlich rustikalen Tweed. Auf einem anderen Foto hielt er eine zierliche dunkelhaarige Frau im Arm, die vergnügt in die Kamera lachte.

Die Fotografie der Kinder war nach rückwärts geschoben, als hätte niemand Interesse daran, sie öfter zu betrachten. Der Junge stand leicht im Vordergrund, stämmig und blond, mit einer Zahnlücke und einem spitzbübischen Lachen. Das Mädchen war einige Zentimeter größer, dunkelhaarig wie die Mutter, das schmale Gesicht hatte einen ernsten Ausdruck. Das war natürlich Julia. Julia und Matthew.

»Und danach?« hörte sie Kincaid sagen und richtete, etwas verlegen über ihre Unaufmerksamkeit, ihre Konzentration wieder auf das Gespräch.

Sir Gerald zuckte die Achseln. »Man braucht nach jeder Aufführung eine gewisse Zeit, um sich wieder zu entspannen. Ich blieb eine Weile in meiner Garderobe, aber ich muß gestehen, ich habe nicht auf die Zeit geachtet. Dann bin ich direkt nach Hause gefahren. Ich denke, ich werde irgendwann nach Mitternacht hier angekommen sein.«

»Genauer können Sie es nicht sagen?« fragte Kincaid mit einem Anflug von Skepsis.

Sir Gerald hob seinen rechten Arm und schob den Jackenärmel über einem behaarten Handgelenk hoch. »Ich trage keine Uhr, Mr. Kincaid. Armbanduhren haben mich immer gestört. Und es ist lästig, sie für jede Probe oder Aufführung abnehmen zu müssen. Ich habe die verdammten Dinger immer irgendwo liegenlassen. Und die Autouhr hat nie richtig funktioniert.«

»Sie haben unterwegs nirgends gehalten?«

Sir Gerald schüttelte den Kopf und antwortete so entschieden wie jemand, der es gewöhnt ist, daß sein Wort Gesetz ist: »Nein, ich habe nirgends gehalten.«

»Haben Sie mit jemandem gesprochen, als Sie nach Hause kamen?« fragte Gemma, die es an der Zeit fand, auch etwas beizusteuern.

»Es war niemand mehr auf. Meine Frau schlief, als ich kam,

und ich habe sie nicht geweckt. Ich kann nur annehmen, daß auch Vivian schon schlief. Sie sehen also, junge Frau, falls es Ihnen um eine Alibi geht«, er hielt inne und sah Gemma zwinkernd an, »kann ich Ihnen leider keines liefern.«

»Was war mit Ihrer Tochter, Sir? Hat sie ebenfalls geschlafen?«

»Das kann ich Ihnen leider nicht sagen. Ich kann mich nicht erinnern, Julias Wagen in der Auffahrt gesehen zu haben, aber es ist natürlich möglich, daß jemand sie hierher mitgenommen hat.«

Kincaid stand auf. »Ich danke Ihnen, Sir Gerald. Wir werden uns noch einmal mit Ihrer Gattin unterhalten müssen, wenn es ihr paßt, aber jetzt würden wir gern Ihre Tochter sprechen.«

»Nun, Sie kennen ja den Weg, Mr. Kincaid.«

»Du meine Güte, ich komme mir vor wie in einem Boulevardstück.« Gemma drehte sich nach Kincaid um, als sie ihm voraus die Treppe hinaufging. »Perfekte Formen und keine Substanz. Was wird in diesem Haus eigentlich gespielt?« Auf dem ersten Treppenabsatz blieb sie stehen und sah ihn an. »Man könnte ja meinen, diese Frauen seien aus Glas, so wie Sir Gerald und Mrs. Plumley sie verhätscheln. Nur ja Caroline nicht aufregen ... Nur ja Julia nicht aufregen«, zischte sie, als ihr etwas verspätet einfiel, ihre Stimme zu senken.

Kincaid zog nur auf diese unerschütterlich stoische Art und Weise, die sie manchmal so aufregte, eine Augenbraue hoch. »Ich weiß nicht, ob ich Julia Swann als eine Hätschelpuppe bezeichnen würde.« Er nahm die nächste Treppe in Angriff, und Gemma folgte ihm schweigend.

Die Tür öffnete sich, sobald Kincaid klopfte. »Ach, Plummy, endlich. Ich bin schon am Ver –« Julia Swanns Lächeln erlosch abrupt, als sie sie erkannte. »Oh! Superintendent Kincaid. Schon wieder da?«

»Wie eine lästige Fliege«, antwortete Kincaid mit seinem gewinnendsten Lächeln.

Julia Swann schob den Pinsel, den sie in der Hand hielt, hinter ihr Ohr und trat zurück, um Kincaid und Gemma hereinzulassen. Gemma musterte sie und verglich die Frau mit dem mageren, ernsthaften Kind auf der Fotografie im Wohnzimmer. Die junge Julia war unzweifelhaft noch in der erwachsenen Frau wiederzufinden, doch aus der kindlichen Schlaksigkeit war geschmeidige Eleganz geworden, und die Unschuld im Blick des kleinen Mädchens war lange verloren.

Die Jalousien vor den Fenstern waren herabgelassen, und blasses, wäßriges Licht erhellte den Raum. Der Zeichentisch in der Mitte, leer bis auf eine Palette und ein Zeichenbrett, an dem ein weißes Blatt Papier angeheftet war, wirkte wie ein Ruhepunkt in der allgemeinen Unordnung des Ateliers.

»Plummy bringt mir meistens um diese Zeit ein Sandwich herauf«, bemerkte Julia, als sie die Tür schloß und zum Tisch zurückkehrte. In lässiger Haltung lehnte sie sich dagegen, doch Gemma hatte den Eindruck, daß sie mehr als nur körperlichen Halt suchte.

Auf dem Tisch lag das fertige Bild einer Blume. Beinahe instinktiv trat Gemma näher und streckte die Hand aus. »Oh, wie schön«, sagte sie leise, jedoch ohne das Blatt zu berühren. Das Aquarell mit den intensiven Grün- und Violettönen der Pflanze hatte beinahe etwas Orientalisches.

»Das tägliche Brot«, sagte Julia, doch sie lächelte, offensichtlich um Höflichkeit bemüht. »Ich arbeite an einer ganzen Serie für den National Trust. Sie wollen sie als Karten vertreiben. Sie wissen schon, ähnlich wie bei UNICEF. Und ich bin sehr unter Termindruck.« Julia rieb sich das Gesicht und hinterließ einen verwischten Farbfleck auf ihrer Stirn. Gemma sah plötzlich die Müdigkeit in dem schmalen Gesicht unter dem dunklen, schick geschnittenen Haar.

Sie strich mit einem Finger leicht über den unregelmäßigen Rand des Aquarellpapiers. »Ich dachte eigentlich, die Gemälde unten wären von Ihnen, aber dieses hier ist ganz anders.«

»Als die Flints? Das will ich doch hoffen.« Julias Antwort war brüsk. Sie nahm sich eine Zigarette aus der Packung, die auf einem Tisch an der Seite lag, und riß mit heftiger Bewegung ein Streichholz an.

»Mich haben sie auch neugierig gemacht«, sagte Kincaid. »Irgend etwas an ihnen kam mir bekannt vor.«

»Sie haben wahrscheinlich Zeichnungen von ihm in den Büchern gesehen, die Sie als Kind gelesen haben. William Flint war nicht so bekannt wie Arthur Rackham, aber er hat zum Teil herrliche Illustrationen gemacht.« Julia lehnte sich wieder an den Arbeitstisch und kniff die Augen gegen den Rauch zusammen, der von ihrer Zigarette aufstieg. »Dann kamen die Busenlandschaften.«

»Busenlandschaften?« wiederholte Kincaid amüsiert.

»Technisch sind die brillant, wenn man nichts gegen das Banale hat, und sie haben auf jeden Fall seinen Lebensabend gesichert.«

»Und das mißbilligen Sie?« In Kincaids Stimme lag ein Anflug von Spott.

Julia berührte flüchtig ihr eigenes Aquarell, als prüfte sie seinen Wert, dann zuckte sie die Achseln. »Ja, es ist wahrscheinlich ziemlich heuchlerisch von mir. Diese Sachen hier bringen mir das Geld ein, das ich zum Leben brauche, und sie haben Connor erlaubt, in dem Stil zu leben, an den er sich gewöhnt hatte.«

Zu Gemmas Überraschung schnappte Kincaid nicht nach

dem dargebotenen Köder, sondern fragte statt dessen: »Wenn Sie Flints Aquarelle nicht mögen, wieso hängen sie dann fast in jedem Zimmer dieses Hauses?«

»Sie gehören nicht mir. Vor ein paar Jahren packte meine Eltern plötzlich die Sammelleidenschaft. Flints waren der große Renner, und sie haben sich mitreißen lassen. Vielleicht dachten sie, es würde mich freuen.« Julia lächelte trübe. »In ihren Augen sieht ein Aquarell so ziemlich wie das andere aus.«

Kincaid erwiderte das Lächeln, und sie tauschten einen Blick des Verständnisses wie über einen Scherz, der nur ihnen bekannt war. Julia lachte, und Gemma fühlte sich plötzlich ausgeschlossen.

»Was war denn das für ein Lebensstil, an den sich Ihr Mann gewöhnt hatte, Mrs. Swann?« fragte sie etwas zu schnell und hörte einen unbeabsichtigten Ton der Anklage in ihrer Stimme.

Julia setzte sich halb auf ihren Arbeitshocker und wippte mit dem Fuß, während sie ihre halb gerauchte Zigarette in einem Aschenbecher ausdrückte. »Aufwendig, könnte man sagen. Ich hatte manchmal den Eindruck, Con hielte es für seine Pflicht, einem Image zu entsprechen, das er geschaffen hatte – Alkohol, Frauen und Pferde, alles, was man eben so vom Stereotyp des irischen Draufgängers erwartet. Manchmal war ich gar nicht sicher, ob es ihm so viel Spaß machte, wie er gern vorgab.«

»Gab es da besondere Frauen?« fragte Kincaid so leichthin, als erkundigte er sich nach dem Wetter.

Sie warf ihm einen rätselhaften Blick zu. »Es gab immer eine Frau, Mr. Kincaid. Die Besonderheiten haben mich nicht interessiert.«

Kincaid lächelte nur, als lehnte er es ab, sich von ihrem Zynismus schockieren zu lassen. »Ihr Mann blieb weiter in der Wohnung in Henley, in der Sie gemeinsam gelebt hatten?«

Julia nickte. Sie glitt vom Hocker, um aus der zerdrückten Packung eine weitere Zigarette herauszubohren. Sie zündete sie an, lehnte sich, groß und gertenschlank in schwarzem Rolli und schwarzen Leggings, an den Arbeitstisch und verschränkte die Arme.

»Sie waren am Donnerstag abend in Henley, soviel ich weiß«, fuhr Kincaid fort. »Bei einer Vernissage.«

»Sehr schlau von Ihnen, Mr. Kincaid.« Julia lächelte flüchtig. »Trevor Simons, Thameside.«

»Aber Ihren Mann haben Sie nicht gesehen?«

»Nein. Wir verkehren in unterschiedlichen Kreisen, wie Sie sich vielleicht denken können«, erwiderte Julia, ihren Sarkasmus kaum verbergend.

Gemma sah Kincaid an. Sie erwartete eine herausfordernde Antwort von ihm, doch er sagte nur träge: »Ja, vielleicht.«

Julia drückte die Zigarette aus, an der sie nur ein paarmal gezogen hatte, und Gemma sah, wie ihr Gesicht und ihre Schultern sich entspannten. »Nehmen Sie es mir nicht übel, aber ich muß wirklich wieder an die Arbeit.« Sie schloß diesmal Gemma in das Lächeln mit ein, das dem ihres Vaters so ähnlich war, nur etwas mehr Schärfe hatte. »Vielleicht könnten Sie –«

»Julia!«

Es war eine altbewährte Vernehmungstaktik, den Zeugen oder Verdächtigen plötzlich und mit gebieterischem Nachdruck mit seinem Namen anzusprechen; sie diente einem Einreißen von Barrieren, einem Einbruch in persönliche Sphären. Dennoch war Gemma verblüfft über den vertraulichen Ton von Kincaids Stimme. Es klang, als kenne er diese Frau bis ins Innerste und könnte all ihre Täuschungen mit einem Fingerschnippen hinwegfegen.

Julia erstarrte mitten im Satz, ihren Blick unbeweglich auf Kincaid gerichtet. Sie hätten allein im Zimmer sein können.

»Sie waren nur wenige hundert Meter von der Wohnung Ihres Mannes entfernt. Vielleicht sind Sie hinausgegangen, um frische Luft zu schnappen, sind ihm zufällig begegnet und verabredeten, sich später mit ihm zu treffen.«

Eine Sekunde verstrich, und noch eine, dann richtete sich Julia auf. Sie sagte langsam: »So könnte es gewesen sein, ja. Aber es war nicht so. Es war nämlich meine Ausstellung – meine große Stunde –, und ich habe die Galerie überhaupt nicht verlassen.«

»Und hinterher?«

»Oh, da wird Trev für mich bürgen können, denke ich. Ich habe mit ihm geschlafen.«

4

»Arbeitsteilung«, sagte Kincaid zu Gemma, als sie beim Mittagessen im Pub in Fingest saßen. »Sie sehen zu, ob Sie für Sir Geralds Alibi eine Bestätigung bekommen können – dann haben Sie auch gleich ein oder zwei Nächte zu Hause bei Toby –, und ich versuche mein Glück in Henley. Ich möchte Connor Swanns Wohnung einmal selbst durchgehen, und ich will mit diesem Simons sprechen, Trevor Simons, und mir seine Galerie ansehen. Was Julia an dem fraglichen Abend getan hat, würde ich gern ein bißchen genauer wissen«, fügte er hinzu, und Gemma sah ihn mit einem Blick an, den er nicht deuten konnte.

Nachdem sie unter Tonys wachsamem Auge ihre Sandwiches gegessen hatten, eilte Gemma nach oben, um zu packen. Kincaid wartete auf dem gekiesten Parkplatz, klimperte mit dem Wechselgeld in seiner Hosentasche und zog mit der Fußspitze Furchen in den Kies. Die Ashertons waren sehr glaubhaft, aber je länger er über das nachdachte, was sie ihm berichtet hatten, desto schwerer fiel es ihm, Hand und Fuß daraus zu machen. Sie schienen zu dem Mann, den ihre Tochter kaum ertragen konnte, eine sehr enge Beziehung unterhalten zu haben, gleichzeitig jedoch schienen sie alles daranzusetzen, eine Konfrontation mit Julia zu vermeiden. Er zeichnete mit der Schuhspitze ein J in den Kies und löschte es gleich wieder aus. Wie hatte Julia Swann wirklich zu ihrem Mann gestanden? In Gedanken sah er sie wieder vor sich, das schmale Gesicht beherrscht, die dunklen Augen auf ihn gerichtet, und merkte, daß er ihr das Image der harten Zynikerin, das sie zur Schau trug, nicht recht abnehmen konnte.

Gemma kam mit ihrer Reisetasche aus dem Haus und drehte sich noch einmal einen Moment um, um Tony zuzuwinken. Die Sonne glänzte auf ihrem Haar, und erst da wurde Kincaid gewahr, daß sie hinter den Wolken, die sie den ganzen Morgen verhüllt hatten, hervorgekommen war.

»Fertig?« fragte Gemma, nachdem sie ihre Sachen hinten im Wagen verstaut hatte, und setzte sich ans Steuer ihres Escort. Kincaid schlug sich seine Spekulationen aus dem Kopf und stieg ein. Sie erschien ihm erfrischend unkompliziert, und er dankte, wie häufig, dem Schicksal für ihre Kompetenz und ihr heiteres Gemüt.

Sie ließen die Hügel hinter sich und nahmen die breite Straße nach Henley. Flüchtig sahen sie unter der Henley-Brücke den Fluß, der hinter ihnen zurückblieb, als das ausgeklügelte Einbahnstraßensystem sie ins Stadtzentrum brachte.

»Und wie kommen Sie zurück zum Pub, Chef?« fragte Gemma, als sie auf dem Marktplatz anhielt, um Kincaid aussteigen zu lassen.

»Ach, ich werde schon jemanden finden, der mich mitnimmt. Ich könnte natürlich auf meinen Rang pochen und einen Wagen verlangen«, fügte er lächelnd hinzu, »aber wenn ich an das Theater mit dem Parken denke, laß ich es lieber sein.«

Er stieg aus und schlug mit der Hand gegen die Tür, als gäbe er einem startenden Pferd einen aufmunternden Klaps. Gemma nahm den Fuß von der Bremse, doch bevor sie den Wagen in den Verkehr hinaussteuerte, kurbelte sie das Fenster herunter und rief Kincaid zu: »Passen Sie auf sich auf.«

Er winkte ihr lachend zu und sah dem davonfahrenden Wagen noch einen Moment nach. Merkwürdig, diese plötzliche Besorgnis in ihrer Stimme. Schließlich war sie diejenige, die nach London zurückfuhr, während er lediglich eine Vernehmung und eine Durchsuchung von Connor Swanns Wohnung vorhatte. Er zuckte die Achseln und lächelte – ihre gelegentliche Fürsorglichkeit tat manchmal ganz gut.

Die Polizeidienststelle Henley war gleich auf der anderen Straßenseite, aber nach einem Moment des Zögerns wandte er sich von ihr ab und stieg statt dessen die Treppe zum Rathaus hinauf. Ein Pappschild an der Wand sagte ihm, daß die Touristeninformation sich im Souterrain befand, und naserümpfend über die üblichen Eigenarten öffentlicher Gebäude – Uringeruch und rissiges Linoleum – ging er hinunter.

Für fünfzig Pence bekam er einen Stadtplan, den er entfaltete, als er dankbar wieder in die Sonne hinaustrat. Nachdem er gesehen hatte, daß sein Weg ihn die Hart Street hinunter und dann am Fluß entlang führte, steckte er den Plan ein, schob seine Hände in die Hosentaschen und schlenderte den Hang hinunter. Der trutzige eckige Turm der Kirche schien vor den sanft gefärbten Hügeln jenseits des Flusses zu schweben und zog ihn an wie ein Magnet. »Zur Heiligen Jungfrau Maria«, sagte er laut, als er vor ihr stand, und dachte, daß dieser Name für eine anglikanische Kirche einen sehr katholischen Klang hatte. War er irischer Katholik oder irischer Protestant gewesen? Konnte das überhaupt eine Rolle spielen? Er wußte noch nicht genug über den Mann, um Mutmaßungen darüber anzustellen.

Er überquerte die verkehrsreiche Straße und blieb einen Moment auf der Henley-Brücke stehen. Ruhig strömte die Themse unter ihm dahin, als hätte sie nichts gemein mit den donnernden Wassern am Hambleden-Wehr. Hinter Henley wand sich der Fluß ein Stück nach Norden, bog nach Osten ab, ehe er Hambleden erreichte, und schlängelte sich dann in nordöstlicher Richtung, ehe er auf Windsor zu nach Süden floß. Konnte Connor Swann hier, in Henley, in den Fluß gestürzt und stromabwärts bis Hambleden getragen worden sein? Er hielt es für höchst unwahrscheinlich, nahm sich jedoch vor, mit den Kollegen von Thames Valley über die Möglichkeit zu sprechen.

Von der Terrasse des *Angel Pub* lockten rotweiße Schirme, doch er hatte jetzt anderes zu tun. Ein paar hundert Meter weiter fand er die Adresse, die er gesucht hatte. Neben einer Teestube war ein diskretes Schild mit der Aufschrift ›The Gallery, Thameside‹ angebracht, das Schaufenster schmückte ein goldgerahmtes Bild. Die Tür öffnete sich zum Bimmeln eines Glockenspiels, fiel dann leise hinter Kincaid zu und schloß die Geräusche von der Straße aus.

Stille umgab ihn. Selbst seine Schritte wurden von einem dicken Berber gedämpft, der den Boden bedeckte. Es schien niemand da zu sein. Hinten stand eine Tür offen und zeigte einen kleinen, von einer Mauer umgebenen Garten und jenseits eine weitere Tür.

Kincaid sah sich mit Interesse in dem Raum um. Die Gemälde, die in großzügigen Abständen an den Wänden verteilt waren, schienen größtenteils Aquarelle des späten neunzehnten und frühen zwanzigsten Jahrhunderts zu sein, meist Flußlandschaften.

Auf einem Podest in der Mitte des Raums stand eine Bronze einer kauernden Katze. Kincaid strich mit der Hand über das kühle Metall und dachte an Sid. Er hatte mit seinem Nachbarn, Major Keith, vereinbart, daß dieser sich um die Katze kümmern würde, wenn er nicht zu Hause war. Obwohl der Major immer so tat, als hätte er für Katzen nichts übrig, sorgte er mit der gleichen rauhbeinigen Freundlichkeit für Sid, die er der ehemaligen Eigentümerin des Katers gegenüber gezeigt hatte. Die Katze, dachte Kincaid, war für ihn und den Major eine lebendige Verbindung zu der Freundin, die sie verloren hatten.

Neben der Tür zum Garten stand ein Schreibtisch, chaotisch im Vergleich zu der beinahe sterilen Ordnung, die sonst im Raum herrschte. Kincaid warf einen flüchtigen Blick auf die Stapel von Papieren und trat dann in den zweiten kleinen Raum, zu dem eine Stufe hinunterführte.

Im ersten Moment verschlug es ihm fast den Atem. Das Gemälde an der gegenüberliegenden Wand war ein langes, schmales Rechteck, vielleicht einen Meter breit und dreißig Zentimeter hoch, von einem Lämpchen darüber beleuchtet. Der Körper des Mädchens füllte den Rahmen fast aus. In Hemd und Jeans gekleidet, lag sie rücklings in einer Wiese, die Augen geschlossen, den Hut auf dem kastanienbraunen Haar zurückgeschoben, und neben ihr im Gras stand ein Korb mit reifen Äpfeln, von denen einige auf ein aufgeschlagenes Buch hinuntergefallen waren.

Eine durchaus einfache Komposition, beinahe fotografisch in Klarheit und Detail, doch von einer Tiefe und einer Wärme, wie sie mit dem Fotoapparat unmöglich einzufangen waren. Man spürte die Wärme der Sonne auf dem Gesicht des Mädchens, empfand seine glückliche Gelöstheit und Freude an diesem Tag.

Andere Bilder von derselben Hand hingen rundherum, Porträts und Landschaften, die durch die gleichen glühenden Farben und das intensive Licht gekennzeichnet waren. Während Kincaid sie betrachtete, verspürte er etwas wie Sehnsucht, als sollten solche Schönheit und Vollendung für immer außerhalb seiner Reichweite bleiben, wenn er nicht, wie Alice, durch den Rahmen in die Welt des Künstlers eintreten konnte.

Er hatte sich vornübergeneigt, um den unleserlich hingeworfenen Namen des Malers zu entziffern, als hinter im jemand sagte: »Sie sind schön, nicht wahr?«

Kincaid schreckte auf und drehte sich herum. Der Mann stand an der hinteren Tür, umrißhaft vor dem Sonnenlicht des Gartens. Als er weiter in den Raum trat, konnte Kincaid ihn besser sehen – groß, schlank, mit klaren Gesichtszügen und dichtem ergrauendem Haar. Die Brille verlieh dem Gesicht etwas Penibles, das im Gegensatz zur lässigen Kleidung – Hose und Pulli – des Mannes stand.

Gerade als Kincaid sprechen wollte, bimmelte das Glockenspiel an der Eingangstür. Ein junger Mann kam herein, ganz in Schwarz, selbst das Haar schwarz gefärbt, eine große, abgegriffene Ledermappe unter dem Arm. Sein Aufzug hätte lachhaft gewirkt, wäre nicht der Ausdruck stummen Flehens auf seinem Gesicht gewesen. Kincaid nickte dem Mann zu, den er für Trevor Simons hielt, und sagte: »Bitte, ich habe es nicht eilig.«

Zu seiner Überraschung sah sich Simons die Zeichnungen des jungen Mannes aufmerksam an. Dann schüttelte er den Kopf und schob sie wieder in die Mappe, doch Kincaid hörte, wie er dem Jungen den Namen einer anderen Galerie nannte, bei der er sein Glück versuchen könnte.

»Das Schlimme ist nur«, sagte er zu Kincaid, nachdem die Tür zugefallen war, »daß er nicht malen kann. Es ist wirklich eine Schande. In den Sechzigern hat man in den Kunsthochschulen plötzlich aufgehört, den jungen Leuten das Zeichnen und das Malen beizubringen. Sie wollen alle nur noch Grafiker werden – aber niemand sagt ihnen, daß es keine Jobs gibt. Und dann kommen sie aus den Schulen daher wie dieser arme Kerl«, er wies mit dem Kopf zur Straße, »und versuchen wie fliegende Händler ihre Sachen bei den Galerien an den Mann zu bringen. Sie haben es ja selbst gesehen – halbwegs gekonnt mit der Spritzpistole hingelegt, aber ohne einen Funken Originalität. Wenn er Glück hat, findet er einen Job als Spüler oder Ausfahrer.«

»Sie waren sehr taktvoll«, sagte Kincaid.

»Na ja, man ist ja nicht ganz ohne Mitgefühl, nicht wahr? Es ist nicht ihre Schuld, daß sie weder von der Technik noch von der Realität des Lebens eine Ahnung haben.« Er machte eine wegwerfende Handbewegung. »Aber ich hab lang genug geschwatzt. Was kann ich für Sie tun?«

Kincaid wies zu den Aquarellen im anderen Raum. »Die Bilder da –«

»Oh, sie ist eine Ausnahme«, sagte Simons lächelnd. »In vieler Hinsicht. Einmal ist sie Autodidaktin, was wahrscheinlich ihre Rettung war, und zum anderen ist sie sehr erfolgreich. Allerdings nicht mit diesen hier«, fügte er hinzu, »obwohl ich persönlich glaube, daß da der Erfolg auch noch kommen wird, aber mit ihren Auftragsarbeiten. Sie ist immer schon für zwei Jahre im voraus ausgebucht. Für einen Künstler, der kommerziellen Erfolg hat, ist es sehr schwierig, die Zeit für wirklich kreative Arbeit zu finden, die Ausstellung hat ihr daher sehr viel bedeutet.«

Obwohl er die Antwort schon wußte, als er fragte, und sich wie ein kompletter Narr vorkam, sagte Kincaid: »Und wer ist sie?«

Trevor Simons sah ihn erstaunt an. »Julia Swann. Ich dachte, das wüßten Sie.«

»Aber …« Kincaid versuchte, die makellose, aber emotional ziemlich karge Perfektion von Julias Blumenbildern mit diesen von Licht und Leben durchströmten Gemälden zu vereinbaren. Er konnte jetzt Ähnlichkeiten in der Technik und der Ausführung erkennen, doch die Endprodukte waren von überraschend anderer Art. Er brauchte einen Moment, um sich neu zu sammeln, darum sagte er: »Ich sehe schon, ich hab Sie ganz durcheinandergebracht. Vielleicht sollte ich wieder hinausgehen und noch einmal hereinkommen. Meine Name ist Duncan Kincaid.« Er zeigte seinen Dienstausweis. »Ich wollte mich mit Ihnen über Julia Swann unterhalten.«

Trevor Simons sah erst den Ausweis an, dann Kincaid und sagte verblüfft: »Das sieht aus wie ein Bibliotheksausweis.« Er schüttelte stirnrunzelnd den Kopf. »Ich verstehe nicht, was Sie von mir wollen. Ich weiß, daß Cons Tod für alle Beteiligten ein schwerer Schock war, aber ich dachte, es sei ein Unfall gewesen. Wieso Scotland Yard? Und wieso ich?«

»Die Kriminalpolizei Thames Valley hat von Anfang an nicht recht an einen Unfall geglaubt und uns auf Sir Gerald Ashertons Bitte hin um Beistand gebeten.«

Simons zog nur eine Augenbraue hoch und sagte: »Aha.«

»Genau«, stimmte Kincaid zu, und als ihre Blicke sich trafen, schoß ihm der Gedanke durch den Kopf, daß er sich unter anderen Umständen vielleicht mit diesem Mann hätte anfreunden können.

»Und warum ich?« fragte Simons wieder. »Sie können doch nicht im Ernst glauben, daß Julia etwas mit Cons Tod zu tun hatte.«

»Waren Sie den ganzen Donnerstagabend mit Julia zusammen?« entgegnete Kincaid, das Gespräch etwas aggressiver vorantreibend, obwohl er den Ton der Ungläubigkeit in Simons' Stimme als echt empfunden hatte.

Ruhig lehnte sich Simons an seinen Schreibtisch und verschränkte die Arme. »Mehr oder weniger, ja. Es war ein ziemliches Gedränge hier drinnen.« Mit einer Kopfbewegung maß er die beiden kleinen Räume aus. »Die Leute hockten wie die Sardinen aufeinander. Julia hätte vermutlich kurz verschwinden können, zur Toilette oder um eine zu rauchen, ohne daß ich es gemerkt hätte, aber keinesfalls für längere Zeit.«

»Um welche Zeit haben Sie die Galerie geschlossen?«

»So gegen zehn. Das Buffet war wie leergefegt, es war kein Tropfen Wein mehr da, und es sah aus wie in einem Schweinestall. Die letzten mußten wir praktisch hinauswerfen.«

»Wir?«

»Julia hat mir beim Aufräumen geholfen.«

»Und danach?«

Zum erstenmal wich Trevor Simons seinem Blick aus. Er sah einen Moment zum Fluß hinaus, dann wandte er sich Kincaid widerstrebend wieder zu. »Sie haben schon mit Julia gesprochen. Hat sie Ihnen erzählt, daß sie die Nacht hier verbracht hat? Ich kann mir nicht vorstellen, daß sie so albern wäre, meine Ehre schützen zu wollen.« Simons schwieg einen Moment, doch ehe Kincaid etwas sagen konnte, fuhr er zu sprechen fort. »Es ist wahr. Sie war bis zum Morgen hier, bei mir, in der Wohnung. Sie ist gegangen, kurz bevor es hell wurde. Ein kleiner Versuch, die Diskretion zu wahren«, fügte er mit einem trüben Lächeln hinzu.

»Sie hat Sie vorher zu keiner Zeit alleingelassen?«

»Ich denke, das hätte ich bemerkt«, antwortete Simons, diesmal mit echter Erheiterung. Er wurde jedoch rasch wieder ernst und sagte: »Ich lasse mich normalerweise nicht auf solche Geschichten ein, Mr. Kincaid. Ich bin verheiratet und habe zwei halbwüchsige Töchter. Ich möchte meiner Familie keinen Kummer machen. Ich weiß«, fuhr er hastig fort, als hätte er Angst, Kincaid könnte ihn unterbrechen, »ich hätte mir die Konsequenzen vorher überlegen sollen, aber das tut man eben nicht, nicht wahr?«

»Das kann ich wirklich nicht beurteilen«, antwortete Kincaid unverbindlich, während er dachte, tut man es wirklich nicht, oder ist es vielleicht so, daß man sich die Konsequenzen sehr wohl überlegt und sich dafür entscheidet, dennoch zu handeln? Das Bild seiner geschiedenen Frau kam ihm in den Sinn, ihr verschlossenes, von glattem blondem Haar halb verborgenes Gesicht. Hatte Vic sich die Konsequenzen überlegt?

»Sie wohnen also nicht hier?« fragte er, sich aus seinen Gedanken reißend. Er wies mit einer Hand zu der Tür auf der anderen Seite des Gartens.

»Nein. Ich wohne in Sonning, nicht allzuweit von hier. Die Wohnung gehörte zum Anwesen, als ich die Galerie kaufte, und ich benütze sie hauptsächlich als Atelier. Manchmal bleibe ich über Nacht, wenn ich beim Malen bin oder eine Vernissage habe.«

»Sie malen?« fragte Kincaid ein wenig überrascht.

Simons lächelte mit wehmütiger Ironie. »Bin ich ein praktischer Mann, Mr. Kincaid? Oder lediglich ein kompromittierter? Sagen Sie es mir.« Er schien die Frage rhetorisch gemeint zu haben, denn er fuhr sogleich zu sprechen fort. »Ich wußte schon, als ich mit dem Kunststudium fertig war, daß ich im Grunde genommen nicht gut genug war, daß mir diese einzigartige Kombination aus Talent und Glück fehlte. Ich verwendete daher etwas Geld, das ich geerbt hatte, um diese Galerie zu kaufen. Ich empfand es ein wenig als Ironie des Schicksals, daß Julias Ausstellungseröffnung am Tag meines fünfundzwanzigjährigen Jubiläums hier stattfand.«

Kincaid war nicht bereit lockerzulassen, obwohl er den Verdacht hatte, daß seine Neugier mehr persönlicher als dienstlicher Art war. »Sie haben meine Frage nicht beantwortet.«

»Ja, ich male, und ich fasse es als Beleidigung auf, wenn man mich als ›einheimischen Künstler‹ bezeichnet und nicht als ›Künstler, der hier heimisch ist‹. Das ist ein feiner Unterschied, verstehen Sie«, fügte er mit leichtem Spott hinzu. »Albern, nicht wahr?«

»Was malen Sie?« fragte Kincaid und ließ seinen Blick über die Gemälde an den Wänden des kleinen Ausstellungsraums wandern.

Simons sah es und lächelte. »Manchmal hänge ich tatsächlich meine eigenen Sachen auf, aber im Augenblick ist hier nichts von mir. Ich mußte für Julias Bilder Platz machen, und, um offen zu sein, ich habe andere Sachen, die sich besser verkaufen als meine, auch wenn ich Themselandschaften male. Ich male in Öl – ich bin noch immer nicht gut genug, um Aquarell zu malen, aber eines Tages werde ich es sein.«

»Ist Aquarellmalen denn so schwierig?« Kincaid betrachtete das angestrahlte Bild von Julias Hand und entdeckte, daß er sich bisher gezwungen hatte, eben das nicht zu tun. Es besaß genau wie sie eine Anziehung, die ihm vertraut und zugleich gefährlich schien. »Ich dachte immer, man wählt einfach, Aquarell oder Öl, je nachdem, was einem mehr liegt.«

»Aquarellmalerei ist weit schwieriger«, erklärte Simons geduldig. »Mit Öl kann man Fehler machen, soviel man will, und sie mit Leichtigkeit wieder übermalen. Beim Aquarell braucht man Selbstvertrauen, vielleicht sogar ein gewisses Quantum Bedenkenlosigkeit. Man muß es gleich beim erstenmal richtig hinkriegen.«

Kincaid betrachtete Julias Bilder mit neuem Respekt. »Sie sagten, daß sie sich alles selbst beigebracht hat? Warum hat sie bei ihrem Talent keine Kunstakademie besucht?«

Simons zuckte die Achseln. »Ich vermute, ihre Eltern haben sie nicht ernst genommen. Musiker haben eine Neigung zur Eindimensionalität, mehr noch als bildende Künstler. Für sie gibt es nichts anderes. Sie essen, schlafen und atmen Musik, und ich könnte mir denken, daß Julias Gemälde in Sir Gerald und Dame Carolines Augen nur lustige Klecksereien waren.« Er stieg die eine Stufe in den kleineren Raum hinunter und trat vor das große Aquarell. »Was auch immer der Grund gewesen sein mag«, sagte er, »es hat ihr erlaubt, sich auf ihre eigene Weise zu entfalten, ohne sich von dieser modernen grafischen Mittelmäßigkeit anstecken zu lassen.«

»Zwischen Ihnen beiden besteht offenbar eine ganz besondere Beziehung«, bemerkte Kincaid, der wahrnahm, daß Trevor Simons mit seinem Körper das Bild auf eine Weise abschirmte, die beinahe etwas Beschützendes hatte. »Sie bewundern sie – beneiden Sie sie auch?«

Es dauerte einen Moment, ehe Simons antwortete, Kincaid immer noch den Rücken zugewandt. »Vielleicht. Kann man denn überhaupt anders als die Menschen beneiden, die so ein Talent mitbekommen haben?« Er drehte sich herum. Mit offenem Blick sah er Kincaid an. »Trotzdem bin ich mit meinem Leben zufrieden.«

»Warum haben Sie es dann aufs Spiel gesetzt?« fragte Kincaid. »Ihre Ehe, Ihre Familie … Vielleicht sogar Ihr Geschäft?«

»Ich wollte es ja gar nicht.« Simons lachte selbstspöttisch. »Das sagt man immer, nicht wahr – ich wollte es ja gar nicht. Es war nur … Julia.«

»Was sonst wollten Sie nicht, Trevor? Wozu haben Sie sich noch hinreißen lassen?«

»Sie glauben, *ich* könnte Connor getötet haben?« Er riß die braunen Augen hinter den Brillengläsern auf und lachte wieder. »Nein, Mr. Kincaid, dazu kann ich mich nicht bekennen.

Was hätte mich veranlassen sollen, den armen Kerl aus dem Weg zu räumen? Julia hatte ihn ja bereits gewogen und für zu leicht befunden.«

Kincaid lächelte. »Und wird sie mit Ihnen das gleiche tun?«

»O ja, da bin ich ziemlich sicher. Ich neige nicht zur Selbsttäuschung.«

Kincaid schob einen Stapel Papiere zur Seite und setzte sich auf die Kante von Simons' Schreibtisch. »Kannten Sie Connor Swann eigentlich gut?«

Simons schob seine Hände in die Hosentaschen und verlagerte sein Gewicht von einer Seite zur anderen wie jemand, der plötzlich einen Stoß bekommen hat. »Eigentlich nur vom Sehen. Wir haben ein paar Worte miteinander gesprochen, wenn er ab und zu mit Julia hierherkam, bevor die beiden sich trennten.«

»Was glauben Sie, war er eifersüchtig auf Sie?«

»Con eifersüchtig? Na, das wäre nun wirklich grotesk gewesen. Ich habe nie verstanden, wie Julia es überhaupt so lange mit ihm ausgehalten hat.«

Draußen blieb eine vorüberkommende Frau stehen und betrachtete das Gemälde im Fenster, wie schon mehrere andere Passanten, seit Kincaid die Galerie betreten hatte. Die Sonne war weitergewandert, und die Schatten der Weiden streckten sich länger über die Straße.

»Sie kommen nie herein«, bemerkte Kincaid, als die Frau in Richtung zur Teestube weiterging und aus seinem Blickfeld verschwand.

»Nein. Nicht oft.« Simons wies auf die Bilder an den Wänden. »Die Preise sind für Spontankäufe ein bißchen hoch. Die meisten meiner Kunden sind Stammkunden, Sammler. Aber hin und wieder kommt es vor, daß jemand einfach hereinschaut, sich in ein Bild verliebt und dann nach Hause geht und sich das Geld dafür zusammenspart.« Er lächelte. »Diese Leute sind mir die liebsten, die nichts von Kunst verstehen und nur aus Liebe zu dem Bild kaufen. Das ist so etwas Ursprüngliches.«

Kincaid richtete seinen Blick wieder auf das Mädchen auf der Wiese, das mit geschlossenen Augen dalag, das Gesicht der Sonne dargeboten, und nickte. »Ja, das verstehe ich.«

Einen Moment sah er Trevor Simons, der ihm ein aufmerksamer und anständiger Mann zu sein schien, schweigend an. »Einen guten Rat, Mr. Simons, den ich Ihnen wahrscheinlich gar nicht geben sollte. Ein Ermittlungsverfahren dieser Art schlägt Wellen – je länger es dauert, desto weitere Kreise zieht es. Ich an Ihrer Stelle würde versuchen, den Schaden zu begrenzen – sprechen Sie mit Ihrer Frau über Julia, wenn es geht. Ehe wir es tun.«

Kincaid saß an einem Fenstertisch in der Teestube. Die Metallkanne hatte getropft, als er eingeschenkt hatte, und seine Tasse stand in einer kleinen Pfütze auf der gesprenkelten Kunststoffplatte des Tischs. Am Tisch nebenan sah er die Frau, die vor ein paar Minuten vor dem Schaufenster der Galerie stehengeblieben war – eine korpulente Frau mittleren Alters, mit von Grau durchzogenem dauergewelltem Haar. Obwohl es im Lokal so warm war, daß die Fenster leicht beschlugen, trug sie noch immer eine wasserdichte Jacke über ihrem dicken Pullover. Vielleicht fürchtete sie, es könnte ganz unerwartet hier drinnen zu regnen anfangen? Als sie aufblickte, lächelte er ihr zu, aber sie sah weg, einen Ausdruck leiser Mißbilligung auf dem starren Gesicht.

Während er seinen Blick wieder zum Fluß hinauswandern ließ, spielte er geistesabwesend mit dem Schlüssel in seiner Hosentasche. Gemma hatte zusammen mit den ersten Berichten Connor Swanns Schlüssel, Adresse und eine Beschreibung des

Hauses von der Dienststelle Thames Valley bekommen. Bis vor einem Jahr hatten Julia und Connor in der Wohnung zusammengelebt, die, wenn er sich beim Studium des Stadtplans nicht vertan hatte, nicht weit von hier sein mußte, in der Nähe der von Weiden überwachsenen Inseln, die er vom Fenster aus sehen konnte. Gut möglich, daß Julia morgens zu einer Tasse Kaffee oder nachmittags zum Tee in dieses Lokal gekommen war. Er stellte sich vor, sie säße ihm in der Nische gegenüber, in einem schwarzen Pulli, hastig rauchend, nachdenklich die Stirn gekraust. Er sah sie im Geiste vor sich, wie sie aufstand und auf die Straße hinausging. Einen Moment blieb sie vor der Galerie stehen, als zögerte sie, dann hörte er das Bimmeln des Glockenspiels, als sie die Tür öffnete und eintrat.

Kincaid schüttelte den Kopf und kippte den Rest seines Tees hinunter. Er schob sich aus der Nische und ging mit seiner aufgeweichten Rechnung zur Kasse, dann folgte er Julias Geist in die länger werdenden Schatten hinaus.

Er schlug den Weg zu den Grasniederungen am Fluß ein und blickte beim Gehen abwechselnd auf den ruhig dahinfließenden Fluß zu seiner Linken und die Wohnblöcke zu seiner Rechten. Es überraschte ihn, daß die Häuser hier nicht eleganter waren. Eines der größeren Gebäude war neugeorgianisch, ein anderes erinnerte mit seinen Bogenfenstern an den Tudor-Stil, und beide wirkten ein wenig heruntergekommen. Das Buschwerk in den Gärten war verwildert, hier und dort bildeten welker roter Mauerpfeffer und blaßblaue Herbstzeitlosen gelegentliche Farbtupfer. Aber es ist ja schließlich auch November, dachte Kincaid nachsichtig. Selbst der Kiosk, der im Sommer Dampferfahrten und Mietboote anbot, war geschlossen.

Die Straße wurde schmäler, und die großen Wohnblöcke wichen niedrigeren Bauten und alleinstehenden Häusern. Hier schien der Fluß nicht so scharf vom Land abgetrennt zu sein, und als Kincaid das hohe Gitter aus schwarzem Schmiedeeisen erreichte, erkannte er es sofort dank der Skizze in seiner Hosentasche. Er umfaßte zwei der lanzenähnlichen Stangen mit seinen Händen und spähte zwischen ihnen hindurch. Ein Keramikschild, das in die Mauer des nächststehenden Gebäudes eingelassen war, sagte ihm, daß die Häuser erst kürzlich errichtet worden waren, Julia und Connor Swann waren also vielleicht die ersten Bewohner gewesen. Sie erinnerten an Bootshäuser, gebaut aus ziegelrotem Backstein, mit weißgerahmten Fenstern, weißen Balkongittern und weißen Giebelverzierungen nach Zuckerbäckerart. Kincaid fand das alles ein bißchen übertrieben, insgesamt jedoch gefielen ihm die Häuser, denn sie harmonierten mit der natürlichen Landschaft und den umgebenden Häusern. Wie Prinz Charles empfand er moderne Architektur großenteils als eine Verunglimpfung der Landschaft.

An abgestellten Booten und Anhängern vorbei ging Kincaid am Gitter entlang, bis er ein Tor fand. Die Häuser standen versetzt inmitten eines gepflegten Gartens, keines ganz wie das andere. Er fand das Haus ohne Mühe, zweistöckig, wie ein Pfahlbau auf Säulen über der Erde errichtet. Als er den Schlüssel ins Türschloß schob, fühlte er sich plötzlich wie ein Einbrecher, aber von den benachbarten Terrassen rief ihn niemand an.

Er hatte Schwarz und Weiß erwartet.

Unlogischerweise in Anbetracht der intensiven Farben, die Julia Swann bei ihrer Malerei verwendete, sagte er sich. Eine weichere Palette empfing ihn, beinahe mediterran, mit blaßgelben Wänden und Terrakottaböden. Leichte, helle Möbel im Wohnzimmer, ein marokkanischer Teppich auf dem gefliesten Boden. Auf einem niedrigen bemalten Tisch vor dem Sofa stand ein Schachspiel. Hatte Connor gespielt, oder war es nur ein Vorzeigestück?

Ein Jackett lag achtlos hingeworfen über der Rückenlehne eines Sessels, Zeitungen waren über Sofa und Boden verstreut, unter dem Couchtisch erkannte er ein Paar Segelschuhe. Kincaid strich mit dem Zeigefinger über einen Tisch und wischte den aufgenommenen Staub an seinem Hosenbein ab. Connor Swann war offensichtlich nicht gerade ein Herr Saubermann gewesen.

Er ging in die anschließende Küche, die keine Fenster hatte, jedoch zum hellen Wohnzimmer hin offen war und von dort genug Licht erhielt. Im Gegensatz zum Wohnzimmer war sie pieksauber und ordentlich. Auf einem Bord neben dem Herd stand ein Sortiment offensichtlich viel benützter Kochbücher. *Die Kunst der guten Küche,* las Kincaid, *Die italienische Küche, La Cucina Fresca.* Es waren noch mehr da, einige mit üppigen Farbfotos, deren Anblick allein ihn hungrig machte. Auf einem anderen Bord reihten sich Dosen mit Olivenöl, Essigflaschen, Gläser mit eingemachten Oliven, Artischocken, Pilzen.

Kincaid öffnete den Kühlschrank und fand ihn gut ausgestattet mit verschiedenen Käsen, Eiern, Milch und Grünzeug. Im Gefrierschrank lagen einige ordentlich etikettierte Päckchen mit Fleisch, ein Baguette, einige Plastikbehälter, die vermutlich Suppen- oder Soßenfonds enthielten. Neben dem Telefon sah er eine angefangene Einkaufsliste: Auberginen, Tomatenmark, Radicchio, Birnen. Der Mann war offensichtlich ein ambitionierter Koch gewesen, der nichts davon gehalten hatte, gefrorene Fertiggerichte in die Mikrowelle zu schieben.

Im ersten Stock waren ein Schlafzimmer mit anschließendem Bad, ebenfalls in weichen Gelbtönen gehalten, und ein kleines Zimmer, das offenbar als Büro oder Arbeitszimmer diente. Kincaid ging die nächste Treppe zum obersten Stockwerk hinauf.

Hier war Julias Atelier gewesen. Durch große Fenster strömte das Licht des späten Nachmittags, und über die Wipfel der Weiden hinweg konnte er den Fluß sehen. In der Mitte des Zimmers stand ein kahler Tisch, an der Wand ein alter Schreibtisch mit einigen teilweise benützten Skizzenblöcken und einem Holzkasten voller Farbtuben. Neugierig kramte Kincaid darin herum. Er hatte nicht gewußt, daß es Aquarellfarben in Tuben gab. *Karmesin. Maigrün. Ultramarinblau.* Die Namen klangen wie Poesie, doch die Tuben hinterließen den feinen Staub der Vernachlässigung an seinen Fingern. Der Raum selbst wirkte leer und unbewohnt.

Langsam ging er wieder hinunter und sah noch einmal ins Schlafzimmer. Das Bett war flüchtig gemacht, eine Hose lag mit herabhängendem Gürtel über einem Stuhl.

Das ganze Haus vermittelte den Eindruck eines jäh abgebrochenen Lebens. Connor Swann hatte vorgehabt einzukaufen, ein Abendessen zu richten, die Zeitungen hinauszubringen, sich die Zähne zu putzen, unter die warme, blaugelbe Steppdecke auf dem Bett zu schlüpfen. Kincaid wußte, wenn es ihm nicht gelang, die Persönlichkeit Connor Swanns zu verstehen, hatte er kaum Hoffnung, seinen Mörder zu finden, und ihm war klar, daß sein ganzes Wissen über den Mann bisher von der Einstellung Julias und ihrer Eltern zu ihm gefärbt war.

Dies war Julias Haus. Jeder Raum trug ihren Stempel; Connor schien, außer in der Küche, nur oberflächliche Spuren hinterlassen zu haben. Warum hatte Julia dieses Haus aufgegeben?

Vom Schlafzimmer aus ging Kincaid in das Arbeitszimmer. Vor dem Fenster stand ein Schreibtisch mit Stuhl, in einer Ecke ein Lehnsessel mit einer Leselampe. Kincaid setzte sich an den Schreibtisch, schaltete die Schreibtischlampe mit dem grünen

Schirm ein und begann planlos den Wust von Papieren durchzugehen.

Als erstes fiel ihm ein in Leder gebundener Terminkalender in die Hand. Langsam blätterte er ihn durch. Die Namen der Rennbahnen sprangen ihm ins Auge – Epsom, Cheltenham, Newmarket ... In regelmäßiger Folge wechselten sie sich die Monate hindurch ab. Manchmal stand eine Zeit neben dem Namen, manchmal folgten Ausrufezeichen. Ein lohnender Tag vielleicht?

Kincaid kehrte zum Anfang zurück und ging das Buch noch einmal sorgfältiger durch. Ein Muster des gesellschaftlichen Lebens, das Connor Swann geführt hatte, begann sich herauszuheben. Verabredungen zum Mittagessen, zum Abendessen, zum Cocktail, häufig von einem Namen, einer Zeit und den Worten ›*Red Lion*‹ begleitet. Du lieber Gott, dachte Kincaid, dieser Mann hatte einen bis zum Rand gefüllten Terminplan. Und um es noch schlimmer zu machen, gab es in Yorkshire Pubs und Hotels namens *Red Lion* wie Sand am Meer. Am gescheitesten war es wahrscheinlich, bei dem feudalen alten Hotel hier in Henley anzufangen.

Golftermine erschienen häufig, ebenso der Buchstabe J., von einem Gedankenstrich gefolgt, und wechselnde Namen, von denen einige ihm nichts sagten, andere jedoch – wie Tyler Pipe und Carpetland – offensichtlich Geschäftsunternehmen bezeichneten. Anscheinend handelte es sich bei diesen Eintragungen nicht ausschließlich um private Verabredungen, sondern auch um geschäftliche Termine mit Kunden irgendeiner Art. Kincaid hatte angenommen, Connor hätte vom Vermögen der Ashertons gelebt, auch den Berichten der Kollegen von Thames Valley war nichts anderes zu entnehmen gewesen, doch vielleicht war das gar nicht der Fall gewesen. Er klappte das Buch zu und begann die Papiere auf dem

Schreibtisch durchzusehen, dann jedoch kam ihm ein Gedanke, und er schlug den Terminkalender noch einmal auf. Der Eintrag ›Mittagessen G + C‹ erschien regelmäßig jeden Donnerstag.

Der Papierstoß auf dem Schreibtisch bestand aus gewöhnlichen Haushaltsrechnungen, Wettscheinen, Rennzeitschriften, einem Wirtschaftsbericht einer Firma in Reading und einem Auktionskatalog. Kincaid schob ihn mit einem Achselzucken zur Seite und setzte seine Bestandsaufnahme fort. Heftklammern, Federmesser, ein Becher mit der Aufschrift *Henley Art Fest,* in dem eine Handvoll Kugelschreiber steckte.

Connor Swanns Scheckbuch fand er in der linken Schublade. Eine rasche Durchsicht der Verwendungsnachweise und Eingangsbestätigungen zeigte die erwarteten monatlichen Zahlungen sowie regelmäßige Einzahlungen, die mit dem Namen Blackwell, Gillock und Frye versehen waren. Eine Anwaltskanzlei? Kincaid wurde auf ein interessantes Muster aufmerksam und blätterte noch einmal zum Anfang des Verzeichnisses zurück, um seinen Eindruck zu überprüfen. Der erste nach jeder Einzahlung ausgestellte Scheck lautete auf den Namen K. Hicks, und die Beträge, wenn auch nicht immer gleich, waren stets erheblich.

Kincaid war so vertieft in seine Überlegungen, daß das feine, klirrende Geräusch von unten erst nach einer Weile zu ihm durchdrang. Er blickte auf. Es war inzwischen fast dunkel geworden. Die Konturen der Weiden vor dem Fenster hoben sich schwarz von einem violetten Himmel ab.

Die Geräusche, die er nun von unten wahrnahm, waren klarer zu erkennen – ein lauteres Klirren, dem ein Quietschen folgte. Kincaid stand auf und ging leise in den Flur hinaus. Einen Moment lauschte er, dann huschte er die Treppe hinunter. Als er die letzte Stufe erreichte, ging im Wohnzimmer das Licht an. Wieder lauschte er, dann trat er um die Ecke.

Sie stand an der Tür, eine Hand noch am Lichtschalter. Enge Jeans, ein rosafarbener Pullover, so eng, daß man die Linie ihres Büstenhalters durch das Gewebe sah, irrsinnig hohe Absätze, blondes Haar, kraus wie das Schlangenhaar der Medusa.

»Hallo«, sagte er und versuchte es mit einem Lächeln.

Sie schnappte einmal kurz nach Luft, ehe sie zu kreischen anfing. »Wer zum Teufel sind Sie?«

5

Verwirrt streckte Gemma den Arm zur anderen Seite des Doppelbetts aus und klopfte auf das Kissen. Leer. Als sie ihre Augen öffnete, sah sie, daß das schwache graue Licht auf der falschen Seite des Zimmers durchs Fenster fiel.

Mit einem Ruck fuhr sie in die Höhe. Natürlich. Eine neue Wohnung. Kein Ehemann. Sie schob sich das wirre Haar aus der Stirn. Sie hatte seit Monaten nicht mehr von Rob geträumt und geglaubt, dieser Teil ihrer Vergangenheit sei endlich abgeschlossen.

Heißes Wasser begann glucksend durch die Heizröhren zu fließen, als der Thermostat sich einschaltete. Erschrocken fragte sie sich, weshalb der Wecker nicht geläutet hatte, dann fiel ihr ein, daß Sonntag war, und sie entspannte sich. Sie schloß die Augen und kuschelte sich wieder in die Kissen, mit diesem besonderen Wohlgefühl, das man empfindet, wenn man früh aufwacht und weiß, daß man noch nicht aufzustehen braucht.

Doch der Schlaf ließ sich nicht zurückholen. Gedanken an das Gespräch, zu dem sie sich für den späteren Vormittag im Coliseum verabredet hatte, machten sich in ihrem Bewußtsein breit, bis sie schließlich mit einem tiefen Gähnen die Bettdecke zurückschob und die Beine aus dem Bett schwang. Es war ihr logisch erschienen, mit der Überprüfung von Gerald Ashertons Aussage in der Oper selbst anzufangen, und sie stellte fest, daß sie dem kommenden Tag mit einer gewissen angenehmen Aufregung entgegensah.

Sie krümmte unwillkürlich die Zehen, als ihre Füße den eiskalten Boden berührten, und während sie in ihren Morgenrock schlüpfte, angelte sie nach ihren Hausschuhen. Nun, wenigstens konnte sie die Zeit vor Tobys Erwachen dazu nützen, in aller Ruhe eine Tasse Kaffee zu trinken und sich auf den Tag vorzubereiten.

Ein paar Minuten später wurde es behaglich warm in der Wohnung. Ihre heiße Kaffeetasse mit beiden Händen umschließend, setzte sie sich an den schwarzen Lattentisch vor dem Gartenfenster und fragte sich wieder einmal, ob sie das Richtige getan hatte.

Sie hatte ihr Haus in Leyton verkauft – eine Doppelhaushälfte mit vier Zimmern und Garten, ein Symbol aus Ziegelsteinen und Rauhputz für Robs illusorische Zukunftspläne – und anstatt die vernünftige Wohnung in Wanstead zu kaufen, wie sie das eigentlich vorgehabt hatte, hatte sie – das hier gemietet. Kopfschüttelnd sah sie sich um.

Ihre Maklerin hatte gesagt: »Sie sollen es sich ja nur einmal ansehen, Gemma, mehr verlang ich ja gar nicht. Ich weiß, es ist nicht das, was Sie suchen, aber Sie müssen es einfach sehen.« Und so war sie hergekommen, hatte gesehen und auf der gestrichelten Linie unterzeichnet, unversehens Mieterin der umgebauten Garage hinter einem stattlichen viktorianischen Haus in einer von Bäumen gesäumten Straße in Islington. Das Haus an sich schon war unerwartet, wie es da zwischen zwei von Islingtons elegantesten georgianischen Reihenhauszeilen stand, doch es nahm seinen Platz mit selbstsicherer Würde ein.

Die Garage war alleinstehend und lag tiefer als der Garten, so daß die Fenster, die eine ganze Wand der Wohnung einnahmen, sich von außen zu ebener Erde befanden. Die Eigentümer, ein Psychiater, der seinen Arbeitsplatz in einem Gartenhäuschen hatte, und seine holländische Frau, hatten die Garage in einem Stil eingerichtet, den die Maklerin als ›japanischen Minimalismus‹ bezeichnete.

Gemma lachte beinahe laut heraus, als ihr das einfiel. Für mich ist es eher eine Übung in ›minimalistischem Wohnen‹, dachte sie. Die Wohnung bestand im Grunde genommen aus einem einzigen großen Raum, der mit einem Futon und einigen anderen schicken modernen Stücken möbliert war. Küche und Bad waren in kleinen Nischen untergebracht, und eine Vorratskammer mit einem kleinen Fenster war in Tobys Zimmer umfunktioniert worden. Auf Ungestörtheit konnte man hier nicht hoffen, aber wenn man ein kleines Kind hatte, war Ungestörtheit sowieso nur ein Wunschtraum, und Gemma konnte sich nicht vorstellen, daß sie in der vorhersehbaren Zukunft wieder mit einem Mann zusammenleben würde.

Gemmas Möbel und andere Besitztümer waren derweil im Keller unter der Bäckerei ihrer Eltern in der Leyton High Street gelagert. Ihre Mutter hatte über ihre Entscheidung nur den Kopf geschüttelt und mit leichter Mißbilligung gefragt: »Was hast du dir nur dabei gedacht, Kind?«

Eine ruhige Straße mit Bäumen und einem Park an ihrem Ende. Ein grüner eingefriedeter Garten voll verschwiegener Eckchen und Winkel, in denen sich ein kleiner Junge verstecken kann. Ein Ort voller Geheimnisse und Verheißung. Doch Gemma hatte nur gesagt: »Mir gefällt es, Mama. Und es ist näher beim Yard«, obwohl sie bezweifelte, daß ihre Mutter das verstehen würde.

Sie fühlte sich von Ballast befreit, auf das Wesentliche reduziert, heiter und zufrieden in der Klarheit dieses Raums.

Jedenfalls war es bis zu diesem Morgen so gewesen. Stirnrunzelnd überlegte sie, warum sie sich plötzlich so unruhig fühlte, und das Bild des zwölfjährigen Matthew Asherton stieg vor ihr auf.

Abrupt stand sie auf, schob zwei Weißbrotscheiben in den Toaster, der auf dem Tisch stand, und ging zu Toby, um ihn zu wecken.

Nachdem sie Toby bei ihrer Mutter abgesetzt hatte, fuhr sie mit der Untergrundbahn bis zum Charing Cross. Der Luftwirbel des davonfahrenden Zugs schlug ihr ihren Rock um die Beine, und fröstelnd hielt sie das Revers ihrer Jacke zusammen. Als sie oben, in der Fußgängerzone hinter St. Martin-in-the-Fields, ins Freie trat und um die Kirche herum in die St. Martin's Lane ging, stellte sie fest, daß es draußen nicht besser war. Ein kalter Windstoß, der Staub und Papierfetzen mit sich trug, fegte die Straße hinunter.

Sie rieb sich die Augen und zwinkerte mehrmals, um wieder klar sehen zu können, dann blickte sie sich um. Vor ihr an der Ecke war das *Chandos Pub,* und gleich dahinter stand ein großes vertikales Schild mit schwarzen Lettern auf weißem Grund: ›London Coliseum‹. Blaue und weiße Flaggen mit den aufgedruckten Buchstaben ENO umgaben es und zogen ihren Blick aufwärts. Scharf hob sich die weiße Kuppel vom blauen Himmel ab. Die Aufschrift ›English National Opera‹, die sich in weißen Lettern quer über die Kuppel zog, war ziemlich zurückhaltend, Gemma vermutete, daß sie abends beleuchtet war.

Ihr fiel plötzlich ein, daß sie hier schon einmal gewesen war. Sie und Rob hatten sich ein Stück im Albury Theater etwas weiter die Straße hinauf angesehen und waren hinterher zu einem Drink ins *Chandos* gegangen. Es war ein warmer Abend gewesen, und sie hatten ihr Bier draußen im Freien getrunken, um dem Gedränge und dem Qualm in der Bar zu entkommen. Gemma hatte die Leute beobachtet, die aus dem Opernhaus strömten, angeregt, in lebhaftem Gespräch über die Aufführung, die sie gesehen hatten. »Ich würde auch gern mal in die Oper gehen«, hatte sie sehnsüchtig zu Rob gesagt.

Er hatte auf seine herablassende Art gelächelt und spöttisch erwidert: »Damit du dir von dicken alten Kühen in albernen Kostümen die Ohren vollkreischen lassen kannst? Sei nicht blöd, Gem.«

Gemma lächelte bei dem Gedanken an das Foto Caroline Stowes, das sie gesehen hatte. Rob wäre ganz schön von den Socken gewesen. Von wegen alte Kuh.

Mit einem kleinen Prickeln der Erregung bei ihrem Eintritt in diese glitzernde Märchenwelt stieß sie die Tür zum Foyer auf. »Ich möchte zu Alison Douglas«, sagte sie zu der korpulenten grauhaarigen Frau am Empfang. »Der stellvertretenden technischen Leiterin des Orchesters. Ich bin mit ihr verabredet.«

»Da müssen Sie nach hinten gehen, Schätzchen«, antwortete die Frau und machte eine Drehbewegung mit ihrem Finger. »Um das Gebäude herum, gleich neben der Laderampe.«

Einigermaßen ernüchtert ließ Gemma die Pracht und die Wärme des Foyers hinter sich und umrundete das Gebäude in der angezeigten Richtung, bis sie in eine Gasse mit lauter Lieferantenzufahrten für Pubs und Restaurants gelangte. Der Bühneneingang zum Coliseum mit seiner Betontreppe und der schäbigen Tür, von der die Farbe abblätterte, war nur durch das ENO-Logo neben der Tür kenntlich. Gemma stieg die Treppe hinauf und trat durch die Tür in ein kleines Vestibül.

Links von ihr saß ein Portier in einer verglasten Loge; geradeaus versperrte eine weitere Tür den Weg in die tieferen Regionen. Sie meldete sich beim Portier an, und er reichte ihr lächelnd ein Anmeldeformular zu ihrer Unterschrift. Er war jung, mit sommersprossigem Gesicht und braunem Haar, das verdächtig danach aussah, als hätte es vor nicht allzu langer Zeit ein Irokesenschnitt geziert. Gemma sah genauer hin und bemerkte das kleine Loch in seinem Ohrläppchen, in dem eigentlich ein Ring hätte hängen sollen. Er bemühte sich offensichtlich sehr, bei der Arbeit nur ja keinen ausgeflippten Eindruck zu machen.

»Ich gebe Miss Alison Bescheid«, sagte er und gab ihr einen Aufkleber, den sie sich ans Revers ihrer Jacke klebte. »Sie wird gleich kommen und Sie holen.« Er griff zum Telefon und murmelte ein paar unverständliche Worte.

Gemma hätte gern gewußt, ob er am vergangenen Donnerstagabend im Dienst gewesen war. Sein freundliches Lächeln versprach Gutes für eine Befragung, doch sie wollte lieber warten, bis sie ungestört mit ihm sprechen konnte.

In der Nähe begannen Kirchenglocken zu läuten. »St. Martin's?« fragte sie.

Er nickte und warf einen Blick auf die Uhr an der Wand hinter ihm. »Punkt elf. Man kann seine Uhr danach stellen.«

Gab es für einen Elfuhrgottesdienst eine Gemeinde, oder war die Kirche nur für Touristen da?

Sich ihrer Überraschung erinnernd, als Alison Douglas zugesagt hatte, sie an diesem Sonntagmorgen zu treffen, fragte sie den Portier: »Hier geht wohl sogar an einem Sonntagmorgen alles seinen normalen geschäftlichen Gang?«

Er nickte lächelnd. »Die Sonntagsmatinee. Eines unserer stärksten Zugpferde, besonders wenn so was Populäres wie die *Traviata* gegeben wird.«

Verwundert zog Gemma ihren Block aus ihrer Handtasche und blätterte rasch. »Ich dachte, es gäbe *Pelleas und Melisande*.«

»Donnerstags und samstags. Die Inszenierungen –«

Er hielt inne, als eine junge Frau zur Tür hereinkam, dann sagte er kurz zu Gemma: »Sie werden schon sehen.« Er zwinkerte ihr zu. »Alison wird es Ihnen schon erklären.«

»Guten Tag, ich bin Alison Douglas.« Ihre Hand war kühl, ihr Händedruck energisch. »Lassen Sie sich von Danny nur nicht irre machen. Was kann ich für Sie tun?«

Sie hatte kurzes hellbraunes Haar, trug einen schwarzen Pulli zum schwarzen Rock und Schuhe mit Plateausohlen, mit denen sie fast so groß wie Gemma war. Das Bemerkenswerteste an ihr jedoch war ihre Art, sich selbst ganz ernst zu nehmen.

»Können wir uns hier irgendwo in Ruhe unterhalten? In Ihrem Büro vielleicht?«

Alison zögerte, öffnete dann die Tür zu den inneren Räumen und gab Gemma mit einer Kopfbewegung zu verstehen, daß sie ihr vorausgehen solle. »Am besten kommen Sie einfach mit. Wir haben in knapp drei Stunden eine Aufführung«, fügte sie hinzu, »und ich habe noch eine Menge zu tun. Wenn Sie nichts dagegen haben, könnten Sie mich einfach begleiten, und wir unterhalten uns unterwegs.«

»In Ordnung«, stimmte Gemma zu, da sie bezweifelte, daß ihr ein besseres Angebot gemacht werden würde.

Sie befanden sich in einem unterirdischen Labyrinth dunkelgrüner Korridore. Gemma, die sofort die Orientierung verloren hatte, blieb Alison Douglas dicht auf den Fersen, während es in verwirrender Folge rechts und links ging, auf und ab, rundherum. Ab und zu sah sie auf den schmutzig grünen Teppich unter ihren Füßen und fragte sich, ob sie die Form einzelner besonderer Schmutzflecken wiedererkennen würde. Würde sie ihnen folgen können wie Hänsel und Gretel den Brotkrumen? Die Gerüche nach feuchtem Moder und Desinfektionsmitteln reizten sie zum Niesen.

Alison drehte sich nach ihr herum, um etwas zu ihr zu sagen, blieb plötzlich stehen und lächelte. Gemma war sicher, daß sie ihr ihre Verwirrung angesehen hatte, und war ausnahmsweise einmal dankbar dafür, daß ihr Gesicht jede ihrer Regungen verriet.

»Wir sind hier hinter der Bühne«, erklärte Alison, nicht mehr ganz so brüsk, wie sie zu Anfang gewesen war. »Ziemlich ernüchternd, nicht wahr? Aber hier ist in Wirklichkeit das Herz des Theaters. Ohne das hier alles« – sie machte eine umfassende Handbewegung – »passiert vorn gar nichts.«

Gemma vermutete, Alisons Zunge lasse sich am ehesten lösen, wenn man mit ihr über ihre Arbeit sprach. »Miss Douglas, ich verstehe offen gestanden nicht ganz, was Sie hier für eine Aufgabe haben.«

Alison setzte sich wieder in Bewegung, während sie sprach. »Mein Chef – Michael Blake – und ich sind für die gesamte Verwaltungsarbeit, die zur Führung eines Orchesters gehört, zuständig. »Wir –« Mit einem Blick auf Gemmas Gesicht zögerte sie, offenbar bemüht, die einfachste Erklärung zu finden. »Wir sorgen dafür, daß alles und jeder an dem Ort ist, wo er sein sollte. Das kann manchmal sehr anstrengend und mühsam sein. Und Michael ist im Augenblick für einige Tage verreist.«

»Haben Sie auch mit den Dirigenten selbst zu tun?« hakte Gemma sofort nach, aber da machte der Korridor wieder einen Knick, und Alison schob den verschossenen Plüschvorhang zur Seite, der ihnen den Weg versperrte. Sie wich zurück, um Gemma den Vortritt zu lassen.

Überrascht bliebt Gemma stehen. Alison, die neben sie getreten war, sagte gedämpft: »Es ist schon erstaunlich, nicht wahr? Ich habe mich schon so daran gewöhnt, daß es mir nur noch auffällt, wenn ich es mit den Augen eines anderen sehe. Wir haben hier das größte Theater im West End, mit dem größten Bühnenhaus in London. Das macht es uns möglich, mehrere Produktionen gleichzeitig auf die Bühne zu bringen.«

Der riesige Raum summte vor Geschäftigkeit. Bühnenbilder verschiedener Inszenierungen standen in surrealem Nebeneinander herum. »Oh«, sagte Gemma, während sie zusah, wie ein riesiges Stück Steinmauer von zwei Männern in Overalls mit Leichtigkeit durch den Raum gerollt wurde. »Das meinte Danny also. Donnerstags und samstags dirigiert Sir Gerald *Pelleas und Melisande,* freitags und sonntags wird das andere Stück aufgeführt – ich weiß nicht mehr, wie es hieß.«

»*La Traviata.* Da, schauen Sie.« Alison wies zur Bühne. »Da ist Violettas Ballsaal, in dem sie und Alfredo ihr erstes Duett singen. Und dort« – sie zeigte auf das Stück Steinmauer, das jetzt säuberlich in eine Aussparung eingepaßt worden war – »das ist ein Teil von König Arkels Schloß aus Pelleas.« Sie warf einen Blick auf ihre Uhr, sah dann wieder Gemma an und sagte: »Ich muß dringend noch ein paar Dinge erledigen. Sehen Sie sich inzwischen hier um, ja? Sobald ich fertig bin, hol ich Sie hier wieder ab. Dann können wir auf einen Sprung in die Kantine gehen.« Mit den letzten Worten entfernte sie sich bereits von Gemma.

Gemma ging über die Bühne zur Rampe und sah sich um. Vor ihr stiegen die Sitzreihen des Zuschauerraums an, barocke Pracht in blauem Samt mit Goldverzierung. Die Leuchter hingen wie glitzernde Monde hoch über ihr aus der Kuppel herab. Sie stellte sich den riesigen Saal mit Menschen gefüllt vor, die gespannt ihre Blicke auf sie richteten und darauf warteten, daß sie den Mund öffnete und zu singen begann. Ihr wurde plötzlich ganz kalt. Caroline Stowe mochte zierlich und zart wirken, aber sich auf einer solchen Bühne zu präsentieren und der erwartungsvollen Menge gegenüberzutreten, bedurfte einer Art von Kraft, die Gemma nicht besaß.

Sie blickte in den Orchestergraben hinunter und lächelte. Sir Gerald wenigstens genoß einen gewissen Schutz und konnte den Zuschauern den Rücken kehren.

Von irgendwoher vernahm sie Musik, eine eingängige, heitere Melodie, die von Frauenstimmen getragen wurde. Sie machte kehrt und ging wieder nach hinten, lauschte, um mehr zu hören, doch das Klopfen und Hämmern rund um sie herum übertönte die Musik, so daß sie nicht einmal feststellen konnte, aus welcher Richtung sie kam. Sie merkte erst, daß Alison Douglas wieder da war, als diese sie ansprach. »Haben Sie den Orchestergraben gesehen? Wir quetschen hundertneunzehn Musiker in diesen Raum, wenn Sie sich das vorstellen können, Ellbogen an –«

Gemma berührte ihren Arm. »Diese Musik – was ist das?«

»Was –?« Alison lauschte einen Moment verwundert, dann lächelte sie. »Ach so, das ist aus *Lakme,* Mallikas Duett mit Lakme im Garten des Hohen Priesters. Eine der Sängerinnen, die in *La Traviata* auftritt, singt im nächsten Monat im Covent Garden die Mallika. Sie versucht sich wahrscheinlich darauf einzustimmen, indem sie Platten hört.« Schon wieder sah sie auf die Uhr und sagte dann: »Wir können eine Tasse Tee zusammen trinken, wenn Sie das möchten.«

Die Musik verklang. Während Gemma Alison wieder durch das Gewirr von Korridoren folgte, fühlte sie sich seltsam traurig, als hätte etwas sehr Schönes und Flüchtiges sie berührt. »Und nimmt diese Oper ein glückliches Ende?« fragte sie Alison.

Alison warf einen Blick über ihre Schulter und lachte erheitert. »Natürlich nicht. Am Ende opfert sich Lakme, um ihren Geliebten zu schützen.«

In der Kantine roch es nach Bratenfett. Gemma saß Alison Douglas gegenüber, trank Tee, der so stark war, daß der Löffel darin steckenblieb, und versuchte vergeblich, es sich in dem vorgeformten Plastiksessel bequem zu machen. Um sie herum tranken Männer und Frauen in völlig normaler Kleidung Tee und aßen Sandwiches, doch die Gesprächsfetzen, die Gemma auffing, enthielten so viele technische Ausdrücke, daß man hätte meinen können, eine fremde Sprache zu hören. Sie zog ihren Block aus ihrer Handtasche und legte ihn auf den Tisch.

»Miss Douglas«, sagte sie, als sie sah, daß Alison mit einer Fingerspitze auf ihre Armbanduhr klopfte. »Ich verstehe, daß Ihre Zeit knapp ist. Ich werde Sie nicht länger als unbedingt nötig aufhalten.«

»Ich weiß nicht recht, wie ich Ihnen überhaupt helfen kann. Ich meine, ich weiß natürlich von der Geschichte mit Sir Geralds Schwiegersohn. Wirklich schlimm.« Ihre Miene trübte sich, und sie sah plötzlich sehr jung und unsicher aus wie ein Kind, das zum erstenmal mit einem tragischen Ereignis konfrontiert wird. »Aber ich verstehe nicht, was das mit mir zu tun hat.«

Gemma schlug ihren Block auf und legte ihren Kugelschreiber neben ihn. »Arbeiten Sie eng mit Sir Gerald zusammen?«

»Nicht enger als mit den anderen Dirigenten.« Alison hielt inne und lächelte. »Aber es macht mir mehr Spaß. Er ist ein ausgesprochen netter Mann. Die Ruhe selbst, im Gegensatz zu manchen anderen.«

Gemma, die nicht gern zugeben wollte, daß sie keine Ahnung hatte, wie das System funktionierte, improvisierte und fragte. »Dirigiert er häufig?«

»Mehr als alle anderen außer unserem Musikdirektor.« Alison beugte sich über den Tisch zu Gemma und senkte ihre Stimme. »Man hat ihm die Position einmal angeboten, aber er hat sie abgelehnt. Das war allerdings vor Jahren, lange vor meiner Zeit. Er sagte damals, er wolle mehr Freiheit haben, mit anderen Orchestern zusammenzuarbeiten, aber ich glaube, es hatte mit seiner Familie zu tun. Er und Dame Caroline hatten damals im Sadler's Wells zusammen bei der Truppe angefangen – es wäre nun naheliegend gewesen, ihn zum Direktor zu machen.«

»Singt Dame Caroline noch hier an der Oper? Ich meine, ist sie nicht – sie hat doch eine erwachsene Tochter …«

Alison lachte. »Sie meinen, daß sie für ihren Beruf zu alt ist, stimmt's?« Wieder beugte sie sich vor. Ihr lebhaftes Mienenspiel verriet, welche Freude es ihr machte, die Uneingeweihten zu belehren. »Die meisten Sopransängerinnen finden erst in ihren Dreißigern wirklich zu ihrer Form. Es braucht jahrelange Arbeit und Übung, um eine Stimme zu entwickeln, und wenn man zu früh zuviel singt, kann der Stimme nicht wiedergutzumachender Schaden zugefügt werden. Viele erreichen ihren Höhepunkt, wenn sie in den Fünfzigern sind, und einige Ausnahmesängerinnen können auch danach noch weitermachen. Ich muß allerdings zugeben, daß es manchmal etwas komisch wirkt, wenn sie dann noch die jugendliche Naive spielen.« Sie lachte und fuhr dann ernst fort: »Aber bei Caroline Stowe wäre das sicherlich nicht der Fall gewesen. Ich kann mir nicht vorstellen, daß sie je lächerlich wirkt, ganz gleich, wie alt sie ist.«

»Sie sagten eben ›es wäre nicht der Fall gewesen‹. Ich verstehe nicht –«

»Sie hat sich ganz von der Bühne zurückgezogen. Vor zwanzig Jahren schon, als ihr Sohn umkam. Sie ist danach nie wieder öffentlich aufgetreten.« Alison hatte wieder die Stimme gesenkt, und obwohl sie ein angemessen betrübtes Gesicht machte, erzählte sie die Geschichte mit dem Genuß, in dem sich die Leute im allgemeinen über das Unglück anderer ergehen. »Und sie war wirklich genial. Sie hätte eine der berühmtesten Sopranistinnen unserer Zeit werden können.« Mit echtem Bedauern schüttelte Alison den Kopf.

Gemma trank einen letzten Schluck von ihrem bitteren Tee und schob die Tasse weg. »Wieso dann der Titel, wenn sie aufgehört hat zu singen?«

»Sie ist eine der besten Gesangslehrerinnen in England, wenn nicht der Welt. Viele Sängerinnen, von denen wirklich Großes zu erwarten ist, sind von ihr unterrichtet worden und werden immer noch von ihr unterrichtet. Außerdem hat sie unheimlich viel für unser Unternehmen getan.« Alison lächelte ein wenig ironisch und fügte hinzu: »Sie ist eine sehr einflußreiche Frau.«

»Offensichtlich«, meinte Gemma, die daran dachte, daß es Dame Caroline und Sir Gerald gewesen waren, die erreicht hatten, daß Scotland Yard die Ermittlungen über Connor Swanns Tod übernahm. Etwas abrupt das Thema wechselnd, sagte Gemma: »Wissen Sie, um welche Zeit Sir Gerald am Donnerstag abend das Theater verlassen hat?«

Alison überlegte einen Moment mit gekrauster Stirn. »Nein, das weiß ich wirklich nicht. Ich habe unmittelbar nach der Aufführung in seiner Garderobe mit ihm gesprochen, das war so gegen elf, aber ich bin höchstens fünf Minuten geblieben. Ich hatte noch eine Verabredung«, fügte sie mit einem vielsagenden Lächeln hinzu. »Am besten fragen Sie Danny. Der hatte an dem Abend Dienst.«

»Wirkte Sir Gerald in irgendeiner Weise erregt? War an diesem Abend irgendwas anders als sonst?«

»Nein, nicht daß ich –« Alison brach ab, die Hand an der Teetasse. »Warten Sie. Da war doch was. Tommy war bei ihm. Die beiden kennen sich praktisch seit Ewigkeiten«, fügte sie eilig hinzu, »aber wir sehen Tommy sehr selten nach einer Aufführung, und schon gar nicht in der Garderobe des Dirigenten.«

Gemma, die das Gefühl hatte, daß ihr die Fäden dieses Gesprächs entglitten, fragte: »Und wer genau ist Tommy?«

Alison lächelte. »Ach, ich hab vergessen, daß Sie das nicht wissen können. Tommy ist Tommy Godwin, unser Kostümier. Und er ist nicht so einer, der so tut, als sei ein Besuch von ihm hier eine göttliche Gnade, wie ich das von einigen anderen Kostümbildnern kenne« – sie verdrehte die Augen –, »aber wenn er hier im Theater ist, hat er im allgemeinen mit dem Kostümwechsel und dergleichen alle Hände voll zu tun.«

»Ist er heute hier?«

»Nicht daß ich wüßte. Aber ich denke, Sie können ihn morgen im LB-Haus erreichen.« Diesmal war Gemmas Verwirrung wohl offensichtlich; ehe sie eine Frage stellen konnte, setzte Alison hinzu: »Das ist das Lilian-Baylis-Haus in West Hampstead, wo unsere Kostümwerkstätten sind. Moment.« Sie griff nach Gemmas Block. »Ich schreibe Ihnen Adresse und Telefonnummer auf.«

Ein Gedanke kam Gemma, als sie Alison schreiben sah. »Haben Sie eigentlich Sir Geralds Schwiegersohn Connor Swann einmal kennengelernt?«

Alison Douglas errötete. »Ich bin ihm ein- oder zweimal begegnet. Er kam manchmal zu ENO-Veranstaltungen.« Sie schob Block und Kugelschreiber über den Tisch und griff sich an den Kragen ihres schwarzen Pullovers.

Gemma neigte leicht den Kopf, während sie die Frau betrachtete, die ihr gegenübersaß – attraktiv, etwa in ihrem Alter, unverheiratet, nach der schmucklosen linken Hand und der Verabredung, von der sie gesprochen hatte, zu urteilen. »Heißt das, daß er Annäherungsversuche gemacht hat?«

»Es war ihm überhaupt nicht ernst damit«, erwiderte Alison beinahe entschuldigend. »Sie wissen doch, das merkt man.«

»Viel Gedöns und nichts dahinter?«

Alison zuckte die Achseln. »Ich glaube, er hatte einfach ein Faible für Frauen – er gab einem das Gefühl, etwas Besonderes zu sein.« Sie blickte auf, und zum erstenmal bemerkte Gemma, daß sie sehr klare, hellbraune Augen hatte. »Wir haben natürlich alle darüber gesprochen. Sie wissen ja, wie geklatscht wird. Aber eben hab ich mir eigentlich zum erstenmal wirklich vorgestellt ...« Sie schluckte einmal, dann fügte sie langsam hinzu: »Er war ein sehr netter Mann. Es tut mir leid, daß er tot ist.«

Die Tische in der Kantine leerten sich rasch. Alison blickte auf und schnitt eine Grimasse, dann führte sie Gemma eilig in das Gewirr dunkelgrüner Korridore zurück. Mit einer kurzen Entschuldigung ließ sie Gemma im kleinen Vestibül in der Obhut des Portiers zurück.

»Hallo, Miss«, sagte Danny vergnügt. »Na, haben Sie bekommen, was Sie wollten?«

»Nicht ganz.« Gemma lächelte ihn an. »Aber vielleicht können Sie mir helfen.« Sie zog ihren Dienstausweis aus ihrer Handtasche und zeigte ihn ihm.

»Wahnsinn!« Er riß die Augen auf und betrachtete sie von oben bis unten. »Sie sehen überhaupt nicht wie ein Bulle aus.«

»Nur nicht frech werden, Sportsfreund«, sagte sie lachend. Sie stützte ihre Ellbogen auf die Ablage unter dem Portiersfenster und beugte sich mit ernster Miene vor. »Können Sie mir sagen, um welche Zeit Sir Gerald am vergangenen Donnerstag abend hier weggegangen ist?«

»Aha, jetzt geht's wohl um Alibis?« fragte Danny, so gespannt und begierig wie ein kleiner Junge, der Detektiv spielt.

»Im Moment geht es nur darum festzustellen, was jeder, der möglicherweise mit Connor Swann am Tag seines Todes Kontakt hatte, zur fraglichen Zeit getan hat«, antwortete Gemma, die Mühe hatte, nicht zu lachen.

Danny zog sich einen Hefter heran, der auf einem Stapel anderer lag, und öffnete ihn hinten. »Hier«, sagte er, nachdem er einige Seiten zurückgeblättert hatte, und hielt das Blatt hoch, so daß Gemma es sehen konnte. »Punkt Mitternacht. So hatte ich's auch in Erinnerung, aber ich dachte, Sie wollen wahrscheinlich – wie sagt man gleich, eine Bestätigung?«

Sir Geralds Unterschrift paßte zu dem Mann, fand Gemma, großzügig und kräftig. »Bleibt er immer so lang nach einer Aufführung, Danny?«

»Manchmal.« Der junge Mann richtete seinen Blick wieder auf das Blatt. »Aber an dem Abend war er der letzte, der ging. Ich erinnere mich daran, weil ich endlich abschließen wollte – ich hatte noch was vor, verstehen Sie.« Er zwinkerte Gemma zu. »Aber irgendwas war da«, sagte er zögernd. »An dem Abend … Sir Gerald … Na ja, er hatte einen in der Krone.«

Gemma gelang es nicht, ihre Überraschung zu verbergen. »Sir Gerald war betrunken?«

Danny senkte verlegen den Kopf. »Ich sag's nicht gern, Miss. Sir Gerald hat für jeden immer ein freundliches Wort. Ganz im Gegensatz zu einigen anderen.«

»Ist so etwas schon einmal vorgekommen?«

Danny schüttelte den Kopf. »Soweit ich mich erinnern kann, nicht. Und ich bin jetzt seit über einem Jahr hier.«

Gemma schrieb sich das alles eilig auf, dann steckte sie ihren

Block wieder ein. »Vielen Dank, Danny. Das war eine echte Hilfe.«

Um einiges gedämpfter als zuvor, schob er ihr das Anmeldeformular zur Unterschrift hin.

»Also dann, Tschüs«, sagte sie, als sie sich zur Tür wandte.

Noch ehe sie sie geöffnet hatte, rief Danny ihr nach: »Da ist noch was, Miss. Der Schwiegersohn, Sie wissen schon, der jetzt tot ist …« Er hob seinen Hefter hoch und wies auf einen Eintrag nicht weit von dem Sir Geralds. »Der war an dem Tag auch hier.«

6

Eier, Schinkenspeck, Würstchen, Tomaten, Pilze – und waren das etwa Nierchen? Kincaid schob die fraglichen Fleischstückchen mit der Gabelspitze auf die Seite. Nieren zum Abendessen, das konnte er verkraften, aber zum Frühstück – das war denn doch des Guten zuviel. Sonst jedoch hatte man sich im *Chequers* wahrhaftig nicht lumpen lassen. Er betrachtete das üppige Frühstück, das blütenweiße Tischtuch, die Vase mit den bunten Löwenmäulchen und sagte sich, er sollte vielleicht dankbar dafür sein, daß Sir Gerald Asherton solchen Einfluß genoß. Wenn er sonst dienstlich außerhalb zu tun hatte, war er selten so komfortabel untergebracht.

Da er spät aufgestanden war, hatten die tugendhafteren Frühaufsteher ihr Frühstück längst beendet, als er kam, so daß er den Speisesaal für sich allein hatte. Beim Essen blickte er durch das Fenster in den feuchten, windigen Morgen hinaus und genoß die ungewohnte Muße. Der Wind trieb in Wirbeln die Herbstblätter vor sich her, deren Gold- und Rosttöne einen leuchtenden Kontrast zum noch grünen Gras des

Kirchhofs bildeten. Die ersten Kirchgänger trafen zum Morgengottesdienst ein, und bald waren die Straßen rund um die Kirche von einem Ende zum anderen mit parkenden Autos gesäumt.

Er fragte sich, weshalb eine Kirche in einem so kleinen Dorf wie Fingest eine solche Menschenmenge anzog, und bekam plötzlich Lust, das selbst zu ergründen. Er stopfte sich den letzten Bissen Toast in den Mund und rannte noch kauend die Treppe hinauf, holte sich eine Krawatte aus seinem Zimmer und knotete sie hastig auf dem Rückweg nach unten.

Die Kirchenglocken begannen zu läuten, als er sich in die letzte Bankreihe schob. Die Anschläge im Vestibül hatten ihm rasch Antwort auf seine Frage gegeben – diese Kirche war für den gesamten Sprengel da, nicht nur für das Dorf. Höchstwahrscheinlich war es auch die Kirche der Ashertons. Sicher kannten viele hier die Familie, und manche waren vielleicht nur aus Neugier gekommen, um sie zu sehen.

Von den Ashertons jedoch erschien niemand, und eingelullt vom geordneten Ablauf des Gottesdienstes, kehrte er in Gedanken zu den Ereignissen des vergangenen Abends zurück.

Er hatte ein paar Minuten gebraucht, um sie soweit zu beruhigen, daß sie ihm ihren Namen sagte – Sharon Doyle –, und selbst das hatte sie erst getan, nachdem er ihr seinen Dienstausweis übergeben und sie ihn so angestrengt studiert hatte, als bereite ihr Lesen und Schreiben große Mühe.

»Ich wollte nur meine Sachen holen«, sagte sie, als sie ihm den Ausweis zurückgab. »Ich hab schließlich ein Recht drauf. Da kann einer sagen, was er will.«

Kincaid wich bis zum Sofa zurück und setzte sich. »Wer

würde denn sagen, daß Sie dieses Recht nicht haben?« fragte er leichthin.

Sharon Doyle verschränkte die Arme über der Brust. »Sie!«

»Sie?« wiederholte Kincaid, der sich schon damit abgefunden hatte, daß hier Geduld gefragt war.

»Na, Sie wissen schon. Seine Frau. Julia«, sagte sie, spöttisch eine Aussprache nachäffend, die kultivierter war als ihre eigene. Nach dem ersten Schrecken schien die Feindseligkeit die Oberhand gewonnen zu haben, dennoch kam sie nur ein paar Schritte näher an ihn heran und blieb dann mit gespreizten Beinen in Abwehrhaltung stehen.

»Sie haben einen Schlüssel«, bemerkte er mehr in feststellendem als in fragendem Ton.

»Con hat ihn mir gegeben.«

Kincaid musterte das weiche, rundliche Gesicht, sehr jung noch hinter der Fassade von Make-up und Dreistigkeit. Behutsam sagte er: »Woher wissen Sie, daß Connor tot ist?«

Mit zusammengepreßten Lippen starrte sie ihn an. Dann fielen ihre Arme herab, und ihr Körper sank in sich zusammen. »Ich hab's im Pub gehört«, antwortete sie so leise, daß er sie kaum hörte.

»Setzen Sie sich doch.«

Sie ließ sich in den Sessel ihm gegenüber sinken, als wäre sie sich ihres Körpers gar nicht bewußt, und sagte: »Gestern abend. Ich bin ins *George* rübergegangen. Er hatte nicht angerufen, wie er es versprochen hatte, und da hab ich mir gedacht, also ich hock bestimmt nicht allein zu Hause rum und dreh Däumchen. Ich find schon einen, der mir einen Drink spendiert – soll Con mir doch gestohlen bleiben. Das hab ich gedacht.« Ihre Stimme geriet ins Schwanken, und sie hielt einen Moment inne. Flüchtig leckte sie sich mit der Zungenspitze die Lippen. »Im Pub haben sie alle nur davon geredet. Am Anfang hab ich gedacht, sie wollen mich verschaukeln.« Sie schwieg und wandte ihren Blick von ihm ab.

»Aber dann haben sie Sie überzeugt?«

Sharon nickte. »Ja, dann kam einer von den Stammgästen rein, er ist Constable. Und die andern haben gesagt, frag Jimmy, der wird's dir bestätigen.«

»Und haben Sie ihn gefragt?« hakte Kincaid nach, als sie wieder in Schweigen versank.

Sie saß zusammengekrümmt in ihrem Sessel, die Arme wieder über der Brust verschränkt, und als er sie musterte, glaubte er einen schwachen bläulichen Schimmer um ihre Lippen zu entdecken. Er stand auf und ging zu dem Servierwagen mit den Getränken, den er bei seiner früheren Inspektion des Zimmers gesehen hatte. Er nahm zwei Sherrygläser vom oberen Tablett und füllte sie aus einer Sherryflasche, die er darunter fand.

Er sah, daß im offenen Kamin Holz für ein Feuer aufgeschichtet war, zündete es mit einem Streichholz aus der Schachtel auf dem Sims an und wartete, bis die Flammen hell zu lodern begannen.

»Da wird Ihnen gleich ein bißchen wärmer werden«, sagte er, als er zu Sharon zurückkehrte und ihr den Sherry anbot. Sie sah mit stumpfem Blick zu ihm auf und hob die Hand, doch das Glas kippte, als sie es entgegennahm, und etwas von der blaßgoldenen Flüssigkeit schwappte über den Rand. Als er ihre starre Hand nahm, um sie fester um das Glas zu legen, spürte er, daß sie eiskalt war.

»Sie frieren«, sagte er. »Hier, nehmen Sie meine Jacke.« Er schlüpfte aus seinem Tweedsakko und legte es ihr um die Schultern, dann ging er auf der Suche nach dem Thermostat für die Zentralheizung durch das Zimmer. Die großen Fenster und der nach südländischer Art geflieste Boden waren zwar gefällig, aber für das englische Klima nicht allzu geeignet.

»So ist es richtig.« Er setzte sich wieder und führte sein eigenes Glas zum Mund. Sie hatte etwas von ihrem Sherry getrunken, und er meinte, eine schwache Röte in ihren Wangen zu sehen. »Prost«, fügte er hinzu und nahm einen Schluck. Dann sagte er: »Ich kann mir denken, daß es Ihnen seit gestern abend sehr schlecht geht. Haben Sie denn den Constable nach Connor gefragt?«

Sie trank noch einen Schluck, dann wischte sie sich mit dem Handrücken über die Lippen. »Er hat gesagt ›Warum wollen Sie das denn wissen?‹ und hat mich mit so einem kalten Blick angesehen. Da hab ich gewußt, daß es wahr ist.«

»Und haben Sie ihm gesagt, warum Sie es wissen wollten?«

Sharon schüttelte den Kopf. »Ich hab nur gesagt, daß ich ihn eben kenn. Dann haben sie angefangen, sich drüber zu streiten, wer die nächste Runde zahlen müßte, und ich bin durch die Hintertür raus.«

Ihr Überlebensinstinkt hatte, fand Kincaid, selbst im Schock gut funktioniert, ein Hinweis darauf, daß sie hinreichend Erfahrung darin hatte, für sich selbst zu sorgen.

»Und was haben Sie dann getan?« fragte er. »Sind Sie hierhergekommen?«

Es dauerte einen Moment, ehe sie nickte. »Ich hab stundenlang draußen rumgestanden. Es war eiskalt. Aber ich hab immer noch gedacht, wissen Sie, daß er vielleicht ...« Sie drückte rasch beide Hände auf ihren Mund, doch er hatte das Beben ihrer Lippen gesehen.

»Sie hatten doch einen Schlüssel«, sagte er. »Warum sind Sie nicht einfach hineingegangen und haben hier gewartet?«

»Ich hab ja nicht gewußt, ob nicht vielleicht noch jemand

kommt. Dann hätt ich vielleicht zu hören gekriegt, daß ich kein Recht hab, hier zu sein.«

»Aber heute haben Sie den Mut gefunden.«

»Ich brauch doch meine Sachen«, erwiderte sie, aber sie wandte sich ab, und Kincaid hatte den Verdacht, daß mehr als das dahintersteckte.

»Und warum sind Sie noch gekommen, Sharon?«

»Das würden Sie doch nicht verstehen.«

»Versuchen Sie's mal.«

Sie sah ihm in die Augen und schien eine Möglichkeit des Verständnisses in ihnen zu finden, denn nach einer kleinen Pause sagte sie: »Ich bin jetzt ein Niemand, verstehen Sie? Ich hab mir gedacht, daß ich nie wieder einfach hier sein kann wie ... Wir haben es oft sehr schön hier gehabt, Con und ich. Ich wollte mich erinnern.«

»Glaubten Sie nicht, Con könnte Ihnen die Wohnung hinterlassen haben?« fragte Kincaid.

Sie blickte in ihr Glas hinunter und schwenkte es leicht hin und her. »Das hätte er gar nicht gekonnt«, sagte sie so leise, daß er sich vorbeugen mußte, um sie zu hören.

»Wieso nicht?«

»Sie gehört ihm nicht.«

Der Sherry hatte sie nicht sehr gesprächig gemacht. Es war mehr als mühsam, etwas aus ihr herauszubekommen. »Wem gehört sie denn?«

»Ihr.«

»Connor hat in Julias Wohnung gewohnt?« Er fand die Vorstellung äußerst merkwürdig. Warum hatte sie ihn nicht hinausgeworfen und war selbst geblieben, anstatt zu ihren Eltern zurückzukehren? Dies schien ihm für zwei Menschen, die angeblich nichts mehr miteinander hatten zu tun haben wollen, ein viel zu freundschaftliches Arrangement.

Es ist natürlich möglich, sagte er sich, während er die junge

Frau betrachtete, die ihm gegenübersaß, daß es gar nicht stimmt. Vielleicht hatte Connor nur eine praktische Ausrede gebraucht.

»Ist das auch der Grund, weshalb Connor nicht wollte, daß Sie mit ihm zusammenziehen?«

Sein Jackett glitt von Sharons Schultern, als sie die Achseln zuckte. »Er hat gesagt, es wär einfach nicht recht, weil die Wohnung doch Julia gehört.«

Kincaid hatte sich Connor Swann eigentlich nicht als einen Mann mit moralischen Skrupeln vorgestellt, doch es war ja nicht die erste Überraschung, die er in bezug auf diesen Menschen erlebte. Mit einem Blick zur Küche fragte er: »Kochen Sie?«

Sharon sah ihn an, als sei bei ihm eine Schraube locker. »Natürlich kann ich kochen. Wofür halten Sie mich?«

»Nein, so meinte ich das nicht. Ich wollte wissen, wer hier gekocht hat, Sie oder Connor?«

Sie schob schmollend ihre Unterlippe vor. »Er hat mich überhaupt nicht in die Küche reingelassen, als wär's eine Kirche oder so was. Reste essen wären barbarisch, hat er gesagt, und in seiner Küche würden höchstens Eier und Wasser für die Nudeln aufgewärmt.« Mit dem Glas in der Hand stand sie auf und ging zum Eßtisch hinüber. Während sie mit einem Finger langsam über die Platte strich, sagte sie: »Aber er hat für mich gekocht. Das hat noch nie einer getan. Für mich hat überhaupt noch nie jemand gekocht außer meiner Mutter und meiner Großmutter.« Sie blickte auf und starrte Kincaid an, als sähe sie ihn zum erstenmal. »Sind Sie verheiratet?«

Er schüttelte den Kopf. »Ich war mal verheiratet, aber das ist lange her.«

»Was ist passiert?«

»Sie ist gegangen. Sie hatte einen anderen kennengelernt.« Er sprach die Worte ganz ohne Ausdruck, mit der Gelassenheit jahrelanger Übung, und dennoch erstaunte es ihn immer noch, daß zwei so schlichte Sätze so tiefen Verrat beinhalten konnten.

Sharon ließ sich das durch den Kopf gehen und nickte dann. »Con hat oft für mich gekocht. Besonders abends. Ein richtiges Diner, wie er immer gesagt hat. Mit Kerzen und gutem Porzellan. Ich mußte am Tisch sitzen bleiben, und er hat mir serviert – ›Versuch das mal, Shar, versuch dies mal, Shar.‹ Oft war er richtig komisch.« Sie lächelte Kincaid an. »Manchmal bin ich mir vorgekommen wie ein Kind, das feine Dame spielt. Würden Sie so was für eine Frau tun?«

»Es ist schon vorgekommen. Aber Cons Standard würde ich sicher nicht erreichen – meine Kochkünste beschränken sich mehr auf Omelettes und Käsetoast.« Er fügte nicht hinzu, daß er niemals Lust gehabt hatte, Pygmalion zu spielen.

Die flüchtige Fröhlichkeit, die Sharons Gesicht erhellt hatte, erlosch. Langsam kehrte sie zu ihrem Sessel zurück und sagte mit kleiner Stimme: »So was erleb ich bestimmt nie wieder.«

»Ach was, das bilden Sie sich nur ein«, schalt er und hörte zugleich die falsche Jovialität in seiner Stimme.

»Nein, so wie mit Con wird's nie wieder.« Kincaid direkt ansehend, fügte sie hinzu: »Ich weiß, daß ich keine Frau bin, für die Männer wie er was übrig haben – ich hab mir immer gesagt, es ist zu schön, um wahr zu sein. Ein Märchen.« Sie rieb sich die Augen, als schmerzten sie von unvergossenen Tränen. »In der Zeitung hat noch nichts gestanden. Wissen Sie, … wann die Beerdigung ist?«

»Es hat niemand von der Familie Sie angerufen?«

»Mich angerufen?« Ein Teil ihrer früheren Aggressivität kehrte zurück. »Was, zum Teufel, glauben Sie denn, wer mich anrufen sollte?« Sie rümpfte die Nase und fragte dann spöttisch: »Julia? Dame Caroline?«

Kincaid erwog die Frage in allem Ernst. Julia schien entschlossen, so zu tun, als hätte es ihren Mann nie gegeben. Und Caroline? Er konnte sich vorstellen, daß sie es auf sich nehmen würde, eine unangenehme, aber notwendige Pflicht zu erfüllen. »Vielleicht, ja. Wenn sie von Ihnen gewußt hätten. Ich vermute, sie wußten nichts?«

Sie senkte ihren Blick und sagte ein wenig trotzig: »Woher soll ich wissen, was Con ihnen erzählt hat – ich weiß nur, was er zu mir immer gesagt hat.« Sie schob sich mit kurzen Fingern das Haar aus dem Gesicht, und Kincaid bemerkte, daß der Nagel an ihrem Zeigefinger abgebrochen war. Als sie wieder sprach, hatte ihr Ton nichts Trotziges mehr. »Er hat gesagt, er würde für uns sorgen – für Hayley und mich.«

»Hayley?« sagte Kincaid verwirrt.

»Das ist meine kleine Tochter. Sie ist vier. Sie hat letzte Woche Geburtstag gehabt.« Zum erstenmal lächelte Sharon.

Diese Wendung hatte er nicht erwartet. »Ist sie auch Cons Tochter?«

Sie schüttelte heftig den Kopf. »Ihr Vater hat sich aus dem Staub gemacht, sobald er gehört hat, daß ich schwanger bin. Ein mieses Schwein. Seitdem hab ich kein Wort mehr von ihm gehört.«

»Aber Con wußte von ihr?«

»Na klar. Wofür halten Sie mich, für ein Flittchen vielleicht?«

»Natürlich nicht«, entgegnete Kincaid beschwichtigend und stand auf, um die Sherryflasche zu holen. »Hat Con Ihre kleine Tochter gemocht?« fragte er, während er ihr und sich noch einmal von dem Sherry eingoß.

Als sie nicht antwortete, fürchtete er schon, er habe ihr zuviel Sherry eingeflößt, doch nach einem Moment des Schweigens sagte sie: »Manchmal hab ich mich gefragt … ob es ihm nicht in Wirklichkeit um Hayley geht und gar nicht um mich.

Schauen Sie.« Sie kramte in ihrer Handtasche und zog ein abgegriffenes Lederetui heraus. »Das ist Hayley. Sie ist doch süß, nicht?«

Es war eine billige Porträtaufnahme, aber selbst die künstliche Pose konnte der Schönheit des kleinen Mädchens keinen Abbruch tun. Blond, mit kleinen Lachgrübchen in den Wangen und einem zarten, herzförmigen Gesicht. »Ist sie so brav, wie sie aussieht?« fragte Kincaid mit hochgezogener Braue.

Sharon lachte. »Nein, aber sie sieht wirklich aus, als könnte sie kein Wässerchen trüben, stimmt's? Con hat sie immer seinen kleinen Engel genannt. Er hat immer so viel Spaß mit ihr gemacht.« Zum erstenmal wurden ihre Augen feucht. Sie schniefte und wischte sich mit dem Handrücken über die Nase. »Julia wollte keine Kinder. Deshalb wollte er sich scheiden lassen, aber Julia war nicht einverstanden.«

»Julia wollte sich nicht von Connor scheiden lassen?« fragte Kincaid, der nach seinen Gesprächen mit Julia und ihren Eltern einen ganz anderen Eindruck gewonnen hatte, obwohl die Frage selbst nie berührt worden war.

»Er wollte sich gleich scheiden lassen, wenn die zwei Jahre um gewesen wären – solang dauert das nämlich, wenn man sich ohne die Zustimmung des andern Partners scheiden lassen will.« Aus der Art, wie sie sich ausdrückte, gewann Kincaid den Eindruck, daß sie diesen Satz auswendig gelernt hatte, vielleicht, um sich selbst zu trösten, daß sie etwas wiederholte, was Connor ihr gesagt hatte.

»Und Sie wollten auf ihn warten? Das hätte doch noch ein ganzes Jahr gedauert, nicht wahr?«

»Warum hätte ich nicht warten sollen?« entgegnete sie mit anschwellender Stimme. »Con hat mir nie Anlaß gegeben zu glauben, daß er es nicht ernst meint.«

Ja, warum nicht? dachte Kincaid. Hätte sie denn bessere

Aussichten gehabt? Er sah sie nachdenklich an. Ein wenig zurückgelehnt saß sie in ihrem Sessel, die Unterlippe streitlustig vorgeschoben, beide Hände um ihr Sherryglas gelegt. Hatte sie Connor Swan wirklich geliebt, oder hatte sie ihn nur als guten Versorger gesehen? Und wie war diese sonderbare Beziehung überhaupt zustande gekommen? Er bezweifelte, daß die beiden sich in den gleichen gesellschaftlichen Kreisen bewegt hatten.

»Sharon«, sagte er vorsichtig, »wie haben Sie und Connor sich eigentlich kennengelernt?«

»Im Park«, antwortete sie mit einer Kopfbewegung zum Fluß hin. »Gleich da draußen, in den Themseauen. Man kann es von der Straße aus sehen. Es war im Frühling. Ich hab Hayley beim Schaukeln angeschubst, und sie ist rausgefallen und hat sich das Knie aufgeschlagen und fürchterlich geschrien. Da ist Con rübergekommen und hat mit ihr geredet, und ruckzuck hat sie wieder gestrahlt und ihn angelacht.« Sie lächelte bei der Erinnerung. »Er konnte sie um den Finger wickeln. Er hat uns dann mit hierhergenommen und ihr Knie verarztet.« Als Kincaid eine Augenbraue hochzog, fügte sie eilig hinzu: »Ich weiß, was Sie denken. Erst hab ich auch ein bißchen Angst gehabt, daß er – na ja, Sie wissen schon, irgendwie komisch ist. Aber so war es überhaupt nicht.«

Sharon wirkte jetzt entspannt, die innere Kälte schien gewichen zu sein. Die Beine mit den unglaublichen Schuhen vor sich ausgestreckt, saß sie bequem in ihrem Sessel, das Sherryglas in ihrem Schoß haltend.

»Wie war es denn?« fragte Kincaid leise.

Sie ließ sich Zeit mit ihrer Antwort. Die dunkel getuschten Wimpern legten Schatten auf ihre Wangen, während sie mit gesenktem Blick in ihr Glas starrte. »Komisch. Ich mein, mit seinem Job und so hat Con einen Haufen Leute gekannt. Immer war er mit irgend jemand zum Mittagessen oder zum Abendessen verabredet, oder auch zum Golfspielen. Dauernd in Aktion, lauter wichtige Sachen.« Sie hob den Blick und sah Kincaid an. »Ich glaube, er war einsam. Zwischen den vielen Verabredungen und Terminen hat's gar nichts gegeben.«

Kincaid dachte an den Terminkalender mit der unendlichen Zahl von Einträgen. »Sharon, was hatte Con denn für einen Job?«

»Er war in der Werbebranche.« Sie zog die Brauen zusammen und sagte: »Blakely, Gill … ich weiß nicht mehr, ich kann mich nicht erinnern. Es war jedenfalls in Reading.«

Dann war es kein Wunder, daß er so viele Termine gehabt hatte. Kincaid erinnerte sich des Namens im Scheckverzeichnis und sagte: »Blackwell, Gillock und Frye.«

»Genau.« Sie nickte strahlend.

Kincaid rief sich das Scheckverzeichnis noch einmal ins Gedächtnis. Wenn Connor Sharon finanziell unterstützt hatte, so hatte er ihr Bargeld gegeben – ihr Name war nirgends eingetragen gewesen. Es sei denn, er hatte ihr das Geld über eine dritte Person zukommen lassen. Wie beiläufig fragte er: »Kennen Sie jemanden namens Hicks?«

»Ach, dieser Kenneth!« sagte sie wütend und setzte sich mit einem Ruck auf. »Ich hab gedacht, Sie wären er, als ich vorhin reinkam und Sie oben gehört hab. Ich hab gedacht, er wär hergekommen, um sich zu holen, was er kriegen kann, dieser Aasgeier.«

War das der Grund, weshalb sie so erschrocken gewesen war?

»Wer ist dieser Mann, Sharon? Was für eine Verbindung hatte er zu Con?«

»Ach, wissen Sie, Con hatte eine Schwäche fürs Pferderennen«, antwortete sie in nachsichtigem Ton. »Und dieser Kenneth hat bei einem Buchmacher gearbeitet und für Con die Wetten plaziert. Er klebte dauernd an Con dran, und mich hat er behandelt wie Dreck.«

Wenn das zutraf, mußte Connor Swann ein echter Spieler gewesen sein. »Wissen Sie, bei welchem Buchmacher dieser Kenneth Hicks arbeitet?«

Sie zuckte die Achseln. »Bei irgendeinem hier in der Stadt. Wie ich schon gesagt hab, er war immer irgendwo in der Nähe.«

Kincaid, dem die vielen Termine im *Red Lion* in Connor Swanns Terminkalender einfielen, fragte sich, ob dies der regelmäßige Treffpunkt der beiden Männer gewesen war. »War Con oft im Red Lion Hotel? Ich meine das neben der Kirche, das –«

Sie unterbrach ihn kopfschüttelnd. »Das ist doch eine Touristenfalle. Eine aufgedonnerte Hure, hat Con immer gesagt, wo man nicht mal ein anständiges Bier kriegen könnte.«

Sie hatte entschieden schauspielerisches Talent und ein gutes Gedächtnis für Dialoge. Wenn sie Connor Swann zitierte, konnte Kincaid den Tonfall seiner Stimme hören, selbst den leichten Anklang eines irischen Akzents.

»Nein«, fuhr sie fort, »er ist immer ins *Red Lion* in Wargrave gegangen. Das ist ein richtiges Pub mit anständigem Essen zu anständigen Preisen.« Sie lächelte, und in ihren Wangen bildeten sich Grübchen, die an ihre Tochter erinnerten. »Das Essen war das Wichtige, wissen Sie – Con ist nie irgendwo hingegangen, wo ihm das Essen nicht geschmeckt hat.« Sie setzte ihr Glas an den Mund und leerte es bis auf den letzten Tropfen. »Mit mir ist er da auch ein paarmal hingegangen, aber am liebsten war er zu Hause.«

Kincaid konnte über diese Widersprüchlichkeiten nur den Kopf schütteln. Der Mann hatte allen Berichten zufolge ein äußerst flottes Leben geführt, getrunken und gespielt, aber am liebsten war er mit seiner Geliebten und deren Kind zu Hause gewesen. Er hatte ferner, wie das aus seinem Terminkalender hervorging, das ganze letzte Jahr jeden Donnerstag mit seinen Schwiegereltern zu Mittag gegessen.

Kincaid dachte an das Ende seiner eigenen Ehe zurück. Obwohl Vic ihn verlassen hatte, war es ihren Eltern irgendwie gelungen, ihn in die Rolle des Bösewichts zu drängen, und er hatte nie wieder von ihnen gehört. Nicht einmal zu einer Weihnachts- oder Geburtstagskarte hatte es gereicht.

»Wissen Sie, was Con donnerstags immer gemacht hat, Sharon?« fragte er.

»Wieso? Das gleiche wie an allen anderen Tagen, soviel ich weiß«, antwortete sie stirnrunzelnd.

Sie hatte also von den regelmäßigen Mittagessen bei den Schwiegereltern nichts gewußt. Was sonst hatte Connor ihr bequemlichkeitshalber verschwiegen?

»Und am letzten Donnerstag, Sharon, an dem Tag, an dem er gestorben ist? Waren Sie da mit ihm zusammen?«

»Nein. Er ist nach London gefahren. Aber ich glaube, ursprünglich hat er das gar nicht vorgehabt. Als ich Hayley abends gefüttert hatte, bin ich rübergekommen, und da war er gerade erst nach Hause gekommen. Total aufgedreht, er konnte kaum ruhig sitzen.«

»Und hat er Ihnen gesagt, wo er gewesen ist?«

Sie schüttelte langsam den Kopf. »Er hat nur gesagt, er müßte noch mal ein Weilchen weg. Er hätte noch was zu erledigen.«

»Und er hat Ihnen nicht gesagt, wohin er wollte?«

»Nein. Er hat gesagt, ich soll nicht gleich ausflippen, er wär ja bald wieder da.« Sie streifte ihre hochhackigen Schuhe ab, zog die Beine hoch und rieb sich plötzlich angestrengt die Zehen. Als sie aufsah, waren ihre Augen feucht. »Aber ich konnte nicht bleiben, weil meine Großmutter Donnerstag abends immer Bridge spielt und ich nach Hayley sehen mußte. Ich konnte nicht ...« Sie schlang ihre Arme um die angezogenen Beine und drückte ihr Gesicht auf ihre Knie. »Ich hab ihm nicht mal einen Kuß gegeben«, flüsterte sie, »als er gegangen ist.«

Sie war also gekränkt gewesen, hatte geschmollt und auf kindliche Weise versucht, ihn zu bestrafen. Eine kindliche Reaktion, ein Verhalten, wie es zwischen Liebenden nichts Besonderes war, über das man später im Bett lachen konnte, diesmal jedoch gab es keine Möglichkeit mehr zur Versöhnung. Aus solchen Kleinigkeiten sind lebenslange Schuldgefühle gemacht, und was sie bei ihm suchte, war Absolution. Nun, er würde ihr geben, was in seiner Macht stand.

»Sharon. Sehen Sie mich an.« Er rutschte nach vorn bis zur Sofakante, beugte sich vor und tätschelte ihre gefalteten Hände. »Sie konnten es doch nicht wissen. Keiner von uns ist so vollkommen, daß er jede Minute so leben kann, als wäre es seine letzte. Con hat Sie geliebt, und er hat gewußt, daß Sie ihn lieben. Das ist alles, was zählt.«

Ihre Schultern zuckten. Schweigend lehnte er sich wieder zurück und wartete, bis er sah, daß sie sich langsam entspannte und kaum merklich hin und her zu wiegen begann. Dann sagte er: »Sonst hat Con wirklich nichts darüber gesagt, wohin er wollte?«

Sie schüttelte den Kopf, ohne ihn zu heben. »Ich hab immer wieder darüber nachgedacht. Über jedes Wort, das er gesagt hat, und über jedes Wort, das ich gesagt hab. Aber ich weiß nichts.«

»Und Sie haben ihn an diesem Abend nicht wieder gesehen?«

»Das hab ich Ihnen doch schon gesagt!« gab sie zurück und

hob den Kopf von ihren Knien. Ihre helle Haut war fleckig vom Weinen. Sie schniefte und rieb sich unbefangen die Augen. »Wozu wollen Sie das alles überhaupt wissen?«

Anfangs war ihr Bedürfnis zu sprechen, einen Teil ihres Schmerzes zu äußern, stärker gewesen als alles andere, jetzt aber trat, wie Kincaid sah, ihr natürliches Mißtrauen wieder hervor.

»Hatte Con getrunken?« fragte er.

Sharon lehnte sich in ihrem Sessel zurück und sah ihn unsicher an. »Ich glaub nicht – auf jeden Fall hat er nicht so gewirkt, aber manchmal konnte man's auch nicht gleich erkennen.«

»Er hat wohl eine ganze Menge vertragen, wie?«

Sie zuckte die Achseln. »Con hat gern was getrunken, aber er ist nie gemein geworden, wie manche andere.«

»Sharon, was glauben Sie, ist Con zugestoßen?«

»Der Idiot ist auf dem Wehr spazierengegangen, reingefallen und ertrunken! Was soll das heißen, ›was ist ihm zugestoßen‹? Woher, zum Teufel, soll ich wissen, was ihm zugestoßen ist?« Sie schrie jetzt beinahe, und auf ihren Wangen brannten hellrote Flecken.

Kincaid wußte, daß er ihr jetzt als Zielscheibe des Zorns diente, den sie an Connor nicht auslassen konnte – ihres Zorns darüber, daß Connor gestorben war, daß er sie verlassen hatte. »So leicht ertrinkt ein erwachsener Mann nicht, wenn er ins Wasser fällt, es sei denn, er hatte einen Herzinfarkt oder war sturzbetrunken. Wir können diese Möglichkeiten nicht ausschließen, solange wir nicht den Obduktionsbefund kennen, aber ich glaube, wir werden feststellen, daß Connor bei guter Gesundheit war und auch relativ nüchtern.« Während er sprach, wurden ihre Augen immer größer, und sie wich in die Tiefe ihres Sessels zurück, als könnte sie so seiner Stimme entkommen, doch er fuhr erbarmungslos zu sprechen fort. »Er hatte Druckmale am Hals. Ich glaube, daß ihn jemand gewürgt hat, bis er bewußtlos war, und dann ins Wasser gestoßen hat. Wer könnte das getan haben, Sharon? Haben Sie eine Ahnung?«

»Dieses Luder!« stieß sie hervor, und ihr Gesicht unter der Schminke wurde kreidebleich.

»Was –«

Zornig sprang sie auf, stolperte, verlor das Gleichgewicht und fiel vor Kincaid auf die Knie. »Dieses Luder!«

Speicheltröpfchen sprühten ihm ins Gesicht. Er roch den Sherry in ihrem Atem. »Von wem sprechen Sie, Sharon?«

»Sie hat alles getan, um ihn fertigzumachen, und jetzt hat sie ihn umgebracht.«

»Wer, Sharon? Von wem sprechen Sie?«

»Von ihr natürlich. Von Julia.«

Die Frau, die neben Kincaid saß, stieß ihn an. Die Gemeinde hatte sich erhoben und schlug ihre Gesangbücher auf. Er hatte die Predigt, die von dem kahlköpfigen Geistlichen mit kultivierter Gelehrtenstimme vorgetragen worden war, nur bruchstückweise mitbekommen. Hastig stand er auf, schnappte sich ein Gesangbuch und warf einen Blick in das seiner Nachbarin, um die richtige Seite zu finden.

Er sang automatisch, in Gedanken noch immer bei seinem Gespräch mit Connor Swanns Geliebter. Trotz Sharons Anschuldigungen glaubte er nicht, daß Julia Swann überhaupt die körperliche Kraft besaß, die notwendig gewesen war, um ihren Mann zu erwürgen und in den Kanal zu stoßen. Im übrigen hatte sie auch gar nicht die Zeit dazu gehabt, es sei denn, Trevor Simons hatte gelogen, um sie zu schützen. Er wurde aus der ganzen Sache nicht klug und fragte sich, wie Gemma wohl in London vorankam, ob sie bei ihrem Besuch in der Oper irgend etwas Nützliches in Erfahrung gebracht hatte.

Der Gottesdienst ging zu Ende. Die Leute grüßten einander und plauderten beim Hinausgehen freundlich miteinander, aber nirgends hörte er eine Erwähnung Connor Swanns oder der Ashertons. Man musterte ihn neugierig und ein wenig scheu, doch niemand sprach ihn an. Er folgte der Menge nach draußen, aber anstatt ins Hotel zurückzukehren, machte er, den Mantelkragen hochgeschlagen, die Hände in den Taschen, einen Spaziergang durch den Friedhof. Aus der Ferne hörte er das Knallen von Autotüren und Motorengeräusche, dann blieb nur das Rauschen des Windes und das Rascheln der Blätter im dichten Gras.

Was er halbwegs gesucht hatte, fand er hinter dem Kirchturm unter einer ausladenden alten Eiche.

»Die Familie«, sagte jemand hinter ihm, »scheint über die Maßen gesegnet, aber auch gestraft zu sein.«

Ein wenig erschrocken drehte Kincaid sich herum. Der Pastor stand mit lose gefalteten Händen und leicht gespreizten Beinen am Grab und betrachtete den Grabstein. Der Wind schlug ihm seine Gewänder um die Beine und blies die dünnen Strähnen grauen Haars über seinen knochigen Schädel.

Auf dem Grabstein stand schlicht: ›Matthew Asherton, geliebter Sohn von Gerald und Caroline, Bruder von Julia‹.

»Haben Sie ihn gekannt?« fragte Kincaid.

Der Geistliche nickte. »In vieler Hinsicht ein ganz normaler Junge, doch wenn er gesungen hat, war er wie verwandelt, als wäre er über sich selbst hinausgewachsen.« Er blickte von dem Grabstein auf. Seine Augen waren von einem zarten, klaren Grau. »O ja, ich habe ihn gekannt. Er hat in meinem Chor gesungen. Und ich habe ihn den Katechismus gelehrt.«

»Und Julia? Haben Sie Julia auch gekannt?«

Der Geistliche musterte Kincaid einen Moment und sagte dann: »Sie sind mir vorhin schon aufgefallen, ein neues Gesicht in der Gemeinde, ein Fremder, der hier, auf dem Friedhof, offenbar etwas suchte. Aber ich hatte nicht den Eindruck, daß es Ihnen um Sensationsmache geht. Sind Sie ein Freund der Familie?«

Kincaid nahm seinen Dienstausweis heraus und klappte ihn auf. »Duncan Kincaid. Ich untersuche den Tod von Connor Swann«, sagte er, doch noch während er sprach, fragte er sich, ob das nun die ganze Wahrheit war.

Der Pastor schloß einen Moment die Augen, als halte er ein innerliches Zwiegespräch, dann öffnete er sie wieder und zwinkerte kurz, ehe er Kincaid mit durchdringendem Blick ansah. »Kommen Sie doch mit hinüber zu einer Tasse Tee. Im Haus spricht es sich besser als in diesem fürchterlichen Wind.«

»Eine große Begabung ist schon für einen Erwachsenen eine schwere Bürde und Verantwortung, um so mehr für ein Kind. Ich weiß nicht, was aus Matthew Asherton geworden wäre, wäre er am Leben geblieben, um dieser Begabung gerecht zu werden.«

Sie saßen im Arbeitszimmer des Pastors beim Tee. Er hatte sich als William Mead vorgestellt, und während er den elektrischen Wassertopf einschaltete und das Teegeschirr auf ein Tablett stellte, erzählte er Kincaid, daß seine Frau im vorangegangenen Jahr gestorben war. »An Krebs«, hatte er hinzugefügt, das Tablett genommen und Kincaid bedeutet, er solle ihm folgen. »Sie war überzeugt, daß ich allein niemals zurechtkommen würde, aber irgendwie wurschtelt man sich durch. Obwohl ich zugeben muß«, sagte er, als er die Tür zum Arbeitszimmer öffnete, »daß der Haushalt nie meine starke Seite war.«

Die Unordnung in seinem Arbeitszimmer bestätigte seine Worte, doch sie hatte etwas Gemütliches. Bücher, die irgendwann einmal aus dem Regal genommen worden waren, lagen überall herum, selbst auf dem Boden, und an den Teilen der Wände, die nicht von Regalen bedeckt waren, hingen Landkarten.

Während der Pastor einen kleinen Tisch freimachte, um das Tablett darauf abzustellen, trat Kincaid zu einer sehr alt aussehenden Karte, die hinter Glas hing.

»Saxtons Karte der Chilterns, 1574. Es ist eine der wenigen Karten, die den gesamten Gebirgszug zeigen.« Der Pastor hüstelte ein wenig hinter vorgehaltener Hand, dann fügte er ehrlich hinzu: »Es ist natürlich nur eine Kopie, aber ich freue mich trotzdem daran. Das ist nämlich mein Hobby – die Landschaftsgeschichte der Chilterns.

Leider«, fuhr er fort, als legte er ein Geständnis ab, »nimmt diese Liebhaberei weit mehr meiner Zeit und meines Interesses in Anspruch, als sie eigentlich sollte, aber wenn man fast ein halbes Jahrhundert lang jede Woche eine Predigt geschrieben hat, verblaßt der Reiz des Neuen. Und heutzutage besteht selbst in einer ländlichen Gemeinde wie dieser der größte Teil unserer Arbeit darin, bei Problemen des täglichen Lebens zu helfen. Ich kann mich nicht erinnern, wann das letzte Mal jemand mit einer Glaubensfrage zu mir gekommen ist.« Er trank einen Schluck von seinem Tee und sah Kincaid mit einem etwas wehmütigen Lächeln an.

Kincaid erwiderte das Lächeln und kehrte zu seinem Stuhl zurück. »Dann kennen Sie die Gegend hier sicher sehr gut.«

»Jeden Stock und Stein, könnte man sagen.« Mead streckte seine Beine aus. Die Joggingschuhe, die er nach seiner Rückkehr ins Haus angezogen hatte, stachen unter seinem schwarzen Ornat hervor. »Meine Füße sind wahrscheinlich fast so weit gereist wie die von Paulus auf der Straße nach Damaskus«, bemerkte er mit einem Lächeln. »Wir leben hier in einer alten gewachsenen Landschaft, Mr. Kincaid – gewachsen in dem Sinn, daß es keine ausgesprochene Kulturlandschaft ist. Obwohl diese Hügel Teil des Kalksteinrückgrats sind, das Südengland durchzieht, sind sie weit dichter bewaldet als die meisten solcher Hügellandschaften – diese Tatsache hat ebenso wie die von Flint durchsetzte Lehmschicht des Bodens eine weitreichende landwirtschaftliche Entwicklung verhindert.«

Kincaid umschloß seine warme Tasse mit beiden Händen, bereit, sich die Gelehrtenausführungen des Pastors anzuhören. »Das also ist der Grund, weshalb so viele Häuser hier mit Flint gebaut sind«, sagte er und dachte wieder daran, wie überraschend die hellen glatten Kalksteinmauern des Asherton-Hauses auf ihn gewirkt hatten. »Es ist mir natürlich aufgefallen, aber ich habe nicht weiter darüber nachgedacht.«

»Natürlich. Sicher ist Ihnen auch das Muster von Feldern und Hecken in den Tälern aufgefallen. Viele können sich bis in vorrömische Zeiten zurückverfolgen lassen. Es ist das ›Immanuels Land‹ aus John Bunyans *Pilgrim's Progress.* ›… eine äußerst gefällige Hügellandschaft, mit schönen Wäldern, Weinbergen, Früchten aller Art; auch Blumen und Quellen und Brunnen; sehr köstlich anzusehen.‹

Worauf ich hinaus will, Mr. Kincaid«, fuhr der Pastor mit einem Augenzwinkern fort, »damit Sie mir nicht ungeduldig werden, ist, daß diese Landschaft, wenn auch wunderschön, ein wahres Paradies, wenn Sie so wollen, auch ein Ort ist, an dem Veränderungen langsam vonstatten gehen und nichts so leicht vergessen wird. An der Stelle, an der heute das Haus der Ashertons steht, hat es mindestens seit mittelalterlichen Zeiten immer schon eine Behausung irgendeiner Art gegeben. Die Fassade des heutigen Hauses ist viktorianisch, wenn man ihr das auf den ersten Blick auch nicht ansieht, einige der weniger sichtbaren Teile des Hauses jedoch sind viel älter.«

»Und die Ashertons?« fragte Kincaid, neugierig geworden.

»Die Familie lebt seit Generationen hier, und ihr Leben ist mit der Geschichte des Tals eng verwoben. Keiner, der hier lebt, wird den November, in dem Matthew Asherton ertrank, je vergessen – Kollektiverinnerung, könnte man sagen. Und jetzt dies.« Er schüttelte den Kopf, einen Ausdruck echten Mitleidens im Gesicht.

»Erzählen Sie mir, was Ihnen von dem November damals in Erinnerung geblieben ist.«

»Der Regen.« Der Pastor trank einen Schluck von seinem Tee, dann zog er ein zerknittertes weißes Taschentuch aus seiner Brusttasche und tupfte sich behutsam die Lippen. »Ich fing an, ernstlich an die Geschichte von Noah zu denken, aber mit dem Steigen des Wassers sank die allgemeine Stimmung, und ich weiß noch, ich hatte meine Zweifel daran, ob meine Gemeindemitglieder eine Predigt über dieses Thema ermutigend finden würden. Sie sind wahrscheinlich mit der Geographie der Gegend nicht vertraut, nicht wahr, Mr. Kincaid?«

Kincaid nahm an, es handle sich um eine rhetorische Frage, da der Pastor, noch während er sprach, zu seinem Schreibtisch gegangen war und nun dort in den Papieren kramte, doch er antwortete trotzdem. »Nein, da haben Sie recht.«

Der Gegenstand der Suche war, wie sich zeigte, eine recht zerfledderte Generalstabskarte, die der Pastor mit offenkundiger Freude unter einem Stapel Bücher hervorzug. Er entfaltete sie vorsichtig und breitete sie vor Kincaid aus.

»Die Chiltern Hills sind ein Vermächtnis der letzten Eiszeit. Sie ziehen sich von Nordosten nach Südwesten durch das Land, sehen Sie?« Er zeichnete ein dunkleres grünes Oval mit einer Fingerspitze nach. »Auf der Nordseite haben wir den Steilabbruch, im Süden den langen Hang, durch den sich wie Finger zahlreiche Täler ziehen. In einigen dieser Täler gibt es Flüsse – den Lea, den Bulbourne, den Chess, den Wye und andere –, lauter Nebenflüsse der Themse. In anderen brechen Quellen und Bäche nur dann hervor, wenn der Grundwasserspiegel bis zur Oberfläche steigt – im Winter zum Beispiel oder in Zeiten besonders starker Regenfälle.« Seufzend klopfte er einmal kurz mit dem Zeigefinger auf die Karte, ehe er sie wieder zusammenfaltete. »Diese Bäche können bei Überschwemmung sehr trügerisch und gefährlich sein, und das wurde dem jungen Matthew zum Verhängnis.«

»Wie genau ist das denn damals passiert?« fragte Kincaid. »Ich habe die ganze Geschichte nur aus zweiter Hand gehört.«

»Die Einzige, die genau weiß, was geschehen ist, ist Julia. Sie war ja bei ihm«, antwortete der Pastor, eine Akribie zeigend, die eines Polizeibeamten würdig gewesen wäre. »Aber ich werde mich bemühen, es für Sie zu rekonstruieren. Die Kinder waren auf dem Heimweg von der Schule und schlugen eine Abkürzung durch den Wald ein, die ihnen gut bekannt war. Zum erstenmal seit Tagen gab es eine kurze Regenpause. Matthew, der wohl am Bachufer herumturnte, fiel ins Wasser und wurde von der Strömung mitgerissen. Julia wollte ihn herausziehen. Sie ging dabei selbst gefährlich tief ins Wasser hinein. Trotzdem gelang es ihr nicht, und sie rannte nach Hause, um Hilfe zu holen. Es war natürlich zu spät. Ich halte es für sehr wahrscheinlich, daß der Junge schon tot war, ehe Julia ihn zurückließ.«

»Hat Julia Ihnen die Geschichte selbst erzählt?«

Mead nickte. »Bruchstückweise, ziemlich wirr. Sie wurde danach schwerkrank, kein Wunder nach diesem Schock und der eisigen Kälte des Wassers. In den ersten Stunden dachte keiner daran, sich um sie zu kümmern, obwohl sie bis auf die Haut durchnäßt war. Und dann fiel es auch nur Mrs. Plumley ein, nach ihr zu sehen – die Eltern waren so verstört, daß sie sie offenbar völlig vergessen hatten.

Sie bekam eine schwere Lungenentzündung, und eine Zeitlang schwebte sie in Lebensgefahr.« Kopfschüttelnd streckte er die Hände zum elektrischen Feuer aus, als fröre ihn bei der Erinnerung. »Ich habe sie jeden Tag besucht. Mrs. Plumley und ich haben während der Krise abwechselnd bei ihr gewacht.«

»Und ihre Eltern?« fragte Kincaid mit einem Anflug von Empörung.

Das milde Gesicht des Pastors verzog sich in tiefer Bekümmerung. »Sie können sich den Schmerz in diesem Haus nicht vorstellen, Mr. Kincaid. Die Eltern konnten an nichts anderes denken als an ihren toten Sohn.«

»Nicht einmal an ihre Tochter?«

Sehr leise, beinahe wie zu sich selbst, sagte Mead: »Ich glaube, sie konnten es nicht ertragen zu sehen, daß sie lebte und der Junge nicht.« Er warf Kincaid einen Blick zu und fügte abschließend hinzu: »Das wär's. Ich habe mehr gesagt, als ich sollte. Es ist lange her, daß ich daran gedacht habe, und Connors Tod hat alles wieder lebendig gemacht.«

»Aber noch mehr verschweigen Sie.« Kincaid, der nicht bereit war, es dabei bewenden zu lassen, beugte sich vor.

»Es ist nicht an mir, ein Urteil zu sprechen, Mr. Kincaid. Es war damals für alle Beteiligten sehr schwer.«

Kincaid verstand das so, daß Mead das Verhalten der Ashertons unsäglich fand, sich jedoch nicht gestattete, es auszusprechen. »Man kann sicherlich nicht bestreiten, daß Sir Gerald und Dame Caroline jetzt um ihre Tochter sehr besorgt sind.«

»Wie ich schon sagte, Mr. Kincaid, das ist alles sehr lange her. Es tut mir nur leid, daß Julia noch einen solchen Verlust erleiden mußte.«

Eine Bewegung am Fenster zog Kincaids Aufmerksamkeit auf sich. Der Wind hatte eine Laubsäule vom Rasen in die Höhe gewirbelt. Sie drehte sich einen Moment, dann fiel sie zusammen. Einige Blätter schwebten zum Fenster und schlugen leicht gegen die Scheiben.

»Sie sagten, Sie hätten Matthew gekannt, aber Sie müssen doch auch Julia sehr gut gekannt haben.«

Der Pastor schwenkte den letzten Rest Tee in seiner Tasse. »Ich weiß nicht, ob es überhaupt jemanden gibt, der Julia gut kennt. Sie war immer ein stilles Kind. Während Matthew sich mitten in die Dinge hineinstürzte, beschränkte sie sich darauf zu beobachten und zuzuhören. Gerade deshalb waren die seltenen direkten Reaktionen von ihr um so erwärmender. Wenn sie sich aktiv für etwas interessierte, dann schien dieses Interesse echt und tief zu sein, nicht nur eine vorübergehende Laune.«

»Und später?«

»Sie hat während ihrer Krankheit natürlich mit mir gesprochen, aber sie war im Fieber, es ging alles durcheinander. Und als sie wieder gesund wurde, zog sie sich ganz in sich zurück. Nur bei ihrer Hochzeit habe ich noch einmal einen Schimmer des Kindes gesehen, das sie einmal war.« Sein Ton war wehmütig, sein Lächeln suchte Kincaids Verständnis.

Kincaid dachte an Julias Gesicht, wie er es gesehen hatte, als sie ihnen, in dem Glauben, Mrs. Plumley habe geklopft, die Tür geöffnet hatte. »Dann haben Sie sie also getraut, Pastor Mead? Aber ich dachte –«

»Ja, richtig, Connor war katholisch, aber er war kein praktizierender Katholik, und Julia wollte gerne hier heiraten.« Mit dem Kopf wies er zur Kirche hinüber. »Ich habe vor der Trauung nicht nur mit Julia gesprochen, sondern auch mit Connor, und ich muß sagen, ich hatte schon damals meine Zweifel.«

»Aus welchem Grund?« Kincaid hatte im Lauf des Gesprächs beachtlichen Respekt vor den Beobachtungen des Pastors gewonnen.

»Er hat mich auf eine ganz merkwürdige Weise an Matthew erinnert, oder, genauer gesagt, an Matthew, wie er vielleicht geworden wäre, wenn er am Leben geblieben wäre. Ich weiß nicht, ob ich es erklären kann … Er war vielleicht eine Spur zu glatt für meinen Geschmack – bei so viel äußerlichem Charme läßt sich manchmal schwer erkennen, was sich unter der Oberfläche abspielt. Wie dem auch sei, die Ehe wurde nicht glücklich.«

»Es scheint so, ja«, stimmte Kincaid zu. »Bei Julia hat sich offenbar mit der Zeit eine tiefe Abneigung gegen Connor entwickelt.« Er machte eine Pause und wählte seine Worte mit Bedacht. »Halten Sie es für möglich, daß sie ihn getötet hat? Wäre sie dazu fähig?«

»Wir alle tragen den Keim zur Gewalt in uns, Mr. Kincaid. Die Frage, die mich stets fasziniert hat, ist, was führt dazu, daß der eine Mensch zur Gewalt greift und der andere nicht?« In Meads Blick spiegelte sich das Wissen lebenslanger Erfahrung mit Menschen jeglicher Charakterausformung, und wieder kam Kincaid der Gedanke, daß ihre Berufe einiges gemeinsam hatten. »Aber um Ihre Frage zu beantworten«, fuhr der Pastor fort, »nein, ich halte Julia nicht für fähig, einen anderen Menschen zu töten, ganz gleich unter welchen Umständen.«

»Warum sagen Sie ›einen anderen Menschen‹, Pastor Mead?« fragte Kincaid verwundert.

»Weil es nach Matthews Tod Gerüchte gab, die Ihnen zweifellos zu Ohren kommen werden, wenn Sie lange genug in der Sache herumstochern. Offene Anschuldigungen hätte man vielleicht zurückweisen können, aber gegen dieses anonyme Getuschel war man machtlos.«

»Was wurde denn getuschelt?« fragte Kincaid, obwohl er die Antwort schon wußte.

Mead seufzte. »Nur was man erwarten konnte, wenn man die menschliche Natur kennt und von Julias manchmal offenkundiger Eifersucht auf ihren Bruder wußte. Es wurde angedeutet, sie hätte gar nicht versucht, ihn zu retten – sie hätte ihn vielleicht sogar ins Wasser hineingestoßen.«

»Sie war also eifersüchtig auf ihren Bruder?«

Der Pastor richtete sich in seinem Sessel auf und wirkte zum erstenmal leicht gereizt. »Natürlich war sie eifersüchtig! Jedes normale Kind wäre unter diesen Umständen eifersüchtig gewesen.« Er sah Kincaid fest an. »Aber sie hat ihn auch geliebt, und niemals hätte sie zugelassen, daß ihm etwas geschieht, wenn sie es hätte verhindern können. Julia hat alles getan, was man von einer verängstigten Dreizehnjährigen erwarten konnte, um ihren Bruder zu retten. Wahrscheinlich sogar mehr.« Er stand auf und begann das Teegeschirr auf dem Tablett zusammenzustellen. »Ich bin nicht kühn genug, eine solche Tragödie einen Akt Gottes zu nennen. Für Unfälle gibt es häufig keine Erklärung, Mr. Kincaid.«

Kincaid stellte seine Tasse auf das Tablett und sagte: »Ich danke Ihnen für das Gespräch, Pastor Mead.«

Mit dem Tablett in den Händen trat Mead ans Fenster und blickte auf den Friedhof hinaus. »Ich kann nicht behaupten, daß ich die Wege des Schicksals verstehe. In meinem Geschäft ist es manchmal auch besser, wenn man sie nicht versteht«, fügte er mit einer gewissen bitteren Ironie hinzu. »Aber trotzdem hat mich die Frage nicht losgelassen. Im allgemeinen sind die Kinder mit dem Bus von der Schule nach Hause gefahren. An diesem Tag hatten sie sich verspätet und mußten statt dessen zu Fuß gehen. Was hatte sie aufgehalten?«

7

Gereizt schob Kincaid die Akten auf seinem Schreibtisch wieder zusammen und fuhr sich mit den Fingern durch das Haar, bis es wie ein Hahnenkamm in die Höhe stand. Der späte Sonntagnachmittag, wenn sich im Yard kaum etwas tat, war normalerweise die ideale Zeit, um den liegengebliebenen Papierkram zu erledigen, doch heute konnte er sich einfach nicht konzentrieren. Er streckte sich und sah auf seine Uhr – fünf vorbei – und merkte plötzlich, wie hungrig er war. Er hatte seit dem Frühstück nichts mehr gegessen. Rasch warf er die Berichte, die er geschafft hatte, in den Ausgangskorb und nahm seine Jacke vom Haken.

Er würde nach Hause fahren, nach Sid sehen, ein paar frische Sachen einpacken, sich vielleicht beim Chinesen etwas zu essen holen. Doch diese Planungen konnten die innere Ruhelosigkeit, die ihn quälte, seit er das Pfarrhaus verlassen hatte und nach London zurückgefahren war, nicht vertreiben. Wieder stieg Julias Bild vor ihm auf. Ihr Gesicht war jünger, weicher, aber bleich unter dem dunklen, fieberfeuchten Haar, und sie warf sich ungetröstet in dem weißen Krankenbett hin und her.

Er hätte gern gewußt, wieviel politischen Einfluß die Ashertons tatsächlich besaßen, und wie vorsichtig er sein mußte.

Erst als er seinen Wagen aus der Garage von Scotland Yard in die Caxton Street hinauslenkte, dachte er daran, Gemma noch einmal anzurufen. Er hatte im Lauf des Nachmittags mehrmals versucht, sie zu erreichen, jedoch ohne Erfolg, obwohl sie ihre Gespräche im Coliseum schon vor Stunden abgeschlossen haben mußte. Er warf einen nachdenklichen Blick auf sein Autotelefon, hob jedoch nicht ab, sondern fuhr, nachdem er den St. James's Park umrundet hatte, automatisch

Richtung Islington. Gemma war nun schon seit Wochen in ihrer neuen Wohnung, und die halb verlegene Begeisterung, mit der sie von ihr sprach, hatte ihn neugierig gemacht. Er würde einfach mal dort vorbeifahren; vielleicht erwischte er sie ja.

Als er sich erinnerte, wie sorgfältig sie es vermieden hatte, ihn in ihr Haus in Leyton einzuladen, schob er den Gedanken einfach beiseite.

Als er aus dem Wagen gestiegen war, musterte er einen Moment das Haus, eine alleinstehende viktorianische Villa aus glattem honigfarbenem Stein. In den beiden Erkerfenstern fing sich die Sonne des späten Nachmittags, ein schmiedeeiserner Zaun umgab den gepflegten Garten. Von der Treppe aus beobachteten ihn zwei schwarze Hunde mit wacher Aufmerksamkeit. Sich Gemmas Beschreibung erinnernd, folgte er dem Gartenzaun um die Ecke.

Das Garagentor war ebenso wie die kleinere Tür links von ihm in einem leuchtenden Narzissengelb gestrichen. Das kleine Schild mit der schwarzen Ziffer 2 bestätigten ihm, daß er hier richtig war. Er klopfte, und als sich nichts rührte, setzte er sich, entschlossen zu warten, auf die Stufe, die zum Garten hinaufführte, und lehnte sich an die Eisenstangen des schmalen Türchens.

Er hörte ihren Wagen, noch ehe er ihn sah. »Sie bekommen einen Strafzettel, wenn Sie da parken«, sagte er, als sie die Tür öffnete.

»Bestimmt nicht. Ich blockier ja nur meine eigene Garage. Was tun Sie denn hier, Chef?«

Sie löste Tobys Sicherheitsgurt, und sofort kletterte er mit Freudengeschrei über sie hinweg.

»So ein freundlicher Empfang tut doch gut«, meinte Kincaid, als Toby ihm entgegenrannte. Er nahm den kleinen Jungen auf den Arm und zauste ihm das glatte blonde Haar. »Ich hab das Gefühl, Ihr Motor fängt ein bißchen an zu klopfen«, bemerkte er zu Gemma, die gerade noch ihren Wagen absperrte.

Sie schnitt eine Grimasse. »Erinnern sie mich nicht daran. Jedenfalls nicht gerade jetzt.« Einen Moment standen sie sich verlegen gegenüber, Gemma mit einem Strauß pinkfarbener Rosen in der Hand, und als das Schweigen sich in die Länge zog, wurde ihm immer unbehaglicher.

Wieso hatte er geglaubt, er konnte ihre so sorgsam errichteten Barrieren konsequenzlos einreißen? Sein Eindringen stand jetzt wie eine Mauer zwischen ihnen. Er sagte: »Tut mir leid. Ich komme nicht mit rein. Ich konnte Sie nur den ganzen Nachmittag nicht erreichen und wollte irgendwie mit Ihnen Kontakt aufnehmen.« Aus einem Gefühl, Wiedergutmachung leisten zu müssen, fügte er hinzu: »Wie wär's, wenn ich Sie und Toby zum Essen einlade?«

»Ach, hören Sie doch auf!« Sie kramte in ihrer Handtasche nach den Schlüsseln. »Natürlich kommen Sie mit rein.« Sie sperrte die Tür auf und trat mit einem Lächeln zurück. Toby rannte ihnen stürmisch voraus. »Da sind wir«, sagte sie, als sie hinter ihm eintrat.

Ihre Kleider hingen an einer Kleiderstange neben der Tür. Flüchtig roch er das blumige Parfüm, das sie im allgemeinen benützte. In aller Ruhe sah er sich um. Die Schlichtheit überraschte ihn einerseits, andererseits jedoch auch wieder nicht. »Die Wohnung paßt zu Ihnen«, sagte er schließlich. »Sie gefällt mir.«

Wie erlöst ging Gemma, die bis dahin gespannt dagestanden hatte, durch das Zimmer zu der kleinen Kochnische und füllte eine Vase mit Wasser. »Mir auch. Und Toby, glaube ich, auch«, erwiderte sie mit einem Blick zu ihrem Sohn, der eifrig die Schubladen einer unter dem Gartenfenster eingebauten Kommode aufzog. »Aber meine Mutter hat mir heut nachmittag wieder mal kräftig die Leviten gelesen. Sie findet die Wohnung für ein Kind völlig ungeeignet.«

»Im Gegenteil«, meinte er, während er langsam durch den Raum ging, um sich alles näher anzusehen. »Es hat doch fast etwas von einem Puppenhaus. Oder einer Schiffskabine, wo jedes Ding seinen festen Platz hat.«

Gemma lachte. »Ich hab ihr gesagt, daß es meinem Großvater bestimmt gefallen hätte. Er war bei der Marine.« Sie trat zum Couchtisch und stellte die Vase mit den Rosen darauf, einziger Farbtupfer im Schwarz und Grau des Raums.

»Rot wäre doch eigentlich die naheliegende Wahl gewesen«, bemerkte er lächelnd.

»Zu langweilig.« Zwei Baumwollhöschen, ein wenig verwaschen und mit etwas ausgefranstem Gummizug, hingen über dem Heizkörper. Errötend zog Gemma sie weg und stopfte sie in eine Schublade neben dem Bett. Sie machte Licht und ließ die Jalousien herunter. »Ich zieh mich nur rasch um.«

»Wollen wir nicht doch essen gehen?« Er hatte immer noch das Gefühl, etwas wiedergutmachen zu müssen. »Es sei denn, Sie haben schon andere Pläne«, fügte er hinzu. »Oder wir könnten auch bei einem Glas Wein die neuesten Informationen austauschen, und dann zieh ich wieder Leine.«

Einen Moment stand sie unschlüssig, die Jacke in der einen Hand, den Bügel in der anderen, und sah sich im Zimmer um, als erwäge sie die Möglichkeiten. »Nein. Gleich um die Ecke ist ein Supermarkt, der rund um die Uhr geöffnet ist. Wir kaufen ein paar Sachen ein und kochen uns etwas.« Mit plötzlicher Entschlossenheit hängte sie ihre Jacke auf, zog dann Jeans und einen Pullover aus einer niedrigen Kommode unter der Kleiderstange.

»Hier?« fragte er mit einem zweifelnden Blick zur Küche.

»Sie Feigling! Man braucht nur ein bißchen Übung. Sie werden schon sehen.«

»Die Sache hat natürlich ihre Grenzen«, gab Gemma zu, als sie noch einen Stuhl an den halbmondförmigen Tisch stellte. »Aber man lernt, sich anzupassen. Und ich hab ja sowieso nicht viel Zeit für große kulinarische Launen.« Mit leicht herausforderndem Blick sah sie Kincaid an, als sie ihm sein Weinglas reichte.

»Tja, das ist das Polizistenleben. Von mir können Sie keine Anteilnahme erwarten«, versetzte er lächelnd, obwohl er in Wahrheit größte Hochachtung vor ihr hatte. Die Arbeit bei der Kriminalpolizei mit ihren langen, unregelmäßigen Arbeitszeiten war für eine alleinerziehende Mutter ein äußerst harter Job, und er bewunderte Gemma dafür, wie sie ihr Leben meisterte. Aber es war nicht sonderlich ratsam, sein Mitgefühl zu zeigen; sie ging sofort in die Luft, wenn sie das Gefühl hatte, Sonderbehandlung zu genießen.

»Prost!« Er hob sein Glas. »Auf Ihre Anpassungsfähigkeit!«

Sie machten Spaghetti mit einer etwas verfeinerten Fertigsoße. Dazu gab es grünen Salat, frisches Baguette und eine Flasche ganz anständigen Rotwein – nicht übel für eine Küche von der Größe eines Besenschranks.

»Oh, warten Sie! Beinah hätt ich's vergessen.« Gemma sprang auf, kramte in ihrer Handtasche und brachte eine Kassette zum Vorschein. Sie schob sie in den Recorder und sagte, als sie wieder an den Tisch kam: »Das ist Caroline Stowe. Sie singt die Violetta in *La Traviata*. Es ist die letzte Aufnahme, die sie gemacht hat.«

Kincaid lauschte den sanften, beinahe melancholischen Klängen der Ouvertüre. Als sie zu Ende ging, hatte er Gemma von seiner Begegnung mit Sharon Doyle und seiner Unterhaltung mit Trevor Simons und dem Pastor berichtet, und Gemma ihrerseits hatte von ihren Gesprächen im Coliseum erzählt. Sie hatte mit der für sie üblichen Aufmerksamkeit für das Detail gearbeitet, doch ihr Bericht enthielt eine besondere Note, verriet ein Interesse, das über die Grenzen des Falls hinausreichte.

»Das ist das Trinklied«, bemerkte sie bei einem Umschwung der Musik. »Alfredo singt vor seiner Begegnung mit Violetta von seinem unbeschwerten Leben.« Toby knallte seine Tasse im Takt mit den heiteren Klängen auf den Tisch. »Jetzt hören Sie genau hin«, sagte Gemma leise. »Das ist Violetta.«

Die Stimme war dunkler, voller, als er erwartet hatte, und schon bei den ersten Tönen konnte er ihre emotionale Kraft spüren. Er betrachtete Gemma, die ganz versunken zu sein schien. »Das scheint Sie ja sehr zu berühren.«

Gemma trank einen Schluck Wein, dann sagte sie langsam: »Ja, irgendwie schon. Ich hätte es nie gedacht. Aber irgendwas ...« Sie senkte den Kopf und neigte sich über Tobys Teller, um ihm die Spaghetti kleiner zu schneiden.

»Ich glaube, ich habe noch nie erlebt, daß Ihnen die Worte fehlen, Gemma«, bemerkte Kincaid leicht erheitert. »Sie sind doch sonst so schlagfertig. Was ist denn?«

Sie sah ihn an und schob sich eine Strähnte kupferroten Haars aus dem Gesicht. »Ich weiß es auch nicht. Ich kann es nicht erklären«, antwortete sie und drückte dabei mit einer Geste, die beredter war als alle Worte, ihre Hand auf ihre Brust.

»Haben Sie sich die erst heute gekauft?« fragte er mit einem Blick auf den Kassettendeckel, von dem ihm eine jüngere Caroline Stowe entgegensah, deren zierliche Schönheit durch das üppige Kostüm akzentuiert wurde.

»Ja, im ENO-Laden.«

Er lachte. »Und jetzt sind Sie bekehrt, wieso? Wissen Sie

was – die Vernehmung von Caroline Stowe machen Sie morgen. Wir brauchen ja immer noch detailliertere Angaben darüber, was sie am Donnerstag getan hat. Da können Sie dann Ihre Neugier befriedigen.«

»Und was ist mit der Autopsie?« fragte sie, während sie Toby die Hände mit einem feuchten Tuch abwischte. »Ich dachte, ich sollte mitkommen.« Sie gab Toby, der aufgestanden war, einen Klaps auf den Po und sagte leise: »Ab in die Heia, Schatz.«

»Ich mach das diesmal allein«, versetzte Kincaid. »Sie bleiben in der Stadt und sprechen mit diesem Tommy Godwin. Danach kommen Sie raus und nehmen sich Dame Caroline vor.«

Sie öffnete den Mund, als wollte sie protestieren, überlegte es sich dann aber anders und senkte den Blick zu ihrem Teller, um mit ihrer Gabel ein paar Salatblättchen aufzuspießen. Kincaid, der wußte, daß sie es als Ehrensache betrachtete, ihn zu begleiten, wenn er einer Autopsie beiwohnen mußte, war überrascht, daß sie sich so bereitwillig fügte.

»Ich habe die Kollegen von Thames Valley auf Kenneth Hicks angesetzt«, bemerkte er und goß noch einen Schluck Wein in sein Glas.

»Den Buchmachergehilfen? Weshalb sollte der die Gans getötet haben, die ihm die goldenen Eier gelegt hat? Jetzt bekommen sie doch keinen Penny mehr von Connor Swann.«

Kincaid zuckte die Achseln. »Vielleicht wollten sie an ihm ein Exempel statuieren, so nach dem Motto – das blüht jedem, der nicht zahlt.«

Gemma schob ihren leeren Teller weg, nahm sich noch eine Scheibe Brot und bestrich sie geistesabwesend mit Butter. »Aber er hat doch regelmäßig seine Schulden beglichen. Einen besseren Kunden hätte sich ein Buchmacher nicht wünschen können.«

»Vielleicht gab es Streit wegen einer Zahlung. Vielleicht hat

Connor herausbekommen, daß Kenneth in die eigene Tasche gearbeitet hat, und hat gedroht, seinem Chef Bescheid zu sagen.«

»Aber das wissen wir nicht.« Gemma stand auf und begann das Geschirr zusammenzuräumen. »Im Grunde wissen wir fast gar nichts.« Sie stellte den Stapel Teller noch einmal nieder und zählte an ihren Fingern ab: »Uns fehlen detaillierte Informationen darüber, wie Connor Swann den fraglichen Tag verbracht hat. Wir wissen, daß er mit seinen Schwiegereltern zu Mittag gegessen hat und mit jemandem verabredet war, aber wir wissen nicht, mit wem. Warum ist er nach London gefahren? Bei wem war er im Coliseum? Wohin ist er an dem Abend noch gegangen, nachdem er aus London zurückgekommen war? Mit wem hat er sich da getroffen?«

Kincaid lächelte. »Na ja, da wissen wir wenigstens, wo wir den Anfang machen müssen«, meinte er, erleichtert über die Rückkehr ihrer gewohnten Aggressivität.

Nachdem Gemma Toby zu Bett gebracht hatte, wollte Kincaid ihr beim Abspülen helfen, aber die Küche war für zwei zu klein. »Wie die Sardinen«, meinte Kincaid, als er sich hinter ihr vorbeidrängte, um das Brot wegzupacken. Sie reichte ihm gerade bis unter das Kinn, und er wurde sich plötzlich der Wärme ihres Körpers bewußt, wie leicht es wäre, ihr die Hände auf die Schultern zu legen und sie an sich zu drücken. Ihr Haar kitzelte ihn an der Nase, und er trat einen Schritt zurück, um zu niesen.

Gemma drehte sich herum und warf ihm einen Blick zu, den er nicht deuten konnte, dann sagte sie forsch: »Probieren Sie doch den Sessel aus, während ich hier fertigmache.«

Mit einem mißtrauischen Blick auf das edle Stück aus Chrom und Leder fragte Kincaid: »Ist das auch wirklich kein Folterinstrument? Oder eine Skulptur?« Doch als er sich vorsichtig in den Sessel hinuntergelassen hatte, stellte er fest, daß er äußerst bequem war.

Gemma, die sein Gesicht sah, lachte. »Sie sehen, Sie können mir vertrauen.«

Als sie in der Küche fertig war, zog sie einen der Stühle vom Eßtisch näher zu seinem Sessel, und sie plauderten locker und ungezwungen, während sie den Rest des Weins tranken. Er fühlte sich wohl, frei von der nervösen Spannung, die ihn zuvor gequält hatte, und hatte überhaupt keine Lust, sich aus dem Sessel zu erheben und nach Hause zu fahren. Aber als er sah, wie sie krampfhaft ein Gähnen unterdrückte, sagte er: »Wir müssen morgen beide früh raus. Es ist besser, ich gehe jetzt.« Sie versuchte nicht, ihn aufzuhalten.

Erst auf der Heimfahrt wurde ihm bewußt, daß er ihr von Sharon Doyles Beschuldigungen gegen Julia Swann nichts erzählt hatte. Hysterie, dachte er achselzuckend. Der Wiederholung nicht wert.

Eine feine Stimme erinnerte ihn daran, daß er ihr auch von Julias Krankheit nach dem Tod ihres Bruders nichts erzählt hatte. Seine einzige Entschuldigung für diese Unterlassung war, daß es ihm auf unerklärliche Weise wie Verrat vorgekommen wäre, die Geschichte des Pastors weiterzugeben.

Nach ihrer Bekanntschaft mit dem Bühnenhaus des Coliseum hätte Gemma eigentlich auf das Lilian-Baylis-Haus vorbereitet sein müssen, doch Alisons Beschreibung hatte sie in die Irre geführt. »Ein großes altes Haus. Es ist ein bißchen schwierig zu erreichen. Früher war es das Aufnahmestudio einer Schallplattenfirma.« Daraufhin hatte sich Gemma ein vornehmes altes Gebäude in einem großen Garten vorgestellt, in dem noch die Geister ehemaliger Rockstars spukten.

›Ein bißchen schwer zu erreichen‹, hatte sich als drastische

Untertreibung erwiesen. Nicht einmal ihr eselsohriger Stadtplan von London konnte verhindern, daß sie zu ihrem Termin mit Tommy Godwin eine halbe Stunde zu spät kam – gehetzt, mit wirrem Haar und heftig keuchend nach einem Dreihundertmetersprint von dem einzigen Parkplatz, den sie hatte auftreiben können.

Dank dem dunkelblauen Schild mit dem ENO-Logo in Weiß war das Haus leicht zu erkennen, und das war gut so, da es mit Gemmas Phantasievorstellung nicht die geringste Ähnlichkeit hatte. Ein vierschrötiger Kasten aus rußgeschwärztem roten Backstein, eingezwängt zwischen einer Reinigungsfirma und einer Autowerkstatt in einer geschäftigen Einkaufsstraße, die von der Finch Road abging.

Sie verscheuchte den Gedanken, daß sie sich vielleicht nicht so hoffnungslos verfranst hätte, wenn sie sich aufs Fahren konzentriert hätte, anstatt an Kincaids Besuch vom vergangenen Abend zu denken. Hastig strich sie sich einmal über das Haar und zog die Tür auf.

Ein Mann lehnte am Türpfosten des kleinen Empfangsraums und schwatzte mit einer jungen Frau in Jeans. »Ah«, sagte er, sich aufrichtend, als Gemma hereinkam, »ich sehe, wir können es uns nun doch sparen, Ihre Kollegen nach Ihnen fahnden zu lassen, Sergeant. Sie sind doch Sergeant James, nicht?« Über seine lange Nase hinweg musterte er sie, als wollte er sich vergewissern, daß er sich nicht geirrt hatte. »Mir scheint, Sie hatten einige Mühe, uns zu finden.« Als die junge Frau Gemma ein Klemmbrett reichte, auf dem ein Anmeldeformular befestigt war, sah er sie kopfschüttelnd an. »Sie hätten sie wirklich warnen sollen, Sheila. Nicht einmal von Londons Elitepolizei kann man erwarten, daß sie sich in der Wildnis nördlich der Finchley Road auf Anhieb zurechtfindet.«

»Ja, es war ziemlich scheußlich«, bestätigte Gemma. »Ich

wußte zwar, wo Sie sind, aber ich hab's einfach nicht geschafft, von hier nach dort zu kommen. Ich weiß eigentlich immer noch nicht, wie es mir geglückt ist.«

»Na, Sie werden sicherlich erst mal die Nase pudern wollen«, sagte er, »ehe Sie mich durch den Wolf drehen. Ich bin übrigens Tommy Godwin.«

»Das dachte ich mir schon«, gab Gemma zurück und floh dankbar in die Toilette. Hinter der geschlossenen Tür betrachtete sie sich recht niedergeschmettert im schmutzigen Spiegel. Ihr dunkelblaues Kostüm wirkte wie aus einem Ramschladen neben Tommy Godwins lässiger Eleganz. Alles an diesem Mann, vom rohseidenen Jackett bis zum Glanz seiner handgefertigten Slippers verriet Geschmack und Geld. Selbst seinem hellen, von leichtem Grau durchzogenen Haar sah man es an, daß er zu einem teuren Friseur ging, und sein langer, dünner Körper eignete sich vorzüglich, das Flair eleganter Nonchalance zur Geltung zu bringen. Da kam man mit ein paar Bürstenstrichen und nachgezogenen Lippen wohl kaum dagegen an, doch Gemma tat ihr Bestes, straffte ihre Schultern und ging hinaus, um das Gespräch anzupacken.

Er stand so lässig wie zuvor an der Rezeption. »Nun, Sergeant, haben Sie sich ein wenig erholt?«

»Danke, ja. Können wir uns hier irgendwo unterhalten?«

»Wenn wir Glück haben, gönnt man uns vielleicht fünf ungestörte Minuten in meinem Büro. Die Treppe hinauf, bitte.« Er legte ihr leicht die Hand auf den Rücken, als wollte er sie vorwärtsschieben, und Gemma hatte das Gefühl, wieder ausmanövriert worden zu sein. »Offiziell ist das hier das Einkaufsbüro«, fuhr er fort, als er sie oben durch eine Tür führte, »aber wir benützen es alle. Wie Sie wohl sehen.«

Nirgends in dem kleinen Raum schien es eine freie Fläche zu geben – Papiere und Kostümskizzen stapelten sich auf den

Arbeitstischen, Stoffballen lehnten wie alte Säufer, die sich gegenseitig stützen müssen, an den Wänden, und in den Regalen reihten sich zahllose große, schwarz eingebundene Bücher. »Die Bibeln«, bemerkte Godwin, als er ihren Blick sah. Lächelnd angesichts ihrer Verblüffung fügte er hinzu: »So nennen wir die Bücher. Schauen Sie.« Er fuhr mit dem Finger die Buchrücken entlang, zog dann eines der Bücher heraus und schlug es auf dem Arbeitstisch auf. »Kurt Weills *Street Scene*. Jede Inszenierung im Repertoire hat ihre eigene Bibel, und solange diese Inszenierung auf die Bühne kommt, hält man sich bis ins kleinste Detail an die Bibel.«

Unter Gemmas fasziniertem Blick blätterte er das Buch langsam durch. Die ausführlichen Beschreibungen von Bühnenbildern und Kostümen waren von kolorierten Skizzen begleitet, und zu jedem Kostüm waren die entsprechenden Stoffmuster eingeklebt. Sie berührte das Fetzchen roten Satins, das neben einem weiten, gebauschten Rock leuchtete. »Ich dachte immer – ich dachte, jedesmal, wenn eine Oper aufgeführt wird, ist es was Neues.«

»O nein, durchaus nicht. Inszenierungen bleiben manchmal bis zu zehn oder fünfzehn Jahren im Repertoire und werden oft an andere Bühnen ausgeliehen. Diese Inszenierung hier zum Beispiel« – er tippte auf das Buch – »ist ein paar Jahre alt, aber wenn sie nächstes Jahr in Mailand oder Santa Fe gebracht werden sollte, muß der dortige Kostümier dafür sorgen, daß genau dieser Stoff verwendet wird, wenn möglich sogar vom selben Farbmuster.« Behutsam klappte er das Buch zu, setzte sich auf einen Hocker und schlug die Beine in der perfekt gebügelten Hose übereinander. »Es gibt ein paar neue Regisseure, die darauf bestehen, daß eine Inszenierung von ihnen nur unter ihrer Leitung gespielt werden darf, ganz gleich, wo. Emporkömmlinge!«

Gemma riß sich aus ihrer Faszination und kam entschlossen zur Sache. »Mr. Godwin, wie ich hörte, waren Sie bei der Aufführung am letzten Donnerstag abend im Coliseum.«

»Aha, jetzt kommen wir zum Thema, wie, Sergeant?« Mit gespielter Enttäuschung schüttelte er den Kopf. »Nun ja, was sein muß, muß sein. Ja, ich war auf einen Sprung dort. Es ist eine neue Inszenierung. Da seh ich immer gern mal nach dem Rechten. Kostüme müssen sitzen, sonst wirken sie nicht.«

»Und ist es auch Ihre Gewohnheit, nach der Vorstellung Sir Gerald Asherton aufzusuchen?«

»Aha, ich sehe schon, Sie haben Ihre Hausaufgaben gemacht, Sergeant.« Godwin lächelte strahlend, als wäre er stolz auf ihre Klugheit. »Gerald war an dem Abend in besonders guter Form – ich fand es nur recht und billig, ihm das zu sagen.«

Zunehmend gereizt von Tommy Godwins Verhalten, sagte Gemma: »Sir, ich bin, wie Sie wohl wissen, wegen des Todes von Sir Geralds Schwiegersohn hier. Soviel ich weiß, kennen Sie die Familie seit Jahren, und ich muß sagen, unter den gegebenen Umständen finde ich Ihre Haltung etwas sehr lässig, oder sind Sie da anderer Meinung?«

Einen Moment lang sah er sie scharf an, dann erschien wieder das unbekümmerte Lächeln. »Ich verdiene es sicher, wegen meines mangelnden Bedauerns zurechtgewiesen zu werden, Sergeant«, sagte er und schnalzte einmal kurz mit der Zunge. »Ich kenne Gerald und Caroline praktisch, seit wir noch in den Windeln waren.« Als er Gemmas Ungläubigkeit sah, zog er eine Augenbraue hoch. »Na ja, zumindest in Julias Fall trifft das im wahrsten Sinne des Wortes zu. Ich war damals ein kleiner Piefke, Assistent des Kostümschneiders. Heutzutage braucht man drei Jahre an der Schule für Design, um sich für diesen Job zu qualifizieren, aber damals sind die meisten von uns einfach irgendwie hineingestolpert. Meine Mutter war Schneiderin –

mit zehn Jahren kannte ich eine Nähmaschine in- und auswendig.«

Wenn das wirklich zutraf, sagte sich Gemma, konnte man nur bewundern, welchen Schliff er sich im Lauf der Jahre zugelegt hatte.

Er bemerkte ihre Überraschung und sagte mit diesem Lächeln, das nicht totzukriegen war: »Ich habe außerdem ein starkes Nachahmungstalent, Sergeant, das ich mir zunutze gemacht habe.

Die kleinen Gehilfen der Schneiderwerkstatt haben natürlich bei den Anproben der Stars nichts zu suchen, aber manchmal dürfen sie die weniger prominenten betreuen, die Sterne, die nicht mehr so hell leuchten, und die, die erst aufgehen. Caro war damals noch eine Anfängerin, ihr phantastisches Talent war noch nicht voll ausgebildet, aber sie hatte ein hohes Potential. Gerald entdeckte sie im Chor und hat sie protegiert. Er ist dreizehn Jahre älter als sie – wußten Sie das, Sergeant?« Godwin neigte den Kopf ein wenig zur Seite und musterte sie kritisch, als wollte er sich vergewissern, daß er die volle Aufmerksamkeit seiner Schülerin hatte. »Er hatte einen Ruf, auf den er Rücksicht nehmen mußte, und – ach Gott, war das damals ein Getuschel und Gezischel, als er sie geheiratet hat.«

»Aber ich dachte –«

»Oh, daran erinnert sich heute natürlich keiner mehr. Das ist alles eine Ewigkeit her.«

Der Anflug von Müdigkeit in seiner Stimme weckte ihre Neugier. »Und so haben Sie Dame Caroline kennengelernt, bei der Anprobe?«

»Sehr scharfsichtig bemerkt, Sergeant. Caro hatte Gerald inzwischen geheiratet und Julia geboren. Manchmal brachte sie Julia zu den Anproben mit – alle waren natürlich hingerissen

–, aber selbst damals dachte Julia gar nicht daran, sich beeindruckt zu zeigen.«

»Beeindruckt wovon, Mr. Godwin? Ich kann Ihnen da nicht ganz folgen.«

»Na, von der Musik im allgemeinen und von der ganzen überdimensionalen Glitzerwelt der Oper im besonderen.« Er glitt vom Hocker und ging zum Fenster. Die Hände in den Hosentaschen, blieb er stehen und blickte zur Straße hinunter. »Es ist wie ein Bazillus oder ein Virus, und ich glaube, manche Menschen haben eine Veranlagung, ihn sich einzufangen. Vielleicht ist es Vererbung.« Er drehte sich herum und sah sie an. »Was meinen Sie, Sergeant?«

Gemma blätterte in den Kostümskizzen, die lose auf dem Tisch lagen, und erinnerte sich ihrer Verzauberung, als sie zum erstenmal das Finale der *Traviata* gehört hatte. »Diese – Veranlagung hat mit Erziehung nichts zu tun?«

»In meinem Fall gewiß nicht. Obwohl meine Mutter während des Krieges eine gewisse Vorliebe für Tanzorchester hatte.« Die Hände noch immer in den Hosentaschen, machte er anmutig einen kleinen Tanzschritt und sah Gemma dann an. »Ich habe mir immer vorgestellt, daß ich nach einem Tanzabend mit Glen Miller oder Benny Goodman gezeugt worden bin«, fügte er mit leichtem Spott hinzu. »Was Caroline und Gerald angeht, so vermute ich, ihnen ist niemals der Gedanke gekommen, daß Julia ihre Sprache nicht sprechen würde.«

»Und Matthew?«

»Oh, Matty – das war etwas ganz anderes.« Noch während er sprach, wandte er sich wieder ab. Dann schwieg er abrupt, den Blick zum Fenster hinausgerichtet.

Wieso, fragte sich Gemma, stoße ich jedesmal, wenn ich das Gespräch auf Matthew Asherton bringe, auf diese steinerne Mauer? Sie erinnerte sich an Vivian Plumleys Worte ›darüber sprechen wir nicht‹ und meinte, ein Zeitraum von zwanzig Jahren hätte die Wunden eigentlich heilen lassen müssen.

»Nachdem Caro sich zurückgezogen hatte, verlor alles irgendwie an Glanz«, sagte Godwin leise. Er wandte sich Gemma zu. »Sagt man nicht so, Sergeant, daß man die besten Zeiten seines Lebens erst in der Rückschau erkennt?«

»Das weiß ich nicht, Sir. Mir erscheint das ein wenig zynisch.«

»Oh, aber Sie haben sich widersprochen, Sergeant. Ich sehe Ihnen an, daß Sie eine Meinung haben.«

»Mr. Godwin«, entgegnete Gemma scharf, »meine Meinung tut hier nichts zur Sache. Worüber haben Sie und Sir Gerald am letzten Donnerstag abend miteinander gesprochen?«

»Ach, es war eigentlich nur das übliche oberflächliche Geplauder. Um ehrlich zu sein, ich kann mich nicht erinnern. Ich war höchstens fünf oder zehn Minuten bei ihm.« Er kehrte zu dem Hocker zurück und lehnte sich an ihn. »Warum setzen Sie sich nicht, Sergeant? Ich möchte nicht, daß Sie sich später über meine Unhöflichkeit beschweren.«

Gemma blieb entschlossen stehen, wo sie stand, den Rücken an den Arbeitstisch gelehnt. Sie fand dieses Gespräch schwierig genug und hatte nicht die geringste Lust, es in Augenhöhe mit Tommy Godwins eleganter Gürtelschließe fortzusetzen. »Ich stehe sehr gut, Sir. Wirkte Sir Gerald irgendwie erregt oder benahm er sich ungewöhnlich?«

Sie über seine lange Nase hinweg anblickend, sagte er mit leichtem Sarkasmus: »Sie meinen, ob er vielleicht mit einem Lampenschirm auf dem Kopf im Zimmer herumgetanzt ist? Ich muß Sie enttäuschen, Sergeant, er wirkte völlig normal. Ein bißchen aufgedreht noch von der Vorstellung, aber das ist nur zu erwarten.«

»Hatte er getrunken?«

»Ja, wir haben ein Glas getrunken. Gerald hat in seiner Garderobe immer eine Flasche guten Whisky für Besucher, aber betrunken habe ich ihn nie erlebt. Der Donnerstag abend war da keine Ausnahme.«

»Und nach Ihrem Besuch bei Sir Gerald haben Sie das Theater wieder verlassen, Mr. Godwin?«

»Nein, nicht direkt. Ich war noch auf einen Sprung in den Garderoben.« Die losen Münzen in seiner Hosentasche klimperten leise, als er sein Gewicht auf das andere Bein verlagerte.

»Wie lange, Sir? Fünf Minuten? Zehn Minuten? Erinnern Sie sich, wann Sie sich bei Danny abgemeldet haben?«

»Ich habe mich gar nicht abgemeldet, Sergeant.« Er senkte den Kopf wie ein schuldbewußter Schuljunge. »Weil ich mich nämlich auch nicht angemeldet hatte, und das wird gar nicht gern gesehen.«

»Sie hatten sich nicht angemeldet? Aber ich dachte, das sei Pflicht für jeden.«

»Ist es auch. In der Theorie. Aber das Theater ist kein Gefängnis, junge Frau. Ich muß zugeben, ich war nicht unbedingt geselliger Stimmung, als ich Donnerstag abend ankam. Die Vorstellung hatte schon angefangen, als ich durchs Foyer hereinkam, da hab ich eben einer der Platzanweiserinnen freundlich zugezwinkert und mich hinten hineingestellt.« Er warf Gemma einen lächelnden Blick zu, dann hob er einen Ballen schottisch karierten Satins vom Tisch und strich mit einer Hand über den Stoff. »Das macht sich sicher sehr gut für die *Lucia* –«

»Mr. Godwin! Tommy!« Als Gemma plötzlich seinen Vornamen gebrauchte, wurde er aufmerksam und unterbrach sich in seinem oberflächlichen Geplauder. »Was haben Sie getan, als die Vorstellung zu Ende war?«

»Das habe ich Ihnen doch schon gesagt, ich bin direkt zu Gerald –« Er brach ab, als Gemma den Kopf schüttelte. »Ach so, jetzt verstehe ich, worauf Sie hinauswollen. Sie meinen, wie bin ich in Geralds Garderobe gekommen? Das ist ganz einfach, wenn man sich in diesem Labyrinth auskennt, Sergeant. Im Zuschauerraum ist eine Tür, die zur Bühne führt, aber sie ist natürlich nicht gekennzeichnet, und ich bin sicher, die meisten Zuschauer bemerken sie nicht einmal.«

»Und auf demselben Weg sind Sie wieder gegangen? Nachdem Sie mit Sir Gerald gesprochen hatten und in den Garderoben waren?«

»Sie haben es erfaßt.«

»Es wundert mich, daß die Türen im Foyer noch nicht abgeschlossen waren.«

»Ach, es gibt immer ein paar Nachzügler, und außerdem müssen die Platzanweiserinnen noch aufräumen.«

»Sie erinnern sich wohl nicht, um welche Zeit das war oder ob jemand Sie hat weggehen sehen«, sagte Gemma mit einem Anflug von Sarkasmus.

Ziemlich betreten erwiderte Tommy Godwin: »Nein, leider nicht, Sergeant. Aber man denkt in so einem Moment natürlich auch nicht daran, daß man später womöglich über sein Tun und Lassen Rechenschaft ablegen muß, nicht wahr?«

Entschlossen, diese glatte Fassade der Unschuld zu durchbrechen, hakte sie etwas aggressiver nach: »Und was haben Sie nach der Vorstellung getan, Tommy?«

Er lehnte sich mit einer Hüfte an die Kante des Arbeitstischs und verschränkte seine Arme. »Ich bin nach Hause gefahren, in meine Wohnung in Highgate, was sonst, Verehrteste?«

»Allein?«

»Ich lebe allein, ja, abgesehen von meiner Katze, die ganz gewiß bereit sein wird, für mich zu bürgen. Sie heißt übrigens Salome, und ich muß sagen, das paßt –«

»Wann sind Sie zu Hause angekommen? Können Sie sich daran vielleicht zufällig erinnern?«

»In der Tat.« Er hielt inne und sah sie an, als erwarte er ein Lob. »Ich habe eine alte Standuhr, und ich erinnere mich, daß sie, kurz nachdem ich nach Hause gekommen war, geschlagen hat. Es muß also vor Mitternacht gewesen sein.«

Patt. Er konnte die Wahrheit seiner Aussagen nicht beweisen, aber ohne zusätzliches Material konnte sie auch nicht beweisen, daß sie falsch waren. Gemma betrachtete ihn und fragte sich, was hinter seiner gewinnenden äußeren Art verborgen war.

»Ich brauche Ihre Adresse, Mr. Godwin, und ebenso den Namen der Person, mit der Sie gesprochen haben, nachdem Sie bei Sir Gerald waren.« Sie riß ein Blatt aus ihrem Block, und während sie zusah, wie er mit klarer Schrift die gewünschten Angaben aufschrieb, wurde ihr plötzlich klar, woher ihr Unbehagen kam und wie geschickt Tommy Godwin ihr die ganze Zeit ausgewichen war.

»Wie gut haben Sie Connor Swann eigentlich gekannt, Mr. Godwin? Das haben Sie mir noch gar nicht gesagt.«

Er reichte ihr ihren Kugelschreiber zurück und faltete säuberlich das Papier zu einem kleinen Rechteck. »Ich bin ihm im Lauf der Jahre natürlich gelegentlich begegnet. Er war nicht unbedingt mein Fall, muß ich sagen. Es hat mich erstaunt, daß Gerald und Caro die Beziehung zu ihm aufrechterhalten haben, als nicht einmal Julia mehr etwas von ihm wissen wollte, aber es kann ja sein, daß sie etwas etwas von ihm wußten, von dem ich keine Ahnung habe.« Er zog eine Braue hoch und lächelte schief. »Und in seinem Urteil kann sich ja jeder einmal irren, nicht wahr, Sergeant?«

8

Der Kreisverkehr in High Wycombe erinnerte Kincaid an ein Spielzeug, das er als Kind besessen hatte, einen Satz ineinandergreifender Plastikzahnräder, die sich fröhlich drehten, wenn man eine Kurbel in der Mitte betätigte. In diesem Fall jedoch war es so, daß fünf Minikreisverkehrsanlagen eine große bildeten, Menschen in Blechkästen sich auf ihren Bahnen drehten wie auf einem Karussell und kein einziger an diesem Montag morgen zur Hauptverkehrszeit auch nur im geringsten fröhlich war. Er sah eine Lücke, schoß hinein und bekam dafür von einem ungeduldigen Lastwagenfahrer den Finger gezeigt. »Danke, ebenfalls«, murmelte Kincaid und scherte erleichtert aus dem letzten Minikreisverkehr aus.

Ein Stau auf der M 40 hatte ihn aufgehalten, und er kam mit einer halben Stunde Verspätung zur Obduktion im Krankenhaus von High Wycombe an. Er klopfte an die Tür des Obduktionsraums und öffnete sie einen Spalt. Ein kleiner Mann im grünen Kittel stand mit dem Rücken zu Kincaid am Operationstisch aus blankem rostfreiem Stahl.

»Dr. Winstead, nehme ich an?« sagte Kincaid. »Tut mir leid, daß ich mich verspätet habe.« Er trat in den Raum und ließ die Tür hinter sich zufallen.

Winstead tippte auf den Fußschalter seines Diktiergeräts und drehte sich um. »Superintendent Kincaid?« Mit dem Handrücken schob er das Mikrofon von seinem Mund weg. »Tut mir leid, ich kann Ihnen die Hand nicht geben«, fügte er hinzu. »Den größten Teil des Vergnügens haben Sie leider verpaßt. Ich hab etwas früher angefangen, um den Rückstand aufzuholen. Ihren Freund hätte ich mir eigentlich schon am Samstag oder spätestens gestern vornehmen sollen, aber wir hatten hier in einer der Sozialsiedlungen einen Brand. Wir waren das ganze Wochenende damit beschäftigt, die Überreste zu identifizieren, soweit das möglich war.«

Winstead, klein und rundlich mit dichtem lockigem Haar und schwarzen Knopfaugen, wurde seinem Spitznamen gerecht. Mein Bild von Pu dem Bären mit dem Skalpell in der Hand war gar nicht so absurd, dachte Kincaid. Und wie viele Gerichtspathologen, denen Kincaid im Rahmen seiner beruflichen Arbeit begegnet war, schien auch Winstead in seiner Gutgelauntheit kaum zu erschüttern zu sein.

»Haben Sie etwas Interessantes gefunden?« fragte Kincaid, dem es ganz recht war, daß Winstead ihm den Blick auf den Stahltisch versperrte.

»Leider nichts Weltbewegendes.« Er kehrte Kincaid den Rücken zu und machte sich wieder an seine Arbeit. »Ich muß hier nur noch ein, zwei Dinge fertigmachen, dann können wir in mein Büro hinübergehen, wenn Sie wollen.«

Kincaid sah zu. Die Ventilatoren bliesen ihm kalte Luft ins Genick. Wenigstens war der Geruch nicht allzu stark, da das kalte Wasser und die Unterkühlung den natürlichen Zerfallsprozeß der Leiche verzögert hatten.

Eine junge Frau in Grün kam herein und sagte: »Bist du soweit, Winnie?«

»Die Säuberungsarbeiten überlasse ich jetzt meiner Assistentin«, bemerkte Winstead über seine Schulter hinweg zu Kincaid. »Sie hat ein Händchen für die Feinarbeit. Stimmt's nicht, Heather, mein Schatz?« fügte er mit einem Lächeln zu ihr hinzu. »Das gibt ihr ein Gefühl der Befriedigung.« Er streifte seine Handschuhe ab, warf sie in einen Abfalleimer und wusch sich am Becken die Hände.

Heather verdrehte leicht genervt die Augen. »Er ist nur eifersüchtig«, sagte sie leise zu Kincaid, »weil ich ordentlicher bin als er.« Während sie sich ein Paar Handschuhe überstreifte, fuhr sie fort: »Wenn ich mit unserem Freund hier fertig bin, wäre selbst Mama stolz auf ihren Jungen, richtig, Winnie?«

Wenigstens war es Connor Swanns Mutter erspart geblieben, Heathers Künste bewundern zu müssen, dachte Kincaid. Er überlegte, ob Julia der Konvention so weit trotzen würde, auf den Besuch im Leichenschauhaus und die Teilnahme an der Beerdigung zu verzichten.

Als Winstead Kincaid hinausbegleitete, sagte er: »Sie hat leider recht. Ich bin mehr der Mann fürs Grobe. Sie hingegen ist eine Perfektionistin.« Er führte Kincaid durch mehrere Korridore, machte unterwegs einmal vor einem Automaten halt, um zwei Becher Kaffee mitzunehmen. »Schwarz?« fragte er, die Knöpfe drückend.

Kincaid nahm den Pappbecher entgegen, trank einen Schluck und fand das Gebräu genauso ekelhaft wie das Zeug im Yard. Er folgte Winstead in sein Büro und blieb stehen, um den Schädel zu studieren, der den Schreibtisch des Arztes schmückte. Auf der Gesichtsfläche saßen, mit Nadeln befestigt, kleine Gummizylinder unterschiedlicher Höhe, jeder mit einer Ziffer in Schwarz gekennzeichnet. »Voodoo oder Kunst, Doktor?«

»Eine Technik der Gesichtsrekonstruktion. Das Ding hat mir ein Freund, der Anthropologe ist, geliehen. Nach Messung gewisser charakteristischer Stellen des Schädels kann man auf Geschlecht und Rasse schließen. Dann setzt man gemäß statistischer Informationen diese Markierungen, die die Dicke der Haut anzeigen. Man füllt Ton in Höhe der Markierungen auf, und fertig ist der Lack, man hat wieder ein menschliches Gesicht. Eine sehr effektive Methode, auch wenn es in diesem Stadium mehr nach einem Alptraum aussieht. Heather interessiert sich sehr für diese Wiederaufbautechnik. Sie ist mit ihrer Handfertigkeit zweifellos die Richtige dafür.«

Ehe Winstead sich weiter über die Eigenschaften der hübschen Heather verbreiten konnte, kam Kincaid wieder zur Sache. »Wie sieht es aus, Doktor«, fragte er, als sie sich in abgewetzten Ledersesseln niederließen, »ist Connor Swann nun ertrunken?«

Winstead zog die Brauen zusammen, was seinem Gesicht ein eher komisches als grimmiges Aussehen gab, und schien sich einen Moment zu sammeln. »Tja, das ist ein Problem, Superintendent, wie Sie sicher wissen. Es läßt sich durch eine Autopsie nicht eindeutig feststellen, ob jemand ertrunken ist. Da muß man die Diagnose eher durch Ausschluß anderer Möglichkeiten stellen.«

»Aber es wird sich doch feststellen lassen, ob er Wasser in der Lunge hatte –«

»Einen Moment noch, Superintendent, lassen Sie mich das ausführen. Wasser in der Lunge ist nicht unbedingt signifikant. Ich habe ja nicht gesagt, daß ich Ihnen gar nichts sagen kann, nur daß es sich nicht beweisen läßt.« Winstead machte eine Pause, um von seinem Kaffee zu trinken, und schnitt ein Gesicht. »Ich bin wahrscheinlich ein ewiger Optimist – jedesmal erwarte ich, daß dieses Zeug besser schmeckt, als es tatsächlich ist. – Also, wo war ich stehengeblieben?« Er lächelte freundlich und nahm noch einmal einen Schluck von seinem Kaffee.

Kincaid hatte den Eindruck, daß Winstead ihn absichtlich auf die Folter spannen wollte und daß er den Befund um so schneller zu hören bekommen würde, je weniger er drängte. »Sie wollten mir sagen, was Sie *nicht* nachweisen konnten.«

»Schußwunden, Messerstiche, Schlag- und Stoßverletzungen – das sind alles ziemlich klare Sachen, da läßt sich die Todesursache leicht feststellen. Ein Fall wie dieser jedoch ist immer eine harte Nuß, und ich mag harte Nüsse.« Winstead sagte das mit solchem Behagen, daß Kincaid beinahe erwartete, er würde sich voll Vorfreude die Hände reiben. »Es gibt zwei Dinge, die einem Tod durch Ertrinken widersprechen«, fuhr er fort und hielt zwei Finger hoch. »Erstens, in der Lunge waren keinerlei Fremdkörper zu finden, kein Sand, kein Schlick, keine Pflanzenteilchen. Wenn man aber beim Ertrinken große Mengen Wasser schluckt, nimmt man dabei in der Regel auch anderes in sich auf.« Er knickte den einen Finger um und wackelte mit dem anderen. »Zweitens, die Leichenstarre hat mit beträchtlicher Verzögerung eingesetzt. Zum Teil ist das natürlich der Wassertemperatur zuzuschreiben, aber ein Mensch, der ertrinkt, kämpft im allgemeinen heftig, und dabei wird den Muskeln eine Menge Adenosintriphosphatsäure entzogen. Dieser Entzug beschleunigt das Einsetzen der Leichenstarre beträchtlich.«

»Gut, aber wenn nun ein Kampf stattfand, bevor er ins Wasser stürzte? Er hatte Druckmale am Hals – er könnte ja bewußtlos gewesen sein. Oder auch schon tot.«

»Es gibt mehrere Anzeichen dafür, daß er schon eine ganze Weile tot war, als man ihn fand«, bestätigte Winstead. »Der Mageninhalt war nur teilweise verdaut, wenn also Ihr Mr. Swann nicht sehr spät zu Abend gegessen hat, würde ich sagen, daß er spätestens um Mitternacht tot war. Wenn wir die Analyse des Mageninhalts vom Labor bekommen, wird sich vielleicht feststellen lassen, wann er zuletzt gegessen hat.«

»Und die Blutergüsse –«

Winstead hielt wie ein Verkehrspolizist eine Hand in die Höhe. »Es gibt noch eine andere Möglichkeit, Superintendent, und wenn die zutrifft, könnte Mr. Swann sehr wohl noch gelebt haben, als er ins Wasser stürzte. Es kann vorkommen, daß sich beim ersten Kontakt mit dem Wasser die Kehle verschließt. Die Atemwege ziehen sich zusammen. Es gelangt kein Wasser in die Lunge. Da sich nach dem Tod jedoch der Krampf löst, läßt sich das unmöglich nachweisen. Es wäre allerdings eine Erklärung dafür, daß sich keinerlei Fremdkörper in der Lunge befanden.«

»Wie kommt es dann zu dieser Art des Ertrinkens?« fragte Kincaid, bereit, sich in Geduld zu üben und dem Arzt seinen kleinen Spaß zu lassen.

»Das ist eines der kleinen Geheimnisse der Natur. Schock wäre wahrscheinlich die beste Erklärung, wenn Sie eine haben müssen.« Winstead hielt inne, um einen Schluck Kaffee zu trinken, und schien überrascht, daß er immer noch nicht besser geworden war. »Nun zu den Druckmalen am Hals, die Sie so sehr interessieren. Die erlauben leider auch keine schlüssige Aussage. Es gab einige äußere Blutergüsse – Sie waren ja im Leichenhaus, nicht wahr?« Als Kincaid nickte, fuhr er fort: »Dann haben Sie sie gesehen – aber entsprechende innere Verletzungen lagen nicht vor, das Zungenbein beispielsweise war intakt. Wir haben auch keinen Blutstau im Gesicht oder Hals festgestellt.«

»Keine Flecken in den Augen?«

Winstead strahlte ihn an. »Ganz recht. Keine Petechiae. Es ist natürlich möglich, daß jemand entweder zufällig oder ganz gezielt so viel Druck auf seine Halsschlagadern ausübte, daß er bewußtlos wurde, und ihn dann in den Fluß gestoßen hat.«

»Wäre eine Frau fähig, so starken Druck auszuüben?«

»Oh, gewiß, eine Frau wäre dazu durchaus imstande. Aber ich hätte mehr als nur Druckstellen erwartet – Fingernagelabdrücke zum Beispiel, Abschürfungen –, aber das alles war nicht vorhanden. Und ich bezweifle sehr, daß eine Frau ihn auf diese Weise hätte bewußtlos machen können, ohne daß ihre Hände von dem Kampf irgendwelche Verletzungen davongetragen hätten.«

Kincaid ließ sich das einen Moment durch den Kopf gehen. »Mit anderen Worten«, sagte er dann, »Sie wissen nicht, wie Connor Swann gestorben ist, und wenn sie mir die *Todesursache* nicht nennen können, folgt daraus wohl, daß Sie nicht bereit sind, eine Vermutung über die *Art und Weise* des Todes auszusprechen.«

»Die meisten Todesfälle durch Ertrinken sind Unfälle, die fast immer unter Alkoholeinfluß geschehen. Seinen Alkoholspiegel erfahren wir erst, wenn wir den Bericht vom Labor bekommen, aber ich möchte schon jetzt behaupten, daß er ziemlich hoch war. Wenn Sie jedoch« – wieder hob er abwehrend die Hand, als Kincaid zum Sprechen ansetzte – »wenn Sie jedoch meine ganz private Meinung hören wollen ...« Winstead griff wieder zu seinem Kaffeebecher und trank. »Die meisten derartigen Unfälle sind ziemlich banal. Da fährt einer mit seinen Freunden zum Fischen raus, es wird kräftig getrunken, der Mann fällt ins Wasser, und seine Kumpel sind zu blau, um ihn rauszuholen. Bestätigung mehrerer Zeugen – Fall erledigt. Hier jedoch« – die intelligenten dunklen Knopfaugen richteten sich auf Kincaid – »gibt es zu viele unbeantwortete Fragen. Keine Anzeichen für einen Selbstmord?«

Kincaid schüttelte den Kopf. »Nein.«

»Dann würde ich sagen, es gibt kaum Zweifel daran, daß er auf diese oder jene Weise von dritter Hand in den Fluß befördert wurde. Ich würde aber auch sagen, daß es Ihnen verdammt schwerfallen wird, das zu beweisen.« Winstead lächelte, als hätte er eben eine höchst willkommene Äußerung getan.

»Wie steht es mit der Todeszeit?«

»Na, die liegt irgendwann zwischen dem Zeitpunkt, als er zuletzt gesehen wurde, und dem, als er gefunden wurde.« Winstead grinste über sein kleines Witzchen. »Im Ernst, Superintendent, rein intuitiv würde ich sagen, daß er zwischen einundzwanzig Uhr und Mitternacht gestorben ist, vielleicht auch zwischen einundzwanzig Uhr und ein Uhr morgens.«

»Tja, dann vielen Dank.« Kincaid stand auf und bot dem Arzt die Hand. »Sie waren – äh – eine große Hilfe.«

»Freut mich.« Winstead schüttelte Kincaid die Hand und lächelte, Pu Bär ähnlicher denn je. »Wir schicken den Befund raus, sobald wir die Laborergebnisse haben. Finden Sie allein hinaus? Gut, dann auf Wiedersehen.«

Bevor Kincaid aus dem Büro ging, warf er noch einen Blick zurück. Der Schädel verdeckte Winsteads rundes Gesicht, und als Winstead winkte, meinte Kincaid zu sehen, daß der Schädel noch ein wenig breiter grinste.

Kincaid verließ das Krankenhaus mit dem Gefühl, keinen Schritt vorwärtsgekommen zu sein. Zwar war er jetzt noch sicherer, daß Connor Swann ermordet worden war, er hatte aber immer noch keinen konkreten Beweis dafür. Ebenso fehlten ein plausibles Motiv und echte Verdächtige.

Neben seinem Wagen blieb er stehen und sah auf seine Uhr. Nach ihrem Gespräch mit Tommy Godwin würde Gemma sich auf den Weg machen, um Dame Caroline zu vernehmen, und solange sie sich um die Ashertons kümmerte, konzentrierte er selbst sich wohl am besten auf Connor Swann. Er war der Schlüssel – solange er nicht mehr über Connor Swann wußte, würde ihm der Fall verschlossen bleiben.

Es war Zeit, daß er sich etwas gründlicher mit jenem Teil von Connor Swanns Leben befaßte, der mit den Ashertons nichts zu tun hatte. Über die Telefonauskunft beschaffte er sich die Adresse von Gillock, Blackwell & Frye und fuhr dann nach Süden, in Richtung Maidenhead und Reading.

Immer wenn er nach Reading kam, mußte er an Vic denken. Sie war hier aufgewachsen und zur Schule gegangen, und da er von Norden in die Stadt hineinfuhr, schlug er einen Umweg ein, der ihn zum Haus ihrer Eltern führte. Es stand in einem Vorort selbstzufriedener Doppelhäuser und halb zu Tode gepflegter Gärten, in denen hier und dort hinter einem Busch oder einer Hecke ein freundlicher Gartenzwerg hervorspitzte. Er hatte die Gegend damals gräßlich gefunden und stellte fest, daß die Zeit nichts dazugetan hatte, seine Meinung zu ändern.

Er hielt den Wagen an und ließ den Motor laufen, während er das Haus musterte. Es erschien so unverändert, als wäre es in ewiger Stagnation steckengeblieben, während die Zeit über es hinweggegangen war und er selbst sich verändert hatte und gealtert war. Er sah es wie damals, als Vic ihn zum erstenmal mitgenommen hatte, um ihn ihren Eltern vorzustellen, selbst der Messingbriefkasten hatte noch den gleichen harten, fleckenlosen Glanz. Sie hatten ihn mit wohlerzogener Mißbilligung behandelt, entsetzt, daß ihre schöne und gebildete Tochter sich ausgerechnet mit einem Polizeibeamten eingelassen hatte, und mit einer plötzlichen Aufwallung von Ärger erinnerte er sich, daß er sich damals seiner unkonventionellen Familie ein wenig geschämt hatte. Seinen Eltern waren Bücher und Ideen immer wichtiger gewesen als der Erwerb materieller Besitztümer, und seine Kindheit in ihrem weitläufigen Haus auf dem Land in Cheshire war weit entfernt gewesen von dieser adretten, ordentlichen Welt.

Er legte den ersten Gang ein und ließ die Kupplung kommen. Der Midget antwortete mit dem vertrauten Stottergeräusch, ehe er sich in Bewegung setzte. Vielleicht hatte sich Vic für den zweiten Versuch einen passenderen Ehemann gesucht. Er jedenfalls hatte mit dieser Welt nichts mehr zu tun. Mit diesen Gedanken stellte sich ein Gefühl der Erleichterung ein und die wohltuende Erkenntnis, daß es endlich wirklich so war.

Die Verkehrssituation in Reading hatte sich seit seinem letzten Besuch nicht gebessert, und während er in der Autoschlange stand, die zum Parkhaus in der Stadtmitte drängte, und mit den Fingern auf das Lenkrad trommelte, erinnerte er sich, wie wenig ihm die Stadt immer schon gefallen hatte. Sie war eine Kombination moderner Architektur übelster Sorte mit schlechter Planung, und angesichts des Resultats konnte einem nur die Galle hochkommen.

Nachdem er seinen Wagen abgestellt hatte, fand er das moderne Bürogebäude, in dem die Werbeagentur ihre Büros hatte, ohne allzu große Schwierigkeiten. Eine hübsche Empfangsdame begrüßte ihn mit einem Lächeln, als er das Foyer im dritten Stockwerk betrat. »Kann ich Ihnen behilflich sein, Sir?« fragte sie mit einem Anflug von Neugier in der Stimme.

Er wußte, daß sie jetzt versuchte, ihn einzuordnen – kein bekannter Kunde oder Lieferant, keine Aktentasche, kein Musterkoffer, der ihn als Vertreter gekennzeichnet hätte –, und er konnte der Versuchung nicht widerstehen, sie ein wenig auf die Folter zu spannen. »Schönes Büro«, bemerkte er, während er sich gemächlich umsah. Spärliches modernes Mobiliar, dezente Beleuchtung, Art-déco Reklameposter, geschmackvoll gerahmt und gehängt – insgesamt, dachte er, beschränkte Mittel geschickt angelegt.

»Ja, Sir. Haben Sie einen Termin?« fragte sie ein wenig energischer.

Er zog seinen Dienstausweis heraus und hielt ihn ihr hin. »Superintendent Duncan Kincaid, Scotland Yard. Ich würde mich gern mit jemandem über Connor Swann unterhalten.«

»Oh.« Sie blickte von seinem Gesicht zu seinem Ausweis, und plötzlich standen ihr die Tränen in den Augen. »Ist das nicht einfach schrecklich? Wir haben es erst heute morgen erfahren.«

»Tatsächlich? Wer hat es Ihnen mitgeteilt?« fragte er und nahm seinen Ausweis wieder an sich.

Sie schniefte. »Sein Schwiegervater Sir Gerald Asherton. Er hat John angerufen – Mr. Frye, meine ich –«

Im Flur hinter ihrem Schreibtisch wurde eine Tür geöffnet, und ein Mann kam heraus, der eben dabei war, sich ein Jackett überzuziehen. »Melissa, Schätzchen, ich geh jetzt –« Er brach ab, als er Kincaid sah.

»Das ist Mr. Frye«, sagte die Empfangsdame zu Kincaid und fügte dann zu ihrem Chef gewandt hinzu: »Der Herr kommt von Scotland Yard. Wegen Connor, John.«

»Scotland Yard? Connor?« wiederholte Frye, und seine momentane Verwirrung gab Kincaid Gelegenheit, ihn sich näher anzusehen. Seiner Schätzung nach mußte er in seinem eigenen Alter sein, doch er war klein und dunkel und neigte sichtlich zur Fülle.

Kincaid stellte sich vor, und Frye, der sich inzwischen von seiner Verblüffung erholt hatte, reichte ihm die Hand. »Was kann ich für Sie tun, Superintendent? Ich meine, nach dem, was Sir Gerald sagte, habe ich eigentlich nicht erwartet …«

Mit einem entwaffnenden Lächeln entgegnete Kincaid: »Ich habe lediglich einige Routinefragen, die Mr. Swann und seine Arbeit betreffen.«

Frye wirkte erleichtert. »Ich wollte gerade rüber ins Pub, um was zu essen, weil ich nachher gleich wieder einen Termin habe. Können Sie nicht einfach mitkommen, und wir unterhalten uns beim Essen?«

»In Ordnung.« Kincaid merkte plötzlich, daß er einen Bärenhunger hatte, eine ihm nicht unbekannte Reaktion auf die Teilnahme an einer Autopsie, doch bei der Aussicht auf die kulinarischen Genüsse, die ein Pub in Reading zu bieten hatte, lief ihm nicht gerade das Wasser im Mund zusammen.

Auf dem Weg zum Pub unterzog Kincaid John Frye einer unauffälligen Musterung. Anthrazitgrauer Anzug mit Weste, die sehr stramm saß; glattrasiert; das Haar nach letzter Yuppie-Art mit Gel an den Kopf geklatscht; ein Duft nach einem schwülen Rasierwasser. Connor, dachte er, hatte sein Äußeres gleichermaßen gepflegt – aber in der Werbung ging es ja letztlich auch um den Verkauf eines Images.

Sie unterhielten sich über Belangloses, bis sie ihr Ziel erreichten, und als sie das *White Hart* betraten, hellte sich Kincaids Stimmung beträchtlich auf. Das Pub war einfach und sauber und bot eine reiche Auswahl an Speisen an, die mit Kreide auf einem schwarzen Brett aufgeführt waren. Die meisten Tische waren besetzt, lauter Büroflüchtlinge, alle eifrig essend und diskutierend.

Kincaid wählte die Scholle mit Pommes frites und Salat. Nachdem er sich entschieden hatte, wandte er sich Frye zu und fragte: »Was trinken Sie?«

»Wasser.« Frye schnitt eine Grimasse. »Ich muß dringend abnehmen. Ich trinke zwar leidenschaftlich gern Bier, aber das setzt leider sehr an.« Er klopfte sich mit der flachen Hand auf die Weste.

Kincaid ließ sich ein Wasser geben und nahm für sich selbst, ganz ohne schlechtes Gewissen Frye gegenüber, ein Bier. Dann bahnten sie sich mit ihren Getränken in der Hand einen Weg zu einem kleinen Tisch am Fenster.

»Erzählen Sie mir von Connor Swann«, sagte Kincaid, als sie es sich bequem gemacht hatten. »Wie lange hat er für Sie gearbeitet?«

»Etwas über ein Jahr. Gordon und ich brauchten jemanden

für den Verkauf. Wir haben beide kein besonderes Talent dafür, und wir hatten mittlerweile genug Kunden, um –«

»Gordon ist Ihr Partner?« unterbrach Kincaid. »Ich dachte, Sie wären zu dritt.« Er trank von seinem Bier und wischte sich mit der Zunge den Schaum von der Oberlippe.

»Oh, tut mir leid. Ich fange wohl am besten von vorn an.« Frye warf einen sehnsüchtigen Blick auf Kincaids Bier, seufzte und fuhr dann zu sprechen fort. »Ich bin Frye, Gordon ist Gillock, und einen Blackwell gibt es nicht. Als wir uns vor drei Jahren selbständig gemacht haben, fanden wir, Gillock und Frye klinge nach einer Fischhandlung.« Frye lächelte etwas verlegen. »Also haben wir noch Blackwell angefügt. Um dem Firmennamen ein bißchen mehr Stil zu geben. Kurz und gut, ich fungiere als Kreativdirektor, und Gordon ist für den Medieneinkauf und die Überseeproduktion zuständig. Wir waren also ziemlich gefordert. Als wir über einen Freund hörten, daß Connor eventuell an einer Position als *Account Executive,* das ist eine Art Sachbearbeiter für Kundenwerbung, interessiert sei, dachten wir, das wäre genau das Richtige für uns.«

Die Bedienung, groß und blond, eine Walküre in Jeans und T-Shirt, brachte ihnen die bestellten Speisen. Mit einem verführerischen Lächeln stellte sie die Teller vor ihnen ab und drängte sich dann durchs Gewühl zurück zum Tresen.

»Das ist Marian«, sagte Frye. »Wir nennen sie hier alle nur den Eisberg. Jeder ist in sie verknallt, und sie genießt das ungeheuer.«

»Bezieht sich der Spitzname auf ihr Aussehen oder ihr Wesen?« Kincaid warf einen Blick auf Fryes gemischten Salat und machte sich vergnügt über seinen dampfenden Fisch her.

»Gebratenes darf ich auch nicht essen«, bemerkte Frye wehmütig. »Marian ist ein durchaus sonniges Gemüt, aber nicht freigiebig mit ihrer Gunst. Sogar Connor konnte da nicht landen.«

»Hat er denn versucht, sich an sie ranzumachen?«

»Geht jeden Morgen die Sonne auf?« fragte Frye sarkastisch und schob mit dem kleinen Finger etwas Brunnenkresse nach, die ihm im Mundwinkel hing. »Natürlich hat Con versucht, sich an sie ranzumachen. Das war bei ihm so natürlich wie das Atmen –« Mit erschrockenem Gesicht brach er ab. »Ach Gott, das war geschmacklos. Tut mir leid. Ich hab's eben einfach noch nicht begriffen.«

Kincaid träufelte noch etwas Zitrone auf seinen ausgezeichneten Fisch und fragte: »Haben Sie ihn gemocht? Als Mensch, meine ich.«

Frye machte ein nachdenkliches Gesicht. »Hm, ja, ich denke schon. Aber so einfach ist das nicht. Wir waren, wie ich schon sagte, anfangs überglücklich, daß er zu uns kommen wollte. Natürlich haben wir uns Gedanken gemacht, weshalb er eine der besten Firmen Londons unseretwegen verlassen wollte, aber er sagte, er hätte familiäre Schwierigkeiten und wollte ein bißchen kürzer treten, näher an zu Hause sein.« Er schob sich eine Ladung Salat in den Mund und kaute ausgiebig.

Kincaid überlegte, ob Fryes bekümmerte Miene seine Meinung über sein Mittagessen oder seine Gefühle in bezug auf Connor widerspiegele. »Und?« drängte er vorsichtig.

»Es war wahrscheinlich naiv von uns, daß wir ihm das glaubten. Aber Con konnte sehr charmant sein. Nicht nur Frauen gegenüber – Männer haben ihn auch gemocht. Das war einer der Gründe, weshalb er ein so guter Verkäufer war.«

»Er war also gut in seiner Arbeit?«

»O ja, sehr gut. Wenn er sich darauf eingelassen hat. Aber genau da lag das Problem. Er war am Anfang so enthusiastisch – voller Pläne und Ideen –, daß Gordon und ich ganz hingerissen waren.« Frye machte eine kurze Pause. »Wenn ich jetzt daran zurückdenke, kann ich sehen, daß das Ganze etwas Hektisches hatte, aber damals ist mir das nicht aufgefallen.«

»Gehen Sie noch einmal ein Stück zurück«, bat Kincaid. »Sie sagten, es sei naiv von Ihnen gewesen, Connors Begründung für seinen Wunsch, bei Ihnen anzufangen, für bare Münze zu nehmen. Hat sich denn herausgestellt, daß sie nicht zutreffend war?«

»Sagen wir, er hat eine Menge weggelassen«, antwortete Frye. »Einige Monate später sickerte langsam durch, was wirklich los war.« Er sah Kincaid stirnrunzelnd an. »Hat seine Frau es Ihnen nicht erzählt? Sie haben doch mit der Frau gesprochen?«

»Was soll sie mir erzählt haben?« entgegnete Kincaid, der Beantwortung der Frage ausweichend.

Frye schob den Rest seines Salats zu einem sauberen Häufchen in der Mitte seines Tellers zusammen. »Cons ehemalige Firma in London macht die gesamte Werbung für ENO. Dadurch hat er seine Frau überhaupt erst kennengelernt – bei irgendeinem Empfang, soviel ich weiß. Ich vermute, sie war mit ihren Eltern dort. Als sie ihn dann verließ, und er ...« Ziemlich verlegen sah Frye zu seinem Teller hinunter und stocherte mit seiner Gabel in den Salatresten herum. »Er hatte so eine Art Nervenzusammenbruch, so kann man's wohl nennen. Anscheinend hat er völlig durchgedreht – hat vor Kunden plötzlich zu weinen angefangen und dergleichen mehr. Die Firma hat versucht, alles zu vertuschen – ich nehme an, sie wollten es nicht riskieren, die Ashertons vor den Kopf zu stoßen, indem sie ihn ganz offiziell an die Luft setzten.«

Sie waren alle sehr diskret gewesen, dachte Kincaid. Hatte

Mitleid eine Rolle gespielt? »Und er kam mit einer Empfehlung der Firma, als er bei Ihnen anfing?«

»Sonst hätten wir ihn nicht genommen«, antwortete Frye sachlich.

»Und wann begann es schiefzulaufen?«

Ein Ausdruck schlechten Gewissens löste die Verlegenheit auf Fryes Gesicht ab. »Es war keinesfalls so, daß Con ein totaler Reinfall war – den Eindruck wollte ich Ihnen nicht vermitteln.«

»Das haben Sie ganz gewiß nicht«, erwiderte Kincaid beschwichtigend, weil er hoffte, damit weitere Beteuerungen Fryes abzubiegen, die nach ›Die Toten soll man ruhen lassen‹ klangen.

»Es kam allmählich. Er verpaßte Termine mit Kunden – natürlich immer mit einer guten Entschuldigung, aber wenn so was mehrmals passiert, werden auch die besten Entschuldigungen etwas fadenscheinig. Er hat Dinge versprochen, die wir nicht erfüllen konnten …« Er schüttelte den Kopf bei der Erinnerung. »Das ist für einen Kreativdirektor der absolute Alptraum. Und die vielen neuen Kunden, die er uns bringen wollte, die guten Verbindungen, die er hatte …«

»War alles nur leeres Gerede?«

Frye nickte bekümmert. »Leider, ja.«

Kincaid schob seinen leeren Teller weg. »Warum haben Sie ihn dann behalten, Mr. Frye? Das hört sich ja wirklich an, als sei er für Sie mehr zu einer Belastung geworden.«

»Nennen Sie mich doch einfach John«, sagte Frye. Er beugte sich etwas vor und fuhr in vertraulichem Ton fort: »Wissen Sie, es war komisch, vor ein paar Monaten hatten Gordon und ich uns gerade nach langem Hin und Her entschlossen, ihn an die Luft zu setzen, da fing es plötzlich an, besser zu werden. Es war nichts Weltbewegendes, aber er wurde etwas zuverlässiger, er zeigte etwas mehr Interesse.«

»Haben Sie eine Ahnung, woher diese Veränderung kam?« fragte Kincaid, der an Sharon und die kleine Hayley dachte.

Frye zuckte die Achseln. »Keinen Schimmer.«

»Wußten Sie, daß er eine Freundin hatte?«

»Freundinnen, meinen Sie. Im Plural«, sagte Frye mit Nachdruck. Mit der resignierten Miene des Festverheirateten fügte er hinzu: »Nachdem meine Frau ihn ein paarmal gesehen hatte, hätte sie mir am liebsten strikt verboten, nach der Arbeit noch mit ihm auf ein Bier zu gehen. Sie war überzeugt, er würde mich auf Abwege führen.« Er lächelte. »Zu meinem Glück oder zu meinem Pech, wie man's nimmt, hatte ich nie Connors umwerfenden Charme.«

Das Lokal hatte sich geleert, die Reihen am Tresen waren merklich gelichtet. Marian kam, um abzuräumen. »Sonst noch etwas, meine Herren? Einen kleinen Nachtisch? Wir haben noch einen phantastischen Kuchen da –«

»Bitte, quälen Sie mich nicht so!« Frye schlug stöhnend beide Hände vor sein Gesicht.

Marian nahm Kincaids Teller und bedachte ihn mit einem ganz und gar nicht eisigen Augenzwinkern. Innerlich lächelnd dachte Kincaid, daß Fryes Frau sich wegen Connors Einfluß nicht hätte zu sorgen brauchen – die Schwächen ihres Mannes lagen offensichtlich auf einem anderen Gebiet. Bei diesem Gedanken fiel ihm eine andere Schwäche ein, über die sie noch nicht gesprochen hatten.

»Wußten Sie, daß Connor Spielschulden hatte?« fragte er Frye.

»Schulden?« fragte Frye verblüfft. »Ich wußte, daß er ganz gern auf die Rennbahn ging, aber ich hatte keine Ahnung, daß es so ernst war.«

»Haben Sie schon mal von einem Mann namens Kenneth Hicks gehört?«

Frye runzelte einen Moment die Stirn, dann schüttelte er den Kopf. »Nein, ich kann mich nicht erinnern.«

Kincaid schob seinen Stuhl zurück, hielt jedoch inne, als ihm noch eine Frage einfiel. »John, haben Sie eigentlich jemals Connors Frau Julia kennengelernt?«

Fryes Reaktion überraschte ihn. Erst räusperte er sich mehrmals verlegen, dann sah er Kincaid schließlich in die Augen. »Na ja – äh – direkt kennengelernt habe ich sie nicht.«

Kincaid zog eine Augenbraue hoch. »Wie meinen Sie das?«

»Ich hab sie gesehen. Ich meine, ich wollte sie mir einfach mal anschauen, und da bin ich einfach hingegangen.« Er errötete, als er Kincaids zweifelnde Miene sah. »Herrgott noch mal, ich komme mir wie ein Idiot vor«, sagte er. »Nach allem, was ich über sie gehört hatte, war ich neugierig auf sie, und als ich in der Zeitung von ihrer Ausstellung in Henley gelesen habe …«

»Sie sind zu der Ausstellungseröffnung gegangen?«

»Meine Frau war an dem Abend bei ihrer Mutter, und ich dachte mir, gehst einfach mal hin, es ist ja schließlich nichts dabei.«

»Nein, was hätte denn groß dabei sein sollen?« fragte Kincaid verwundert.

»Ich möchte malen«, erklärte Frye rundheraus. »Nur deswegen bin ich auf die Kunstakademie gegangen. Meine Frau findet es frivol von mir – zwei Kinder und das Haus und alles …«

»Und dann noch der schlechte Einfluß von Künstlern?« warf Kincaid ein.

»So was in der Art, ja.« Frye lächelte bedauernd. »Sie verliert manchmal ein bißchen das Augenmaß. Ich nehme an, sie hat Angst, ich würde einfach abhauen und sie alle verhungern lassen, wenn jemand mir mit einem Pinsel winkt.«

»Und wie war es bei der Ausstellungseröffnung? Haben Sie Julia kennengelernt?«

Frye blickte gedankenverloren ins Leere. »Sie ist eine sehr aparte Person, nicht wahr? Und ihre Bilder – also, wenn ich so malen könnte, würde ich bestimmt nicht mein Leben damit zubringen, Reklameentwürfe für Whites Installateurbedarf und die Teppichfirma Carpetland zu machen.« Er lächelte mit einer gewissen Geringschätzung, die ihm selbst galt. »Aber ich kann eben nicht so malen.« Den Blick wieder auf Kincaid richtend, fügte er hinzu: »Ich habe sie nicht kennengelernt, aber nicht, weil ich's nicht versucht hätte. Ich hatte gerade meinen billigen Champagner getrunken und hatte es fast geschafft, mich bis zu ihr durchzudrängen, da ging sie plötzlich hinaus und war verschwunden.«

»Sind Sie ihr gefolgt?«

»Ja, ich kämpfte mich bis zur Tür durch, weil ich ihr doch wenigstens sagen wollte, wie gut mir ihre Bilder gefielen.«

»Und?« sagte Kincaid ungeduldig.

»Draußen war sie nirgends zu sehen.«

9

Das Geäst der alten Bäume wölbte sich über ihr, die Zweige griffen ineinander wie zusammengeschobene Finger, der Tunnel wurde immer enger – Gemma blies sich eine Haarsträhne aus dem Gesicht und sagte laut: »Dumme Gans!« Der Klang ihrer Stimme hallte einen Moment nach, dann war es wieder ganz still im Auto, bis auf das gelegentliche durchdringende Quietschen, wenn Zweige und Wurzelwerk, die sich aus den Böschungen streckten, die Fenster streiften. Das Geräusch erinnerte sie an Fingernägel auf einer Schiefertafel.

London und Tommy Godwins geschliffene Höflichkeit schienen Welten entfernt, und einen Moment lang wünschte sie, sie hätte darauf bestanden, Kincaid zu der Autopsie zu begleiten. Er hatte ihr im Yard eine Nachricht hinterlassen, eine Zusammenfassung der ziemlich nichtssagenden Ergebnisse.

Sie schaltete in den zweiten Gang hinunter, als die Steigung steiler wurde. Als sie das ersten Mal diesen Weg gefahren war, hatte Kincaid sie begleitet, und seine Anwesenheit hatte klaustrophobischen Gefühlen vorgebeugt. Das ist doch wirklich lächerlich, schalt sie sich selbst. Nichts weiter als eine schmale Landstraße. Zum Teil rührte ihr Unbehagen sicherlich daher, daß ihr als geborene Londonerin das Land fremd war.

Dennoch war sie erleichtert, als sie endlich die Abzweigung zum Haus der Ashertons sah. Keine zwei Minuten später hielt sie in der Lichtung vor dem Haus. Sie stieg aus und blieb einen Moment stehen. Der modrige Geruch faulender Blätter, Essenz des Herbstes, stieg ihr in die Nase.

In der Stille hörte sie das gleiche merkwürdige Sirren, das ihr und Kincaid zuvor schon aufgefallen war. Auf der Suche nach Stromleitungen blickte sie in die Höhe, sah aber nur herbstliches Laub und ein Fleckchen grauen Himmels. Vielleicht kam das Geräusch von einem Generator oder Transformator, oder – sie lächelte erheitert – von einem UFO. Mal sehen, wie Kincaid reagierte, wenn sie damit herausrückte.

Immer noch leicht belustigt, ging sie zur Haustür und läutete. Wie zuvor öffnete ihr Vivian Plumley, diesmal jedoch lächelte sie, als sie Gemma erkannte. »Sergeant! Bitte, kommen Sie doch herein.«

»Ich hätte gern Dame Caroline gesprochen, Mrs. Plumley«, erklärte Gemma, als sie in das geflieste Vestibül trat. »Ist sie zu Hause?«

»Ja, aber sie gibt gerade Unterricht.«

Gemma hörte, wie das Klavier einsetzte und gleich darauf eine helle Sopranstimme leicht und trällernd der vorgegebenen Melodie folgte. Unvermittelt brach der Gesang ab, sie hörte jemanden sprechen, dann wiederholte eine zweite Stimme die Melodie. Sie war dunkler und reifer als die erste und besaß ein ganz eigenes Timbre. Selbst durch die geschlossene Tür erkannte Gemma sie sofort. »Das ist Dame Caroline.«

Vivian Plumley warf ihr einen aufmerksamen Blick zu. »Sie haben ein gutes Ohr, Sergeant. Wo haben Sie sie gehört?«

»Auf einer Kassette«, antwortete Gemma kurz, nicht bereit, ihr starkes Interesse einzugestehen.

Vivian sah auf ihre Uhr. »Kommen Sie und trinken Sie eine Tasse Tee. Die Stunde ist bald zu Ende.«

»Was singen sie?« fragte Gemma, als sie Vivian durch den Flur folgte.

»Rossini. Eine von Rosinas Arien aus dem *Barbier von Sevilla*. Gott sei Dank auf italienisch.« Sie warf Gemma über ihre Schulter hinweg einen lächelnden Blick zu, als sie die Tür zur Küche aufstieß. »In diesem Haus allerdings ist es nicht unbedingt politisch korrekt, das zu sagen.«

»Wegen der Auffassung, die man an der National Opera vertritt?«

»Genau. Sir Gerald stimmt absolut mit ihrer Position überein. Ich glaube, Caro hat immer lieber in der Originalsprache gesungen, aber sie hält mit ihrer Ansicht zurück.« Vivian lächelte wieder, mit liebevoller Nachsicht. Diese Meinungsverschiedenheit hatte offensichtlich lange Tradition in der Familie.

»Irgend etwas riecht hier köstlich«, bemerkte Gemma schnuppernd und sah sich um. Neben dem roten Herd lagen zum Abkühlen zwei braune Brotlaibe.

»Ich hab das Brot gerade aus dem Rohr geholt«, sagte Vivian, während sie Becher und eine Keramikteekanne auf ein Tablett stellte. Auf dem Herd stand leise dampfend ein Kupferkessel.

»Sie nehmen keinen elektrischen Wasserkochtopf?« erkundigte sich Gemma neugierig.

»Ich gehöre wahrscheinlich zu den Dinosauriern. Für diesen ganzen modernen Schnickschnack hab ich nichts übrig.« Sie drehte sich nach Gemma um und fragte: »Sie essen doch etwas frisches Brot? Es ist ja bald Teezeit.«

»Ich habe etwas zu Mittag gegessen, bevor ich aus London weggefahren bin«, antwortete Gemma und dachte an die fetttriefenden Würstchen, die sie sich nach dem Gespräch mit Tommy Godwin in der Kantine des Yard genehmigt hatte. »Aber doch, ich nehme eine Scheibe. Vielen Dank.« Sie trat näher, als Vivian das Brot aufzuschneiden begann. »Vollkorn?«

»Ja. Mögen Sie das?« Vivian war sichtlich erfreut. »Das ist gewissermaßen mein Markenzeichen und meine Therapie. Man muß es zweimal mit der Hand richtig durchkneten und dann dreimal gehenlassen, aber im Rohr geht es dann auf wie ein Traum.« Sie warf Gemma einen heiteren Blick zu. »Wenn man sich beim Kneten so richtig ins Zeug legt, verschwinden alle Frustrationen.«

Als sie sich an den großen Eichentisch setzten, sagte Gemma: »Ich bin in einer Bäckerei großgeworden. Meine Eltern haben einen kleinen Laden in Leyton. Das meiste wird natürlich maschinell gemacht, aber meine Mutter hat uns fast immer beim Kneten und Backen helfen lassen, wenn wir wollten.«

»Ich kann mir vorstellen, daß das Spaß gemacht hat«, meinte Vivian, während sie Gemma Tee einschenkte.

Eine blumige Duftwolke stieg zu Gemma auf. »Earl Grey?«

»Ich hoffe, Sie mögen ihn. Ich hätte Sie fragen sollen. Das ist die Gewohnheit – ich trinke nämlich nachmittags immer Earl Grey.«

»Doch, ich mag ihn, vielen Dank«, versicherte Gemma brav. Wenn ich schon eine Gewohnheit daraus mache, mich in solchen Häusern zum Tee einladen zu lassen, dachte sie, muß ich eben verdammt noch mal lernen, Earl Grey zu mögen.

Sie aß ihr Butterbrot mit stillem Genuß und tupfte die letzten Krümel noch mit der Fingerspitze vom Teller. »Mrs. Plumley –«

»Alle nennen mich Plummy«, unterbrach Vivian einladend. »Die Kinder haben damit angefangen, und der Name ist mir geblieben. Inzwischen gefällt er mir sogar.«

»Also gut dann, Plummy.« Gemma fand, daß der Name zu ihr paßte. Selbst in dem orangefarbenen Jogginganzug, den sie anhatte, hatte Vivian Plumley etwas altmodisch Gemütliches an sich.

Schweigend saßen sie beieinander und tranken ihren Tee, und in der entspannten, beinahe schläfrigen Atmosphäre kamen Gemma die Fragen so leicht über die Lippen, als spreche sie mit einer Freundin. »Fanden Sie es nicht merkwürdig, daß Connor nach der Trennung von Julia noch immer so eine enge Beziehung zu der Familie hatte? Zumal ja keine Kinder da waren …«

»Aber er kannte ja Caro und Gerald schon vorher, müssen Sie wissen. Er hatte sie über seine Arbeit kennengelernt und sich sehr um ihre Freundschaft bemüht. Ich weiß, daß ich damals den Eindruck hatte, er sei bis über beide Ohren in Caro verliebt. Aber sie hat ja immer schon Verehrer gesammelt, wie andere Leute Schmetterlinge sammeln.«

Obwohl Plummy dies ohne eine Spur von Tadel gesagt hatte, sah Gemma plötzlich einen wild flatternden, aufgespießten Schmetterling vor sich. »Puh«, sagte sie und rümpfte voll Abscheu die Nase. »Ich hab das immer schon grauenvoll gefunden.«

»Was denn?« fragte Plummy. »Ach, Sie sprechen von den Schmetterlingen. Na ja, das war vielleicht ein etwas grausamer Vergleich, aber die Männer schwirren wirklich immer ganz hilflos um sie herum. Sie glauben alle, sie brauche jemanden, der für sie sorgt, aber Tatsache ist, daß sie sehr wohl imstande ist, für sich selbst zu sorgen. Mir selbst ist so was noch nie passiert.« Sie lächelte Gemma an. »Ich glaube, ich habe noch nie bei jemandem den Wunsch ausgelöst, für mich zu sorgen.«

Gemma dachte daran, mit welcher Selbstverständlichkeit Rob angenommen hatte, sie würde jederzeit all seine Bedürfnisse, sowohl körperlicher als auch emotionaler Art, bedienen. Der Gedanke, daß auch sie einige Bedürfnisse haben könnte, war ihm nicht gekommen. Sie sagte: »Darüber habe ich noch nie nachgedacht, aber für mich haben sich die Männer auch kein Bein ausgerissen.« Sie trank einen Schluck Tee und fuhr fort: »Um noch einmal auf Dame Caroline zurückzukommen – Sie sagten, daß Sie zusammen zur Schule gegangen sind? Wollte sie immer schon singen?«

Plummy lachte. »Caro stand vom Tag ihrer Geburt an im Mittelpunkt. In der Schule sang sie bei jeder Aufführung die erste Partie. Die meisten anderen Mädchen haben sie nicht gemocht, aber das schien sie gar nicht zu merken. Sie hätte ebensogut Scheuklappen tragen können – sie wußte genau, was sie wollte, und alles andere hat sie nicht interessiert.«

»Für eine Sängerin hat sie ihre Karriere sehr früh begonnen, nicht wahr?« fragte Gemma eingedenk dessen, was sie von Alison Douglas gehört hatte.

»Da hatte Gerald die Hand im Spiel. Er hat sie aus dem Chor geholt und direkt an die Rampe gestellt, und sie besaß die Dynamik und den Ehrgeiz, dieser Herausforderung gerecht zu werden, obwohl sie kaum Erfahrung hatte.« Sie brach sich von einer Scheibe des Brots, das sie auf den Tisch gestellt hatte, ein Stück ab und knabberte daran. »Nur um zu probieren«, sagte sie lächelnd. »Qualitätskontrolle.« Nachdem sie das Brot mit einem Schluck Tee hinuntergespült hatte, fuhr sie zu sprechen fort. »Aber das alles ist mehr als dreißig Jahre her, und es gibt nur noch wenige, die Gerald und Caro aus der Zeit kennen, als sie noch keine großen Stars waren.«

Plummys Beispiel folgend, nahm sich Gemma noch eine Scheibe Brot und sagte dann: »Lassen sie sich gern daran erinnern, daß sie einmal ganz gewöhnliche Leute waren?«

»Ich glaube, es hat etwas Tröstliches für sie.«

Wie war es für Julia gewesen, im Schatten dieser Eltern aufzuwachsen? Es war schon unter normalen Umständen schwierig genug, sich vom Einfluß der Eltern zu befreien und ein selbstbestimmter Mensch zu werden.

»Und Julia hat Connor über ihre Eltern kennengelernt?« fragte sie.

Plummy überlegte einen Moment. »Ich glaube, es war bei einem Empfang in der Oper. Damals ging Julia noch hin und wieder zu solchen musikalischen Veranstaltungen. Sie fing gerade erst an, sich als Malerin zu entfalten, und hatte sich noch nicht ganz von ihren Eltern gelöst.« Sie schüttelte den Kopf. »Ich war von Anfang an völlig überrascht – Julia hatte immer den intellektuellen, musischen Typ bevorzugt, und davon war Con so weit entfernt, wie man sich das überhaupt vorstellen kann. Ich habe versucht, mit ihr zu sprechen, aber sie wollte nichts hören.«

»Haben sie wirklich so schlecht zueinander gepaßt, wie Sie dachten?«

»O ja«, antwortete sie seufzend. »Noch schlechter.«

Als sie nicht näher darauf einging, fragte Gemma: »Wußten Sie, daß Connor fremdgegangen ist?«

Plummy sah überrascht aus. »Vor kurzem erst, meinen Sie? Er hatte eine Freundin?«

»Ja. Eine junge Frau mit einer kleinen Tochter.«

»Nein. Nein, das hab ich nicht gewußt.« Voll Mitgefühl, wie Gemma es bei ihr nicht anders erwartet hatte, fügte sie hinzu: »Ach Gott, das arme Ding. Sein Tod hat sie sicher schrecklich getroffen.«

Die Worte ›im Gegensatz zu Julia‹ schienen unausgesprochen zwischen ihnen zu hängen.

»Sie ist übrigens wieder in die Wohnung gezogen«, sagte Plummy unvermittelt. »Julia, meine ich. Ich habe ihr gesagt, das mache sich nicht sehr gut, aber sie meinte, es sei schließlich ihre Wohnung und sie habe das Recht, zu tun und zu lassen, was sie für richtig halte.«

Gemma dachte an das Atelier im oberen Stockwerk, das jetzt leer war, frei von Julia Swanns verwirrender Persönlichkeit, und verspürte eine unerklärliche Erleichterung. »Wann ist sie ausgezogen?«

»Heute morgen, in aller Frühe. Sie hatte ihr Atelier vermißt, das arme Kind – ich hab nie verstanden, weshalb sie Con die Wohnung überlassen hat. Aber wenn sie sich einmal zu irgend etwas entschlossen hat, ist nicht mit ihr zu reden.«

Der leicht gereizte und doch liebevolle Ton erinnerte Gemma an ihre eigene Mutter, die bei jeder Gelegenheit behauptete, ihre rothaarige Tochter sei störrisch zur Welt gekommen.

»War Julia immer schon so eigensinnig?« fragte sie.

Plummy sah sie einen Moment lang unverwandt an, dann antwortete sie: »Nein, nicht immer.« Sie warf einen Blick auf ihre Uhr. »Haben Sie Ihren Tee ausgetrunken? Die Stunde müßte jetzt eigentlich zu Ende sein. Aber nachher kommt noch eine Schülerin, da ist es besser, wir schieben Sie jetzt gleich ein.«

»Caro, das ist Sergeant James«, sagte Plummy, als sie Gemma ins Wohnzimmer führte. Dann zog sie sich zurück, und Gemma spürte den kühlen Luftzug, als die Tür hinter ihr zufiel.

Caroline Stowe stand vor dem Feuer, genau wie ihr Mann vor zwei Tagen, als Gemma und Kincaid mit ihm gesprochen hatten. Mit ausgestreckter Hand trat sie auf Gemma zu. »Es freut mich, Sie kennenzulernen, Sergeant. Was kann ich für Sie tun?«

Ihre Hand war klein und kühl, weich wie die eines Kindes. Unwillkürlich warf Gemma einen Blick auf die Fotografie auf dem Klavier. Es hatte ihr zwar einen Eindruck von der Zartheit dieser Frau vermittelt, ihre Vitalität jedoch hatte es nicht gezeigt.

»Ich würde mich, gewissermaßen im Nachtrag zu der Aussage, die Sie bei der Kriminalpolizei Thames Valley gemacht haben, gern noch einmal mit Ihnen unterhalten, Dame Caroline«, sagte Gemma, und ihre Stimme klang ihr hart in den Ohren.

»Bitte, nehmen Sie Platz.« Caroline Stowe ging zum Sofa und klopfte einladend auf das Polster. Das Granatrot des langen Pullovers, den sie zur hellen Hose trug, brachte die helle Haut und das dunkle Haar wirkungsvoll zur Geltung.

Gemma, die sich an diesem Morgen mit besonderer Sorgfalt angekleidet hatte, fand ihr olivfarbenes Seidenensemble plötzlich so langweilig wie einen Tarnanzug, und als sie sich setzte, kam sie sich linkisch und plump vor. Hastig sagte sie: »Dame Caroline, Ihrer ersten Aussage zufolge waren Sie am letzten

Donnerstag abend hier zu Hause. Können Sie mir sagen, was Sie an diesem Abend getan haben?«

»Aber natürlich, Sergeant, wenn Sie das für notwendig halten«, antwortete Caroline freundlich resigniert. »Ich habe mit Plummy – das ist Vivian Plumley – zu Abend gegessen, dann haben wir uns im Fernsehen etwas angesehen. Leider kann ich mich nicht mehr erinnern, was es war. Spielt das eine Rolle?«

»Was haben Sie danach getan?«

»Plummy hat uns einen Kakao gekocht, das muß so gegen zehn gewesen sein. Wir haben uns noch eine Weile unterhalten, dann sind wir beide zu Bett gegangen.« Beinahe entschuldigend fügte sie hinzu: »Es war ein ganz normaler Abend, Sergeant.«

»Erinnern Sie sich, um welche Zeit Ihr Mann nach Hause kam?«

»Nein, leider nicht. Ich habe einen sehr gesunden Schlaf, und wir haben getrennte Betten. Da stört er mich nur selten, wenn er nach einer Vorstellung spät nach Hause kommt.«

»Und Ihre Tochter hat Sie auch nicht geweckt, als sie in den frühen Morgenstunden nach Hause kam?« fragte Gemma, die den Wunsch hatte, Carolines selbstzufriedene Gelassenheit ein wenig zu erschüttern.

»Nein. Meine Tochter ist eine erwachsene Frau und kommt und geht, wie es ihr paßt. Es ist nicht meine Art, sie zu kontrollieren.«

Mitten ins Schwarze, dachte Gemma. Sie hatte offensichtlich einen wunden Punkt getroffen. »Von Mrs. Plumley hörte ich eben, daß Ihre Tochter in die Wohnung zurückgekehrt ist, die sie mit ihrem Mann geteilt hat. War es Ihnen angesichts der Umstände recht, daß sie so bald wieder Ihr Haus verließ?«

Caroline schien eine scharfe Erwiderung zu unterdrücken, dann seufzte sie. »Ich fand es etwas unbedacht, aber auf meine Meinung hat Julia nie viel gegeben. Sie hat sich meiner Ansicht nach in dieser Sache – ich meine, Connors Tod – von Anfang an unmöglich verhalten.« Plötzlich müde wirkend, rieb Caroline sich mit den Fingern über ihre Wangenknochen, aber Gemma fiel auf, daß sie darauf achtete, die Haut nicht zu dehnen.

»In welcher Hinsicht?« fragte Gemma, obwohl sie bereits Beweise genug hatte, daß Julia nicht die trauernde Witwe spielte.

Mit einem Achselzucken antwortete Caroline: »Es gibt gewisse Dinge, die nun mal getan werden müssen, und die Leute haben gewisse Erwartungen ... Julia ist schlicht und einfach ihren Verpflichtungen ausgewichen.«

Gemma fragte sich, ob Julia sich anders verhalten hätte, wenn sie nicht sicher gewesen wäre, daß ihre Eltern für sie einspringen und alles erledigen würden. Die Tatsache, daß Julia genau das übelzunehmen schien, war nur ein Ausdruck der Verdrehtheit der menschlichen Natur, und Gemma gewann langsam den Eindruck, daß die Beziehung zwischen Julia und ihren Eltern verdrehter war als die meisten.

Sie schlug eine neue Seite in ihrem Block auf und sagte: »Soviel ich weiß, war Connor Swann am letzten Donnerstag zum Mittagessen hier.« Auf Carolines Nicken fuhr sie fort: »Ist Ihnen da an seinem Verhalten irgend etwas Ungewöhnliches aufgefallen?«

Lächelnd erwiderte Caroline: »Con war sehr amüsant, aber das war nichts Ungewöhnliches.«

»Erinnern Sie sich, worüber Sie sich unterhalten haben?« fragte Gemma und dachte, sie habe noch nie zuvor eine Frau so anmutig ihre Stirn runzeln sehen.

»Ach, wir haben im Grunde nur über Belanglosigkeiten gesprochen, Sergeant. Über Klatschgeschichten, die wir gehört hatten, über Geralds Vorstellung am Abend –«

»Connor Swann wußte also, daß Ihr Mann in London sein würde?«

Perplex entgegnete Caroline: »Aber natürlich wußte er das.«

»Haben Sie eine Ahnung, warum Ihr Schwiegersohn am selben Nachmittag im Coliseum gewesen sein könnte?«

»Nein. Das kann ich mir nicht vorstellen. Zu uns hat er jedenfalls nichts davon gesagt, daß er nach London wollte – wollen Sie damit sagen, daß er im Theater war?«

»So steht es jedenfalls im Anmeldebogen des Portiers, aber bis jetzt hat niemand sonst das bestätigen können.«

»Wie merkwürdig«, sagte Caroline langsam, und zum erstenmal hatte Gemma den Eindruck, daß sie von einem wohleinstudierten Skript abwich. »Hm, sein Abgang war natürlich ziemlich –«

»Was war denn los?« Gemma spürte ein Prickeln der Erregung. »Sie sagten doch eben, er hätte sich in keiner Weise ungewöhnlich verhalten.«

»Ich weiß nicht, ob ich das als ungewöhnlich beschreiben würde. Con war nun mal ein ruheloser Mensch. Das Stillsitzen lag ihm nicht. Als Gerald und ich unseren Kaffee tranken, entschuldigte er sich einen Moment. Er sagte, er wolle Plummy in der Küche helfen, und weg war er. Ein paar Minuten später hörten wir ihn wegfahren, ohne ihn noch einmal gesehen zu haben.«

»Und Sie glaubten, es hätte ihn vielleicht etwas verstimmt?«

»Nun, wir fanden es auf jeden Fall etwas merkwürdig, daß er sich nicht einmal von uns verabschiedet hatte.«

Gemma blätterte in ihren Notizen zurück und richtete dann ihren Blick wieder auf Caroline. »Mrs. Plumley hat gesagt, daß sie allein abgespült hat. Sie hat Ihren Schwiegersohn nicht mehr gesehen, nachdem sie das Speisezimmer verlassen hatte. Halten Sie es für möglich, daß er nach oben gegangen ist, um mit Julia zu sprechen? Daß die beiden vielleicht eine Auseinandersetzung hatten?«

Caroline faltete ihre Hände im Schoß, und die Schatten auf dem granatroten Pullover verschoben sich, als sie seufzte. »Das kann ich Ihnen nicht sagen, Sergeant. Aber wenn es so gewesen wäre, bin ich sicher, Julia hätte etwas davon erwähnt.«

Gemma teilte ihre Überzeugung nicht. »Wußten Sie eigentlich, daß Ihr Schwiegersohn eine Freundin hatte, Dame Caroline?«

»Eine Freundin? Con?« sagte Caroline leise. Sie blickte ins Feuer und fügte noch leiser hinzu: »Davon hat er nie etwas gesagt.«

»Ihr Name ist Sharon Doyle«, bemerkte Gemma, »und sie hat eine vierjährige Tochter. Es war allem Anschein nach eine ziemlich ernste Beziehung, und er ... Nun, sie war sehr viel bei ihm in der Wohnung.«

»Ein Kind?« Caroline wandte ihr Gesicht wieder Gemma zu. Ihre dunklen Augen hatten sich geweitet, und Gemma sah darin die Widerspiegelung des Feuers.

Während ihres Gesprächs war es draußen langsam dunkel geworden, und der Schein des Feuers und der Lampen hüllten den stillen Raum jetzt in warmes gelbes Licht. Gemma konnte sich die Abende hier vorstellen, heitere Stunden bei Musik und angeregten Gesprächen, köstliche Muße in Gesellschaft eines Buchs, niemals jedoch zornig erhobene Stimmen.

»Angenommen, Julia hätte von Sharon erfahren? Wäre es darüber zum Streit gekommen? Wäre es Julia recht gewesen, daß ihr Mann eine andere Frau in ihrer Wohnung empfing?«

Nach einem langen Schweigen sagte Caroline: »Julia ist häufig unberechenbar, Sergeant. Ich weiß nie, wie sie auf eine Situation reagiert. Und was spielt es schon für eine Rolle?« fügte sie müde hinzu. »Sie glauben doch nicht etwa, Julia hätte etwas mit Cons Tod zu tun?«

»Wir bemühen uns, für das Verhalten Ihres Schwiegersohns an diesem letzten Nachmittag und Abend eine Erklärung zu finden. Er hat einen unerwarteten Besuch im Theater gemacht. Als er später am selben Abend wieder in Henley war, traf er sich noch einmal mit jemandem, aber wir wissen nicht, wer das war.«

»Was wissen Sie überhaupt?« Caroline richtete sich auf und sah Gemma direkt in die Augen.

»Der Autopsiebefund hat uns nicht viel verraten. Wir warten noch auf einige Laborberichte – bis dahin können wir nur versuchen, möglichst umfassende Informationen zu sammeln.«

»Sergeant, ich habe den Eindruck, Sie drücken sich absichtlich vage aus«, sagte Caroline mit neckender Herausforderung.

Gemma, die nicht bereit war, sich aus der Reserve locken zu lassen, konzentrierte sich auf das Erstbeste, das ihr in den Sinn kam. Sie hatte während des Gesprächs beiläufig die Bilder betrachtet, von denen Kincaid und Julia gesprochen hatten – wie hatte Julia gleich wieder gesagt, hieß der Maler? Flynn? Nein, Flint. Richtig. Die rosigen barbusigen Frauen waren üppig, irgendwie unschuldig und gleichzeitig leicht dekadent, und der Glanz ihrer Satingewänder erinnerte Gemma an die Kostümstoffe, die sie an diesem Morgen im LB-Haus gesehen hatte.

»Ich habe heute einen alten Freund von Ihnen kennengelernt, Dame Caroline. Tommy Godwin.«

»Tommy? Du lieber Gott, was wollen Sie denn von Tommy?«

»Er ist ein sehr geistreicher Mann.« Gemma lehnte sich tiefer in das Sofa und steckte ihren Block in ihre Handtasche. »Er hat mir sehr viel von früher erzählt, als Sie alle bei der Oper anfingen. Das muß eine aufregende Zeit gewesen sein.«

Carolines Gesicht wurde weich. Geistesabwesend blickte sie ins Feuer, und nach einem kurzen Schweigen sagte sie: »Es war herrlich. Aber ich hatte natürlich keine Ahnung, was für eine besondere Zeit das war, weil ich ja keinen Vergleich hatte. Ich dachte, das Leben könnte nur schöner werden, und alles, was ich anfaßte, würde sich in Gold verwandeln.« Sie hob den Blick und sah wieder Gemma an. »Tja, so ist das Leben, nicht wahr, Sergeant? Man lernt, daß der Zauber vergänglich ist.«

Die Worte enthielten eine so tiefe Trauer, daß Gemma bis ins Innerste berührt war. Die Fotografien auf dem Flügel übten einen beinahe unwiderstehlichen Sog auf sie aus, doch sie hielt ihren Blick fest auf Carolines Gesicht gerichtet. Sie brauchte die Fotografien nicht anzusehen – das Bild des strahlenden Matthew Asherton hatte sich in ihr Gedächtnis eingebrannt. Sie holte tief Atem und sagte mit einer Kühnheit, die ihrer eigenen Furcht entsprang: »Wie schaffen Sie es weiterzumachen?«

»Man schützt das, was man hat«, sagte Caroline leise und heftig. Dann lachte sie und brach den Bann. »Tommy war damals noch nicht ganz so elegant, obwohl man das heute nicht mehr glauben möchte. Er hatte seine Herkunft schon abgeschüttelt wie eine Schlange, die sich häutet, aber der Prozeß war noch nicht ganz abgeschlossen. Es waren noch ein paar ungeschliffene Kanten da.«

»Das kann ich mir gar nicht vorstellen«, sagte Gemma, und sie lachten beide.

»Tommy war immer ein höchst amüsanter Mensch, auch als es ihm noch ein bißchen an Kultur fehlte. Wir hatten herrliche

Zeiten zusammen … Wir hatten so große Pläne. Gerald und Tommy und ich – wir wollten die ganze Oper verändern.« Caroline lächelte.

Wie hast du es ertragen, das alles aufzugeben? dachte Gemma. Laut sagte sie: »Ich habe Sie singen hören. Ich habe mir eine Kassette gekauft. *La Traviata*. Einfach wunderbar.«

Caroline verschränkte ihre Arme locker unter ihrer Brust und streckte ihre kleinen Füße dem Feuer entgegen. »Ja, nicht wahr? Ich habe Verdi mit Leidenschaft gesungen. Seine Heldinnen haben eine spirituelle Qualität, die man bei Puccini nicht findet, und sie geben einem mehr Interpretationsfreiheit. Puccini muß man genauso singen, wie es niedergeschrieben ist, sonst wird es vulgär – bei Verdi muß man das Herz der Heldin finden.«

»Genau das hab ich empfunden, als ich Ihre Violetta gehört habe«, erklärte Gemma eifrig. Caroline hatte ihr eine Definition ihrer eigenen vagen Eindrücke gegeben.

»Kennen Sie die Geschichte der *Traviata*?« Als Gemma den Kopf schüttelte, fuhr Caroline fort: »Etwa um 1840 herum lebte in Paris eine junge Kurtisane namens Marie Duplessis. Sie starb am zweiten Februar 1846, neunzehn Tage nach ihrem zweiundzwanzigsten Geburtstag. Unter ihren zahlreichen Liebhabern in ihrem letzten Lebensjahr waren Franz Liszt und Alexandre Dumas der Jüngere. Dumas schrieb ein Stück, das auf Maries Leben basierte, *La Dame aux Camélias* oder die Kamelien-«

»Und Verdi nahm es als Grundlage für seine *Traviata*.«

»Ach, Sie haben gespickt«, sagte Caroline mit gespielter Enttäuschung.

»Ich hab nur die Anmerkungen gelesen. Und ich wußte nicht, daß Violetta ein lebendes Vorbild hatte.«

»Marie Duplessis ist auf dem Friedhof am Montmartre begraben, gleich unterhalb von Sacré Cœur. Man kann ihr Grab besuchen.«

Gemma wagte nicht zu fragen, ob Caroline selbst eine solche Pilgerfahrt unternommen hatte – sie fürchtete, damit dem verbotenen Terrain von Matthews Tod zu nahe zu kommen.

Draußen läutete es, und Gemma fiel ein, daß Caroline noch eine Schülerin erwartete.

»Entschuldigen Sie, Dame Caroline. Ich habe Sie zu lange aufgehalten.« Sie schob den Riemen ihrer Tasche über ihre Schulter und stand auf. »Ich danke Ihnen, daß Sie sich so viel Zeit genommen haben.«

Auch Caroline stand auf. Sie bot Gemma die Hand. »Auf Wiedersehen, Sergeant.«

Als Gemma sich der Tür näherte, wurde sie von Plummy geöffnet, die sagte: »Cecily ist hier, Caro.«

Im Vestibül sah Gemma im Vorübergehen flüchtig ein junges Mädchen mit dunkler Haut und dunklen Augen, dann brachte Plummy sie hinaus in den dämmrigen Abend. Die Tür schloß sich, und Gemma blieb einen Moment wie benommen in der kühlen feuchten Luft stehen. Sie schüttelte den Kopf, um wieder zur Besinnung zu kommen, aber das machte die langsam heraufziehende Erkenntnis auch nicht angenehmer.

Sie war verführt worden.

»Hier ist eine Nachricht für Sie, Mr. Kincaid«, rief Tony aus der Bar, als Kincaid das *Chequers* betrat. »Und Ihr Zimmer ist fertig.« Tony schien hier das Mädchen für alles zu sein und behielt dabei immer seine gute Laune. Jetzt zog er einen Zettel unter dem Tresen hervor und reichte ihn Kincaid.

»Jack Makepeace hat angerufen?«

»Ja, Sie haben ihn nur um ein paar Minuten verpaßt. Sie

können nebenan telefonieren, wenn Sie wollen.« Tony wies zu dem kleinen Speiseraum gegenüber der Bar.

Kincaid rief beim Revier High Wycombe an und wurde sofort mit Makepeace verbunden. »Wir haben möglicherweise Ihren Kenneth Hicks aufgetan, Superintendent. Angeblich soll er Stammgast in einem Pub in Henley sein, das *Fox and Hounds* heißt. Es ist an der Straße nach Reading.«

Kincaid fluchte im stillen. Er war gerade auf der Rückfahrt von Reading über Henley gekommen; jetzt würde er den ganzen Weg noch einmal zurückfahren müssen. Doch er machte Makepeace keinen Vorwurf, daß er ihn nicht im Auto angerufen hatte – das hätte nur die gute Zusammenarbeit getrübt.

»Ist irgend etwas über ihn bekannt?«

»Ein paar kleine Vorstrafen – Jugendsachen. Er scheint nur ein kleiner Gauner zu sein. Hat hier und da mal einen Griff in die Kasse getan.«

»Und seine Beschreibung?«

»Zwischen eins siebzig und eins fünfundsiebzig groß, Gewicht etwa sechzig Kilo, helles Haar, blaue Augen. Keine bekannte Adresse. Wenn Sie mit ihm reden wollen, werden Sie sich wohl im *Fox and Hounds* einen hinter die Binde gießen müssen.«

Kincaid seufzte resigniert. »Vielen Dank, Sergeant.«

Im Gegensatz zu dem Pub, in dem er in Reading zu Mittag gegessen hatte, erwies sich das *Fox and Hounds* als genauso öde, wie er es sich vorgestellt hatte. Die wenigen Nachmittagsgäste vergnügten sich am Billardtisch im Hinterzimmer, Kincaid jedoch setzte sich in die Bar, an einen schlecht gewischten Plastiktisch. In Jeans und Pullover kam er sich im Vergleich mit den anderen Gästen auffallend gepflegt vor. Er sog den Schaum von seinem Bier und lehnte sich zurück. Jetzt konnte er nur warten.

Er hatte sein Bier so langsam wie möglich fast bis zur Neige getrunken, als ein Mann hereinkam, auf den Kenneth Hicks' Beschreibung paßte. Kincaid beobachtete ihn, als er sich an den Tresen lehnte, mit dem Barkeeper einige leise Worte tauschte und dann ein Glas Bier entgegennahm. Er trug teure Kleider, die an seinem schmächtigen Körper schlecht saßen, und das schmale Gesicht war knochig wie das eines unterernährten Kindes. Über den Rand seines Glases hinweg beobachtete Kincaid den Mann, der sich nervös umsah, dann zu einem Tisch in der Nähe der Tür ging.

Diesen Kerl hätte schon seine Verfolgungsangst verraten, dachte Kincaid und lächelte befriedigt. Er trank noch einen Schluck Bier, dann stand er auf und ging mit seinem Glas zum Tisch des anderen hinüber.

»Haben Sie was dagegen, wenn ich mich zu Ihnen setze?« fragte er und zog sich schon einen Stuhl heran, um sich darauf niederzulassen.

»Und wenn?« entgegnete der Mann, der ein wenig zurückgeschreckt war und sein Glas wie einen Schild vor seinem Körper hielt.

Kincaid konnte die Schuppen in dem von Gel glänzenden Haar des Mannes sehen. »Wenn Sie Kenneth Hicks sind, haben Sie Pech gehabt. Ich möchte nämlich ein Wörtchen mit Ihnen reden.«

»Was geht es Sie an, wer ich bin? Weshalb sollte ich mit Ihnen reden?« Sein Blick huschte hin und her, doch die Sicht auf die Tür war ihm durch Kincaids Körper versperrt. Im grauen Licht, das durch das vordere Fenster hereinfiel, wirkte sein Gesicht kalkig. Am Kinn hatte er eine blutverkrustete Schnittwunde vom Rasieren.

»Weil ich Sie höflich darum gebeten habe«, versetzte Kincaid und zog seinen Dienstausweis heraus. Er hielt ihn Hicks hin. »Ihre Ausweispapiere bitte.«

Auf Hicks' Oberlippe bildete sich ein feiner Schweißfilm. »Wie kommen Sie dazu! Das ist reine Schikane, weiter nichts.«

»Von Schikane kann keine Rede sein«, sagte Kincaid gedämpft, »aber wenn es Ihnen lieber ist, holen wir die Freunde vom zuständigen Revier und halten unseren kleinen Schwatz auf der Polizeidienststelle.«

Im ersten Moment glaubte er, Hicks wolle türmen, und machte sich zum Sprung bereit. Dann aber stellte Hicks sein Glas krachend auf den Plastiktisch und reichte Kincaid wortlos seinen Führerschein.

»Ah, eine Adresse in Clapham?« meinte Kincaid, nachdem er ihn sich angesehen hatte.

»Das ist die Wohnung von meiner Mutter«, erklärte Hicks mürrisch.

»Aber Sie wohnen doch hier in Henley, nicht wahr?« Kincaid schüttelte den Kopf. »Sie sollten wirklich darauf achten, daß Ihre Papiere auf dem laufenden sind. Wir wissen gern, wo Sie zu finden sind, wenn wir Sie brauchen.« Er zog ein Notizbuch und einen Kugelschreiber aus der Hüfttasche seiner Hose und schob beides über den Tisch. »Am besten schreiben Sie mir Ihre Adresse auf, ehe wir es vergessen. Und bitte die richtige«, fügte er hinzu, als Hicks widerstrebend den Kugelschreiber nahm.

»Was geht Sie das überhaupt an?« fragte Hicks, während er ein paar Zeilen auf das Papier kritzelte und Kincaid das Buch dann wieder hinschob.

Kincaid hielt ihm die geöffnete Hand entgegen, um seinen Kugelschreiber zurückzufordern. »Tja, mir liegt sehr daran, mit Ihnen in Verbindung zu bleiben. Ich untersuche nämlich den Tod von Connor Swann, und ich glaube, Sie wissen eine ganze

Menge über Connor Swann. Wenn man bedenkt, wieviel Geld er Ihnen jeden Monat bezahlt hat, wäre es schon sehr seltsam, wenn Sie jetzt behaupten würden, nichts über ihn zu wissen.« Kincaid sah Hicks lächelnd an. Das kalkige Gesicht hatte bei der Erwähnung von Connors Namen beinahe einen Grünschimmer angenommen.

»Ich weiß überhaupt nicht, wovon Sie reden«, stieß Hicks mit Mühe hervor, und jetzt konnte Kincaid seine Furcht förmlich riechen.

»O doch, ich denke, das wissen Sie sehr genau. Soweit ich gehört habe, spielen Sie den Kassierer für einen hiesigen Buchmacher, ganz inoffiziell natürlich, und Connor hatte Schulden bis über beide Ohren –«

»Wer hat Ihnen den Quatsch erzählt? Wenn das dieses kleine Flittchen war, das er sich gehalten hat, dann werd ich ihr –«

»Sie werden Sharon Doyle nicht anrühren.« Kincaid beugte sich vor, alle äußere Liebenswürdigkeit jetzt wie weggeblasen. »Und hoffen Sie, daß sie nicht zu Unfällen neigt, ich werde Sie nämlich zur Verantwortung ziehen, wenn sie sich auch nur den kleinen Finger bricht. Haben Sie das kapiert, Sportsfreund?« Er wartete, bis Hicks nickte, dann sagte er: »Gut. Ich wußte gleich, daß Sie ein heller Junge sind. Also – leider hat Connor über seine finanziellen Probleme nicht mit Sharon gesprochen, deshalb werden Sie mir weiterhelfen müssen. Wenn Connor Ihrem Boß Geld geschuldet hat, wieso hat er dann an Sie bezahlt?«

Hicks nahm einen tiefen Zug von seinem Bier und wühlte in seiner Jackentasche, bis er eine zerdrückte Packung Benson & Hedges fand. Er zündete sich eine Zigarette an und schien neuen Mut zu fassen, als er den Rauch einsog. »Ich weiß echt nicht, was Sie von mir wollen, und Sie können mir nicht –«

»Und wie ich kann! Connor war vielleicht in manchen Dingen sehr nachlässig, in anderen jedoch war er äußerst genau. Er hat über jeden Scheck, den er ausgestellt hat, Buch geführt – wußten Sie das, Kenneth? Es stört Sie doch nicht, wenn ich Sie Kenneth nenne?« erkundigte sich Kincaid, wieder ganz Höflichkeit. Als Hicks nicht antwortete, sagte er: »Er hat Ihnen regelmäßig große Beträge bezahlt. Es würde mich interessieren, ob die Beträge mit denen übereinstimmen, die er Ihrem Chef geschuldet hat –«

»Lassen Sie den ja aus der Sache raus!« schrie Hicks beinahe und sah sich sofort erschrocken um, um zu sehen, ob jemand ihn gehört hatte. Dann beugte er sich weit über den Tisch und senkte die Stimme. »Ich sag's Ihnen noch mal, lassen Sie den ja –«

»Wieso? Was haben Sie denn getrieben, Kenneth? Ein bißchen Wucherei nebenbei? Haben Sie sich von Con für seine Schulden Zinsen zahlen lassen? Ich kann mir nicht vorstellen, daß es Ihrem Chef recht wäre, daß Sie bei seinen Kunden auf die Weise absahnen.«

»Con und ich hatten eine private Vereinbarung. Ich hab ihm ausgeholfen, wenn er in der Patsche gesessen hat. Genauso wie er es für mich getan hätte. Wie man's eben für jeden Kumpel tut.«

»Ach, Sie beide waren Kumpel? Tja, das ist natürlich was ganz anderes. Ich bin überzeugt, in dem Fall hat es Connor nichts ausgemacht, daß Sie an seinen Schulden verdient haben.« Kincaid beugte sich wieder vor. Am liebsten hätte er Hicks gepackt und einmal kräftig durchgeschüttelt. »Sie sind ein Blutsauger, Kenneth. Wenn man Freunde wie Sie hat, braucht man keine Feinde. Ich möchte wissen, wann Sie Connor Swann das letzte Mal gesehen haben, und ich möchte ganz genau wissen, worüber Sie mit ihm gesprochen haben, weil ich nämlich allmählich glaube, daß Connor es satt hatte, sich von Ihnen ausnehmen zu lassen. Vielleicht hat er gedroht, zu Ihrem Chef zu gehen – war es so, Kenneth? Sie beide sind sich in die Haare geraten, und Sie haben ihn in den Fluß gestoßen. Was meinen Sie dazu, Sportsfreund? War es so?«

Die Bar begann sich langsam zu füllen, und Hicks mußte etwas lauter sprechen, um von Kincaid gehört werden zu können. »Nein, ich sag Ihnen doch, daß es nicht so war. Überhaupt nicht, Mann.«

»Wie war es denn?« fragte Kincaid ruhig. »Klären Sie mich doch auf.«

»Con hat ein paarmal schwer verloren, kurz nacheinander, und konnte das Geld nicht aufbringen. Ich war damals gerade flüssig, da bin ich für ihn eingesprungen. Daraus wurde dann so eine Art Gewohnheit.«

»Eine schlimme Gewohnheit, genau wie das Glücksspiel. Ich kann mir vorstellen, daß Connor Swann davon ziemlich schnell genug hatte. Er hatte Ihnen in den letzten Wochen vor seinem Tod keinen Scheck mehr ausgestellt. Wollte er nicht mehr, Kenneth? Hatte er die Nase voll?«

Hicks wischte sich den Schweiß mit dem Handrücken von der Oberlippe. »Nein, Mann, er hat in den letzten Wochen zur Abwechslung einfach mal Glück gehabt. Er hat seine Schulden bezahlt – wir waren quitt. Sie können's mir glauben.«

»Das ist ja wirklich herzerwärmend, genauso wie es sich unter braven kleinen Pfadfindern gehört. Wahrscheinlich haben Sie beide sich auch noch die Hand drauf gegeben, was?« Kincaid nahm wieder einen Schluck aus seinem Glas, dann sagte er im Konversationston: »Gutes Bier brauen die hier, finden Sie nicht?« Ehe Hicks etwas antworten konnte, beugte er sich so weit über den kleinen Tisch, daß sein Gesicht nur noch etwa eine Handbreit von dem des Mannes entfernt war. »Selbst wenn ich Ihnen glauben würde, was ich nicht tue, bin ich sicher, Sie hätten einen anderen Weg gefunden, ihn bluten zu lassen. Sie scheinen eine Menge über sein Privatleben zu wissen, wenn man bedenkt, daß Sie nur geschäftlich miteinander zu tun hatten. Sie haben wohl nach einem anderen Druckmittel gesucht, was, Ken? Haben Sie vielleicht etwas über Connor herausbekommen, das er geheimhalten wollte?«

Hicks wich zurück. »Ich weiß nicht, was Sie da reden. Fragen Sie doch seine Freundin, dieses Flittchen, was die weiß? Vielleicht ist sie dahintergekommen, daß er sie nie im Leben geheiratet hätte.« Er grinste höhnisch mit nikotinbraunen Zähnen. »Vielleicht hat die ihn in den Fluß befördert – haben Sie sich das schon mal überlegt, Sie Schlaumeier?«

»Wie kommen Sie darauf, daß er Sharon nicht geheiratet hätte?«

»Weshalb hätte er sie heiraten sollen? Sich so eine dämliche kleine Kuh aufzuhalsen – und dazu noch den Balg von einem andern? Niemals!« Immer noch grinsend nahm sich Hicks eine weitere Zigarette aus der Packung und zündete sie an der Kippe der ersten an. »Mit dem Mundwerk, das die hat! Wie ein Fischweib.«

»Sie sind wirklich ein Schatz, Kenneth«, erklärte Kincaid generös. »Woher wissen Sie überhaupt, daß Sharon dachte, Connor Swann würde sie heiraten? Hat sie Ihnen das erzählt?«

»Genau. Sie sagen es. ›Dann wirst du abserviert, Kenneth Hicks‹, hat sie zu mir gesagt. ›Dafür werd ich sorgen.‹ Die blöde –«

»Wissen Sie was, Kenneth, wenn man sie in der Themse gefunden hätte, wären wir, glaube ich, um ein Motiv nicht verlegen gewesen.«

»Wollen Sie mir vielleicht drohen? Das dürfen Sie nicht – das ist –«

»Schikane, ich weiß. Nein, Kenneth, ich drohe Ihnen nicht, ich mache nur eine Feststellung.« Kincaid lächelte. »Ich bin überzeugt, Ihnen lag nur Connor Swanns Wohl am Herzen.«

»Er hat mir einiges erzählt, wenn er ein paar gehoben hatte.« Hicks senkte seine Stimme. »Der war total abhängig von seiner Frau. Die brauchte nur den kleinen Finger zu krümmen, und er ist mit eingekniffenem Schwanz zu ihr gerannt. Er hatte einen Riesenkrach mit ihr an dem Tag, das Luder –«

»An welchem Tag, Kenneth?« sagte Kincaid sehr deutlich und sehr betont.

Hicks starrte Kincaid so erschrocken an wie eine Ratte, die von einem Frettchen überrascht worden ist. »Keine Ahnung. Sie können nichts beweisen.«

»Es war der Tag, an dem er gestorben ist, stimmt's, Kenneth? Sie haben Connor Swann an dem Tag seines Todes gesehen. Wo?«

Hicks wich Kincaids scharfem Blick nervös aus und sog tief an seiner Zigarette.

»Raus damit, Kenneth. Herausbekommen werde ich es auf jeden Fall. Ich fange einfach damit an, daß ich diese netten Leute hier frage.« Kincaid wies mit dem Kopf zur Bar. »Das ist doch eine gute Idee, nicht wahr?«

»Und – was ist schon dabei, wenn ich ein Bier mit ihm getrunken hab? Woher hätte ich wissen sollen, daß es ein besonderer Tag war?«

»Wo und wann?«

»Hier, wie immer. Die Zeit weiß ich nicht mehr«, antwortete Hicks ausweichend, sagte aber, als er Kincaids Gesicht sah: »War vielleicht so um zwei rum.«

Nach dem Mittagessen, dachte Kincaid. Von den Ashertons

aus war Connor Swann direkt hierhergefahren. »Und er hat Ihnen erzählt, daß er mit Julia Krach gehabt hatte? Worum ging es?«

»Das weiß ich doch nicht. War schließlich nicht meine Sache.« Hicks klappte so resolut seinen Mund zu, daß Kincaid es für angebracht hielt, das Thema zu wechseln.

»Worüber haben Sie sonst noch gesprochen?«

»Nichts. Wir haben nur in aller Freundschaft ein Bier zusammen getrunken. Das ist doch wohl nicht verboten?« fragte Hicks mit anschwellender Stimme.

»Haben Sie Connor Swann danach noch einmal gesehen?«

»Nein. Er ist hier weggegangen und das war's.« Er zog ein letztes Mal an seiner Zigarette und drückte sie im Aschenbecher aus.

»Wo waren Sie an dem fraglichen Abend, Kenneth? Von acht Uhr an?«

Kopfschüttelnd sagte Hicks: »Das geht Sie überhaupt nichts an. Ich hab die Nase voll von Ihrer Fragerei. Ich hab nichts verbrochen, Sie haben kein Recht, mir die Hölle heiß zu machen.« Mit einer heftigen Bewegung stieß er sein leeres Glas weg und schob, ohne Kincaid aus den Augen zu lassen, seinen Stuhl zurück.

Kincaid überlegte, ob es Sinn hatte, ihn noch ein bißchen härter anzufassen, und entschied sich dagegen. »Also gut, Kenneth, wie Sie wollen. Aber halten Sie sich zur Verfügung für den Fall, daß wir noch einmal miteinander sprechen müssen.«

Hicks stand auf, die Beine seines Stuhls schrammten quietschend über den Boden. Als er an Kincaid vorbei wollte, packte ihn dieser beim Arm. »Wenn Sie auch nur daran denken zu verschwinden, mein Freund, werde ich Ihnen die Truppe so schnell auf den Hals hetzen, daß Sie gar keine Zeit mehr haben, sich irgendwo zu verstecken. Haben wir uns verstanden?«

Nach einem Moment trotzigen Schweigens nickte Hicks schließlich, und Kincaid ließ ihn lächelnd los. »Braver Junge. Wir sehen uns.«

Als die Tür zur Straße hinter Hicks zugefallen war, wischte sich Kincaid sorgfältig seine Hand an seiner Jeans ab.

10

Kincaid trank den letzten Schluck seines Biers und überlegte kurz, ob er sich noch eines bestellen sollte. Doch die Atmosphäre in diesem Pub lud nicht zum Bleiben ein.

Draußen auf der Straße hob er neugierig die Nase in die Luft. Er hatte den Geruch schon bemerkt, als er in Henley angekommen war, jetzt jedoch schien er stärker geworden zu sein. Vertraut, aber nicht zu definieren ... irgendwie süßlich. Nachdem er seinen Wagen frei von aufgesprühten Graffiti und noch in Besitz seiner Radkappen vorgefunden hatte, blieb er noch einmal einen Moment stehen und schloß die Augen. Hopfen. Natürlich, es war Hopfen – es war Montag, und die Brauerei arbeitete mit Volldampf. Der Wind mußte, während er im Pub gesessen hatte, umgeschlagen haben, daher die plötzliche Intensität des Geruchs. Die Brauerei würde bald schließen, genau wie die meisten Geschäfte, dachte er mit einem Blick auf seine Uhr – gleich würde die *rush hour* beginnen.

Voll Ungeduld, sich im *Chequers* mit Gemma über die Ergebnisse dieses Tages auszutauschen, hatte er sich bis zur Hauptstraße durchmanövriert, als ihm plötzlich der Wegweiser zum Station-Road-Parkplatz ins Auge fiel. Fast ohne zu überlegen wendete er und lenkte den Wagen in eine freie Lücke. Von hier aus waren es nur ein paar hundert Meter die

Station Road hinunter zum Fluß. Zu seiner Rechten hob sich die Bootshaussiedlung aus dem abendlichen Zwielicht.

Die ganze Zeit über hatte ihn etwas beschäftigt – er wußte das Datum des letzten Schecks nicht, den Connor Swann an Kenneth Hicks ausgestellt hatte. Er hatte seine Durchsuchung von Swanns Schreibtisch, bei der er von Sharon Doyle unterbrochen worden war, nie abgeschlossen, das wollte er jetzt nachholen. Mit dem Schlüssel, den er immer noch bei sich hatte, sperrte er die Tür zu der Wohnung auf.

Als er die Tür hinter sich geschlossen hatte, blieb er stehen. Während er sich umsah, versuchte er festzustellen, warum die Atmosphäre in der Wohnung sich verändert zu haben schien. Zum einen war es warm. Die Zentralheizung war eingeschaltet worden. Swanns Schuhe, die unter dem Sofa gestanden hatten, waren verschwunden. Auch der Stapel Zeitungen auf dem Beistelltisch war weg, aber es sprach noch etwas weniger Definierbares dafür, daß jemand hier gewesen war. Ein leiser Duft, der ihm vertraut erschien, wehte ihm flüchtig in die Nase. Er versuchte sich zu erinnern, als er plötzlich über sich ein Geräusch hörte.

Er lauschte mit angehaltenem Atem, dann bewegte er sich leise zur Treppe. Er hörte ein Kratzen, dann einen dumpfen Aufschlag. Schob da jemand Möbel herum? Er hatte das Pub nur wenige Minuten nach Kenneth verlassen – war dieser kleine Gauner hierhergekommen, um Beweismaterial zu vernichten? Oder war Sharon vielleicht doch noch einmal zurückgekehrt?

Beide Türen im ersten Stockwerk waren geschlossen, doch ehe er dazukam, einen Blick in die Zimmer zu werfen, hörte er von weiter oben wieder ein Geräusch. Schnell huschte er die Treppe hinauf. Die Tür zum Atelier war einen Spalt offen, aber nicht weit genug, daß er das ganze Zimmer hätte überblicken können. Er holte Luft und stieß die Tür dann mit einem kräftigen Faustschlag ganz auf. Sie flog krachend an die Wand, als er ins Zimmer stürmte.

Julia Swann ließ den Stapel Leinwände fallen, den sie in den Händen gehalten hatte.

»Mein Gott, Julia, haben Sie mir einen Schrecken eingejagt! Was zum Teufel tun Sie hier?« Keuchend blieb er stehen.

»Ich hab *Ihnen* einen Schrecken eingejagt!« Eine Faust auf die Brust gedrückt, starrte sie ihn ärgerlich an. »Sie haben mich wahrscheinlich gerade zehn Jahre meines Lebens gekostet, Superintendent, ganz zu schweigen von dem Schaden an meinen Bildern.« Sie bückte sich, um ihre Gemälde wieder aufzuheben. »Ich könnte Ihnen die gleiche Frage stellen – was zum Teufel tun Sie in meiner Wohnung?«

»Sie ist noch unter unserer Zuständigkeit. Es tut mir leid, daß ich Sie erschreckt habe. Ich hatte keine Ahnung, daß Sie hier sind.« In dem Bemühen, seine Autorität wieder herzustellen, fügte er hinzu: »Sie hätten die Polizei informieren sollen.«

»Weshalb sollte ich der Polizei mitteilen müssen, daß ich in meine eigene Wohnung zurückgekehrt bin?« Sie setzte sich auf die Lehne des Sessels, an den sie ihre Bilder gelehnt hatte, und sah ihn herausfordernd an.

»Die Untersuchung zum Tod Ihres Mannes ist noch nicht abgeschlossen, Mrs. Swann, und er hat schließlich hier gelebt, falls Sie das vergessen haben sollten.« Er kam näher und setzte sich auf das einzige andere dafür geeignete Möbelstück, ihren Arbeitstisch. Seine Füße reichten nicht ganz bis zum Boden, und er kreuzte die Beine an den Knöcheln, um sie stillzuhalten.

»Vorhin haben Sie mich Julia genannt.«

»Ach ja?« Er hatte es unwillkürlich getan. Jetzt tat er es bewußt. »Okay, Julia.« Er zog die beiden Silben in die Länge. »Was also tun Sie hier?«

»Das dürfte doch offensichtlich sein.« Sie machte eine umfassende Handbewegung.

Er musterte den Raum. Gemälde, sowohl die kleinen Blumenstudien als auch die größeren Porträts, lehnten an den Wänden, das Zimmer war frisch geputzt, Farbtuben und Papiere lagen auf dem Tisch. Sie hatte eine große Topfpflanze mitgebracht und sie neben den blauen Samtsessel gestellt – diese beiden Gegenstände bildeten zusammen mit dem verblichenen Perserteppich und den bunten Büchern im Regal hinter dem Sessel das Stilleben, das er auf mehreren ihrer Gemälde in der Galerie gesehen hatte.

Der Raum war wieder lebendig, und jetzt erkannte er auch den Duft, den er unten nicht hatte identifizieren können. Es war Julias Parfüm.

Sie hatte sich tief in den Sessel sinken lassen und saß, die Beine ausgestreckt, ruhig da, eine Zigarette in der Hand. Ihre Augen waren von Müdigkeit umschattet.

»Warum haben Sie das hier überhaupt aufgegeben, Julia? Ich versteh das nicht.«

Einen Moment sah sie ihn nachdenklich an, dann sagte sie: »Ohne Ihre korrekte Polizistenmontur sehen Sie ganz anders aus. Sympathisch. Richtig menschlich. Ich würde Sie gern zeichnen.« Sie stand plötzlich auf und drückte ihre Finger leicht an seinen Unterkiefer, um seinen Kopf zu drehen. »Ich male fast nie Männer, aber Sie haben ein interessantes Gesicht, gute Knochenstruktur.« Ebenso schnell setzte sie sich wieder in ihren Sessel und betrachtete ihn.

Er fühlte noch den Druck ihrer Finger auf seiner Haut, widerstand jedoch dem Wunsch, die Stelle zu berühren, und sagte: »Sie haben mir keine Antwort gegeben.«

Seufzend drückte sie die erst zur Hälfte gerauchte Zigarette in einem Keramikaschenbecher aus. »Ich weiß nicht, ob ich das überhaupt kann.«

»Versuchen Sie's.«

»Um das alles zu verstehen, müßten Sie wissen, wie es zwischen uns war, als es dem Ende zuging.« Sie rieb den Samt auf der Sessellehne mit einem Finger gegen den Strich. Kincaid wartete. Sie hob den Kopf und sah ihn an. »Er konnte meiner nicht habhaft werden – anders kann ich es nicht ausdrücken. Je heftiger er es versuchte, desto frustrierter wurde er, bis er schließlich anfing, sich alles mögliche einzubilden.«

»Was meinen Sie damit, wenn Sie sagen, er konnte Ihrer nicht habhaft werden?« fragte Kincaid.

»Ich war nie für ihn da, jedenfalls weder so, wie er es wollte, noch wann er es wollte ...« Sie verschränkte die Arme, als wäre ihr plötzlich kalt. »Haben Sie es mal erlebt, daß jemand Sie ausgesogen hat, Superintendent?« Ehe er antworten konnte, fügte sie hinzu: »Ich kann Sie einfach nicht Superintendent nennen. Das ist ja furchtbar. Sie heißen Duncan, nicht wahr?« Sie betonte seinen Namen leicht auf der ersten Silbe, so daß er einen schottischen Anklang bekam.

»Und was hat sich Connor eingebildet, Julia?«

Sie zuckte die Achseln mit herabgezogenen Mundwinkeln. »Ach, Sie wissen schon. Liebhaber, geheime Rendezvous und dergleichen.«

»Aber es war alles nur Einbildung?«

»Damals schon.« Sie zog die Brauen hoch und sah ihn mit einem leicht herausfordernden Lächeln an.

»Heißt das, daß ausgerechnet Connor eifersüchtig war?«

Julia lachte, und die Art, wie dieses Lachen ihr schmales Gesicht verwandelte, berührte ihn tief. »Das ist wirklich paradox, nicht wahr? Ein echter Witz. Connor Swann, Weiberheld erster Klasse, hat Angst, daß seine eigene Frau ihn hintergeht.« Als sie Kincaids Verblüffung sah, lachte sie noch einmal kurz und sagte: »Haben Sie geglaubt, ich hätte von Cons Ruf nichts gewußt? Da hätte ich wirklich taub und blind sein müssen.« Ihre Heiterkeit trübte sich, und sie fügte leise hinzu: »Je mehr ich ihm entglitt, desto mehr Eroberungen mußte er natürlich machen. Was meinen Sie – wollte er mich strafen? Oder hat er nur gesucht, was ich ihm nicht geben konnte?« Sie blickte an Kincaid vorbei zum Fenster.

»Sie haben meine Frage immer noch nicht beantwortet«, sagte er wieder, diesmal jedoch freundlich.

»Was?« Sie riß sich aus ihrer Gedankenverlorenheit. »Ach so, wegen der Wohnung. Ich war am Ende nur noch erschöpft. Ich bin davongelaufen. Das war einfacher.« Schweigend sahen sie einander einen Moment an, dann sagte sie: »Das können Sie doch verstehen, oder nicht, Duncan?«

Bei dem Wort ›davongelaufen‹ sah er sich plötzlich, wie er in aller Eile nur das Nötigste eingepackt hatte, um aus der Wohnung zu fliehen, die Vic und er mit solcher Sorgfalt ausgesucht hatten. Es war leichter gewesen, leichter, ganz von vorn anzufangen, an einem Ort, wo nichts ihn an sein Versagen oder ihres erinnerte.

»Und Ihr Atelier?« fragte er, die Erinnerung ausblendend.

»Ich habe es natürlich vermißt, aber ich kann überall malen, wenn es sein muß.« Ihren Blick unverwandt auf ihn gerichtet, lehnte sie sich zurück.

Kincaid dachte an seine früheren Gespräche mit ihr zurück und versuchte die Veränderung, die er spürte, zu fassen zu bekommen. Sie war immer noch scharf und schnell, ihre hohe Intelligenz jederzeit spürbar, doch die gereizte Nervosität war verschwunden. »Das Zusammenleben mit Ihren Eltern war nicht leicht für Sie, nicht wahr?«

Einen Moment lang starrte sie ihn schweigend an, die Lippen leicht geöffnet, und ihn durchrann wieder dieser Schauder, der dem Wissen entsprang, daß er sie auf eine Weise kannte, die mit Worten nichts zu tun hatte.

»Sie sind sehr scharfsichtig, Duncan.«

»Was ist mit Trevor Simons? Hatten Sie damals schon eine Beziehung mit ihm?«

»Ich sagte Ihnen doch, nein. Es gab niemanden.«

»Und jetzt? Lieben Sie ihn?« Eine notwendige Frage, sagte er sich, doch die Worte schienen ihm ganz von selbst über die Lippen zu kommen.

»Liebe, Duncan?« Julia lachte. »Wollen Sie hier mit mir philosophische Haare über die Natur von Liebe und Freundschaft spalten?« In ernsterem Ton fuhr sie fort: »Trev und ich sind Freunde, ja, aber verliebt bin ich nicht. Spielt das überhaupt eine Rolle?«

»Ich weiß es nicht«, antwortete Kincaid aufrichtig. »Würde er für Sie lügen? Sie sind an dem Abend Ihrer Vernissage doch einmal weggegangen, das weiß ich inzwischen. Ich habe einen Zeugen, der Sie gesehen hat.«

»Ach ja?« Sie sah von ihm weg und bückte sich nach der Packung Zigaretten, die unter ihren Sessel gefallen war. »Stimmt, ich war ein Weilchen draußen. Es war furchtbar voll. Ich gebe es nicht gern zu, aber in so einem Gedränge bekomme ich manchmal Platzangst.«

»Sie rauchen immer noch zuviel«, sagte er, als sie sich eine neue Zigarette anzündete.

»Wieviel ist zuviel? Sie spalten wieder Haare.« In ihrem Lächeln lag eine Spur Übermut.

»Wohin gingen Sie, als Sie die Galerie verließen?«

Julia stand auf und ging zum Fenster. Er drehte sich herum. Sie schloß die Jalousien vor dem anthrazitgrauen Himmel. Immer noch mit dem Rücken zu Kincaid, sagte sie: »Ich mag keine freien Fenster, wenn es dunkel ist. Ich weiß, es ist albern, aber sogar hier oben hab ich immer das Gefühl, jemand könnte mich beobachten.« Sie wandte sich ihm wieder zu. »Ich bin ein Stück am Fluß spazierengegangen, Luft schnappen.«

»Haben Sie Connor getroffen?«

»Nein«, antwortete sie, zu ihrem Sessel zurückkehrend. Sie setzte sich und zog ihre langen Beine hoch. »Und ich war bestimmt nicht länger als fünf oder zehn Minuten weg.«

»Aber Sie haben ihn an diesem Tag gesehen, nicht wahr? Im Haus Ihrer Eltern, nach dem Mittagessen. Sie hatten eine Auseinandersetzung.«

Er sah, wie sie hastig die Luft einsog, als wollte sie es leugnen, doch sie sah ihn nur einen Moment lang schweigend an, ehe sie sagte: »Es war im Grund genommen lächerlich, armselig. Ich hab mich geschämt.

Er kam nach dem Mittagessen nach oben, mit Riesensprüngen wie ein übermütiger junger Hund, und ich bin sofort auf ihn losgegangen. Ich hatte am Morgen einen Brief von der Bank bekommen – er hatte seit zwei Monaten keine Zahlung mehr auf die Hypothek geleistet. Aber genau das war unsere Vereinbarung«, erklärte sie Kincaid, »daß er so lange in der Wohnung bleiben kann, wie er die Zahlungen leistet. Na ja, wir haben gestritten, wie Sie sich vorstellen können, und ich hab ihm gesagt, daß er sofort bezahlen muß.« Sie machte eine kleine Pause und drückte die Zigarette aus, die sie brennend im Aschenbecher liegengelassen hatte. »Außerdem habe ich ihm gesagt, er solle sich langsam nach etwas anderem umsehen. Mir war das zu unsicher, mit den Zahlungen, meine ich … und es war nicht einfach für mich, zu Hause zu leben.«

»Und damit ist er nicht zurechtgekommen?« fragte Kincaid.

Sie schüttelte mit zusammengepreßten Lippen den Kopf. »Haben Sie ihm einen Termin gesetzt?«

»Nein, aber er mußte doch sehen, daß es so nicht weitergehen konnte ...«

Kincaid stellte die Frage, die ihm von Anfang an zu schaffen gemacht hatte. »Warum haben Sie sich nicht einfach scheiden lassen, Julia? Einen Schlußstrich gemacht. Das war doch bei Ihnen keine Trennung auf Probe – Sie wußten, als Sie ihn verließen, daß es da nichts zu kitten gab.«

Sie lächelte ein wenig spöttisch. »Gerade Sie müßten doch eigentlich die Gesetze kennen, Duncan. Zumal Sie das gleiche selbst durchgemacht haben.«

Überrascht sagte er: »Alte Geschichten. Sind die Narben noch so sichtbar?«

Julia zuckte die Achseln. »Ich hab nur geraten. Hat Ihre Frau die Scheidung eingereicht?« Als er nickte, fuhr sie fort: »Und haben Sie der Scheidung zugestimmt?«

»Ja, natürlich. Alles andere wäre sinnlos gewesen.«

»Wissen Sie, was geschehen wäre, wenn Sie sich geweigert hätten?«

Er schüttelte den Kopf. »Darüber habe ich nie nachgedacht.«

»Dann hätte sie zwei Jahre warten müssen. Wenn ein Ehepartner der Scheidung nicht zustimmt, muß eine zweijährige Trennung nachgewiesen werden, ehe die Scheidung möglich ist.«

»Soll das heißen, daß Ihr Mann sich geweigert hat, der Scheidung zuzustimmen?«

»Sie haben es erraten, Superintendent.« Sie beobachtete ihn aufmerksam, während er sich das durch den Kopf gehen ließ, und sagte dann leise: »War sie sehr schön?«

»Wer?«

»Ihre Frau natürlich.«

Kincaid stellte sich Vics zarte, helle Schönheit neben der Frau vor, die vor ihm saß. Julias Gesicht schien zwischen der Schwärze ihres Rollkragenpullovers und ihrem dunklen Haar zu schweben, beinahe körperlos, und im Lampenlicht sprangen die Linien von Schmerz und Erfahrung scharf hervor. »Ja, man würde sie wahrscheinlich als schön bezeichnen. Ich weiß es nicht. Es ist so lange her.«

Er merkte plötzlich, daß sein Gesäß von dem langen Sitzen auf der harten Tischplatte ganz taub geworden war, und rutschte von ihr herunter. Er streckte sich, dann hockte er sich auf den Perserteppich, die Arme um die Knie geschlungen, und sah zu Julia hinauf. Ihm fiel auf, wie anders ihr von Licht und Schatten belebtes Gesicht aus dieser Perspektive wirkte. »Wußten Sie von der Spielleidenschaft Ihres Mannes, als Sie ihn heirateten?«

Sie schüttelte den Kopf. »Nein, ich wußte nur, daß er gern zum Rennen ging, und für mich war es ein netter Spaß. Ich hatte noch nie ein Pferderennen gesehen –« Sie lachte über sein Gesicht. »Nein, wirklich. Sie glauben, ich wäre in einer sehr vielseitigen und kosmopolitischen Welt aufgewachsen, nicht wahr? Aber Sie verstehen nicht, daß meine Eltern einzig die Musik interessiert.« Sie seufzte, dann sagte sie nachdenklich: »Ich war begeistert von den Farben und der Bewegung, von der Anmut der Pferde und ihren perfekten Körpern. Ich merkte erst ganz allmählich, daß es für Con nicht nur Spaß war, nicht in dem Sinn wie für mich. Er geriet bei den Rennen häufig ins Schwitzen, und manchmal fiel mir auf, daß seine Hände zitterten. Und eines Tages erkannte ich, daß er mich immer belog, wenn ich ihn fragte, wieviel er gesetzt hätte.« Achselzuckend fügte sie hinzu: »Nach einer Weile bin ich nicht mehr mitgegangen.«

»Aber Ihr Mann hat weiterhin gewettet.«

»Natürlich gab es deswegen Streit zwischen uns. ›Ein harmloses Vergnügen‹, nannte er es. Er verdiene das nach dem täglichen Arbeitsdruck. Aber erst gegen Ende wurde es wirklich beängstigend.«

»Haben Sie ihm aus der Patsche geholfen, seine Schulden bezahlt?«

Julia senkte den Blick, das Kinn in die Hand gestützt. »Lange, ja. Es ging ja auch um meinen Ruf.«

»Diese Auseinandersetzung am vergangenen Donnerstag war also in gewisser Weise nichts Neues?«

Sie lächelte trübe. »Richtig. Es ist wahnsinnig frustrierend, wenn man sich selbst lauter Dinge sagen hört, die man vorher schon hundertmal gesagt hat, obwohl man genau weiß, daß es sinnlos ist.«

»Hat er, bevor er ging, irgendwas gesagt, das vom üblichen Muster dieser Auseinandersetzungen abwich?«

»Nein, ich kann mich nicht erinnern.«

Und doch war er schnurstracks zu Kennth Hicks gefahren. Hatte er vorgehabt, sich von ihm Geld für die Hypothek zu leihen? »Sagte er Ihnen, daß er am Nachmittag nach London wollte, ins Coliseum?«

Julia hob ruckartig den Kopf. »Nach London? Nein. Nein, davon hat er kein Wort gesagt. Das weiß ich mit Sicherheit. Weshalb hätte er ins Coliseum fahren sollen? Er war doch gerade erst bei meinen Eltern gewesen.«

»Ich hatte gehofft, das könnten Sie mir sagen«, entgegnete er. »Hat Ihr Mann Ihnen gegenüber je den Namen Hicks genannt? Kenneth Hicks.« Er beobachtete sie genau, aber sie schüttelte nur mit einem Ausdruck echter Ratlosigkeit den Kopf.

»Nein. Warum? War er ein Freund von Con?«

»Er arbeitete für einen hiesigen Buchmacher. Unter anderem kassiert er für ihn. Ein ziemlich unangenehmer Bursche.

Ihr Mann hat ihm regelmäßig große Beträge bezahlt. Das ist der Grund, weshalb ich noch einmal hierhergekommen bin, ich wollte mir das Scheckbuch Ihres Mannes noch einmal ansehen.«

»Ich habe gar nicht daran gedacht, Cons Dinge durchzusehen«, sagte Julia langsam. »Ich war noch nicht einmal in seinem Arbeitszimmer.« Sie senkte ihren Kopf in beide Hände und sagte gedämpft: »Ich wollte wohl das Unvermeidbare hinausschieben.« Nach einem Moment des Schweigens hob sie den Kopf und sah ihn an, ihr Gesicht eine Mischung aus Verlegenheit und Herausforderung. »Im Bad und im Schlafzimmer hab ich Sachen von einer Frau gefunden. Ich hab sie in einen Karton gepackt – ich wußte nicht, was ich sonst mit ihnen tun sollte.«

Sharon war also nicht noch einmal hergekommen. »Geben Sie den Karton mir. Ich kann die Sachen zurückgeben.«

Sie sah ihn fragend an, doch sie sagte nichts. Er saß ihr so nahe, daß er sie hätte berühren können, und er empfand den Wunsch, seine Hand auf ihre Wange zu legen.

Statt dessen jedoch sagte er ruhig: »Er hatte eine Freundin. Es scheint eine ziemlich feste Beziehung gewesen zu sein. Die Frau hat eine vierjährige Tochter, und Ihr Mann hat ihr versprochen, sie zu heiraten und sich um die beiden zu kümmern, sobald Sie in eine Scheidung einwilligen würden.«

Einen Moment lang starrte Julia ihn völlig verständnislos an, dann lachte sie erstickt. »Ach Gott, armer Con«, sagte sie. »Der arme dumme Kerl!«

Zum erstenmal sah Kincaid Tränen in ihren Augen.

Gemma knüllte die zweite Erdnußtüte zusammen, die sie innerhalb der letzten halben Stunde geleert hatte, und leckte sich das Salz von den Fingerspitzen. Als sie aufblickte, sah sie, daß Tony sie beobachtete, und lächelte ein wenig beschämt. »Ich bin völlig ausgehungert«, sagte sie entschuldigend.

»Ich kann Ihnen in der Küche was machen lassen.« Tony war die Fürsorglichkeit selbst. »Wir haben sehr schöne Schweinekoteletts heute abend und eine vegetarische Lasagne.«

Gemma warf verstohlen einen Blick auf ihre Uhr. »Ich warte noch ein bißchen, vielen Dank, Tony.«

Nach ihrem Gespräch mit Dame Caroline war sie direkt ins Pub gefahren und hatte ihren Koffer nach oben getragen. Plötzlich erschöpft, hatte sie sich auf ihr Bett gelegt und eine Stunde lang tief und traumlos geschlafen. Beim Erwachen war ihr ein wenig kalt gewesen, doch sie hatte sich weit frischer gefühlt. Sie hatte geduscht, sich umgezogen und war dann hinuntergegangen, um auf Kincaid zu warten.

Tony, der am anderen Ende des Tresens Gläser trocknete, sah ab und zu herüber, um festzustellen, ob sie noch genug zu trinken hatte. Gerade hatte sie beschlossen, sich noch einen Apfelwein geben zu lassen, als er zur Tür blickte und sagte: »Da kommt Ihr Chef, Miss James.«

Kincaid setzte sich auf den Hocker neben ihr. »Na, hat Tony Ihnen gut zu trinken gegeben?« Ohne auf eine Antwort zu warten, fuhr er fort: »Gut, ich werde Sie nämlich jetzt zum Essen einladen. Sharon Doyle hat mir erzählt, daß Connor Swann am liebsten im *Red Lion* in Wargrave gegessen hat – es soll ein sehr gutes Lokal sein. Ich schlage vor, wir probieren es einmal aus.«

»Möchten Sie noch etwas trinken, ehe Sie fahren, Mr. Kincaid?« fragte Tony.

Kincaid sah Gemma an. »Hungrig?«

»Dem Tode nahe.«

»Dann fahren wir besser gleich, Tony.«

Tony winkte ihnen mit dem Geschirrtuch. »Viel Vergnügen. Eins möcht ich allerdings sagen«, fügte er in leicht beleidigtem Ton hinzu, »das Essen dort ist nicht besser als bei uns.«

Nachdem sie Tony versichert hatten, daß ihre Absage an das *Chequers* nicht persönlich gemeint sei, gingen sie zum Wagen hinaus und fuhren schweigend nach Wargrave.

Erst als sie es sich an einem Tisch in dem freundlichen Lokal bequem gemacht hatten, sagte Gemma: »Tony hat mir erzählt, daß Sergeant Makepeace Sie sprechen wollte. Was wollte er denn? Wo waren Sie?«

Kincaid, der die Karte studierte, sagte: »Bestellen wir doch zuerst. Dann erzähl ich Ihnen alles. Haben Sie schon was gefunden, was Sie lockt? Das Lachsgratin vielleicht? Oder Garnelen in Knoblauchsoße? Hühnerbrüstchen mit roten und grünen Pfefferkörnern?« Er sah sie lächelnd an, und sie fand, seine Augen wirkten ungewöhnlich leuchtend. »Connor Swann hatte offensichtlich einen guten Geschmack.«

»Trägt unser Spesenkonto das auch?« fragte Gemma.

»Keine Sorge, Sergeant«, antwortete er, den Vorgesetzten herauskehrend. »Das erledige ich schon.«

Gemma, die nicht so leicht zu überzeugen war, warf ihm einen zweifelnden Blick zu, sagte aber: »Gut, dann nehme ich das Huhn. Und vorher die Tomatensuppe mit Basilikum.«

»Wenn schon, denn schon, hm?«

»Und wenn ich hinterher noch Platz habe, nehm ich auch noch einen Nachtisch.« Sie klappte ihre Speisekarte zu und legte sie weg. Sie saß mit dem Rücken zum offenen Feuer, und die Wärme sickerte langsam durch ihren Pullover. »Ich bin der Meinung, das habe ich verdient.«

Seinen Block gezückt, kam der Barkeeper zu ihnen, ein junger Mann mit dunklem lockigem Haar, das zu einem Pferdeschwanz gebunden war. »Was darf's sein?« fragte er mit einem einnehmenden Lächeln.

Kincaid bestellte, wählte das Lachsgratin für sich und bat um eine Flasche Weißwein dazu.

»Gut, in Ordnung«, sagte der junge Mann. »Ich geb das gleich mal an die Küche weiter.« Als er wieder hinter den Tresen ging, fügte er hinzu: »Mein Name ist übrigens David. Sie brauchen mich nur zu rufen, wenn Sie noch etwas brauchen.«

Gemma und Kincaid sahen einander mit hochgezogenen Brauen an, dann sagte sie: »Glauben Sie, die Bedienung ist hier immer so gut, oder ist das heute eine Ausnahme, weil so wenig los ist?« Sie sah sich in dem gemütlichen Raum um. Nur einer der anderen Tische war noch besetzt – drüben, in der gegenüberliegenden Ecke, saß ein verliebtes junges Paar.

»Der Junge hat bestimmt ein gutes Gedächtnis für seine Gäste. Wenn wir gegessen haben, fühlen wir ihm mal auf den Zahn.«

Nachdem David ihnen den Wein gebracht hatte, sagte Kincaid: »Also, schießen Sie los.«

Gemma berichtete von ihrem Gespräch mit Tommy Godwin, verschwieg allerdings ihre wenig glorreiche Ankunft im LB-Haus. »Aber die Geschichte, daß er durchs Foyer ins Theater gegangen ist und dann die ganze Vorstellung hindurch hinten gestanden hat, kann ich ihm nicht recht abkaufen. Irgendwie stimmt das nicht.«

Ihre Vorspeisen wurden gebracht, und als Kincaid sich über seine Paté hermachte, sagte er: »Und wie war's mit Caroline Stowe? Irgendwas Neues?«

»Das Mittagessen ist anscheinend doch nicht ganz harmonisch verlaufen, wie sie zuerst behauptet haben. Gegen Ende ist Connor unter dem Vorwand verschwunden, beim Abspülen helfen zu wollen, aber Mrs. Plumley sagt, er sei überhaupt nicht in der Küche gewesen, und dann ist er abgefahren, ohne sich von Gerald und Caroline zu verabschieden.« Sie trank den letzten Rest Suppe aus ihrer Tasse. »Meiner Meinung nach war er oben bei Julia.«

»Stimmt. Und die beiden hatten eine ziemlich böse Auseinandersetzung.«

»Woher wissen Sie das?« fragte Gemma verblüfft.

»Kenneth Hicks hat's mir erzählt, und Julia hat es bestätigt.«

»Also schön, Chef«, sagte Gemma leicht gereizt. »Machen Sie nicht so ein selbstgefälliges Gesicht. Erzählen Sie lieber.«

Als er zum Ende seines Berichts gekommen war, waren ihre Hauptgerichte serviert worden, und sie aßen beide ein paar Minuten lang schweigend.

»Was ich nicht verstehen kann«, sagte er, die Gabel senkend, »wie konnte ein Gauner wie Kenneth Hicks Connor Swann so fest in die Klauen kriegen.«

»Geld hat eben eine ungeheure Macht.« Gemma überlegte, ob sie sich noch etwas von den Röstkartoffeln oder lieber noch ein wenig Lauchgemüse nehmen sollte, und bediente sich dann von beidem. »Warum hat Julia zuerst gelogen und nichts von ihrem Streit mit Connor gesagt? Er scheint doch etwas beinahe Alltägliches gewesen zu sein.«

Kincaid zögerte, dann zuckte er die Achseln. »Ich vermute, sie hielt die Sache nicht für bedeutsam. Es war ja kein neuer Streit.«

»Aber sie hat gelogen«, entgegnete Gemma hitzig. »Ganz bewußt. Und auch ihre Behauptung, sie hätte die Galerie nie verlassen, war eine Lüge.« Sie legte ihre Gabel mit dem aufgespießten Stück Hühnchen auf ihren Teller zurück und beugte sich zu Kincaid hinüber. »Und wie sie sich nach dem Tod ihres Mannes verhalten hat, ist doch auch ziemlich sonderbar. Ich meine, daß sie alles ihren Eltern überlassen hat. Was hätte sie denn getan, wenn die nicht gewesen wären? Hätte sie ihn von der Gemeinde beerdigen lassen?«

»Das bezweifle ich sehr.« Kincaid schob seinen Teller zur Seite und lehnte sich in seinem Sessel zurück.

Obwohl sein Ton durchaus milde gewesen war, fühlte sich Gemma zurechtgewiesen. Rot im Gesicht griff sie zu ihrer Gabel und legte sie gleich wieder nieder. Sie hatte den Appetit verloren.

Kincaid, der sie beobachtete, fragte: »Sie sind schon fertig? Und was ist mit dem Nachtisch, den Sie sich bestellen wollten?«

»Ich glaube, das schaffe ich nicht mehr.«

»Dann trinken Sie wenigstens Ihren Wein«, sagte er und schenkte ihr nach. »Danach sprechen wir ein Wörtchen mit David.«

Seine onkelhafte Gönnerhaftigkeit ärgerte Gemma, doch ehe sie etwas sagen konnte, winkte er dem jungen Barkeeper.

»Einen Nachtisch?« sagte David, als er zu ihnen an den Tisch trat. »Die Schokoladenrolle ist sehr zu empfehlen –« Als sie beide die Köpfe schüttelten, fuhr er unerschüttert fort: »Gut, dann vielleicht zum Abschluß etwas Käse? Wir haben eine ausgezeichnete Auswahl.«

»Eigentlich würden wir Ihnen nur gern ein paar Fragen stellen.« Kincaid hatte seine Brieftasche geöffnet. Zuerst zeigte er David seinen Dienstausweis, dann ein Foto Connor Swanns, das er sich von Julia hatte geben lassen. »Unseres Wissens nach war dieser Mann Stammgast bei Ihnen. Erkennen Sie ihn?«

»Natürlich«, antwortete David verwundert. »Das ist Mr. Swann. Wieso sagen Sie ›war‹?«

»Er ist tot«, antwortete Kincaid. »Und wir untersuchen die Umstände seines Todes.«

»Mr. Swann – er ist tot?« Der junge Mann sah plötzlich so blaß aus, daß Kincaid einen Stuhl vom Nachbartisch heranzog.

»Setzen Sie sich«, sagte er. »An der Bar ist ja im Moment nicht gerade Hochbetrieb.«

»Was?« David ließ sich wie benommen auf den Stuhl sinken. »Ach so, ich verstehe.« Er versuchte ein Lächeln, das recht dünn ausfiel. »Es ist einfach ein Schock. Erst neulich abend war er noch hier, und er war immer so – so unglaublich vital, richtig überwältigend manchmal.« Beinahe zaghaft berührte er mit einer Fingerspitze das Foto.

»Können Sie sich erinnern, wann Sie ihn hier das letzte Mal gesehen haben?« fragte Kincaid ruhig, doch Gemma spürte seine gesammelte Aufmerksamkeit.

David zog die Brauen zusammen, als müßte er nachdenken, sagte dann jedoch ziemlich prompt: »Meine Freundin hatte Abendtisch bei Tesco, sie war erst so um halb zehn fertig … Am Donnerstag. Ja, das muß der Donnerstag gewesen sein.« Als erwarte er Anerkennung, sah er von einem zum anderen.

Kincaid tauschte einen kurzen Blick mit Gemma, und sie sah das Aufblitzen von Triumph in seinem Auge, doch er sagte nur: »Gut. Wissen Sie noch, um welche Zeit er am Donnerstag kam?«

»Ziemlich spät. Es muß schon nach acht gewesen sein.« David schien sich langsam warmzusprechen. »Manchmal kam er allein, aber meistens war er mit anderen Leuten zusammen. Nach dem, was sie geredet haben, müssen es irgendwelche Kunden gewesen sein. Ich hab nicht absichtlich gelauscht«, fügte er mit etwas Unbehagen hinzu, »aber wenn man bedient, bekommt man manches mit, ob man will oder nicht. Es wurde eigentlich immer über irgendwelche Geschäfte geredet.«

»Und wie war es am Donnerstag abend?« hakte Gemma nach.

»Das weiß ich noch besonders gut, weil er da anders war als sonst. Er ist allein gekommen und war ziemlich gereizt. Sogar mich hat er angeschnauzt. Ich dachte noch: ›Na, der ist ja ganz schön angesäuert.‹ Ich meine, er hat immer ganz schön gebechert, aber er ist dabei nie aggressiv geworden. Da gibt's ganz andere.« Er schnitt ein Gesicht, und Gemma nickte teilnehmend. Als hätte ihn das an seine anderen Gäste erinnert, warf er einen Blick zu dem Tisch auf der anderen Seite, aber das junge Paar war viel zu sehr mit sich selbst beschäftigt, um ihn zu vermissen. »Dann kam dieser Mann rein, und die beiden nahmen sich einen Tisch, um zu essen.«

»Kannten die beiden einander?« fragte Kincaid.

»Wie hat –«, warf Gemma ein, doch Kincaid brachte sie mit rasch erhobener Hand zum Schweigen.

»Ja, ich bin sicher, daß sie sich gekannt haben. Mr. Swann ist aufgestanden, sobald der andere Mann reinkam. Dann sind sie direkt zu ihrem Tisch gegangen. Ich hab nicht gehört, was sie gesprochen haben – an dem Abend war ziemlich viel los –, aber am Anfang war alles ganz freundlich.«

»Und dann?« fragte Kincaid.

David, der sich jetzt sichtlich unbehaglich fühlte, blickte von einem zum anderen. »Na, man könnte vielleicht sagen, daß sie eine ziemlich hitzige Diskussion geführt haben. Sie haben nicht gebrüllt oder so was – eigentlich haben sie überhaupt nicht laut gesprochen, aber man konnte sehen, daß sie Streit hatten. Mr. Swann hat nicht mal aufgegessen, obwohl er sonst immer mit Genuß gegessen hat und eigentlich auch jedesmal den Koch gelobt hat.«

»Erinnern Sie sich noch, was er an dem Abend bestellt hatte?« fragte Kincaid.

Gemma wußte, daß er an den immer noch unvollständigen Laborbericht über Connor Swanns Mageninhalt dachte.

»Er hat Steak gegessen. Und dazu eine Flasche Burgunder getrunken.«

»Danke«, sagte Kincaid, dann fragte er: »Wie ging es dann weiter?«

David kratzte sich an der Nase. »Sie haben bezahlt – getrennt – und sind gegangen.«

»Sind sie zusammen gegangen?« fragte Gemma.

David nickte. »Aber sie haben immer noch gestritten, soweit ich sehen konnte.« Er begann jetzt sichtlich unruhig zu werden und drehte sich auf seinem Stuhl, um zum Tresen hinüberzusehen.

Gemma sah Kincaid fragend an, und als dieser mit einem kaum wahrnehmbaren Nicken antwortete, sagte sie: »Nur eins noch, David. Wie hat der andere Mann ausgesehen?«

»Sehr elegant«, antwortete David. »Klasse angezogen. Groß, dünn, blond« – er krauste die Stirn und überlegte einen Moment – »so um die fünfzig, würde ich sagen, aber gut erhalten.«

»Hat er mit Kreditkarte bezahlt?« fragte Kincaid hoffnungsvoll.

David schüttelte den Kopf und sagte mit echtem Bedauern: »Nein, tut mir leid. Er hat bar bezahlt.«

Gemma bemühte sich, von ihrer inneren Erregung nichts merken zu lassen, und dankte ihm. »Sie sind ein sehr aufmerksamer Beobachter, David. Wir bekommen selten so gute Beschreibungen.«

»Das macht der Job hier«, antwortete er lächelnd. »Da wird das zur Gewohnheit. Ich versuche immer, mir die Namen zu den Gesichtern zu merken. Die Leute mögen es, wenn man sie mit Namen anspricht.« Er schob seinen Stuhl zurück und blickte fragend von einem zum anderen. »Kann ich jetzt wieder an meine Arbeit gehen?«

Kincaid nickte und reichte ihm eine Karte. »Sie können uns anrufen, wenn Ihnen noch etwas einfallen sollte.«

David hatte schon ihr schmutziges Geschirr zusammengestellt und nahm es hoch, um es abzutragen, als er zögerte. »Was ist Mr. Swann eigentlich passiert? Das haben Sie mir gar nicht gesagt.«

»Das wissen wir selbst nicht genau, aber er ist unter verdächtigen Umständen ums Leben gekommen«, sagte Gemma. »Man hat seine Leiche in der Themse gefunden.«

Die Teller klapperten, und David drückte seine freie Hand auf den Stapel. »Doch nicht etwa hier?«

»Nein, an der Hambleden-Schleuse.« Gemma meinte, einen Schatten der Erleichterung über das Gesicht des jungen Mannes fliegen zu sehen, schrieb das jedoch der allgemein menschlichen Neigung zu, sich alles Unangenehme möglichst weit vom Leibe zu halten.

»Und wann war das? Wann ist es passiert?« fragte David.

»Er wurde am Freitag morgen gefunden«, antwortete Kincaid und beobachtete David mit der freundlich teilnehmenden Miene, die Gemma kannte. Sie bedeutete, daß sein Interesse ganz gefesselt war.

»Am Freitag morgen?« wiederholte David erschrocken, und Gemma hatte den Eindruck, daß sein Gesicht wieder blaß geworden war. »Sie meinen, am Donnerstag abend ...«

In diesem Moment öffnete sich die Tür zum Lokal, und von einem kalten Luftzug begleitet, trat eine ganze Gesellschaft ein. Mit einem kurzen Blick auf die Leute sagte David: »Jetzt muß ich aber wirklich gehen. Tut mir leid.« Er lächelte Kincaid und Gemma noch einmal zu, dann eilte er mit den klappernden Tellern zum Tresen.

Kincaid sah ihm einen Moment nach, dann zuckte er die Achseln. »Netter Junge. Aus dem könnte ein guter Polizist werden. Er hat das richtige Gedächtnis dafür.«

»Chef!« sagte Gemma drängend.

Aber ehe sie fortfahren konnte, setzten sich die zwei Paare, die soeben hereingekommen waren und inzwischen ihre Getränke an der Bar bestellt hatten, an den Nebentisch. Sie lächelten Gemma und Kincaid gutnachbarlich zu, ehe sie begannen, sich deutlich vernehmbar miteinander zu unterhalten.

»Kommen Sie, David hat uns die Rechnung schon hingelegt«, sagte Kincaid. »Zahlen wir und machen wir uns auf den Weg.«

Erst als sie auf der Straße standen, sagte Gemma aufgeregt: »Das war Tommy Godwin.« Kincaid sah sie verständnislos an. »Der Mann, mit dem Connor am Donnerstag abend hier war«, erklärte sie. »Ich bin überzeugt, das war Tommy Godwin. Das wollte ich Ihnen die ganze Zeit sagen«, fügte sie leicht gereizt hinzu.

Im Nebel, der vom Fluß heraufgezogen war, standen sie auf der Straße vor dem Pub. »Wie können Sie das mit solcher Sicherheit sagen?«

»Das kann einfach nur Godwin gewesen sein.« Sie hörte selbst, wie ihre Stimme vor Erregung anschwoll, und bemühte sich, ruhiger zu werden. »Sie haben doch selbst gesagt, daß David ein guter Beobachter ist. Seiner Beschreibung nach kann der Mann nur Tommy Godwin gewesen sein.«

»Okay, okay.« Kincaid hob beide Hände, als kapitulierte er. »Aber er war doch angeblich im Theater. Sie müssen das noch einmal überprüfen –«

Plötzlich flog die Tür des Pubs auf, und David stürzte heraus. »Oh, Entschuldigung. Ich hab gehofft, daß ich Sie noch erwische. Ich –« Er brach ab, als wäre der Impuls, der ihn herausgetrieben hatte, plötzlich verflogen. Fröstelnd in der Kälte, verschränkte er die Arme und stampfte ein wenig mit den Füßen. »Ich meine – ich konnte es ja schließlich nicht ahnen, oder? Ich hab gedacht, es wär nur Blödsinn. Ich wär mir wie ein Idiot vorgekommen, wenn ich mich da eingemischt hätte …«

»Erzählen Sie, was passiert ist, David«, sagte Kincaid. »Wollen Sie wieder hineingehen?«

David blickte zur Tür zurück. »Nein, die sind im Moment alle versorgt.« Er schluckte, dann sagte er: »Kurz nachdem Mr. Swann und der andere Mann gegangen waren, es waren vielleicht ein paar Minuten, bin ich mal kurz vor die Tür. Kelly, das ist meine Freundin, kommt meistens auf ein Bier vorbei, wenn sie mit der Arbeit fertig ist, und ich warte gern hier draußen auf sie – eine Frau allein am Abend, Sie wissen schon. Die Straßen sind ja nicht mehr so sicher wie früher.« Er schwieg einen Moment, vielleicht weil ihm einfiel, wen er da belehrte, und Gemma spürte, wie seine Verlegenheit wuchs.

»Na jedenfalls – ich hab hier draußen gestanden, so wie wir jetzt, und eine geraucht, und da hab ich plötzlich am Fluß Geräusche gehört.« Er wies die sanft abfallende Straße hinunter. »Es war ein klarer Abend, nicht so neblig wie heute, und der Fluß ist keine hundert Meter weit von hier.« Wieder schwieg er, als wartete er auf eine Aufforderung weiterzusprechen.

»Konnten Sie etwas sehen?« fragte Kincaid.

»Nicht viel, blondes Haar, es hat im Licht geglänzt, und dann noch eine etwas kleinere Gestalt mit dunklem Haar. Ich glaube, das müssen Mr. Swann und der andere Mann gewesen sein, aber beschwören kann ich es nicht.«

»Was haben die beiden gemacht? Sich geprügelt?« Gemma konnte ihre Ungläubigkeit nicht verbergen. Sie fand die Vorstellung, daß Tommy Godwin sich auf eine solche körperliche Konfrontation eingelassen haben sollte, beinahe undenkbar.

»Es war mehr ein Hin- und Hergeschubse. Wie Jungens auf dem Schulhof.«

Mit erstaunt hochgezogenen Augenbrauen sah Kincaid Gemma an. »Und was ist dann passiert, David?«

»Dann hab ich Kellys Auto gehört. Da ist ein Schalldämpfer hin«, erläuterte er. »Die Kiste röhrt wie verrückt. Ich bin ihr entgegengegangen, und als wir zurückkamen, waren die beiden weg.« Er sah sie mit ängstlicher Besorgnis an. »Sie glauben doch nicht ... Ich hätte nie gedacht ...«

»David«, sagte Kincaid, »wissen Sie noch, um welche Zeit das alles war?«

Er nickte. »Ziemlich genau um Viertel vor zehn.«

»Würden Sie den anderen Mann wiedererkennen, wenn Sie ihn sähen«, warf Gemma ein.

Er zitterte jetzt sichtlich vor Kälte, dennoch nahm er sich Zeit, um zu überlegen. »Ja, ich denke schon. Aber Sie glauben doch nicht, daß er –«

»Wir werden Sie vielleicht brauchen, um ihn zu identifizieren. Aber das ist reine Routine«, fügte Gemma beruhigend hinzu. »Können wir Sie hier erreichen? Am besten geben Sie uns Ihre Privatadresse und Ihre Telefonnummer.« Sie reichte ihm ihren Block, und er schrieb, die Augen im orangefarbenen Schein der Straßenlampen zusammengekniffen. »So, und jetzt sollten Sie sich vielleicht wieder um Ihre Gäste kümmern«, sagte sie lächelnd, als er ihr den Block zurückgab. »Wir melden uns, wenn wir Sie brauchen sollten.«

Als David gegangen war, wandte sie sich Kincaid zu. »Ich weiß, was Sie denken, aber es ist nicht möglich. Wir wissen, daß er wenige Minuten nach elf in London war –«

Kincaid legte ihr die Hände auf die Schultern und drehte sie herum. »Gehen wir mal zum Fluß.« Der Nebel hüllte sie ein, setzte sich in ihre Kleider, benetzte ihre Haut mit Feuchtigkeit, so daß ihre Gesichter im Licht glänzten. Die gepflasterte Straße endete, Kies knirschte unter ihren Füßen, dann hörten sie das Plätschern des Wassers. »Der Fluß muß ganz nah sein«, bemerkte Kincaid. »Riechen Sie ihn?«

Es war merklich kühler in der Nähe des Flusses, und Gemma zog fröstelnd ihren Mantel fester um sich. Die Dunkelheit vor ihnen wurde tiefer, und sie blieben stehen, da sie kaum noch etwas sehen konnten.

»Wo sind wir hier?«

Kincaid, der seine Taschenlampe angeknipst hatte, richtete sie zum Boden. »Überall Reifenspuren, sehen Sie. Die Freunde von der Spurensicherung werden ihre Freude haben.«

Gemma sagte vor Kälte schnatternd: »Wie soll Tommy Godwin das gemacht haben? Selbst wenn er Connor erwürgt und ihn dann im Kofferraum seines Wagens verstaut hätte, hätte er wie der Teufel fahren müssen, um vor elf in London zu sein. Er kann unmöglich erst noch nach Hambleden gefahren sein und Cons Leiche den langen Weg getragen haben.«

»Nein«, stimmte Kincaid zu, »aber er könnte die Leiche im Kofferraum gelassen haben, nach London gefahren sein, um sich ein Alibi zu sichern, und die Leiche dann später in die Themse geworfen haben.«

»Das ist doch unsinnig. Weshalb hätte er ausgerechnet ins Coliseum gehen sollen, wo man sofort die Verbindung zu den Ashertons und über sie zu Connor Swann herstellt? Und wenn er sich wirklich ein Alibi sichern wollte, wieso hat er sich dann nicht beim Portier angemeldet? Es war reiner Zufall, daß Alison Douglas ihn in Geralds Garderobe gesehen hat, und Gerald hat von seinem Besuch nichts gesagt.« Gemma, die in der Hitze des Gefechts Kälte und Feuchtigkeit vergessen hatte, holte Atem zur letzten Salve. »Und selbst wenn alles andere zuträfe, wie soll er Connor Swanns Leiche vom Parkplatz in Hambleden bis zur Schleuse geschleppt haben?«

Kincaid erwiderte mit einem Lächeln, das sie wütend machte, weil es verriet, daß er ihre Heftigkeit erheiternd fand: »Tja, das fragen wir ihn wohl am besten selbst.«

11

Alison Douglas protestierte, als Gemma sie am folgenden Morgen anrief. »Aber, Sergeant, ich kann unmöglich sämtliche Platzanweiser und Platzanweiserinnen bitten, heute morgen schon ins Theater zu kommen. Sie haben alle gestern abend gearbeitet. Außerdem haben einige von ihnen noch andere Jobs oder gehen noch zur Schule.«

»Versuchen Sie es wenigstens. Sonst müssen wir sie alle in den Yard holen, und darauf sind sie sicher nicht scharf.« Gemma bemühte sich, von ihrer Ungeduld nichts merken zu lassen. Sie hatte eine schlechte Nacht hinter sich, und die Fahrt nach London, mitten im dichtesten Morgenverkehr, war auch nicht gerade eine Wonne gewesen, aber das war kein Grund, ihre schlechte Laune an Alison auszulassen. Im übrigen war ja ihr Anliegen für das Personal tatsächlich eine gewisse Zumutung. »Ich komme kurz vor Mittag«, sagte sie zu Alison und verabschiedete sich dann.

Mit Widerwillen musterte sie die Berge von Papier auf Kincaids Schreibtisch. Von der Befriedigung, die es ihr sonst bereitete, Kincaids Platz einzunehmen, verspürte sie nichts, statt dessen quälte sie immer noch das Unbehagen, das sie in der vergangenen Nacht bis in die frühen Morgenstunden wachgehalten hatte. Irgend etwas war gestern abend an Kincaid anders gewesen – zunächst war ihr nur eine gewisse fieberhafte Hektik aufgefallen, doch in der Nacht, als sie sich rastlos hin- und hergewälzt hatte, war sie zu der Erkenntnis gekommen, daß sich auch sein Verhalten ihr gegenüber geändert hatte. Hatte sie sich die ungezwungene Herzlichkeit des vergangenen Abends in London nur eingebildet? Er war schließlich zu ihr gekommen. Hatten sein Gefallen an ihrer Wohnung und sein offenkundiges Vergnügen an ihrer Gesellschaft sie dazu verleitet, sich zu weit zu öffnen?

Achselzuckend rieb sie sich die Augen, als könnte sie so die Müdigkeit wegmassieren, doch es half ihr nicht, den Gedanken loszuwerden, daß die Veränderung an Kincaids Verhalten mit seinem Besuch bei Julia Swann zu tun hatte.

Alison schaffte es schließlich, wenigstens vier Platzanweiser zusammenzutrommeln, die jetzt mürrisch, aber auch neugierig auf Klappstühlen in ihrem kleinen Büro saßen.

Gemma stellte sich vor. »Ich werde versuchen, Sie nicht länger als notwendig hier festzuhalten«, fügte sie hinzu. »Kennt jemand von Ihnen Tommy Godwin, den Kostümier? Groß, schlank, blond, sehr gut gekleidet.«

Sie hatte nicht den Eindruck, daß modische Eleganz ihnen etwas bedeutete. Die drei jungen Männer waren ordentlich, aber nicht gerade flott angezogen; das junge Mädchen schien eher für Flippiges zu schwärmen.

»Ich möchte gern wissen, ob jemand von Ihnen ihn am letzten Donnerstag abend gesehen hat.«

Die jungen Männer tauschten verständnislose Blicke. Hinter ihnen stand mit verschränkten Armen Alison, leicht an die Wand gelehnt, und Gemma bemerkte, wie sie überrascht den Mund öffnete. Sie sah sie mit einem leichten Kopfschütteln an und wartete, während das Schweigen sich in die Länge zog.

Schließlich sagte das junge Mädchen: »Ich hab ihn gesehen, Miss.« Sie hatte einen leicht westindischen Tonfall, wahrscheinlich von Eltern oder anderen Familienmitgliedern übernommen, die Einwanderer erster Generation waren.

Gemma atmete auf. »Und Sie sind sicher, daß es am Donnerstag abend war? Als hier *Pelleas und Melisande* gegeben wurde?« Sie hatte im Grunde ein so positives Ergebnis nicht erwartet, glaubte noch nicht recht daran.

»Ja, Miss.« Das Mädchen lächelte, als fände sie Gemmas Zweifel erheiternd. »Ich schaue mir alle Inszenierungen an – ich kann sie schon voneinander unterscheiden.«

»Gut. Ich bin froh, daß eine von uns das kann.« Gemma lächelte, obwohl sie sich wegen ihres gönnerhaften Tons am liebsten geohrfeigt hätte. »Darf ich fragen, wie Sie heißen?«

»Patricia, Miss. Ich studiere Design – ich interessiere mich für Kostümbildnerei, darum helfe ich manchmal in der Garderobe aus. Daher kenne ich auch Mr. Godwin.«

»Was können Sie mir über den Donnerstag abend sagen?«

Das Mädchen sah sich nach Alison um, als wollte sie sie um Erlaubnis bitten.

»Nur zu, Patricia, erzählen Sie Sergeant James, was Sie wissen. Es ist ganz in Ordnung«, versicherte Alison.

»Mr. Godwin kam von draußen ins Foyer. Ich steh sonst immer im Zuschauerraum und hör mir die Vorstellung an, aber da bin ich gerade aus der Toilette gekommen und selbst durchs Foyer gegangen. Ich hab ihn angerufen, aber er hat mich nicht gehört.«

Gemma wußte nicht, ob sie Erleichterung oder Enttäuschung verspürte – wenn Tommy Godwin ihr die Wahrheit erzählt hatte, als er sagte, er habe sich die Vorstellung angesehen, konnte er nicht mit Connor Swann in Wargrave gewesen sein.

»Und was hat er dann getan, haben Sie das gesehen?«

»Er ist durch die nächste Tür in den Zuschauerraum gegangen. Auf Rolands Seite«, fügte sie mit einem Seitenblick auf einen der jungen Männer hinzu.

»Haben Sie ihn bemerkt?« fragte Gemma, ihm ihre Aufmerksamkeit zuwendend.

Er lächelte, schien sich, plötzlich in den Mittelpunkt gerückt, ganz wohl zu fühlen. »Mit Sicherheit kann ich das nicht sagen, Miss, weil ich ihn nicht kenne. Aber ich erinnere mich nicht, jemanden gesehen zu haben, der so ausgesehen hat.«

Gemma erwiderte das Lächeln und wandte sich dann wieder Patricia zu. »Haben Sie Mr. Godwin noch einmal gesehen, nachdem Sie an Ihren Platz im Zuschauerraum zurückgekehrt waren?«

Das junge Mädchen schüttelte den Kopf. »Kurz danach wollten alle zur gleichen Zeit raus, da hatte ich wahnsinnig zu tun.«

»War da schon Pause?« fragte Gemma verblüfft.

»Nein.« Wieder schüttelte Patricia den Kopf, entschiedener diesmal. »Die Vorstellung war zu Ende. Mir war zum Glück gerade noch rechtzeitig eingefallen, daß ich mal auf den Lokus mußte.«

»Die Vorstellung war zu Ende?« wiederholte Gemma verdattert. »Ich dachte, Sie meinten, er sei unmittelbar nach Beginn der Vorstellung gekommen.«

»Nein, Miss. Fünf Minuten vielleicht vor dem Ende. Kurz vor elf.«

Gemma brauchte einen Moment, um sich zu fassen. Tommy Godwin konnte also doch der Mann im *Red Lion* gewesen sein. »Haben Sie ihn später noch einmal gesehen, Patricia, beim Aufräumen vielleicht?«

»Nein, Miss.« Es hörte sich an, als täte es ihr wirklich leid, nicht mehr beisteuern zu können.

»Okay, vielen Dank, Patricia.« Gemma sah die jungen Männer an. »Hat noch jemand etwas hinzuzufügen?«

Kollektives Kopfschütteln.

»Na gut, das wär's dann. Sie können wieder gehen«, sagte Gemma. Patricia ging als letzte. »Ein intelligentes Ding«, meinte Gemma, als die Tür sich hinter ihr geschlossen hatte.

»Was hat das alles zu bedeuten, Sergeant?« fragte Alison an ihren Schreibtisch gelehnt. Zerstreut strich sie über die kleinen Falten in ihrem braunen Wollkostüm. Der Stoff hatte den gleichen weichen Ton wie ihr Haar und ihre Augen. Sie sah darin aus wie ein kleiner brauner Zaunkönig.

»Sind Sie ganz sicher, daß Sie Mr. Godwin erst gesehen haben, als Sie in Sir Geralds Garderobe gingen? Nicht vorher?«

»Ganz sicher. Warum?«

»Mir hat er erzählt, er sei an diesem Abend während der ganzen Vorstellung im Theater gewesen. Aber Patricia hat dem eben widersprochen, und sie scheint mir eine zuverlässige Zeugin zu sein.«

»Sie glauben doch nicht etwa, Tommy könnte mit Connor Swanns Tod etwas zu tun haben? Das ist ausgeschlossen. Tommy ist … Ich meine, jeder mag ihn. Und nicht nur weil er geistreich und amüsant ist«, erklärte Alison, als hätte Gemma das unterstellt. »Nein, er ist einfach nett. Menschlich. Ich weiß, man vermutet es bei seiner Art nicht, aber er nimmt andere Menschen wahr. Dieses Mädchen, Patricia – ich vermute, er hat ihr hier ein bißchen unter die Arme gegriffen, sie gefördert. Als ich hier anfing, bin ich praktisch auf Zehenspitzen herumgelaufen, weil ich dauernd Angst hatte, irgendeinen Fehler zu machen, aber er hatte immer ein nettes Wort für mich.«

»Ich bin sicher, Sie haben recht«, sagte Gemma in der Hoffnung, Alisons Feindseligkeit zu dämpfen, »aber wir stehen hier vor einer Diskrepanz in den Aussagen, und dem muß ich nachgehen.«

Alison seufzte. Sie sah plötzlich müde aus. »Ja, das verstehe ich. Kann ich Ihnen irgendwie behilflich sein?«

»Versuchen Sie sich einen Moment in Sir Geralds Garderobe zurückzuversetzen. Ist Ihnen irgend etwas Ungewöhnliches aufgefallen?«

»Wie soll ich das jetzt noch sagen?« fragte Alison, schon wieder leicht aufgebracht. »Woher soll ich wissen, daß sich unter dem Eindruck dessen, was Sie mir erzählt haben, meine Erinnerung nicht verzerrt hat? Daß ich nicht aus einer Mücke einen Elefanten mache?« Als Gemma nichts erwiderte, fuhr sie ruhiger fort: »Ich habe schon darüber nachgedacht. Sie hörten auf zu sprechen, als ich hereinkam. Ich hatte das Gefühl, ich hätte sie gestört – wissen Sie?« Sie sah Gemma an, und diese nickte. »Und nach diesem ersten Moment der Verlegenheit waren sie dann irgendwie beide zu herzlich, zu jovial, wenn Sie wissen, was ich meine. Jetzt glaube ich, daß ich deshalb nur einen Moment geblieben bin, gerade lang genug, um zu gratulieren, wenn mir das auch damals gar nicht bewußt war.«

»Sonst noch etwas?« fragte Gemma ohne allzu viel Hoffnung.

»Nein, tut mir leid.«

»Ist schon in Ordnung.« Gemma lächelte, obwohl sie Mühe hatte, die Lethargie zu überwinden, die ihr plötzlich in alle Glieder zu kriechen schien. »Ich werde mich eben noch einmal mit ihm unterhalten müssen. Er ist allerdings schwer zu erreichen. Ich habe es heute morgen schon in seiner Wohnung versucht, im LB-Haus und dann hier – alles ohne Ergebnis. Haben Sie einen Tip?«

Alison schüttelte den Kopf. »Nein, er müßte eigentlich hier sein.«

Gemma, die den Schatten von Unruhe in Alisons Augen sah, sagte nachdenklich: »Ich hoffe, es wird sich nicht als zu schwierig erweisen, unseren Mr. Godwin zu finden.«

Beim Revier High Wycombe hatte man Kincaid entgegenkommenderweise den Schreibtisch eines derzeit abwesenden Detective Inspector zur Verfügung gestellt, und dort hatte er den Morgen damit zugebracht, einen nichtssagenden Bericht nach dem anderen durchzugehen. Er streckte sich und überlegte, ob er sich noch eine Tasse von dem gräßlichen Kaffee zumuten oder lieber aufgeben und zum Mittagessen gehen sollte.

Er hatte sich gerade widerstrebend für Pflicht und Kaffee entschieden, als Jack Makepeace den Kopf zur Tür hereinsteckte. »Na, was gefunden?«

Kincaid schnitt ein Gesicht. »Nichts. Sie haben sie ja gelesen. Haben Sie inzwischen was von dem Team in Wargrave gehört?«

Makepeace grinste boshaft. »Zwei zerdrückte Bierdosen, diverse Kaugummipapiere, die Überreste eines toten Vogels und ein halbes Dutzend gebrauchte Kondome.«

»Der Parkplatz ist wohl sehr populär?«

»Er ist am Anfang eines Fußwegs, der ein Stück am Fluß entlang führt und dann einen Schwenk in den Friedhof macht. Eigentlich ist Parken dort verboten, aber die Leute halten sich nicht daran, schon gar nicht die Liebespärchen.« Makepeace zwirbelte seinen Schnurrbart. »Die Leute von der Spurensicherung sagen, daß der Kies für Reifenabdrücke viel zu weich und viel zu durchfurcht ist.«

»Das hab ich schon erwartet.« Kincaid betrachtete ihn gedankenvoll. »Jack, angenommen, die Leiche wurde in Wargrave in den Fluß geworfen, könnte sie dann bis zum Morgen nach Hambleden getrieben worden sein?«

Makepeace schüttelte den Kopf, noch ehe Kincaid fertig gesprochen hatte. »Nein, das ist nicht möglich. Die Strömung ist zu langsam, und außerdem ist gleich hinter Henley noch eine Schleuse.«

Kincaid, der an Julias kurzes Verschwinden aus der Galerie dachte, sagte: »Dann träfe das gleiche wohl zu, wenn Swann in Henley in den Fluß geworfen worden wäre?«

Makepeace, der bis jetzt am Türpfosten gelehnt hatte, richtete sich auf und ging zu der großen Karte, die an der Bürowand hing. Mit kurzem dickem Finger zeigte er auf das gewundene blaue Band, das die Themse darstellte. »Schauen Sie sich doch diese Windungen an, lauter Stellen, wo eine Leiche mit Leichtigkeit hängenbleiben könnte.« Er drehte sich nach Kincaid um. »Meiner Meinung nach wurde Swann höchstens ein paar hundert Meter von der Stelle entfernt, an der er gefunden wurde, ins Wasser gestoßen.«

Kincaid schob den knarrenden Stuhl zurück, streckte seine Beine aus und faltete seine Hände hinter dem Kopf.

»Wahrscheinlich haben Sie recht, Jack. Ich grabsche nur nach Strohhalmen. Was ist mit den Häusern am Fluß, oberhalb der Schleuse? Hat die Befragung der Leute irgendwas gebracht?«

»Entweder haben sie spätestens um zehn alle geschlafen wie die Murmeltiere«, antwortete Makepeace sarkastisch, »oder sie kommen sofort mit ihren eigenen Beschwerden daher, wenn wir anfangen, mit ihnen zu reden. Eine alte Frau in einem der Wohnblöcke am Fluß hat allerdings gesagt, sie hätte kurz nach den Spätnachrichten Stimmen gehört. Als sie zum Fenster rausschaute, sah sie einen Mann und einen Jungen auf dem Fußweg zur Schleuse. ›Homosexuelle‹, sagte sie. ›Perverse, die sich gegen den Herrn versündigen. Und dazu noch Motorradrowdys.‹« Makepeace kräuselte amüsiert die Lippen. »Der Junge hatte anscheinend längeres Haar und trug eine Lederkluft, das hat ihr schon gereicht. Ehe mein Constable ging, fragte sie ihn noch, ob er ein Kind Jesu sei.«

Kincaid lachte. »Da bekomm ich wirklich Sehnsucht nach den Zeiten, als ich noch Streife ging. Wie steht's mit dem Zugang südlich vom Fluß? Über die Flußniederungen.«

»Da braucht man einen Land Rover oder so was mit Vierradgetriebe. Der Boden ist nach dem vielen Regen völlig durchweicht.« Makepeace sah Kincaid mitleidig an. »Pech. Oh« – er tippte auf die Akte, die er unter den linken Arm geklemmt trug – »hier hab ich was, das Sie vielleicht ein bißchen aufheitert – den Abschlußbericht von der Pathologie.« Er reichte Kincaid den Hefter. »Gehen wir Mittagessen?«

»Geben Sie mir zehn Minuten«, bat Kincaid und vertiefte sich in die Akte.

Nachdem er den Inhalt überflogen hatte, griff er zum Telefon und rief Dr. Winstead an.

»Doktor«, sagte er, nachdem er seinen Namen genannt hatte, »ich weiß jetzt, um welche Zeit Connor Swann gegessen hat – um neun oder kurz danach. Sind Sie sicher, daß er nicht schon gegen zehn gestorben sein könnte?«

»Fleisch und Kartoffeln, hab ich recht gehabt?«

»Steak«, bestätigte Kincaid.

»Ich würde sagen, mehr gegen Mitternacht, sonst müßte der Mann schon Salzsäure im Magen gehabt haben.«

»Vielen Dank, Doktor. Ich bin begeistert.« Kincaid legte auf und sah nachdenklich auf die über den ganzen Schreibtisch verstreuten Berichte. Dann schob er sie alle zu einem Stapel zusammen, richtete den Knoten seiner Krawatte und machte sich auf den Weg zu erfreulicheren Aktivitäten.

Als Gemma in den Yard zurückkam, fand sie auf ihrem Schreibtisch eine Nachricht: ›Tom Godwin hat angerufen. Brown's Hotel, drei Uhr.‹

Sie ging zum diensthabenden Sergeant. »War das alles, Bert? Sicher?«

Pikiert sagte er: »Haben Sie schon mal erlebt, daß ich bei einer telefonischen Nachricht einen Fehler gemacht hab, Gemma?«

»Nein, nein, natürlich nicht.« Sie tätschelte ihm liebevoll den grauen Kopf. »Ich finde diese Nachricht nur merkwürdig.«

»Das ist alles, was der Herr gesagt hat, wortwörtlich«, erklärte Bert wieder besänftigt. »Der Chef will Sie übrigens sprechen.«

»Na herrlich«, murmelte sie.

Bert warf ihr einen teilnahmsvollen Blick zu. »Er hat seit dem Mittagessen niemanden mehr gefressen, Gemma.«

»Danke, Bert«, sagte Gemma lachend. »Ich fühl mich gleich viel besser.«

Dennoch ging sie mit einem Kribbeln im Bauch den Korridor hinunter. Zwar war Chief Superintendent Denis Childs für seine Fairneß seinen Mitarbeitern gegenüber bekannt, doch irgend etwas an seiner freundlichen und höflichen Art gab ihr immer das Gefühl, sich für Missetaten entschuldigen zu müssen, die sie gar nicht begangen hatte.

Seine Tür stand offen wie immer, und Gemma klopfte leicht an, ehe sie ins Zimmer trat. »Sie wollten mich sprechen, Sir?«

Childs blickte von irgendwelchen Papieren auf. Seit kurzem trug er eine Lesebrille, runde kleine Gläser mit Nickelrand, mit der er aussah wie seine eigene Großmutter, wie Gemma fand, die mit Mühe ein Lachen unterdrückte. Zum Glück nahm er sie jetzt ab und ließ sie leicht zwischen Zeigefinger und Daumen baumeln.

»Setzen Sie sich, Sergeant. Was haben Sie und Kincaid in den letzten Tagen eigentlich getrieben – Däumchen gedreht? Der *Assistant Commissioner* hat bei mir angeklopft, er wollte wissen, wieso wir immer noch nicht mit den erwarteten brillanten Ergebnissen aufwarten können. Sir Gerald Asherton macht ihm offenbar ganz schön die Hölle heiß.«

»Es sind erst vier Tage, Sir«, entgegnete Gemma gekränkt. »Und der Pathologe ist erst gestern dazu gekommen, die Obduktion zu machen. Aber«, fügte sie eilig hinzu, ehe Childs ihr sein gefürchtetes Motto – Resultate, keine Entschuldigungen – entgegenhalten konnte –, »wir haben einen Verdächtigen. Ich vernehme ihn heute nachmittag.«

»Irgendwelche harten Beweise?«

»Nein, Sir, noch nicht.«

Childs faltete die Hände über seinem runden Bauch, und Gemma staunte wieder einmal, was für eine körperliche Anziehungskraft dieser Mann trotz seiner Leibesfülle besaß. Soweit sie wußte, war er glücklich verheiratet und benutzte seinen Appeal zu nichts Verwerflicherem, als die Schreibkräfte zur Arbeit zu motivieren.

»Alle unsere Teams sind im Augenblick unterwegs – wir hatten eine wahre Mordwelle. Aber sosehr ich Sie beide auch brauche, denke ich doch, wir möchten den *Assistant Commissioner* nicht enttäuschen, nicht wahr, Sergeant? Es ist stets in unserem eigenen Interesse, die Obrigkeiten bei Laune zu halten.« Er sah sie lächelnd an. »Würden Sie das an Superintendent Kincaid weitergeben, wenn Sie ihn sehen?«

»Ja, Sir«, antwortete Gemma und machte sich, in der Annahme, daß damit das Gespräch beendet sei, schleunigst aus dem Staub.

Breite Bahnen Sonnenlicht fielen schräg ins Zimmer, als Gemma in Kincaids Büro zurückkehrte. Sie wirkten beinahe greifbar in ihrer Dichte, und das Licht schien eine sirupartige Qualität zu haben. Dem Phänomen nicht ganz trauend, ging sie zum Fenster und spähte durch die Ritzen der Jalousien. Der Himmel war in der Tat so klar und blau, wie das bei der Dunstglocke über der Stadt überhaupt möglich war. Sie blickte vom Fenster zu den Papierstapeln auf dem Schreibtisch. Das starke Licht enthüllte Staubstreifen und mehrere Fingerabdrücke; lächelnd ging Gemma hinüber und wischte sie mit einem Papiertuch weg. Immer die Indizien entfernen – so lautete die erste Regel. Dann nahm sie ihre Tasche vom Garderobenständer und eilte zum Aufzug, ehe jemand sie aufhalten konnte.

Sie ging zu Fuß durch den St. James's Park, mit flottem Schritt, tief die kühle, klare Luft einatmend. Die Engländer, dachte sie, haben einen Instinkt für den Sonnenschein, mag er auch von noch so kurzer Dauer sein, es ist, als lockte eine Art Frühmeldesystem sie aus den Häusern. Im Park waren viele Menschen unterwegs, die dem Signal gefolgt waren, manche gingen rasch und zielstrebig dahin wie sie selbst, andere bewegten sich in gemächlichem Schlenderschritt oder saßen auf Bänken, und alle wirkten sie in ihrer korrekten Kleidung seltsam fehl am Platz. An den Bäumen, die im Nieselregen der letzten Tage grau und ausgelaugt gewirkt hatten wie viel gewaschene Wäsche, leuchteten Reste von Rot und Gold, und in den Blumenbeeten standen späte Chrysanthemen.

Sie kam hinaus auf die Mall, und als sie etwas später den Piccadilly Circus erreichte, fühlte sie sich erhitzt und hatte leichtes Herzklopfen. Aber der Weg war nicht mehr weit, nur noch ein Stück die Albemarle Street hinunter, und zum erstenmal an diesem Tag hatte sie das Gefühl, einen völlig klaren Kopf zu haben.

Obwohl sie sich die Zeit gut eingeteilt hatte und ein paar Minuten zu früh ankam, war Tommy Godwin schon da. Aus einem der tiefen Clubsessel des Hotels, in dem er sich so wohl zu fühlen schien wie in seinem eigenen Wohnzimmer, winkte er ihr zu. Als sie auf ihn zuging, wurde sie sich plötzlich ihres zerzausten Haars, ihres geröteten Gesichts und ihrer absolut nicht schicken flachen Schuhe bewußt.

»Bitte, setzen Sie sich, Sergeant. Sie sehen aus, als hätten Sie sich unnötig angestrengt. Ich habe schon für Sie bestellt – ich hoffe, Sie haben nichts dagegen. So verstaubt und altmodisch das hier ist« – mit einer kurzen Geste umschloß er den Raum mit den holzgetäfelten Wänden und dem flackernden Feuer –, »der Tee ist sehr ordentlich hier.«

»Mr. Godwin, wir treffen uns hier nicht aus gesellschaftlichem Anlaß«, sagte Gemma so streng sie konnte, als sie es sich in ihrem Sessel bequem machte. »Wo sind Sie gewesen? Ich habe den ganzen Tag versucht, Sie zu erreichen.«

»Ich habe heute morgen meine Schwester in Clapham besucht. Eine ziemlich schauderhafte, aber regelmäßige familiäre Pflichtübung, die wohl den meisten von uns vertraut ist – es sei denn, man hatte das Glück, per Reagenzglas zur Welt zu kommen, und selbst das birgt Konsequenzen in sich, an die ich gar nicht denken möchte.«

Gemma versuchte sich in dem weichen Sessel aufzurichten und gerade zu sitzen. »Lassen wir doch die Spielchen, Mr. Godwin. Ich habe Fragen an Sie –«

»Können wir nicht zuerst unseren Tee trinken?« unterbrach er sie vorwurfsvoll. »Und nennen Sie mich bitte Tommy.« Er neigte sich ihr zu und sagte in vertraulichem Ton: »Dieses Hotel war das Vorbild für Agatha Christies ›*At Bertram's Hotel*‹, wußten Sie das, Sergeant? Ich habe den Verdacht, es hat sich seit damals kaum verändert.«

Neugierig, obwohl sie entschlossen war, sich nicht ablenken zu lassen, sah Gemma sich in dem großen Raum um. Einige der alten Damen, die in der Nähe saßen, erinnerten in der Tat an Miss Marple. Die blassen Farben ihrer Kleider – über denen sie vernünftige Strickjacken trugen – harmonierten mit den verblichenen Blau- und Violettschattierungen ihrer Haartönungen, und ihre Schuhe – vernünftig und solide bis zur Plumpheit.

Seltsam, daß Tommy Godwin an so einer Umgebung Gefallen findet, dachte sie, während sie ihn unauffällig musterte. Teures marineblaues Kaschmirjackett, blaßgraues Hemd aus feinstem Leinen, dazu eine seidene Krawatte mit diskretem Paisley Muster.

Als hätte er ihre Gedanken gelesen, bemerkte er: »Es ist dieses Vorkriegsflair, dem ich nicht widerstehen kann. Das goldene Zeitalter britischer Lebensart – von der heute nichts mehr zu spüren ist. Ich bin während des Kriegs geboren, aber selbst während meiner Kindheit waren noch Spuren dieser Kultiviertheit vorhanden. Ah, da kommt unser Tee«, sagte er, als der Kellner mit einem Tablett an ihren Tisch trat. »Zu den Brötchen habe ich Assam bestellt – ich hoffe, das ist in Ordnung – und danach zum Gebäck eine Kanne Keemun.«

In Gemmas Familie hatte man sich bei der Teezeremonie auf Tetley's Teebeutel beschränkt, die in eine Blechkanne gehängt wurden. Da sie jedoch nicht zugeben wollte, daß sie weder Assam noch Keemun je probiert hatte, griff sie auf seine vorangegangene Bemerkung zurück. »Sie glauben nur, daß die Zeit damals ideal gewesen sein muß, weil Sie nicht in ihr gelebt haben. Ich vermute, die Generation zwischen den Kriegen hat das edwardianische England als das goldene Zeitalter gesehen, und die Edwardianer dachten mit Trauer an viktorianische Zeiten zurück.«

»Das ist sicher ein gutes Argument, Verehrteste«, sagte er ernst, während er ihr Tee einschenkte, »aber es gab da einen großen Unterschied – den Ersten Weltkrieg. Sie hatten die Hölle gesehen und wußten, wie dünn das Furnier unserer Zivilisation in Wirklichkeit ist.«

Der Kellner kehrte zurück und stellte eine dreistöckige Platte auf ihren kleinen Tisch. Auf der unteren Platte waren kleine Brötchen angerichtet, in der Mitte Scones, süßes Gebäck ganz oben.

»Nehmen Sie ein Brötchen«, sagte Tommy. »Der Lachs auf Schwarzbrot ist besonders gut.«

Er trank von seinem Tee, nahm sich ein Gurkenbrötchen und fuhr in seinem Vortrag fort. »Es gehört heute zum guten Ton, Kriminalromane des goldenen Zeitalters als trivial und unrealistisch zu verdonnern, aber dieses Urteil ist nicht zutreffend. Er war ihre Festung gegen das Chaos. Die Konflikte waren persönlich und nicht global, und immer siegten Gerechtigkeit, Ordnung und Vergeltung. Sie brauchten diese beruhigende Gewißheit dringend. Wußten Sie, daß Großbritannien in den Jahren zwischen 1914 und 1918 fast ein Drittel seiner jungen Männer verloren hat? Doch dieser Krieg bedrohte uns nicht so wie der nächste – er blieb auf die europäische Front beschränkt.«

Er legte eine Pause ein, biß von seinem Gurkenbrötchen ab und kaute einen Moment, dann sagte er traurig: »Als was für eine Verschwendung muß man es angesehen haben, einen Teil der Jugend Großbritanniens geopfert zu haben, ohne mehr dafür vorweisen zu können als ein paar Zeitungsschlagzeilen und Politikerreden.« Er lächelte. »Aber in den Romanen von Christie oder Allingham oder Sayers hat der Detektiv den Verbrecher immer erwischt. Und es fällt auf, daß der Detektiv stets außerhalb des Systems arbeitete – die Geschichten drückten einen tröstlichen Glauben an die Gültigkeit individuellen Handelns aus.«

»Aber waren die Morde nicht immer sauber und blutlos?« fragte Gemma ziemlich ungeduldig.

»Einige waren ganz im Gegenteil ausgesprochen diabolisch. Christie hatte eine besondere Vorliebe für Giftmorde, und ich persönlich kann mir keine brutalere Weise vorstellen, einen Mord zu begehen.«

»Wollen Sie damit sagen, daß es Morde gibt, die nicht brutal sind?« Zum Beispiel, wenn man sein Opfer in den nächsten Fluß stößt, dachte sie, verwundert über die bizarre Wendung des Gesprächs.

»Natürlich nicht, Sergeant, ich will damit nur sagen, daß für mich ein Giftmord etwas besonders Grauenvolles ist – dieses Leiden und diese Schmach, die da ein Mensch einem anderen zufügt.«

Gemma trank von ihrem Tee. Sie ließ ihn langsam über ihre Zunge fließen und fand den vollen, malzigen Geschmack angenehm. »Ihnen ist also ein schneller, sauberer Mord lieber, Tommy?«

»Ich mag Mord weder so noch so, meine Liebe«, erwiderte er, zu ihr hinaufblickend, während er ihr Tee nachschenkte. Er machte sich über sie lustig, sie sah es am unterdrückten Gelächter in seinen Augen.

Zeit für eine kleine Dosis Realität, dachte sie und leckte sich einen Rest Mayonnaise von der Fingerspitze. »Ich selbst habe mir immer vorgestellt, daß es absolut grauenhaft sein muß, zu ertrinken. Wenn man schließlich diesem verzweifelten Bedürfnis, Luft zu holen, nachgibt und dann im Ersticken kämpft, bis man endlich von der Bewußtlosigkeit erlöst wird.«

Tommy Godwin saß reglos, die Hände entspannt auf der Tischplatte, während er ihr zuhörte. Was für schöne Hände er hat, dachte Gemma, lange schlanke Finger, makellos gepflegte Nägel. Sie konnte sich nicht vorstellen, daß er imstande war, sich wie ein gemeiner Rowdy zu prügeln, mit diesen Händen einem anderen den Hals zuzudrücken oder vielleicht einen sich wehrenden Menschen unter Wasser zu halten.

»Sie haben natürlich recht, Sergeant«, sagte er leise. »Meine Bemerkungen waren geschmacklos, aber Kriminalromane sind ein Hobby von mir.« Er nahm ein Kressebrötchen, betrachtete es einen Moment und legte es dann auf die Platte zurück. Der Blick seiner überraschend dunkelblauen Augen, als er sie ansah, war ohne Falsch. »Glauben Sie, daß Connor gelitten hat?«

»Das wissen wir nicht. Der Pathologe fand keine Anzeichen dafür, daß er Flußwasser in seine Lungen aufgenommen hatte, aber das schließt die Möglichkeit nicht aus.« Sie schwieg einen Moment, dann fügte sie hinzu: »Ich hatte gehofft, Sie könnten mir das sagen.«

Er riß die Augen auf. »Aber Sergeant! Sie werden doch nicht glauben –«

»Sie haben mich belogen, als Sie mir erzählten, Sie wären an dem Abend in der Oper gewesen. Eine der Platzanweiserinnen hat Sie kurz vor Ende der Vorstellung von der Straße hereinkommen sehen. Und ich habe einen Zeugen, der Sie in einem Pub in Wargrave gesehen hat, wo Sie beim Abendessen ein nicht allzu freundliches Gespräch mit Connor Swann führten«, sagte sie mit Nachdruck.

Zum erstenmal, seit sie ihm begegnet war, schien Tommy Godwin um Worte verlegen. Sie betrachtete sein stilles Gesicht und sah, daß seine Attraktivität weniger auf seinem Aussehen beruhte, als auf der Lebendigkeit seiner Züge, diesem Ausdruck wacher, humorvoller Wißbegier.

Schließlich seufzte er und schob seinen leeren Teller weg. »Ich hätte wissen müssen, daß es keinen Sinn hat. Schon als Kind konnte ich nicht lügen. Ich hatte eigentlich vor, an dem Abend die Vorstellung zu besuchen – soweit ist meine Geschichte immerhin richtig. Aber dann hatte ich eine dringende Nachricht von Connor auf meinem Anrufbeantworter. Er sagte, er müßte mich unbedingt sprechen. Ich vermute, er war auf der Suche nach mir, als er an dem Nachmittag ins Theater kam.«

»Und er bat Sie, ihn im *Red Lion* zu treffen?«

Tommy nickte, doch ehe er etwas sagen konnte, trat der Kellner mit ihrer zweiten Kanne Tee an den Tisch. Er nahm die Kanne und sagte: »Sie müssen den Keemun probieren, Sergeant. Was möchten Sie dazu haben?«

Gemma schüttelte den Kopf.

»Bitte, Sergeant«, beharrte er, »nehmen Sie etwas. Es sollte eine besondere Überraschung für Sie sein – ich dachte mir, daß hart arbeitende Polizeibeamtinnen wahrscheinlich kaum Gelegenheit haben, nachmittags in aller Ruhe Tee zu trinken.«

Sie hörte wieder Alisons Worte. Ganz gleich, was Tommy Godwin sonst getan haben mochte, sie konnte diese Freundlichkeit nicht einfach zurückweisen. »Gut, dann hätte ich gern ein *Scone*.«

Nachdem er auch sich selbst ein Stück Gebäck genommen hatte, schenkte er ihr aus der neuen Kanne ein. »Kosten Sie. Sie können natürlich Milch nehmen, wenn Sie das gern haben, aber ich würde davon abraten.«

Gemma probierte von ihrem Tee und blickte dann überrascht auf. »Der ist ja süß.«

Er machte ein erfreutes Gesicht. »Schmeckt er Ihnen? Es ist ein nordchinesischer Congou. Einer der besten chinesischen Schwarztees meiner Meinung nach.«

»Erzählen Sie mir von Ihrem Gespräch mit Connor«, sagte Gemma, während sie Erdbeermarmelade und dicke Sahne auf ihr *Scone* gab.

»Da gibt es eigentlich nicht viel zu erzählen. Ich habe mich, wie Sie schon sagten, im *Red Lion* mit ihm getroffen. Er benahm sich von Anfang an sehr merkwürdig. Ich hatte ihn nie so erlebt, obwohl ich Geschichten über die Zeit nach seiner Trennung von Julia gehört hatte. Er hatte getrunken, aber ich glaube nicht so viel, daß das eine Erklärung für sein Verhalten gewesen wäre. Es war – ich weiß auch nicht –, es hatte beinahe etwas Hysterisches.«

»Und warum wollte er Sie sehen?«

Godwin spülte einen Bissen *Scone* mit Tee hinunter. »Das hab ich bald genug erfahren. Er sagte, er wolle seine alte Stellung wiederhaben – er hätte genug davon, sich mit kleinstädtischen Pipikunden abzugeben, und er bat mich, für ihn zu vermitteln.«

»Hätten Sie das denn tun können?« fragte Gemma einigermaßen verwundert.

»Nun ja, ich denke schon. Ich kenne den Seniorpartner der Firma seit Jahren. Ich war derjenige, der ihm den Tip gegeben hat, sich den ENO-Werbeetat zu sichern.« Über den Rand seiner Tasse, die er in beiden Händen vor sich hielt, sah er Gemma an. »Tja, leider können wir die Konsequenzen unserer Handlungen nicht immer voraussehen. Hätte ich das nicht getan, so hätte Connor Gerald und Caro nie kennengelernt und natürlich auch Julia nicht.«

»Aber Sie haben Connor Swanns Bitte abgelehnt.«

»Ganz höflich zunächst. Ich habe ihm erklärt, daß es auch um meinen Ruf ginge, wenn ich ihn empfehlen würde, und daß ich das angesichts seines früheren Verhaltens nicht riskieren könnte. Die Wahrheit ist«, fügte er hinzu, ohne Gemma anzusehen, »daß ich ihn nie gemocht habe. Nicht gerade sehr diplomatisch, das zu sagen, wenn man eines Verbrechens verdächtigt wird, nicht wahr, Sergeant?« Er lächelte mit leichtem Spott, ehe er nachdenklich sagte: »Ich kann mich noch lebhaft an den Hochzeitstag der beiden erinnern. Es war im Juni, im Garten des Hauses von Julias Eltern – Sie haben ihn sicher nicht gesehen, aber um diese Jahreszeit ist er sehr schön. Alles Plummy zu verdanken, obwohl Julia ihr eine Menge geholfen hat, wenn sie Zeit hatte.

Alle sagten damals, Julia und Connor seien wie füreinander geschaffen, und ich muß zugeben, sie waren wirklich ein schönes Paar, aber trotzdem – ich sah nur Desaster, wenn ich sie mir angeschaut habe. Sie haben überhaupt nicht zueinander gepaßt.«

»Bitte, bleiben Sie bei der Sache, Tommy«, sagte Gemma und fragte sich, wie sie ihm den Ernst der Situation mit einem Mund voll Marmeladenscone klarmachen wollte.

Er seufzte. »Es kam zum Streit. Er fing an, mich zu beschimpfen, es wurde immer schlimmer, bis ich schließlich sagte, ich hätte genug davon. Dann bin ich gegangen. Das war alles.«

Gemma schob ihren Teller weg und beugte sich über den Tisch. »Das war nicht alles, Tommy. Kurz nachdem Sie und Connor das Pub verlassen hatten, ist der Barkeeper hinausgegangen, um frische Luft zu schnappen. Er hat uns erzählt, daß er Sie beide unten am Fluß bei Handgreiflichkeiten beobachtet hat.«

Obwohl sie es nicht für möglich gehalten hätte, daß ein Mann von Tommy Godwins weltmännischer Gewandtheit und Erfahrung überhaupt erröten konnte, hatte sie den Eindruck, daß sein Gesicht sich rosig färbte vor Verlegenheit.

Er wich ihrem forschenden Blick aus und schwieg. Schließlich jedoch sagte er: »Ich habe so etwas seit meiner Schulzeit nicht mehr getan, und selbst damals fand ich jede Form körperlicher Gewalt würdelos und unzivilisiert. Es war zwar die allgemein akzeptierte Ansicht, daß man sich in der Welt durchboxen müßte, um etwas zu erreichen, aber ich habe mich schon damals ganz bewußt entschieden, mein Leben anders zu führen. Natürlich drückte man mir prompt das Etikett des Feiglings und des Schwulen auf«, fügte er mit einem Anflug des alten gewinnenden Lächelns hinzu, »aber damit konnte ich leben. Nicht leben konnte ich mit dem Gedanken, meine Prinzipien aufzugeben.

Als ich mich plötzlich in eine Art Schuljungenrangelei mit Connor verwickelt sah, habe ich darum einfach aufgehört und bin gegangen.«

»Und das hat er zugelassen?«

Tommy nickte. »Ich glaube, da war ihm selbst schon der Dampf ausgegangen.«

»Hatten Sie Ihren Wagen auf dem Kiesplatz am Fluß abgestellt?«

»Nein, ich hatte einen Parkplatz auf der Straße gefunden, nicht allzuweit vom Pub entfernt. Bestimmt hat jemand meinen Wagen gesehen«, fügte er hoffnungsvoll hinzu. »Es ist ein Jaguar, rot, ziemlich auffallend.«

»Und was haben Sie getan, als Sie wieder bei Ihrem Wagen waren?«

»Ich bin nach London zurückgefahren. Das unerfreuliche Gespräch mit Connor hatte mir gründlich den Abend verdorben, außerdem hatte ich das Gefühl, von ihm zum Narren gehalten worden zu sein. Ich beschloß, wenigstens den letzten Rest meiner ursprünglichen Pläne für den Abend zu retten.«

»Ganze fünf Minuten?« fragte Gemma skeptisch.

Er lächelte. »Nun, ich hab mein Bestes getan.«

»Und Sie haben Sir Gerald nicht nur in seiner Garderobe aufgesucht, um sich ein Alibi zu sichern?«

Geduldig sagte er: »Ich wollte ihm gratulieren, Sergeant. Das habe ich Ihnen doch schon gesagt.«

»Obwohl Sie die Vorstellung gar nicht gesehen hatten?«

»Die Reaktion des Publikums hat mir gezeigt, daß sie besonders gut gewesen war.«

Sie blickte ihm forschend ins Gesicht, und er erwiderte ruhig ihren Blick. »Sie haben recht, Tommy«, sagte sie schließlich. »Sie sind wirklich ein schlechter Lügner. Ich nehme an, nach dem Theater sind Sie direkt nach Hause gefahren?«

»Das ist richtig, ja.«

»Kann das jemand bestätigen?«

»Nein, leider nicht. Und da ich meinen Wagen hinter dem Haus geparkt habe und dann mit dem Lieferantenaufzug hinaufgefahren bin, hat mich auch kein Mensch gesehen. Tut mir wirklich leid«, sagte er, als bedaure er es, sie zu enttäuschen.

»Ja, mir tut es auch leid, Tommy.« Gemma seufzte. Sie fühlte sich plötzlich müde. »Sie könnten Connor Swanns Leiche im Kofferraum Ihres Wagens verstaut haben, nach der Vorstellung nach Hambleden gefahren sein und sie dort in den Fluß geworfen haben.«

»Im Ernst? Das ist ja wirklich sehr phantasievoll.« Godwin zeigte Erheiterung.

Gereizt sagte sie: »Ihnen ist klar, daß wir Ihren Wagen beschlagnahmen müssen, damit die Spurensicherung ihn untersuchen kann. Und wir werden auch Ihre Wohnung durchsuchen müssen. Außerdem müssen Sie jetzt mit mir zum Yard fahren, damit wir Ihre Aussage zu Protokoll nehmen können.«

Er hob die Teekanne aus zartem Porzellan und lächelte. »Dann trinken Sie jetzt wohl am besten Ihren Tee aus, Verehrteste.«

12

Das Mittagessen mit Makepeace verbesserte Kincaids Stimmung ganz erheblich. Als die beiden Männer aus dem düsteren Pub in der Nähe der Polizeidienststelle High Wycombe auf die Straße traten, zwinkerten sie verblüfft.

»Das ist aber eine Überraschung«, sagte Makepeace und hielt sein Gesicht in die Sonne. »Nur wird es wohl leider nicht lang anhalten – der Wetterbericht hat starke Regengüsse angesagt.«

Nach diesem langen Morgen am Schreibtisch, dachte Kincaid, als er die schwache Wärme der Sonne auf seinem Gesicht fühlte, ist jetzt ein Spaziergang das Richtige. »Die paar Sonnenstrahlen werd ich ausnützen«, sagte er zu Makepeace, als sie vor der Dienststelle standen. »Sie können mich ja erreichen, wenn sich etwas tun sollte.«

»So ein Glück möcht ich auch haben«, antwortete Makepeace gutmütig. »Aber ich muß zurück in die Tretmühle.« Er winkte Kincaid kurz zu und verschwand hinter der Glastür.

Kincaid fuhr das kurze Stück von High Wycombe nach Fingest mit dem Auto. Als er das Dorf erreichte, zögerte er einen Moment, ehe er auf den Parkplatz des Pubs fuhr. Das Pfarrhaus sah zwar in der Nachmittagssonne sehr einladend aus, und der Pastor kannte hier gewiß jeden Weg und Steg, doch er fürchtete, er könnte sich dazu verleiten lassen, den ganzen Nachmittag beim gemütlichen Plausch mit dem Pastor in seinem Arbeitszimmer zu verbringen.

Tony erwies sich schließlich in der Frage örtlicher Spazierwege so hilfreich und entgegenkommend wie in allem anderen bisher. »Ich hab genau das Richtige für Sie«, sagte er und holte ein zerfleddertes Buch unter dem Tresen hervor. »Eine Pubwanderung. Dreieinhalb Meilen, ist das zuviel für Sie?« Er musterte Kincaid mit taxierendem Blick.

»Ich glaube, das schaffe ich gerade noch«, erwiderte Kincaid lächelnd.

»Fingest, Skirmett, Turville und dann zurück nach Fingest. Jedes Dorf liegt in seinem eigenen Tal, aber auf dieser Wanderung werden die steilsten Steigungen vermieden. Ein bißchen matschig könnte es allerdings schon werden.«

»Vielen Dank, Tony. Ich verspreche Ihnen, den Matsch nicht ins Haus zu tragen. Ich geh nur rasch hinauf und zieh mich um.«

»Nehmen Sie meinen Kompaß«, rief Tony ihm nach. Er hielt das Gerät hoch, als hätte er es wie ein Zauberkünstler aus dem Ärmel geschüttelt. »Den kann man immer gebrauchen.«

Auf der Höhe des ersten langen Anstiegs hatte ein freundlicher Mensch eine Bank aufgestellt, auf der der außer Atem geratene Wanderer sich niederlassen und die Aussicht genießen konnte. Kincaid machte von dem Angebot nur kurzen Gebrauch, dann marschierte er weiter, durch Wälder und Wiesen und Felder. Anfangs beschäftigte ihn der kurze geschichtliche Überblick, den der Pastor ihm gegeben hatte, und er dachte beim Gehen an die Kelten, Römer, Sachsen und Normannen, die sich nacheinander in diesen Hügeln angesiedelt und alle dieser Landschaft ihren besonderen Stempel aufgedrückt hatten.

Aber nach einer Weile begannen frische Luft, Bewegung und Einsamkeit zu wirken, und mit freiem Kopf konnte er zu der Frage von Connor Swanns Tod zurückkehren, die Tatsachen und Impressionen sichten, die er bisher gesammelt hatte. Der pathologische Befund ließ es als höchst unwahrscheinlich erscheinen, daß Tommy Godwin Connor Swann draußen vor dem *Red Lion* in Wargrave getötet hatte. Es war natürlich möglich, daß er Connor zunächst bewußtlos geschlagen und ihn zwei Stunden später getötet hatte, nachdem er aus London zurückgekehrt war – aber Kincaid konnte sich so wenig wie Gemma vorstellen, wie die Leiche später vom Auto zur Schleuse gebracht worden sein sollte.

Dr. Winsteads Bericht bedeutete ferner, daß auch Julia während ihrer kurzen Abwesenheit von der Galerie Connor nicht getötet haben konnte, und Davids Aussage, derzufolge Connor bis mindestens zehn Uhr in Wargrave gewesen war, bewies, daß sie ihn unmöglich am Fluß getroffen haben konnte, um ein späteres Zusammentreffen mit ihm zu vereinbaren. Kincaid drängte die Erleichterung zurück, die diese Schlußfolgerung ihm brachte, und zwang sich, die nächste Möglichkeit in Betracht zu ziehen – daß sie sich viel später mit Connor getroffen hatte und Trevor Simons log, um sie zu decken.

Er war so vertieft in seine Gedanken, daß er den Kuhfladen erst sah, als er schon hineingepatscht war. Fluchend wischte er den Tennisschuh so gut es ging im Gras ab. Mit dem Motiv war es ähnlich, dachte er, als er achtsamer weitermarschierte – man sah es manchmal erst, wenn man praktisch hineinstolperte. Sosehr er sich bemühte, es fiel ihm kein plausibler Grund ein, weshalb Julia ihren Mann hätte töten sollen; er glaubte auch nicht, daß sie, nachdem sie an diesem Tag bereits einen Streit mit ihm gehabt hatte, zu einer Verabredung mit ihm bereit gewesen wäre.

War dieser Streit mit Julia nach dem Mittagessen der Auslöser von Connors zunehmend seltsamem Verhalten an diesem Tag gewesen? Nein, eigentlich war Connor erst sichtbar vom erwarteten Muster abgewichen, nachdem er sich von Kenneth Hicks getrennt hatte. Und damit war Kincaid wieder bei Kenneth Hicks – wo hatte Hicks den Donnerstag abend verbracht, und warum hatten die Fragen nach seinem Tun ihn veranlaßt, nach anfänglicher, wenn auch widerstrebender Kooperation plötzlich beharrlich zu schweigen? Er sah Hicks vor sich, in seine teure Lederjacke verkrochen, als wäre sie eine Rüstung, und ihm fiel die Zeugin ein, von der Makepeace gesprochen hatte. ›Ein Junge in Ledermontur‹, hatte sie gesagt ... Hicks war schmächtig und nicht größer als eins siebzig. Neben Connor hätte man ihn leicht für einen Jungen halten können. Auf jeden Fall war dies eine Möglichkeit, der nachzugehen sich lohnte.

Wälder schlossen ihn wieder ein, als er Skirmett hinter sich ließ. Er schritt durch eine schattige, geräuschlose Welt, in der der Klang seiner Schritte vom welken Laub auf dem Boden aufgesogen wurde. Nicht einmal Vogelgezwitscher durchbrach die Stille, und als er stehenblieb, weil er in der Ferne ein Reh gesehen zu haben glaubte, hörte er das Rauschen seines Bluts in seinen Ohren.

Er setzte sich wieder in Bewegung und verlor sich gleich wieder in seinen Spekulationen. Wenn Connor Swann nach seinem Streit mit Tommy Godwin vom *Red Lion* weggefahren war, wohin dann? Sharon Doyle kam ihm in den Sinn – sie war genau wie Kenneth Hicks aggressiv geworden, als Kincaid sie danach gefragt hatte, was sie später in jenem Abend getan hatte.

Als er bei Turville aus dem Wald heraustrat, blickte er nach Nordwesten, in Richtung Northend, zu der Anhöhe, auf der unter dem dunklen Laubdach der Buchen verborgen das Haus der Ashertons stand. Was hatte Julia in dieses Haus zurückgezogen? An der Abzweigung nach Northend blieb er stirnrunzelnd stehen. Ein roter Faden zog sich durch diesen Fall, den er nicht recht zu fassen bekam – immer, wenn er glaubte zupacken zu können, entzog er sich ihm, ähnlich wie es einem ergeht, wenn man die Ranke einer Unterwasserpflanze zu erhaschen sucht.

Inmitten der geduckten kleinen Häuser von Turville lockte das *Bull and Butcher*, doch Kincaid widerstand der Versuchung eines kühlen Biers und marschierte weiter, in die Felder hinaus. Bald gelangte er auf die Straße, die nach Fingest führte. Die Sonne war hinter den Wipfeln der Bäume verschwunden, und ihr Licht fiel schräg, von Blättern und Zweigen gebrochen, zwischen den Stämmen hindurch.

Als der nun schon vertraute Turm der Kirche von Fingest in Sicht kam, hatte Kincaid zwei Entschlüsse gefaßt. Er würde die Kollegen von Thames Valley bitten, Kenneth Hicks vorzuführen, dann würde man sehen, wie lange seine dreiste Störrischkeit in einem amtlichen Vernehmungszimmer vorhielt.

Und er würde noch einmal mit Sharon Doyle sprechen.

Als Kincaid ins *Chequers* zurückkam, mit Matsch an den Schuhen, wie Tony prophezeit hatte, und angenehm müde von seiner Wanderung, hatte Gemma noch nichts von sich hören lassen. Er rief im Yard an und hinterließ beim diensthabenden Beamten eine Nachricht für sie. Sobald sie in London fertig sei, solle sie wieder zu ihm nach Fingest kommen. Er wollte sie bei seinem Gespräch mit Hicks dabeihaben. Und in Anbetracht von Hicks' offensichtlicher Abneigung gegen Frauen, dachte Kincaid mit einem Lächeln, würde es sich vielleicht lohnen, sie das Gespräch führen zu lassen.

In Henley ließ Kincaid seinen Wagen in der Nähe der Polizeidienststelle stehen und ging zu Fuß die Hart Street hinunter, immer den Turm der Marienkirche vor Augen, die trutzig und stolz den Mittelpunkt des Ortes bildete. Die Church Avenue lag halb versteckt im Schatten ihres Turms, an den Friedhof angrenzend. Ein Schild, das in das Mauerwerk eingelassen war, besagte, daß die Reihe von Armenhäusern 1547 von John Longland, Bischof von Lincoln, gestiftet und 1830 wieder erbaut worden war.

Die Häuschen waren unerwartet hübsch, mit blaßgrün gestrichenen Mauern und leuchtendblauen Türen. Spitzenvorhänge hingen in jedem Fenster. Kincaid klopfte an der Tür mit der Nummer, die Sharon Doyle ihm angegeben hatte. Von drinnen waren die Geräusche eines Fernsehapparats zu hören und schwach die Stimme eines Kindes.

Er hatte gerade die Hand erhoben, um noch einmal zu klopfen, als Sharon die Tür öffnete. Wären nicht die leuchtendblonden Locken gewesen, er hätte sie kaum wiedererkannt. Sie war nicht geschminkt, nicht einmal ihre Lippen waren gefärbt, und ihr nacktes Gesicht wirkte jung und verletzlich. Statt der aufgedonnerten Klamotten hatte sie ein verwaschenes Sweatshirt an, Jeans und schmutzige Tennisschuhe, und in den wenigen Tagen, seit er sie zuletzt gesehen hatte, schien sie sichtlich dünner geworden zu sein. Zu seiner Überraschung schien sie auch rührend erfreut zu sein, ihn zu sehen.

»Superintendent! Was tun Sie denn hier?« Mit verschmiertem Mund und zerzaustem Haar schob sich das Kind, das Kincaid von dem Foto kannte, neben Sharon und hängte sich an das Bein seiner Mutter.

»Hallo, Hayley«, sagte Kincaid in die Hocke gehend. Er blickte zu Sharon hinauf und fügte hinzu: »Ich wollte mal sehen, wie es Ihnen geht.«

»Ach, kommen Sie doch herein«, sagte sie und trat zur Seite, etwas behindert von dem Kind, das sich fest an ihr Bein klammerte. »Hayley war gerade beim Essen, stimmt's, Schatz? In der Küche, mit Grannie.«

Jetzt, da sie Kincaid ins Wohnzimmer geführt hatte, schien sie nicht zu wissen, was sie mit ihm anfangen wollte, stand nur da und streichelte das Lockengewirr des Kindes.

Kincaid sah sich mit Interesse in dem kleinen Raum um. Spitzendeckchen und dunkle Möbel, Lampenschirme mit Fransen und ein Geruch nach Lavendelwachs, alles so sauber und ordentlich wie in einem Museum. Das Geräusch des Fernsehgeräts war nur wenig lauter als von draußen, die Innenwände des Hauses waren offenbar stabil gebaut.

»Gran hat den Fernseher gern in der Küche«, bemerkte Sharon. »Da sitzt man gemütlicher, gleich beim Kamin.«

Dieses kleine Wohnzimmer hätte der Schauplatz einer Liebesgeschichte aus lang vergangener Zeit sein können, dachte Kincaid. Er sah sie vor sich, die beiden jungen Liebenden, wie sie steif auf den steifen Stühlen saßen, dann fiel ihm ein, daß diese Häuser ja für alte Wohlfahrtsempfänger gebaut worden waren. Er fragte sich, ob Connor je hierhergekommen war.

Diplomatisch sagte er: »Wenn Hayley jetzt wieder zu ihrer Grannie gehen will, um fertig zu essen, könnten wir beide vielleicht ein paar Schritte hinausgehen und uns unterhalten.«

Sharon warf ihm einen dankbaren Blick zu und neigte sich zu ihrer Tochter hinunter. »Hast du gehört, was der Superintendent gesagt hat, Schatz? Er möchte gern mal mit mir reden. Gehst du inzwischen wieder zu Grannie, ja? Wenn du alles aufißt, kannst du hinterher auch ein Plätzchen haben«, fügte sie überredend hinzu.

Hayley musterte ihre Mutter, als wollte sie die Aufrichtigkeit dieses Angebots ergründen.

»Ich versprech es dir«, sagte Sharon, drehte sie herum und gab ihr einen Klaps auf den Po. »Na komm, geh schon. Sag Gran, daß ich gleich komme.« Sie wartete, bis das kleine Mädchen in der Küche verschwunden war, dann sagte sie zu Kincaid: »Ich hol mir nur eine Jacke.«

Die Jacke erwies sich als eine braune Herrenstrickjacke, abgetragen und nicht ohne einige Mottenlöcher. Sie erinnerte Kincaid ironischerweise an die, die Sir Gerald Asherton bei ihrer ersten Begegnung getragen hatte.

Als Sharon Kincaids Blick sah, lächelte sie und sagte: »Die hat meinem Großvater gehört. Gran hat sie aufgehoben. Nur so fürs Haus.« Als sie Kincaid nach draußen folgte, fügte sie hinzu: »Eigentlich ist sie meine Urgroßmutter, meine richtige Großmutter hab ich nie gekannt. Sie ist bei der Geburt meiner Mutter gestorben.« Die Sonne war in den wenigen Minuten, die Kincaid im Haus verbracht hatte, untergegangen, doch im abendlichen Zwielicht wirkte der Friedhof noch einladender. Sie gingen zu einer Bank, und als sie sich setzten, sagte Kincaid: »Ist Hayley immer so schüchtern?«

»Im Gegenteil, von dem Tag an, als sie die ersten Worte sprechen konnte, hat sie immer geplappert wie ein kleiner Papagei, auch mit Fremden.« Sharons Hände lagen locker in ihrem Schoß, so still, daß man hätte meinen können, sie gehörten nicht zu ihrem Körper. »Erst seit ich ihr das von Con gesagt hab, ist sie so geworden.« Sie sah hilfesuchend zu Kincaid auf. »Ich mußte es ihr doch sagen, oder nicht, Mr. Kincaid? Ich konnte sie doch nicht glauben lassen, er wär einfach abgehauen. Ich konnte sie nicht glauben lassen, daß er sich nichts aus uns gemacht hat.«

Kincaid bedachte die Frage sorgfältig, ehe er antwortete. »Ich glaube, Sie haben das Richtige getan, Sharon. Auf lange Sicht ist es immer besser, die Wahrheit zu sagen. Kinder spüren es, wenn man lügt, und wenn Sie Hayley belogen hätten, dann müßte sie jetzt nicht nur mit dem Verlust fertig werden, sondern auch mit dem Verrat.«

Sharon hörte ihm aufmerksam zu und nickte einmal kurz, als er geendet hatte. Einen Moment lang sah sie auf ihre Hände nieder. »Jetzt möchte sie wissen, warum wir ihn nicht sehen können. Meine Tante Pearl ist letztes Jahr gestorben, und da hat Gran sie vor der Beerdigung ins Leichenschauhaus mitgenommen.«

»Was haben Sie ihr gesagt?«

Mit einem Achselzucken erwiderte Sharon: »Daß jeder seinen eigenen Brauch hat. Was hätt ich denn sonst sagen sollen?«

»Ich könnte mir denken, sie will einen konkreten Beweis dafür, daß Con wirklich tot ist. Vielleicht könnten Sie hinterher einmal mit ihr zu seinem Grab gehen.« Er wies auf die Gräber, die so ordentlich im grünen Gras des Friedhofs angeordnet waren. »Das ist ihr doch sicher vertraut.«

Sie schob krampfhaft ihre Hände zusammen. »Ich kann mit keinem Menschen darüber reden, wissen Sie. Gran will nichts davon hören – sie war sowieso dagegen –«

»Warum das?« fragte Kincaid, überrascht, daß die Frau diese Beziehung nicht als Chance für ihre Urenkelin gesehen hatte.

»Vor dem Herrn ist eine Ehe eine Ehe«, ahmte Sharon ihre Urgroßmutter nach, und Kincaid hatte plötzlich ein klares Bild der alten Frau. »Gran hat sehr feste Überzeugungen. Für sie hat es keinen Unterschied gemacht, daß Con nicht mehr mit seiner Frau zusammengelebt hat. Sie hat gesagt, solange Con verheiratet sei, hätte ich keinerlei Rechte. Und jetzt zeigt sich ja, daß sie gewußt hat, wovon sie redet, nicht wahr?«

»Aber Sie haben doch sicher Freundinnen, mit denen Sie sprechen können«, meinte Kincaid, der auf die letzte Frage keine tröstliche Antwort wußte.

»Die wollen auch nichts davon wissen. Man könnt meinen, ich wär eine Aussätzige – die tun so, als hätten sie Angst, sie könnten sich bei mir anstecken.« Sharon schniefte und sagte leiser: »Ich will sowieso nicht mit ihnen über Con reden. Das, was war, war nur zwischen uns, und so soll's auch bleiben.«

»Ja, das kann ich verstehen.«

Ein paar Minuten saßen sie schweigend nebeneinander. In den kleinen Häusern gegenüber gingen die ersten Lichter an. Schattenhafte Gestalten bewegten sich hinter den Spitzenvorhängen, und hier und dort trat eine alte Frau aus der Tür, um die Milchflaschen hinauszustellen oder einen vergessenen Gegenstand hereinzuholen. Kincaid mußte an die Uhren denken, bei denen mit jedem Stundenschlag ein Figürchen aus dem Gehäuse tritt. Er sah die junge Frau an, die mit gesenktem Kopf neben ihm saß. »Ich sehe zu, daß Sie Ihre Sachen zurückbekommen, Sharon. Mrs. Swann möchte das auch.«

Ihre Reaktion überraschte ihn. »Das, was ich da neulich abend gesagt ... Ich hab inzwischen Zeit zum Nachdenken gehabt.« Im schwindenden Licht sah er flüchtig den Glanz ihrer Augen, ehe sie wieder von ihm wegschaute. »Was ich da gesagt hab, war nicht in Ordnung. Sie wissen schon. Über sie ...«

»Sie meinen, als Sie sagten, Julia hätte Connor getötet?«

Sie nickte. »Ich weiß nicht, warum ich das gesagt hab. Ich wollte wahrscheinlich einfach irgend jemandem weh tun.« Nach einer kurzen Pause sagte sie in einem Ton, als hätte sie eine ganz neue Entdeckung gemacht: »Ich glaube, ich wollte unbedingt glauben, daß sie wirklich so gemein ist, wie Con gesagt hat. Das hat mir gutgetan. Da hab ich mich sicherer gefühlt.«

»Und jetzt?« fragte Kincaid. Als sie nicht antwortete, sagte er: »Sie hatten keinen Grund zu diesen Beschuldigungen? Con hat nie etwas gesagt, das Ihnen Anlaß gab zu glauben, Julia habe ihm gedroht?«

Sie schüttelte den Kopf und sagte so leise, daß er sich zu ihr hinunterneigen mußte, um sie zu hören: »Nein.« Sie roch nach Kernseife, und die gute, saubere Alltäglichkeit dieses Geruchs weckte plötzliche Wehmut in ihm.

Das Zwielicht begann sich zu verdunkeln, und hinter einigen der Fenster gegenüber war das bläulich flackernde Licht von Fernsehapparaten zu sehen. Kincaid stellte sich vor, daß die Alten dort drüben, lauter Frauen, soweit er gesehen hatte, jetzt schon ihr Abendessen einnahmen, damit sie es sich dann ungestört, isoliert von sich selbst und voneinander vor der Flimmerkiste bequem machen konnten. Es fröstelte ihn innerlich bei dem Gedanken, und er mußte eine plötzliche Anwandlung von Melancholie abschütteln. Aber warum sollte er ihnen ihr einsames Vergnügen verübeln?

Sharon richtete sich ein wenig auf und zog ihre Strickjacke enger um sich. Sich die Hände reibend, um sie zu wärmen, wandte er sich ihr zu und sagte: »Eines noch, Sharon, und dann gehen Sie lieber wieder hinein, ehe Sie sich erkälten. Wir haben einen Zeugen, der sicher ist, Connor an dem fraglichen Abend im *Red Lion* in Wargrave gesehen zu haben. Nachdem er bei Ihnen weggegangen war. Connor traf sich mit einem Mann, auf den die Beschreibung von Tommy Godwin paßt, einem alten Freund der Ashertons. Kennen Sie ihn, oder hat Con je von ihm gesprochen?«

Sie schwieg lange. Er konnte das Rattern ihrer Gedanken förmlich hören und meinte, wenn er nur genau genug hinsähe, würde er ihre in angestrengtem Nachdenken gekrauste Stirn sehen.

»Nein«, sagte sie schließlich, »der Name ist mir unbekannt.« Sie drehte sich nach ihm herum. »Haben sie – haben sie gestritten?«

»Dem Zeugen zufolge war es keine besonders freundliche Unterhaltung. Warum?«

Sie führte ihre Hand zum Mund und begann am Nagel ihres Zeigefingers zu kauen. Nägelkauen war eine Form der Selbstverstümmelung, die bei Kincaid stets Abscheu hervorrief. Er wartete, die Hände gefaltet, um sich daran zu hindern, ihr die Hand vom Mund wegzureißen.

»Ich hab gedacht, ich hätte ihn wütend gemacht«, sagte sie. »Er ist an dem Abend noch mal zurückgekommen. Er hat sich überhaupt nicht gefreut, mich zu sehen – er wollte nur wissen, warum ich nicht zu Gran gegangen war, wie ich gesagt hatte.« Sie berührte Kincaids Ärmel. »Deshalb hab ich das vorher nicht erzählt. Ich bin mir so blöd vorgekommen.«

Kincaid tätschelte ihre Hand. »Und warum waren Sie nicht heimgegangen?«

»Ach, ich bin schon nach Hause gegangen, aber Gran und ihre Freundinnen haben eher mit dem Bridge aufgehört – eine von ihnen hat sich nicht wohl gefühlt. Da bin ich wieder zu Con gegangen. Es hat mir leid getan, daß ich vorher so beleidigt abgedampft war. Ich hab gedacht, er würde sich freuen, mich zu sehen, und wir könnten –« Sie schluckte, unfähig fortzufahren. Doch was sie gehofft hatte, war Kincaid auch so klar.

»War er betrunken?«

»Er hatte was getrunken, ja, aber richtig betrunken war er nicht.«

»Und er hat Ihnen nicht gesagt, wo er gewesen war und mit wem?«

Sharon schüttelte den Kopf. »Er hat nur gesagt ›Was tust du denn hier?‹, und dann ist er an mir vorbeigegangen, als wär ich ein Möbelstück oder so was.«

»Und weiter? Erzählen Sie mir alle Einzelheiten, alles, woran Sie sich erinnern können.«

Sie schloß die Augen und überlegte einen Moment, dann begann sie gehorsam: »Er ist in die Küche und hat sich was zu trinken gemacht –«

»Nicht an den Barwagen?« fragte Kincaid, der sich des Sortiments von Flaschen auf dem Servierwagen im Wohnzimmer erinnerte.

»Ach, der war nur für die Gäste da. Con hat Whisky getrunken und hatte immer eine Flasche in der Küche stehen. Auf der Arbeitsplatte«, sagte sie und fuhr dann langsamer fort: »Dann ist er wieder ins Wohnzimmer gekommen, und mir ist aufgefallen, daß er sich dauernd den Hals gerieben hat. ›Alles in Ordnung?‹ hab ich ihn gefragt. ›Geht's dir nicht gut?‹ Aber er hat mir gar nicht geantwortet. Er ist nach oben gegangen, in sein Arbeitszimmer, und hat die Tür zugemacht.«

»Sind Sie ihm gefolgt?« fragte Kincaid, als sie nicht weitersprach.

»Ich hab nicht gewußt, was ich tun soll. Ich wollte gerade raufgehen, da hab ich ihn oben reden hören – er hatte anscheinend jemanden angerufen.« Sie sah Kincaid an, und selbst im trüben Widerschein der Straßenlampen konnte er sehen, wie sehr sie sich quälte. »Er hat gelacht. Das ist es, was ich nicht verstehen konnte. Wieso konnte er lachen, wo er doch zu mir kaum ein Wort gesagt hatte?

Als er wieder runtergekommen ist, hat er gesagt: ›Ich geh jetzt noch mal weg, Shar. Sperr ab, wenn du gehst.‹ Ich war inzwischen unheimlich wütend, das können Sie sich wahrscheinlich denken. Ich hab ihm gesagt, er kann seine verdammte Tür selber zuschließen, ich hätte keine Lust, mich von ihm wie ein kleines Flittchen behandeln zu lassen. Ich hab gesagt, wenn er mich sehen wollte, könnt er mich ja anrufen, und dann würd ich's mir überlegen, falls ich nicht gerade was Besseres vorhätte.«

»Und was hat Connor darauf gesagt?«

»Er hat nur dagestanden und mich angestarrt, als hätt er kein Wort gehört.«

Kincaid, der Sharon in Wut erlebt hatte, dachte, daß Connor in der Tat mit seinen Gedanken ganz woanders gewesen sein mußte. »Und sind Sie dann gegangen?«

»Klar, mußte ich ja, oder? Was hätt ich denn sonst tun sollen?«

»Natürlich, die Szene verlangte einen großen Abgang«, sagte Kincaid lächelnd.

Sharon erwiderte das Lächeln ein wenig widerstrebend. »Ich hab die Tür mit solcher Wucht zugeknallt, daß ich mir den Nagel abgebrochen hab. Das hat vielleicht weh getan.«

»Sie haben also nicht selbst gesehen, wie er weggegangen ist?«

»Nein. Ich hab noch einen Moment rumgestanden. Wahrscheinlich hab ich gehofft, er würde nachkommen und sagen, es täte ihm leid. Schön blöd«, fügte sie bitter hinzu.

»Nein, das war gar nicht blöd. Sie hatten ja keine Erklärung für Cons Verhalten – ich glaube, ich an Ihrer Stelle hätte genauso gehandelt.«

Sie schwieg einen Moment, dann sagte sie stockend: »Mr. Kincaid, wissen Sie, warum Con – warum er mich so behandelt hat?«

Er wünschte, er hätte sie irgendwie trösten können, doch er sagte nur: »Nein« und fügte dann mit einer Bestimmtheit, an die er selbst nicht recht glaubte, hinzu: »Aber ich werde es herausfinden. Kommen Sie, ich bring Sie jetzt wieder nach Hause. Sonst hetzt uns Ihre Großmutter noch die Polizei auf den Hals.«

Ihr Lächeln war so schwach wie sein kleiner Scherz.

Als sie vor dem Häuschen standen, fragte er: »Wie spät war

es, als Sie bei Con weggegangen sind, Sharon? Wissen Sie das noch?«

Sie wies mit dem Kopf zu dem trutzigen Kirchturm hinter ihnen. »Es hat gerade elf geschlagen, als ich beim *Angel* vorbeigekommen bin.«

Als er sich von Sharon getrennt hatte, schien es Kincaid das Natürlichste von der Welt, weiter den Hügel hinunterzugehen und am Fluß entlang zu Julias Wohnung. Er wollte Sharons Sachen holen, solange er noch daran dachte, und die Gelegenheit benutzen, um Julia noch einmal zu fragen, was sie in jener Nacht getan hatte, nachdem die Galerie geschlossen hatte.

So zumindest sagte sein rationaler Teil. Ein anderer Teil von ihm jedoch beobachtete diese Zurechtlegungen mit spöttisch erheiterter Herausforderung. Warum gab er nicht zu, daß er mit ihr zusammensein wollte? Daß er den Glanz des Lichts auf ihrem dunklen Haar sehen wollte, die Art, wie ihre Lippen sich an den Winkeln leicht in die Höhe zogen, wenn sie eine Bemerkung von ihm erheiternd fand? Daß seine Haut sich noch immer der Berührung ihrer Finger erinnerte?

»Blödsinn!« sagte Kincaid laut, um den spöttischen Zuschauer zu vertreiben. Es gab noch einige offene Fragen zu klären, das war alles, und sein Interesse an Julia Swann war rein dienstlicher Natur.

Der Wind, der früher am Tag die Wolken weggefegt hatte, hatte sich jetzt gelegt. Der Abend war still, wie in Erwartung gehüllt. Die Lichter, die sich im Fluß spiegelten, verliehen dem Wasser einen eisharten Glanz, und als er am *Angel* Pub vorüberkam und das Ufer entlangging, fühlte er die kalte Luft, die wie eine Wolke über dem Fluß hing.

Als er Trevor Simons' Galerie erreichte, sah er Simons gerade aus der Tür kommen. Eilig überquerte er die Straße und berührte den Arm des Mannes, der mit dem Rücken zu ihm stand und sich am Türschloß zu schaffen machte.

»Mr. Simons. Haben Sie Schwierigkeiten mit Ihrem Schloß?«

Simons fuhr hoch und ließ den Schlüsselbund fallen, den er in der Hand gehalten hatte. »Du meine Güte, Superintendent, haben Sie mich erschreckt!« Er bückte sich, um die Schlüssel wieder aufzuheben, und fügte hinzu: »Ja, das Schloß klemmt ein bißchen, aber jetzt hab ich's schon.«

»Sie gehen jetzt nach Hause?« erkundigte sich Kincaid freundlich und fragte sich dabei, ob zu Simons' Heimweg ein Besuch bei Julia gehörte. Jetzt, da sie wieder in ihrer Wohnung ganz in der Nähe war, waren verstohlene Treffen in der Werkstatt hinter der Galerie nicht mehr notwendig.

Die Schlüssel in der einen Hand, eine Mappe in der anderen, stand Simons etwas verlegen da. »Ja, stimmt, ich wollte nach Hause. Wollten Sie zu mir?«

»Ich hab nur noch ein paar Fragen«, antwortete Kincaid. »Gehen wir doch rüber und trinken ein Glas zusammen.«

»Es wird doch nicht länger als eine halbe Stunde dauern?« Simons sah auf seine Uhr. »Wir gehen heute abend zum Essen aus. Meine Frau hat die Kinder bei Freunden untergebracht – wenn ich da zu spät komme, skalpiert sie mich.«

Kincaid beruhigte ihn. »Keine Sorge, ich verspreche, daß ich Sie nicht lange aufhalte.«

Im *Angel* war es voll, aber es ging gedämpft zu – die Gäste, stellte Kincaid sich umblickend fest, waren meist Berufstätige, die nach der Arbeit noch ein Bier tranken, ehe sie nach Hause fuhren.

»Nett hier«, sagte Kincaid, als sie es sich an einem Tisch bei einem der Fenster mit Blick auf den Fluß bequem gemacht hatten. »Prost. Ich muß gestehen, das hiesige Bier schmeckt mir.«

Während er trank, beobachtete er Simons neugierig. Er hatte etwas verlegen gewirkt, als er von seiner Verabredung zum Abendessen gesprochen hatte, doch Kincaid hatte nicht den Eindruck, daß es eine Lüge gewesen war. »Sie und Ihre Frau haben wohl einen romantischen Abend geplant?« sagte er, um ein wenig auf den Busch zu klopfen.

Simons wich seinem Blick aus, jetzt ganz offensichtlich verlegen. »Na ja, Superintendent, Sie wissen ja, wie Frauen sind. Sie wäre sehr enttäuscht, wenn ich keinen Enthusiasmus zeigen würde.«

Ein Boot tuckerte langsam unter der Henley Bridge hindurch. Kincaid schob mit einem Finger nachdenklich seinen Bierdeckel hin und her, dann hob er den Kopf und sah Simons an. »Wissen Sie, daß Julia wieder in ihrer Wohnung ist?«

»Ja ja, ich weiß. Sie hat mich gestern angerufen.« Ehe Kincaid darauf reagieren konnte, fügte Simons entschlossen hinzu: »Ich habe mir Ihren Rat zu Herzen genommen, Superintendent. Ich habe meiner Frau von – von der Geschichte mit Julia erzählt.« Simons' schmales Gesicht wirkte erschöpft, und als er von seinem Whisky trank, zitterte seine Hand ein wenig.

»Und?« fragte Kincaid, als er nicht weitersprach.

»Sie war natürlich entsetzt. Und verletzt, wie Sie sich vorstellen können«, sagte Simons leise. »Ich glaube, dieser Schaden wird nicht leicht zu reparieren sein. Wir haben eine gute Ehe, sie ist wahrscheinlich besser als die meisten. Ich hätte niemals so achtlos damit umgehen sollen.«

»Das hört sich ja an, als hätten Sie nicht die Absicht, die Beziehung zu Julia fortzusetzen«, sagte Kincaid, der genau wußte, daß ihn das nichts anging und seine dienstliche Aufgabe keinerlei Rechtfertigung dafür war, die Grenzen des guten Geschmacks derart zu überschreiten.

Simons schüttelte den Kopf. »Nein, das ist unmöglich. Das

kann ich nicht, wenn ich meine Ehe erhalten will. Ich habe es Julia schon gesagt.«

»Wie hat sie es aufgenommen?«

»Oh, sie wird nicht an gebrochenem Herzen sterben.« Simons lächelte mit einer Spur Selbstironie. »Ich war nie mehr als ein flüchtiges Abenteuer für Julia. Ich habe ihr wahrscheinlich die Mühe erspart, mir sagen zu müssen: ›Tut mir leid, alter Freund, aber es war nur eine nette kleine Abwechslung.‹«

Kincaid hatte den Eindruck, daß Simons genau wie Sharon Doyle froh war, mit einer neutralen Person sprechen zu können, und beschloß, seinen Vorteil zu nutzen. »Haben Sie sie geliebt?«

»Liebe? Ich weiß nicht, ob es möglich ist, Julia zu lieben, Mr. Kincaid. Ich bin seit fast zwanzig Jahren verheiratet – für mich bedeutet Liebe gestopfte Socken und ›Wer ist denn heute damit dran, den Müll rauszutragen, Schatz?‹.« Lächelnd trank er einen Schluck von seinem Whisky. »Das ist vielleicht nicht aufregend, aber man weiß, woran man ist ...« Er wurde plötzlich ernst. »Oder man sollte es wenigstens sein, wenn nicht einer von beiden sich wie ein Idiot benimmt. Ich war verliebt in Julia, fasziniert, verzaubert; aber ich weiß nicht, ob man ihr je nahe genug kommen könnte, um sie zu lieben.«

Es fiel Kincaid schwer, doch er wußte, daß er hier nachhaken mußte. Seine Stimme klang plötzlich hart. »Waren Sie verliebt genug, um für sie zu lügen? Hat sie die Galerie wirklich nicht verlassen, als die Party zu Ende war? Hat sie Ihnen nicht vielleicht gesagt, sie müsse noch einmal weg? Sie würde in ein oder zwei Stunden wieder da sein?«

Der freundlich humorvolle Ausdruck in Trevor Simons' Gesicht erlosch. Er leerte sein Glas und stellte es dann langsam und mit Bedacht genau in die Mitte des Tischs. »Nein. Ich mag ein Ehebrecher sein, Superintendent, aber ich bin kein Lügner.

Und wenn Sie glauben, Julia habe irgend etwas mit Connors Tod zu tun, kann ich Ihnen nur sagen, daß Sie sich auf dem Holzweg befinden. Sie war von dem Zeitpunkt an, als wir die Galerie schlossen, bis Tagesanbruch bei mir. Und da ich nun nichts mehr zu verlieren habe, da ich ja mit meiner Frau gesprochen habe, bin ich bereit, das auch vor Gericht auszusagen, wenn es sein muß.«

13

Kincaid läutete und wartete. Er läutete noch einmal. Aus der Wohnung kam kein Laut, und er wandte sich ab, unerwartet enttäuscht.

Das Geräusch der sich öffnenden Tür hielt ihn auf. Als er sich herumdrehte, sah er Julia in der Öffnung stehen. Sie sah ihn schweigend an, zeigte weder Freude noch Ärger über seine Anwesenheit. Dann hob sie das Weinglas, das sie in der Hand hielt, mit leicht spöttischer Geste. »Superintendent! Was verschafft mir die hohe Ehre? Wenn Sie hergekommen sind, um den bösen Polizisten zu spielen, kann ich Sie leider nicht hereinbitten.«

»Na so was«, sagte er mit einem Blick auf den roten Pullover, den sie über ihrer schwarzen Leggings trug, »ein plötzlicher Ausbruch von Farbe! Hat das eine Bedeutung?«

»Manchmal muß man seine Prinzipien aufgeben, wenn man nicht gewaschen hat«, antwortete sie feierlich. »Aber bitte, kommen Sie doch herein – was sollen Sie nur von meinen Manieren denken? Es könnte natürlich auch meine Art zu trauern sein«, fügte sie hinzu, als sie zurücktrat, um ihn einzulassen.

Kincaid folgte ihr in die Küche.

»Warten Sie, ich hole Ihnen ein Glas. Der Wein ist oben.« Sie öffnete einen Schrank und stellte sich auf Zehenspitzen, um zu einem der Borde im Schrank hinaufzureichen. Kincaid bemerkte, daß sie dicke Socken trug, aber keine Schuhe. Ihre Füße wirkten klein und ungeschützt. »Con hat die ganze Küche nach seinem Belieben eingerichtet«, bemerkte sie, während sie nach einem Glas grabschte. »Und immer, wenn ich etwas suche, kann ich es nur mit Mühe erreichen.«

Kincaid hatte ein Gefühl, als wäre er mitten in eine Party hineingeplatzt. »Haben Sie jemanden erwartet? Ich möchte wirklich nicht stören – ich wollte nur kurz mit Ihnen sprechen und bei dieser Gelegenheit gleich Sharon Doyles Sachen abholen.«

Julia drehte sich herum und blieb an die Arbeitsplatte gelehnt stehen. Beide Gläser an ihre Brust gedrückt, sah sie zu ihm hinauf. »Ich habe keine Menschenseele erwartet, Superintendent. Es ist nichts zu erwarten.« Sie lachte ein wenig über ihren grimmigen Humor. »Kommen Sie. Den ›Superintendent‹ hatten wir eigentlich schon hinter uns gelassen, nicht wahr?« bemerkte sie über ihre Schulter hinweg, als sie ihn durch das Wohnzimmer führte. »Tut mir leid, daß ich rückfällig geworden bin.«

Sie war höchstens leicht beschwipst, sagte sich Kincaid, als er ihr die Treppe hinauf folgte. Ihr Gleichgewicht und ihre Körperkoordination waren noch gut, wenn sie sich auch ein wenig vorsichtiger bewegte als sonst. Im ersten Stock sah er flüchtig durch die offene Schlafzimmertür das ungemachte Bett, doch die Tür zum Arbeitszimmer war immer noch fest geschlossen.

Oben in ihrem Atelier brannten die Lampen, die Jalousien waren zugezogen, und er hatte den Eindruck, daß der Raum in den vierundzwanzig Stunden, seit er ihn das letztemal gesehen hatte, noch einmal mehr von Julias Persönlichkeit angenommen hatte. Sie hatte offensichtlich gearbeitet. Ein angefangenes Aquarell war an dem Brett auf ihrem Arbeitstisch befestigt. Kincaid kannte die Pflanzen aus seiner Kindheit in Cheshire – Ehrenpreis, das Pflänzchen mit den tiefblauen Blüten, das man überall auf den Wiesen fand. Er erinnerte sich auch seiner Enttäuschung, als er entdeckt hatte, daß man seine Schönheit nicht einfangen konnte – die zarten Blüten welkten innerhalb von Minuten, wenn man sie pflückte.

Rund um das Zeichenbrett herum lagen aufgeschlagene Botanikbücher und zusammengeknüllte Papiere, dazwischen standen mehrere benützte Gläser. Im Zimmer roch es nach Zigarettenrauch und sehr schwach nach Julias Parfüm.

Vor dem blauen Sessel hockte sie sich mit gekreuzten Beinen auf den Perserteppich. Neben dem Sessel standen ihr Aschenbecher, der fast überquoll, und ein Eiskübel mit einer Flasche Weißwein. Sie füllte Kincaids Glas. »Nun setzen Sie sich schon, Duncan. Man kann eine Trauerfeier nicht im Stehen abhalten.«

Kincaid ließ sich auf den Boden hinunter und nahm sein Glas entgegen. »Ah, Sie halten eine Trauerfeier ab?«

»Bei einem verdammt guten Cap d'Antibes. Eine Totenwache hätte Con gefallen. Er hatte einen ausgeprägten Sinn für irische Traditionen.« Sie trank einen Schluck von dem Wein, der noch in ihrem Glas war, und schnitt ein Gesicht. »Ganz warm.« Sie schenkte nach und zündete sich dann eine Zigarette an. »Ich werde versuchen, weniger zu rauchen, ich verspreche es«, sagte sie lächelnd.

»Warum verbarrikadieren Sie sich hier, Julia? Der Rest des Hauses sieht aus, als wäre er unbewohnt.« Er blickte ihr forschend ins Gesicht. Die Schatten unter ihren Augen waren tiefer als am Tag zuvor. »Haben Sie eigentlich was gegessen?«

Mit einem Achselzucken antwortete sie: »Ach, im Kühlschrank liegt bestimmt noch irgendwas. Von Con natürlich. Mir hätte ein Marmeladenbrot gereicht. Ich habe mir wahrscheinlich nie klargemacht« – sie unterbrach sich, um an ihrer Zigarette zu ziehen –, »daß es ganz Cons Haus werden würde. Nicht mehr mein's. Gestern habe ich fast den ganzen Tag saubergemacht und aufgeräumt, aber es hat irgendwie gar nichts geändert – er ist überall.« Mit einer Geste umfaßte sie ihr Atelier. »Nur hier nicht. Wenn er überhaupt hier oben war, hat er keine Spuren hinterlassen.«

»Warum wollen Sie ihn so vollkommen auslöschen?«

»Das hab ich Ihnen doch schon mal gesagt, oder nicht?« Sie krauste die Stirn und blickte ihn über den Rand ihres Glases hinweg an, als könnte sie sich nicht recht erinnern. »Con war ein Schwein erster Güte«, sagte sie völlig ruhig. »Ein Trinker, ein Spieler, ein Schürzenjäger, ein Flegel, der sich eingebildet hat, wenn er einem nur genug irischen Honig ums Maul schmiert, bekommt er alles, was er will. Weshalb sollte ich mich an so einen Menschen erinnern lassen wollen?«

Kincaid zog skeptisch eine Augenbraue hoch und probierte seinen Wein. »Haben wir den auch Con zu verdanken?« fragte er, die duftige Frische des Weins genießend.

»Er hatte einen guten Geschmack und ein erstaunliches Talent, günstig einzukaufen«, gab Julia zu. »Eine Folge seiner Erziehung, vermute ich.«

Kincaid fragte sich, ob Connor Swanns Zuneigung zu Sharon Doyle ebenfalls eine Folge dieser Erziehung war – der verwöhnte Sohn einer Mutter, die ihn vergöttert hatte, hatte vielleicht gefunden, daß er ein Recht auf bedingungslose Hingabe hatte.

Als wäre sie seinem Gedankengang gefolgt, sagte Julia: »Wie heißt diese Frau eigentlich – Cons Geliebte?«

»Sharon. Sharon Doyle.«

Julia nickte, als paßte das zu einem Bild, das ihr vorschwebte. »Blond, etwas rundlich, jung, nicht übermäßig kultiviert?«

»Kennen Sie sie?« fragte Kincaid überrascht.

»Das ist gar nicht nötig.« Julias Lächeln war wehmütig. »Ich habe mir nur mein Gegenteil vorgestellt«, erklärte sie. »Schauen Sie mich doch an.«

Es fiel Kincaid nicht schwer, ihrer Aufforderung zu folgen. Das Gesicht unter dem dunklen Haar zeigte Humor und Intelligenz in gleichem Maße. Er sagte in scherzendem Ton: »Ich kann Ihrer Theorie nur begrenzt folgen. Oder wollen Sie sagen, daß ich Sie als alt und blasiert betrachten soll?«

»Na ja, nicht ganz.« Sie lächelte sehr offen, und wieder dachte Kincaid, wie seltsam es schien, Sir Geralds Lächeln so unmittelbar auf ihr schmales Gesicht übertragen zu sehen. »Aber Sie verstehen, was ich meine?«

»Und weshalb sollte Connor sich jemanden gesucht haben, der das genaue Gegenteil von Ihnen ist?«

Sie zögerte einen Moment, dann schüttelte sie den Kopf, vor der Antwort zurückschreckend. »Diese Frau – Sharon – wie kommt sie damit zurecht?«

»Schlecht, würde ich sagen.«

»Glauben Sie, es wäre ihr eine Hilfe, wenn ich mal mit ihr spreche?« Sie drückte ihre Zigarette aus und fügte in leichterem Ton hinzu: »Ich habe leider keine Übung darin, wie man sich in solchen Situationen zu verhalten hat.«

Kincaid ahnte, wie angreifbar und verletzlich sich Sharon in Julias Anwesenheit fühlen würde, andererseits hatte sie niemanden, mit dem sie ihren Kummer teilen konnte. »Ich weiß es nicht, Julia. Ich glaube, sie würde gern zu Connors Beerdigung kommen. Ich werde ihr sagen, daß Sie nichts dagegen haben, wenn Ihnen das recht ist. Aber ich würde an Ihrer Stelle nicht zuviel erwarten.«

»Con hat ihr bestimmt Horrorgeschichten über mich erzählt«, sagte Julia nickend. »Das ist nur natürlich.«

Kincaid sah sie neugierig an und sagte: »Sie sind heute abend wirklich in sehr großmütiger Stimmung. Liegt da vielleicht etwas in der Luft? Ich habe mich eben mit Trevor Simons unterhalten, und er war ganz ähnlich gestimmt.« Er machte eine Pause, um noch etwas von seinem Wein zu trinken, und als Julia nicht antwortete, fuhr er fort: »Er sagte, er ist bereit, unter Eid auszusagen, daß Sie die ganze Nacht zusammen verbracht haben, ganz gleich, wie sich das auf seine Ehe auswirken sollte.«

Sie seufzte. »Trev ist ein feiner Kerl. Aber dazu wird es doch hoffentlich nicht kommen?« Sie schlang die Arme um ihre hochgezogenen Beine und legte ihr Kinn auf ihre Knie. »Sie können doch nicht im Ernst glauben, daß ich Con getötet habe?« Als Kincaid nichts sagte, hob sie den Kopf. »Das glauben Sie doch nicht, oder, Duncan?«

Kincaid ließ sich die Fakten noch einmal durch den Kopf gehen. Connor war zu einem Zeitpunkt gestorben, der zwischen dem Ende der Vernissage und den frühen Morgenstunden lag, genau in der Zeit also, für die Trevor Simons Julia ein Alibi gegeben hatte. Simons war ein feiner Kerl, wie Julia so passend gesagt hatte, und es hatte Kincaid keine Freude gemacht, ihn hart anzufassen, doch er war jetzt sicherer denn je, daß Simons es nicht riskiert hätte, für Julia zu lügen.

Doch noch während er sich diese Tatsache vor Augen hielt, war ihm klar, daß sie mit dem, was er fühlte, kaum etwas zu tun hatte. Er musterte ihr Gesicht. Konnte man Schuld sehen, wenn man über das richtige Auge, die richtigen Informationen verfügte? Er hatte sie oft genug gespürt, und sein Verstand sagte ihm, daß die Bewertung auf einer Kombination unbewußt gegebener Signale beruhen mußte – auf Körpersprache, Geruch, Schwingungen in der Stimme. Er wußte aber auch, daß es ein Element gab, das über das Rationale hinausging – man konnte es ein Gefühl oder eine Ahnung nennen, es spielte keine Rolle. Es basierte auf einer inneren, unerklärlichen Kenntnis eines anderen, und seine Kenntnis Julias ging tief. Er war ihrer Unschuld so sicher wie seiner eigenen.

Langsam schüttelte er den Kopf. »Nein. Ich glaube nicht, daß Sie Connor getötet haben. Aber jemand hat es getan, und ich habe nicht den Eindruck, daß wir dem Täter auch nur einen Schritt nähergekommen sind.« Sein Rücken tat ihm weh, und er streckte sich, änderte die Haltung seiner Beine. »Wissen Sie, warum Connor an dem Abend, bevor er starb, mit Tommy Godwin zusammen gegessen hat?«

Julia richtete sich mit einem Ruck kerzengerade auf und sah ihn erstaunt an. »Mit Tommy? Unserem Tommy? Ich kenne Tommy seit meiner frühesten Kindheit. Ich kann mir nicht vorstellen, daß ausgerechnet diese beiden sich zu einem gemütlichen Abendessen getroffen haben sollen. Tommy hat Con nie gemocht, und ich bin sicher, er hat es ihn merken lassen. Auf sehr höfliche Weise natürlich«, fügte sie lächelnd hinzu. »Wenn Con vorhatte, sich mit Tommy zu treffen, hätte er doch bestimmt etwas gesagt.«

»Godwin hat uns erzählt, daß Con seine alte Stellung wiederhaben wollte und glaubte, er könnte ihm helfen.«

Julia schüttelte den Kopf. »So ein Quatsch. Con hatte einen totalen Nervenzusammenbruch. Die Firma hätte das nicht einmal in Betracht gezogen.« Ihre Augen waren dunkel und ganz arglos.

Kincaid schloß einen Moment seine Augen, weil er hoffte, wenn er sich dem Anblick ihres Gesichts entzog, würde er wieder einen klaren Kopf bekommen. Als er sie wieder öffnete, sah er, daß sie ihn beobachtete.

»Was hat Connor an dem Tag gesagt, Julia? Ich habe den Eindruck, daß sein Verhalten erst ungewöhnlich wurde, nachdem er sich mittags von Ihnen getrennt hatte. Ich glaube, Sie haben mir nicht die ganze Wahrheit gesagt.«

Sie senkte den Kopf und griff nach ihren Zigaretten, dann jedoch schob sie die Packung weg und stand auf, anmutig wie eine Tänzerin. Sie trat zum Tisch, schraubte eine Farbtube auf und drückte einen Tropfen tiefblauer Farbe auf ihre Palette. Mit einem feinen Pinsel tupfte sie etwas von der Farbe auf das Aquarell. »Irgendwie krieg ich das einfach nicht richtig hin, und ich habe es satt, es anzustarren. Vielleicht, wenn ich –«

»Julia!«

Sie brach ab, die Hand mit dem Pinsel erstarrte. Eine ganze Weile stand sie so da, ohne etwas zu sagen, dann spülte sie den Pinsel aus und legte ihn sorgfältig neben das Bild. Sich Kincaid zuwendend, sagte sie: »Es fing an wie immer, genauso, wie ich es Ihnen erzählt habe. Ein Streit über das Geld und über die Wohnung.« Sie kehrte zum Sessel zurück.

»Und wie ging es dann weiter?« Er trat näher zu ihr und berührte ihre Hand, um sie zum Sprechen zu ermuntern.

Julia fing seine Hand ein und hielt sie fest. Sie blickte hinunter, während sie seinen Handrücken mit ihren Fingerspitzen rieb. »Er hat gebettelt«, sagte sie so leise, daß Kincaid es kaum hörte. »Er ist vor mir auf die Knie gefallen und hat gebettelt. Er hat mich angefleht, zu ihm zurückzukommen, ihn zu lieben. Ich weiß nicht, wie es dazu gekommen ist. Ich dachte, er hätte die Situation inzwischen ganz gut akzeptiert.«

»Was haben Sie ihm gesagt?«

»Daß es keinen Sinn hätte. Daß ich mich scheiden lassen

würde, sobald die Zweijahresfrist vorüber wäre, wenn er sich weiterhin weigern sollte, einer Scheidung zuzustimmen.« Sie sah Kincaid in die Augen. »Ich war wirklich gemein zu ihm, und es war nicht seine Schuld. Nichts war seine Schuld.«

»Wovon sprechen Sie?« fragte Kincaid, so verblüfft, daß er einen Moment lang das Gefühl vergaß, das die Berührung ihrer Finger auf seiner Haut hervorrief.

»Es war von Anfang an alles meine Schuld. Ich hätte Con überhaupt nicht heiraten sollen. Ich wußte, daß es nicht fair war, aber ich war ganz verliebt in die Vorstellung zu heiraten, und ich nehme an, ich dachte, wir würden uns schon irgendwie durchwurschteln.« Sie lachte und ließ seine Hand los. »Aber je mehr er mich liebte, je mehr er brauchte, desto weniger konnte ich ihm geben. Am Ende war überhaupt nichts mehr übrig.« Leise fügte sie hinzu: »Außer Mitleid.«

»Julia«, sagte Kincaid scharf, »Sie waren doch nicht für Connors Bedürfnisse verantwortlich. Es gibt Menschen, die saugen einen aus, ganz gleich, wieviel man ihnen gibt. Sie konnten nicht –«

»Sie verstehen nicht.« Wie getrieben ging sie ein paar Schritte von ihm weg und kehrte um, als sie den Arbeitstisch erreicht hatte. »Ich wußte schon, als ich Con geheiratet habe, daß ich ihn nicht lieben konnte. Ihn nicht und auch keinen anderen, nicht einmal Trev, der nichts verlangt hat als Ehrlichkeit und Wärme. Ich kann nicht lieben, verstehen Sie? Ich bin dazu nicht fähig.«

»Das ist ja absurd«, widersprach Kincaid hitzig und sprang auf. »Natürlich können Sie –«

»Nein«, unterbrach sie ihn scharf. »Ich kann es nicht. Wegen Matty.«

Die Verzweiflung in ihrer Stimme bannte seinen Zorn. Er ging zu ihr und zog sie sachte an sich, streichelte ihr Haar, als sie ihren Kopf an seine Schulter legte. Ein schwacher Duft nach Flieder strömte von ihr aus. Kincaid holte tief Atem, um den Taumel abzuwehren, der ihn zu erfassen drohte. Er mußte sich auf das Sachliche konzentrieren.

»Was hat Matty damit zu tun, Julia?«

»Alles. Ich liebte ihn auch, aber daran schien keiner zu denken – außer vielleicht Plummy. Sie wußte es. Ich war krank – hinterher. Da hatte ich Zeit zum Nachdenken, und da habe ich beschlossen, daß nie wieder etwas mich so tief verletzen würde.« Sie neigte sich ein wenig nach rückwärts, um ihm ins Gesicht sehen zu können. »Es ist solchen Schmerz nicht wert. Nichts ist solchen Schmerz wert.«

»Aber die Flucht – ein Leben emotionaler Isolation – ist doch noch viel schlimmer?«

Sie vertraute sich wieder seiner Umarmung an, legte ihre Wange an seine Schulter. »Es ist wenigstens erträglich«, sagte sie gedämpft. Er fühlte ihren Atem warm durch den Stoff seines Hemdes. »Ich hab es Con an dem Tag zu erklären versucht – warum ich ihm niemals geben konnte, was er sich wünschte – eine Familie, Kinder. Ich hatte ja kein Vorbild für ein normales Familienleben. Und ein Kind – dieses Risiko hätte ich nie eingehen können. Das verstehen Sie doch, nicht wahr?«

Mit unangenehmer Klarheit sah er sich selbst, wie er sich, nachdem Vic all seine Sicherheit zerstört hatte, wie ein verwundeter Igel in sich selbst zurückgezogen hatte. Wie Julia hatte er sich vor jedem Risiko geschützt. Doch sie wenigstens war ehrlich mit sich selbst gewesen, während er die Arbeit als Vorwand benutzt hatte, keinerlei emotionale Bindungen einzugehen.

»Ja, ich verstehe es«, sagte er leise, »aber ich kann es nicht richtig finden.«

Er rieb leicht ihren Rücken, der sich wie ein harter Panzer anfühlte. »Hat Connor es verstanden?«

»Es machte ihn nur noch wütender. Da bin ich dann gemein geworden. Ich habe gesagt –« Sie brach ab und schüttelte den Kopf. Ihr Haar kitzelte Kincaids Nase. »Furchtbare Dinge habe ich gesagt. Einfach furchtbar. Ich schäme mich dafür.« Mit harter Stimme stieß sie hervor: »Es ist meine Schuld, daß er tot ist. Ich weiß nicht, was er getan hat, nachdem er an dem Tag bei uns weggegangen ist, aber wenn ich nicht so grausam gewesen wäre...« Sie weinte jetzt, unter Schluchzen stammelnd.

Kincaid umfaßte ihr Gesicht mit seinen Händen und wischte ihr mit den Daumen die Tränen von den Wangen. »Julia. Julia! Das wissen Sie nicht mit Sicherheit. Das können Sie gar nicht wissen. Sie waren für Connors Verhalten nicht verantwortlich, Sie tragen keine Schuld an seinem Tod.« Er sah zu ihr hinunter, und in dem tränennassen Gesicht sah er wieder das Kind seiner Vorstellung, allein mit ihrem Schmerz in dem schmalen weißen Krankenbett. »Und Sie tragen auch keine Verantwortung an Matthews Tod«, fügte er hinzu. »Sehen Sie mich an, Julia. Hören Sie mich?«

»Woher wollen Sie das wissen?« fragte sie heftig. »Alle dachten ... Meine Eltern haben mir nie verziehen –«

»Die Menschen, die Sie gekannt und geliebt haben, haben Ihnen nie Schuld gegeben, Julia. Ich habe mit Plummy gesprochen. Und mit dem Pastor. Sie selbst haben sich nie vergeben. So eine Last kann man nicht zwanzig Jahre lang mit sich herumschleppen. Sie ist einfach zu schwer. Werfen Sie sie ab.«

Lange starrte sie ihn schweigend an, dann spürte er, wie die Spannung aus ihrem Körper herausfloß. Sie legte ihren Kopf wieder an seine Schulter, schlang ihre Arme um seine Mitte und lehnte sich an ihn.

Lange standen sie so, und Kincaid wurde sich jeder kleinsten

Stelle bewußt, an der ihre Körper einander berührten. Er konnte das Dröhnen seines Bluts in seinen Ohren hören.

Julia seufzte und hob ein wenig den Kopf. »Jetzt hab ich Ihr Hemd ganz naß gemacht«, sagte sie und rieb über die feuchte Stelle an seiner Schulter. Dann neigte sie ihren Kopf nach rückwärts, so daß sie ihm in die Augen sehen konnte. Ihre Stimme klang ein wenig rauh von unterdrücktem Gelächter, als sie fragte: »Steht Scotland Yard immer so – begeistert zu Diensten?«

Rot vor Verlegenheit trat er zurück. »Das tut mir leid. Ich wollte nicht –«

»Es macht doch nichts«, sagte sie, ihn wieder an sich ziehend. »Es stört mich nicht. Wirklich nicht.«

14

Tonys Stimme weckte ihn. »Ihr Morgentee, Mr. Kincaid«, sagte er, als er klopfte und eintrat. »Und eine Nachricht von Sergeant Makepeace aus High Wycombe. Sie hätten den Vogel erwischt, hinter dem Sie her sind.«

Kincaid setzte sich und fuhr sich mit den Fingern durch sein Haar, ehe er die Tasse entgegennahm. »Danke, Tony«, rief er dem Davoneilenden nach. Sie hatten also Kennth Hicks aufgestöbert und auf die Dienststelle gebracht. Lange würden sie ihn ohne Grund nicht festhalten können. Er hätte gestern abend noch nachfragen sollen. Heißer Tee schwappte ihm auf die Hand, als schlagartig die Erinnerung an den vergangenen Abend zurückkehrte.

Julia. Verdammt noch mal, was habe ich da getan! Wie hatte er sich so unprofessionell verhalten können? Trevor Simons' Worte fielen ihm ein: Ich wollte es nicht. Es war einfach – Julia. Und dazu seine eigenen reichlich hochnäsigen Bemerkungen über den Fehltritt des Mannes.

Er schloß die Augen. Solange er bei der Polizei war, hatte er diese Grenze niemals überschritten, hatte nicht einmal geglaubt, daß er sich überhaupt vor der Versuchung in acht nehmen müßte. Aber selbst während er sich die schwersten Vorwürfe machte, war ihm bewußt, daß ein Teil von ihm nichts bereute, denn ihr Zusammenkommen war eine Heilung gewesen, bei der alter Schmerz endlich gestillt und allzu lang aufrechterhaltene Barrieren eingerissen worden waren.

Erst als er den Speiseraum des *Chequers* betrat und Gemma allein an einem Tisch sitzen sah, erinnerte er sich der Nachricht, die er ihr gestern im Yard hinterlassen hatte. Wann war sie hier angekommen und wie lange hatte sie auf ihn gewartet?

Als er sich ihr gegenüber setzte, sagte er so unbefangen wie möglich: »Na, Sie sind aber eine Frühaufsteherin. Aber das ist ganz gut so. Wir müssen schleunigst rüber nach High Wycombe. Dort wartet Kenneth Hicks auf uns.«

Nicht halb so munter wie sonst antwortete Gemma: »Ich weiß. Ich habe schon mit Jack Makepeace gesprochen.«

»Stimmt was nicht, Gemma?«

»Kopfschmerzen.« Lustlos knabberte sie an einer trockenen Scheibe Toast.

»Tony hat's wohl zu gut mit Ihnen gemeint gestern abend?« sagte er scherzhaft, aber sie zuckte nur die Achseln. »Gemma«, fuhr er fort, während er sich fragte, ob sein Schuldbewußtsein ihm anzusehen war, »tut mir leid, daß ich mich gestern abend nicht gemeldet habe. Ich bin – aufgehalten worden.« Sie war vermutlich im Expreßtempo aus London hierher gefahren und hatte auf ihn gewartet, sich vielleicht sogar Sorgen um ihn gemacht, und er hatte sich nicht einmal gerührt. »Ich hätte Sie anrufen sollen, ich weiß. Das war ungezogen von mir.« Er neigte den Kopf ein wenig zur Seite und sah sie forschend an. »Soll ich auf Knien rutschen? Oder feurige Kohlen auf mein Haupt sammeln?«

Diesmal lächelte sie, und er atmete auf. Um das Thema zu wechseln, sagte er: »Wie war Ihr Gespräch mit Godwin? Erzählen Sie.«

Während er sich hungrig über sein Frühstück hermachte, lieferte ihm Gemma einen Kurzbericht ihrer Zusammenkunft mit Tommy Godwin. »Ich habe seine Aussage zu Protokoll genommen«, sagte sie abschließend, »und sein Auto und seine Wohnung durchsuchen lassen.«

»Ich habe noch einmal mit Sharon Doyle und Trevor Simons gesprochen«, berichtete er mit vollem Mund. »Und mit Julia. Connor Swann ist nach dem Zusammenstoß mit Tommy Godwin noch mal nach Hause gefahren, Gemma. Godwin scheint also sauber zu sein, es sei denn, wir können beweisen, daß er Connor Swann später noch einmal getroffen hat. Swann hat allerdings von seiner Wohnung aus jemanden angerufen – der Haken ist nur, daß wir keinen blassen Schimmer haben, wen.«

Julia. Wie er ihren Namen gesagt hatte. Mit solcher Vertrautheit. Gemma versuchte sich auf das Fahren zu konzentrieren, die Gewißheit, die sich langsam in ihr festzusetzen begann, zu verdrängen. Das konnte doch nur Einbildung sein. Und selbst wenn es wahr sein sollte – weshalb sollte es ihr derart zusetzen, wenn Duncan Kincaid zu einer Frau, die zu den Verdächtigen in einem Mordfall gehörte, eine Beziehung aufgenommen hatte, die weit über das Dienstliche hinausging? So etwas kam immer wieder vor – sie hatte es bei anderen Kollegen erlebt –, und sie hatte ihn nie für unfehlbar gehalten. Oder vielleicht doch?

»Werd endlich erwachsen, Gemma«, schimpfte sie lautlos. Er war ein Mensch und ein Mann dazu, und sie hätte niemals vergessen sollen, daß selbst Götter manchmal auf tönernen Füßen standen. Doch all diese Vorhaltungen halfen hier nicht, und sie war froh, als das Kreisverkehrkonglomerat von High Wycombe ihre ganze Aufmerksamkeit beanspruchte.

»Ich hab Hicks in der letzten halben Stunde schon ein bißchen eingeheizt«, sagte Jack Makepeace zur Begrüßung, als sie in sein Büro traten. Er gab ihnen beiden die Hand, und Gemma hatte den Eindruck, daß er die ihre besonders herzlich drückte. »Ich hab mir gedacht, das würde ihm guttun. Leider konnte er sein Frühstück nicht ganz fertigessen.« Makepeace zwinkerte Gemma zu. »Seinen Anruf hat er gemacht – bei Mama, so sagt er jedenfalls –, aber die Retter sind ausgeblieben.«

Kincaid, der sich schon früher von Makepeace am Telefon hatte unterrichten lassen, hatte Gemma während der Fahrt aufs Laufende gebracht und vorgeschlagen, daß sie die Vernehmung führen solle. »Er mag Frauen nicht«, sagte er jetzt, als sie vor der Tür von Vernehmungsraum A standen. »Ich möchte, daß Sie ihn ein bißchen aus der Fassung bringen und mir den Boden bereiten.«

Die Vernehmungsräume bei den Polizeidienststellen waren im wesentlichen alle gleich – klein, kahl, nach kaltem Zigarettenrauch und menschlichem Schweiß riechend. Sie wußten also, was sie zu erwarten hatten. Dennoch schnappte Gemma unwillkürlich nach Luft, als sie das Zimmer betraten, und hätte sich am liebsten die Nase zugehalten. Kenneth Hicks, unrasiert und unverkennbar ungewaschen, stank nach Furcht.

»Du meine Güte«, murmelte Kincaid, als er hinter Gemma eintrat. »Wir hätten Masken mitnehmen sollen.« Er hustete, zog Gemma einen Stuhl heran und sagte laut: »Hallo, Kenneth. Na, wie gefällt Ihnen das Hotel? Das Hilton ist es nicht gerade, ich weiß, aber was soll man machen?«

»Verpißt euch«, sagte Hicks scharf und kurz. Er hatte eine nasale Stimme und sprach mit Südlondoner Akzent.

Kopfschüttelnd setzte sich Kincaid neben Gemma nieder und sah Hicks über den schmalen Tisch hinweg an. »Ich bin enttäuscht von Ihnen, Kenneth. Ich hätte bessere Manieren von Ihnen erwartete. Ich denke, wir nehmen unser kleines Gespräch auf«, sagte er und schaltete den Recorder ein. »Wenn Sie nichts dagegen haben natürlich. Sie haben doch nichts dagegen oder, Kenneth?«

Gemma musterte Hicks, während Kincaid freundlich weiterplauderte und mit dem Recorder fummelte. Hicks' schmales, pickeliges Gesicht war mürrisch. Trotz der Wärme im Zimmer hatte er seine schwarze Lederjacke angelassen. Nervös rieb er sich Nase und Kinn, ohne auf Kincaids Bemerkungen einzugehen. Irgendwie kam er Gemma bekannt vor, doch es gelang ihr nicht, ihn einzuordnen.

»Sergeant James wird Ihnen jetzt einige Fragen stellen«, sagte Kincaid und schob seinen Stuhl etwas vom Tisch weg. Er verschränkte die Arme und streckte seine Beine aus, als hätte er vor, ein Nickerchen zu halten.

»Kenneth«, begann Gemma freundlich, nachdem die Personalien aufgenommen waren, »warum machen Sie es nicht allen Beteiligten leicht und sagen uns genau, was Sie an dem Abend getan haben, an dem Connor Swann getötet wurde?«

Hicks warf einen raschen Blick auf Kincaid. »Das hab ich dem andern Kerl doch schon gesagt, dem, der mich hergebracht hat. Dem großen mit den roten Haaren.«

»Sie haben Sergeant Makepeace erzählt, Sie hätten mit Freunden im *Fox and Hounds* in Henley getrunken und in der Wohnung der Freunde weitergemacht, als das Pub geschlossen wurde«, sagte Gemma, und Hicks richtete seine Aufmerksamkeit wieder auf sie. »Ist das richtig?« fügte sie etwas energischer hinzu.

»Genau. Stimmt genau. Das hab ich ihm gesagt.« Hicks schien aus der Wiederholung seiner Geschichte ein wenig Selbstvertrauen zu ziehen. Er setzte sich bequemer und starrte Gemma an, wobei er demonstrativ seinen Blick auf ihren Busen richtete.

Sie lächelte freundlich und blätterte umständlich in ihrem Block. »Die Kollegen von der Kriminalpolizei Thames Valley haben gestern abend noch die Freunde vernommen, die Sie genannt haben, Kenneth, und leider erinnert sich keiner von ihnen, daß Sie überhaupt an dem Abend dabeigewesen sind.«

Hicks wurde blaß. Sein Teint wurde gelblich wie die nikotinverfärbten Wände des Zimmers. »Die bring ich um, diese Scheißkerle. Die lügen doch wie gedruckt.« Er blickte von Gemma zu Kincaid, entdeckte jedoch nichts Beruhigendes in ihren Gesichtern. Verzweifelt setzte er hinzu: »Das können Sie nicht mit mir machen. Ich hab Con nicht mehr gesehen, nachdem wir im *Fox* waren. Ich schwör's.«

Gemma blätterte zu einer anderen Seite in ihrem Block. »Das werden Sie vielleicht auch tun müssen, wenn Sie uns nicht genauer sagen können, was Sie nach halb zehn Uhr abends getrieben haben. Connor Swann hat um diese Zeit von seiner Wohnung aus telefoniert und sagte danach, er müßte noch einmal weg.«

»Wer hat Ihnen das erzählt?« fragte Hicks schlau.

»Das tut nichts zur Sache. Wollen Sie wissen, was ich denke, Kenneth?« Gemma neigte sich über den Tisch und senkte die

Stimme. »Ich denke, Connor hat Sie angerufen und sich mit Ihnen an der Schleuse verabredet. Es kam zu einem Streit zwischen Ihnen, und Connor Swann ist in den Fluß gestürzt. Das hätte jedem passieren können, stimmt's Kenneth? Haben Sie versucht, ihm zu helfen, oder hatten Sie Angst vor dem Wasser?« Ihr Ton sagte, sie hätte volles Verständnis für ihn und würde alles verzeihen.

»Das stimmt doch gar nicht!« Hicks stieß krachend seinen Stuhl zurück. »Das ist eine gottverdammte Lüge! Können Sie mir vielleicht mal sagen, wie ich da ohne Auto überhaupt hingekommen sein soll?«

»Connor Swann hat Sie mit seinem Wagen abgeholt«, erwiderte Gemma ruhig. »Und hinterher sind Sie per Anhalter nach Henley zurückgefahren.«

»So war's nicht, sag ich Ihnen, und Sie können mir überhaupt nichts nachweisen.«

Gemma wußte aus den Aufzeichnungen der Kollegen von Thames Valley, daß das leider zutraf – Connor Swanns Wagen war frisch gewaschen und gestaubsaugt gewesen, und die Spurensicherung hatte keinerlei Material von Bedeutung gefunden.

»Wo waren Sie dann? Sagen Sie zur Abwechslung mal die Wahrheit.«

»Ich hab's Ihnen doch schon gesagt. Ich war im *Fox* und hinterher beim einem Kumpel von mir. Jackie – Jack Fawcett heißt er.«

Kincaid richtete sich träge auf und mischte sich zum erstenmal ins Gespräch. »Warum geben Ihre Kumpel Ihnen dann nicht ein schönes, wasserdichtes Alibi, Kenneth? Ich sehe da zwei Möglichkeiten – die erste ist, daß Sie lügen; die zweite, daß Ihre Kumpel Sie nicht mögen. Ehrlich gesagt, ich weiß nicht, welche ich für wahrscheinlicher halten soll. Haben Sie

Ihren Freunden auf die gleiche nette Art unter die Arme gegriffen wie Connor Swann?«

»Ich weiß überhaupt nicht, was Sie reden.« Hicks zog eine zerdrückte Zigarettenpackung aus seiner Jackentasche. Er schüttelte sie ein paarmal, bohrte dann mit dem Zeigefinger in ihr herum und knüllte sie schließlich ärgerlich zusammen.

Gemma nahm den Faden wieder auf. »Darum ging es doch bei dem Streit, nicht wahr, Kenneth? Als Sie Connor Swann nach dem Mittagessen trafen, haben Sie ihm gesagt, er müsse zahlen. Er hat sich dann für später am Abend mit Ihnen verabredet. Und als er ohne das Geld kam, gab es Krach«, improvisierte sie.

Ein flehender Unterton schlich sich in Hicks' Stimme. »Er hat mir nichts geschuldet, sag ich Ihnen.« Sein Blick war voller Angst auf Kincaid gerichtet, und Gemma fragte sich, was Kincaid getan hatte, um ihn so klein zu bekommen.

»Sie behaupten also«, sagte Kincaid, sich noch etwas weiter aufrichtend, »Connor Swann hätte seine Schulden bei Ihnen bezahlt. Aber ich weiß zufällig, daß er so knapp bei Kasse war, daß er nicht einmal die fälligen Hypothekenzahlungen auf die Wohnung leisten konnte. Ich glaube, Sie lügen. Ich glaube, Sie haben bei dem gemütlichen Bierchen im *Fox* etwas zu Connor Swann gesagt, das ihn völlig aus dem Gleichgewicht geworfen hat. Was war das, Kenneth? Haben Sie ihm damit gedroht, daß Sie ihrem Boß Bescheid sagen würden und der seine Leute auf ihn hetzen würde?« Er stand auf und beugte sich, die Hände auf den Tisch gestützt, über Hicks.

»Ich hab ihm nicht gedroht. So war's überhaupt nicht«, stieß Hicks zurückschreckend hervor.

»Aber er hat Ihnen noch Geld geschuldet?«

Hicks blickte von einem zum anderen. Schweiß sammelte sich auf seiner Oberlippe. Gemma sah ihm an, wie er überlegte, was er tun sollte. Wie eine Ratte in der Falle, dachte sie und preßte ihre Lippen zusammen, um sich von ihrer Genugtuung nichts anmerken zu lassen.

Sie warteten schweigend, bis Hicks schließlich sagte: »Kann schon sein. Na und? Gedroht hab ich ihm jedenfalls nicht, da können Sie sagen, was Sie wollen.«

Rastlos ging Kincaid vor dem Tisch auf und ab. »Ich glaube Ihnen nicht«, entgegnete er. »Ihr Boß wäre Ihnen auf die Pelle gerückt, wenn Sie nicht mit dem Geld rübergekommen wären – ich glaube nicht, daß Sie nicht ein bißchen Überredung angewendet haben.« Er lächelte Hicks an, als er wieder in seine Nähe kam. »Und das Problem ist, daß man manchmal ein bißchen zu weit geht, wenn man jemanden überreden möchte. Stimmt das nicht, Kenneth?«

»Nein. Ich weiß nicht. Ich mein –«

»Wollen Sie sagen, daß es kein Unfall war? Daß Sie die Absicht hatten, ihn zu töten?«

»Das hab ich nicht gemeint.« Hicks schluckte und wischte sich die Hände an seinen Oberschenkeln. »Ich hab ihm nur einen Vorschlag gemacht, ein Angebot, könnte man sagen.«

Kincaid blieb stehen. Die Hände in den Hosentaschen, sah er Hicks aufmerksam an. »Das klingt ja sehr interessant, Kenneth. Was war denn das für ein Angebot?«

Gemma hielt den Atem an, als sie sah, daß Hicks am Rand eines Geständnisses zu schwanken schien. Während sie seinen keuchenden Atemzügen lauschte, sandte sie ein Stoßgebet zum Gott der Vernehmungen hinauf.

Dann sprach Hicks endlich, sprudelnd, als wäre ein Damm gebrochen, und voll giftiger Gehässigkeit. »Ich hab von Anfang an über ihn und seine feinen Ashertons Bescheid gewußt. So wie er von denen geredet hat, hätt man ja meinen können, die wären vom Feinsten, aber ich hab Bescheid gewußt. Diese

Dame Caroline ist doch nichts weiter als eine aufgemotzte Nutte. Und das Theater, das sie wegen dem Kleinen gemacht haben, der ertrunken ist – der war ja nicht mal das Kind von Sir Gerald. Ein Bastard war er, sonst nichts.«

Matty. Er meint Matty, dachte Gemma in dem Bemühen, aus seinen Worten klug zu werden.

Kincaid setzte sich wieder und zog seinen Stuhl so nahe an den Tisch, daß er seine Arme aufstützen konnte. »Fangen wir doch von vorn an, Kenneth, hm?« sagte er sehr ruhig, und Gemma fröstelte. »Sie haben Connor Swann gesagt, daß Matthew Asherton ein uneheliches Kind war, habe ich das richtig verstanden?«

Hicks' Adamsapfel sprang aus dem mageren Hals hervor, als der Mann krampfhaft schluckte und nickte. Er sah Gemma hilfesuchend an. Angst vor der eigenen Courage, dachte Gemma und fragte sich plötzlich, was Kincaid getan hätte, wenn sie nicht im Raum gewesen und der Recorder nicht eingeschaltet gewesen wäre.

»Woher wissen Sie das?« fragte Kincaid mit samtweicher Stimme.

»Weil mein Onkel Tommy sein Vater war, wenn Sie's genau wissen wollen.«

In der Stille, die diesen Worten folgte, hörte Gemma überlaut Hicks' pfeifenden Atem. Sie öffnete den Mund, um etwas zu sagen, aber sie konnte kein Wort hervorbringen.

»Ihr Onkel Tommy? Sprechen Sie von Tommy Godwin?« fragte schließlich Kincaid, dem es nicht ganz gelang, seine Überraschung zu verbergen.

Gemma hatte ein Gefühl, als drückte ihr jemand die Luft ab. Sie sah wieder die Fotografie Matthew Ashertons vor sich – das blonde Haar, das spitzbübische Lächeln in dem offenen Gesicht. Sie erinnerte sich an Tommy Godwins Ton, als er von Caroline Stowe gesprochen hatte, und fragte sich, wieso sie es nicht schon früher erkannt hatte.

»Ich hab gehört, wie er's meiner Mutter erzählt hat, als der Kleine ertrunken ist«, sagte Hicks. Er hielt ihre Überraschung offenbar für Ungläubigkeit und beteuerte mit schriller Panik in der Stimme: »Ich schwör's. Ich hab nie was gesagt, aber wie ich dann Con kennengelernt hab und er von ihnen geredet hat, sind mir die Namen wieder eingefallen.«

»Ich glaube Ihnen nicht«, sagte Gemma hitzig. »Sie können nicht Tommy Godwins Neffe sein. Das ist ausgeschlossen.« Sie dachte an Godwins Eleganz, an seine Höflichkeit und Geduld, als sie im Yard das Protokoll seiner Aussage aufgenommen hatte, doch sosehr sie sich dagegen wehrte, der erste Eindruck, Hicks irgendwoher zu kennen, blieb. War es die Form der Nase oder die Kontur das Unterkiefers?

»Dann fahren Sie doch nach Clapham und fragen Sie meine Mutter. Die wird Ihnen schon sagen –«

»Sie haben gesagt, Sie hätten Connor Swann einen Vorschlag gemacht«, unterbrach Kincaid Hicks' Beteuerungen. »Wie genau hat dieser Vorschlag ausgesehen?«

Hicks rieb sich die Nase und schnüffelte.

»Na los, Sportsfreund, Sie können es uns ruhig erzählen«, drängte Kincaid. »Heraus mit der Sprache.«

»Na ja, die Ashertons haben doch Geld wie Heu, oder? Ich mein, mit ihren Titeln und allem. Dauernd steht irgendwo was über sie in der Zeitung und so. Denen wär's doch bestimmt nicht recht gewesen, wenn rausgekommen wär, daß der Junge ein Kuckucksei war.«

Kincaids Zorn schien sich gelegt zu haben. »Verstehe ich richtig? Sie haben Connor vorgeschlagen, daß er seine eigenen Schwiegereltern erpressen soll?« fragte er kalt. »Und was ist mit

Ihrer eigenen Familie? Ist Ihnen nicht der Gedanke gekommen, daß das auch Ihrem Onkel und Ihrer Mutter schaden könnte?«

»Er hätt ja nicht sagen sollen, daß er's von mir hat«, erwiderte Hicks, als spräche ihn das von aller Schuld frei.

»Mit anderen Worten, es war Ihnen gleichgültig, wie es sich auf Ihren Onkel auswirken könnte – Hauptsache, keiner hätte erfahren, daß Sie hinter der Sache steckten.« Kincaid lächelte. »Sehr nobel von Ihnen, Kenneth? Und wie hat Connor Swann auf Ihren kleinen Vorschlag reagiert?«

»Er hat mir nicht geglaubt«, erklärte Hicks empört. »Jedenfalls nicht gleich. Aber dann hat er ein bißchen drüber nachgedacht und war auf einmal total aufgeregt. Er wollte wissen, was für einen Betrag ich mir vorgestellt hätte, und wie ich gesagt hab: ›Fangen wir bei fünfzig Riesen an und machen wir halbe-halbe, wir können später immer noch mehr verlangen‹, hat er mich ausgelacht. Ich soll sofort mein dreckiges Mundwerk halten, hat er gesagt, und wenn ich noch ein einziges Wort sagen würde, würd er mich umbringen.« Hicks zwinkerte mit hellen Wimpern und sagte in einem Ton, als könnte er es immer noch nicht glauben: »Nach allem, was ich für den getan hatte!«

»Er hat wirklich nicht begriffen, warum Swann wütend auf ihn war«, sagte Kincaid zu Gemma, als sie zum Parkplatz beim Bahnhof von High Wycombe gingen, wo sie Gemmas Escort stehengelassen hatten. »Er ist absolut gewissenlos. Er ist nur deshalb nie über kleine Gaunereien hinausgekommen, weil er außerdem ein stinkender Feigling ist.« Er wischte sich über den Ärmel seines Jacketts.

Es war eines seiner Lieblingsjacketts, stellte Gemma mit der kühlen Distanziertheit fest, die sich ihrer bemächtigt hatte.

Feine Wolle in einem Blaugrau, das die Farbe seiner Augen zur Geltung brachte. Wieso regte er sich auf, als hätte er noch nie zuvor mit so einem Burschen wie Kenneth Hicks zu tun gehabt?

Kincaid warf einen Blick auf seine Uhr, als sie beim Wagen waren. »Ich denke, wir können es schaffen, noch vor dem Mittagessen ein Wörtchen mit Godwin zu sprechen, wenn wir auf die Tube drücken. Am besten ist es vielleicht«, meinte er, als Gemma den Wagenschlüssel aus ihrer Handtasche kramte, »wir holen gleich unsere Sachen ab und fahren meinen Wagen auch nach London zurück, da wir ja hier wahrscheinlich nichts mehr zu tun haben.«

Ohne ein Wort ließ Gemma den Motor an, sobald er sich neben sie gesetzt hatte. Sie hatte ein Gefühl, als hätte sie ein wild wirbelndes Kaleidoskop in ihrem Kopf, das kein erkennbares Muster mehr sichtbar werden ließ.

Kincaid berührte ihren Arm. »Gemma, was ist los? Sie sind schon seit dem Frühstück so. Wenn es Ihnen wirklich nicht gutgeht –«

Mit einer heftigen Bewegung wandte sie sich ihm zu. »Glauben Sie ihm?«

»Wem? Kenneth?« fragte Kincaid leicht verwundert. »Na, Sie müssen zugeben, daß dadurch einige Dinge plausibel werden, die –«

»Sie kennen Tommy nicht. Oh, daß Tommy Matthews Vater war, kann ich glauben«, sagte sie. »Aber den Rest nicht. Das ist der größte Mumpitz, den ich je –«

»Gerade unwahrscheinlich genug, um wahr zu sein, fürchte ich«, unterbrach Kincaid. »Und wie sonst hätte er die Geschichte über Godwin und Matthew Asherton herausfinden können? Seine Aussage liefert uns das fehlende Glied, Gemma – das Motiv. Connor Swann konfrontierte Godwin am Donnerstag beim

Abendessen mit dem, was er erfahren hatte, und Godwin tötete ihn, um ihn zum Schweigen zu bringen.«

»Das glaube ich nicht«, erklärte Gemma störrisch, und doch begannen schon erste Zweifel an ihr zu nagen. Tommy Godwin liebte Caro und Julia. Das war offenkundig. Und von Sir Gerald sprach er mit Respekt und Zuneigung. War es ihm so wichtig gewesen, sie zu schützen, daß er dafür gemordet hatte? Selbst wenn sie bereit war, das zuzugestehen, blieb der Rest in ihren Augen unsinnig. »Weshalb hätte Connor sich mit ihm an der Schleuse treffen sollen?«

»Weil Godwin ihm versprach, das Geld dorthin zu bringen.«

Gemma starrte in den feinen Nieselregen hinaus. »Ich glaube nicht, daß Connor Swann Geld wollte«, sagte sie mit ruhiger Gewißheit. »Außerdem ist damit nicht erklärt, weshalb Tommy nach London gefahren ist und Sir Gerald aufgesucht hat. Er kann es nicht getan haben, um sich ein Alibi zu beschaffen. Jedenfalls nicht, wenn Connor Swann zu dem Zeitpunkt noch am Leben war.«

»Ich habe den Eindruck, Sie lassen sich in Ihrem Urteil von Ihrer Sympathie für Tommy Godwin beeinflussen, Gemma. Niemand sonst hat auch nur die Spur eines Motivs. Sehen Sie denn nicht –«

Der Zorn, der sich den ganzen Morgen in ihr aufgestaut hatte, brach sich plötzlich Bahn. »Sie sind derjenige, der blind ist«, schrie sie ihn an. »Sie sind so vernarrt in Julia Swann, daß Sie die Möglichkeit ihrer Schuld an Connors Tod nicht einmal in Betracht ziehen, obwohl Sie so gut wie ich wissen, daß bei einem Ehegattenmord meistens der Partner der Täter ist. Woher sind Sie so sicher, daß Trevor Simons nicht lügt, um sie zu decken? Woher wissen Sie, daß sie sich nicht vor Connors Abendessen mit Tommy Godwin und vor Beginn der Vernissage mit ihrem Mann getroffen und sich für später mit ihm verabredet hat? Vielleicht hatte sie Angst, ein Skandal um ihre Familie würde ihrer Karriere schaden. Vielleicht wollte sie ihre Eltern schützen. Vielleicht ...« Sie schwieg, aller Zorn war verraucht. Sie konnte nur noch auf den unvermeidlichen Gegenschlag warten. Niedergeschmettert. Diesmal hatte sie die Grenze wirklich weit überschritten.

Doch anstatt sie abzukanzeln, wie sie erwartet hatte, senkte Kincaid den Blick. In der Stille konnte sie das Zischen der Reifen auf dem nassen Asphalt hören.

»Vielleicht haben Sie recht«, sagte er schließlich. »Vielleicht ist meinem Urteil nicht zu trauen. Aber solange wir keine konkreten Indizien haben, kann ich mich nur darauf verlassen.«

Sie fuhren in zwei Autos nach London zurück und trafen sich wie vereinbart vor Kincaids Wohnung. Der Nieselregen war ihnen gefolgt, und Kincaid zog die Plane über den Midget, ehe er ihn abschloß. Als er zu Gemma in den Wagen stieg, sagte er: »Sie müssen sich wirklich mal um Ihre Reifen kümmern, Gemma. Der hintere ist so kahl wie eine Glatze.« Es war eine häufig wiederholte Mahnung, auf die Gemma meist gereizt reagierte. Als sie diesmal nicht nach dem Köder schnappte, seufzte er und fuhr fort: »Ich habe vom Auto aus im LB-Haus angerufen. Tommy Godwin ist heute gar nicht erschienen. Er sagte, es ginge ihm nicht gut. Haben Sie mir nicht erzählt, daß seine Wohnung in Highgate ist?«

Gemma nickte. »Ich habe mir die Adresse aufgeschrieben. Es ist, glaube ich, hier ganz in der Nähe.«

Eine diffuse Angst breitete sich in ihr aus, während sie fuhr, und sie war erleichtert, als sie das Haus entdeckte, in dem Tommy Godwin seine Wohnung hatte. Sie ließ den Wagen auf dem Vorplatz stehen und sprang heraus. Ungeduldig wartete sie vor der Haustür auf Kincaid, der sich Zeit ließ.

»Du meine Güte, Gemma, brennt's hier irgendwo?« fragte er scherzhaft, doch sie ignorierte die Bemerkung und stieß die Haustür auf. Als sie dem Portier ihre Ausweise zeigten, wies der ihnen unwirsch den Weg zum Aufzug. »Vierte Etage.«

»Schönes Haus«, meinte Kincaid, als sie in dem ächzend aufwärts fahrenden Lift standen. »Gut erhalten, aber nicht zu Tode modernisiert.« Der Treppenflur in der vierten Etage, in einem geometrischen Muster schwarzweiß gefliest, bestätigte seine Worte. »Deco, wenn ich mich nicht irre.«

Gemma, die nach der richtigen Wohnungsnummer suchte, hatte nur mit halbem Ohr hingehört. »Was?« fragte sie und klopfte schon in 4 C.

»Art deco. Das Haus muß ungefähr –«

Die Tür öffnete sich. Tommy Godwin sah Kincaid und Gemma neugierig an. »Mike hat mich schon angerufen und mir gesagt, daß die Freunde von der Polizei auf dem Weg sind. Er war ausgesprochen mißvergnügt. Ich vermute, er hat in einem früheren Leben einmal unangenehme Erfahrungen mit der Polizei gemacht.« Godwin trug einen seidenen Morgenrock mit Paisley-Muster und Hausschuhe. Sein sonst so gepflegtes Haar stand ihm zerzaust vom Kopf ab. »Sie sind sicher Superintendent Kincaid«, sagte er, als er sie in die Wohnung führte.

Als Gemma sah, daß Tommy Godwin frisch und munter war und keineswegs den Kopf in den Gasofen gesteckt oder etwas ähnlich Unbesonnenes getan hatte, überkam sie ein irrationaler Zorn auf ihn, daß er sie so sehr geängstigt hatte. Während sie den Männern folgte, sah sie sich neugierig um. Eine kleine, moderne Küche zur Linken, schwarzweiß wie der Treppenvorplatz. Rechts ein ebenfalls in Schwarzweiß gehaltenes

Wohnzimmer, durch dessen großes Fenster sie ein graues London sehen konnte. Die Linien der Möbel waren gerundet, jedoch ohne Schnörkel. Gemma fand den Raum wohltuend in seiner Sanftheit, die ihr zu Tommy Godwin zu passen schien.

Auf einem Sessel vor dem Fenster hockte eine Katze und beobachtete sie mit saphirblauen Augen.

»Sie haben übrigens recht, Superintendent«, sagte Godwin gerade, als sie zu den beiden Männern trat, »das Haus ist Anfang der dreißiger Jahre gebaut worden. Es war damals natürlich der letzte Schrei moderner Architektur, und es hat sich im Gegensatz zu den meisten Nachkriegsmonstrositäten unglaublich gut gehalten. – Bitte, nehmen Sie doch Platz«, fügte er hinzu, als er sich selbst in einem gerundeten Sessel niederließ. »Ich stelle mir allerdings vor, daß es im Krieg hier oben ziemlich beängstigend gewesen sein muß. Man muß sich wie eine Zielscheibe vorgekommen sein, wenn die deutschen Bomber angedonnert kamen. Eine Ritze in der Verdunkelung und –«

»Tommy«, unterbrach Gemma streng, »im LB-Haus wurde uns gesagt, Sie fühlten sich nicht wohl. Was fehlt Ihnen?«

Er fuhr sich mit einer Hand durch sein Haar, und im klaren Licht sah Gemma, daß die Haut unter seinen Augen ein wenig schlaff zu werden begann. »Ich bin einfach nicht ganz auf der Höhe, Sergeant. Ich muß zugeben, daß der gestrige Tag mich recht mitgenommen hat.« Er stand auf und trat zu dem Barschrank an der Wand. »Darf ich Ihnen einen Sherry anbieten? Es ist ja fast Mittag, und Rory Allyn hat bestimmt immer einen Sherry angenommen, wenn er Verdächtige verhört hat.«

»Tommy, Herrgott noch mal, das ist keine Detektivgeschichte«, sagte Gemma, die ihre Gereiztheit nicht zurückhalten konnte.

Die Sherrykaraffe in einer Hand, drehte er sich nach ihr um.

»Ich weiß, Verehrteste. Aber das ist eben meine Art, im Dunkeln zu pfeifen.« Sein sanfter Ton sagte ihr, daß er ihre Besorgnis anerkannte und von ihr gerührt war.

»Zu einem kleinen sage ich nicht nein«, bemerkte Kincaid, und Godwin stellte drei Gläser und die Karaffe auf ein kleines Tablett.

»Wenn ich schon die Verantwortung für ein Verbrechen übernehmen soll, das ich nicht begangen habe«, sagte Godwin, als er eingeschenkt hatte und die Gläser herumreichte, »dann will ich es wenigstens mit Grazie tun.«

»Sie haben mir gestern gesagt, sie seien in Clapham gewesen, um Ihre Schwester zu besuchen.« Gemma machte eine Pause und trank. Dann fügte sie langsam hinzu: »Aber von Kenneth haben Sie nichts gesagt.«

»Ach so.« Tommy Godwin lehnte sich in seinem Sessel zurück und schloß die Augen. Im grauen Licht traten die Linien der Erschöpfung um seinen Mund und seiner Nase deutlich hervor. Zum erstenmal sah Gemma das Grau, das sich in das Blond an den Schläfen mischte. »Würden Sie Ihre Verwandtschaft mit Kenneth freiwillig zugeben, wenn Sie eine Wahl hätten?« fragte Godwin, ohne sich zu rühren. »Nein, antworten Sie nicht darauf.« Er öffnete die Augen und sah Gemma mit einem etwas bemühten Lächeln an. »Ich nehme an, Sie haben ihn kennengelernt?«

Gemma nickte.

»Dann kann ich wohl auch annehmen, daß die ganze schmutzige Katze aus dem Sack ist.«

»Ich denke, ja. Sie haben mich belogen. Bei Ihrem Abendessen mit Connor ging es überhaupt nicht darum, daß er seine alte Stellung wiederhaben wollte. Er hat Sie vielmehr mit dem konfrontiert, was er von Kenneth erfahren hatte.« Heute ist anscheinend mein Anklagetag, dachte sie, als ihr bewußt wurde, daß sie Tommy Godwins Lüge persönlich nahm, so als sei sie von einem Freund getäuscht worden.

»Das war doch nur eine kleine Flunkerei –« Als er Gemmas Gesichtsausdruck sah, brach er ab und seufzte. »Tut mir leid, Sergeant. Sie haben ganz recht. Was wollen Sie jetzt von mir wissen?«

»Fangen Sie von vorn an. Erzählen Sie uns von Caroline.«

»Ah, ganz von vorn, meinen Sie.« Tommy Godwin schwenkte den Sherry in seinem Glas und sah nachdenklich vor sich hin. »Ich habe Caro geliebt, so blind und bedingungslos, wie man nur in der Jugend liebt. Aber vielleicht hat das Alter auch gar nichts damit zu tun ... Ich weiß es nicht. Als sie merkte, daß sie schwanger war, endete unsere Beziehung. Ich bat sie, Gerald zu verlassen und mich zu heiraten. Ich hätte Julia wie mein eigenes Kind geliebt.« Er machte eine Pause, um den Rest seines Sherrys zu trinken. Bedächtig stellte er das leere Glas wieder auf das Tablett. »Das waren natürlich Hirngespinste. Caro stand damals am Anfang einer großen Karriere, sie führte an Geralds Seite ein sorgenfreies Leben, mit dem Namen Asherton und einem Vermögen im Rücken. Was hätte ich ihr schon bieten können? Außerdem war ja auch noch Gerald da, der sich in all den Jahren, seit ich ihn kenne, immer wie ein Ehrenmann verhalten hat.

Man paßt sich an, wie man das muß«, sagte er mit einem Lächeln zu Gemma. »Ich bin zu dem Schluß gekommen, daß große Tragödien immer von denen ausgelöst werden, die die Anpassung nicht schaffen. Wir lebten weiter. Als ›Onkel Tommy‹ durfte ich Matty aufwachsen sehen, und keiner außer Caro und mir wußte die Wahrheit.«

»Dann ist Matty tödlich verunglückt.«

Kincaid stellte sein leeres Glas auf das Tablett. Das Klirren des Glases auf dem Holz klang in der Stille so laut wie ein

Schuß. Gemma fuhr zusammen – in ihrer Konzentration auf Tommy Godwin hatte sie Kincaids Anwesenheit einen Moment lang vergessen gehabt. Weder sie noch Kincaid sagten etwas, und nach einer kleinen Weile fuhr Godwin zu sprechen fort.

»Sie haben mich damals ausgeschlossen. Sie rückten zusammen, und ich blieb außen. Caro und Gerald hatten in ihrem Schmerz keinen Raum für den Schmerz eines anderen. Sosehr ich Matty geliebt habe, habe ich doch auch gesehen, daß er ein ganz normaler kleiner Junge war, mit allen liebenswerten und manchmal auch weniger liebenswerten Eigenschaften eines normalen Kindes. Die Tatsache, daß er außergewöhnlich begabt war, bedeutete ihm nicht mehr, als wenn er einen extra Finger gehabt hätte oder wie der Blitz hätte kopfrechnen können. Aber Caro und Gerald sahen es ganz anders. Verstehen Sie das? Für sie war Matty die Erfüllung ihrer Träume, ein Geschenk, das Gott ihnen gesandt hatte, es nach ihrem Bild zu formen.«

»Und Kenneth Hicks?« fragte Gemma. »Was hat er für eine Rolle gespielt in dieser Geschichte?«

»Meine Schwester ist eine nette Frau. Jeder von uns hat sein Kreuz zu tragen – und Kenneth ist ihrs. Unsere Mutter ist gestorben, als sie noch zur Schule ging. Ich kam damals gerade so über die Runden und konnte nicht viel für sie tun. Ich glaube, sie hat Kenneths Vater aus reiner Verzweiflung geheiratet. Wie sich dann zeigte, blieb er gerade lang genug, um seinen Sohn und Stammhalter zu produzieren. Dann hat er sich aus dem Staub gemacht und sie mit dem Kind allein gelassen.«

Gemma sah in Godwins Schilderung der Ehe seiner Schwester ein Abbild ihrer eigenen Ehe und schauderte bei dem Gedanken, daß ihr kleiner Sohn sich trotz all ihrer Bemühungen eines Tages zu einem zweiten Kenneth Hicks entwickeln könnte. Eine unerträgliche Vorstellung. Sie spülte ihren Sherry mit einem langen Zug hinunter.

Godwin glättete die Falten seines Morgenrocks über seinen Knien. Die Katze schien das als Einladung aufzufassen. Mit einem geschmeidigen Satz sprang sie auf seinen Schoß und machte es sich bequem. Er streichelte mit seinen langen, schlanken Fingern ihr schokoladenbraunes Fell, und Gemma, die ihn beobachtete, konnte sich einfach nicht vorstellen, daß diese Hände Connor Swann den Hals zugedrückt haben sollten. Sie sah auf und begegnete Tommy Godwins Blick.

»Nach Mattys Tod«, sagte er, »bin ich zu meiner Schwester gefahren und habe ihr die ganze Geschichte erzählt. Es war niemand anders da.« Mit einem Räuspern griff er nach der Karaffe und schenkte sich noch einen Tropfen Sherry ein. »Ich habe keine klare Erinnerung an diese Zeit, Sie müssen das verstehen. Ich versuche selbst gerade, die Bruchstücke wieder zusammenzufügen. Kenneth kann damals höchstens acht oder neun gewesen sein, aber meiner Ansicht nach war er schon von Geburt an hinterhältig. Er hat ständig versucht, seine Mutter zu kontrollieren, und sich immer irgendwo versteckt, um die Gespräche der Erwachsenen zu belauschen. Ich hatte keine Ahnung, daß er an diesem Tag überhaupt im Haus war. Können Sie sich vorstellen, wie entsetzt ich war, als Connor mir erzählte, was er gehört hatte und wer es ihm berichtet hatte?«

»Warum ist Connor Swann zu Ihnen gekommen?« fragte Kincaid. »Wollte er Geld?«

»Ich glaube, Connor wußte selbst nicht, was er wollte. Er schien es sich in den Kopf gesetzt zu haben, daß Julia ihn geliebt hätte, wäre nicht Matthews Tod gewesen, und daß zwischen ihm und ihr alles anders gewesen wäre, wenn sie von Anfang an die Wahrheit über Matty gewußt hätte. Er redete eine Menge wirres Zeug. ›Diese verlogene Bande‹, sagte er immer wieder. ›Nichts als Heuchler, alle miteinander‹.« Godwin verschränkte die Arme und seufzte. »Ich glaube, Connor hatte das Image der Familie Asherton für bare Münze genommen und konnte die Desillusionierung nicht aushalten. Oder vielleicht brauchte er auch jemanden, dem er die Schuld an seinem eigenen Versagen geben konnte. Sie hatten ihn gekränkt und verletzt, und er hatte es sich ohnmächtig gefallen lassen müssen. Kenneth hatte ihm die perfekte Waffe in die Hand gegeben.«

»Hätten Sie ihn nicht aufhalten können?« fragte Kincaid.

Tommy Godwin lächelte. Der beiläufige Ton konnte ihn nicht täuschen. »Nicht auf die Weise, die Sie meinen. Ich habe mit ihm geredet, ihn gebeten, um Gerald und Caros willen den Mund zu halten, und auch um Julias willen, aber das schien ihn nur um so wütender zu machen. Am Ende kam es sogar zu Handgreiflichkeiten. Ich schäme mich jetzt noch dafür.

Als ich mich von Connor trennte, wußte ich schon, was ich tun würde. Wir hatten lange genug gelogen. Connor hatte in gewisser Beziehung recht – die Lüge hatte unser aller Leben verbogen, ob wir uns dessen nun bewußt waren oder nicht.«

»Das versteh ich nicht«, sagte Kincaid. »Wieso glaubten Sie, Sie müßten Connor töten, um der Lüge ein Ende zu bereiten?«

»Ich habe Connor nicht getötet, Superintendent«, erwiderte Godwin ruhig und entschieden. »Ich habe Gerald die Wahrheit gesagt.«

15

Gemma ließ den Motor ihres Wagens an und ließ ihn laufen, während Kincaid neben ihr sich anschnallte. Auf dem Weg von Godwins Wohnung zum Auto hatte sie kein Wort gesprochen.

Kincaid, der aus ihrem Verhalten nicht klug wurde, warf ihr einen forschenden Blick zu. Er dachte an den lebhaften Austausch, der sonst bei der Arbeit zwischen ihnen üblich war, und er dachte an das Abendessen in ihrer Wohnung vor wenigen Tagen, an die unbefangene Vertrautheit, die sich zwischen ihnen an diesem Abend eingestellt hatte. Auf einer eher gefühlsmäßigen Ebene war er sich ihrer besonderen Begabung, zu anderen in Beziehung zu treten, bewußt gewesen, doch er hatte nie recht darüber nachgedacht. Sie hatte ihn angenommen, mit ihrer Wärme bewirkt, daß er sich mit sich und mit ihr wohlfühlte, und er hatte es für selbstverständlich genommen. Jetzt, da er gesehen hatte, was für ein menschliches Verhältnis sich zwischen ihr und Godwin entwickelt hatte, empfand er plötzlich Neid. Er fühlte sich wie ein Kind, das man in die Kälte hinausgesperrt hat.

Sie strich sich eine Locke aus dem Gesicht, die sich aus ihrem Zopf gelöst hatte, und wandte sich ihm zu. »Wie geht's weiter, Chef?« fragte sie in neutralem Ton.

Es drängte ihn, den Bruch zwischen ihnen wieder zu kitten, aber er wußte nicht recht, wie er das anfangen sollte, und andere Dinge beanspruchten seine unmittelbare Aufmerksamkeit. »Warten Sie einen Moment«, sagte er und rief im Yard an. Er stellte nur eine kurze Frage, dann legte er wieder auf. »Die Untersuchungen von Godwins Wohnung und Wagen haben nichts erbracht.« Vorsichtig seinen Weg ertastend, sagte er: »Vielleicht war ich mit meinen Schlußfolgerungen über Godwin etwas voreilig. Das ist sonst eigentlich mehr Ihre Art«, fügte er mit einem Lächeln hinzu, doch Gemma verzog keine Miene. Er seufzte. »Ich denke, wir werden noch einmal mit Gerald Asherton sprechen müssen. Aber gehen wir erst mal was essen und sehen, wo wir stehen.«

Als Gemma losfuhr, schloß er die Augen. Er fragte sich,

wie er das alte gute Verhältnis zu ihr wiederherstellen könnte, und warum sich ihm die Lösung dieses Falls so beharrlich entzog.

Nachdem sie bei den Ashertons angerufen und von Sir Gerald gehört hatten, daß er bereit war, sie jederzeit zu empfangen, setzten sie sich in einem Café in Golders Green zu einem späten Mittagessen. Sehr zu Kincaids Befriedigung vertilgte Gemma ohne eine Spur der Lustlosigkeit, die sie beim Frühstück an den Tag gelegt hatte, den Thunfischsalat, den sie sich bestellt hatte. Er schob den letzten Bissen seines Schinken-Käse-Toasts in den Mund und trank seinen Kaffee, während Gemma einen Beutel Cips leerte.

»Ich blick da einfach nicht durch«, sagte er, als sie sich zum Abschluß die Fingerspitzen leckte. »Wen hat Connor Swann von seiner Wohnung aus angerufen? Sir Gerald kann es nicht gewesen sein. Wie Sharon mir sagte, hat Swann den Anruf kurz nach halb elf gemacht. Zu der Zeit stand Sir Gerald vor dem Orchester.«

»Vielleicht hat er eine Nachricht hinterlassen.« Gemma wischte sich die Finger an einer Papierserviette ab.

»Bei wem? Ihr Portier hätte sich sicher daran erinnert. Alison wie-heißt-sie-gleich hätte sich auch erinnert.«

»Das ist wahr.« Gemma probierte ihren Kaffee und schnitt eine Grimasse. »Der ist ja ganz kalt. Ekelhaft.« Sie schob die Tasse weg und verschränkte ihre Arme auf dem Tisch. »Es wäre viel einleuchtender, wenn Sir Gerald Connor Swann angerufen hätte, nachdem Tommy gegangen war.«

Godwin hatte ihnen erzählt, daß Gerald Asherton weder Schock noch Empörung über seine Mitteilung gezeigt hatte. Er schenkte Tommy einen Whisky ein, als wäre nichts geschehen, und sagte wie zu sich selbst: »Der Wurm hat auch Arthurs

Reich von innen ausgehöhlt, wie er das immer wußte.« Als Tommy gegangen war, hatte er mit seinem Glas in der Hand zusammengesunken vor seinem Garderobenspiegel gesessen.

»Nehmen wir mal an, daß der Anruf, von dem Sharon mir erzählt hat, mit Connor Swanns Ermordung gar nichts zu tun hatte. Wir haben ja keinen Beweis dafür.« Kincaid sah Gemma nachdenklich an. »Nehmen wir an, Swann hatte die Wohnung gar nicht unmittelbar nach Sharon verlassen. Er hat ja nicht gesagt, daß er gleich gehen würde.«

»Sie meinen, er könnte noch dagewesen sein, als Gerald Asherton ihn nach dem Gespräch mit Tommy anrief? Und er könnte sich mit ihm an der Schleuse verabredet haben?« fragte Gemma mit einem Funken Interesse.

»Aber wir haben keinen Beweis«, sagte Kincaid. »Wir haben für nichts einen Beweis. Die ganze Geschichte kommt mir vor wie ein riesiger Wackelpudding – kaum will man richtig die Zähne hineinschlagen, glitscht er weg.«

Gemma lachte, und Kincaid dankte dem Schicksal für diesen kleinen Riß im Eis.

Als sie vor dem Haus der Ashertons anhielten, war aus dem feinen Nieselregen ein handfester Landregen geworden. Einen Moment blieben sie im Wagen sitzen und lauschten dem rhythmischen Prasseln auf Verdeck und Kühlerhaube. Im Haus brannten schon die Lichter, und sie sahen, wie sich der Vorhang am Wohnzimmerfenster bewegte.

»Es ist schon fast dunkel«, sagte Gemma. »Bei dem Wetter kommt der Abend so früh.« Als Kincaid zur Türklinke griff, berührte sie leicht seinen Arm. »Chef, wenn Sir Gerald Connor Swann getötet hat, warum hat er dann die Polizei hinzuziehen lassen?«

Kincaid drehte sich nach ihr um. »Vielleicht hat seine Frau

darauf bestanden. Vielleicht hat sein Freund, der *Assistant Commissioner*, es ihm angeboten, und er hielt es für klüger, nicht abzulehnen.« Ihr Unbehagen spürend, berührte er ihre Finger und fügte hinzu: »Mir gefällt das auch nicht, Gemma, aber wir müssen der Sache nachgehen.«

Zusammen unter einem Schirm, rannten sie zum Haus und drängten sich unter das Vordach über der Treppe. Sie hörten das Bimmeln der Glocke, als Kincaid läutete, doch noch ehe er die Finger vom Klingelknopf genommen hatte, öffnete Sir Gerald ihnen selbst die Tür.

»Kommen Sie herein«, sagte er. »Warten Sie, legen Sie Ihre nassen Sachen ab. Das ist ja ein grauenhaftes Wetter, und leider soll es auch nicht besser werden.« Er führte sie ins Wohnzimmer, wo im Kamin ein helles Feuer brannte.

»So, und jetzt brauchen Sie noch ein bißchen Wärme von innen«, sagte Sir Gerald, als sie sich am Feuer niedergelassen hatten. »Plummy macht uns eine Tasse Tee.«

»Sir Gerald, wir müssen mit Ihnen sprechen«, sagte Kincaid, sich dem Schwall konventioneller Höflichkeiten entgegenstellend.

»Caroline ist leider nicht zu Hause«, fuhr Sir Gerald auf seine freundschaftlich herzliche Art fort, als wäre an ihrem Gespräch nichts Sonderbares zu finden. »Sie und Julia kümmern sich um die letzten Formalitäten für Connors Beerdigung.«

»Julia kümmert sich um die Beerdigung?« fragte Kincaid so überrascht, daß er von seiner Marschroute abwich.

Sir Gerald strich sich über sein schütteres Haar und setzte sich auf dem Sofa nieder. Es war offensichtlich sein Platz; das Polster hatte eine Mulde, in die sein Gesäß genau hineinpaßte. Er trug an diesem Tag einen olivgrünen Pullover und dieselbe ausgebeulte Manchesterhose, so schien es Kincaid jedenfalls, wie bei ihrem letzten Gespräch.

»Ja«, sagte er. »Sie ist anscheinend zur Besinnung gekommen. Ich weiß nicht, wodurch, und ich bin zu froh darüber, um Fragen zu stellen.« Er lächelte auf seine gewinnende Art. »Sie schoß nach dem Mittagessen plötzlich wie ein Wirbelwind hier herein und sagte, sie wisse jetzt, was das Richtige für Con sei, und seitdem hat sie in dieser Hinsicht den Ton angegeben.«

Julia schien mit Connors Andenken Frieden geschlossen zu haben. Kincaid schob den Gedanken weg und konzentrierte sich auf das bevorstehende Gespräch. »Wir wollten sowieso mit Ihnen sprechen, Sir.«

»Haben Sie etwas entdeckt?« Sir Gerald beugte sich ein wenig vor und musterte gespannt ihre Gesichter. »Bitte, sagen Sie es mir. Ich möchte meiner Frau und Julia möglichst jede Aufregung ersparen.«

»Wir kommen gerade von Tommy Godwin, Sir Gerald. Wir wissen jetzt, warum Mr. Godwin Sie an dem Abend des Todes Ihres Schwiegersohns aufgesucht hat.« Sir Gerald ließ sich in das Sofa zurücksinken. Sein Gesicht war plötzlich verschlossen. Kincaid, der sich an die Bemerkung Sir Geralds zu Tommy Godwin erinnerte, fügte hinzu: »Sie wußten von Anfang an, daß Mr. Godwin Matthews Vater war, nicht wahr?«

Gerald Asherton schloß seine Augen. Das Gesicht unter den buschigen, stark hervorspringenden Augenbrauen wirkte unbewegt und uralt. »Natürlich habe ich es gewußt. Ich mag ein Narr sein, Mr. Kincaid, aber ich bin kein blinder Narr. Sie haben ja keine Ahnung, was für ein schönes Paar die beiden waren – Tommy und Caroline.« Langsam öffnete er die Augen. »Grazie, Eleganz, Talent – sie waren wie geschaffen füreinander. Ich lebte in ständiger Angst, daß sie mich verlassen würde, und fragte mich jeden Tag von neuem, wie ich ohne sie weiterleben sollte. Als dann mit Mattys Geburt die Beziehung der beiden langsam zu zerbröckeln schien, dankte ich Gott, daß er mir meine Frau wiedergegeben hatte. Alles andere spielte keine Rolle. Und Matty – Matty war alles, was wir uns hätten wünschen können.«

»Sie haben Ihrer Frau nie gesagt, daß Sie die Wahrheit wissen?« warf Gemma ungläubig ein.

»Wie hätten wir dann weiter miteinander leben können?«

Es hatte nicht mit direkten Lügen begonnen, dachte Kincaid, sondern mit einer Verleugnung der Wahrheit, die zu einem Teil des Lebens dieser Familie geworden war. »Aber Connor Swann wollte alles zerstören, nicht wahr, Sir Gerald? Sie müssen erleichtert gewesen sein, als Sie am nächsten Morgen von seinem Tod hörten.«

Kincaid fing Gemmas schnellen, überraschten Blick auf, ehe sie zum Flügel ging und sich die Fotografien ansah. Er selbst ging vom Feuer weg und setzte sich in einen Sessel Gerald Asherton gegenüber.

»Ich gebe zu, ich hatte das Gefühl, noch einmal verschont worden zu sein. Es beschämte mich und machte mich um so entschlossener, der Wahrheit über Connors Tod auf den Grund zu gehen. Er war mein Schwiegersohn, und wenn er auch gelegentlich ziemlich hysterisch sein konnte, hatte ich ihn doch gern.« Wieder beugte er sich vor. »Bitte, Superintendant, es kann Connor doch nicht helfen, diese alte Geschichte wieder aufzurühren. Können wir das meiner Frau nicht ersparen?«

»Sir Gerald –«

Die Wohnzimmertür öffnete sich. Caroline trat ein, gefolgt von Julia. »Ist das ein Wetter!« sagte Caroline und schüttelte ihr dunkles Haar, so daß feine Wassertröpfchen nach allen Seiten flogen. »Guten Abend, Superintendent. Sergeant. Plummy kommt gleich mit dem Tee. Den können wir alle gebrauchen, denke ich.« Sie schlüpfte aus ihrer Lederjacke und warf sie mit dem Futter nach außen über die Rückenlehne des Sofas, ehe sie sich neben ihren Mann setzte. Die hellrote Seide des Jackenfutters glänzte wie frisches Blut im Schein des Feuers.

Kincaid sah Julia in die Augen und gewahrte Freude, die mit einer gewissen mißtrauischen Wachsamkeit gemischt war. Es war das ersten Mal, daß er Julia Seite an Seite mit ihrer Mutter sah, und er staunte über diese Kombination von Ähnlichkeit und Gegensätzlichkeit. Sie wirkte wie eine zartere, geschliffenere Nachbildung ihrer Mutter, mit dem herzlichen Lächeln ihres Vaters. Und obwohl sie sich nach außen so stark und unnahbar gab, war ihr Gesicht für ihn so leicht zu lesen wie sein eigenes, während er das ihrer Mutter unergründlich fand.

»Wir waren in der Kirche in Fingest«, berichtete Julia, sich an ihn richtend, als wäre sonst niemand im Zimmer. »Cons Mutter hätte auf einem katholischen Begräbnis mit allen Schikanen bestanden, aber Con hatte dafür überhaupt keinen Sinn. Darum möchte ich das tun, was mir für ihn das Richtige zu sein scheint.« Sie ging durch das Zimmer zum Kamin und streckte ihre Hände zum Feuer. »Ich bin mit dem Pastor über den ganzen Friedhof gegangen und habe einen Platz ganz in der Nähe von Mattys Grab ausgesucht. Vielleicht gefällt es ihnen, Nachbarn zu sein.«

»Julia, sei nicht so schnoddrig«, sagte Caroline scharf. Sich Kincaid zuwendend, fügte sie hinzu: »Was verschafft uns das Vergnügen Ihres Besuchs, Superintendent?«

»Ich habe eben Sir Gerald erklärt –«

Wieder ging die Tür auf, als Vivian Plumley mit dem vollbeladenen Teetablett eintrat. Julia eilte sofort zu ihr, um ihr zu helfen, und gemeinsam deckten sie den niedrigen Tisch vor dem Feuer.

»Mr. Kincaid, Sergeant James!« Plummy lächelte Gemma zu. Sie schien ehrlich erfreut, sie zu sehen. »Ich habe extra etwas mehr gemacht, für den Fall, daß Sie wieder einmal nicht ordentlich zu Mittag gegessen haben.« Sie schenkte den Tee ein, in zarte Porzellantassen diesmal, nicht in rustikale Keramiktassen, die in der Küche benutzt wurden.

Kincaid lehnte das angebotene frisch geröstete Brot ab und nahm nur mit Widerstreben eine Tasse Tee. Er sah Gerald Asherton an. »Es tut mir leid, Sir, aber wir müssen fortfahren.«

»Fortfahren? Womit denn, Mr. Kincaid?« fragte Caroline. Mit ihrer Tasse kehrte sie zum Sofa zurück und setzte sich auf die Armlehne. Es sah aus, als schwebte sie beschützerisch über ihrem Mann.

Kincaid trank einen Schluck Tee. »An dem Abend, an dem Ihr Schwiegersohn ums Leben kam, hat Tommy Godwin Ihren Mann in seiner Garderobe im Coliseum besucht, Dame Caroline. Er berichtete Ihrem Mann von einem sehr unerfreulichen Zusammentreffen, das er kurz zuvor mit Ihrem Schwiegersohn gehabt hatte. Obwohl Ihr Schwiegersohn angetrunken war und sich nicht unbedingt klar ausdrückte, stellte sich schließlich heraus, daß er die Wahrheit über Matthews Herkunft entdeckt hatte und nun drohte, sein Wissen publik zu machen.« Kincaid machte eine kurze Pause und beobachtete die Gesichter. »Connor Swann hatte entdeckt, daß Matthew der Sohn Tommy Godwins war und nicht der Ihres Mannes.«

Gerald Asherton sank wieder mit geschlossenen Augen in die Polster.

»Tommy und Mama?« sagte Julia. »Aber dann war Matty ja –« Sie brach ab. Ihre Augen waren groß und dunkel vor Schock. Kincaid wünschte, er könnte es ihr irgendwie leichter machen, sie trösten wie am Abend zuvor.

Auch Vivian Plumley beobachtete Gerald und Caroline, und Kincaid sah in ihr die ständige Beobachterin, immer an der Peripherie der Familie, jedoch niemals Teilhaberin an ihren tiefsten Geheimnissen. Sie nickte nur einmal mit geschlossenen

Lippen, aber Kincaid konnte ihrem Gesicht nicht entnehmen, ob sie Bekümmerung oder Genugtuung empfand.

»Was für ein bodenloser Unsinn, Superintendent!« sagte Caroline scharf. Sie legte ihrem Mann leicht ihre Hand auf die Schulter. »Das lasse ich mir nicht bieten. Sie haben nicht nur die Grenzen des guten Geschmacks überschritten, sondern –«

»Es tut mir leid, Ihnen Unannehmlichkeiten bereiten zu müssen, Dame Caroline, aber es läßt sich nicht ändern. – Sir Gerald, würden Sie mir bitte genau sagen, was Sie an dem Abend, nachdem Mr. Godwin gegangen war, taten?«

Gerald Asherton berührte die Hand seiner Frau. »Es ist schon in Ordnung, Caro. Beunruhige dich nicht.« Er richtete sich auf und beugte sich ein wenig nach vorn. »Es gibt gar nicht viel zu erzählen. Ich hatte mit Tommy einen steifen Whisky getrunken und trank weiter, nachdem er gegangen war. Als ich schließlich aus dem Theater wegging, war ich bei weitem nicht mehr nüchtern. Ich hätte in dem Zustand natürlich nicht Auto fahren sollen, das war leichtsinnig von mir, aber ich bin ohne Zwischenfall nach Hause gekommen.« Er lächelte. »Das heißt, beinahe ohne Zwischenfall. Ich hatte ein kleines Rencontre mit dem Wagen meiner Frau, als ich parken wollte. Anscheinend hat mich mein Gedächtnis getäuscht; ich hatte ihn etwa einen Viertelmeter weiter rechts erwartet, und habe etwas Lack mitgenommen. Es muß fast eins gewesen sein, als ich nach oben ging. Meine Frau schlief schon. Ich wußte, daß Julia noch aus war, da ich ihren Wagen nicht in der Auffahrt gesehen hatte. Aber für sie gibt es ja schon lange keine Polizeistunde mehr.« Er warf seiner Tochter einen liebevollen Blick zu.

»Aber ich dachte, ich hätte dich gegen Mitternacht kommen gehört«, sagte Plummy. Sie schüttelte den Kopf. »Ich hab nur kurz die Augen aufgemacht und zu meinem Wecker geblinzelt – vielleicht habe ich mich vertan.«

Caroline glitt von der Armlehne des Sofas und stellte sich vor den Kamin. »Ich verstehe wirklich nicht, was das soll, Superintendent. Ich sehe nicht ein, warum wir uns hier einem Verhör faschistischer Manier unterwerfen sollen, nur weil Connor offensichtlich nicht bei Besinnung war. Wir haben das alles bereits einmal durchgesprochen – das sollte doch wohl genug sein. Ihnen ist hoffentlich klar, daß Ihr *Assistant Commissioner* von Ihrem willkürlichen Verhalten hören wird.«

Die Hände auf dem Rücken, die Beine leicht gespreizt, stand sie da. In dem schwarzen Rollkragenpullover und der schmalen Hose, zu der sie schwarze Stiefel aus weichem Leder trug, sah sie aus, als spielte sie eine Hosenrolle in einer Oper. Mit dem kinnlangen Haar und in diesem Anzug hätte man sie leicht für einen Jungen an der Schwelle zum Mannesalter halten können. Ihr Gesicht war ein wenig erhitzt, wie sich das für einen Helden oder eine Heldin unter erregenden Umständen gehört, doch ihre Stimme war wie immer absolut kontrolliert.

»Dame Caroline«, entgegnete Kincaid, »Connor Swann war vielleicht erregt und aufgewühlt, aber er hat die Wahrheit gesagt. Mr. Godwin hat es bestätigt, genau wie Ihr Mann. Ich denke, es ist an der Zeit –« Aus dem Augenwinkel gewahrte er eine Bewegung. Carolines Jacke glitt raschelnd von der Sofalehne auf das Polster, das schwarze Leder so geschmeidig wie fließendes Wasser.

Ein merkwürdiges Gefühl überkam ihn, als wäre er plötzlich in einen Tunnel gesogen worden, der alle Geräusche und Bilder verzerrte. Zwinkernd wandte er sich wieder Caroline zu. Man brauchte nur ein paar unbedeutende Details in dem Bild zu verschieben, und schon nahm es ein neues Muster an, das scharf und klar und absolut eindeutig ins Auge sprang. Er konnte es nicht glauben, daß er es nicht von Anfang an gesehen hatte.

Sie beobachteten ihn alle mit unterschiedlichen Graden von Besorgnis. Mit einem Lächeln zu Gemma, die wie erstarrt saß, stellte er seine leere Teetasse auf den Tisch. »Es war nicht die Türglocke, die Sie an dem Abend gehört haben, Mrs. Plumley. Es war das Telefon. Und Sie haben nicht Sir Gerald kurz nach Mitternacht nach Hause kommen gehört, sondern Dame Caroline.

Connor Swann hat kurz vor elf von seiner Wohnung aus diese Nummer hier angerufen. Ich halte es für wahrscheinlich, daß er Julia suchte. Aber statt Julia meldete sich Dame Caroline.« Kincaid stand auf und stellte sich an den Flügel, so daß er Caroline direkt ins Gesicht sehen konnte. »Er konnte der Versuchung nicht widerstehen, Sie zu quälen, nicht wahr, Dame Caroline? Denn Sie waren ja die Architektin des Betrugs, der ihn, wie er meinte, sein Glück gekostet hatte.

Sie glaubten, Sie könnten ihn beschwichtigen, ihn zur Vernunft bringen, darum vereinbarten Sie eine Zusammenkunft mit ihm. Aber Sie wollten auf keinen Fall einen großen Auftritt an einem öffentlichen Ort und schlugen deshalb einen Treffpunkt vor, wo Sie ganz allein mit ihm sein würden. Was wäre natürlicher gewesen, als die Hambleden-Schleuse, wo Sie mit Vorliebe spazierengehen?

Sie kleideten sich rasch an, wählten vermutlich etwas, wie Sie es heute tragen, und zogen Ihre Lederjacke über. Es war ein feuchter und kalter Abend, und vom Parkplatz bis zum Fluß ist es ein ganzes Stück Wegs. Sie gingen leise aus dem Haus, um Mrs. Plumley nicht zu wecken, und als Sie am Fluß waren, warteten sie am Wehr auf Connor.«

Er verlagerte sein Gewicht auf sein anderes Bein und schob eine Hand in die Hosentasche. Sie starrten ihn alle an wie gebannt. Julias Augen wirkten glasig; sie schien unfähig zu sein, einem zweiten Schock so bald nach dem ersten standzuhalten.

»Was ist dann geschehen, Dame Caroline?« fragte er. Sich mit geschlossenen Augen die Szene vorstellend, sprach er weiter. »Sie gingen zusammen am Wehr entlang. Sie stritten miteinander. Sie versuchten, vernünftig mit Connor zu sprechen, aber er wurde nur um so schwieriger. Sie erreichten die Schleuse und gingen über den Damm zur anderen Seite. Dort endet der betonierte Weg.« Er öffnete seine Augen wieder und sah Caroline in das unbewegte Gesicht. »Sie blieben mit Connor auf dem kleinen Betonvorplatz gleich oberhalb des Schleusentors stehen. Schlugen Sie ihm vor umzukehren? Doch da war Connor bereits völlig außer Kontrolle, und der Streit artete in –«

»Bitte, Superintendent«, unterbrach Gerald Asherton, »jetzt gehen Sie wirklich zu weit. Das ist doch absurd. Meine Frau könnte keinen Menschen töten. Sie ist schon körperlich gar nicht fähig dazu – Sie brauchen sie nur anzusehen. Und Con war über eins achtzig groß und kräftig –«

»Ihre Frau ist Schauspielerin, Sir Gerald, und hat es gelernt, ihren Körper auf der Bühne einzusetzen. Es kann etwas so Simples gewesen sein wie ein Schritt zur Seite, als er sie angriff. Wir werden das wohl nie mit Sicherheit wissen. Genau wie wir wahrscheinlich niemals wissen werden, wie Connor tatsächlich gestorben ist. Nach dem Obduktionsbefund halte ich es für wahrscheinlich, daß er einen Kehlkopfkrampf bekam – von dem Schock beim Sturz ins Wasser – und erstickte, ohne daß Wasser in seine Lunge gelangte.

Wir wissen aber mit Sicherheit«, sagte er, seinen Blick wieder auf Caroline richtend, »daß Hilfe in der Nähe war. Keine fünfzig Meter entfernt. Der Schleusenwärter war zu Hause, er verfügte über das nötige Gerät und die Erfahrung. Und selbst wenn er nicht zu erreichen gewesen wäre – am anderen Ufer, nur ein kleines Stück flußaufwärts, stehen Häuser.

Ob Connor Swanns Sturz in den Fluß nun ein Unfall war, ob Sie ihn in Notwehr oder mit Vorsatz hineingestoßen haben, die Tatsache bleibt bestehen, daß Sie schuldig sind, Dame Caroline. Sie hätten ihn retten können. Haben Sie gewartet, ob er wieder auftaucht? Als er nicht wieder auftauchte, sind Sie gegangen. Sie sind nach Hause gefahren und haben sich in Ihr Bett gelegt, wo Ihr Mann Sie später friedlich schlafend vorfand. Sie waren nur etwas erregter, als Sie geglaubt hatten, und stellten Ihren Wagen nicht wieder genau an der Stelle ab, an der er vorher gestanden hatte.«

Caroline lächelte. »Das ist eine ausgesprochen unterhaltsame Geschichte, Mr. Kincaid. Ich bin sicher, der *Chief Constable* und Ihr *Assistant Commissioner* werden sie ebenfalls höchst amüsant finden. Sie haben keinerlei Beweise, dafür aber eine blühende Phantasie.«

»Das mag wahr sein, Dame Caroline. Wir werden jedoch Ihren Wagen und Ihre Kleider von unseren Experten untersuchen lassen, und es gibt immerhin eine Zeugin, die einen Mann und, wie sie glaubte, einen Jungen in einer Lederjacke auf dem Fußweg über das Wehr gesehen hat – sie wird Sie vielleicht bei einer Gegenüberstellung wiedererkennen.

Ob es uns nun gelingen wird oder nicht, genug Beweise zusammenzutragen, um Ihnen den Prozeß zu machen, wir alle, die wir heute hier sind, wissen die Wahrheit.«

»Die Wahrheit?« fragte Caroline und ließ es endlich zu, daß ihre Stimme zornig anschwoll. »Sie würden ja die Wahrheit nicht einmal erkennen, wenn sie Ihnen direkt vor Augen stünde, Mr. Kincaid. Die Wahrheit ist, daß diese Familie zusammenstehen wird, wie sie immer zusammengestanden hat, und Sie ihr nichts anhaben können. Sie sind verrückt zu glauben –«

»Aufhören! Hört sofort auf! Alle!« Julia sprang vom Sofa auf.

Totenblaß, die Hände zu Fäusten geballt, stand sie da. Sie zitterte am ganzen Körper. »Es reicht! Was bist du doch für eine Heuchlerin, Mama! Kein Wunder, daß Connor völlig außer sich war. Er hatte deinen ganzen Quatsch geschluckt, und von mir mußte er sich auch noch aufpacken lassen.« Sie machte eine Pause, um Luft zu holen, und sagte dann ruhiger: »Ich bin voller Selbsthaß aufgewachsen, weil ich irgendwie nie richtig in euren wunderbaren Kreis gepaßt habe. Ich glaubte, wenn ich nur anders wäre, besser, was auch immer das heißt, würdet ihr mich mehr lieben. Und dabei war alles nur Lüge. Die ganze heile Familie war nichts als Lüge. Ihr habt mir mein Leben kaputtgemacht, und Mattys hättet ihr auch kaputtgemacht, wenn ihr die Gelegenheit dazu gehabt hättet.«

»Julia, du darfst so was nicht sagen.« In Gerald Ashertons Stimme lag tiefe Qual. »Du hast nicht das Recht, Matthews Andenken in den Schmutz zu ziehen.«

»Sprich du mir nicht von Mattys Andenken. Ich bin die einzige hier, die wirklich um Matty getrauert hat, den kleinen Jungen, der frech und albern sein konnte und manchmal nachts bei Licht schlafen mußte, weil seine Träume ihm angst gemacht haben. Ihr habt nur ein Idealbild verloren.« Julias Blick flog zu Vivian Plumley, die kerzengerade und ohne eine Bewegung auf ihrem Platz saß. »Entschuldige, Plummy, das ist dir gegenüber nicht fair. Du hast ihn auch geliebt – du hast uns beide geliebt, so wie wir waren.

Und Tommy – so krank ich damals war, ich erinnere mich noch genau, wie er hierher kam, und jetzt kann ich verstehen, was ich damals nur fühlte. Er hat bei mir gesessen und versucht, mich zu trösten, so gut er konnte, aber du warst die einzige, die *ihn* hätte trösten können, Mama, und du hast dich geweigert, ihn zu sehen. Du warst zu sehr damit beschäftigt, die tragische Heldin zu spielen. Er hätte Besseres verdient gehabt.«

Mit zwei blitzschnellen Schritten überbrückte Caroline den Raum, der sie von Julia trennte. Sie hob die offene Hand und schlug ihre Tochter ins Gesicht. »Untersteh dich, so mit mir zu sprechen. Du weißt gar nichts. Du machst dich nur lächerlich mit dieser überdrehten Szene. Du machst uns alle lächerlich, und das lasse ich mir in meinem Haus nicht bieten.«

Julia wich nicht zurück. Obwohl ihr die Tränen in die Augen sprangen, sagte sie nichts und hob auch nicht die Hand, um die weiße Stelle an ihrer Wange zu berühren.

Vivian Plumley ging zu ihr und legte ihr behutsam den Arm um die Schultern. Sie sagte: »Vielleicht war es an der Zeit, daß endlich jemand eine Szene macht, Caro. Wer weiß, was hätte vermieden werden können, wenn diese Dinge schon vor langer Zeit einmal ausgesprochen worden wären.«

Caroline trat zurück. »Ich wollte dich nur schützen, Julia. Immer. Und dich, Gerald«, fügte sie hinzu, sich ihrem Mann zuwendend.

Müde sagte Julia: »Du hast dich selbst geschützt, von Anfang an.«

»Es war doch alles gut, so wie es war«, sagte Caroline. »Warum sollte sich etwas ändern?«

»Es ist zu spät, Mama«, entgegnete Julia, und Kincaid hörte eine unerwartete Schwingung des Mitleids. »Siehst du das denn nicht?«

Mit flehender Geste trat Caroline zu ihrem Mann. »Gerald –«

Er sah weg.

In der folgenden Stille peitschte ein Windstoß prasselnden Regen an das Fenster, und das Feuer flackerte. Kincaid sah Gemma an. Er nickte kaum merklich, und sie verließ ihren Platz, um sich neben ihn zu stellen.

»Es tut mir leid, Dame Caroline«, sagte er, »aber ich muß Sie bitten, mit uns nach High Wycombe zu kommen und Ihre Aussage zu Protokoll zu geben. Sie können in Ihrem eigenen Wagen mitkommen, wenn Sie möchten, Sir Gerald, und auf Ihre Frau warten.«

Julia sah ihre Eltern an. Welches Urteil würde sie über sie sprechen, fragte sich Kincaid, jetzt, da sie sich als nur allzu fehlbare menschliche Wesen gezeigt hatten?

Zum erstenmal griff Julia sich an ihre Wange. Sie ging zu ihrem Vater und berührte flüchtig seinen Arm. »Ich warte hier auf dich, Daddy«, sagte sie. Dann wandte sie sich ab und ging ohne einen Blick zu ihrer Mutter aus dem Zimmer.

Als sie in High Wycombe angerufen und das Nötige veranlaßt hatten, entschuldigte sich Kincaid und verließ das Wohnzimmer. Oben, im zweiten Stockwerk angekommen, blieb er einen Moment stehen, um Atem zu holen, dann klopfte er leicht an die Tür zu Julias Atelier und öffnete sie.

Julia stand in der Mitte des Raums. Sie hielt einen offenen Karton in den Armen und sah sich suchend um. »Plummy hat aufgeräumt«, sagte sie, als er hereinkam.

Der Raum wirkte in der Tat ungewöhnlich sauber und so steril, als hätte die Entfernung von Julias Dingen ihn aller Lebendigkeit beraubt.

»Es ist eigentlich nichts mehr hier, was ich brauche. Ich wollte mich wohl nur verabschieden.« Mit einer Kopfbewegung beschrieb sie den Raum. »Ich werde nicht wieder hierherkommen. Jedenfalls nicht so wie früher. Das hier war der Zufluchtsort eines Kindes.«

»Ja«, sagte Kincaid. Sie würde jetzt weitergehen, ihr Leben selbst bestimmen. »Und du wirst zurechtkommen.«

»Ich weiß.« Sie sahen einander an, und er wußte, daß er sie nicht wiedersehen würde, daß ihr Zusammenkommen seinen

Zweck erfüllt hatte. Auch er würde weitergehen, sich vielleicht ein Beispiel an Gemma nehmen – sie war ebenso verletzt worden wie er, aber sie hatte in der praktischen Art, die er so an ihr bewunderte, das Gewesene hinter sich gelassen.

Nach einer kleinen Pause sagte Julia: »Was geschieht jetzt mit meiner Mutter?«

»Das weiß ich nicht. Das hängt davon ab, was die Spurensicherung findet. Aber selbst wenn wir halbwegs konkrete Beweise sichern sollten, wird wohl nicht mehr herauskommen als fahrlässige Tötung.«

Sie nickte.

So dicht unter dem Dach hörten sie deutlich das Geräusch des Regens, der auf das Haus fiel, und der Wind rüttelte an den Fenstern wie ein wildes Tier, das Einlaß sucht.

»Es tut mir leid, Julia.«

»Das sollte es nicht. Du hast nur deine Arbeit getan und nach bestem Gewissen gehandelt. Du konntest nicht deine Integrität aufgeben, um mich oder meine Eltern zu schützen. Von diesem sogenannten Schutz haben wir hier genug gehabt«, sagte sie entschieden. »Tut dir auch leid, was zwischen uns war?« fragte sie mit dem Anflug eines Lächelns.

Tat es ihm leid? Zehn Jahre lang hatte er seine Gefühle unter sicherer und strenger Kontrolle gehalten, bis er beinahe vergessen hatte, wie es war, sich einem anderen Menschen zu öffnen. Julia hatte ihn gezwungen, sich selbst im Spiegel ihrer Isoliertheit zu sehen, und was er gesehen hatte, hatte ihm angst gemacht. Jenseits des Erschreckens jedoch verspürte er ein neues und unerwartetes Gefühl von Freiheit, ja, von Erwartung.

Er erwiderte ihr Lächeln. »Nein.«

16

»Wir hätten den Midget nehmen sollen«, sagte Kincaid gereizt, als Gemma den Escort vor seinem Haus in der Carlingford Road anhielt.

»Sie wissen doch so gut wie ich, daß das verdammte Ding nicht wasserdicht ist«, entgegnete sie mit zornigem Blick.

Sie war so wütend und durchnäßt wie eine Katze, die man gegen ihren Willen ins Wasser geworfen hat, und ihm ging es nicht viel anders. Fasziniert sah sie zu, wie aus seinem feuchten Haar ein Wasserbächlein seine Stirn hinunterrann.

Er wischte es mit dem Handrücken weg und fing plötzlich an zu lachen. »Mein Gott, Gemma, wie wir aussehen! Sie können wirklich unglaublich stur sein.«

Nach einer, wie es schien, endlosen Sitzung in High Wycombe hatten sie endlich die Rückfahrt nach London angetreten und prompt mitten auf der M 40 eine Reifenpanne gehabt. Gemma war an den Straßenrand gefahren und in den strömenden Regen hinausgestürzt, um den Reifen zu wechseln. Jede Hilfe von ihm hatte sie abgelehnt. Er hatte im Regen gestanden und mit ihr gestritten, während sie arbeitete, und am Ende waren sie beide bis auf die Haut durchnäßt gewesen.

»Es ist zu spät, um Toby heute abend noch abzuholen«, sagte er. »Kommen Sie mit rein und ziehen Sie was Trockenes von mir an, ehe Sie sich den Tod holen. Und etwas zu essen wäre auch nicht schlecht. Bitte, kommen Sie doch.«

»Na schön«, sagte sie nach einem Moment des Zögerns, doch die Worte klangen widerwillig und verdrossen, obwohl das nicht ihre Absicht gewesen war. Ihre schlechte Laune schien außer Kontrolle geraten zu sein, und sie wußte nicht, wie sie sie bändigen sollte.

Sie nahmen gar nicht erst einen Schirm, als sie über die Straße zum Haus liefen, sie waren ja sowieso schon bis auf die Haut naß, und die Regentropfen stachen wie Nadeln auf ihrer Haut.

In der Wohnung ging Kincaid, eine Wasserspur über den Teppich ziehend, sofort in die Küche. Er holte eine bereits offene Flasche Weißwein aus dem Kühlschrank und goß zwei Gläser ein. »Fangen Sie erst mal damit an«, sagte er, als er ihr eines reichte. »Das wärmt Sie von innen. Tut mir leid, aber was Stärkeres habe ich nicht da. Und inzwischen hole ich Ihnen trockene Sachen.«

Mit dem Glas in der Hand blieb sie im Wohnzimmer stehen. Sie war zu naß, sich zu setzen, zu erschöpft, um sich mit ihren Gefühlen auseinanderzusetzen. War sie Julias wegen auf ihn böse? Sie hatte eine Nähe zwischen ihnen gespürt, ein Einverständnis, das sie ausschloß, und die Heftigkeit ihrer Reaktion bestürzte sie.

Sie kostete von dem Wein und trank dann das halbe Glas. Kühl in ihrem Mund, schien er doch eine gewisse Wärme in ihrem Körper zu verbreiten.

Oder war sie wütend auf Caroline Stowe, die sie getäuscht hatte, und ließ nun ihren Zorn an Kincaid aus, weil er gerade in der Nähe war?

Vielleicht war es nur die ganze Sinnlosigkeit, die ihr so stark zusetzte, daß sie am liebsten alles hingeschmissen hätte.

Sid erhob sich von seinem gemütlichen Schlummerplätzchen auf dem Sofa, streckte sich ausgiebig und kam zu ihr. Mit schlankem Körper strich er ihr um die Beine und drückte seinen Kopf an ihre Waden. Sie bückte sich, um ihn unter dem Kinn zu kraulen, und spürte, wie sein Hals unter ihren Fingerspitzen zu vibrieren begann.

»Hallo, Sid. Du hast es gut – schön warm und trocken. Glück muß man haben.«

Sie sah sich in dem vertrauten Zimmer um. Das Licht der Lampen, die Kincaid angeknipst hatte, tauchte es in einen warmen gelblichen Schein, der die Sammlung bunter London-Transport-Poster beleuchtete. Auf dem Couchtisch lag neben einer leeren Kaffeetasse ein unordentlicher Bücherstapel, auf dem Sofa eine zusammengeschobene Wolldecke. Gemma verspürte einen Stich sehnsüchtigen Verlangens. Sie hätte sich so gern hier zu Hause gefühlt, sicher und geborgen.

»Mit Unterwäsche kann ich leider nicht dienen«, sagte Kincaid, als er mit einem Stoß gefalteter Kleider und einem weichen Badetuch aus dem Schlafzimmer zurückkam. »Da müssen Sie sich was einfallen lassen.« Er legte Jeans und Sweatshirt auf das Sofa und legte ihr das Badetuch um die Schultern. »Ach, und Socken. Ich hab die Socken vergessen.«

Gemma wischte sich das Gesicht mit einem Zipfel des Badetuchs und versuchte, ihren durchweichten Zopf aufzumachen. Ihre Finger waren vor Kälte so steif, daß ihr Bemühen umsonst war. Tränen des Zorns brannten hinter ihren Lidern.

»Warten Sie, ich helfe Ihnen«, sagte er liebevoll. Er drehte sie herum und löste geschickt den dicken Zopf. Mit den Fingern kämmte er das lockige Haar aus. »So.« Wieder drehte er sie herum und rubbelte ihr den Kopf mit dem Badetuch. Seine Haut roch warm und feucht.

Die Berührung seiner Hände an ihrem Kopf schien alle ihre Barrieren einzureißen. Sie merkte, wie ihre Beine weich und schlaff wurden, als könnten sie ihr Gewicht nicht länger tragen. Sie schloß erschöpft die Augen und dachte, zuviel Wein, zu schnell getrunken, aber das Gefühl der Schwäche ging nicht vorüber. Sie hob den Arm und legte ihre Hand über die seine.

Er hörte auf, ihr Haar zu frottieren, und sah sie besorgt an. »Tut mir leid«, sagte er. »Hab ich zu fest gerubbelt?«

Als sie den Kopf schüttelte, ließ er das Tuch zu ihren Schultern hinuntergleiten und begann behutsam ihren Hals und ihren Hinterkopf abzureiben. Sie mußte plötzlich an Rob denken – er hatte sich nie so um sie gekümmert. Niemand hatte sich je so liebevoll um sie gekümmert. Und niemals hatte sie mit der unwiderstehlichen Macht der Zärtlichkeit gerechnet.

Unter dem leichten Druck seiner Hand in ihrem Nacken stolperte sie einen Schritt vorwärts, und einen Moment benahm es ihr den Atem, als er mit seinem Körper ihre eiskalten Sachen an ihre Haut drückte. Sie hob ihr Gesicht, und wie von selbst umfaßte ihre Hand seinen Kopf und zog ihn zu ihr hinunter.

Verschlafen richtete sich Gemma auf und sah auf einen Ellbogen gestützt zu ihm hinunter. Sie hatte ihn noch nie schlafend gesehen. Sein entspanntes Gesicht wirkte jünger, weicher, und der Kranz seiner Wimpern warf dunkle Schatten auf seine Wangen. Seine Lider flatterten einen Moment, als träumte er, und die Winkel seines Mundes hoben sich in der Andeutung eines Lächelns.

Sie hob die Hand, um ihm das wirre braune Haar aus der Stirn zu streichen, und erstarrte. Bei dieser kleinen Geste intimer Vertrautheit wurde ihr plötzlich bewußt, wie absurd, wie unmöglich das war, was sie getan hatte.

Sie zog ihre Hand zurück, als hätte sie einen Schlag empfangen. Lieber Gott, was habe ich mir dabei gedacht? Was, um alles in der Welt, ist in mich gefahren? Wie sollte sie ihm am Morgen gegenübertreten und »Ja, Chef, nein,Chef, in Ordnung, Chef« sagen, als wäre nichts zwischen ihnen gewesen?

Mit wild klopfendem Herzen glitt sie vorsichtig aus dem Bett. Sie hatten Häufchen feuchter Kleider im ganzen Schlafzimmer hinterlassen, und als sie jetzt ihre Sachen aus dem

Durcheinander heraussuchte, schossen ihr die Tränen in die Augen. Verdammt noch mal, schimpfte sie lautlos. Du dumme Gans. Sie weinte niemals. Nicht einmal als Rob sie verlassen hatte, hatte sie geweint. Fröstelnd schlüpfte sie in ihr feuchtes Höschen, zog sich den nassen Pullover über den Kopf.

Sie hatte genau das getan, was sie sich niemals zu tun geschworen hatte. So hart sie gearbeitet hatte, um sich ihre Position zu verdienen, als gleichwertig betrachtet zu werden, als Kollegin – sie war nicht besser als jedes Flittchen, das seinen Weg durch die Betten machte. Plötzlicher Schwindel überfiel sie, als sie in ihren Rock stieg, und sie schwankte.

Was sollte sie jetzt tun? Um eine Versetzung bitten? Alle würden sofort wissen, warum – ebensogut hätte sie sich ein Schild umhängen können. Kündigen? Ihre Träume aufgeben, alles, was sie sich hart erarbeitet hatte, wegwerfen? Wie sollte sie das ertragen? Oh, an Teilnahme und plausiblen Entschuldigungen würde es nicht fehlen – zu anstrengend für eine alleinerziehende Mutter, die Notwendigkeit, mehr Zeit mit ihrem Sohn zu verbringen –, aber sie würde immer um ihr Versagen wissen.

Kincaid drehte sich herum und zog einen Arm unter der Decke hervor. Sie sah zu ihm hinunter und versuchte, sich den Bogen seiner Schulter, den Schwung seiner Wange für immer einzuprägen. Sehnsucht und Verlangen wurden so heftig, daß sie sich aus Angst vor ihrer Schwäche abwenden mußte.

Im Wohnzimmer zwängte sie ihre nackten Füße in die nassen Schuhe und nahm Mantel und Handtasche. Die Jeans und das Sweatshirt, die er ihr gebracht hatte, lagen immer noch ordentlich gefaltet auf dem Sofa, und das Badetuch, mit dem er ihr Haar getrocknet hatte, lag in einem Häufchen auf dem Boden. Sie hob es auf und hielt es an ihre Wange, es schien ihr ganz schwach nach seiner Rasierseife zu riechen. Mit übertriebener Sorgfalt faltete sie es und legte es neben die Kleidungsstücke, dann ging sie leise aus der Wohnung.

Als sie zur Haustür kam, sah sie, daß es immer noch in Strömen regnete. Einen Moment blieb sie stehen und starrte in das nasse Grau. Ihre rebellische Phantasie zeigte ihr ein Bild von ihr, wie sie die Treppe wieder hinaufrannte, in seine Wohnung trat, ihre Kleider abwarf und neben ihm ins Bett glitt.

Sie stieß die Tür auf, trat langsam in den Regen hinaus und überquerte, gleichgültig gegen den Regen, die Straße. Der Anblick ihres Wagens hatte beinahe etwas Tröstliches. Wie blind sperrte sie auf, öffnete die Tür und ließ sich in den Sitz fallen. Sie wischte sich das nasse Gesicht mit den Händen ab und ließ den Motor an.

Laute Radiomusik plärrte ihr ins Gesicht, doch anstatt den Apparat auszuschalten, schob sie beinahe automatisch eine Kassette in den Recorder. Caroline Stowes Stimme füllte den Wagen – Violetta, die ihre letzte Arie sang, in der sie um Leben flehte, um Liebe, um die Kraft, an ihrem mutigen Entschluß festzuhalten.

Gemma legte ihren Kopf auf das Lenkrad und weinte.

Nach einer Weile trocknete sie sich das Gesicht mit einem Papiertaschentuch und legte den ersten Gang ein. Als die Musik endete, war nur noch das Trommeln des Regens auf dem Wagen zu hören.

Das leise Geräusch der zufallenden Tür durchdrang Kincaids Schlaf. Einen Augenblick wurde er wach, doch dann zog der Schlaf ihn wieder in seine wohligen Tiefen. Sein Körper war wie Watte, und seine Lider schienen ihm sehr schwer. Er zog den entblößten Arm unter die Decke und fühlte plötzlich das Laken neben sich leer und kühl. Gemma. Sie war wahrscheinlich in die Toilette gegangen – oder vielleicht in die Küche, um sich ein Glas Wasser zu holen.

Er lächelte ein wenig über seine eigene Dummheit. Was er begehrte, was er brauchte, hatte er die ganze Zeit direkt vor der Nase gehabt, und er war zu blind gewesen, um es zu sehen. Aber jetzt, jetzt hatte sein Leben die Erfüllung gefunden, und er stellte sich den Ablauf ihrer gemeinsamen Tage vor. Arbeit, dann nach Hause, und am Ende des Tages würde er neben ihr Wärme und Geborgenheit finden.

Kincaid streckte seinen Arm über das Kissen, um sie zu umfangen, wenn sie zurückkehrte. Der Regen trommelte in eintönigem Rhythmus ans Fenster, Kontrapunkt zu der Wärme und Behaglichkeit im Zimmer. Mit einem wohligen Seufzer überließ Kincaid sich wieder dem Schlaf.

Danksagung

Bedanken möchte ich mich bei Stephanie Woolley aus Taos, New Mexico, deren wundervolle Aquarelle mir als Vorlage für Julias Porträts dienten. Außerdem gilt mein Dank Brian Coventry, Schneidermeister am Lilian Baylis House, der sich trotz eines extrem engen Terminplans die Zeit genommen hat, mir LB House zu zeigen und mich in die Geheimnisse der Kostümschneiderei einzuführen. Des weiteren bedanke ich mich bei Caroline Grummond, Assistentin des Orchestermanagers an der English National Opera, die so freundlich war, mich einen Blick vor und hinter die Kulissen des Coliseums werfen zu lassen.

Meine Agentin Nancy Yost und meine Lektorin Susanne Kirk standen mir auch diesmal wieder mit fachmännischen Ratschlägen zur Seite. Aufrichtiger Dank geht auch – wie stets – an das EOTNWG für die Durchsicht des Manuskripts.

Zuletzt möchte ich mich bei meiner Tochter Katie bedanken, durch deren Unterstützung der Haushalt reibungslos funktioniert hat, und bei meinem Mann Rick Wilson, dessen Geduld und Beistand mir eine unverzichtbare Stütze waren.

Kein Grund zur Trauer

Roman

Für Diane, Dale, Jim, Vigni, John und Rickey,
die wieder einmal ein Buch mit viel Geduld und
Verständnis während des Entstehens gelesen haben.
Dank an euch, meine Lieben.

Danksagung

Besonderen Dank schulde ich meinem Freund Paul Styles (ehemaliger Chief Inspector, Cambridgeshire Constabulary), der versuchte, mich nicht abschweifen zu lassen und nicht verantwortlich ist für mögliche Abweichungen vom normalen Gang polizeilicher Ermittlungen, die ich zugunsten des Fortgangs der Geschichte vorgenommen habe. Diane Sullivan, Royal Navy BSN, klärte mich als ausgebildete Luftwaffensanitäterin über Verletzungen und entsprechende Erste-Hilfe-Maßnahmen auf; Carol Chase korrigierte das Manuskript; David und Jill, Eigentümer der Bulmer Farm in Holmbury St. Mary, Surrey, unterstützten mich mit Landkarten, Informationen und herzlicher Gastfreundschaft während meiner Recherchen für dieses Buch.

Auch wenn es das Dorf Holmbury St. Mary und seine Kirche tatsächlich gibt, sind doch alle Personen, die in dieser Geschichte erscheinen, ausschließlich von der Autorin erfunden.

1

Der Raum schien zu schrumpfen, während er auf und ab ging. Die Wände rückten zusammen, die Winkel des Zimmers verzerrt durch die langen Schatten, die die Lampe auf seinem Schreibtisch warf. Im Yard war es abends immer ein wenig unheimlich, als besäße die Leere der Räume eine eigene Kraft. Er blieb vor dem Bücherregal stehen und strich mit dem Finger über die Rücken der abgegriffenen Bände auf dem obersten Bord. Archäologie, Kunst . . . Kanäle . . . kriminologische Nachschlagewerke . . . Viele von ihnen waren Geschenke seiner Mutter, die sich ständig bemühte, seinen, wie sie meinte, Mangel an Allgemeinbildung zu beheben. Er hatte zwar versucht, sie nach Sachgebieten zu ordnen, aber irgendwie gerieten immer ein paar Ausreißer in die falsche Abteilung. Kincaid schüttelte den Kopf – er wäre froh, könnte er sein Leben nur halb so gut ordnen wie seine Bücher.

Seit seiner Ankunft vor knapp einer Viertelstunde sah er jede Minute auf die Uhr. Jetzt setzte er sich an seinen Schreibtisch, um sich mit Gewalt zur Ruhe zu zwingen. Der Anruf, der ihn hierher geordert hatte, war dringend gewesen – ein hochrangiger Polizeibeamter war ermordet aufgefunden worden –, und wenn Gemma nicht bald kam, würde er ohne sie zum Tatort fahren müssen. Sie war nicht zur Arbeit gekommen, seit sie am Freitag abend seine Wohnung verlassen hatte. Zwar hatte sie im Yard angerufen und den Chief Superintendent um Urlaub gebeten, doch die Anrufe Kincaids, der während dieser fünf Tage immer verzweifelter versucht hatte, sie zu erreichen, waren unbeantwortet geblieben. Heute abend hatte Kincaid den diensthabenden Sergeant gebeten, sich mit ihr in Verbindung zu setzen, und sie hatte sich gemeldet.

Aber diese innere Unruhe ließ ihn wieder aufstehen, und er wollte gerade sein Jackett vom Garderobenständer nehmen, als er hörte, wie hinter ihm leise die Tür geschlossen wurde. Er drehte sich um. Sie stand mit dem Rücken zur Tür und beobachtete ihn. Ein törichtes Lächeln flog über sein Gesicht.

»Gemma!«

»Hallo, Chef.«

»Ich habe immer wieder versucht, dich zu erreichen. Ich dachte schon, es wäre was passiert.«

Sie schüttelte den Kopf. »Ich war ein paar Tage bei meiner Schwester. Ich hab' einfach Zeit gebraucht . . .«

»Wir müssen miteinander reden.« Er trat einen Schritt näher und blieb stehen. Sie sah erschöpft aus. Ihr blasses Gesicht wirkte beinahe durchsichtig im Kontrast zu dem kupferroten Haar, und die Haut unter den Augen hatte bläuliche Schatten. »Gemma . . .«

»Es gibt nichts zu sagen.« Ihre Schultern erschlafften, und sie lehnte sich an die Tür, als brauchte sie Halt. »Es war alles ein Riesenfehler.«

Er starrte sie fassungslos an, das eben gehörte raubte ihm einen Moment die Sprache. »Ein Fehler?« wiederholte er schließlich und wischte sich mit der Hand über den Mund, der plötzlich ganz trocken war. »Gemma, ich versteh' nicht.«

»Es ist nie geschehen.« Sie trat einen Schritt auf ihn zu, mit flehentlicher Gebärde, und blieb plötzlich stehen, als hätte sie Angst vor seiner Nähe.

»Doch, es ist geschehen. Daran kannst du nichts ändern, und ich will es auch nicht ändern.« Er ging zu ihr. Er legte seine Hände auf ihre Schultern und versuchte, sie an sich zu ziehen. »Gemma, bitte, hör mir zu!« Einen Moment lang glaubte er, sie würde ihren Kopf an seine Schulter legen und sich von ihm halten lassen. Dann spürte er, wie ihre Schultern sich unter seinen Händen spannten, und sie von ihm wegtrat.

»Schau uns doch an! Schau dir an, wo wir sind!« sagte sie und schlug mit der Faust gegen die Tür. »Es geht nicht. Ich habe mich schon in eine unmögliche Lage gebracht.« Sie holte tief Atem und sagte, jedes Wort einzeln betonend: »Ich kann es mir nicht leisten. Ich muß an meine Karriere denken – und an Toby.«

Das Telefon läutete. Die zwei kurzen, rasch aufeinanderfolgenden Summtöne klangen laut in dem kleinen Zimmer. Er ging zurück zu seinem Schreibtisch und griff nach dem Hörer. »Kincaid«, sagte er kurz und lauschte einen Moment schweigend. »In Ordnung, danke.« Als er auflegte, sah er Gemma an. »Der Wagen wartet.« Sätze, von denen ihm einer nutzloser klang als der andere, bildeten sich in seinem Kopf und zerfielen wieder. Es hatte keinen Sinn, jetzt darüber zu sprechen – nicht hier, nicht jetzt –, er würde sie beide nur in Verlegenheit bringen.

Er wandte sich ab. Er schlüpfte in sein Jackett und nutzte den Moment, um seine Enttäuschung hinunterzuschlucken und seinem Gesicht einen neutralen Ausdruck zu geben. Dann drehte er sich nach ihr um. »Fertig, Sergeant?«

Vom Big Ben schlug es zehn, als der Wagen in südlicher Richtung über die Westminster Brücke brauste. Kincaid, der hinten neben Gemma saß, betrachtete den Widerschein der Lichter auf der Themse. Sie sprachen nichts, während der Wagen sich durch die Straßen des Londoner Südens schlängelte, in Richtung Surrey. Selbst der Fahrer, ein im allgemeinen redseliger Constable namens Williams, schien von ihrer Stimmung angesteckt und saß in schweigender Konzentration hinter dem Lenkrad.

Sie hatten Clapham hinter sich gelassen, als Gemma das Schweigen brach. »Wie wär's, wenn Sie mir kurz sagen, worum es geht, Chef.«

Kincaid sah das Aufblitzen in Williams' Augen, als dieser im Rückspiegel überrascht nach hinten blickte. Gemma hätte natürlich informiert sein müssen. Er gab sich einen Ruck und antwortete ihr so sachlich wie möglich. Klatsch unter den Mitarbeitern würde ihnen beiden nicht guttun.

»Es ist ein kleines Dorf in der Nähe von Guildford. Wie heißt es gleich wieder, Williams?«

»Holmbury St. Mary, Sir.«

»Richtig. Alastair Gilbert, der Division Commander der Dienststelle Notting Dale, wurde mit eingeschlagenem Schädel in seiner Küche gefunden.«

Er hörte, wie Gemma nach Luft schnappte, dann sagte sie mit dem ersten Funken von Interesse, den er an diesem Abend bei ihr wahrnahm: »Commander Gilbert? Du meine Güte. Gibt es schon Hinweise?«

»Nicht, daß ich wüßte, aber es ist ja noch früh«, antwortete Kincaid, sich ihr zuwendend.

Sie schüttelte den Kopf. »Na, das wird einigen Wirbel geben. Und ausgerechnet uns Glückspilzen mußte die Sache in den Schoß fallen!« Als Kincaid mit einem kurzen trockenen Lachen antwortete, sah sie ihn an und sagte: »Sie müssen ihn gekannt haben.«

Achselzuckend erwiderte er: »Wer hat ihn nicht gekannt.« Er wollte vor Williams nicht mehr sagen.

Gemma lehnte sich wieder in ihren Sitz zurück. Nach einer kleinen Pause bemerkte sie: »Die Kollegen vor Ort sind natürlich längst da. Hoffentlich haben sie den Leichnam in Ruhe gelassen.«

Kincaid lächelte im Dunkeln vor sich hin. Gemmas besitzergreifendes Zupacken, wenn es um die armen Opfer eines

Mordes ging, amüsierte ihn immer wieder. Es war, als wollte sie sagen, he, die Leiche gehört mir, laßt ja die Finger davon. Er war erleichtert, daß sich an diesem Muster nichts geändert hatte; das bedeutete, daß sie schon in den neuen Fall eingestiegen war, und ließ hoffen, daß wenigstens ihre Arbeitsbeziehung nicht gefährdet war.

»Sie haben versprochen, alles so zu lassen, wie sie es vorgefunden haben, damit wir uns selbst ein Bild machen können.«

Gemma nickte befriedigt. »Gut. Wissen wir, wer ihn gefunden hat?«

»Die Frau und die Tochter.«

»Ach Gott.« Sie krauste die Nase. »Wie scheußlich.«

»Na, wenigstens wird schon eine Kollegin da sein, die ihnen das Händchen hält«, meinte Kincaid. »Da brauchen Sie nicht ran.« Es war ein halbherziger Versuch, sie ein wenig zu necken. Gemma beschwerte sich häufig darüber, daß einem als Frau bei der Polizei nicht mehr zugetraut werde, als den Familien der Opfer schlechte Nachrichten zu überbringen und seelischen Beistand zu leisten.

»Das will ich hoffen«, antwortete sie und wandte sich ab, um zum Fenster hinauszusehen: Doch er glaubte, ein Lächeln auf ihrem Gesicht bemerkt zu haben.

Eine halbe Stunde später bogen sie in Abinger Hammer von der Landstraße ab und folgten einer schmalen, zwischen Hecken eingebetteten Straße durch zahllose Kurven in das verschlafene Dorf Holmbury St. Mary. Williams hielt am Straßenrand, schaltete die Innenbeleuchtung ein und warf einen Blick auf einen zerknitterten Zettel mit Anweisungen. »Da, wo die Straße einen Knick nach links macht, fahren wir geradeaus weiter, rechts am Pub vorbei«, murmelte er und legte den Gang wieder ein.

»Dort«, sagte Kincaid, der mit dem Ärmel die beschlagene Scheibe abwischte. »Das muß es sein.«

Gemma, die auf ihrer Seite zum Fenster hinausblickte, sagte: »Schauen Sie mal! So ein Schild habe ich noch nie gesehen.« Er hörte das Vergnügen in ihrer Stimme.

Kincaid spähte an ihr vorbei und sah gerade noch das leicht im Wind schwankende Schild des Gasthauses, das ein liebendes Paar vor einem lächelnden Mond zeigte. Dann spürte er Gemmas Atem an seiner Wange, nahm den feinen Pfirsichduft wahr, der sie immer zu umgeben schien, und lehnte sich hastig wieder zurück.

Hinter dem Pub wurde die Straße nach schmäler. Blaue Blinklichter der Polizeifahrzeuge erhellten die Nacht mit gespenstischem Schein. Williams hielt den Wagen mehrere Meter hinter dem letzten Fahrzeug an, dicht an der rechten Hecke, wohl um dem Leichenwagen, wenn er kam, genug Raum zu lassen, vermutete Kincaid. Sie stiegen aus, vertraten sich kurz die Füße und hüllten sich, in der kalten Novemberluft fröstelnd, fest in ihre Mäntel. Dunstschwaden hingen in der beinahe windstillen Luft, und bei jedem ihrer Atemzüge bildeten sich kleine Wölkchen vor ihren Gesichtern.

Ein Constable trat ihnen aus der Dunkelheit entgegen. Kincaid stellte sich und die anderen vor und blickte durch das Tor, aus dem der Beamte herausgetreten war, auf das Haus.

»Chief Inspector Deveney erwartet Sie in der Küche, Sir«, sagte der Constable. Das Tor bewegte sich lautlos, als er es öffnete und sie hindurchführte. »Gleich hier ist ein Weg, der hinten rum führt. Die Kollegen von der Spurensicherung sind schon dabei, Lampen aufzustellen.«

»Keine Spuren gewaltsamen Eindringens?«

»Nein, Sir, überhaupt keine Spuren, soweit wir bis jetzt sehen konnten. Wir sind extra auf den Steinen geblieben.«

Kincaid nickte beifällig. Als seine Augen sich an die Düsternis innerhalb der Gartenmauer gewöhnt hatten, konnte er erkennen, daß das Haus ein großer, behäbiger Tudorbau war. Roter

Backstein, dachte er, die Augen zusammenkneifend, und darüber schwarz-weißes Fachwerk. Sicher nicht echt – eher eine viktorianische Nachahmung, Hinterlassenschaft der ersten Abwanderung reicher Londoner in die Stadtrandbezirke. Schwaches Licht schimmerte durch die Bleiglasscheiben in der Haustür und durch die oberen Fenster.

Vorsichtig kniete er nieder und berührte das Gras. Der Rasen, der sie vom Haus trennte, fühlte sich so weich und dicht an wie Samt. Alastair Gilbert schien gut gelebt zu haben.

Der mit Platten belegte Weg, auf den der Constable hingewiesen hatte, führte sie rechts am Haus entlang, dann um die Ecke nach hinten, wo ihnen aus einer offenen Tür Licht entgegenfiel. Dahinter meinte Kincaid die dunklen Umrisse eines Wintergartens erkennen zu können.

Eine silhouettenhafte Gestalt verdunkelte das Licht, stieg die Treppe hinunter und kam ihnen entgegen. »Superintendent?« Der Mann bot Kincaid die Hand. »Ich bin Nick Deveney.« Er war etwa gleich groß wie Kincaid und etwa im selben Alter. »Sie kommen genau richtig, um noch mit der Pathologin zu sprechen«, sagte er mit einem freundlichen Lächeln und trat zur Seite, um Kincaid, Gemma und dem immer noch ungewöhnlich schweigsamen Williams den Vortritt ins Haus zu lassen.

Kincaid durchquerte einen kleinen Vorraum, ordentlich aufgereihte Gummistiefel auf dem Boden, Regenmäntel an Garderobenhaken, und trat dann in die Küche. Er blieb stehen. Hinter ihm staute sich die Gruppe der anderen.

Die Küche war weiß. Weißer Fliesenboden, weiße Kachelwände mit Küchenschränken aus hellem Holz. Er erinnerte sich, solche Schränke gesehen zu haben, als er die Renovierung seiner eigenen Küche geplant hatte – sie waren freistehend, wurden von einer kleinen englischen Firma hergestellt und waren sehr teuer. Flüchtig schoß ihm das durch den Kopf, während er zu Alastair Gilbert hinunterblickte, der bäuchlings auf der anderen Seite des Raums in der Nähe einer Tür lag.

Zu Lebzeiten war Gilbert ein kleiner, adretter Mann gewesen, stets tadellos gekleidet, das Haar perfekt geschnitten und frisiert, die Schuhe auf Hochglanz poliert. Nichts an ihm war jetzt adrett. Der metallische Geruch von Blut zog in Kincaids Nase. Blut verklebte Gilberts dunkles Haar. Blut bedeckte in Spritzern, verschmierten Flecken, dünnen Rinnsalen den schneeweißen Küchenboden.

Hinter sich hörte Kincaid plötzlich einen Laut, der beinahe wie ein Wimmern klang. Als er sich umdrehte, sah er gerade noch, wie Williams mit kreideweißem Gesicht zur Tür hinausstürzte. Er warf Gemma mit hochgezogenen Brauen einen Blick zu, sie nickte kurz und folgte Williams hinaus.

Neben der Leiche kniete eine Frau. Ihr Gesicht war hinter dem glatten, schwarzen Haar, das ihr bis auf die Schulter herabfiel, nicht zu sehen. Sie hatte nicht aufgeblickt, in ihrer Arbeit nicht innegehalten, als Kincaid und die anderen hereingekommen waren, jetzt aber richtete sie sich auf und sah Kincaid an. Er trat näher und kauerte nieder.

»Kate Ling«, sagte sie und hielt ihre Hände in den Gummihandschuhen hoch. »Sie entschuldigen, wenn ich Ihnen keine Hand gebe.«

Kincaid glaubte einen Anflug von Humor in ihrem ovalen Gesicht zu entdecken. »Aber natürlich.«

Gemma kam wieder herein und ging neben ihm in die Knie. »Es geht ihm schon wieder besser«, sagte sie leise. »Ich habe ihn zum Constable geschickt und ihm gesagt, er soll sich eine Tasse Tee geben lassen.«

»Viel kann ich Ihnen nicht sagen«, bemerkte Dr. Ling, während sie ihre Handschuhe abstreifte. »Das Blut gerinnt nicht, wie Sie sehen.« Sie wies mit dem zusammengefallenen Finger eines leeren Gummihandschuhs auf den Leichnam.

»Wahrscheinlich hat er ein gerinnungshemmendes Mittel genommen. Nach der Körpertemperatur zu urteilen, würde ich sagen, daß er vier bis fünf Stunden tot ist. Aber sehen Sie sich das hier an«, fügte sie hinzu und wies auf den Kopf des Toten. »Ich glaube, die Waffe hat mehrere halbmondförmige Einkerbungen hinterlassen. Mehr kann ich dazu allerdings erst sagen, wenn ich ihn genauer untersuchen kann.«

Bei näherem Hinsehen meinte Kincaid Knochensplitter im blutverklebten Haar zu sehen, aber von halbmondförmigen Einkerbungen konnte er nichts erkennen. »Ich glaub's Ihnen auch so, Doktor. Gibt es Anzeichen dafür, daß er sich gewehrt hat?«

»Bisher habe ich keine gefunden. Ist es Ihnen recht, wenn ich ihn jetzt wegbringen lasse? Je früher ich ihn auf den Tisch bekomme, desto schneller wissen wir Bescheid.«

»Ganz wie Sie meinen, Doktor.« Kincaid stand auf.

»Dem Fotografen und der Spurensicherung wär's recht, wenn die Lebenden das Lokal ebenfalls räumen würden, damit sie sich an die Arbeit machen können«, sagte Deveney.

»Natürlich.« Kincaid drehte sich nach ihm um. »Vielleicht sagen Sie mir kurz, was Sie bisher festgestellt haben. Danach würde ich gern die Familie sprechen.«

»Claire Gilbert und ihre Tochter sind gegen halb acht nach Hause gekommen. Sie waren mehrere Stunden weg, Einkäufe machen in Guildford. Mrs. Gilbert hat den Wagen wie gewöhnlich in die Garage gestellt, und als die beiden hinten durch den Garten zum Haus gingen, sahen sie, daß die Hintertür offen stand. Als sie in die Küche kamen, fanden sie dort den Commander.« Deveney wies mit dem Kopf auf den Toten. »Als Mrs. Gilbert keinen Puls feststellen konnte, hat sie uns angerufen.«

»Kurz und präzise«, sagte Kincaid, und Deveney lächelte. »Und was denken Sie? War es die Ehefrau?«

»Es gibt keine Hinweise auf eine gewalttätige Auseinandersetzung – im Haus ist alles heil, und die Frau hat keinerlei Verletzungen. Außerdem sagt die Tochter, daß sie einkaufen waren. Aber warten Sie, bis Sie sie kennenlernen.« Deveney machte eine kleine Pause. »Ich habe sie gebeten, im Haus nachzusehen, ob alles da ist, und sie sagt, ihr würden ein paar Schmuckstücke fehlen. Hier in der Gegend sind in letzter Zeit einige kleine Diebstähle vorgekommen.«

»Gibt es Verdächtige?«

Deveney schüttelte den Kopf.

»Na gut. Wo sind die Gilberts?«

»Im Wohnzimmer. Mit einem meiner Constables. Ich führe Sie hin.«

An der Tür blieb Kincaid stehen, um einen letzten Blick auf den Toten zu werfen, und dachte an Alastair Gilbert, wie er ihn zuletzt gesehen hatte – hinter einem Rednerpult stehend, die für gute Polizeiarbeit unerläßlichen Tugenden Ordnung, Disziplin und logisches Denken preisend. Ganz unerwartet regte sich Mitleid in ihm.

2

Tiefrote Wände und zurückhaltende Eleganz, das war Kincaids erster flüchtiger Eindruck, als er das Zimmer betrat. Im offenen Kamin brannte ein Feuer. In einem Lehnsessel auf der anderen Seite des Raums saß ein Constable in Zivil mit einer Tasse Tee auf dem Knie. Er schien sich wie zu Hause zu fühlen. Aus dem Augenwinkel nahm Kincaid Gemmas verwunderten Blick angesichts dieser männlichen Stütze wahr, dann zogen die beiden Frauen, die nebeneinander auf dem Sofa saßen, seine Aufmerksamkeit auf sich.

Mutter und Tochter – die Mutter blond, zierlich, mit feingeschnittenem Gesicht; die Tochter eine dunklere Version mit langem Haar, das ein herzförmiges Gesicht umrahmte. Ihr Mund über dem spitz zulaufenden Kinn wirkte übergroß, als wäre er im Wachstum voraus. Wieso hatte er sich Gilberts Tochter als Kind vorgestellt? Gilbert war, auch wenn seine Frau wesentlich jünger zu sein schien, Mitte Fünfzig gewesen, da hätte man ihm doch eine erwachsene oder beinahe erwachsene Tochter zutrauen können.

Die beiden Frauen blickten ihm fragend entgegen. Ihre Gesichter wirkten ruhig und gefaßt. Der scheinbaren Idylle am häuslichen Herd widersprach allerdings der Zustand von Claire Gilberts Kleidung. Der weiße Rollkragenpullover hatte vorn einen großen Blutfleck, und auch die Knie ihrer marineblauen Hose hatten dunklere Stellen.

Der Constable hatte seine Tasse weggestellt und war durch das Zimmer gegangen, um halblaut ein paar Worte mit seinem Chef zu wechseln. Deveney nickte ihm zu, als er jetzt das Zimmer verließ, und wandte sich dann den beiden Frauen wieder zu. Er räusperte sich. »Mrs. Gilbert, das sind Superintendent Kincaid und Sergeant James von Scotland Yard. Sie werden uns bei unseren Ermittlungen unterstützen und würden Ihnen jetzt gern einige Fragen stellen.«

»Natürlich.« Ihre Stimme war leise und klang ein wenig heiser – rauher als Kincaid bei einer Frau ihrer zierlichen Statur erwartet hätte –, aber sehr beherrscht. Doch als Claire Gilbert sich vorbeugte, um ihre Tasse auf den niedrigen Couchtisch zu stellen, zitterte ihre Hand sichtlich.

Kincaid und Gemma setzten sich in die beiden Sessel gegenüber der Couch, und Deveney zog sich den Lehnstuhl heran, den der Constable freigemacht hatte, und ließ sich neben Gemma nieder.

»Ich habe Ihren Mann gekannt, Mrs. Gilbert«, sagte Kincaid. »Ich möchte Ihnen mein Beileid aussprechen.«

»Danke«, erwiderte sie ruhig und fügte dann hinzu: »Möchten Sie eine Tasse Tee?« Auf dem Couchtisch vor ihr stand ein Tablett mit einer Teekanne und mehreren zusätzlichen Tassen. Als Kincaid und Gemma beide bejahten, beugte sie sich vor und goß ein wenig aus der Kanne in ihre eigene Tasse. Dann lehnte sie sich wieder zurück und sah sich zerstreut um. »Wie spät ist es eigentlich?« fragte sie, aber die Frage schien an niemanden im besonderen gerichtet zu sein.

»Lassen Sie mich das machen«, meinte Gemma, als Claire Gilbert keine weiteren Anstalten machte, ihnen Tee einzuschenken. Sie füllte zwei Tassen mit Milch und dem starken Tee und warf dann Deveney einen fragenden Blick zu. Der schüttelte den Kopf.

Kincaid nahm die Tasse, die Gemma ihm reichte, und sagte: »Es ist sehr spät, Mrs. Gilbert, aber ich würde gern ein, zwei Punkte mit Ihnen durchsprechen, solange Sie sie noch klar im Gedächtnis haben.«

Die Uhr auf dem Kaminsims begann Mitternacht zu schlagen. Claire starrte sie stirnrunzelnd an. »So spät ist es schon? Das wußte ich gar nicht.«

Die Tochter hatte bis dahin so still dagesessen, daß Kincaid ihre Anwesenheit beinahe vergessen hatte; jetzt aber bewegte sie sich unruhig und zog seine Aufmerksamkeit auf sich. Der Stoff ihrer Kleidung rieb sich raschelnd auf dem rot-weiß gestreiften Chintzbezug des Sofas, als sie sich ihrer Mutter zuwandte und ihr Knie berührte. »Mami, bitte, du mußt dich endlich ausruhen«, sagte sie, und dem inständigen Ton ihrer Stimme entnahm Kincaid, daß sie es nicht zum erstenmal sagte. »Du kannst nicht so weitermachen.« Sie sah Kincaid an und fügte hinzu: »Sagen Sie es ihr, Superintendent. Auf Sie hört sie vielleicht eher.«

Kincaid musterte sie. Zu einem voluminösen Pullover trug sie einen engen schwarzen Minirock. Sie hatte etwas Unfertiges an sich, das Kincaid veranlaßte, seine erste Schätzung ihres Alters zu revidieren. Sie war sicher noch keine Zwanzig, ging wahrscheinlich noch zur Schule. Ihr Gesicht war blaß und angespannt, und noch während Kincaid sie betrachtete, rieb sie mit dem Handrücken über ihre Lippen, als wollte sie sie am Zittern hindern.

»Sie haben völlig recht . . .«, begann er und hielt inne, als ihm bewußt wurde, daß er ihren Namen nicht wußte.

Sie gab ihm sofort Auskunft. »Ich bin Lucy. Lucy Penmaric. Können Sie nicht . . .« Von irgendwoher war gedämpftes Bellen zu hören, und Lucy brach mitten im Wort ab. »Das ist Lewis«, erklärte sie. »Wir mußten ihn in Alastairs Arbeitszimmer einsperren, sonst wäre er – na ja, er wäre allen in die Quere gekommen.«

»Ja, natürlich«, antwortete Kincaid zerstreut, während er im stillen vermerkte, was er soeben gehört hatte. Ihr Nachname war nicht Gilbert, und sie sprach von dem Toten als »Alastair«. Also keine leibliche Tochter, sondern eine Stieftochter. Er dachte an den Mann, den er gekannt hatte, und wurde sich bewußt, daß er sich Gilbert beim besten Willen nicht locker und entspannt mit einem großen Hund (der Stimme nach war es einer) zu seinen Füßen vorstellen konnte. Und auch dieses Zimmer mit den schweren Samtstoffen und dem dicken Perserteppich schien kaum für einen Hund geeignet. »Ich hätte Commander Gilbert gar nicht für einen Hundeliebhaber gehalten«, bemerkte er. »Es überrascht mich, daß er einen Hund im Haus geduldet hat.«

»Er hat verlangt . . .«

»Alastair war es immer lieber, wenn der Hund draußen im Zwinger war«, unterbrach Claire Gilbert, und Lucy senkte den Blick. Zugleich erlosch der Funke, der ihrem Gesicht flüchtige Lebendigkeit verliehen hatte, als sie von dem Hund gesprochen hatte. »Aber unter den Umständen . . .« Claire lächelte entschuldigend, und wieder streifte ihr Blick ziellos durch den Raum. »Möchten Sie eine Tasse Tee?«

»Danke, Mrs. Gilbert, wir haben uns schon bedient«, antwortete Kincaid. Lucy hatte recht; ihre Mutter brauchte dringend Ruhe. Ihre Augen wirkten glasig, als stünde sie kurz vor einem Zusammenbruch, und ihre Aufmerksamkeit schien ständig zu wandern. Aber obwohl er wußte, daß er sie schonen sollte, wollte er ihr noch einige wenige Fragen stellen, ehe er sie entließ. »Mrs. Gilbert«, sagte er, »ich weiß, wie schwierig die Situation für Sie ist, aber wenn Sie uns kurz berichten könnten, was genau heute abend geschehen ist, brauchen wir Sie nicht weiter zu belästigen.«

»Lucy und ich sind zum Einkaufen nach Guildford gefahren. Sie bereitet sich auf ihren Abschluß vor, wissen Sie, und sie brauchte ein Buch von Waterstones – das ist die Buchhandlung im Einkaufszentrum. Wir haben ein bißchen in den Läden herumgestöbert und sind dann die High Street hinauf zum Sainsbury's gegangen.« Claire hielt inne, als Lucy neben ihr eine Bewegung machte, dann sah sie Deveney an und runzelte die Stirn. »Wo ist Darling?«

Gemma und Kincaid tauschten einen Blick, und Kincaid zog fragend eine Augenbraue hoch. Deveney neigte sich zu ihm hinüber und flüsterte: »Sie meint den Constable, der eben hier war. Er heißt Darling.« Sich Claire zuwendend sagte er: »Er ist noch hier, Mrs. Gilbert. Er hilft nur im Augenblick den Kollegen draußen.«

Tränen schossen Claire in die Augen und rannen ihr Gesicht hinunter, aber sie wischte sie nicht weg.

»Was haben Sie getan, nachdem Sie Ihre Einkäufe erledigt hatten, Mrs. Gilbert?« fragte Kincaid nach einer kurzen Pause.

Mit einiger Anstrengung konzentrierte sie sich. »Danach? Wir sind nach Hause gefahren.«

Kincaid sah die stille kleine Straße vor sich, in der sie ihren

Wagen stehen gelassen hatten. »Hat jemand Sie gesehen? Ein Nachbar vielleicht?«

Claire schüttelte den Kopf. »Das weiß ich nicht.«

Während dieses Austauschs hatte Gemma ruhig ihr Heft und ihren Kugelschreiber aus ihrer Handtasche genommen. Jetzt sagte sie leise: »Um welche Zeit war das, Mrs. Gilbert?«

»Halb acht. Vielleicht auch später. Ich kann es nicht genau sagen.« Sie blickte wie hilfesuchend von Gemma zu Kincaid und sprach dann in etwas festerem Ton. »Wir haben meinen Mann nicht zu Hause erwartet. Er hatte eine Besprechung. Lucy und ich hatten bei Sainsbury's Nudeln und Fertigsoße gekauft. Ein schnelles Essen, nur für uns beide.«

»Darum waren wir so überrascht, als wir sein Auto in der Garage stehen sahen«, fügte Lucy hinzu, als ihre Mutter nicht weitersprach.

»Was haben Sie dann getan?« fragte Kincaid.

Nach einem raschen Blick zu ihrer Mutter übernahm Lucy den Bericht. »Wir haben Mutters Auto in die Garage gestellt. Als wir dann um die Garagenecke in den Garten kamen, haben wir gesehen, daß die Tür offen . . .«

»Wo war der Hund?« fragte Kincaid. »Wie heißt er gleich – Lewis?«

Lucy starrte ihn an, als hätte sie die Frage nicht ganz verstanden, dann sagte sie: »Er war in seinem Zwinger, hinten im Garten.«

»Was für ein Hund ist Lewis?«

»Ein Labrador. Ein ganz süßer Hund.« Lucy lächelte zum erstenmal, und er hörte den Besitzerstolz in ihrer Stimme.

»Hat er irgendwie aufgeregt gewirkt? Oder verstört?«

Mutter und Tochter tauschten einen Blick. Dann antwortete Lucy. »Als wir kamen, nicht. Erst später, als die Polizei gekommen ist. Da hat er so getobt, daß wir ihn ins Haus holen mußten.«

Kincaid stellte seine leere Tasse auf den Tisch, und Claire Gilbert zuckte ein wenig zusammen beim Klirren des Porzellans. »Gehen wir noch einmal zu der Stelle zurück, als Sie die offene Tür gesehen haben.«

Das Schweigen zog sich in die Länge. Lucy rückte etwas näher an ihre Mutter heran.

Im Kamin brach ein Scheit. Eine Funkenfontäne sprühte auf und fiel in sich zusammen. Kincaid wartete noch einen Moment, dann sagte er: »Bitte, Mrs. Gilbert, versuchen Sie, uns möglichst genau zu schildern, was dann geschah. Ich weiß, daß Sie das alles schon einmal mit Chief Inspector Deveney durchgegangen sind, aber vielleicht fällt Ihnen noch irgendeine Kleinigkeit ein, die uns weiterhelfen kann.«

Claire Gilbert nahm die Hand ihrer Tochter und hielt sie fest in der ihren, aber Kincaid konnte nicht erkennen, ob sie Beistand leistete oder Trost suchte. »Sie haben es ja selbst gesehen. Es war alles voller Blut – überall. Ich konnte es riechen.« Sie holte tief Atem, ehe sie weitersprach. »Ich wollte ihn hochheben. Dann fiel mir ein . . . ich habe vor Jahren mal einen Erste-Hilfe-Kurs mitgemacht. Als ich keinen Puls finden konnte, habe ich den Notruf angerufen.«

»Ist Ihnen irgend etwas Ungewöhnliches aufgefallen, als Sie ins Haus kamen?« fragte Gemma. »Vielleicht in der Küche – etwas, das nicht so war, wie es hätte sein sollen?«

Claire Gilbert schüttelte den Kopf. Die Linien der Erschöpfung um ihren Mund schienen sich zu vertiefen.

»Aber wie ich gehört habe«, sagte Kincaid, »haben Sie den Kollegen gesagt, daß einige Dinge aus dem Haus fehlen.«

»Ja, meine Perlen. Und die Ohrringe, die mein Mann mir zum Geburtstag geschenkt hat . . . er hatte sie extra anfertigen lassen.« Claire Gilbert ließ sich zurücksinken und schloß die Augen.

»Dann waren sie sicher sehr wertvoll«, bemerkte Gemma.

Als Claire Gilbert nicht reagierte, warf Lucy ihr einen kurzen Blick zu und sagte dann: »Ja, wahrscheinlich. Ich weiß es wirklich nicht.« Sie entzog ihrer Mutter ihre Hand und hob sie mit bittender Gebärde. »Bitte, Superintendent«, sagte sie, und draußen begann wieder der Hund, der sie wohl gehört hatte, zu bellen und an der Tür zu kratzen.

»Sag ihm, er soll ruhig sein, Lucy«, sagte Claire Gilbert, doch ihr Ton klang teilnahmslos, und sie öffnete nicht einmal die Augen.

Lucy sprang auf, aber da beruhigte sich der Hund schon, und das Bellen ging in klägliches Winseln über, das nach einem Moment versiegte. Lucy setzte sich wieder, ihren Blick flehend auf Kincaid gerichtet.

»Nur noch eines, Lucy, ich verspreche es«, sagte er gedämpft. Dann wandte er sich Claire Gilbert zu. »Mrs. Gilbert, haben Sie eine Ahnung, warum Ihr Mann vorzeitig nach Hause gekommen ist?«

Claire Gilbert drückte eine Hand an ihren Hals. »Nein. Tut mir leid.«

»Wissen Sie, mit wem er verabredet . . .«

»Bitte!« Lucy stand auf. Sie fröstelte, ihre Zähne schlugen aufeinander. Mit beiden Armen ihren Oberkörper umschlingend, sagte sie: »Sie hat es doch schon gesagt. Sie weiß es nicht.«

»Laß nur, Schatz.« Claire Gilbert riß sich aus ihrer Lethargie und richtete sich mit einer sichtlichen Anstrengung auf. »Es stimmt schon, was Lucy sagt, Superintendent. Es ist nicht – es war nicht die Gewohnheit meines Mannes, über Dienstliches mit mir zu sprechen. Er hat mir nicht gesagt, mit wem er verabredet war.« Sie stand auf. Einen Moment schwankte sie, und Lucy legte ihr hastig den Arm um die Schultern, um sie zu stützen.

»Bitte, Mami, laß das doch jetzt«, sagte sie und sah wieder Kincaid an. »Kann ich sie jetzt nicht nach oben bringen?« Auf

Kincaid wirkte sie wie ein Kind, das tapfer versucht, die Rolle eines Erwachsenen zu übernehmen.

»Gibt es denn niemanden, den Sie holen können?« fragte Gemma, die ebenfalls aufgestanden war. »Eine Nachbarin oder Verwandte?«

»Wir brauchen niemanden. Wir werden schon allein fertig«, antwortete Lucy ein wenig brüsk. Dann schien ihre Tapferkeit sie zu verlassen, und sie fragte zaghaft: »Was wird jetzt – ich meine, mit dem Haus und so? Was passiert, wenn . . .«

Deveney antwortete ihr in beruhigendem Ton, aber ohne Herablassung: »Bitte machen Sie sich keine Sorgen, Miss Penmaric. Ich bin sicher, daß die Person, die das getan hat, nicht zurückkommen wird. Und wir lassen die Nacht über jemanden hier, entweder in der Küche oder vor dem Haus.« Er hielt einen Moment inne, und sie hörten wieder das Winseln des Hundes. »Nehmen Sie doch den Hund einfach mit zu sich hinauf, wenn Sie sich dann wohler fühlen«, meinte er lächelnd.

Lucy überlegte mit ernstem Gesicht. »Ja, das würde ihm gefallen.«

»Wenn es sonst nichts mehr zu besprechen gibt . . .« Claire Gilbert konnte sich vor Erschöpfung kaum noch auf den Beinen halten, dennoch schaffte sie es, die Form zu wahren.

»Nein, das ist alles für heute abend, Mrs. Gilbert. Ich danke Ihnen beiden für Ihre Geduld«, sagte Kincaid und blieb schweigend neben Gemma und Deveney stehen, als Mutter und Tochter aus dem Zimmer gingen.

Als die Tür sich geschlossen hatte, schüttelte Nick Deveney den Kopf und fuhr sich mit der Hand durch das Haar. »Ich weiß nicht, ob ich unter solchen Umständen so tapfer durchgehalten hätte. Ein Glück für die beiden, daß sie einander haben, nicht wahr?«

In der Küche war die Spurensicherung noch mitten in der Arbeit, doch war Alastair Gilberts Leichnam inzwischen fortgebracht worden. Das getrocknete Blut bedeckte in Streifen und Wirbeln den Boden; es sah aus wie Malübungen eines Kindes mit Fingerfarben. Deveney entschuldigte sich bei Kincaid und Gemma, die an der Tür stehengeblieben waren, und ging davon, um mit einem der Beamten zu sprechen.

Kincaid spürte, wie die Spannung, die ihn die letzten Stunden aufrechtgehalten hatte, nachließ. Als er den Kopf nach Gemma drehte, bemerkte er, daß sie ihn aufmerksam musterte. Die Sommersprossen in ihrem Gesicht, sonst kaum wahrnehmbar auf ihrer hellen Haut, hoben sich in scharfem Kontrast von der Blässe ihres Teints ab. Er fühlte plötzlich ihre Erschöpfung als wäre es seine eigene, und das vertraute, intime Bewußtsein ihrer Nähe durchzuckte ihn wie ein Schlag. Als er die Hand hob, um ihre Schulter zu berühren, begann sie zu sprechen, und sie erstarrten beide. Sie hatten ihre Unbefangenheit verloren, die ganze selbstverständliche Kameradschaftlichkeit, die sie so sorgfältig aufgebaut und gepflegt hatten, war dahin, und es schien ihm, als könnte sie selbst seine kleine Geste des Trosts mißverstehen. Verlegen senkte er die Hand und schob sie in die Hosentasche wie um sie der Versuchung zu entziehen.

Als Deveney zu ihnen zurückkehrte, entschuldigte sich Gemma abrupt und ging durch die Tür zum Vorraum hinaus, ohne ihn noch einmal anzusehen.

»Dr. Ling hat versprochen, die Obduktion für den frühen Morgen anzusetzen.« Deveney lehnte sich erschöpft an den Türpfosten und sah geistesabwesend zu, wie einer der Männer von der Spurensicherung Blutproben vom Küchenboden schabte. »Den Herren oben kann's natürlich nicht schnell genug gehen. Ich lasse meine Leute gleich morgen in aller Frühe von Haus zu Haus traben . . .« Er brach ab. Zum erstenmal spiegelte sich etwas wie mißtrauische Vorsicht in seinem Gesicht, als er Kincaid ansah. »Das heißt natürlich, wenn Ihnen das recht ist.«

Die Verteilung der Zuständigkeiten konnte heikel sein, wenn das Yard zur Zusammenarbeit mit einer unabhängigen örtlichen Polizeibehörde zugezogen wurde. Strenggenommen war Kincaid hier der ranghöhere Beamte, doch er hatte nicht das geringste Verlangen, sich Nick Deveney zum Feind zu machen, zumal dieser ein intelligenter und fähiger Mann zu sein schien. Er nickte deshalb zustimmend auf Deveneys letzte Bemerkung. »Natürlich. Vielleicht hat ja jemand den Täter beobachtet.«

»Ja, und vielleicht entdecken wir bei Tageslicht, daß er im ganzen Garten fünf Zentimeter tiefe Fußabdrücke hinterlassen hat«, meinte Deveney grinsend.

Kincaid lachte kurz. »Und dazu einen ganzen Satz prächtiger Fingerabdrücke auf dem Türknauf. Glück müßte man haben! Wie früh ist übrigens ›in aller Frühe‹?« fragte er gähnend und rieb mit der Hand über sein stoppeliges Kinn.

»Sieben, würde ich sagen. Kate Ling scheint keinen Schlaf zu brauchen. Sie lebt von Kaffee und Formaldehyddämpfen«, sagte Deveney. »Aber sie ist gut, und wir haben Glück, daß sie die Sache übernommen hat.«

Als Gemma sich wieder zu ihnen gesellte, schloß Deveney sie mit einem Lächeln in das Gespräch ein. »Schicken Sie doch Ihren Fahrer mit dem Wagen nach London zurück. Ich habe für Sie hier im Pub Zimmer reserviert – Sie haben doch mit einem längeren Aufenthalt gerechnet?« Als beide nickten, fuhr er fort: »Gut. Wir schicken Ihnen morgen jemanden, der Sie in die Pathologie in Guildford bringt. Und dann . . .« Er brach ab, als an der Tür zum Vorraum ein Beamter erschien und ihm winkte. Mit einem Seufzer stieß er sich vom Türpfosten ab. »Bin gleich wieder da.«

»Ich kümmere mich um Williams«, sagte Gemma hastig und ließ Kincaid stehen. Einen Moment lang sah er den Leuten von der Spurensicherung zu, dann ging er vorsichtig um ihr Arbeitsgebiet herum zum Kühlschrank, öffnete ihn und inspizierte seinen Inhalt. Milch, Saft, Eier, Butter und, auf dem untersten Bord, ein Paket hausgemachte Nudeln und ein Plastikbehälter mit fertiger Tomatensoße, beide mit einem Sainsbury-Aufkleber versehen. Keiner der Behälter war geöffnet worden.

»Ich habe Brot und Käse genommen und den Damen ein paar Brote gemacht«, sagte jemand hinter ihm.

Kincaid richtete sich auf und drehte sich herum. »Ah, der Trostspender«, murmelte er, als er in das rosige Gesicht von Constable Darling blickte. »Das war sehr aufmerksam von Ihnen . . .« Er schaffte es nicht, den Nachnamen anzufügen.

»Auf so einen Schock brauchte man was, das Leib und Seele zusammenhält«, erklärte Darling ernsthaft, »und es war ja keiner da, der sich um sie gekümmert hätte.«

»Nein, Sie haben ganz recht. Sonst erscheinen ja in so einer Situation meistens gleich irgendwelche hilfsbereiten und neugierigen Nachbarn. Oder auch Verwandte.«

»Mrs. Gilbert hat mir erzählt, daß ihre Eltern beide tot sind«, sagte Darling.

»Ach ja?« Kincaid musterte den Constable einen Moment, dann wies er zur Tür. »Kommen Sie, gehen wir hinaus, da ist es ruhiger.« Als sie in dem relativ stillen Flur waren, sagte er: »Sie haben ziemlich lange mit Mrs. Gilbert und ihrer Tochter zusammengesessen, nicht?«

»Mehrere Stunden, würde ich sagen.«

Eine Lampe auf dem Telefontisch beleuchtete Darlings Gesicht von unten und zeigte ein paar Falten in der Stirn und ein Netz von Fältchen an den Außenwinkeln seiner blauen Augen. Vielleicht war er gar nicht so jung, wie Kincaid auf den ersten Blick geglaubt hatte. »Sie scheinen mir die Situation sehr gut gemeistert zu haben«, bemerkte Kincaid, den die ruhige Selbstsicherheit des Mannes neugierig machte.

»Ich bin auf einem Bauernhof aufgewachsen, Sir. Da habe ich den Tod oft genug erlebt.« Er betrachtete Kincaid einen Moment, dann seufzte er. »Aber die Geschichte hier, die hat's irgendwie in sich. Nicht nur, weil Commander Gilbert ein hochrangiger Beamter war. Und auch nicht wegen dieser Riesenschweinerei in der Küche.« Kincaid zog fragend eine Augenbraue hoch, und Darling fügte zögernd hinzu: »Es ist alles so – ich weiß auch nicht – so unangemessen.« Er schüttelte den Kopf. »Klingt blöd, ich weiß.«

»Nein, ich verstehe, was Sie meinen«, antwortete Kincaid. »Angemessen« wäre vielleicht nicht das Wort gewesen, das er bei einem Mord verwendet hätte, aber dieser Mord erschien tatsächlich wie ein greller Mißton in diesem Milieu. Gewalt hatte in einem so wohlgeordneten und disziplinierten Leben keinen Platz. »Haben Mrs. Gilbert und ihre Tochter miteinander gesprochen, während Sie bei ihnen waren?« fragte er.

Darling lehnte sich mit seinen breiten Schultern an die Wand und starrte auf eine Stelle hinter Kincaids Kopf. »Nein, eigentlich nicht. Höchstens ein paar Worte. Aber sie haben beide mit mir gesprochen. Ich habe ihnen angeboten, jemanden für sie anzurufen, aber Mrs. Gilbert sagte, nein, sie kämen schon allein zurecht. Sie sagte was davon, daß man ihrer Schwiegermutter Bescheid geben müßte, aber die ist offenbar in einem Pflegeheim, und Mrs. Gilbert hielt es für besser, damit bis morgen zu warten. Bis heute genauer gesagt«, fügte er mit einem Blick auf seine Uhr hinzu, und Kincaid hörte die Müdigkeit in seiner Stimme.

»Ich will Sie nicht aufhalten, Constable.« Kincaid lächelte. »Ich weiß nicht, wie es mit Ihnen und Ihrem Chef ist, aber ich bin jetzt absolut bettreif.«

Trotz der späten Stunde brannte im Pub noch Licht. Deveney klopfte laut an die Glasscheibe der Tür, und gleich darauf zeigte sich eine schattenhafte Gestalt, und man hörte, wie die Riegel zurückgeschoben wurden.

»Herein, herein«, sagte der Mann, sobald er geöffnet hatte. »Ich bin Brian Genovase«, fügte er hinzu und bot erst Kincaid und dann Gemma die Hand.

Das Pub war überraschend klein. Sie waren direkt in den Raum zur Rechten gelangt, wo ein paar Tische vor einem offenen Kamin gruppiert waren. Auf der linken Seite nahm der Tresen die Mitte der Gaststube ein, auf seiner anderen Seite war ein kleiner Speisesaal.

»Vielen Dank, daß Sie unseretwegen aufgeblieben sind, Brian«, sagte Deveney und ging zum Kamin, um sich über der noch glühenden Asche die Hände zu reiben.

»Ich hätte gar nicht schlafen können. Ich habe mir doch ständig Gedanken gemacht, was da oben los ist.« Genovase deutete mit einer Kopfbewegung die Richtung an, in der das Haus der Gilberts sich befand. »Das ganze Dorf überschlägt sich vor Aufregung, aber keiner hatte den Mut, durch die Absperrung zu gehen, um Genaueres zu erfahren. Ich hab's versucht, aber der Constable am Tor hat mich abgewiesen.« Er war, während er gesprochen hatte, hinter den Tresen getreten, wo Kincaid ihn jetzt deutlicher sehen konnte. Er war ein großer, kräftiger Mann mit dunklem Haar, das grau zu werden begann, und dem Ansatz eines Bauchs. Sein Gesicht war offen und sympathisch. »Sie brauchen jetzt was zum Aufwärmen«, sagte er und nahm eine Flasche Glenfiddich vom Bord, »und dann können Sie mir alles erzählen, was nicht gerade streng geheim ist.« Er lachte sie an und zwinkerte Gemma zu.

Wie die Lemminge, die es unwiderstehlich ins Meer zieht, waren sie ihm zur Bar gefolgt. Als Genovase die Flasche über das vierte Glas neigte, hob Gemma plötzlich abwehrend die Hand. »Nein, danke, ich glaube, das schaffe ich jetzt nicht. Ich bin zum Umfallen müde. Wenn Sie mir nur sagen, wo . . .«

»Warten Sie, ich zeige es Ihnen«, fiel Genovase ihr ins Wort. Er stellte die Flasche nieder und wischte sich die Hände an einem Geschirrtuch.

»Nein, das ist wirklich nicht nötig, vielen Dank«, entgegnete Gemma mit einem Kopfschütteln. »Sie haben sich schon genug Umstände gemacht.«

Mit einem gutmütigen Achselzucken sagte Genovase: »Um die Bar herum, die Treppe hoch, den Gang entlang, die letzte Tür rechts.«

»Danke. Also dann – gute Nacht.« Den Blick auf den freien Raum zwischen Kincaid und Deveney gerichtet, fügte sie hinzu: »Wir sehen uns dann morgen.«

Ein Dutzend Vorwände, sie zurückzuhalten, mit ihr hinaufzugehen, blieben Kincaid im Hals stecken. Was immer er getan hätte, es hätte albern gewirkt und vielleicht genau die Spekulationen herausgefordert, die sie unbedingt vermeiden mußten; er blieb darum sitzen, ohne ein Wort zu sagen, und wartete frustriert und unglücklich, bis sie durch die Tür am anderen Ende der Bar verschwunden war. Auch Deveney hatte ihr nachgesehen und schien Mühe zu haben, seinen Blick von der leeren Türöffnung loszureißen.

Genovase hob sein Glas. »Prost. Der geht aufs Haus, Nick, Sie können mich also nicht wegen Verstoß gegen die Schankkonzession drankriegen, aber ich erwarte eine entsprechende Gegenleistung.«

»In Ordnung«, sagte Deveney und trank von seinem Whisky. »Ah, das tut gut.« Er hielt einen Moment inne. »Sie haben wahrscheinlich gehört, daß Commander Gilbert ermordet worden ist?«

Genovase nickte. »Aber was ist mit Claire und Lucy? Alles in Ordnung?«

»Sie stehen beide unter Schock, aber sonst geht es ihnen gut. Sie haben den Commander gefunden.«

Erleichterung und Bekümmerung mischten sich in Genovases Gesichtsausdruck. »Ach Gott.« Er wischte mit seinem Geschirrtuch über einen unsichtbaren Fleck auf dem Tresen. »War es schlimm? Was . . .?« Er brach ab, als Deveney leicht den Kopf schüttelte. »Oh, das geht mich wohl nichts an? Entschuldigen Sie.«

»Wir wollen die Einzelheiten vorläufig nicht bekannt werden lassen«, erklärte Deveney mit routinierter Diplomatie.

Es würde schwierig sein, in einem Dorf dieser Größe irgend etwas für längere Zeit geheimzuhalten, das war Kincaid klar, aber sie wollten es versuchen; wenigstens bis alle Nachbarn vernommen worden waren. Es konnte ja sein, daß jemand eine Bemerkung machte, die verriet, daß er etwas wußte, was er eigentlich nicht wissen konnte.

»Waren Sie mit den Gilberts befreundet?« fragte Deveney den Wirt und rutschte auf seinem Hocker etwas nach vorn, um die Ellbogen auf den Tresen stützen zu können.

»Lieber Gott, das Dorf ist klein, Nick. Sie wissen doch, wie es ist. Claire und Lucy sind allgemein beliebt.«

Kincaid trank einen Schluck aus seinem Glas und sagte dann wie beiläufig: »Und der Commander war es nicht?«

Zum erstenmal zeigte Brian Genovase vorsichtige Zurückhaltung. »Das hab ich nicht gesagt.«

»Nein.« Kincaid lächelte ihn an. »Aber trifft es zu?«

Nach einem Moment der Überlegung sagte Genovase: »Lassen Sie mich es so sagen – Alastair Gilbert hat es nicht gerade darauf angelegt, sich bei den Leuten beliebt zu machen. Rauh, aber herzlich war nicht sein Fall.«

»Hatte das einen besonderen Grund?« fragte Kincaid. Gilbert hatte es auch im Dienst nicht darauf angelegt, sich bei seinen Leuten beliebt zu machen, jedenfalls nicht nach Kincaids Erfahrungen mit ihm. Es hatte ganz im Gegenteil den Anschein gehabt, als genösse er es, seine Überlegenheit herauszukehren.

»Nein, das eigentlich nicht. Es war mehr eine Ansammlung kleiner Mißverständnisse, die durch den Klatsch hochgejubelt worden sind. Sie können sich sicher vorstellen, wie das in so einem Dorf ist, da wird manches mächtig aufgebauscht.« Offensichtlich nicht bereit, mehr zu erzählen, leerte Genovase sein Glas mit einem Zug und stellte es auf den Tresen.

Deveney tat es ihm nach und seufzte. »Also, auf diese Geschichte freue ich mich überhaupt nicht, das kann ich Ihnen sagen. Ich überlasse Ihnen den Schleudersitz mit Vergnügen«, fügte er zu Kincaid gewandt hinzu.

»Danke«, sagte Kincaid ironisch. Auch er leerte sein Glas, dann stand er auf und nahm seinen Mantel und seine Reistasche. »So, das wär's für heute.« Er sah auf seine Uhr und fluchte. »Lohnt sich ja kaum noch, zu Bett zu gehen.«

»Sie haben das letzte Zimmer links, Mr. Kincaid«, sagte Genovase. »Frühstücken können Sie morgen früh hier, wenn Sie möchten.«

Kincaid bedankte sich bei den beiden Männern und wollte sich gerade zum Gehen wenden, als Deveney ihm auf den Arm tippte und leise sagte: »Ihr Sergeant – Gemma – sie ist doch nicht verheiratet?«

Kincaid mußte erst schlucken, ehe er es schaffte, ruhig zu antworten: »Nein, sie ist nicht verheiratet.«

»Ist sie – äh – ungebunden?«

»Das«, erwiderte Kincaid zähneknirschend, »müssen Sie sie schon selbst fragen.«

3

Die Verletzung war ihm anzusehen gewesen. Gemma hatte es nicht erwartet, und beinahe hätte sie ihren Vorsatz darüber aufgegeben. In den paar Tagen, in denen sie sich bei ihrer

Schwester versteckt und, während sie Toby beim Spiel mit seinen Vettern zusah, unablässig darüber nachgedacht hatte, was sie tun sollte, hatte sie es geschafft, sich einzureden, daß er froh sein würde, das Geschehene einfach ignorieren zu können; erleichtert, vielleicht sogar dankbar. Sie hatte deshalb eine kleine Rede vorbereitet, die ihm die Möglichkeit bot, sich mit Anstand aus der Affäre zu ziehen, und hatte sich die Szene so häufig vorgestellt, daß sie seine Antwort beinahe hören konnte. ›Natürlich, Sie haben völlig recht, Gemma. Wir lassen einfach alles beim alten, ja?‹

Sie hätte aus Erfahrung wissen müssen, daß Duncan Kincaid niemals genau so reagiert, wie man es erwartete.

Fröstelnd in der Kälte des Zimmers, schlug sie die Bettdecke zurück und legte ihr Nachthemd zurecht. Sie kramte in ihrer Reisetasche, bis sie ihre Toilettentasche gefunden hatte und wandte sich zur Tür.

Aber sie fühlte eine plötzlich aufsteigende Schwäche, die sie zwang, sich aufs Bett zu setzen. Wie hatte sie, in den Tagen, die seit der Nacht in seiner Wohnung wie Ewigkeiten dahingekrochen waren, so töricht sein können zu glauben, sie wäre imstande, sich mit sofortiger Immunität gegen seine Nähe zu wappnen? Beim ersten Wiedersehen hatte die Erinnerung sie wie eine Flutwelle überschwemmt und ihr Kraft und Atem geraubt. Um ein Haar wären die Mauern der Abwehr, die sie hochgezogen hatte, eingestürzt, und jetzt hatte sie Angst, ihm draußen im Korridor zu begegnen. Der Panzer war aufgeweicht – ein liebevolles Wort, eine zarte Berührung, und all ihre Entschlossenheit würde dahin sein.

Aber sie mußte ins Bett, sonst würde sie morgen noch weniger fähig sein, sich der Situation zu stellen. Sie lauschte, aber sie hörte nichts, kein Knarren auf der Treppe, keinen Schritt im Korridor. Beruhigt eilte sie aus ihrem Zimmer und huschte den Flur hinunter zum Badezimmer.

Als sie einige Minuten später wieder herauskam, wurde gerade die Tür des Zimmers gegenüber dem Bad geschlossen. Mit klopfendem Herzen blieb sie stehen, schalt sich albern und blöd, und erkannte dann, dank einem flüchtigen Blick, der sich ihr bot, ehe die Tür zufiel, daß die Person im anderen Zimmer nicht Kincaid war. Stirnrunzelnd versuchte sie, die Teile des kurz gesehenen Bildes zusammenzufügen – lockiges blondes Haar, das auf ein Paar überraschend männlicher Schultern herabfiel. Mit einem Achselzucken kehrte sie zu ihrem Zimmer zurück und schlüpfte mit einem Seufzer der Erleichterung hinein.

Sie zog ihr warmes Nachthemd über und kroch unter die flauschige Steppdecke, und wenn unter ihrer Erleichterung ein Fünkchen Enttäuschung verborgen war, so vergrub sie es nur noch tiefer.

Der Anblick des Royal Surrey County Hospital war nicht geeignet, die Stimmung in dem kleinen Auto aufzuhellen. Gemma betrachtete das weitläufige Gebäude aus schmutzig braunem Backstein und fragte sich, wieso die Architekten gar nicht auf den Gedanken gekommen waren, daß gerade Kranke vielleicht ein wenig Frische und Freundlichkeit brauchten.

»Ich weiß«, sagte Will Darling, als hätte er ihre Gedanken gelesen. »Es ist so ein richtiger scheußlicher Anstaltsbau. Aber es ist ein gutes Krankenhaus. Sie haben hier mehrere kleinere Krankenhäuser zusammengelegt, als es gebaut wurde, und es bietet so ziemlich alle therapeutischen Möglichkeiten, die man sich vorstellen kann.«

Darling war im Pub angekommen, als Gemma und Kincaid gerade mit dem Frühstück fertig gewesen waren. Sie hatten in unbehaglichem Schweigen beieinander gesessen, bedient von einem gleichermaßen trübe gestimmten Brian Genovase.

»Ich bin ein ziemlicher Morgenmuffel«, hatte er mit einem

dünnen Lächeln gesagt, das nur ein Schatten seines gestrigen Strahlens war.

Aber das Frühstück war gut gewesen -- der Mann konnte kochen, auch wenn es um seine Stimmung nicht zum besten bestellt war –, und Gemma hatte sich gezwungen, etwas zu essen, da sie wußte, daß sie eine ordentliche Unterlage brauchte, um über den Tag zu kommen.

»Der Chief Inspector sollte eigentlich schon hier sein.« Darling blickte suchend über die Reihen geparkter Autos, als er den Wagen um das Gebäude herum nach hinten fuhr und in der Nähe der Tür zur Leichenhalle anhielt. »Er wird bestimmt gleich kommen.«

»Danke, Will.« Kincaid, der hinten gesessen hatte, kroch aus dem kleinen Auto und streckte sich. »Wenigstens können wir den Blick genießen, während wir warten. Ganz im Gegensatz zu den Kunden hier.« Er wies mit dem Kopf zu der unauffälligen Glastür.

Gemma, die ebenfalls ausgestiegen war, ging ein paar Schritte und sah sich die Umgebung an. Vielleicht war der Aufenthalt hier doch nicht so übel, wenn man von drinnen nach draußen schauen konnte. Das Krankenhaus stand auf der Höhe eines Hügels, der sich westlich von Guildford erhob und zu dessen Füßen sich die roten Backsteinhäuser in die Biegung des River Wey schmiegten. Vereinzelte Nebelschwaden hingen noch über dem Tal und dämpften die leuchtenden Herbstfarben der Bäume. Im Norden, höher noch als der Hügel, ragte der Turm der Kathedrale zum stumpfen grauen Himmel empor.

»Die Kathedrale ist neu, wußten Sie das?« fragte Darling, der sich zu ihr gesellt hatte. »Der Bau wurde während des Krieges begonnen, und einundsechzig wurde die Kirche geweiht. Man hat nicht oft Gelegenheit, eine Kathedrale zu sehen, die während unserer Lebenszeit gebaut wurde.« Mit einem Blick auf Gemma meinte er lächelnd: »Na ja, Sie waren sicher noch nicht auf der Welt, als sie gebaut wurde. Aber sie ist trotzdem schön und einen Besuch wert.«

»Sie scheinen ja richtig stolz auf sie zu sein«, bemerkte Gemma. »Leben Sie schon immer hier?« Und mit einer Offenheit, zu der er zu ermutigen schien, fügte sie hinzu: »Und Sie können auch nicht alt genug sein, um den Bau miterlebt zu haben.«

Mit einem leisen Lachen sagte er: »Da haben Sie mich ertappt. Ich bin am Tag der Einweihung zur Welt gekommen. Am siebzehnten Mai einundsechzig. Da hatte die Kathedrale natürlich immer eine besondere Bedeutung für uns –« Er brach ab, als ein Wagen neben dem ihren anhielt. »Ah, da ist ja der Chef.«

Gemma, die plötzlich merkte, daß Kincaid die ganze Zeit still am Auto gestanden und ihrem Gespräch zugehört hatte, errötete vor Verlegenheit und wandte sich ab.

Die wenigen Stunden Schlaf schienen Nick Deveney verjüngt zu haben. Munter sprang er aus dem verbeulten alten Vauxhall und eilte zu ihnen, um sich zu entschuldigen. »Tut mir leid. Ich wohne südlich von hier, in Godalming, und bin unterwegs im Stau steckengeblieben.« Er blies sich in die Hände. »In dem verdammten Ding ging die Heizung nicht.« Er wies zur Eingangstür. »Wollen wir mal sehen, was Dr. Ling heute morgen zu bieten hat?« Mit einem Lächeln zu Gemma fügte er hinzu: »Ganz abgesehen von ein bißchen Wärme.«

Sie folgten Deveney durch das Labyrinth eintöniger weißer Korridore, alle menschenleer, bis sie zu einer zweiflügeligen Tür mit einem sehr amtlich aussehenden Schild kamen. ›Kein Eintritt für Unbefugte – Bitte läuten‹, stand darauf, doch die Tür war angelehnt, und Deveney stieß sie ohne weitere Umschweife auf. Ein Hauch von Formalin stieg Gemma in die Nase, und ein paar Schritte weiter hörte sie gedämpftes Gemurmel.

Sie folgten der Stimme in den Obduktionssaal und fanden dort Kate Ling vor, die mit einer Agenda auf dem Schoß auf einem Hocker saß, neben sich einen großen Becher Kaffee.

»Tut mir leid«, sagte sie, »meine Assistentin liegt mit Grippe im Bett, und ich hielt es für überflüssig, jemanden an der Tür Wache stehen zu lassen. Es ist ja nicht so, daß die Leute ums Verrecken hier herein wollen«, fügte sie hinzu und sah Deveney an, als wartete sie auf sein gequältes Stöhnen.

Deveney schüttelte mit gespielter Entrüstung den Kopf, ehe er sich nach den anderen umdrehte, die hinter ihm in den kleinen Raum drängten. »Wußten Sie, daß alle Pathologen eine Spezialprüfung ablegen müssen, um in den Orden des grausigen Wortspiels aufgenommen zu werden? Sonst dürfen sie nicht praktizieren. Dr. Ling ist Großmeisterin und stolz darauf.« Er und Kate Ling sahen einander lachend an.

»Ich bin gerade mit meinen Aufzeichnungen zum äußeren Anschein fertig«, sagte Dr. Ling ernst werdend, kritzelte noch ein paar Worte und legte ihren Block dann zur Seite.

»Irgendwas von Interesse?« fragte Deveney und blickte mit gerunzelter Stirn auf den Block hinunter, als wollte er das Geschriebene entziffern.

»Die Leichenflecke entsprechen genau der Lage des Toten, ich würde deshalb sagen, daß er nicht verlagert wurde. Das haben wir natürlich nach den Blutspritzern schon erwartet, aber ich werde für Gründlichkeit bezahlt.« Sie trank einen Schluck von ihrem Kaffee und sah sie über den Rand des Bechers mit einem leicht ironischen Lächeln an. »Wenn wir also den Abfall der Körpertemperatur aufgrund der Temperatur in der Küche des Hauses berechnen, können wir sagen, daß er zwischen sechs und sieben Uhr abends getötet wurde.«

Dr. Ling drehte sich auf ihrem Hocker zu einem Arbeitstisch und nahm ein paar Gummihandschuhe. Während sie sie überstreifte, fügte sie nachdenklich hinzu: »Eines ist allerdings merkwürdig. Sein Hemd hatte an den Schultern ein paar winzige Risse. Nicht so groß, daß ich eine Vermutung darüber wagen konnte, wodurch sie entstanden sind und wieso.« Sie glitt vom Hocker, prüfte das Mikrofon, das über dem Obduktionstisch hing und hob dann den Deckel eines Instrumentenkastens aus rostfreiem Stahl, der auf einem Wagen neben ihr stand. »Also, können wir? Sie müssen einen Kittel und Handschuhe anziehen.« Sie betrachtete die kleine Gruppe skeptisch. »Sie stehen hier zusammengepfercht wie Sardinen in der Dose. Ich brauche ein bißchen Bewegungsfreiheit.«

Will Darling tippte Gemma auf die Schulter. »Wenn das kein Wink mit dem Zaunpfahl war! Kommen Sie, Gemma, wir warten im Gang. Auf diesen Spaß kann ich gern verzichten.«

Will nahm zwei Klappstühle aus einem Nebenzimmer mit, stellte sie vor dem Obduktionsraum auf und ließ Gemma einen Moment allein. »Ich seh mal, ob ich irgendwo eine Tasse Tee auftreiben kann«, rief er ihr über die Schulter zu, als er davonging.

Gemma setzte sich, schloß die Augen und lehnte ihren Kopf an die Wand. Es ärgerte sie ein wenig, ausgeschlossen worden zu sein, aber gleichzeitig war sie froh, die Kraft, die die Teilnahme an einer Obduktion immer forderte, nicht aufbringen zu müssen. Mit halbem Ohr lauschte sie dem Stimmengemurmel und dem Klappern der Instrumente, stellte sich die methodische Erkundung von Alastair Gilberts totem Körper vor, während ihre Gedanken sich mit Will Darling beschäftigten.

Er verfügte über eine ruhige Selbstsicherheit, die eigentlich gar nicht zu seinem Dienstgrad paßte, die dennoch nichts Aggressives hatte und nichts von dem Bestreben spüren ließ, den jeweiligen Vorgesetzten zu beeindrucken, wie sie es von sich und anderen kannte. Und er hatte etwas sehr Wohltuendes, vielleicht sogar Tröstliches in seiner Art; es war mehr als die

Ungezwungenheit, die sein offenes, freundliches Gesicht versprach, aber sie konnte es nicht recht definieren.

Sie machte die Augen auf, als er zurückkam und ihr einen dampfenden Pappbecher hinhielt. In Erwartung des typischen dünnen Anstaltsgebräus kostete sie den Tee und sah ihn erstaunt an. »Wo haben Sie denn den gefunden? Der schmeckt ja richtig gut.«

»Mein Geheimnis«, antwortete Will und setzte sich neben sie.

Kate Lings Stimme drang klar und deutlich durch die offene Tür. »Aufgrund der Blutgeschwindigkeit und der äußeren Untersuchung der Kopfverletzungen sind wir natürlich ziemlich sicher, daß es sich um ein Trauma durch Einwirkung einer stumpfen Waffe handelt, aber wir wollen doch mal sehen, was sich zeigt, wenn wir tiefer gehen.«

In der Stille, die folgte, umschloß Gemma ihren heißen Becher mit beiden Händen und trank ab und zu einen Schluck Tee. Sie wußte, daß Dr. Ling jetzt Gilberts Kopfhaut von seinem Schädel entfernte und nach vorn über sein Gesicht klappte wie eine groteske Maske, aber diese Geschehnisse schienen weit entfernt, abgeschnitten von ihren Gefühlen, vom Druck der kalten Metallehne des Stuhls an ihrem Rücken, den vagen Formen und Gestalten, die sie an der getünchten Wand gegenüber wahrzunehmen glaubte.

Die Lider wurden ihr schwer. Sie zwinkerte im Kampf gegen den Schlaf, der sich über sie senken wollte, aber die Lethargie, aus körperlicher Erschöpfung und seelischer Belastung geboren, überwältigte sie. Dr. Lings Worte klangen abgerissen durch den Nebel, der sie einhüllte. ». . . Schlag unmittelbar hinter dem rechten Ohr . . . mehrere Schläge näher dem Scheitel . . . alles leicht rechts . . . nicht sicher sein . . . auch Linkshänder . . . mit der rechten Hand ausführen . . .«

Sie riß die Augen auf, als sie Wills Finger an ihrer Hand

spürte. »Verzeihen Sie«, sagte er leise. »Ihr Becher hing ganz schief.«

»Oh. Danke.« Sie umfaßte ihn fester und strengte sich an, wach zu bleiben und sich zu konzentrieren, aber die Stimme aus dem Obduktionsraum, so klar und präzise, begann von neuem, sie einzulullen. Als Will ihr ein paar Minuten später den Becher aus den Händen nahm, hatte sie nicht einmal die Kraft zu protestieren. Die Worte drangen jetzt mit einer Klarheit, einer beinahe körperlichen Präsenz auf sie ein und verdrängten alle anderen Reize.

». . . am wahrscheinlichsten, daß der Schlag hinter das Ohr der erste war. Er wurde von hinten geführt, und die anderen folgten, als der Mann stürzte. Ah – sehen Sie sich das an . . . sehen Sie diese halbmondförmige Einkerbung im Knochen? Genau hier? Und hier? Wir wollen sie sicherheitshalber einmal abmessen, aber ich würde wetten, daß das der Abdruck eines ganz gewöhnlichen Hammers ist . . . ganz typisch. Was Scheußliches, so ein Hammer. Ich werde nie den Fall vergessen, mit dem ich in London zu tun hatte . . . eine alleinstehende alte Frau, die ihr ganzes Leben lang keiner Fliege etwas zuleide getan hatte, machte eines Tages ihre Wohnungstür auf, und so ein Kerl gab ihr mit einem Hammer eins über den Schädel, daß sie sofort tot war.«

»Wurde er gefaßt?« Mit halbem Bewußtsein erkannte Gemma Deveneys Stimme.

»Innerhalb einer Woche. Der Kerl war nicht allzu intelligent und hat sich in sämtlichen Pubs mit seiner Tat gebrüstet. – So, jetzt nehme ich noch ein paar Gewebeproben, Augenblick.«

Gemma hörte eine Säge und nahm gleich darauf den ekelerregenden Geruch versengten Knochens wahr, aber sie schaffte es dennoch nicht, ganz wach zu werden.

». . . übrigens die Krankengeschichte des Commanders angesehen. Er hat regelmäßig ein gerinnungshemmendes Mittel eingenommen. Er hatte vor zwei Jahren eine Herzoperation. Mal sehen, wie gut das gehalten hat.«

In der nachfolgenden Stille sank Gemma noch tiefer. Wortfetzen wie »verstopfte Arterien« und »Plaqueablagerungen« hatten keine Bedeutung mehr, und schließlich war alles um sie herum ausgelöscht.

Als Will sie mit einem geflüsterten »Sie sind jetzt gleich fertig, Gemma«, weckte, fuhr sie mit einem unterdrückten Schrei aus dem Schlaf. Sie hatte geträumt, Kincaid stünde mit einem übermütigen Lächeln vor ihr, und in der Hand hielt er einen Hammer voll mit Blut.

Zum erstenmal sah Gemma Holmbury St. Mary bei Tag. Das Pub blickte auf das wie abgezirkelt wirkende Dreieck des Dorfangers, rechts von ihm war die schmale Straße mit dem Haus der Gilberts, links von ihm stand die Kirche. Auf der anderen Seite des Angers waren hinter Bäumen ein paar Dächer und rotgeschindelte Giebel zu sehen.

Deveney war zur Dienststelle Guildford zurückgefahren, um die eingehenden Berichte durchzusehen, und hatte Will Darling abgeordnet, Gemma und Kincaid zu den Gilberts zu fahren.

»Wir treffen uns dort in einer Stunde, dann können wir sehen, was wir haben«, hatte er gesagt, ehe er mit übertriebenem Schaudern in seinen Wagen gestiegen war. »Sieht ganz so aus, als werde ich das verdammte Ding in nächster Zeit nicht in die Werkstatt geben können.«

Will stellte den Wagen hinter dem Pub ab, und sie gingen zu Fuß zum Haus. Die dichte Hecke wuchs über dem geschwungenen schmiedeeisernen Tor beinahe zusammen, und darüber war nur das obere Stockwerk des Hauses zu sehen, schwarze Balken in weiß umrandetem roten Backstein, teilweise von Efeu überwuchert.

»Eine Vorortfestung«, bemerkte Kincaid leise, als Will dem uniformierten Beamten, der am Tor Wache stand, zunickte. »Und sie hat ihn nicht geschützt.«

»Irgendwelche Neugierigen?« fragte Will den Constable.

»Ich hab' ein paar Nachbarn durchgelassen, die ihre Hilfe anbieten wollten, aber das war alles.«

»Keine Presse?«

»Ein paar Schnüffler, weiter nichts.«

»Na, dann wird's nicht mehr lang dauern«, meinte Will, und der Constable stimmte resigniert zu.

»Ich hoffe, Claire Gilbert und ihre Tochter sind auf eine Belagerung vorbereitet«, sagte Kincaid, als sie den Weg entlanggingen, der hinter das Haus führte. »Die Medien werden sich das nicht entgehen lassen.«

An der Hintertür zögerte Kincaid. »Gemma«, sagte er, »gehen Sie doch mit Will hinein und lassen Sie sich von Mrs. Gilbert genau erzählen, was sie gestern nachmittag getan hat, damit wir das überprüfen können. Ich komme gleich nach.«

Gemma wollte protestieren, aber er hatte sich schon abgewandt. Einen Moment noch sah sie ihm nach, als er durch den Garten zum Hundezwinger ging, dann drehte sie sich herum und öffnete ein wenig energischer als notwendig die Tür zum Küchenvorraum.

Der weißgeflieste Boden der Küche blitzte vor Sauberkeit, nirgends ein Spritzer, nirgends ein Fleck. Da hatte jemand gründlich saubergemacht. Gemma warf Will einen fragenden Blick zu; sie erinnerte sich, daß er unter irgend einem Vorwand zurückgeblieben war, als sie in der vergangenen Nacht zum Pub abgefahren waren; aber er antwortete ihr nur mit einem Unschuldslächeln.

Ein Mann von der Spurensicherung war immer noch damit beschäftigt, Schranktüren und Arbeitsplatten einzupudern, aber abgesehen davon wirkte die Küche ganz alltäglich, ein ganz normaler Raum an einem ganz normalen Tag, der auf den Duft von Toast und Kaffee und schlaftrunkene Frühstücksgäste zu warten schien. Auf dem Tisch vor dem Gartenfenster lagen ein buntes Tischset und eine Serviette und daneben die *Times.* Es war die Zeitung vom vergangenen Tag, wie Gemma entdeckte, als sie einen Blick darauf warf, doch sie konnte sich nicht erinnern, sie am Abend gesehen zu haben – sie konnte sich kaum daran erinnern, die Frühstücksnische überhaupt wahrgenommen zu haben. So geht das nicht, sagte sie sich und unterbrach Wills leises Gespräch mit dem Spurensicherungsmann in schärferem Ton als sie beabsichtigt hatte.

»Mrs. Gilbert hat sich eine Tasse Tee gemacht und gesagt, daß sie im Wintergarten ist, wenn jemand nach ihr fragen sollte«, antwortete der Beamte von der Spurensicherung auf Gemmas Frage und machte sich wieder an seine Arbeit.

Gemma erinnerte sich des verglasten Anbaus, den sie vom Garten aus gesehen hatte, und ging Will voraus durch die Küche und dann rechts den Gang hinunter. Sie klopfte leicht an die Tür am Ende des Flurs, und als von drinnen keine Erwiderung kam, machte sie auf und warf einen Blick in den Raum dahinter.

Die verschwenderische Fülle von Grünpflanzen verlieh dem Raum die Atmosphäre, die man in einem Wintergarten erwartete, doch es war ein bewohnter Raum, der offensichtlich viel benutzt wurde. Zwischen zwei bequemen kleinen Sofas stand ein niedriger Tisch, der mit Büchern und Zeitungen beladen war. Vom Rücken des Sofas hing eine Wolldecke herab, und auf einem Beistelltisch lag eine Lesebrille. Unter dem anderen Sofa stand ein Paar Doc Martens, das erste Anzeichen, das Gemma bisher dafür gesehen hatte, daß Lucy Penmaric in diesem Haus lebte.

Claire Gilbert saß, die Beine hochgezogen, in dem Sofa, das mit dem Rücken zur Tür stand. Auf dem Schoß hatte sie einen

Schreibblock, doch ihr Blick ruhte nicht auf dem Papier, sondern war in den Garten gerichtet, und selbst als Will und Gemma eintraten, rührte sie sich nicht.

»Mrs. Gilbert?« sagte Gemma leise, und Claire Gilbert fuhr ein wenig zusammen, ehe sie den Kopf drehte.

»Oh, entschuldigen Sie! Ich war mit meinen Gedanken ganz woanders.« Sie wies auf den Block auf ihrem Schoß. »Es gibt so vieles zu erledigen. Ich wollte mir eine Liste machen, aber ich kann mich einfach nicht konzentrieren.«

»Wir müssen Ihnen einige Fragen stellen, wenn Sie nichts dagegen haben«, sagte Gemma und verfluchte Kincaid im stillen dafür, daß er ihr diese Aufgabe aufgebürdet hatte.

»Bitte, setzen Sie sich doch.« Claire Gilbert schob ihre Füße in ihre Schuhe und strich glättend über ihren Rock.

»Sie sehen ein bißchen besser aus heute morgen«, bemerkte Will, als er sich auf dem Sofa ihr gegenüber niederließ. »Haben Sie doch etwas schlafen können?«

»Ja, ich hatte es nicht für möglich gehalten, aber ich habe tatsächlich geschlafen. Der Körper verlangt eben einfach sein Recht.« Sie sah in der Tat besser aus, nicht mehr so spitz und zerbrechlich, und ihre Haut war selbst im gnadenlosen klaren Morgenlicht so glatt und fein wie Porzellan.

»Und wie geht es Lucy?« fragte er, während Gemma, die sich neben ihn gesetzt hatte, ihr Heft herauszog.

Claire Gilbert lächelte. »Als ich heute morgen nach ihr gesehen habe, lag der Hund wohlig ausgestreckt auf ihrem Bett. Sie hat sich nicht einmal gerührt, als ich ihn mit hinausgenommen habe. Ich habe aber auch gestern abend nicht lockergelassen, bis sie ein Beruhigungsmittel genommen hatte. Sie kann so störrisch sein wie ein Esel, auch wenn man ihr das gar nicht ansieht, und kann es nicht zugeben, wenn sie am Ende ihrer Kräfte ist.«

»Ein bißchen wie die Mama, nicht wahr?« meinte Will mit

einer Vertraulichkeit, die Gemma, eingeschüchtert durch Claire Gilberts ziemlich förmliches Verhalten, niemals gewagt hätte. Sie erinnerte sich an Claire Gilberts Beunruhigung am vergangenen Abend, als sie bemerkt hatte, daß Will das Zimmer verlassen hatte, und staunte über seine Fähigkeit, in so kurzer Zeit eine solche Beziehung zu schaffen.

Claire Gilbert lächelte. »Vielleicht haben Sie recht. So zielstrebig wie Lucy war ich allerdings nie. Ich habe mich irgendwie durch die Schule geschwindelt, obwohl ich es sicher besser hätte machen können, wenn ich gewußt hätte, was ich will. Puppen und Mutter und Vater . . .« fügte sie leise hinzu und blickte wieder in den Garten hinaus.

»Bitte?« sagte Gemma, die nicht wußte, ob sie richtig gehört hatte. Claire Gilbert sah sie mit einem entschuldigenden Lächeln an. »Ich war eines von den kleinen Mädchen, die am liebsten mit ihren Puppen Vater und Mutter spielten«, erklärte sie. »Ich war immer überzeugt, Ehe und Familie seien das einzig Wichtige im Leben, und meine Eltern, besonders meine Mutter, haben mich darin bestärkt. Aber Lucy – Lucy wollte immer schon Schriftstellerin werden, seit sie sechs Jahre alt war. Sie hat sich in der Schule immer große Mühe gegeben, und jetzt bereitet sie sich auf die Vorprüfungen für den Abschluß vor, die im Frühjahr abgehalten werden.«

Will beugte sich vor, und Gemma bemerkte beiläufig, daß der Tweed seines Jacketts an den Ellbogen fast durch war. »Geht sie auf die Gesamtschule hier im Ort?« fragte er.

»O nein«, antwortete Claire Gilbert rasch, schien dann jedoch einen Moment zu zögern. »Sie geht auf die Duke of York Schule, das ist ein Internat, das sie als externe Schülerin besucht. Ich muß heute noch irgendwann den Direktor anrufen und ihm erklären, was passiert ist.« Bei dem Gedanken schien tiefe Erschöpfung sie zu erfassen. Ihre Lippen zitterten, und flüchtig drückte sie eine Hand auf ihren Mund. »Ich bilde mir ein, ich schaffe das alles ganz gut, bis ich irgend jemandem Bescheid sagen muß. Dann . . .«

»Gibt es denn niemanden, der diese Anrufe für Sie erledigen kann?« fragte Gemma.

»Nein.« Claire Gilbert straffte die Schultern. »Lucy will ich das nicht aufbürden. Die Situation ist für sie auch so schwierig genug. Und sonst gibt es niemanden. Alastair und ich waren beide Einzelkinder. Meine Eltern sind tot, und der Vater meines Mannes ebenfalls. Bei seiner Mutter war ich schon, ich bin gleich heute morgen hingefahren. Sie ist in einem Pflegeheim in der Nähe von Dorking.«

Gemma war voller Teilnahme. Es war sicher nicht leicht gewesen, einer alten Frau sagen zu müssen, daß ihr einziger Sohn ermordet worden war, und doch hatte Claire Gilbert sofort das Notwendige getan, und ganz allein. »Das tut mir leid. Das muß sehr schwer gewesen sein für Sie.«

Claire Gilbert starrte wieder zum Fenster hinaus. Im Widerschein des Lichts zogen sich ihre Pupillen zu kleinen Punkten zusammen, und die Iris ihrer Augen bekam einen goldenen Glanz wie die einer Katze. »Sie ist fünfundachtzig und körperlich schon recht gebrechlich, aber geistig ist sie hellwach. Mein Mann war immer sehr gut zu ihr.«

In der Stille, die folgte, hörten sie Lewis blaffen, kurz und freudig, und danach erscholl ein freundlich gutmütiger Zuruf von Kincaid. Claire Gilbert fuhr ein wenig zusammen. »Entschuldigen Sie«, sagte sie, den Blick wieder auf Gemma und Will richtend. »Wo waren wir?«

»Vielleicht könnten Sie uns noch einmal erzählen, wie Sie den gestrigen Nachmittag und Abend verbracht haben«, meinte Gemma und schraubte ihren Füller auf. Sie wartete, doch Claire Gilbert schien verwirrt.

»Entschuldigen Sie«, sagte sie wieder. »Ich verstehe Sie nicht ganz.«

»Sie sagten, Sie und Lucy seien beim Einkaufen gewesen«, erinnerte Gemma. »Wo genau waren Sie da?«

»Aber was spielt denn das . . .« Claire Gilberts Protest erstarb, als sie Will ansah.

Er schüttelte leicht den Kopf. »Woher sollen wir in diesem Stadium wissen, was wichtig ist und was nicht? Eine Kleinigkeit, irgend etwas, das jemand gesagt hat, irgend etwas, was Sie gesehen haben, könnte das Verbindungsglied sein, das alles zusammenhält. Haben Sie also bitte Geduld mit uns.«

Nach einem kurzen Schweigen sagte Claire Gilbert: »Na schön, ich will es versuchen.« Sie lehnte sich im Sofa zurück. »Wir sind ungefähr um halb fünf zu Hause weggegangen und nach Guildford gefahren. Lucy ist gefahren – sie hat erst seit ein paar Monaten den Führerschein und möchte natürlich jede Gelegenheit zum Üben nutzen. Wir haben den Wagen auf dem Parkplatz in der Bedford Road stehengelassen und sind über die Fußgängerbrücke ins Friary gegangen.«

»Das ist ein Einkaufszentrum«, erklärte Will Gemma. »Sehr edel.«

Claire Gilbert lächelte ein wenig über Wills Beschreibung. »Ja, das ist wahrscheinlich richtig, aber ich muß zugeben, daß es mir gefällt. Es hat seine Vorteile, im Trocknen bummeln zu können.« Ihr Lächeln erlosch, als sie in ihrem Bericht fortfuhr. »Lucy wollte sich bei Waterstone ein Buch besorgen – ich glaube, irgend was von Hardy, für ihre Prüfung. Danach . . .«. Sie rieb sich die Stirn und blickte einen Moment zum Fenster hinaus. Gemma und Will warteten geduldig, bis sie mit einem leichten Seufzen den Faden wiederaufnahm. »Wir haben in einem Fachgeschäft Kaffee gekauft, dann bei C & A ein Duschgel. Danach sind wir eine Weile herumgebummelt und haben uns dann ins Restaurant im Innenhof gesetzt, um Tee zu trinken. Mir fällt jetzt einfach der Name des Restaurants nicht ein. Es ist absurd. Ich habe richtige Gedächtnislücken. Die alltäglichsten Dinge fallen mir plötzlich nicht mehr ein. Ich weiß noch, als . . .« Claire Gilbert hielt abrupt inne und schüttelte heftig den Kopf. »Das gehört nicht hierher. Das spielt jetzt keine Rolle. Vom Einkaufszentrum aus sind Lucy und ich zur High Street gegangen und haben bei Sainsbury's ein paar Sachen für das Abendessen eingekauft. Als wir alles hatten und nach Hause gefahren sind, war es fast halb acht.«

Gemma schrieb eilig, bis sie alles auf dem Papier hatte, aber ehe sie eine Frage stellen konnte, begann Claire Gilbert wieder zu sprechen. »Muß ich . . . das, was dann kam . . . muß ich das noch einmal wiederholen?« Sie hob die Hand zum Hals, und Gemma sah das leichte Zittern ihrer Finger. Sie hatte kleine, feingliedrige Hände, schlanke Finger, deren Nägel sehr kurz waren.

»Nein, Mrs. Gilbert, im Moment nicht«, antwortete Gemma ein wenig zerstreut, während sie in ihren Aufzeichnungen zurückblätterte. Als sie zum Beginn des Gesprächs kam, hielt sie inne und sah Claire Gilbert an. »Aber berichten Sie uns über den früheren Teil des Nachmittags. Sie haben uns nicht gesagt, was Sie getan haben, bevor Sie nach Guildford gefahren sind.«

»Ich war arbeiten«, sagte Claire Gilbert mit einem Anflug von Ungeduld. »Ich war gerade erst ein paar Minuten zu Hause, als Lucy von der Schule kam – o Gott!« Sie schlug eine Hand auf ihren Mund. »Ich habe Malcolm noch gar nicht angerufen! Wie konnte ich das nur vergessen?«

»Malcolm?« Will zog eine Augenbraue hoch.

»Malcolm Reid.« Claire Gilbert stand auf und trat zum Fenster. Dort blieb sie stehen, ihnen den Rücken zugewandt. »Es ist sein Geschäft – seine Firma – und ich arbeite in dem Geschäft. Aber ich mache auch Beratungen.«

Gemma drehte sich auf dem Sofa und musterte mit zusammengekniffenen Augen Claire Gilberts vom Licht umflossene Silhouette. »Beratungen?« Sie hatte überhaupt nicht daran gedacht, daß Claire Gilbert berufstätig sein könnte; hatte sie automatisch in die Kategorie der verwöhnten Hausfrau eingereiht, deren anstrengendste Pflicht darin bestand, an den Treffen des Frauenvereins zur Förderung von Kunst und Kultur in ländlichen Gegenden teilzunehmen. Jetzt machte sie sich Vorwürfe wegen ihrer Nachlässigkeit. Vorgefaßte Meinungen waren bei der Ermittlungsarbeit gefährlich – und ein Zeichen dafür, daß sie mit ihren Gedanken nicht bei ihrer Arbeit war.

»Was ist das für eine Firma?« fragte sie, fest entschlossen, Claire Gilbert ihre ungeteilte Aufmerksamkeit zu widmen.

»Innenausstattung. Das Geschäft ist in Shere – es heißt Küchenkonzepte, aber wir beschränken uns nicht nur auf Kücheneinrichtungen.« Claire Gilbert sah auf ihre Uhr und runzelte die Stirn. »Es ist erst kurz vor neun – Malcolm wird mich noch nicht vermißt haben.« Ihr glattes helles Haar glänzte im Licht auf, als sie den Kopf schüttelte, und als sie sprach, schwankte ihre Stimme zum erstenmal. »Ich habe von dem Moment an, als ich heute morgen aufgewacht bin, nur daran gedacht, daß ich Gwen Bescheid sagen muß, und als ich das geschafft hatte – was bin ich doch für ein Dussel . . .« Sie brach ab und lachte plötzlich. »Gott, wann hat man diesen Ausdruck das letztemal gehört? Meine Mutter hat ihn immer gebraucht.« Ihr Lachen brach unvermittelt ab, und sie räusperte sich.

Will hatte Claire Gilberts Flucht zum Fenster genutzt, um aufzustehen und sich im Wintergarten umzusehen. Er war zu einer Kommode hinübergegangen, die an der hinteren Wand stand, und betrachtete eine Sammlung von Muscheln. »Sie dürfen nicht zu hart zu sich selbst sein«, sagte er, sich nach Claire Gilbert umdrehend. »Sie können nach diesem Schock nicht von sich verlangen, einfach so weiterzumachen, als wäre nichts geschehen.«

»Das sind Lucys.« Claire Gilbert trat neben ihn und nahm eine kleine grün-rot gefleckte Muschel. Sie drehte sie langsam in ihren Händen. »Sie hatte als Kind ein Buch über das Meer, das sie sehr geliebt hat, und seitdem sammelt sie Muscheln.« Sie legte die Muschel wieder an ihren Platz und schüttelte den Kopf, als wollte sie ihn freimachen. »Ich denke ständig, daß mein Mann von mir erwarten würde, daß ich vernünftig mit der Situation umgehe, und dann fällt mir ein . . .« Ihre Stimme verklang. Den Blick auf die Muscheln gerichtet, stand sie mit schlaff herabhängenden Armen vor der Kommode. Dann schien sie sich mit aller Kraft zusammenzunehmen, drehte sich herum und lächelte. »Ich sollte Malcolm anrufen. Der Laden macht um halb zehn auf, und ich möchte nicht, daß er es von Fremden erfährt.«

Gemma gab nach. »Ich danke Ihnen, Mrs. Gilbert.« Sie schob ihr Heft in ihre Tasche und stand auf. »Sie haben uns sehr geholfen. Wir brauchen Sie jetzt nicht weiter zu stören.« Die Standardwendungen flossen ihr ganz von selbst über die Lippen, während sie sich im stillen aufgebracht fragte, wo eigentlich Kincaid geblieben war und was er die ganze Zeit im Garten zu suchen hatte. Claire Gilbert begleitete sie zur Tür, und als Gemma in den Flur hinaustrat, blieb Will stehen und machte eine leise Bemerkung zu Claire Gilbert, die Gemma nicht mitbekam.

Der Mann von der Spurensicherung hatte seine Sachen gepackt und war gegangen. Nur das Puder, das er überall in der Küche zurückgelassen hatte, verdarb den Eindruck, daß das Leben im Haus der Gilberts ab sofort wieder seinen normalen Gang gehen würde. Das Licht, das durch das Erkerfenster fiel, war kräftiger geworden, glitzernd tanzten die Staubkörnchen in seinem Strahl. Gemma trat zum Fenster und sah in den Garten hinaus – von Kincaid war keine Spur zu sehen.

»Und was jetzt?« fragte Will, als er aus dem Flur hereinkam. »Wo ist denn unser Chef abgeblieben?«

Gemma war heilfroh, daß sie die bissige Antwort, die ihr auf der Zunge lag, zurückgehalten hatte; genau in diesem Augenblick nämlich kam Kincaid durch die Hintertür und fragte mit strahlendem Lächeln: »Warten Sie auf mich? Tut mir leid. Ich hab' mich im Geräteschuppen verfranzt.« Er wischte sich einen Schmutzfleck von der Stirn und versuchte ohne viel Erfolg, die Spinnweben von seinem Jackett zu entfernen. »Wie haben Sie . . .«

»Hat der Hund Ihnen geholfen?« unterbrach Gemma und wünschte sofort, als sie den ätzenden Sarkasmus in ihrer Stimme hörte, sie könnte die Worte ungesagt machen. Beschämt setzte sie zu einer Entschuldigung, einer Erklärung an, als sie plötzlich den Hammer sah, den er in der linken Hand hielt.

Die Tür zum Korridor flog auf, und Claire Gilbert kam wie von Furien gehetzt in die Küche gelaufen. »Malcolm hat mir eben gesagt, daß sich schon alles herumgesprochen hat«, sagte sie atemlos und blickte verzweifelt von einem zum anderen. »Die Leute reden, und Reporter waren auch schon im Laden. Sie sind auf dem Weg hierher. Die Reporter kommen hierher . . .« Ihr Blick flog zu Kincaid, ihr vor Erregung gerötetes Gesicht wurde plötzlich leichenblaß, und sie brach zusammen.

4

Will Darling bewegte sich mit einer, bei einem so großen und kräftigen Mann überraschenden Geschwindigkeit. Er schaffte es, bei Claire Gilbert zu sein, ehe sie mit dem Kopf auf den Boden schlug, und jetzt kniete er neben ihr, hielt ihren Kopf und ihre Schultern an seine Knie gestützt. Als Gemma und Kincaid sich besorgt über sie beugten, flatterten ihre Augenlider, und sie bewegte den Kopf hin und her. »Entschuldigen Sie«, sagte sie. »Ich weiß gar nicht, was da passiert ist.«

Sie wollte sich aufsetzen, aber Will hielt sie behutsam zurück.

»Lassen Sie den Kopf noch ein Weilchen unten. Entspannen Sie sich einfach. Ist Ihnen immer noch schwindlig?« Als sie den Kopf schüttelte, hob er sie ein wenig an. »Wir machen es Schritt für Schritt«, erklärte er, während er sie langsam aufrichtete, bis sie saß, und ihr dann auf einen der Stühle in der Frühstücksnische half.

»Es tut mir wirklich leid«, sagte Claire Gilbert. »So etwas Albernes!« Sie rieb sich das Gesicht mit zitternden Händen, blieb aber, obwohl ihre Wangen ein klein wenig Farbe bekommen hatten, unnatürlich bleich.

Kincaid zog einen Stuhl vom Tisch weg und setzte sich ihr gegenüber. »Ich habe Sie doch nicht damit erschreckt?« Er wies auf den Hammer, den er auf die Arbeitsplatte gelegt hatte. Die Haare zerzaust von seinen Bemühungen, sie von Spinnweben zu befreien, und die Augen voll teilnahmsvoller Besorgnis, sah er trügerisch harmlos und gutmütig aus, und Claire Gilbert tat Gemma plötzlich leid. »Es ist nur der alte Hammer aus Ihrem Geräteschuppen«, fügte er mit einem kleinen Lächeln hinzu.

»Sie glauben doch nicht – daß mein Mann damit . . .« Claire Gilbert fröstelte und schlang beide Arme fest um ihren Oberkörper.

»Nach der Staubschicht zu urteilen, würde ich sagen, daß den Hammer seit Monaten niemand mehr in der Hand gehabt hat, aber wir müssen sicherheitshalber ein paar Untersuchungen vornehmen.«

Claire Gilbert schloß die Augen und holte einmal tief Atem. Tränen quollen unter ihren geschlossenen Lidern hervor, als sie zu sprechen begann. »Ja, er hat mich erschreckt. Ich weiß nicht, warum. Gestern abend haben mich die Polizeibeamten immer wieder gefragt, ob ich wüßte, womit – ob irgend etwas im Haus verschwunden sei, aber ich konnte gar keinen klaren Gedanken fassen. An den Geräteschuppen habe ich überhaupt nicht gedacht . . .«

Gemma, die miterlebt hatte, wie Claire Gilbert trotz Schock und Erschöpfung die Kontrolle bewahrt hatte, war erstaunt über ihre jetzige Fassungslosigkeit, aber sie glaubte, den Grund dafür zu verstehen. Trotz der direkten Konfrontation mit den blutigen Tatsachen hatte Claire Gilbert sich nicht vorstellen wollen, was ihrem Mann geschehen war. Sie war den Phantasien ausgewichen, bis der Blick auf den Hammer, dieses konkrete Werkzeug möglicher Gewalt, sie gezwungen hatte, ihnen ins Gesicht zu sehen.

»Mrs. Gilbert«, begann Gemma in dem Wunsch zu trösten, »machen Sie sich keine . . .«

»Bitte nennen Sie mich nicht dauernd so«, unterbrach Claire Gilbert mit unerwarteter Heftigkeit. »Ich heiße Claire.« Dann schlug sie unterdrückt schluchzend die Hände vor ihr Gesicht.

Mit einem warnenden Kopfschütteln sagte Will fast lautlos: »Lassen Sie sie weinen.« Er ging zum Kühlschrank, kramte einen Moment darin herum und stellte Brot, Butter und Orangenmarmelade heraus. Er schob zwei Scheiben Brot in den Toaster, nahm einen Teller und Besteck aus dem Schrank, und als Claires Tränen versiegten, hatte er schon schnell und geschickt ein verspätetes Frühstück angerichtet.

»Sie können doch nicht nur von Tee leben«, sagte er vorwurfsvoll. »Sie müssen essen. Gestern abend haben Sie Ihr Essen auch kaum angerührt. Aber so können Sie nicht weitermachen und dann auch noch erwarten, daß Sie mit allem, was jetzt über Sie hereinbricht, spielend fertigwerden.« Beim Sprechen bestrich er einen Toast mit Butter und Marmelade und reichte ihn Claire.

Gehorsam biß sie ein kleines Stück ab. Will setzte sich neben sie und beobachtete sie so aufmerksam, daß Gemma beinahe zu hören glaubte, wie er sie zu essen drängte.

Nach einer kleinen Weile stand Kincaid auf und bedeutete Gemma mit einer Kopfbewegung, mit ihm in den Garten hinauszugehen. Sie folgte ihm mit einem Schritt Abstand durch den schmalen Vorraum, sorgfältig darauf bedacht, ihn nicht zu berühren, entschlossen, den schwachen Duft seiner Seife, seines Rasierwassers, seiner Haut nicht wahrzunehmen. Aber sie konnte nicht umhin zu sehen, daß er einen frischen Haarschnitt brauchte – er hatte es vergessen wie so oft, und das kastanienbraune Haar berührte fast schon den Rand seines Kragens.

Plötzlicher Zorn sprang in ihr auf, als hätten es diese widerspenstigen Härchen darauf angelegt, sie zu ärgern, und als sie den Garten erreicht hatten, fuhr sie ihn, völlig irrational, gereizt an: »Mußten Sie Claire Gilbert so aus der Fassung bringen? Die arme Frau hat doch weiß Gott schon genug durchgemacht. Da könnten wir wenigstens . . .«

»Da könnten wir wenigstens versuchen herauszubekommen, wer ihren Mann getötet hat«, unterbrach er sie scharf. »Und das heißt, daß wir jede Möglichkeit in Betracht ziehen müssen, ganz gleich, wie weit hergeholt sie erscheint. Und woher hätte ich denn wissen sollen, daß der Anblick eines simplen Hammers sie gleich zu Boden strecken würde?« fügte er gekränkt hinzu. »Oder sollte vielleicht der Anblick meines Gesichts schuld gewesen sein?« Er versuchte, sie mit einem Lächeln zu besänftigen, aber als sie ihn nur weiterhin finster anstarrte, sagte er verärgert: »Was zum Teufel ist eigentlich los mit Ihnen, Gemma?«

Einen Moment lang maßen sie einander schweigend. Wie kann ein Mensch nur eine so dumme Frage stellen, dachte sie und wurde sich im selben Augenblick bewußt, daß sie ja selbst die Antwort auf diese Frage nicht wußte. Das einzige, was sie in dem Aufruhr ihrer Gefühle klar erkennen konnte, war ihr Wunsch, ihre Verwirrung möge sich endlich auflösen, ihre Welt ihre alte Ordnung wiederfinden. Sie wünschte, es würde alles wieder so sein, wie es gewesen war, sicher und vertraut, aber sie wußte nicht, wie sie das bewirken sollte.

Ohne ein Wort wandte sie sich ab und ging über den Rasen

zum Hundezwinger. Lewis begrüßte sie mit freudigem Schwanzwedeln, und durch den Maschendraht hindurch streichelte sie seine Schnauze.

Hinter sich hörte sie Kincaids Stimme, ganz neutral jetzt. »Und haben Sie vergessen, daß der Ehepartner immer der Hauptverdächtige ist?«

»Es gibt keinerlei Indizien«, entgegnete Gemma. »Und außerdem hat sie ein Alibi.«

»Ja, das ist leider nur zu wahr. Wer ist übrigens dieser Malcolm, von dem sie vorhin gesprochen hat?« Als Gemma es ihm erklärt hatte, überlegte er kurz und sagte dann: »Am gescheitesten teilen wir uns die Arbeit für den Rest des Tages. Sie und Will hören sich in Guildford um; ich warte hier auf Deveney, und dann reden wir vielleicht ein Wörtchen mit Malcolm Reid, ehe wir uns die Leute im Dorf vornehmen.« Er wartete. Als sie nichts sagte, sich nicht einmal herumdrehte, fügte er hinzu: »Wir lassen einen Beamten am Tor, bis der Tumult sich gelegt hat, dann braucht Claire Gilbert sich nicht mit der Presse herumzuschlagen, es sei denn, sie geht aus dem Haus. Ich hoffe, das ist Ihnen eine Beruhigung«, sagte er abschließend in einem Ton, aus dem er den Sarkasmus nicht ganz heraushalten konnte. Dann ging er davon.

Innerlich kochend vor Empörung saß Gemma neben Will im Wagen. Was bildete sich Duncan Kincaid eigentlich ein? Wie kam er dazu, sie herumzukommandieren wie eine kleine Anfängerin? Er hatte nichts mit ihr besprochen, hatte sie nicht um ihre Meinung gefragt, und als eine feine Stimme sie mahnend darauf aufmerksam machte, daß sie ihm dazu vielleicht gar keine Gelegenheit geboten hatte, sagte sie laut und heftig: »Ach, halt die Klappe.«

»Bitte?« Will, der am Steuer saß, drehte kurz den Kopf, um ihr einen verblüfften Blick zuzuwerfen.

»Ach, ich hab nicht Sie gemeint, Will. Ich hab nur laut gedacht.«

»Das war aber kein sehr erfreuliches Gespräch, das Sie da geführt haben«, stellte er leicht erheitert fest. »Wollen Sie nicht einen Dritten beteiligen?«

»Ich glaube, Sie bürden sich schon genug auf, um sich auch noch um meine Probleme zu kümmern«, antwortete Gemma, die gern das Thema wechseln wollte. »Wie machen Sie das nur, Will? Wie können Sie objektiv bleiben, wenn Sie so sehr mit den Betroffenen fühlen?« Sie hatte gar nicht die Absicht gehabt, es so offen anzusprechen, aber seine ruhige Freundlichkeit verleitete dazu, die Vorsicht zu vergessen. Hoffend, daß sie ihm nicht zu nahe getreten war, warf sie ihm einen schnellen Blick zu. Er sah sie an und lächelte.

»Oh, ich habe überhaupt keine Schwierigkeiten, objektiv zu bleiben, wenn ich Beweise dafür habe, daß jemand etwas Unrechtes getan hat. Aber solange das nicht der Fall ist, sehe ich keinen Grund, andere nicht so menschlich und rücksichtsvoll wie möglich zu behandeln, besonders wenn sie so Schlimmes durchgemacht haben wie Claire Gilbert und ihre Tochter.« Wieder sah er sie flüchtig an und fügte hinzu: »So bin ich erzogen worden. Tut mir leid, ich wollte Ihnen keinen Vortrag halten. Meine Eltern haben sich ihr Leben lang unerschütterlich an die goldenen Sittenregel der Bibel gehalten, obwohl die ja heutzutage bei den Leuten nicht mehr viel gilt.«

Danach hielt er seine Aufmerksamkeit fest auf die Straße gerichtet, da sie mittlerweile die A25 erreicht hatten, auf der um dieser Morgenstunde starker Verkehr war.

Gemma betrachtete ihn neugierig. Sie hatte selten erlebt, daß Männer freimütig von ihren Eltern sprachen. Rob hatte sich der seinen geschämt – kleine Handwerker mit ungeschliffener Sprache –, und sie war entsetzt und wütend gewesen, als sie einmal mitangehört hatte, wie er jemandem erzählte, sie wären tot.

»Will – Sie haben heute morgen gesagt, die Kathedrale habe immer eine besondere Bedeutung für Sie *gehabt,* und eben haben Sie in der Vergangenheit von Ihren Eltern gesprochen – sind sie tot?«

Will überholte einen klapprigen alten Lastwagen, ehe er antwortete. »Seit zwei Jahren, Weihnachten.«

»Ein Unfall?«

»Sie waren krank«, sagte er. Dann fügte er mit einem Lächeln hinzu: »Erzählen Sie mir etwas von Ihrer Familie, Gemma. Der Plastikschlüsselbund in Ihrer Tasche ist ja unübersehbar.«

»Sehr professionell von mir, hm? Aber wenn ich die nicht immer zur Hand habe, verliert mir Toby die richtigen.« Und schon war sie mittendrin in einem Bericht über Tobys letzte Eskapaden.

Das Foto zeigte Claire und Lucy. Arm in Arm lachten sie in die Kamera. Die Kulisse im Hintergrund sah aus wie der Pier in Brighton. Gemma hatte sich die Aufnahme, die auf der Kommode im Wintergarten gestanden hatte, ausgeliehen. Der pikkelgesichtige junge Verkäufer bei Waterstone studierte es aufmerksam, dann warf er sein Haar zurück und sah Gemma und Will mit wachem, intelligentem Blick an. »Hübsches Mädchen. Sie hat *Jude, der Unberühmte* gekauft. Leider war sie nicht sehr gesprächig.«

»Sie meinen doch die Tochter?« fragte Gemma eine Spur ungeduldig.

»Die jüngere, ja. Obwohl die andere auch nicht übel ist«, fügte er mit einem weiteren taxierenden Blick auf das Foto hinzu.

»Und Sie sind ganz sicher, daß Sie nicht beide gesehen haben?« Gemma, die Angst hatte, daß er das Foto voller Fingerabdrücke machen würde, hätte ihm die Aufnahme am liebsten aus der Hand gerissen.

Er neigte den Kopf zur Seite und sah sie mit skeptischer Miene an. »Beschwören kann ich's natürlich nicht. Es war ziemlich viel los gestern nachmittag, und ich hätte mich vielleicht nicht mal an sie erinnert«, er tippte auf das Abbild von Lucy, »wenn sie nicht an die Kasse gekommen wäre.« Mit einem übertriebenen kleinen Seufzer des Bedauerns reichte er Gemma das Foto zurück.

Will, der mit mäßigem Interesse ein Buch auf dem Verkaufstisch durchgeblättert hatte, sah auf. »Um welche Zeit war das?«

Einen Moment lang vergaß der junge Mann seine Pose, während er überlegte. »Nach vier. Um vier mach ich nämlich immer eine Pause, und ich weiß, daß die schon vorbei war, als die Kleine hier war. Genauer kann ich's nicht sagen.«

»Danke«, sagte Gemma und bemühte sich, nicht ironisch zu klingen, und Will gab ihm eine Karte mit der üblichen Bitte, der junge Mann solle sich melden, falls ihm noch etwas einfiele.

»Trottel«, bemerkte Gemma mit gesenkter Stimme, als sie aus der Buchhandlung gingen.

»Sehr menschenfreundlich sind Sie heute morgen nicht, hm?« meinte Will. »Ihr kleiner Sohn wird in ein paar Jahren genauso sein.«

»Um Gottes willen«, sagte Gemma, die den scherzhaften Unterton gehört hatte, mit einem Lachen. »Da kann er was erleben. Ich hasse Männer, die jede Frau anschauen, als würden sie sie am liebsten gleich ausziehen.«

Doch im Lauf ihrer Erkundigungen bei den anderen Geschäften auf ihrer Liste begann sie den pickligen Jüngling mit freundlicheren Augen zu sehen. Niemand sonst nämlich konnte sich erinnern, Claire Gilbert oder Lucy oder beide zusammen gesehen zu haben.

»Na, wenigstens haben wir's warm und trocken, das ist doch immerhin etwas«, tröstete Will und lenkte einen Moment Gemmas Aufmerksamkeit vom Schaufenster einer schicken kleinen Boutique ab. Sie hatten den Wagen auf dem Parkplatz in der Bedford Road stehen gelassen, genau wie am Vortag Claire Gilbert, und waren über die Onslow Street ins Einkaufszentrum hinübergegangen, als draußen die ersten windgepeitschten Regentropfen fielen.

»Hm«, antwortete sie, den Blick schon wieder auf das Kleid im Fenster gerichtet. Es war kurz und schmal und schwarz, die Art Kleid, die sie nie kaufte, weil sie nie Gelegenheit hatte, so etwas zu tragen.

»Tolles Kleid. Das würde Ihnen bestimmt prima stehen.« Will musterte sie, und sie wurde sich plötzlich bewußt, wie langweilig ihre Hose und ihr Jackett wirkten. »Wann haben Sie sich das letztemal was gekauft, was Sie nicht für die Arbeit gebraucht haben?«

Gemma runzelte die Stirn. »Keine Ahnung. So ein Kleid hab ich sowieso noch nie gehabt.«

»Dann kaufen Sie es sich doch. Na los«, drängte Will. »Tun Sie sich was Gutes. Gehen Sie rein und probieren Sie es an. Ich ruf inzwischen mal auf der Dienststelle an.«

»Sie haben einen schlechten Einfluß auf mich, Will. Ich kann mir so was gar nicht leisten. Ich sollte lieber . . .« Sie grummelte immer noch vor sich hin, als Will ihr zuwinkte und in Richtung einer Telefonzelle davonging. Ohne Publikum hatten die Selbstvorwürfe nicht mehr viel Sinn, und Will hatte ja völlig recht. Sie kaufte immer praktische Sachen, von guter Qualität, neutral, so daß sie sie kombinieren konnte, konservativ, um im Amt nicht als wilde Hummel angesehen zu werden – und sie hatte plötzlich die Nase voll davon. Kurzentschlossen trat sie in den Laden.

Als sie wieder herauskam, kam sie sich mindestens ein Jahrzehnt älter – die flotte junge Verkäuferin war grauenvoll gönnerhaft gewesen – und schrecklich leichtsinnig vor. Sie hielt Will die Einkaufstüte unter die Nase und sagte anklagend: »Ich kann doch nicht mit der Einkaufstüte in der Hand rumlaufen und die Leute vernehmen.«

»Rollen Sie sie zusammen und stecken Sie sie in Ihre Tasche.« Will machte es ihr vor. »In dem Ding können Sie ja die Einkäufe für eine ganze Woche verstauen. Mich wundert's sowieso, daß ihr Frauen nicht alle schon völlig schief seid, wo ihr tagaus tagein diese Riesenbeutel rumschleppt.« Er sah auf seine Uhr. »Wir müssen noch zu Sainsbury's, aber jetzt hab' ich erstmal einen Bärenhunger. Kommen Sie, gehen wir schnell was essen. Vielleicht hört inzwischen der Regen auf.«

Nach einigem Hin und Her einigten sie sich auf Fish-and-Chip-Imbiß im Innenhof und trugen ihre Tabletts zu einem der Plastiktische. Will machte sich mit Appetit über sein Essen her, aber Gemma hatte schon beim ersten fetttriefenden Bissen das Gefühl, sich übergeben zu müssen. Sie schob das Tablett weg, und als Will mit gerunzelter Stirn aufsah, schnauzte sie gereizt: »Halten Sie mir jetzt bloß keinen Vortrag, Will. Ich hab' keinen Hunger. Und ich hasse verkochte Erbsen.« Angewidert stocherte sie mit ihrer Plastikgabel auf dem Teller herum.

Als er ohne ein Wort sich wieder über seinen Teller neigte, schämte sich Gemma. »Entschuldigen Sie, Will. Ich bin sonst gar nicht so. Wirklich. Es muß mit diesem Fall zu tun haben. Ich sitze wie auf Kohlen. Und wenn die Presse erst von der Sache Wind bekommt, wird es noch schlimmer.«

»So empfindlich sind Sie, hm?« meinte Will, während er Fisch und Erbsen auf seine Gabel lud und dann noch eine Fritte dazugab. »Aber nervös müßten doch eigentlich unsere beiden Chefs sein. Wenn der Fall für die Oberen nicht schnell genug geklärt wird, könnten schon ein paar Köpfe rollen. Ich möchte jedenfalls nicht in Kincaids oder Deveneys Schuhen stecken. Da lauf' ich mir lieber jeden Tag im strömenden Regen die Hacken ab.« Er lächelte, und sie fühlte sich in Gnaden wiederaufgenommen.

Als er seinen Teller von sich wegschob, sagte sie: »Also dann, zu Sainsbury's?«

»Und hinterher fahren wir auf der Dienststelle vorbei, und ich mach' Sie mit den Kollegen bekannt.«

Weder der Verkäufer in der Delikatessenabteilung noch das Mädchen an der Kasse bei Sainsbury's waren im geringsten hilfreich. Gemma und Will waren ziemlich entmutigt, als sie wieder auf die Straße traten, aber wenigstens war Wills Wunsch in Erfüllung gegangen, und es hatte zu regnen aufgehört. Die Bürgersteige waren von Menschen bevölkert, die Einkäufe machten, und am Fuß der steil abfallenden Straße konnte Gemma die zarten Farben der Bäume sehen, die die Flußufer säumten.

»Sie müssen die Stadt bei freundlicherem Wetter sehen«, bemerkte Will. »Sie ist wirklich hübsch, wenn die Sonne scheint, und im Schloß ist ein erstklassiges Museum.«

»Sie haben schon wieder meine Gedanken gelesen, Will.« Gemma wich einer Frau mit Regenschirm aus. »Ich finde die Stadt sogar bei Regen hübsch. Es muß schön sein, in so einem Ort aufzuwachsen.« Sie dachte an Toby, der gerade erst anfing, in den Straßen Londons seinen Mann zu stehen.

»Aber ich bin nicht hier aufgewachsen – jedenfalls nicht in Guildford selbst. Wir haben in einem Dorf in der Nähe von Godalming gewohnt. Ich bin ein Bauernjunge – sieht man mir das nicht an?« Er hielt wie zum Beweis seine große, breite Hand hoch. »Sehen Sie die vielen Narben? Ein kleiner Zusammenstoß mit der Heumaschine.« Er berührte eine helle Narbe, die seine Augenbraue durchschnitt. »Das war Stacheldraht. Meine Eltern haben einiges mit mir durchgemacht.«

»Sie waren ein Einzelkind«, vermutete Gemma.

»Ein spätes Geschenk, haben meine Eltern immer gesagt.«

Gemma hätte ihn gern gefragt, was aus dem Hof geworden

war, aber etwas in seinem Gesichtsausdruck hielt sie davon ab. Den Rest des Wegs bis zum Parkplatz legten sie schweigend zurück.

Sie hatte Will gebeten, sie direkt nach Holmbury St. Mary zurückzufahren, für den Fall, daß sie dort gebraucht werden, und kam sich albern vor, als der Constable am Tor sagte, Kincaid und Deveney seien noch nicht zurück und hätten sich auch nicht gemeldet, um eine Nachricht zu hinterlassen.

»Ich habe ein paar Anrufe zu erledigen«, erklärte sie Will. »Ich warte im Pub.« Mit einem Lächeln winkte sie ihm nach, als er davonfuhr, dann ging sie langsam über die Straße. Es regnete zwar nicht mehr, aber der Asphalt unter ihren Füßen war schmierig, und die Feuchtigkeit hing schwer in der Luft.

Im Pub roch es nach kaltem Zigarettenrauch. Es war keine Menschenseele zu sehen. Gemma wartete einige Minuten und wärmte sich die Hände am offenen Kamin, in dem noch die Asche vom Mittagsfeuer glühte. Ihr knurrte der Magen, und sie wurde sich plötzlich bewußt, daß sie völlig ausgehungert war. Ein anderer Tag in Surrey wurde lebendig, ein Tag, an dem sie und Kincaid im Garten einer Teestube gesessen hatten und später am Flußufer spazierengegangen waren.

Tränen brannten in ihren Augen. »Sei nicht so albern!« sagte sie laut und heftig zu sich selbst. Ihr fehlte nichts als eine Mütze voll Schlaf und ein Happen zu essen, sie sollte die Zeit, die sie jetzt für sich hatte, nutzen. Sie rieb sich energisch die Augen und ging zum Tresen, fand aber trotz intensiver Inspektion nicht einmal einen Beutel Chips. Oben, in ihrer Reisetasche hatte sie eine Packung Kekse – sie würde sich eben damit begnügen müssen.

Sie hatte sich auf bleiernen Füßen kaum die Hälfte der Treppe hinaufgeschleppt, als jemand von oben um die Ecke gesaust kam und direkt mit ihr zusammenprallte. Der Schlag gegen ihre rechte Schulter riß sie herum, sie verlor den Halt und setzte sich mit einem Plumps auf die Treppe.

»O Gott! Entschuldigen Sie. Ich hab' Sie gar nicht gesehen – haben Sie sich weh getan?« Der junge Mann mit dem schulterlangen blonden Haar sah mit ängstlicher Besorgnis zu ihr hinunter. Etwas unschlüssig, als wüßte er nicht, ob er ihr helfen oder sich besser vor ihrem Zorn schützen solle, hielt er ihr eine Hand entgegen.

»Ich habe Sie gestern nacht gesehen«, sagte sie, noch zu benommen, um etwas Angemesseneres hervorzubringen. »Als ich aus dem Bad gekommen bin.«

»Ich bin Geoff.« Er senkte die Hand und lächelte zaghaft. »Haben Sie sich auch wirklich nichts getan? Nein? Ich hatte keine Ahnung, daß jemand im Haus ist . . .« Er verdrehte die Augen und murmelte: »Brian wird mir den Kragen umdrehen.«

Gemma musterte ihn. Pulli und Jeans, dicke Wollsocken, aber keine Schuhe. Kein Wunder, daß sie ihn nicht gehört hatte. »Es ist alles in Ordnung«, sagte sie. »Ich hab ja selbst nicht aufgepaßt.« Das ovale Gesicht mit den klaren grauen Augen gefiel ihr. Der kleine Schnurrbart, der seine Oberlippe zierte, war kaum mehr als zarter Flaum, dennoch mußte er, schätzte Gemma, mindestens Mitte Zwanzig sein. An den Winkeln der grauen Augen hatten sich schon die ersten feinen Fältchen zusammengezogen, und die Kerben zwischen Mund und Nase verrieten, daß er die frühe Jugend hinter sich hatte.

Wieder begann ihr Magen zu knurren, so laut, daß auch er es hören konnte, und sie sagte lachend: »Wenn Sie mir verraten, wo ich hier was zu essen finden kann, verzeihe ich Ihnen auf der Stelle.«

»Kommen Sie mit in die Küche, dann mach ich Ihnen ein Brot«, sagte er bereitwillig.

»Wirklich? Aber – geht das denn so einfach?« fragte sie,

verwundert darüber, daß ein Gast sich hier solche Freiheiten erlauben konnte.

Einen Moment sah er sie verblüfft an, dann begriff er. »Ach so! Ich bin hier zu Hause. Das hätte ich Ihnen gleich sagen sollen. Ich bin Geoff Genovase – Brian ist mein Vater.«

Einen Moment sah sie ihn erstaunt an, dann rief sie: »So ist das! Natürlich! Das hätte ich eigentlich sehen müssen.« Jetzt, da sie es wußte, bemerkte sie die Ähnlichkeit in der Haltung seines Kopfes, im Mienenspiel seines Gesichts, wenn er lächelte. »Na, dann ist es sicher in Ordnung.«

Ein wenig unsicher folgte sie ihm in die Küche hinunter. Er ließ sie sich an einen kleinen Tisch setzen, der neben dem Gasherd eingezwängt war, öffnete dann den Kühlschrank und sah hinein. »Wie wär's mit Käse und Gewürzgurken? So ein Brot wollte ich mir selbst eben machen.«

»Wunderbar.« Während er die Zutaten aus dem Kühlschrank nahm, sah sie sich um. Die Küche war klein, aber professionell ausgestattet, vom Herd aus rostfreiem Stahl bis zur narbigen Arbeitsplatte.

Geoff schnitt den krümeligen Cheddar auf und richtete die Brote mit einer Routiniertheit, der man ansah, daß er es gewöhnt war, in der Küche auszuhelfen. Zwei Minuten später brachte er zwei Teller mit dicken Vollkornbroten an den Tisch.

»Greifen Sie zu«, forderte er sie auf. »Nur keine falsche Höflichkeit. Ich hab das Wasser schon aufgesetzt. Gleich gibt's Tee.«

Während Gemma in ihr Brot biß, füllte er eine braune Keramikkanne mit heißem Wasser, um sie vorzuwärmen. Sie zwang sich, langsam zu essen und gründlich zu kauen, und genoß die Geschmacksmischung aus der buttrigen Würzigkeit des Käses und der pikanten Schärfe der Gürkchen. Nach den ersten Bissen spürte sie, wie ihre Muskeln sich langsam entspannten.

Geoff goß das warme Wasser aus der Kanne und gab mehrere Löffel Tee hinein. Mit dem Rücken zu ihr sagte er: »Sie sind die Polizeibeamtin aus London, stimmt's? Brian hat mir erzählt, daß Sie gestern abend gekommen sind.« Er goß kochendes Wasser aus dem Kessel auf den Tee und trug dann die Kanne und zwei Becher zum Tisch. »Milch?«

Gemma nickte mit vollem Mund.

Er kehrte zum Kühlschrank zurück und nahm eine Literflasche Milch heraus. »Der Zucker steht auf dem Tisch«, sagte er und setzte sich auf den Stuhl ihr gegenüber.

»Haben Sie ihn gekannt?« fragte Gemma. »Commander Gilbert, meine ich.«

»Ja, natürlich. Hier kennt jeder jeden.« Sein Ton klang wegwerfend.

»Es ist wohl ziemlich langweilig, in so einem kleinen Dorf zu leben«, meinte Gemma, durch seinen Ton neugierig geworden. »Ich meine, hier gibt's doch sicher nicht viel zu erleben.«

Viele junge Leute blieben bei ihren Eltern im Haus, wenn sie keine Arbeit finden konnten – das war einfach eine wirtschaftliche Tatsache des Lebens. Nach der Trennung von Rob hatte es auch in ihrem Leben Zeiten gegeben, da sie gefürchtet hatte, sie würde mit Toby in der kleinen Wohnung ihrer Eltern über der Bäckerei unterkriechen müssen, und die Vorstellung war ihr entsetzlich gewesen.

Doch Geoff zuckte nur die Achseln und sagte: »Es geht schon.«

»Das Brot schmeckt köstlich«, sagte sie und spülte den letzten Bissen mit einem Schluck Tee hinunter. Als er sie mit einem erfreuten Lächeln ansah, fragte sie: »Und was tun Sie hier? Ich meine, was arbeiten Sie?«

Er schluckte hinunter, bevor er antwortete. »Ach, alles mögliche. Meistens helfe ich Brian hier im Pub.« Er stand auf und griff in den Hängeschrank über dem Herd. »Schauen Sie her.«

Er hielt eine Packung Kekse hoch. »Genau der richtige Nachtisch für uns.«

»Schokoplätzchen?« fragte Gemma mit einem Seufzer der Zufriedenheit. »Oh, und die einfachen. Das sind meine Lieblingsplätzchen.« Sie schälte einen Keks aus der Verpackung und knabberte an seinem Rand. Es war klar, daß Geoff über persönliche Dinge nicht sprechen wollte. Sie würde also auf das Allgemeine zurückgreifen. »Das mit dem Commander war doch sicher ein ziemlicher Schock für Sie. Waren Sie gestern abend hier?«

»Ich war in meinem Zimmer, aber Brian hat die Polizeiautos vorbeifahren sehen und die Sirenen gehört. Er hat mich runtergerufen an die Bar – es war Johns freier Abend – und ist gleich rübergelaufen. Aber sie haben ihn nicht durchgelassen. Sie haben ihm nur gesagt, es hätte einen Unfall gegeben. Er war ganz von der Rolle, als er zurückgekommen ist. Wir haben erst erfahren, daß es den Commander erwischt hat und nicht Lucy oder Claire, als Nick Deveney einen Constable rübergeschickt hat, um die Zimmer für Sie und Ihren Chef reservieren zu lassen.«

»Und das hat Sie erleichtert?« fragte Gemma und dachte, wieviel die Menschen doch allein durch die Konstruktion ihrer Sätze oder durch die Betonung bestimmter Wörter verrieten, ohne es zu wollen.

»Ja, klar.« Geoff lehnte sich auf seinem Stuhl zurück und verschränkte die Arme. »Wie ich schon gesagt hab – hier kennt jeder jeden, und Lucy ist ein netter Kerl, und Claire – Claire mögen alle.«

Merkwürdig, dachte Gemma, daß Claire Gilbert, wenn sie wirklich so beliebt war, bei Will Darling Halt gesucht hatte, statt Trost und Hilfe eines anteilnehmenden Nachbarn anzunehmen. »Aber Alastair Gilbert nicht?« fragte sie. »Um ihn hat es Ihnen nicht so leid getan?«

»Das hab ich nicht gesagt.« Geoff runzelte unmutig die Stirn. Mit der freundschaftlichen Ungezwungenheit zwischen ihnen war es vorbei. »Aber er ist ja nie hier – ich meine, er war nie hier. Er war fast immer in London.«

»Ich habe ihn gekannt«, sagte Gemma. Sie stützte die Ellbogen auf den Tisch und legte ihr Kinn in eine Hand. Flüchtig überlegte sie, warum sie das Kincaid nicht erzählt hatte, dann schüttelte sie es ab. Sie hatte einfach keine Lust gehabt, etwas anzusprechen, das auch nur im entferntesten persönlicher Natur war.

»Er war mein Superintendent in Notting Hill, als ich bei der Polizei angefangen habe«, fuhr sie fort. Geoff entspannte sich wieder, zeigte Interesse, machte kein so finsteres Gesicht mehr; als hätte Gemma durch diese persönliche Bemerkung die Gleichstellung zwischen ihnen wiederhergestellt. »Aber richtig gekannt habe ich ihn natürlich nicht«, fuhr sie fort. »In Notting Hill waren wir mehr als vierhundert Beamte, und ich war ein viel zu kleines Mädchen, um von ihm überhaupt bemerkt zu werden. Er hat in der ganzen Zeit vielleicht zehn Worte mit mir gewechselt.«

Der Mann, den sie in Erinnerung hatte, schien ihr kaum etwas mit dem Toten zu tun zu haben, den sie in seinem Blut liegend auf dem Küchenboden im Haus der Gilberts gesehen hatte. Er war klein und adrett gewesen, kultiviert und sehr eigen in seiner Kleidung und seiner Ausdrucksweise, und hatte dem Fußvolk gelegentlich Vorträge über die Wichtigkeit von Regeln und Vorschriften gehalten.

»›Gilbert führt ein strenges Regiment‹, hat mein Sergeant immer gesagt. Aber ich hatte nicht den Eindruck, daß es als Kompliment gemeint war.«

»Ja, stimmt, er wollte immer, daß sich alles nach ihm richtet.« Geoff brach einen Keks auseinander und schob die eine Hälfte in den Mund. Undeutlich sagte er: »Er hatte dauernd Zoff mit dem Gemeinderat wegen irgendwas, zum Beispiel wollte er unbedingt, daß rund um den Anger das Parken verboten wird, und solches Zeug.« Die zweite Hälfte des Biskuits folgte der ersten, dann schenkte Geoff ihnen beiden Tee nach. »Und vor ungefähr zwei Wochen hatte er Krach mit der Doktorin. Wenn man das einen Krach nennen kann, wenn keiner laut wird.«

»Ach was?« sagte Gemma. »Worum ging es denn da?«

»Keine Ahnung. Ich hab's nicht gehört. Es war an einem Samstag, und ich helf' der Doktorin manchmal bei der Gartenarbeit und so, wissen Sie. Als ich zur Küchentür gegangen bin, weil ich sie was wegen dem Kompost fragen wollte, war Gilbert gerade dabei zu gehen. Aber es war was passiert – Sie wissen doch, manchmal spürt man so was einfach, es ist wie ein schlechter Geruch, der in der Luft hängen bleibt. Und Doc Wilson hat so ein verbissenes Gesicht gemacht.«

»Sie haben hier also eine Ärztin?« fragte Gemma.

»Wir sind ein richtig feministisches Dorf – eine Ärztin und eine Pfarrerin. Und ich glaub', der Commander ist mit beiden nicht ausgekommen.«

Gemma erinnerte sich sehr wohl daran, wie Gilbert die Frauen in seiner Abteilung behandelt hatte; es hatte ans Herablassende gegrenzt. Und er war berüchtigt dafür gewesen, daß er Frauen einfach übersah, wenn eine Beförderung anstand.

»Ich kann es gar nicht erwarten, sie kennenzulernen«, sagte sie, mit dem Gedanken spielend, Kincaid ein Schnippchen zu schlagen und ohne vorherige Absprache mit ihm die Ärztin zu vernehmen.

»Gleich heute nachmittag?« Geoff musterte sie teilnahmsvoll. »Sie schauen total erledigt aus.«

»Danke.«

Geoff errötete unter ihrem Sarkasmus. »So hab' ich's nicht gemeint. Aber Sie schauen echt müde aus.«

»Ist schon in Ordnung«, sagte sie. »Vielleicht geh' ich eine

Weile rauf in mein Zimmer. Vielen Dank für Ihre Fürsorge. Ich wäre wahrscheinlich zusammengebrochen, wenn Sie mich nicht gerettet hätten.«

»Es war mir eine Ehre, edles Fräulein.« Er stand auf und machte eine kleine Verbeugung.

Gemma lachte. Wams und Strumpfhose, dachte sie, hätten ihm nicht schlecht gestanden.

Sie folgte ihm die Treppe hinauf. Als sie die Tür zu seinem Zimmer erreicht hatten, blieb er stehen. »Sagen Sie mir Bescheid, wenn Sie noch etwas brauchen. Ich bin jederzeit . . .«

Den Rest hörte Gemma nicht mehr. Ein Computer stand auf dem Schreibtisch auf der anderen Seite seines Zimmers, und sie starrte fasziniert auf das Bild auf dem Schirm. »Was ist das?« fragte sie, ohne den Blick von dem Bild zu wenden. Nebelschwaden schienen sich in der gespenstischen dreidimensionalen Szene zu drehen, dennoch konnte sie ein vieltürmiges Schloß erkennen und durch eines seiner Tore einen Blick auf grüne Wiesen und einen Pfad, der zu einem Berg führte.

»Das ist ein Rollenspiel, ein Abenteuer. Ein junges Mädchen findet sich in ein fremdes Land versetzt, und sie muß nun versuchen, allein mit Hilfe ihrer Geistesgegenwart, ihrer Geschicklichkeit und ihres geringen Wissens über Zauberei zu überleben. Nur wenn sie einem bestimmten Weg folgt und dabei verschiedene Talismane sammelt, kann sie die Geheimnisse des Landes entdecken, und dann besitzt sie die Macht, entweder zu bleiben oder in unsere Welt zurückzukehren.

Sie können mitspielen. Kommen Sie, ich zeig es Ihnen.« Er nahm sie beim Arm, aber Gemma widerstand der Verlockung und schüttelte den Kopf.

»Nein. Jetzt nicht.« Sie riß ihren Blick von dem geheimnisvollen Bild und sah Geoff an. »Wofür entscheidet sich das Mädchen am Ende?«

Der Ausdruck seiner grauen Augen war unerwartet ernst, als er sie ansah. »Das weiß ich nicht. Das hängt immer vom Spieler ab.«

5

Kincaid stand allein in der Küche der Gilberts und lauschte dem Ticken der Uhr. Sie hing über dem Kühlschrank an der Wand. Die großen schwarzen Zeiger und Ziffern auf dem weißen Zifferblatt waren nicht zu übersehen und mahnten ihn daran, daß die Zeit verrann. Er sollte sich auf den Mordfall konzentrieren, anstatt Gedanken an Gemma nachzuhängen, die nichts als Frustration in ihm auslösten. Nach ihrem zornigen Ausbruch im Garten war sie nach Guildford abgefahren, ohne ihn eines Wortes zu würdigen, das nicht unbedingt nötig gewesen wäre. Was zum Teufel hatte er nur jetzt wieder angestellt? Nun wenigstens, dachte er mit einer gewissen Genugtuung, hatte er sie nicht mit Nick Deveney in die Pampas geschickt – nach den Stielaugen, die der Bursche gestern gemacht hatte.

Seufzend fuhr er sich mit der Hand durch das Haar. Ihm blieb im Grunde nichts anderes übrig als zu versuchen, aus dieser verfahrenen Situation das Beste zu machen. Automatisch sah er auf seine Uhr und zuckte sofort gereizt die Achseln. Er wußte genau, wie spät es war, und solange er hier aushalten mußte, um auf Deveney zu warten, und das Erdgeschoß des Hauses für sich hatte, konnte er die Gelegenheit nutzen, sich ein wenig umzusehen.

Er trat in den Flur und blieb einen Moment ruhig stehen, um sich zu orientieren. Zum erstenmal fiel ihm auf, wie unorthodox das Haus gebaut war – hier eine Stufe hinauf, dort eine Stufe hinunter –, jeder Raum schien auf einer anderen Ebene zu existieren. Die bloßgelegten Holzbalken der Wände waren alle irgendwie windschief. Einen Moment lang glaubte er, ein Echo des Tickens der Küchenuhr zu hören, bis er sah, daß das Geräusch von einer alten Standuhr kam, die halb versteckt in einem Alkoven unter der Treppe stand.

Der Küche am nächsten war das Wohnzimmer, in dem sie am vergangenen Abend gesessen hatte. Ein rascher Blick zeigte ihm, daß es leer war, das Feuer im Kamin zu kalter Asche heruntergebrannt. Er ging weiter durch den Flur, der zum vorderen Teil des Hauses führte, und öffnete die nächste Tür.

Der Raum dahinter war ohne Zweifel Gilberts Arbeitszimmer gewesen. Er war, wie er feststellte, als er sich genauer umsah, beinahe eine Parodie eines typisch männlichen Rückzugsorts; die Wände, sofern nicht durch Bücherregale verstellt, waren in dunklem Holz getäfelt, auf dem wuchtigen Schreibtisch stand eine Lampe mit grünem Schirm, die Sitzgruppe vor dem Fenster mit den schweren Vorhängen war in einem dunkelroten Schottenmuster bezogen. Er trat näher, um die hellen Bilder an den dunklen Wänden zu betrachten – Jagdstiche natürlich. Die große Uhr auf dem Schreibtisch tickte im Takt mit seinem eigenen Herzschlag, und einen Moment lang hatte er die Vorstellung, das ganze Haus pulsierte in einem eigenen inneren Rhythmus. »Blödsinn!« sagte er laut, um den Bann zu brechen und die Gedanken an die Geschichte von Edgar Allan Poe zu vertreiben.

Er ging weiter zum Schreibtisch und fand ihn so ordentlich aufgeräumt vor wie erwartet. Eine Fotografie in silbernem Rahmen jedoch erregte seine Aufmerksamkeit, und er nahm sie zur Hand, um sie genauer zu betrachten. Dies war ein Alastair Gilbert, den er nie kennengelernt hatte – in Hemdsärmeln, lächelnd, den Arm um die Schulter einer kleinen weißhaarigen Frau. Mutter und Sohn? Er stellte das Bild wieder nieder und dachte dabei, daß es möglicherweise nützlich sein könnte, sich einmal mit der alten Mrs. Gilbert zu unterhalten.

In der obersten Schublade lagen die üblichen Schreibutensilien, pedantisch geordnet, und die Schubladen an den Seiten enthielten eine Menge Akten, deren Durchsicht vorläufig noch würde warten müssen. Unzufrieden mit diesem mageren Ergebnis seiner Inspektion, sah Kincaid die Schubladen noch einmal gründlicher durch und stieß auf ein in Leder gebundenes Buch, das in der rechten Schublade hinter den Akten steckte. Vorsichtig nahm er es heraus, legte es auf die Schreibunterlage und klappte es auf. Es war ein Terminkalender mit den üblichen Eintragungen und einigen säuberlich notierten Telefonnummern, die nicht mit Namen versehen waren.

Kincaid blätterte weiter. Unter dem Datum von Gilberts Todestag stand, mit einem Fragezeichen versehen, »18 Uhr«, dazu eine mit Bleistift geschriebene Telefonnummer. Hatte Gilbert sich an dem Abend mit jemanden getroffen, und wenn ja, warum? Er würde es Deveneys Leuten überlassen müssen, die Eintragungen zu überprüfen, während er selbst sich auf die Vernehmungen konzentrierte. Er klappte das Buch zu und wollte es gerade weglegen, als eine Stimme ihn aufschreckte.

»Was tun Sie da?«

Lucy Penmaric stand mit verschränkten Armen an der offenen Tür und sah ihn stirnrunzelnd an. In Jeans und Sweatshirt sah sie jünger aus als am vergangenen Abend, und ihr blasses Gesicht wirkte ein wenig zerknittert, als sei sie gerade erst aufgestanden. »Ich habe ein Geräusch gehört – ich war auf der Suche nach meiner Mutter«, erklärte sie, ehe er auf ihre Frage antworten konnte.

Kincaid, der nicht hinter Gilberts Schreibtisch stehend mit Lucy sprechen wollte, schob die Schublade zu und kam nach vorn, ehe er sagte: »Ich glaube, Ihre Mutter ist oben und ruht sich aus. Kann ich Ihnen irgendwie helfen?«

»Ach, da habe ich gar nicht nachgeschaut«, erwiderte sie und rieb sich das Gesicht. Sie ging zu dem dunklen Sofa und setzte sich. »Ich kann irgendwie nicht richtig wach werden – ich bin wie benebelt.«

»Das ist wahrscheinlich die Schlaftablette. Wenn man so was nicht gewöhnt ist, fühlt man sich hinterher immer ein bißchen verkatert.«

»Ich wollte auch gar keine haben. Ich hab' sie nur genommen, damit meine Mutter endlich Ruhe gibt. Ist sie – wie geht es ihr heute morgen?«

Kincaid hatte keine Skrupel, Claires Ohnmacht in der Küche zu unterschlagen. »Ganz gut eigentlich unter den Umständen. Sie war gleich heute morgen bei Ihrer Großmutter.«

»Bei Gwen? Ach, arme Mama«, sagte Lucy kopfschüttelnd. »Gwen ist nicht meine richtige Großmutter, wissen Sie«, fügte sie belehrend hinzu. »Die Eltern meiner Mutter sind tot, und die meines Vaters sehe ich nur sehr selten.«

»Warum denn? Versteht Ihre Mutter sich nicht mit Ihnen?« Kincaid lehnte sich an die Schreibtischkante, um abzuwarten, wohin das Gespräch führen würde.

»Alastair hatte immer irgendeinen Grund, mich nicht hinfahren zu lassen, aber ich mag sie sehr gern. Sie wohnen in der Nähe von Sidmouth in Devon, fast direkt am Meer.« Lucy drehte eine Haarsträhne um ihren Finger, während sie einen Augenblick versonnen schwieg, dann sagte sie: »Ich weiß noch, wie mein Vater gestorben ist. Wir haben damals in London gewohnt, in einer Wohnung in Elgin Crescent. Das Haus hatte eine leuchtend gelbe Tür – immer wenn wir heimgekommen sind, konnte ich sie schon aus weiter Ferne sehen. Wir hatten die oberste Wohnung, und draußen vor meinem Fenster war ein Kirschbaum, der jeden Frühling geblüht hat.«

Hätte er überhaupt einen Gedanken an Claire Gilberts ersten Ehemann verschwendet, so hätte er angenommen, daß sie geschieden waren; eine Frau Mitte Vierzig und schon zum zweitenmal verwitwet, auf den Gedanken wäre er nicht gekommen.

»Ja, das war sicher sehr schön«, sagte er gedämpft, als Lucys Schweigen sich so in die Länge zog, daß er fürchtete, sie könnte sich ganz von ihm zurückgezogen haben.

»Ja«, antwortete Lucy mit einem Frösteln. »Aber jetzt muß ich bei Kirschblüten immer an den Tod denken. Ich habe gestern nacht von ihnen geträumt. Ich habe geträumt, ich wäre ganz zugedeckt von ihnen und würde ersticken. Ich konnte einfach nicht wach werden.«

»Ist Ihr Vater im Frühling gestorben?«

Lucy nickte. Sie strich sich das Haar aus dem Gesicht und schob es hinter ihr Ohr. Sie hatte kleine Ohren, zart wie Muscheln. »Als ich fünf Jahre alt war, war ich einmal sehr krank. Ich hatte hohes Fieber. Es war nachts. Mein Vater ist zur Nachtapotheke in der Portobello Road gegangen, um etwas für mich zu holen, und als er über den Zebrastreifen ging, hat ihn ein Auto angefahren. In meinem Kopf ist das jetzt alles ein einziges Kuddelmuddel – wie die Polizei kam, wie meine Mutter geweint hat, und die Kirschblüten draußen vor meinem offenen Fenster.«

Claire Gilbert hatte also schon einmal einen Ehemann durch einen gewaltsamen Tod verloren. Er erinnerte sich der Tage, als es noch zu seinen Aufgaben gehört hatte, Todesmeldungen zu überbringen, und stellte sich die Szene aus der Sicht der Polizeibeamten vor – ein milder Aprilabend, gelber Lichtschein hinter geöffneten Fenstern, die hübsche junge Frau an der Tür, Erschrecken beim Anblick der Uniformen. Heraus damit, kurz und unumwunden: »Madam, es tut uns leid, Ihnen mitteilen zu müssen, daß Ihr Mann tot ist.« So hatten sie es auf der Akademie gelernt. Es sei besser, keine Umschweife zu machen, hatte man ihnen gesagt, aber das hatte es nicht leichter gemacht.

Lucy hatte sich wieder eine Haarsträhne um den Finger gewickelt und saß still da, den Blick auf einen der Jagdstiche hinter Gilberts Schreibtisch gerichtet. Als Kincaid sagte, »Das tut mir leid«, reagierte sie nicht, aber nach einer kleinen Pause begann sie zu sprechen, ohne ihn anzusehen, so als führte sie ein Gespräch weiter.

»Es ist merkwürdig, hier zu sitzen. Alastair wollte uns nie in diesem Zimmer haben, besonders mich nicht. Er hat es sein ›Allerheiligstes‹ genannt. Ich glaube, er fand, daß Frauen die Atmosphäre zerstören.

Mein Vater hat geschrieben. Er war Journalist. Er hieß Stephen Penmaric und er hat hauptsächlich für Zeitungen und Zeitschriften geschrieben. Über Natur- und Umweltschutz.« Sie sah Kincaid an. Ihr Gesicht war belebt. »Er hatte sein Büro im Abstellraum von unserer Wohnung, und er hatte wahrscheinlich nicht genug Platz. Ich weiß noch, daß immer riesige Bücherstapel auf dem Boden herumgelegen haben. Manchmal, wenn ich ihm versprochen habe, ganz leise zu sein, hat er mich in seinem Arbeitszimmer spielen lassen, während er gearbeitet hat, und ich habe mit den Büchern gebaut – Türme und Schlösser und Städte. Ich mochte den Geruch der Bücher.«

»Meine Eltern hatten eine Buchhandlung«, sagte Kincaid. »Das heißt, sie haben sie immer noch. Ich habe oft im Lager gespielt und auch die Bücher als Bausteine benutzt.«

»Ach was?« Lucy lächelte zum erstenmal.

»Ja, wirklich.« Er erwiderte das Lächeln und wünschte, er könnte diesen Ausdruck auf ihrem Gesicht bewahren.

»Das muß schön gewesen sein«, sagte sie ein wenig wehmütig. Sie zog die Beine hoch und schlang ihre Arme um sie. Das Kinn auf die Knie gestützt, bemerkte sie: »Es ist komisch. Ich habe seit Jahren nicht mehr so viel an meinen Vater gedacht.«

»Das ist doch unter den Umständen ganz natürlich.« Er hielt einen Augenblick inne und sagte dann vorsichtig: »Wie empfinden Sie denn das, was geschehen ist, den Tod Ihres Stiefvaters?«

Sie wandte sich ab und sagte nach einer kleinen Weile

langsam: »Ich weiß gar nicht. Ich bin wie betäubt. Ich kann es nicht glauben, obwohl ich ihn gesehen habe. Es heißt doch, ›sehen heißt glauben‹, aber das stimmt in Wirklichkeit gar nicht.« Mit einem raschen Blick zur Tür fügte sie hinzu: »Ich habe dauernd das Gefühl, daß er jeden Moment hereinkommt.« Sie setzte sich auf, und Kincaid hörte Stimmen aus dem hinteren Teil des Hauses.

»Ich glaube, Chief Inspector Deveney sucht mich. Kann ich Sie jetzt allein lassen?«

Mit einer Rückkehr der tatkräftigen Entschlossenheit, die sie am Abend zuvor gezeigt hatte, erwiderte sie: »Aber natürlich. Und ich kümmere mich um meine Mutter, wenn sie aufsteht.« Sie sprang mit der Beweglichkeit sehr junger Menschen vom Sofa und war schon an der Tür, ehe er antworten konnte.

Als sie sich noch einmal nach ihm umdrehte, sagte er: »Lewis wird sich freuen, Sie zu sehen«, und bekam zur Belohnung noch ein strahlendes Lächeln.

»Ist Ihnen aufgefallen«, sagte Kincaid zu Nick Deveney, als sie einen der holprigen Feldwege entlangfuhren, die die Dörfer miteinander verbanden, »daß kein Mensch um Alastair Gilbert zu trauern scheint? Sogar seine Frau scheint eher erschrocken als traurig zu sein.«

»Stimmt.« Deveney gab einem entgegenkommenden Auto mit der Lichthupe Signal und manövrierte rückwärts in die nächste Ausweichbucht. »Aber das gibt uns kein Motiv für den Mord. Wenn das der Fall wäre, wäre meine Schwiegermutter nämlich schon mindestens zwanzigmal umgebracht worden.« Er fuhr wieder auf den Weg hinaus. »Ich hoffe, die Abkürzung stört Sie nicht. Ich weiß, ehrlich gesagt, nicht mal, ob es wirklich eine Abkürzung ist, ich fahre einfach gern querfeldein. Ist doch wunderschön, nicht?«

Im Westen hatten sich Gewitterwolken zusammengezogen,

aber noch während Deveney sprach, brach ein Sonnenstrahl aus dem dunklen Himmel hervor und erleuchtete die Hügel rundherum.

Deveney warf einen Blick in den Rückspiegel. »In Guildford gießt es wahrscheinlich in Strömen«, bemerkte er und machte Kincaid gleich darauf auf das prächtige Tor zu einem großen Gutsbesitz aufmerksam, an dem sie vorüberkamen. »Schauen Sie. Diese Leute sind es, die dafür sorgen, daß Surrey nicht von Touristen niedergetrampelt wird. Sie kommen aus London hierher und bringen ihr Geld mit, so daß wir es nicht nötig haben, Touristen anzulocken, um unsere Wirtschaft anzukurbeln.« Mit einem Achselzucken fügte er hinzu: »Aber es ist natürlich ein zweischneidiges Schwert. Diese Leute kaufen zwar Land und geben den Leuten hier Arbeit, aber viele werden von den Einheimischen nicht akzeptiert, und daraus entstehen Konflikte.«

»Und das hat auch auf Gilbert zugetroffen? Er war sicherlich der Protoyp des klassischen Pendlers«, meinte Kincaid, als sie aus einem Waldstück herausfuhren, und die Hügelkette der North Downs sich vor ihnen zeigte.

»Oh, ja, zweifellos. Er ist hier von den Leuten mit einer Mischung aus Verachtung und Schmeichelei behandelt worden. Ich meine, man will ja nicht unbedingt die Gans abstechen, die die goldenen Eier legt, nicht? Man will ihr nur klar machen, daß sie sich nicht einzubilden braucht, sie könnte sich mit an den Tisch setzen.«

Kincaid lachte. »Glauben Sie, Gilbert wußte, daß er nicht akzeptiert wurde und auch nie akzeptiert werden würde? Hat ihm das was ausgemacht?«

»Ich habe ihn nur flüchtig gekannt«, antwortete Deveney. »Ich habe nur ein paarmal bei dienstlichen Veranstaltungen mit ihm gesprochen.« Er schaltete herunter und fügte hinzu: »Brian Genovase kenne ich nur, weil wir eine Zeitlang im selben

Rugby-Team gespielt haben.« Der Feldweg wurde jetzt zu einer schmalen Straße mit Bilderbuchhäusern zu beiden Seiten. »Holmbury St. Mary ist noch ganz unverdorben. Dieses Dorf hier haben sie gründlich aufgemotzt. Wahrscheinlich wollen sie den Titel als schönstes Dorf Englands erobern. Das ist der Tillingbourne River«, bemerkte er, als sie einen schmalen klaren Wasserlauf überquerten. »Den finden Sie hier auf jeder Ansichtskarte.«

»Na, ganz so schlimm kann es doch nicht sein«, meinte Kincaid, als Deveney den Wagen am Straßenrand abstellte. Er hatte eine etwas blumige Teestube bemerkt, sonst jedoch nichts Übertriebenes.

»Nein, aber das wird schon noch kommen.«

»Sie sind ein alter Zyniker.« Kincaid stieg aus dem Wagen und stampfte ein paarmal kräftig mit den Füßen, um sie nach der Fahrt im ungeheizten Auto wieder aufzuwärmen.

Lachend stimmte Deveney zu und sagte: »Es stimmt schon, ich bin zu jung, um so ein alter Griesgram zu sein. Aber vielleicht bekommt man durch Scheidung so einen bitterbösen Blick. Der Laden hier ist jedenfalls bestimmt nicht übel«, er wies auf das Schild mit der Aufschrift »Kitchen Concepts«, »und ohne die Leute aus der Stadt, wie Alastair Gilbert, wäre so was überhaupt nicht möglich. Den Bauern hier würde es nicht einfallen, sich Einbauküchen im Euro-Chic machen zu lassen.«

Die Schaufenster zeigten glänzende Fliesenwände in vielen bunten Farben und blitzende Kupfergeräte. Kincaid, der die Küche in seiner Wohnung in Hampstead selbst renoviert hatte, öffnete die Ladentür mit einer gewissen Neugier. Eine Frau mit Gummistiefeln an den Füßen und diversen Einkaufstüten in den Händen stand im Gespräch mit einem Mann vor einer der Ausstellungsküchen. Doch die Unterhaltung brach abrupt ab, als Kincaid und Deveney eintraten.

Nach einem kurzen Schweigen sagte die Frau: »Tja, dann

will ich mal wieder los. Tschüs, Malcolm.« Sie warf Kincaid einen neugierigen Blick zu, als sie sich an ihm vorbei zur Tür hinausdrängte, und der fragte sich wie so oft, welchen Sinn es eigentlich hatte, in Zivil herumzulaufen, wenn jeder einem gleich ansah, daß man von der Polizei war.

Deveney hatte seinen Dienstausweis herausgezogen und stellte sich und Kincaid vor, als Malcolm Reid zu ihnen kam, um sie zu begrüßen. Kincaid war es ganz recht, zunächst einmal im Hintergrund zu bleiben; das gab ihm Gelegenheit, Claire Gilberts Arbeitgeber etwas aufmerksamer unter die Lupe zu nehmen. Er war groß, mit kurzem blonden Haar und einem gebräunten Gesicht, das von einem kürzlichen Urlaub in wärmeren Regionen sprach. Seine Stimme war weich und ohne Akzent. »Sie sind wegen Alastair Gilbert hier? Das ist ja wirklich eine furchtbare Geschichte. Wer tut denn nur so etwa?«

»Genau das versuchen wir herauszufinden, Mr. Reid«, antwortete Deveney, »und wir wären Ihnen dankbar, wenn Sie uns dabei helfen würden. Haben Sie Commander Gilbert persönlich gekannt?«

Reid schob die Hände in die Hosentaschen, ehe er antwortete. Er trug eine Hose von guter Qualität, wie Kincaid vermerkte, und dazu einen grauen Pullover mit diskreter dunkelblauer Krawatte – genau das richtige Image für einen Mann in seiner Position, nicht zu lässig für einen erfolgreichen Geschäftsmann, nicht zu elegant für ein kleines Dorf.

»Ja, ich habe ihn natürlich gekannt. Claire hat Val – das ist meine Frau – und mich zwei-, dreimal zum Abendessen eingeladen. Aber ich kann nicht behaupten, daß ich ihn gut gekannt habe. Wir hatten nicht viel gemeinsam.« Er umfaßte mit einer kurzen Geste den Geschäftsraum und lächelte leicht amüsiert.

»Aber Gilbert hat sich doch sicher für die Arbeit seiner Frau interessiert«, meinte Kincaid.

»Kommen Sie, setzen wir uns erst einmal.« Reid führte sie

zu einem Schreibtisch im hinteren Teil des Ausstellungsraums und wies auf zwei bequem aussehende Besuchersessel, ehe er sich selbst setzte. »Das ist keine leichte Frage.« Er nahm einen Bleistift zur Hand und sah nachdenklich auf ihn hinunter, während er ihn zwischen zwei Fingern hin und her drehte. Dann blickte er auf. »Wenn Sie eine ehrliche Antwort wollen, würde ich sagen, daß er allenfalls bereit war, Claires Berufstätigkeit zu dulden, solange sie seine eigenen Kreise in keiner Weise störte. Ich erzähle Ihnen gern, wie es überhaupt dazu kam, daß Claire bei mir angefangen hat.«

Er legte den Bleistift weg und lehnte sich in seinem Sessel zurück. »Sie kam als Kundin zu mir, als Alastair ihr endlich erlaubt hatte, die Küche zu renovieren. Das Haus ist, wie Sie wahrscheinlich wissen, ein viktorianischer Bau, und das bißchen, was daran gemacht worden war, war schlecht gemacht, wie das ja häufig vorkommt. Claire hatte ihn seit Jahren bekniet, die Küche neu machen zu lassen, und ich glaube, er hat schließlich nur nachgegeben, weil er immer häufiger repräsentieren mußte und sich wahrscheinlich mit der alten Küche vor seinen Gästen geniert hätte.«

Dafür, daß er Gilbert angeblich kaum gekannt hatte, hatte er eine bemerkenswerte Abneigung gegen ihn gefaßt, dachte Kincaid, als er aufmunternd nickte.

»Claire hatte keinerlei Ausbildung als Designerin«, fuhr Reid fort, »aber sie besitzt ein natürliches Talent, und das ist meiner Ansicht nach viel mehr wert. Als wir mit ihrer Küche angefangen haben, hatte sie unglaublich gute Einfälle, und zwar *durchführbare* Einfälle, das versteht sich nämlich nicht von selbst, und wenn sie hier im Laden war, hat sie häufig andere Kunden beraten.«

»Und dagegen hatten Sie nichts einzuwenden?« fragte Deveney ein wenig skeptisch.

Reid schüttelte den Kopf. »Ihr Enthusiasmus war ansteckend.

Und den Kunden haben ihre Vorschläge gefallen, was wiederum meinen Umsatz gesteigert hat. Sie ist wirklich gut, auch wenn man das beim Anblick ihres Hauses nicht ahnen würde.«

»Was ist denn an ihrem Haus nicht in Ordnung?« erkundigte sich Deveney erstaunt. Kincaid konnte nicht feststellen, ob die Verwunderung echt oder geheuchelt war.

»Zu spießig für meinen Geschmack, aber Alastair hatte nun mal das Sagen, und der Stil hat ihm eben gefallen. Er entsprach seiner Vorstellung von gutbürgerlicher Ehrbarkeit.«

Reids Urteil paßte auf den Gilbert, den Kincaid gekannt hatte. Als Lehrer war er phantasielos und unoriginell gewesen und hatte auf Vorschriften bestanden, wo Flexibilität vielleicht produktiver gewesen wäre. Er hatte an Tradition festgehalten, nur weil sie Tradition war. Neugierig geworden, fragte Kincaid: »Wissen Sie eigentlich etwas über Gilberts Familiengeschichte?«

»Ich glaube, sein Vater hat einen Bauernhof, der auf Milchwirtschaft spezialisiert war, verwaltet. In der Nähe von Dorking. Und Gilbert ist dort auf die Grundschule gegangen.«

»So, so, dann ist also der verlorene Sohn gewissermaßen wieder heimgekehrt«, meinte Kincaid nachdenklich. »Das überrascht mich. Aber seine Mutter ist hier in der Nähe in einem Pflegeheim, nicht wahr?« Er beugte sich vor und entnahm einem Kartenhalter auf Reids Schreibtisch eine Geschäftskarte. Der Name des Geschäfts hob sich dunkelgrün von cremefarbenem Grund ab. Etwas darunter waren kleiner die Adresse und die Telefonnummer aufgeführt. Kincaid steckte die Karte ein.

»Ja, das ist richtig. Sie ist im Altenheim *The Leaves* am Ortsrand von Dorking. Claire besucht sie mehrmals die Woche.«

»Wie hat Mrs. Gilberts gestriger Arbeitstag ausgesehen, Mr. Reid?« Deveneys Ton ließ keinen Zweifel daran, daß er eine

Antwort auf seine Frage erwartete, auch wenn er sie in sehr höflichem Ton gestellt hatte.

Reid rutschte auf seinem Sessel ein wenig nach vorn und griff zu dem Bleistift, den er zu Beginn des Gesprächs niedergelegt hatte. Im gleichen höflichen Ton wie Deveney fragte er: »Warum sollte ich Ihnen darüber Auskunft geben? Sie können doch nicht im Ernst glauben, daß Claire mit Gilberts Tod etwas zu tun hat?« Sein Ton verriet, daß er ehrlich schockiert war.

»Das gehört zur Routine, Mr. Reid«, beruhigte Deveney. »Das müßten Sie eigentlich wissen, wenn Sie ab und zu fernsehen. Wir müssen über jeden, der Commander Gilbert nahestand, Erkundigungen einziehen.«

Reid verschränkte die Arme und betrachtete die beiden Beamten einen Moment lang mit einem beinahe trotzigen Ausdruck, dann seufzte er und sagte: »Also, es paßt mir zwar gar nicht, aber da der gestrige Tag nicht anders verlaufen ist als alle anderen, wird es wohl nicht schaden, wenn ich Ihnen Auskunft gebe. Claire kam gegen zehn und war den ganzen Tag im Laden. Sie hat Kunden beraten und sich um einige ausstehende Materiallieferungen gekümmert. Ich war am frühen Nachmittag eine Weile unterwegs, ich hatte einen Termin, und Claire ist gegangen, bevor ich kurz nach vier wieder zurück war. Ich glaube, sie und Lucy wollten Einkäufe machen.« Er machte eine kleine Pause, dann fügte er hinzu: »Von militärischem Drill halten wir hier nichts, wie Sie vielleicht schon gemerkt haben.«

»Und wann haben Sie erfahren, daß Gilbert tot ist?« fragte Kincaid, der sich an Claire Gilberts Worte vor ihrem Ohnmachtsanfall erinnerte.

»Als ich heute morgen aufgesperrt habe, haben hier schon ein paar Leute aus dem Ort gewartet. Sie hatten es vom Briefträger gehört, der es wiederum vom Zeitungsmann gehört hatte. ›Gestern hat jemand Alastair Gilbert umgebracht – sie haben ihm den Schädel eingeschlagen und ihn in seinem Blut liegen lassen‹, lauteten die genauen Worte, wenn ich mich recht erinnere«, sagte er mit einer Grimasse.

Deveney dankte ihm, und sie verabschiedeten sich, Kincaid mit einem sehnsüchtigen Blick auf die deutsche Mischbatterie aus rostfreiem Stahl, die er sich für sein eigenes Küchenspülbecken nicht hatte leisten können.

»Hervorragend«, meinte Deveney mit einem resignierten Seufzer, als sie in den Wagen stiegen. »Wieso haben wir uns eingebildet, wir könnten die Todesursache geheimhalten, bis wir die Dorfbewohner vernommen haben? Wo man hier doch nicht mal einen Furz geheimhalten kann!«

Die letzte Kundin, eine redselige alte Frau namens Simpson, schwatzte endlos weiter, nachdem sie längst für ihre spärlichen Einkäufe bezahlt hatte. Madeleine Wade, zu deren vielerlei geschäftlichen Unternehmen auch der Betrieb des Dorfladens zählte, hörte sich mit halbem Ohr die neuesten Skandale aus der großen Welt an, während sie die Abrechnung machte. Und die ganze Zeit dachte sie nur mit Sehnsucht an den Moment, da sie es sich oben in ihrer gemütlichen Wohnung mit einem Glas Wein und der *Financial Times* auf dem Sofa bequem machen würde.

Das »rosa Blatt«, wie sie die Zeitung für sich nannte, war ihr geheimes Laster, ein letztes Überbleibsel aus ihrem früheren Leben. Sie las es jeden Tag, um die Entwicklung ihrer Wertpapiere zu verfolgen, und ließ es dann verschwinden; ihr Privatleben ging ihre Kunden schließlich nichts an.

Mrs. Simpson, die abgesehen von einem gelegentlichen zerstreuten Nicken keinerlei Aufmunterung erhalten hatte, bremste schließlich stotternd ihren Redefluß, und Madeleine brachte sie mit Erleichterung zur Tür. Im Lauf der Jahre hatte sie gelernt, gelassener mit den Menschen umzugehen, hatte sich eine Rüstung zugelegt, die nichts durchdringen konnte, es sei denn offen zur Schau getragener Abscheu, aber so richtig wohl fühlte sie sich nur, wenn sie allein war. Das Alleinsein wurde ihr zur Gewohnheit und Belohnung am Ende eines jeden Tages, und sie fieberte ihm mit der gleichen Ungeduld entgegen wie der Alkoholiker seinem ersten Glas.

Sie sah ihn, als sie gerade die Tür abgeschlossen hatte. Geoff Genovase stand halb im Schatten des *White Hart* nebenan und wartete, die Hände in den Taschen. Als er sich bewegte, glitzerte das Licht der Straßenlampe auf seinem hellen Haar.

In diesem Moment spürte sie seine Furcht. Beinahe greifbar und intensiv, umgab sie ihn wie eine dichte Wolke.

Sie hatte sie schon früher des öfteren gespürt, wie eine verborgene Unterströmung – hatte auch sein Bemühen gespürt, sie in Schach zu halten. Was hatte diese Explosion nackter Angst ausgelöst? Madeleine zögerte. Ihr Drang zu helfen stritt mit ihrer Müdigkeit und dem Wunsch allein zu sein. Dann schämte sie sich. Sie war nach lebenslanger Flucht mit der Absicht in dieses Dorf gekommen, alle Hilfe anzubieten, die sie dank ihrer Gaben vielleicht geben konnte, und dieses egoistische Verlangen, sich zurückzuziehen, mußte mit Disziplin besiegt werden.

Ganz gleich, was Geoff in diesen Zustand der Angst versetzt hatte, er war zu ihr gekommen, um Hilfe zu suchen, und sie durfte sich ihm jetzt nicht verweigern. Sie sperrte die Tür wieder auf, um ihn zu rufen, aber er war in den Schatten verschwunden.

Als sich auf sein Klopfen an Gemmas Zimmertür nichts rührte, kehrte Kincaid in sein eigenes Zimmer zurück und kritzelte ein paar Worte auf einen Zettel, um ihr mitzuteilen, daß er in der Bar sei und Deveney sie dort zum Essen treffen würde. Er schob den Zettel unter ihrer Tür durch und wartete einen Moment, immer noch in der Hoffnung auf ein Gespräch mit ihr; als alles still blieb, wandte er sich ab und ging langsam nach unten.

Er und Nick Deveney hatten einen wenig produktiven Nachmittag in der Dienststelle in Guildford verbracht. Sie hatten Berichte gelesen und mit den Medien einige kleinere Scharmützel ausgetauscht – geblieben war nichts als ein Nachgeschmack von Frustration.

»Ein Bier bitte, Brian«, sagte er, als er sich auf den einzigen freien Hocker setzte. »Ganz schön voll für Donnerstag abend«, bemerkte er, als Brian das Glas vor ihn hinstellte.

»Das macht das scheußliche Wetter«, erwiderte Brian, während er für einen anderen Gast ein Bier zapfte. »Das ist immer gut fürs Geschäft.«

Mit Einbruch der Dunkelheit hatte es heftig zu regnen begonnen, doch Kincaid hatte den Verdacht, daß nicht nur das Wetter die Leute an diesem Abend ins Pub getrieben hatte, sondern vor allem die Aussicht auf den neuesten Klatsch. Der Atmosphäre allerdings tat das gut. Ein leeres Pub war immer irgendwie trist. Lebendig wurde es erst durch die Menschen und das Gewirr ihrer Stimmen. Dies war für ihn die erste Gelegenheit, um sich über das *Moon* unter normalen Verhältnissen ein Urteil zu bilden. Und was er sah, als er sich auf seinem Hocker langsam herumdrehte, gefiel ihm: behaglich, ohne allzuviel Schnickschnack. Mit Plüsch bezogene Sessel und Bänke, eine tiefe Decke mit dunklen Holzbalken, hier und dort etwas Messing, ein paar Kupfertöpfe im Speiseraum, bunte Vorhänge, die die Nacht fernhielten, und ein offenes Holzfeuer im Kamin, das Wärme und Licht verbreitete.

Ein Mann in einer Öljacke drängte sich zwischen Kincaid und den Nachbarhocker und hielt Brian sein leeres Glas hin. Er sprach ohne Einleitung, so als setzte er ein begonnenes Gespräch fort: »Na, er mag ja ein altes Ekel gewesen sein, Bri, aber daß es dazu kommen würde, hätt' ich nicht gedacht.« Er schüttelte den Kopf. »Nicht mal in seinem eigenen Bett kann man sich heutzutage mehr sicher fühlen.«

Brian warf unwillkürlich einen raschen Blick auf Kincaid, dann sagte er, während er dem Mann das Bier zapfte, in neutralem Ton: »Er hat nicht in seinem Bett gelegen, Reggie, ich glaube also nicht, daß wir vorm Schlafengehen Angst haben müssen.« Er wischte den übergelaufenen Schaum vom Glas und schob es über den Tresen, ehe er mit einem Nicken zu Kincaid hinzufügte: »Das ist Superintendent Kincaid. Er ist extra aus London gekommen, um den Fall zu klären.«

Der Mann grüßte Kincaid mit einem brüsken Nicken und brummte etwas, das wie »Als wären unsere Leute nicht gut genug« klang, ehe er zu seinem Tisch zurückkehrte.

Brian beugte sich über die Bar und sagte ernsthaft: »Kümmern Sie sich nicht um Reggie. Der hat an allem was auszusetzen.« Doch das Stimmengewirr rundherum war versiegt, und Kincaid merkte sehr wohl, daß er das Ziel zahlreicher neugieriger und mißtrauischer Blicke war.

Es war eine Erleichterung, als endlich Deveney eintraf, der einen Moment an der Tür stehenblieb, um seine Regenmütze auszuschütteln und in die Manteltasche zu stopfen. Gerade als Kincaid aufstand, um ihn zu begrüßen, wurde der Tisch am Kamin frei, und sie schnappten ihn sich geschwind.

Als Deveney mit seinem Bier vom Tresen zurückkam, hob Kincaid sein Glas. »Prost. Die Einheimischen haben Ihnen soeben ihr Vertrauen ausgesprochen.«

»Ich wollte, ich wär überzeugt, daß ich es verdiene.« Seufzend rollte er seine Schultern. »War das ein beschissener Tag! Ich hab diese ewige Schreibtischarbeit während der Schulzeit wirklich gehaßt, aber manchmal frage ich mich, warum ich . . .« Er brach ab und riß die Augen auf, als sein Blick zum anderen Ende des Raums schweifte. Dann lächelte er breit. »Der Tag hat soeben eine äußerst erfreuliche Wendung genommen.«

Kincaid drehte sich um und sah Gemma, die sich langsam zwischen den Tischen ihren Weg bahnte.

»Wieso kann mein Sergeant nicht so aussehen?« beklagte sich Deveney mit Leidensstimme. »Ich werd' eine Beschwerde einreichen, und zwar gleich ganz oben, beim Chief Constable.«

Doch Kincaid hörte ihn kaum. Das Kleid war schwarz, mit langen Ärmeln, aber das war auch das einzig Brave an ihm. Es saß Gemma wie auf den Leib geschneidert und hörte weit über ihren Knien auf. Sie trug ihr Haar selten offen, aber an diesem Abend hatte sie es so gelassen, und ihre helle Haut schimmerte von Kupferrot umrahmt wie Milch und Blut.

»Machen Sie den Mund wieder zu«, sagte Deveney grinsend, als er aufstand, um Gemma einen Stuhl zu holen.

»Gemma«, begann Kincaid, ohne zu wissen, was er eigentlich sagen wollte, und im selbem Moment gingen die Lichter aus.

Einen gespenstischen Moment lang wurde es grabesstill, dann brach ein Höllenlärm aus.

»Moment, Moment!« schrie Brian. »Ich hole die Lichter.« Die zuckende Flamme seines Feuerzeugs verschwand hinter der Tür am anderen Ende des Tresens. Wenig später erschien er mit drei brennenden Notlampen wieder, die er im Raum verteilte.

Das Licht der Petroleumlampen verbreitete einen weichen gelblichen Schein, und Deveney sah Gemma mit unverhohlenem Gefallen lächelnd an. »Wenn das nicht ein großer Auftritt war! Bei Kerzenlicht sehen Sie noch schöner aus, wenn das überhaupt möglich ist.«

Wenigstens, dachte Kincaid, hatte sie den Anstand zu erröten. Er stand auf, um Gemma etwas zu trinken zu holen, aber Deveney pfiff ihn zurück. »Nein, lassen Sie mich das machen«, sagte er. »Ich komm' leichter raus.«

Kincaid ließ sich wieder auf die Bank sinken und betrachtete Gemma, unsicher, was er sagen sollte, da er nicht wußte, wie sie reagieren würde. Schließlich sagte er: »Nick hat recht, du siehst wunderbar aus.«

Aber anstatt ihn anzusehen, drehte sie den leeren Aschenbecher hin und her und blickte zur Bar hinüber. »Ist Geoff gar nicht hier? Das ist Brians Sohn«, erklärte sie, sich Kincaid zuwendend. »Ich habe ihn heute nachmittag kennengelernt, und nach dem, was er mir erzählt hat, dachte ich eigentlich, er würde an der Bar helfen.«

Brian trat wieder aus der Küche und verkündete mit lauter Stimme: »Ich habe mit dem Elektrizitätswerk telefoniert. Zwischen Dorking und Guildford ist ein Transformator ausgefallen, es kann also noch eine Weile dauern, bis wir wieder Strom kriegen. Aber keine Angst«, unterbrach er das anschwellende Stimmengewirr, »der Herd arbeitet mit Gas. Das Essen muß also nicht ausfallen.«

»Na, das ist ein Trost«, meinte Deveney, als er Gemmas Wodka mit Orangensaft und die Speisekarte brachte. »Ich habe einen Bärenhunger. Mal sehen, was Brian unter diesen Umständen zustande bringt.« Nachdem sie ihre Wahl getroffen hatten, sagte er zu Kincaid: »Auf der Dienststelle hat eine Nachricht von Chief Constable auf mich gewartet. Im wesentlichen wollte er uns mitteilen, daß er baldigst konkrete Ergebnisse erwartet. Es ginge schließlich um das ›Image der Polizei‹ und so weiter.«

Kincaid und Gemma schnitten Gesichter. Diese Sprache von oben war ihnen nur allzu vertraut, mit dem täglichen Kleinkrieg polizeilicher Ermittlungen hatte sie wenig zu tun.

»Halten Sie eigentlich immer noch an Ihrer Theorie vom Einbrecher fest, Nick?« fragte Kincaid.

Deveney zuckte die Achseln. »Sie ist so gut wie jede andere.«

»Dann würde ich vorschlagen, wir fangen damit an, jeden im Dorf zu vernehmen, der in letzter Zeit einen Diebstahl gemeldet hat. Wir müssen die Möglichkeit eines Zusammenhangs mit den Diebstählen eliminieren, ehe wir weitermachen können. Haben wir eine Liste von der heutigen Hausbefragung?«

An diesem Punkt brachte Brian ihnen die bestellten Salate. Nachdem er die Schüsseln auf den Tisch gestellt hatte, wischte er sich die schweißfeuchte Stirn. »Ich weiß gar nicht, warum John heute nicht gekommen ist«, sagte er und fügte erklärend hinzu: »Er hilft mir normalerweise am Tresen, und heute werde ich ohne ihn kaum fertig.«

»Aber was ist denn mit Geoff?« fragte Gemma.

»Geoff? Was hat Geoff damit zu tun?« sagte Brian gereizt und eilte davon, als ein Gast nach ihm rief.

»Aber ...« sagte Gemma zu seinem entschwindenden Rücken und hielt errötend inne. »Ich weiß genau, daß er gesagt hat, daß er für seinen Vater arbeitet. Da war es doch logisch anzunehmen, daß er hinter der Bar steht.«

»Und was halten Sie von Geoff?« fragte Deveney, sie aus ihrer Verlegenheit befreiend, und sie ergriff die Gelegenheit, um von ihrer Begegnung mit dem jungen Mann zu berichten.

Kincaid hörte ihr schweigend zu, beobachtete ihr lebhaftes Mienenspiel, während sie mit Deveney sprach, und fühlte sich zunehmend ausgeschlossen. Während er in seinem Salat herumstocherte, fragte er sich, ob er sie überhaupt kenne. Hatte er wirklich neben ihr gelegen, ihre Haut an der seinen gefühlt, ihren Atem auf seinen Lippen? Beinahe hätte er ungläubig den Kopf geschüttelt. Wie hatte er sich über das, was zwischen ihnen geschehen war, so sehr täuschen können?

Das Wort »Streit« lenkte seine Aufmerksamkeit wieder auf das Gespräch, und er sagte: »Wie bitte? Entschuldigung, ich habe nicht richtig zugehört.«

»Geoff hat mir erzählt, er hätte vor ungefähr zwei Wochen gehört, wie Gilbert mit der Dorfärztin Streit hatte«, antwortete sie ein wenig zu geduldig; beinahe so, als wäre Kincaid ein etwas beschränktes Kind. »Aber er konnte mir nicht sagen, worum es ging. Er hat nur bemerkt, daß sie beide ärgerlich und aufgebracht waren.«

»Es ist merkwürdig«, meinte sie einen Augenblick später, während sie einen Tomatenschnitz mit ihrer Gabel aufspießte, »ich kann mich nicht erinnern, Gilbert je zornig gesehen zu haben. Wir wußten nur alle ganz genau, ohne daß je darüber gesprochen wurde, daß einem großer Ärger bevorstand, wenn er noch leiser sprach als sonst.«

»Wie bitte?« sagte Kincaid wieder. »Sie haben ihn gekannt? Sie haben mit Alastair Gilbert zusammengearbeitet?« Er kam sich vor wie ein kompletter Idiot.

»Er war mein Superintendent, als ich in Notting Hill angefangen habe«, antwortete Gemma nachlässig. »Ich wußte nicht, daß das wichtig ist.« Ihren Worten folgte unangenehmes Schweigen, und sie fügte hinzu: »Auf jeden Fall sollten wir gleich morgen mal mit dieser Ärztin sprechen, finde ich.«

»Moment, Gemma«, entgegnete Kincaid. »Jemand muß Gilberts Dienststelle aufsuchen und mit den Leuten dort sprechen. Und Sie wollen doch sicher einmal nach Toby sehen. Fahren Sie doch morgen nach London, dann kümmern sich Nick und ich hier um die Ermittlungen.«

Sie sagte nichts, als sie ihren Teller wegschob und sorgfältig Messer und Gabel niederlegte, aber der Blick, den sie ihm zuwarf, war vernichtend.

6

Der Morgenzug von Dorking nach London war voll. »Es gibt keine direkte Verbindung von Guildford aus«, hatte Will Darling Gemma erklärt, als er sie im Pub abgeholt hatte. »Deshalb gibt's da meistens ein ziemliches Gedränge.« Gemma stieß gegen mehr als einen Aktenkoffer, ehe sie den einzigen freien Sitzplatz erreichte. Die dicke Frau gegenüber ließ keinen Raum für Gemmas Knie, und sie mußte sich seitwärts in den Sitz quetschen. Aber als der Zug mit einem Ruck anfuhr, lehnte sie sich ganz zufrieden ans Fenster und freute sich auf eine Fahrt ohne Hetze und Gespräche.

Sie hatte in der Nacht gut geschlafen und ihre gute Laune wiedergefunden. Als Will sie am Bahnhof abgesetzt hatte, hatte sie sich noch einmal bei ihm für ihre Gereiztheit am Vortag entschuldigt.

»Machen Sie sich nur deswegen kein Kopfzerbrechen«, hatte er mit unerschütterlicher Freundlichkeit gesagt. »Dieser Fall ist schwierig für uns alle. Es wird Ihnen guttun, ein Weilchen nach Hause zu kommen.«

Sie hatte fest vorgehabt, sich auch bei Kincaid zu entschuldigen, aber als sie zum Frühstück hinuntergekommen war, hatte sie gehört, daß er mit Deveney bereits zu einer Besprechung in der Dienstelle Guildford gefahren war. Bei einem einsamen Frühstück hatte sie versucht, sich einzureden, wirklich keinen Grund für ein schlechtes Gewissen zu haben. Kincaid selbst hatte sich nach dem Abendessen mit kühler Höflichkeit entschuldigt und es ihr überlassen, die Annäherungsversuche des gutmütigen Nick Deveney abzuwehren.

Sie hatte es nicht darauf angelegt, Kincaid eifersüchtig zu machen – sie verachtete Frauen, die auf solche Taktiken zurückgriffen –, aber Deveneys Interesse und Kincaids wachsendes Unbehagen hatten sie zum Flirten gereizt. Im nüchternen Licht des neuen Tages erkannte sie, daß sie in Zukunft Nick Deveney gegenüber etwas vorsichtiger würde sein müssen. Er war ein attraktiver Mann, gewiß, aber ein Flirt mit ihm war das letzte, wonach ihr gerade jetzt der Sinn stand. Und Kincaid – sie wollte lieber nicht zu genau wissen, warum es ihr Spaß gemacht hatte, ihn schmoren zu lassen.

Während jetzt die ländlichen Gegenden Surreys allmählich

in die Vorortlandschaft Londons übergingen, dachte sie über Alastair Gilbert nach, der diesen Zug jeden Morgen genommen hatte. Sie stellte ihn sich vor, wie er auf dem Platz gesessen hatte, auf dem jetzt sie selbst saß, und, die Aktentasche fest auf seinen Knien, mit wachsamem Blick die Welt rund um ihn herum beobachtet hatte. Woran hatte er gedacht, während der Zug Meile um Meile zurückgelegt hatte? Oder hatte er vielleicht gar nicht nachgedacht, sondern sich in die *Times* vergraben? War irgendeinem unter den anderen Fahrgästen seine Abwesenheit aufgefallen? Hatte sich jemand Gedanken darüber gemacht, was aus dem kleinen, adretten Mann geworden war? Die Augen fielen ihr zu, und erst das Quietschen der Bremsen bei der Ankunft am Victoria-Bahnhof riß sie aus ihrem Nickerchen.

Auf dem Weg durch die Victoria Street zum Buckingham-Tor ließ sie sich Zeit und genoß den dünnen Sonnenschein, der auf die Regengüsse des vergangenen Abends gefolgt war. Als sie in den Broadway einbog, wurde ihr überrascht bewußt, daß der Anblick des Yard ihr richtig guttat. Ausnahmsweise hatte der nüchterne Bau etwas beinahe Behagliches für sie, und es war ein angenehmes Gefühl, wieder festen Boden unter den Füßen zu haben.

Nachdem sie Chief Superintendent Childs kurz berichtet hatte, belegte sie Kincaids Büro mit Beschlag, fand es jedoch nicht halb so befriedigend wie sonst. Aber immerhin hatte sie hier die Ruhe, die sie brauchte, um ihre Pläne für den Tag zu machen, und bald hatte sie einen Termin mit Commander Gilberts rechter Hand, Chief Inspector David Ogilvie, verabredet und war auf dem Weg zum Präsidium in Notting Dale.

Sie kannte Ogilvie noch aus ihrer Zeit in Notting Hill, bevor er wie Gilbert ans Präsidium versetzt worden war. Er war damals Inspector gewesen, und sie hatte immer ein wenig Angst vor ihm gehabt. Er hatte allgemein als Frauenheld gegolten, und sein Aussehen, dunkel, mit markanten Gesichtszügen, die etwas Raubvogelhaftes besaßen, hatte die Gerüchte durchaus plausibel gemacht; aber er hatte selten gelächelt und eine scharfe Zunge gehabt.

Sie machte sich daher auf ein unangenehmes Gespräch gefaßt, nachdem sie sich beim wachhabenden Beamten angemeldet und im Foyer Platz genommen hatte, um zu warten, bis Ogilvie sie holen ließ. Sehr zu ihrer Überraschung erschien einige Minuten später Ogilvie persönlich. Er hat sich kaum verändert, dachte sie und musterte ihn, als sie ihm die Hand gab. Das volle dunkle Haar war jetzt grau gesprenkelt, das Gesicht war ein wenig schärfer geworden, der Körper etwas sehniger.

Er führte sie in sein Büro, bat sie, Platz zu nehmen, und überraschte sie erneut, indem er die Initiative ergriff, noch ehe sie Heft und Füller herausgezogen hatte.

»Diese Sache mit Alastair Gilbert ist ja furchtbar. Ich glaube, wir alle hier haben es noch gar nicht richtig begriffen. Wir warten ständig darauf, daß jemand vorbeikommt, um uns mitzuteilen, daß das Ganze nur ein Mißverständnis war.« Er hielt inne, schob einige Papiere auf seinem Schreibtisch gerade und sah sie dann an.

Seine Augen waren von einem dunklen reinen Grau, das durch das anthrazitfarbene Tweedjackett noch hervorgehoben wurde. Gemma senkte die Lider. »Ich kann mir vorstellen, wie schwer es für Sie ist, da Sie ja mit ihm zusam . . .«

»Sie waren mit dem Team am Tatort«, unterbrach er sie, ohne auf ihre Bekundungen der Anteilnahme einzugehen. »Bitte berichten Sie mir genau, was geschehen ist.«

»Aber Sie haben doch gewiß einen Bericht gesehen . . .«

Er schüttelte den Kopf und beugte sich über den Schreibtisch ihr zu. Sein Blick war angespannt. »Das reicht mir nicht. Ich möchte wissen, wie es ausgesehen hat, was gesprochen wurde – alles, bis ins kleinste Detail.«

Gemma spürte, wie ihr heiß wurde. Was zum Teufel hatte das zu bedeuten? War das eine Art Prüfung ihrer Fähigkeiten? Und war sie verpflichtet, ihm Auskunft zu geben? Das Schweigen zog sich in die Länge, und sie begann nervös zu werden. Was konnte es schon schaden, wenn sie ihm die gewünschten Informationen gab? Er hatte sowieso Zugang zu den Unterlagen, und für sie war es wichtig, eine gute Arbeitsbeziehung zu ihm herzustellen. Sie holte tief Atem und begann.

Ogilvie saß reglos, während sie sprach, und als sie zum Ende gekommen war, ließ er sich entspannt in seinen Sessel zurücksinken und lächelte sie an. »Ich sehe, wir haben Sie in Notting Hill gut ausgebildet, Sergeant.« Gemma wollte etwas sagen, doch er hob abwehrend die Hand. »O ja, ich erinnere mich an Sie«, sagte er, und sein Raubtierlächeln wurde breiter. »Sie waren fest entschlossen, vorwärtszukommen, und mir scheint, es ist Ihnen gelungen. So, was kann ich jetzt für Sie tun, da Sie ja so entgegenkommend waren? Möchten Sie sich im Büro des Commanders umsehen?«

»Ich würde Ihnen zunächst gern einige Fragen stellen.« Gemma, die inzwischen ihr Schreibzeug herausgeholt hatte, schlug ihr Heft auf, betitelte die Seite und sagte: »Ist Ihnen in letzter Zeit am Verhalten von Commander Gilbert irgend etwas aufgefallen? War er anders als sonst?«

Ogilvie drehte seinen Sessel ein wenig zum Fenster und schien die Frage ernsthaft zu bedenken. Dann schüttelte er den Kopf. »Nein, das kann ich nicht behaupten. Aber sehen Sie, ich kannte Alastair seit vielen Jahren und ich hätte niemals sagen können, was gerade in ihm vorging. Er war ein sehr verschlossener Mensch.«

»Gab es im Dienst irgendwelche Schwierigkeiten? Könnte es sein, daß jemand ihn bedroht hat?«

»Sie meinen, ob irgend ein Bösewicht damit gedroht hat, den Bullen kaltzumachen, der ihn in den Knast gebracht hat? Ich habe den Eindruck, Sie sitzen ein bißchen zuviel vor dem Fernseher, Sergeant.« Er lachte kurz und scharf, und Gemma wurde rot, doch ehe sie etwas entgegnen konnte, sagte er: »Sie werden wissen, daß Gilbert mit der täglichen Routinearbeit wenig zu tun hatte. Und da ihm die Verwaltung immer schon mehr gelegen hat als die Kriegsführung, würde ich sagen, daß ihm das ganz recht war.« Mit einer schnellen, geschmeidigen Bewegung, die Gemma in ihrem Eindruck seiner körperlichen Fitneß bestärkte, stand er auf. »Ich bringe Sie . . .«

»Chief Inspector.« Gemma rührte sich nicht aus ihrem Sessel. »Bitte berichten Sie über Commander Gilberts letzten Tag. Hat er irgend etwas getan, was nicht im Bereich des Alltäglichen war?«

Anstatt sich wieder zu setzen, ging Ogilvie zum Fenster und spielte zerstreut mit dem Hebel der Jalousie. »Soweit ich mich erinnern kann, hatte er den ganzen Tag mit Abteilungsbesprechungen zu tun. Das Übliche eben.«

»Es ist erst zwei Tage her, Chief Inspector«, sagte Gemma sanft.

Er wandte sich ihr wieder zu, die Hände in den Hosentaschen, und lächelte. »Vielleicht werde ich langsam alt, Sergeant. Und ich hatte keinen Anlaß, an diesem Tag besonders auf die Tätigkeit von Commander Gilbert zu achten. Sprechen Sie doch einmal mit der Sekretärin, hm? Ich weiß, daß Alastair einen Terminkalender geführt hat. Er wußte immer gern ganz genau, wo er stand.« Er kam um den Schreibtisch herum und öffnete ihr die Tür. »Das wäre doch ein Anfang«, meinte er.

Gemma lächelte und dankte ihm und hatte dabei das Gefühl, gründlich an der Nase herumgeführt worden zu sein.

Alastair Gilberts Büro war einem Commander gebührend eingerichtet. Den Boden bedeckte ein Spannteppich bester

Qualität, die Möbel waren von der imposanten Sorte, die nur hohen Beamten zur Verfügung gestellt wurden. In einem massiven Bücherregal an einer Wand standen philosophische und militärgeschichtliche Werke neben Polizeihandbüchern, abgesehen davon jedoch fehlte dem Raum jeder persönliche Zug. Sie hatte im Grund auch gar nicht erwartet, bei Gilbert den Krimskrams vorzufinden, der sich bei anderen Leuten an ihren Arbeitsplätzen anzusammeln pflegte; aber die peinliche Ordnung in diesem Raum wurde nicht einmal durch ein paar Familienfotos gestört. Mit einem Seufzer machte sie sich an die Arbeit.

Erst als ihr Magen zu knurren begann, wurde sie sich bewußt, daß sie das Mittagessen ganz vergessen hatte. Sie ordnete die Papiere wieder in die letzte Akte ein, die sie herausgenommen hatte, und stand mit steifen Gliedern vom Boden auf. Ihre Fingerspitzen fühlten sich trocken und staubig an vom Umgang mit so vielen Papieren, aber ihre Suche hatte absolut nichts erbracht. Gilberts gewissenhaft geführter Terminkalender skizzierte nur den Ablauf eines Tages, der so fade gewesen sein mußte, wie sie sich in diesem Moment fühlte.

Er hatte den Tag am Morgen mit einer Lagebesprechung mit seinen obersten Beamten begonnen und danach seine Korrespondenz erledigt. Vor dem Mittagessen war er mit einem Vertreter des Bezirksrats zusammengetroffen, danach mit Vertretern einiger Bürgerinitiativen und Beamten der Kronanwaltschaft. Es gab keinen Hinweis auf einen Termin nach Dienstschluß, weder für diesen Tag noch für den davor.

Gemma streckte sich gähnend und gestand Kincaid zum erstenmal zu, daß er vielleicht recht hatte, wenn er keine weitere Beförderung wünschte. Sie nahm ihre Handtasche, die unter dem Schreibtisch lag, und machte sich auf die Suche nach der Toilette.

Erfrischt, nachdem sie sich die Hände gewaschen und das Gesicht mit Wasser bespritzt hatte, trat sie aus dem Gebäude und stellte erfreut fest, daß die Sonne wunderbarerweise immer noch schien. Sie blieb stehen und wandte ihr Gesicht aufwärts, um die Wärme in sich einzusaugen, als die Tür hinter ihr aufflog und jemand sie von hinten anrempelte.

»Entschuldigung«, sagte sie automatisch. Sie hatte einen Eindruck von einer kräftigen weiblichen Figur in blauer Uniform, dann sah sie das Gesicht und sie schrie auf. »Jackie? Das gibt's doch nicht! Bist das wirklich du?« Lachend umarmte sie die Freundin und hielt sie dann ein Stück von sich ab. »Ja, du bist es wirklich. Unglaublich, du hast dich überhaupt nicht verändert.«

Sie und Jackie Temple waren auf der Polizeischule im selben Kurs gewesen, und als sie dann beide nach Notting Hill gekommen waren, hatte sich die nette Bekanntschaft zu einer echten Freundschaft vertieft. Sie waren in engem Kontakt geblieben, auch als Gemma zur Kriminalpolizei gegangen war; aber seit Gemmas Versetzung zum Yard hatten sie einander nur noch sehr selten gesehen. Jetzt fiel ihr ein, daß sie mit Jackie nicht mehr gesprochen hatte, seit sie mit Toby schwanger gewesen war.

»Du dich aber auch nicht, Gemma«, entgegnete Jackie mit einem strahlenden Lächeln in dem dunklen Gesicht. »So, und jetzt, wo wir wissen, daß wir beide abgefeimte Lügnerinnen sind, erklärst du mir vielleicht mal, was du hier tust? Mein Gott, wie lange haben wir uns nicht gesehen! Wie geht es Rob?« Sie sah die Antwort in Gemmas Gesicht und sagte sofort: »Ach, nein! Jetzt bin ich ins Fettnäpfchen getreten, hm?« Sie hob Gemmas linke Hand und schüttelte den Kopf, als sie den ringlosen Finger sah. »Das tut mir wirklich leid, Schatz. Was ist denn passiert?«

»Du konntest es ja nicht wissen«, beruhigte Gemma sie. »Und

es ist mittlerweile schon zwei Jahre her.« Rob hatte die Pflichten eines Familienvaters etwas zu beschwerlich gefunden und hatte sich als abwesender Vater auch nicht wesentlich verantwortungsvoller gezeigt. Die Unterhaltszahlungen, die zunächst regelmäßig eingegangen waren, erfolgten nach einer Weile nur noch sporadisch und hörten ganz auf, als Rob seine Stellung aufgab und seinen Wohnsitz änderte.

»Hör mal«, sagte Jackie, als die Tür wieder aufflog und sie um Haaresbreite verfehlte, »wir können nicht den ganzen Tag hier auf dieser blöden Treppe rumstehen. Ich hab' dienstfrei, war nur hier, um für meinen Chef ein paar Unterlagen aus Notting Hill rüberzubringen. Jetzt fahr' ich nach Hause. Komm doch mit. Wir trinken was zusammen und quatschen uns mal richtig aus.«

Gemma zögerte einen Moment, aber dann sagte sie sich, daß sie ja Kincaids Instruktionen auf den Buchstaben genau befolgt hatte. Und sie konnte Jackie ja außerdem ein bißchen über Alastair Gilbert ausfragen. Lächelnd sagte sie: »Das ist das beste Angebot, das ich heute bekommen habe.«

Jackie wohnte immer noch in der Nähe der Polizeidienststelle Notting Hill in der kleinen Siedlung, an die Gemma sich erinnerte. Die Häuser wirkten ein wenig wie häßliche Entlein in dieser Gegend renovierter georgianischer Reihenhäuser, doch Jackies im ersten Stockwerk gelegene Wohnung war hübsch und luftig – eine breite Terrassentür, die zu einem nach Süden blickenden Balkon hinausführte, viele Grünpflanzen, afrikanische Drucke, leichte Möbel mit bunten Bezügen.

»Wohnst du immer noch mit Susan May zusammen?« rief Gemma aus dem Wohnzimmer, als Jackie im Schlafzimmer verschwand, um sich umzuziehen.

»Ja, wir kommen gut miteinander aus. Sie ist gerade wieder befördert worden – wird langsam richtig eingebildet«, sagte Jackie liebevoll, als sie in Jeans und sich ein Sweatshirt überziehend zurückkam. »Mensch, hab' ich einen Hunger«, fügte sie hinzu, schon auf dem Weg zur kleinen Kochnische. »Wenn du's noch einen Moment aushältst, mach' ich uns schnell was zurecht.«

Da Jackie ihr Angebot zu helfen ausschlug, wanderte Gemma auf den Balkon hinaus und bewunderte die Löwenmäulchen und Stiefmütterchen, die in Terrakottatöpfen blühten. Sie erinnerte sich, daß Susan, eine große, schlanke Frau, die als Produktionsassistentin beim BBC beschäftigt war, die Gärtnerin war. Wenn sie sich früher ab und zu zu dritt in der Wohnung zum Essen getroffen hatten, hatte Susan Jackie stets damit geneckt, daß sie Pflanzen nur anzusehen brauche, um sie zum Welken zu bringen.

Das war einmal mein Revier, dachte Gemma, als sie sich über das Geländer lehnte und zu den breiten, baumbestandenen Straßen hinuntersah – nicht alles natürlich so elegant und gefällig wie dies hier –, aber für eine angehende Polizeibeamtin war es ein gutes Revier gewesen, und sie hatte gern hier gearbeitet. Ihre Streife hatte damals vom Elgin Crescent mit seinen bunten Häusern bis zur verkehrsreichen Kinsington Park Road gereicht. Es war ein seltsames Gefühl, wieder hier zu sein, als wäre die Zeit zurückgedreht worden.

Als sie ins Wohnzimmer zurückkehrte, hatte Jackie schon Teller mit belegten Broten und Obst hingestellt und dazu zwei Flaschen Bier. Sie zogen ihre Sessel näher ans Fenster, um beim Essen in der Sonne zu sitzen, und Jackie wiederholte, was Gemma gerade gedacht hatte.

»Wie in alten Zeiten, nicht?« sagte sie kauend. »Aber jetzt erzähl mal von dir«, fügte sie hinzu und biß ein zweitesmal kräftig in ihren Apfel.

Als Gemma mit ihrem Bericht am Ende war und Jackie versprochen hatte, sie und Toby bald einmal zu besuchen, hatten sie alles bis auf den letzten Krümel aufgegessen. »Weißt du,

Jackie«, sagte Gemma zaghaft, »es tut mir leid, daß ich den Kontakt nicht gehalten habe. Aber als ich mit Toby schwanger war, war ich abends immer so hundemüde, daß ich nur noch ins Bett fallen konnte, und danach . . . mit Rob . . . ich wollte einfach nicht darüber sprechen.«

»Natürlich, ich versteh' das.« Jackies dunkle Augen waren voller Teilnahme. »Aber ich beneide dich um dein Kind.«

»Ausgerechnet du?« Gemma war nie auf den Gedanken gekommen, daß ihre energische, immer auf Autonomie bedachte Freundin sich ein Kind wünschen könnte.

Jackie lachte. »Wieso nicht? Glaubst du vielleicht, ich bin schon zu verknöchert, um noch Windeln wechseln zu wollen? Tja, so ist das. Und ich hätte nie gedacht, daß gerade du dir ein Kind anschaffen würdest, wo du doch immer so auf deine Karriere bedacht warst. Apropos«, sie gab Gemma einen leichten Puff, »wer hätte gedacht, daß du mal so weit aufsteigen würdest, daß du jetzt sogar an den Ermittlungen über den Mord an einem Commander teilnimmst! Erzähl doch mal, ich bin ganz gespannt.«

Als Gemma geendet hatte, sagte Jackie: »Du Glückspilz. Dein Chef scheint ein echt netter Kerl zu sein.«

Gemma öffnete den Mund, um zu protestieren, überlegte es sich aber sogleich anders. An dieses Thema wollte sie lieber nicht rühren.

»Über meinen könnte ich dir Sachen erzählen, da würden sich dir die Haare sträuben«, fuhr Jackie fort und fügte dann philosophisch hinzu: »Na ja, die Suppe hab' ich mir selbst eingebrockt, als ich mich entschlossen habe, bei der Streife zu bleiben.« Sie tranken ihren letzten Schluck Bier mit einem Zug und wechselten ziemlich unvermittelt das Thema. »Ich habe Commander Gilbert vor nicht allzu langer Zeit mal in Notting Hill gesehen – ich glaube, es war in der letzten Woche. Ob du's glaubst oder nicht, er hatte einen Fleck auf der Krawatte.

Wahrscheinlich ist er bei einer Kantinenschlacht ins Kreuzfeuer geraten, anders ist das doch nicht zu erklären.«

Sie lachten beide und gerieten, angeregt von der Erwähnung solch jugendlich kindischen Verhaltens, unversehens in ein Schwelgen in Erinnerungen, das damit endete, daß sie sich kichernd die Tränen aus den Augen wischten. »Wenn man sich vorstellt, wie naiv wir damals waren«, sagte Jackie schließlich und schneuzte sich die Nase. »Manchmal denke ich, es ist ein Wunder, daß wir überlebt haben.« Sie musterte Gemma einen Moment, dann sagte sie ernst werdend: »Es tut richtig gut, dich wieder mal zu sehen, Gemma. Du hast in meinem Leben eine wichtige Rolle gespielt und du hast mir gefehlt.«

Rob hatte für Gemmas Freunde nichts übrig gehabt, am wenigsten für die von der Polizei, und nach einer Weile hatte ihr einfach die Energie für die Auseinandersetzungen gefehlt, die Kontakten mit ihnen unweigerlich gefolgt waren. Und er hatte auch nichts über ihr Leben vor ihrer gemeinsamen Zeit wissen wollen, so daß allmählich selbst ihre Erinnerungen zu verblassen schienen, weil sie niemals belebt wurden.

»Ich habe das Gefühl, ich habe in den letzten Jahren Teile meines Lebens einfach verloren«, sagte sie langsam. »Vielleicht ist es an der Zeit, daß ich sie wieder zusammensuche.«

»Dann komm doch bald mal zu uns zum Essen«, meinte Jackie. »Susan würde sich auch freuen, dich zu sehen. Wir trinken eine Flasche Wein auf unsere vergeudete Jugend – und erinnern uns an die Zeiten, als wir uns höchstens den billigsten Fusel auf dem Markt leisten konnten.« Sie stand auf und ging zum Fenster. »Wie komisch«, sagte sie beinahe geistesabwesend, »mir ist gerade eingefallen, daß ich Commander Gilbert vor kurzem noch mal gesehen habe. Wahrscheinlich ist es mir in Zusammenhang mit dem Wein eingefallen. Ich kam nämlich gerade aus dem Spirituosengeschäft in der Portobello Road, als ich Gilbert stehen sah. Er sprach mit so einem westindischen

Mann, der ein bekannter Informant ist. Zumindest glaubte ich, es wäre Gilbert, aber dann kam ein Lastwagen und hat mir die Sicht versperrt, und als die Ampel umschaltete, waren die beiden verschwunden.«

»Du bist dem nicht nachgegangen?«

»Du bist zu lange bei der Kripo, mein Engel«, erwiderte Jackie erheitert. »Bei wem hätte ich mich denn erkundigen sollen? Bei Gilbert vielleicht? Ich werd' mich hüten, meine Nase in die Angelegenheiten meiner Vorgesetzten zu stecken! Trotzdem«, sie drehte sich nach Gemma um und lächelte, »es kann vielleicht nicht schaden, mal ein Wörtchen mit gewissen Leuten zu reden. Ich geb' dir Bescheid, wenn was Interessantes dabei rauskommt, okay?«

Gemma haßte die Rolltreppe an der U-Bahnhaltestelle Angel. Es war bestimmt die längste und steilste in ganz London, und der Gedanke daran, jeden Morgen dieser schwindelerregenden Abfahrt ausgesetzt zu sein, hatte sie beinahe davon abgehalten, ihre neue Wohnung anzumieten. Wenigstens, sagte sie sich, die Hand fest auf dem Geländer, war die Auffahrt nicht so schlimm wie die Abfahrt – vorausgesetzt, man blickte nicht rückwärts.

Eine Plastiktüte klatschte Gemma gegen die Beine, als sie auf die Straße hinaustrat. Sie bückte sich, um sie abzustreifen, und sah, daß der Wind die ganze Islington High Street hinunter Abfälle vor sich hertrieb. Ein Zeitungsblatt klebte an einem Lampenmasten in der Nähe, und eine Plastikflasche kollerte scheppernd den Bürgersteig entlang. Wieder einmal war die Müllabfuhr nicht gekommen. Gemma runzelte verärgert die Stirn. Sie hatte ganz bestimmt nicht die Zeit, sich darüber beim Bezirksrat zu beschweren.

Der Anblick des Schwarzen, der auf der Bank neben dem Blumenstand saß, riß sie aus ihrer Verstimmung. Klein und gebrechlich wirkend vor dem gewaltigen Glasbau hinter ihm saß er da, eine in braunes Papier verpackte Whiskyflasche an die Brust gedrückt, und sah vor sich hin. Seine zerlumpten Kleider sahen aus, als seien sie einst von guter Qualität gewesen, doch sie schützten ihn kaum vor dem kalten Wind, der ihm die Tränen in die rotgeränderten Augen trieb.

Sie kaufte am Stand einen Strauß gelber Nelken, drückte das Wechselgeld dem Penner in die Hand, ehe sie über den Zebrastreifen eilte. Zurückblickend sah sie ihn mit dem Kopf wackeln wie ein Aufziehspielzeug, während er ihr Unverständliches nachrief. Als Neuling bei der Polizei, jung und unerfahren, hatte sie beinahe automatisch die Verachtung ihrer Eltern für die, die »doch nur was zu arbeiten brauchen, wenn sie's besser haben wollen«, geteilt. Doch schnell hatte sie gelernt, daß die Dinge fast niemals so einfach lagen. Für manche dieser Menschen konnte man nicht mehr tun, als zu versuchen, ihnen das Leben ein wenig angenehmer zu machen und ihnen das letzte bißchen ihrer Würde zu lassen.

Sie bog in die Liverpool Street ein. Auf dem Chapel Market waren die Händler dabei, ihre Waren einzupacken und ihre Stände abzubauen. Zu spät, um hier noch etwas zum Abendessen zu besorgen; sie würde zu Cullen gehen oder das Gedränge in dem riesigen neuen Sainsbury's auf der anderen Straßenseite auf sich nehmen müssen.

Es gab etwas, das sie zu Sainsbury's zog, so sehr sie diesen sterilen Glitzerladen haßte. Der Straßenmusikant stand auf seinem Stammplatz neben der Tür, neben sich seinen wachsamen Hund. Sie gab ihm stets einige Münzen, manchmal, wenn sie es sich leisten konnte, auch ein ganzes Pfund, aber sie tat es nicht aus Mitleid. An diesem Abend blieb sie stehen wie immer und lauschte den perlenden Tönen seiner Klarinette. Sie kannte das Stück nicht, das er spielte, aber es rief eine leise Wehmut hervor und hinterließ, als die letzten Töne verklangen, eine sanfte Melancholie. Die schwere Münze klirrte, als sie sie in den offenen Klarinettenkasten warf, aber der junge Mann nickte nur zum Dank. Er lächelte niemals, und sein Blick war so distanziert wie der des Mischlings, der ruhig zu seinen Füßen lag.

Einkaufstüten schlugen ihr gegen die Beine, als sie etwas später aus dem Supermarkt kam und, ihren Mantelkragen gegen den Wind zusammenhaltend, die Liverpool Street hinaufeilte. Ihre Freude auf das Wiedersehen mit Toby wuchs, als sie sich vorstellte, wie sie ihn in die Arme nahm und an sich drückte, den warmen Geruch seiner Haut einatmete, während er vor Vergnügen quietschte. In der Richmond Avenue kam sie an der Grundschule vorbei, deren Tore schon geschlossen waren. Der Schulhof war still und leer bis auf das leise Quietschen einer leeren Schaukel, die der Wind hin und her schwang. Bald würde Toby alt genug sein, um sich zu den Kindern dort zu gesellen. Schon jetzt begann sein kleiner Körper sich zu strecken, und ein kurzer Schmerz kommenden Verlustes durchzuckte Gemma bei dem Gedanken. Die Schuldgefühle zurückdrängend, die immer dicht an der Oberfläche lauerten, versicherte sie sich, daß sie ihr Bestes tat.

Wenigstens hatte der Umzug in die Wohnung in Islington etwas unerwartet Gutes gebracht – ihre Vermieterin, Hazel Cavendish, hatte sich erboten, Toby zu betreuen, wenn Gemma arbeitete, so daß Gemma nun nicht mehr von ihrer Mutter oder gleichgültigen Babysittern abhängig war.

Thornhill Gardens wurde sichtbar, und Gemma verlangsamte den Schritt, um wieder zu Atem zu kommen und nicht keuchend an der Tür zu stehen. In den Häusern rundherum gingen jetzt die Lichter an, und die lockende Vorstellung von Wärme und Behaglichkeit hinter verschlossenen Türen beflügelte Gemma. Das Haus der Familie Cavendish stand direkt am Park, und Gemmas anschließende Wohnung blickte zur Albion Street hinaus, fast genau gegenüber dem Pub.

Durch das Tor neben der Garage trat sie in den Garten und ging, ohne sich die Zeit zu nehmen, ihre Einkäufe in ihrer Wohnung abzulegen, zum Haus. Sie hatte Hazel angerufen, um ihr Kommen anzukünden, und als sie die Hintertür erreichte, las sie blinzelnd im Dämmerlicht, was auf dem kleinen Klebezettel stand, der dort hing: »Im Bad, H.« Gemma lächelte und sah auf ihre Uhr. In Hazels Haushalt hatte alles seine Ordnung, klar, daß die Kinder um diese Zeit ihr Abendessen bereits bekommen hatten und in der Wanne saßen.

Angenehme Wärme und würzige Düfte empfingen sie, als sie die Tür öffnete, ein sicheres Zeichen, daß Hazel eine ihrer »Gemüsekompositionen«, wie ihr Mann diese Gerichte liebevoll nannte, kochte. Hazel und Tim Cavendish waren Psychologen, Hazel hatte sich jedoch auf unabsehbare Zeit von ihrer lukrativen Praxis beurlaubt, um zu Hause zu bleiben und sich um ihre dreijährige Tochter Holly zu kümmern. Sie hatten Toby mühelos in ihrer Gemeinschaft aufgenommen. Hazel ließ sich für die Kinderbetreuung zwar bezahlen, aber Gemma hatte den Verdacht, sie tat es mehr aus Rücksicht auf ihren – Gemmas – Stolz als aus finanzieller Notwendigkeit.

Sie legte ihre Tüten auf den Küchentisch und stieg über herumliegende Spielsachen hinweg, um nach oben zu gehen, von wo sie fröhliche Kinderstimmen hörte. Sie klopfte an die Badezimmertür und schlüpfte auf Hazels lachendes »Nur herein« schnell durch die Tür. Hazel kniete vor der altmodischen Wanne mit den Klauenfüßen und wusch, die Ärmel ihres Pullovers hochgeschoben, die Kinder.

»Mami!« jubelte Toby, als er seine Mutter sah, und schlug vor Begeisterung mit beiden Händen, klatsch, auf das Wasser. Lachend sprang Hazel zurück.

»Ich glaube, ihr beiden Racker seid jetzt sauber genug«, sagte sie. »Willkommen zu Hause, Gemma.« Sie wischte sich ein paar Schaumfetzen aus dem Gesicht.

Gemma verspürte eine plötzliche Aufwallung von Eifersucht, aber die verging gleich wieder, als Hazel rief: »Wie wär's, wenn du mir beim Abtrocknen helfen würdest?« und sie mit zwei klatschnassen, übermütigen Kindern zu kämpfen hatte.

Als die Kinder abgerubbelt waren und in ihren Schlafanzügen steckten, setzte Hazel sie mit einigen Spielsachen auf den Teppich in der Küche und bestand darauf, Gemma eine Tasse Tee zu machen. »Du siehst ziemlich erledigt aus, um es mal milde auszudrücken«, sagte sie lächelnd und wehrte Gemmas Angebot, ihr zu helfen, mit einer sanften Geste ab.

Gemma ließ sich dankbar auf einen Stuhl am Küchentisch fallen und sah den Kindern zu, die mit konzentriertem Eifer ihre Spielzeugautos im Lift einer Parkgarage aus Plastik hinauf und hinunter hebelten. Die beiden spielten gut zusammen. Die dunkelhaarige Holly hatte das gutmütige Naturell ihrer Mutter geerbt und ebenso ihre Grübchen. Sie war ein paar Monate älter als Toby, und er ließ es sich ohne Murren gefallen, daß meistens sie auf ihre freundliche Art den Ton angab.

»Bleib doch zum Abendessen«, schlug Hazel vor, als sie ihr den dampfenden Teebecher hinstellte und sich auf den Stuhl gegenüber setzte. »Tim hat heute abend eine Therapiegruppe, wir wären also mit den Kindern allein. Ich kann dir meinen marokkanischen Gemüseeintopf mit Couscous bieten. Und außerdem«, fügte sie mit einem bittenden Unterton hinzu, »habe ich rein egoistische Gründe – ich könnte dringend ein Erwachsenengespräch gebrauchen.«

»Aber ich habe schon im Supermarkt eingekauft ...« Gemma wies mit einer halbherzigen Geste auf die Einkaufstüten.

Hazel rümpfte ihre Stupsnase. »Spaghetti mit Fertigsoße oder was ähnlich Widerliches, wette ich. Du brauchst mal was, das nicht auf die Schnelle zusammengehauen worden ist. Essen tut nicht nur dem Körper gut, sondern auch der Seele«, erklärte sie feierlich und lachte, »sagt die große Küchenphilosophin.«

Mit einem schamhaften Lächeln gestand Gemma: »Es war das erstbeste, was ich im Regal gesehen habe.« Sie streckte sich, entspannt vom Tee und von der Wärme des Raums, und sah sich in der freundlichen Küche um. Die alten Schränke mit den Glastüren waren in einem weichen Grünton gebeizt, die Wände pfirsichfarben gestrichen, und auf allen verfügbaren Plätzen auf Arbeitsplatten und Tisch standen Körbe mit Hazels diversen Strickzeugen herum. Sie hatte plötzlich gar keine Lust mehr zu gehen und sagte: »Dein Vorschlag klingt wirklich verlockend. Wird es dir auch wirklich nicht zuviel? Ich habe immer Angst, wir fallen dir zur Last.« Als Hazel darauf energisch den Kopf schüttelte, fügte sie hinzu: »Und ich muß zugeben, die Woche war die Hölle.«

»Ein schwieriger Fall?« erkundigte sich Hazel teilnahmsvoll.

»Das kann man sagen.« Gemma trank einen Schluck Tee und erzählte von Alastair Gilbert.

Als sie zum Ende gekommen war, sagte Hazel schaudernd: »Wie schrecklich! Für die arme Frau und ihre Tochter und für dich. Aber das ist nicht alles, stimmt's?« Sie sah Gemma mit dem direkten Blick an, der ihre Patienten sicher stets ins Schwitzen gebracht hatte. »Du verschwindest tagelang, ohne jemandem Bescheid zu geben, tauchst plötzlich wieder auf, läßt Toby ohne ein Wort der Erklärung zurück – was ist denn los, hm?«

Gemma schüttelte den Kopf. »Nichts. Gar nichts. Es ist alles in Ordnung.«

Hazel beugte sich über den Tisch und sagte ernst: »Wen willst du eigentlich überzeugen? Du weißt doch, daß es nicht gut ist, alles in sich einzuschließen. Du brauchst nicht ständig die Superfrau zu sein. Gib ruhig anderen mal ein bißchen von der Last ab . . .«

»Ich brauche keine Therapeutin, Hazel«, unterbrach Gemma

und bedauerte augenblicklich ihre brüske Art. »Entschuldige. Ich weiß gar nicht, was in letzter Zeit in mich gefahren ist. Jedem fahre ich über den Mund. Das war jetzt total unfair dir gegenüber.«

Mit einem kleinen Seufzer lehnte Hazel sich wieder zurück. »Ach, ich weiß nicht, vielleicht habe ich die Zurechtweisung verdient. Das sind eben die alten Gewohnheiten, weißt du. Es tut mir leid, wenn ich dir zu nahe getreten bin, aber ich mag dich sehr gern und möchte dir helfen, wenn ich kann.«

Hazels liebevoller Ton trieb Gemma die Tränen in die Augen, und sie hatte plötzlich eine große Sehnsucht, ihr Herz auszuschütten und sich trösten zu lassen. Aber statt dessen schluckte sie die Tränen hinunter und fragte zaghaft: »Wie hast du das nur ausgehalten, Hazel? So einfach deinen Beruf aufzugeben? Hast du nicht Angst gehabt, du würdest dich selbst verlieren?«

Hazel beobachtete eine ganze Weile schweigend die Kinder beim Spiel, ehe sie antwortete. »Es war nicht leicht, aber ich habe es bis jetzt nie bereut. Ich habe aus Erfahrung gelernt, daß es ein großes inneres Risiko ist, die eigene Identität ausschließlich in der Arbeit zu verankern. Dazu ist das Leben viel zu unsicher – ein Arbeitsplatz kann morgen schon verloren sein, und wo steht man dann? Das gleiche gilt für die Ehe und die Mutterschaft. Man muß sich auf etwas Tieferes verlassen, etwas Unverletzliches.« Sie blickte auf und sah Gemma in die Augen. »Leichter gesagt, als getan, ich weiß, und ich will auch der persönlichen Frage gar nicht ausweichen. Ich habe mit dem Kinderkriegen ziemlich lange gewartet, und als Holly dann kam, habe ich mich trotz meiner Liebe zu meiner Arbeit dafür entschieden, die ersten Jahre ihres Lebens einzig für sie da zu sein, weil ich weiß, daß das eine Erfahrung ist, die mir nie wieder im Leben geboten werden wird. Manchmal habe ich deswegen ein schlechtes Gewissen, weil ich weiß, daß so viele Frauen – wie du zum Beispiel – diese Möglichkeit der Wahl gar nicht haben.« Hazels Grübchen kamen zum Vorschein, als sie Gemma anlächelte. »Aber ich weiß gar nicht, ob du sie überhaupt ergreifen würdest, wenn du sie hättest.«

Mit gerunzelter Stirn starrte Gemma in ihren Becher, als könnte sie darin die Antwort finden. »Nie im Leben, hätte ich zu Anfang gesagt. Für mich war die Schwangerschaft ein Schlag ins Kontor, ein Kind nichts als ein Klotz am Bein, den ich Robs Nachlässigkeit zu verdanken hatte. Aber jetzt . . .«

Toby, der vielleicht einen Unterton innerer Unruhe in der Stimme seiner Mutter hörte, unterbrach sein Spiel und kam zu ihr. Er drückte seinen Kopf an ihren Arm.

Gemma zog ihn an sich und zauste ihm das Haar. »Aber jetzt bin ich mir nicht mehr sicher. Es gibt Tage, da beneide ich dich.« Sie dachte an Jackie Temples unerwartetes Geständnis. War je ein Mensch mit seinem Los zufrieden?

»Und es gibt Tage, da hab' ich das Gefühl, ich werde verrückt, wenn ich noch einen einzigen Werbespot für Spielzeug höre«, entgegnete Hazel lachend. »Also koche ich. Das ist meine Zuflucht.« Sie stand auf und trug die leeren Becher zur Spüle. »Und jetzt ist es Zeit von den anregenden auf die beruhigenden Getränke umzusteigen.« Sie nahm eine Flasche Weißwein aus dem Kühlschrank. »Dieser Gewürztraminer schmeckt ganz köstlich zu den Gewürzen eines nordafrikanischen Essens.« Sie holte einen Korkenzieher aus der Schublade, doch ehe sie die Flasche öffnete, drehte sie sich noch einmal nach Gemma um. »Nur eines noch. Ich will dich nicht drängen, aber ich bin immer für dich da, wenn du jemanden zum Reden brauchst. Und ich werde auch die Therapeutin nicht mit der Freundin vermengen.«

Gemma schlief an diesem Abend mit Toby auf dem Schoß in dem Ledersessel in ihrer Wohnung ein. In den frühen Morgenstunden erwachte sie fröstelnd und verkrampft vom Gewicht ihres entspannt schlafenden Sohnes mit dem Bildnis von Claire Gilberts Gesicht vor Augen, das in ihr Bewußtsein eingebrannt zu sein schien wie der grelle Nachglanz einer Flamme.

7

Kincaid und Nick Deveney standen, nachdem sie geläutet hatten, geduldig wartend auf der Vortreppe des efeuberankten Hauses von Dr. Gabriella Wilson. Erleichtert hatten sie sich nach einem Morgen endloser Besprechungen aus der Dienststelle in Guildford davongemacht und es Will Darling überlassen, die weiterhin eingehenden Berichte zu sichten. Als Dr. Wilsons Name auf der Liste von Leuten aufgetaucht war, die Diebstähle gemeldet hatten, hatten sie beschlossen, als erstes die Ärztin aufzusuchen.

Auf der Fahrt ins Dorf hatte Deveney, genüßlich ein Käsebrötchen vertilgend, mit vollem Mund irgend etwas Unverständliches gemurmelt und dann, nachdem er hinuntergeschluckt hatte, deutlicher gesagt: »Da schlagen wir gleich zwei Fliegen mit einer Klappe. Und auf jeden Fall machen wir Gemma eine Freude«, hatte er mit einem Seitenblick zu Kincaid hinzugefügt.

Sie begannen, die Kälte zu spüren, als die Haustür endlich geöffnet wurde. Eine kleine, energisch wirkende Frau mittleren Alters musterte sie interessiert. In der linken Hand hielt sie ein angebissenes Stück Brot. »Sie sind von der Polizei, nehme ich an«, sagte sie gelassen. »Ich war schon neugierig, wann Sie wieder bei mir erscheinen würden. Kommen Sie herein, aber Sie werden sich kurz fassen müssen.« Sie drehte sich herum und führte sie durch einen Flur in den hinteren Teil des Hauses. »Ich habe sowieso kaum Zeit zwischen der Sprechstunde und den Hausbesuchen einen Happen zu essen.«

Durch eine Schwingtür traten sie in die Küche, und sie wies zu einem Tisch, auf dem überall Zeitungen und Fachzeitschriften herumlagen. Kincaid nahm einen Stuhl und entfernte einen weiteren Stapel Zeitungen, ehe er sich setzte.

»Dr. Wilson, wenn Sie . . .«

»Ich werde hier allgemein nur Doc genannt. Außer von den Leuten der Krankenhausverwaltung. Die halten gern ein bißchen Distanz.« Sie setzte sich lachend und ergriff eine noch dampfende Kaffeetasse. »Ah, da kommt Paul. Mein Mann«, fügte sie erklärend hinzu, als durch die Hintertür ein Mann eintrat, sich die Hände mit einem Handtuch trocknend.

»Hallo.« Er schüttelte den beiden Männern die Hand, und sie stellten sich vor. »Entschuldigen Sie, daß ich etwas aufgeweicht aussehe. Ich habe den Hund ausgeführt, und es war ziemlich matschig. Ich mußte ihn im Garten erst mit dem Schlauch abspritzen.« Paul Wilson war ähnlich gekleidet wie seine Frau – strapazierfähige Hose und loser Pullover. Aber die Ähnlichkeit ging noch weiter. Klein und stämmig mit schütterem Haar, hatte er die gleiche freundliche, sachlich energische Art wie sie.

»Mein Mann arbeitet viel zu Hause«, bemerkte Dr. Wilson, ehe sie fragte: »Also, was kann ich für Sie tun?«

»Ihrer Aussage zufolge waren Sie Mittwoch abend unterwegs, Doktor«, sagte Kincaid mit einem Blick in seine Aufzeichnungen. »Sie sind etwa um halb sieben hier weggefahren, ist das richtig?«

»Ja, ich mußte zu einer Entbindung. Es war das erste Kind, da hat es bis in die Nacht hinein gedauert.«

»Und Ihnen ist bei den Gilberts nichts Ungewöhnliches aufgefallen, als Sie losgefahren sind?«

Sie schluckte den letzten Bissen ihres Brots hinunter und warf einen Blick auf die Wanduhr, ehe sie antwortete. »Ich habe Ihrem netten Constable bereits erzählt, daß ich nichts Ungewöhnliches bemerkt habe, aber Sie müssen wahrscheinlich gründlich sein. Ich habe keine Ahnung, ob Alastair zu der Zeit überhaupt zu Hause war. Es war ja bereits dunkel, und von der Straße aus kann man die Garage der Gilberts nicht sehen. Ich weiß nur eines«, sagte sie, ehe Kincaid sie unterbrechen konnte, »wenn ich nach Hause gekommen wäre, ehe der ganze Tumult sich gelegt hatte, wäre ich zu Claire Gilbert hinüber gegangen und hätte mich nicht abwimmeln lassen. Es ist eine Schande, daß sie keinen Menschen bei sich hatte.« Mit Nachdruck knallte sie ihre Kaffeetasse auf den Tisch.

»Sie ist also Ihre Patientin?« fragte Kincaid, sofort nachhakend.

»Sie waren beide meine Patienten, aber das hat damit nichts zu tun. Ich würde das gleiche für jeden anderen tun.« Sie sah ihren Mann an und legte ein wenig von ihrer Barschheit ab. »Das ist wirklich eine furchtbare Geschichte«, sagte sie seufzend.

»Und Sie, Mr. Wilson?« fragte Deveney. »Sie waren zu Hause?«

»Ja, bis ungefähr halb drei Uhr morgens, als meine Frau mich angerufen hat. Ich mußte sie aus einem Graben ziehen. Es war nicht das erstemal«, fügte er liebevoll scherzend hinzu. »Lange Erfahrung hat mich gelehrt, immer ein Abschleppseil im Wagen zu haben.«

»Und Sie haben auch nichts Ungewöhnliches gehört?« In Deveneys Stimme schwang leichte Gereiztheit.

»Nein, ich hab' hinten gesessen und ferngesehen. Erst als ich Bess – das ist der Hund – noch mal ausgeführt habe, sind mir die blauen Blinklichter aufgefallen, und ich bin rübergegangen, um nachzusehen, was los sei. Tut mir leid.« Es schien ihm wirklich leid zu tun.

Kincaid ließ eine kleine Pause eintreten, ehe er sagte: »Soweit ich gehört habe, hatten Sie vor kurzem eine Meinungsverschiedenheit mit Commander Gilbert, Dr. Wilson.«

Gabriella Wilson, die gerade ihre Kaffeetasse zum Mund

führen wollte, hielt in der Bewegung inne, aber sie faßte sich schnell. »Wie kommen Sie denn darauf?« Ihr Ton klang amüsiert, aber ihre Bewegung, als sie den Kopf drehte, um ihren Mann anzusehen, strahlte eine gewisse Unruhe aus.

»Geoff Genovase hat meinem Sergeant erzählt, er hätte die letzten Worte einer Auseinandersetzung zwischen Ihnen gehört.«

Sie entspannte sich ein wenig und trank den letzten Schluck ihres Kaffees. »Ah ja, das muß am Samstag vor acht Tagen gewesen sein, als Geoff hier war, um die Beete zu mulchen. Ich würde auf Geoffs Worte nicht viel geben, Superintendent. Der Junge hat eine blühende Phantasie – meiner Ansicht nach kommt das von diesen albernen Computerspielen, mit denen er dauernd zugange ist.«

»Aber Geoff hatte nach den Worten von Sergeant James den deutlichen Eindruck, daß Sie miteinander gestritten hatten«, warf Deveney ein.

Paul Wilson hatte bisher mit verschränkten Armen an den Küchenschrank gelehnt dagestanden und dem Austausch mit einem Ausdruck freundlichen Interesses zugehört. Jetzt trat er neben seine Frau und legte eine Hand auf die Rückenlehne ihres Stuhls. »Alastair Gilbert hatte oft eine etwas brüske Art«, sagte er. »Pookie hat schon recht. Ich bin sicher, daß Geoff da etwas falsch interpretiert hat.«

»Bitte?« fragte Kincaid verwirrt.

Dr. Wilson lachte. »Den Spitznamen habe ich schon seit meiner Kindheit, Superintendent. Gabriella war meinen kleinen Geschwistern ein bißchen zu kompliziert.«

Der Spitzname paßte zu ihr, fand er, ohne ihr etwas von ihrer Würde zu nehmen. Sie schien ein von Natur aus offener und geradliniger Mensch zu sein, und er fragte sich, warum sie jetzt auszuweichen versuchte. »Weshalb war Gilbert an diesem Tag bei Ihnen?« fragte er.

»Superintendent, ich würde gegen das Arztgeheimnis verstoßen, wenn ich Ihnen das sagte«, entgegnete sie entschieden, neigte aber gleichzeitig ihren Kopf nach hinten, an den Arm ihres Mannes, als suchte sie Unterstützung. »Ich kann Ihnen versichern, daß es mit seinem Tod nichts zu tun hatte.«

»Warum überlassen Sie es nicht mir, das zu beurteilen, Dr. Wilson? Sie können unmöglich wissen, was für die Ermittlungen in einem Mordfall wichtig ist und was nicht. Und außerdem«, er sah sie an, bis sie die Lider senkte, »besteht das Arztgeheimnis im Todesfall des Patienten nicht mehr.«

Sie schüttelte den Kopf. »Ich habe nichts zu sagen. Es hat keine Auseinandersetzung gegeben.«

»Du kommst zu spät zu deinen Besuchen, wenn du nicht bald losfährst, Schatz«, bemerkte ihr Mann, aber Kincaid sah, wie seine Hand ihre Schulter fester umfaßte.

Nickend stand sie auf und half ihm, das Geschirr zusammenzustellen. »Ja, gleich wird die alte Mrs. Parkinson anrufen und fragen, wo ich bleibe«, sagte sie, als sie die Teller zum Spülbecken trug.

»Einen Moment noch, Doktor.« Kincaid saß immer noch ruhig zurückgelehnt auf seinem Stuhl, obwohl Deveney mit Gabriella Wilson zusammen aufgestanden war. »Sie haben vor einigen Wochen einen Einbruch angezeigt. Können Sie mir möglichst genau sagen, was bei dieser Gelegenheit gestohlen wurde?«

»Ach, das!« Dr. Wilson stellte die Teller in die Spüle und drehte sich nach ihm um. »Mir tut's inzwischen leid, daß ich mir überhaupt die Mühe gemacht habe, bei der Polizei anzurufen. Es war den Aufwand überhaupt nicht wert, ich meine, den ganzen Papierkram, zumal wir eigentlich nie die Hoffnung hatten, die Sachen zurückzubekommen. So ist das doch meistens, nicht wahr?«

»Es waren nur einige Schmuckstücke ohne großen Wert und

kleine Erinnerungen«, bemerkte Paul Wilson. »Ich verstehe nicht, warum der Dieb diese Sachen mitgenommen hat und den Fernsehapparat und das Videogerät hiergelassen hat. Eine komische Geschichte.«

»Und Sie haben zum fraglichen Zeitpunkt nichts Verdächtiges beobachtet?«

»Nichts, keine verstohlenen Männer im Gebüsch, Superintendent«, erwiderte Dr. Wilson, schon dabei, in ihren Mantel zu schlüpfen. »Wenn das der Fall gewesen wäre, hätten wir es natürlich angegeben.«

»Gut, Dr. Wilson, vielen Dank.« Jetzt stand auch Kincaid auf und ging zur Tür, wo Deveney wartete. »Wir finden schon hinaus. Aber melden Sie sich bitte bei uns, wenn Ihnen doch noch etwas einfallen sollte.«

Er und Deveney waren noch auf dem Weg durch den Vorgarten, als Dr. Wilson in ihrem Auto im Rückwärtsgang die gekieste Auffahrt hinausbrauste. Im Vorbeifahren nickte sie ihnen noch einmal zu, schoß rückwärts auf die Straße und raste dann in Richtung Dorf davon.

»Kein Wunder, daß sie immer wieder im Graben landet«, bemerkte Deveney lachend. Obwohl die Sonne während ihres Besuchs herausgekommen war, lag noch immer ein Schleier von Feuchtigkeit über dem Garten. Schwer hingen die bronzefarbenen Köpfe von Hortensien in den Weg und hinterließen nasse Streifen an den Hosenbeinen der beiden Männer.

»Was sollte das Ihrer Meinung nach?« fragte Deveney. »Sie hat doch genau gewußt, daß nach Gilberts Tod die Schweigepflicht für sie nicht mehr besteht.«

Kincaid stieß das Gartentor auf. Neben dem Auto blieb er stehen und drehte sich nach Deveney um. »Aber Claire Gilbert ist immer noch ihre Patientin, und ich glaube, sie besteht auf ihrer Schweigepflicht, weil es hier in Wirklichkeit um Claire Gilbert geht.«

»Sie hätte uns doch einfach erzählen können, daß er wegen seines Gesundheitszustands bei ihr war«, meinte Deveney, »und wir hätten das anstandslos geschluckt.«

Kincaid öffnete die Wagentür und setzte sich auf den Beifahrersitz. Das ganze Gespräch war irgendwie schief gelaufen. »Ich glaube, die gute Dr. Wilson ist ehrlicher als ihr selbst manchmal lieb ist, Nick«, sagte er, als Deveney zu ihm ins Auto stieg. »Sie hat es nicht geschafft, uns einfach ins Gesicht zu lügen.«

Die nächste auf ihrer Liste der Diebstahlgeschädigten war Madeleine Wade, die Inhaberin des Dorfladens. Sie fuhren durch die Ortsmitte, an der Autowerkstatt vorbei, und fanden, nachdem sie sich einmal kurz verfranzt hatten, den Laden ziemlich versteckt in einer Sackgasse am Hügelhang. Vor dem Fenster waren Obst und Gemüse in offenen Kästen ausgelegt: köstlich duftende spanische Klementinen, Gurken, Lauch, Äpfel und die unvermeidlichen Kartoffeln.

Nick Deveney suchte sich aus einer Apfelkiste einen kleinen rotbackigen Apfel aus und polierte ihn an seinem Mantelärmel. Ein Glöckchen bimmelte, als sie in den kleinen Geschäftsraum traten, und das Mädchen hinter der Theke sah von ihrer Zeitschrift auf.

»Was kann ich für Sie tun?« fragte sie. Ihre weiche Aussprache hatte einen schottischen Anklang. Glattes helles Haar umrahmte ein zartes Gesicht, und sie sah die beiden Männer mit so ernster Aufmerksamkeit an, als wäre ihre Frage nicht nur Routine gewesen. Die Arme unter den kurzen Ärmeln ihres Strickpullis wirkten dünn und ungeschützt. Sie schien im gleichen Alter zu sein wie Lucy Penmaric und erinnerte Kincaid an seine geschiedene Frau.

Im Laden roch es schwach nach Kaffee und Schokolade. Er war für seine Größe sehr gut sortiert, selbst eine kleine Gefriertruhe gab es, die mit Gerichten guter Qualität gefüllt war.

Während Deveney dem Mädchen seinen Apfel reichte, um ihn wiegen zu lassen, und das Kleingeld aus seiner Hosentasche kramte, blätterte Kincaid in seinem Notizbuch und nahm dann, als die Transaktion zwischen den beiden beendet war, Deveneys Platz vor der Theke ein.

»Wir suchen Madeleine Wade, die Eigentümerin. Ist sie hier?«

»Oh ja«, antwortete das Mädchen mit einem schüchternen Lächeln. »Madeleine ist oben in ihrem Studio, aber ich glaube, im Moment hat sie gerade keinen Klienten.«

»Keinen Klienten?« wiederholte Kincaid verblüfft und fragte sich verwundert, ob die Ladeninhaberin ein Doppelleben als Dorfprostituierte führte. Er hatte schon merkwürdigere Kombinationen erlebt.

Das Mädchen tippte auf eine Karte, die mit Tesafilm an der Theke befestigt war. »Reflexzonentherapie, Aromatherapie und Massage«, stand in gestochener Schrift darauf, und darunter, »nur nach Vereinbarung« mit einer Telefonnummer.

»Ach so«, sagte Kincaid. »Eine richtige Unternehmerin, hm?«

Das Mädchen sah ihn einen Moment verständnislos an, dann sagte sie: »Gehen Sie einfach um die Ecke und klingeln Sie.«

Kincaid beugte sich ein wenig über die Theke und sagte: »Gehen Sie noch zur Schule?«

Das Mädchen errötete bis unter die Haarwurzeln und antwortete scheu: »Nein, Sir, ich habe letztes Jahr meinen Abschluß gemacht.«

»Kennen Sie dann Lucy Penmaric?«

Diese Frage schien sie weniger einschüchternd zu finden und sagte etwas lauter: »Ja, natürlich, aber wir haben nichts miteinander zu tun, wenn Sie das meinen. Sie war nie viel mit den Dorfkindern zusammen.«

»Sie ist wohl eingebildet?« fragte Kincaid in einem Ton, der zur Vertraulichkeit einlud.

Deveney, der zerstreut die Ansichtskarten durchsah, während

er seinen Apfel aß, schien ihr Gespräch überhaupt nicht zu beachten.

Das Mädchen strich sich stirnrunzelnd das Haar aus dem Gesicht. »Nein, das würde ich nicht sagen. Lucy ist immer nett, sie hat nur mit uns nicht viel zu tun.«

»Das ist schade, wenn man bedenkt, was passiert ist«, meinte Kincaid. »Sie könnte gerade jetzt sicher eine Freundin gebrauchen.«

»Ja, das stimmt«, sagte das Mädchen und fügte mit einem Anflug von Neugier hinzu: »Sie sind wohl von der Polizei?«

»Richtig, junge Dame.« Deveney war zu ihnen getreten und hielt den Strunk seines Apfels hoch. »Und Sie würden uns einen großen Gefallen tun, wenn Sie das in den Abfall werfen.« Er zwinkerte ihr zu, und sie errötete wieder, nahm aber bereitwillig den Apfelrest entgegen.

Dreister Bursche, dachte Kincaid. Er dankte dem Mädchen, und sie lächelte ihn erfreut an. Als sie an der Tür waren, drehte er sich um. »Darf ich fragen, wie Sie heißen?«

»Sarah«, sagte sie leise.

»Na, ein zweiter Einstein wird die bestimmt nicht«, bemerkte Deveney, als sie aus dem Laden traten.

»Meiner Ansicht nach ist sie nur schüchtern, nicht dumm.« Kincaid sprang über eine Pfütze hinweg. »Und ich finde, es ist gefährlich, die Leute zu unterschätzen, obwohl ich selbst es bestimmt schon mehr als einmal getan habe.« Er dachte wieder an Vic, wie oft sie wütend nach Hause gekommen war und gedroht hatte, sich das Haar dunkel färben zu lassen, um nicht jedem beweisen zu müssen, daß sie keine dumme Blondine war. Er war damals, sagte er sich, genauso unsensibel gewesen wie die taktlosen Leute, die er kritisiert hatte – er hatte sie zwar getröstet, aber er hatte sie erst ernst genommen, als es zu spät gewesen war.

»Sie haben recht«, sagte Deveney etwas beschämt. »Ich werde versuchen, in Zukunft mit meinem Urteil nicht so vorschnell zu sein.«

Um zur Wohnungstür zu gelangen, mußten sie erst eine Außentreppe hinaufsteigen. Es sah aus, dachte Kincaid, als sei sie erst später angebaut worden, vielleicht als man das Erdgeschoß des Hauses zum Laden umgebaut hatte. Geländer und Tür waren glänzend weiß lackiert. Als er auf den Klingelknopf drückte, sagte er: »Den Farben nach scheint sie eine *gute* Hexe zu sein.«

Die Tür öffnete sich bei seinen letzten Worten. Mit einem fragenden Blick auf die beiden Männer sagte Madeleine Wade: »Ja, bitte?« Kincaid, dem es plötzlich die Sprache verschlagen hatte, errötete so tief wie zuvor die kleine Sarah. Während Deveney sich und Kincaid leicht stotternd vorstellte, musterte Kincaid die Kleidung der Frau, eine Seidenbluse in Moosgrün und Rosé und eine passende grüne Seidenhose. Das platinblonde Haar, vermutlich aus der Tube, trug sie in modischem Pagenschnitt. Überallhin ließ er seinen Blick schweifen, doch ins Gesicht sah er ihr erst, als er seine eigenen Züge fest unter Kontrolle hatte; Madeleine Wade nämlich hatte eine unglaublich große schnabelähnliche Höckernase, die jeder Märchenhexe Ehre gemacht hätte.

Sie lächelte leicht belustigt, als wüßte sie genau, was ihnen zu schaffen machte. »Kommen Sie doch herein«, sagte sie und führte sie ins Wohnzimmer. Ihre Stimme war tief, mit einem beinahe männlichen Timbre, aber sehr angenehm. »Setzen Sie sich bitte, dann mache ich uns etwas zu trinken. Ich habe allerdings nichts Koffeinhaltiges im Haus, Sie werden also mit Kräutertee vorliebnehmen müssen«, sagte sie, schon auf dem Weg in die kleine Küche, die sich an das Wohnzimmer anschloß.

Kincaid konnte zwar ihr Gesicht nicht sehen, aber er glaubte, einen amüsierten Ton in ihrer Stimme zu hören.

»Wunderbar«, rief er im Chor mit Deveney, der dazu eine Grimasse des Schauderns schnitt.

»Erweitern Sie Ihren Horizont, Mann«, sagte Kincaid boshaft mit gesenkter Stimme. »Das kann Ihnen nur guttun.« Dann sah er sich mit Interesse in dem Zimmer um. Er wurde gewahr, daß irgendwo gedämpfte Musik spielte, konnte aber die Quelle nicht orten. Zumindest, dachte er, nannte man das wohl Musik, ein sanftes Perlen von Klängen, die sich in rhythmischen Mustern wiederholten.

Die Wohnung besaß einen behaglichen, leicht verschrobenen Charme. Nur die Massagebank am anderen Ende des Zimmers verriet, daß Madeleine Wade den Raum auch für ihre Arbeit nutzte. Ein bunt gemustertes Tuch lag über der Bank, wohl um den klinischen Eindruck zu dämpfen, und auf der Kommode aus gebeiztem Holz, die an der Wand stand, präsentierten sich neben einer Sammlung von Plüschtieren Flaschen mit Körperölen und Lotionen sowie ein Stapel flauschiger Handtücher.

Kincaid ging zur anderen Seite des Zimmers hinüber, wo zwei tief eingelassene Fenster den Blick zur Front des Ladens ermöglichten. Er lächelte, als er den Vorhang betrachtete, der aus dem selben Stoff genäht war wie die Überwürfe auf Sofa und Massagebank. Primitiv gezeichnete Hoftiere tummelten sich auf einem fröhlichen rot-weiß gepunkteten Untergrund. Er fand die Kombination eigenartig und faszinierend. Bei näherem Hinsehen zeigte sich, daß die roten Punkte in der Form unregelmäßig waren, als wären sie mit dem Finger aufgedruckt worden, und die Hunde und Schafe im besonderen erinnerten an die Tierdarstellungen, die er aus Reproduktionen von Höhlenzeichnungen kannte.

Auf dem Fensterbrett links standen verkorkte Glasflaschen unterschiedlicher Größe und Form, mit Flüssigkeiten gefüllt, deren Farbskala vom Grüngold bis zum satten Bernsteingelb reichte. In manchen hingen Kräuterzweige.

Auf dem anderen Fensterbrett lag, neben einer Geranie im Terrakottatopf, zusammengerollt eine rote Katze auf einem Kissen in der Sonne. Als Kincaid sachte ein Geranienblatt zwischen den Fingern rieb, um den starken, würzigen Duft freizusetzen, bewegte sich die Katze, öffnete aber nicht einmal die Augen.

»Nimmt Ihre Katze immer so wenig Anteil an ihrer Umwelt?« fragte Kincaid, als Geschirrklappern ihm verriet, daß Madeleine Wade zurückgekehrt war.

»Ich glaube, nicht einmal die Apokalypse könnte Ginger erschüttern, diesen kleinen Taugenichts. Aber die Klienten entspannt seine Anwesenheit.« Sie stellte ein Tablett mit drei Bechern und einer Keramikkanne auf den niedrigen Tisch vor dem Sofa, setzte sich und begann, in aller Ruhe einzuschenken.

Kincaid beobachtete sie vom Fenster aus. Ihre Bewegungen waren anmutig und sparsam, und er fand den Kontrast zwischen ihrem Gesicht und ihrer ruhigen Selbstsicherheit faszinierend.

»Und die Musik?« sagte er. »Dient die demselben Zweck?«

Sie lehnte sich mit ihrem Becher zurück. »Gefällt sie Ihnen? Sie ist so komponiert, daß sie dem Gehirn hilft, Alpha-Wellen auszustrahlen – wenigstens ist das die Theorie, aber sie heißt Engelsmusik, und mir persönlich gefällt diese poetischere Beschreibung besser.«

Deveney, der sich auf einen der einfachen Bauernstühle beim Sofa gesetzt hatte, hob seinen Becher, schnupperte und kostete vorsichtig. »Was ist das?« fragte er, offenkundig angenehm überrascht.

Madeleine Wade lachte ein wenig. »Apfel-Zimt. Ich stelle immer fest, daß das für die Uneingeweihten ein guter Einstieg ist – vertraut und nicht bedrohlich.« Sie wandte sich Kincaid zu, der sich Deveney gegenüber gesetzt hatte. »So, und was kann ich jetzt für Sie tun, Superintendent? Ich nehme an, Sie sind wegen Alastair Gilberts Tod hier?«

Kincaid nahm seinen Becher vom Tablett und atmete den Dampf ein, der von dem heißen Tee aufstieg. »Sie haben unseres Wissens vor einigen Wochen einen Einbruch angezeigt, Miss Wade. Könnten Sie uns darüber etwas mehr erzählen?«

»Ah, es geht wohl um die Theorie vom Einbrecher als Mörder?« Sie lächelte. Ihre Zähne sahen aus, als wären sie von einem teuren Kieferorthopäden reguliert worden. »Das ist bisher die populärste Theorie im Dorf – ein Landstreicher, der das Haus leer glaubt, packt die Gelegenheit beim Schopf, um es zu plündern, und als der Commander ihn in flagranti erwischt, verliert er den Kopf und tötet ihn. Das ist natürlich für alle Beteiligten sehr bequem, Superintendent, aber für mich gibt es da mindestens einen logischen Fehler. Mein ›Einbruch‹, wenn man es so nennen will – ich habe nie Spuren gewaltsamen Eindringens entdeckt –, fand vor beinahe drei Monaten statt. Wenn sich ein Landstreicher über so lange Zeit im und um das Dorf herumgetrieben hätte, wäre er jemandem aufgefallen.«

Kincaid war zwar ganz ihrer Meinung, aber er war gerade dabei, sich seine eigene Theorie zu bilden, und konterte daher lediglich mit einer weiteren Frage. »Wenn Sie keine Spuren eines Einbruchs gefunden haben, wie haben Sie dann überhaupt gemerkt, daß von Ihren Sachen etwas fehlte?«

Die Musik hatte geendet während ihres Gesprächs, und in der Stille hörte Kincaid, wie die Katze sich regte und laut zu schnurren anfing, als sie sich streckte und wieder zusammenrollte. Es schien ihm, als ahmte Madeleine die Katze nach, als sie ihre langen Beine ausstreckte und an den Knöcheln kreuzte, ehe sie sagte: »Das erste war ein alter Granatring, den ich von meiner Mutter zu meinem einundzwanzigsten Geburtstag bekommen hatte. Ich glaubte, ich hätte ihn verlegt, und er würde irgendwann ganz von selbst wieder auftauchen. Ich habe nicht weiter darüber nachgedacht. Ein paar Tage später fehlte mir plötzlich eine Brosche. Da bin ich stutzig geworden und habe unter meinen Sachen nachgesehen. Ich entdeckte, daß ein paar kleine Stücke Familiensilber fehlten und noch einige andere seltsame Dinge – ein Eierbecher aus Keramik zum Beispiel. Jetzt sagen Sie mir mal, weshalb jemand einen Eierbecher stehlen sollte, Superintendent.«

»Haben Sie eine Ahnung, ob die Sachen alle zu gleicher Zeit verschwunden sind?«

Madeleine bedachte die Frage einen Moment, ehe sie Antwort gab. »Nein, tut mir leid. Das Silber hatte ich eine ganze Weile nicht benützt, den Ring hatte ich kurz vor seinem Verschwinden noch getragen. Genaueres kann ich wirklich nicht sagen.«

»Und in der Wohnung ist Ihnen nichts aufgefallen? Ich meine, daß irgend etwas nicht an seinem gewohnten Platz war zum Beispiel?« Kincaid, dem der Tee zu stark nach Zimt schmeckte, stellte seinen Becher möglichst unauffällig wieder auf das Tablett, ohne einen Blick von Madeleine zu wenden.

Sie machte eine umfassende Handbewegung. »Sie sehen ja selbst, meine Wohnung ist klein, sie besteht aus diesem Zimmer, der Küche und einem Schlafzimmer. Ich habe einen großen Teil meiner Besitztümer aufgegeben, als ich hierher kam, und ich bin von Natur aus ein ordentlicher Mensch. Es wäre für einen Fremden sehr schwierig, in meinen Sachen zu kramen, ohne daß ich es merke. Aber ich habe nichts gemerkt.« Sie zuckte die Achseln. »Mich erinnerte das an die Heinzelmännchengeschichten, die ich als Kind gehört habe. Das waren doch meines Wissens wohlwollende kleine Wesen, und ich spüre in alledem keine Bosheit.«

Ihre Anspielung auf ihre Vergangenheit und diese letzte Bemerkung machten Kincaid gleichermaßen neugierig. Während er noch überlegte, welchen Faden er aufnehmen sollte, beugte sich Deveney vor und sagte: »Aber es kommen doch Fremde in Ihre Wohnung – Klienten, Gäste, und was ist mit

Sarah, dem Mädchen, das unten in Ihrem Laden arbeitet? Könnte sie die Sachen genommen haben?«

»Niemals!« Madeleine ging in Abwehrstellung und zog ihre entspannt ausgestreckten Beine mit einem Ruck zurück. Zum erstenmal wirkte sie ungelenk, als wäre sie zu groß, um bequem auf dem Sofa zu sitzen. Mit scharfem Nachdruck sagte sie: »Sarah hat schon mit vierzehn angefangen, bei mir auszuhelfen. Sie ist ein nettes, anständiges Mädchen, für mich beinahe wie ein eigenes Kind. Weshalb sollte sie plötzlich anfangen, mich zu bestehlen?«

Gründe zu stehlen, gab es nach Kincaids Ansicht für ein siebzehnjähriges Mädchen mehr als genug (darunter an erster Stelle Drogen oder ein Freund, der drogenabhängig war), aber er wollte Madeleine nicht noch weiter in die Defensive treiben. Und nach der wenn auch kurzen Begegnung mit Sarah war er geneigt, Madeleines Einschätzung ihres Charakters zu akzeptieren. Einen Moment lang wünschte er sehnsüchtig Gemma herbei, die diese Klippe taktvoll umschifft hätte.

»Man kann nicht vorsich . . .«

»Ich bin sicher, daß Miss Wade recht hat, Nick«, unterbrach Kincaid mit einem scharfen Blick zu Deveney.

Deveney lief rot an und stellte seinen Becher mit hörbarem Knall nieder.

»Miss Wade«, sagte Kincaid, »was haben Sie genau gemeint, als Sie eben sagten, Sie spürten, daß hinter diesen Diebstählen keine Bosheit stecke?«

Sie sah ihn einen Moment lang an, als müßte sie einen Entschluß fassen, dann seufzte sie und wandte ihren Blick ab. Die Aufwallung des Zorns schien die Erheiterung, die er bei ihr wahrgenommen hatte, ausgebrannt zu haben. Sie sprach jetzt mit ruhiger Ernsthaftigkeit. »Ich habe bei meiner Geburt eine Gabe mitbekommen, Superintendent. Nicht daß sie etwas besonders Ungewöhnliches wäre – ich bin überzeugt, daß viele

Menschen übersinnliche Gaben haben, die sie entweder anwenden oder unterdrücken, je nach ihrer Einstellung zu dem Phänomen. Ich bin außerdem vor langer Zeit schon zu dem Schluß gekommen, daß das Vehikel, das zum Ausdruck dieser Gaben eingesetzt wird, belanglos ist. Es ist so unwichtig, ob einer die Karten liest oder die Rennergebnisse vorhersagt, wie es bedeutungslos ist, ob einer einen Roman mit Bleistift auf einen Kanzleiblock schreibt oder sich der neuesten Computertechnik bedient. Es kommt immer aus derselben Quelle.«

Obwohl Kincaid kein Zeichen von Ungeduld gezeigt hatte, warf sie ihm einen forschenden Blick zu, als wollte sie seine Reaktion taxieren, und sagte: »Haben Sie bitte einen Moment Geduld. Zunächst einmal möchte ich sagen, daß ich keinen verurteile, der seine Fähigkeiten unterdrückt.« Ihre Augen, grün und direkt, begegneten wieder seinem Blick. »Ich habe auch einmal zu diesen Menschen gehört. An dem Tag, an dem ich zur Schule kam, hatte ich bereits gelernt, daß es keinen Sinn hatte, darüber zu sprechen, was ich sehen und spüren konnte, wenigstens nicht mit Erwachsenen. Kindern schien es nichts auszumachen, aber wenn sie ihren Eltern davon erzählten, war ich plötzlich nicht mehr willkommen. Kinder haben im allgemeinen einen gut entwickelten Überlebenssinn, und ich war keine Ausnahme. Ich habe mein Anderssein versteckt so gut es ging.«

Kincaid hatte keine Schwierigkeiten, sich Madeleine Wade als ein unbequemes und auffallend unansehnliches Kind vorzustellen. Und da sie über ihre Gesichtszüge, die sicher Spott und Hänseleien herausgefordert hatten, keine Kontrolle gehabt hatte, hatte sie vermutlich mit aller Macht versucht alles andere, was Anstoß erregen konnte, zu kontrollieren. Wahrscheinlich um jeden Preis, dachte er.

»Sie haben in der Vergangenheit gesprochen, Miss Wade. Ist dem zu entnehmen, daß die Situation sich geändert hat?«

»Die Situation ändert sich dauernd, Superintendent«, erwiderte sie, und er hörte wieder den Hauch von Erheiterung in ihrer Stimme. »Aber Sie haben natürlich recht. Viele Jahre lang habe ich meine Fähigkeiten fest unter Verschluß gehalten und ein angepaßtes Leben geführt. Sie werden es vielleicht nicht glauben, aber ich wurde Bankkauffrau und habe die Wertpapierabteilung einer Bank geleitet.« Mit einem leisen Lachen fügte sie hinzu: »Manchmal kommt es mir vor wie ein anderes Leben, obwohl ich eigentlich gar nicht an Reinkarnation glaube.« Wieder ernst werdend, fuhr sie fort: »Aber im Lauf der Jahre hatte ich das Gefühl, innerlich zu schrumpfen, langsam zu verdorren. Obwohl ich in meiner Arbeit oft meine – Fähigkeiten – gebrauchte, wollte ich mir partout nicht eingestehen, was ich da tat. Bis ich eines Tages einen Moment der Erleuchtung hatte – der Anlaß dazu braucht Sie nicht zu interessieren – und kurzerhand Schluß machte. Ich kündigte, gab meine Wohnung an der Themse auf, vermachte meine Karrierekostüme der Heilsarmee und kam hierher.«

»Miss Wade«, sagte Kincaid vorsichtig, »Sie haben uns bisher nicht verraten, was das für Fähigkeiten sind, von denen Sie sprechen. Können Sie die Vergangenheit oder die Zukunft sehen? Wissen Sie, was Alastair Gilbert zugestoßen ist?«

Kopfschüttelnd sagte sie mit Inbrunst: »Ich danke Gott jeden Tag dafür, daß ich nicht die Gabe besitze, in die Zukunft zu sehen. Das wäre eine furchtbare Bürde. Und ich kann auch die Vergangenheit nicht wieder aufrollen. Meine kleine Gabe ist, daß ich Emotionen erspüren kann, Superintendent. Ich weiß sofort, ob jemand unglücklich, verletzt, glücklich, zufrieden oder von Angst geplagt ist. Ich habe das Wort ›Aura‹ nie gemocht. Es taugt wahrscheinlich so gut wie jedes andere, zu beschreiben, was ich sehe, aber im Grunde ist es so, als wollte man einem Blinden die Farbe beschreiben.«

Kincaid fühlte sich plötzlich so nackt, als hätte man ihm die

Kleider abgestreift. Spürte sie seine Verletztheit und seinen Zorn, vielleicht sogar seine Skepsis? Er sah, daß Deveney voll Unbehagen auf seinem Stuhl hin und her rutschte und wußte, daß es ihm ähnlich erging.

»Miss Wade«, sagte er, bemüht, seine Aufmerksamkeit nach außen zu richten, um nicht selbst ins Kreuzfeuer zu geraten, »Sie haben meine Frage nach Alastair Gilbert nicht beantwortet.«

»Über Gilbert kann ich Ihnen nur sagen, daß er ein sehr unglücklicher Mensch war. Aus ihm sind unablässig Zorn und Bitterkeit herausgeflossen wie Wasser aus einer unterirdischen Quelle.« Sie verschränkte wie schützend die Arme über ihrer Brust. »Es fällt mir schwer, diese Art der Energie über längere Zeit auszuhalten.«

»War er ein Klient von Ihnen?«

Sie lachte. »Oh, nein! Menschen wie Alastair Gilbert kommen nicht zu Leuten wie mir. Ihr Zorn erlaubt ihnen nicht, Hilfe zu suchen. Sie tragen ihn wie einen Schild.«

»Und Claire Gilbert?«

»Ja, Claire ist meine Klientin.« Madeleine beugte sich vor und gruppierte sorgfältig die Teebecher auf dem Tablett. Dann sah sie Kincaid voll an. »Ich sehe, worauf Sie mit Ihrer Frage hinaus wollen, Superintendent, aber ich kann Ihnen da nicht weiterhelfen, tut mir leid. Ich kenne meine gesetzlichen Rechte nicht, aber ich weiß, daß ich aus ethischen Gründen alles, was meine Klienten mir im Lauf der Behandlung anvertrauen, für mich behalten muß.« Sie wies mit einer kurzen Geste zur Massagebank. »Die Aromatherapie wirkt sehr stark. Sie stimuliert Gehirn und Gedächtnis ganz direkt, ohne sich von dem intellektuellen Panzer abhalten zu lassen, mit dem wir unsere Erfahrungen umgeben. Häufig ermöglicht sie es den Klienten, Ängste und alte Traumata zu verarbeiten, und sie kann zu einer hochemotionalen Katharsis führen. Was in solchen Momenten enthüllt wird, könnte irreführend sein.«

»Soll das heißen, daß Claire Gilbert Ihnen derartiges enthüllt hat?« fragte Deveney. Kincaid hatte den Eindruck, daß er die Aggression gewählt hatte, um mit seinem eigenen Unbehagen fertigzuwerden.

»Nein, nein, natürlich nicht. Ich möchte lediglich zeigen, warum ich diese selbstauferlegte Zurückhaltung für notwendig erachte, wenn ich über meine Klienten spreche – und Claire ist da keine Ausnahme, trotz der tragischen Umstände.« Sie stand auf und nahm das Tablett. »Ich erwarte gleich einen Klienten, Superintendent. Ich glaube, er würde es etwas abschreckend finden, hier die Polizei anzutreffen.«

»Nur eines noch, Miss Wade. Wie stand Alastair Gilbert dazu, daß seine Frau Sie aufsuchte?«

Zum erstenmal spürte Kincaid ein Zögern. Sie verlagerte ihr Gewicht und stemmte das Tablett in die rechte Hüfte. Dann sagte sie: »Ich weiß nicht einmal, ob Claire mit ihm darüber gesprochen hat. Viele Leute ziehen es vor, über ihre Besuche bei mir mit niemandem zu sprechen, und ich respektiere das. Wenn Sie mich jetzt entschuldigen würden . . .«

»Danke, daß Sie sich die Zeit genommen haben, Miss Wade.« Kincaid stand auf, und Deveney folgte. Sie ging ihnen voraus, stellte das Tablett in der Küche ab und brachte sie dann zur Tür. Kincaid nahm die dargebotene Hand. Seiner Erfahrung nach war der Händedruck von Frauen in zwei Kategorien einzuteilen – entweder schlaff und leblos oder übertrieben hart und herzlich; doch Madeleine Wades kräftiger, rascher Händedruck war der einer Frau, die in sich selbst ruhte.

Er drehte sich noch einmal nach ihr um, als sie die Tür geöffnet hatte. »Haben Sie je daran gedacht, zur Polizei zu gehen?«

Der Schwung ihrer Lippen, als sie lächelte, ließ ihre Nase noch dominanter wirken. In ihrer tiefen Stimme schwang wieder leise Erheiterung. »Ja, das habe ich mir tatsächlich überlegt. Der Gedanke, diesen geheimen Vorsprung zu haben, war verlockend, aber ich hatte Angst, es würde mich am Ende korrumpieren. Meinem Gefühl nach konnte ich innere Ausgeglichenheit nur finden, wenn ich anderen Trost und Heilung anbieten würde, und soviel ich weiß, gehört das nicht zum Aufgabenbereich der Polizei, Superintendent.«

»Können Sie Schuld sehen?«

Sie schüttelte den Kopf. »Tut mir leid. Ich kann Ihnen da nicht helfen. Schuldgefühle bestehen aus einer Mischung von Emotionen – Zorn, Furcht, Reue, Mitleid –, die viel zu komplex ist, um sich in ihre Einzelteile zerlegen zu lassen. Im übrigen würde ich niemals einen solchen Hinweis geben, selbst wenn ich es könnte. Ich will diese Macht, diese Verantwortung nicht haben.«

Deveney wartete, bis sie in seinem Wagen saßen, ehe er explodierte. »Die ist genauso verrückt wie sie aussieht«, erklärte er heftig und drehte den Zündschlüssel mit einem wütenden Ruck. *»Aura* – daß ich nicht lache. Das ist doch nichts als ausgemachter Quatsch.«

Während Deveney schimpfte, dachte Kincaid über Gefühlseingebungen nach. Er vermutete, daß jeder gute Polizeibeamte sie hatte, sich sogar bis zu einem gewissen Grad auf sie verließ, aber offen gesprochen wurde kaum darüber. Sie hatten alle Kurse mitgemacht, in denen man sie gelehrt hatte, Körpersprache zu interpretieren, aber war das nicht vielleicht nur ein Mittel, die Intuition in einen leichter zu akzeptierenden Rahmen zu stecken?

Auf jeden Fall hielt er es für klug, Madeleine Wade gegenüber offen zu bleiben.

Das Pfarrhaus, das zwischen dem Pub und dem kleinen Sträßchen zur Kirche stand, blickte direkt auf den Dorfanger. Deveney, der immer noch vor sich hin knurrte, parkte den Wagen am Rand des Angers. Kincaid streckte sich, als er ausstieg; die Sonne hatte die herbstliche Luft so erwärmt, daß sie beinahe milde wirkte. Ein leichter Wind strich über das grüne Gras und versetzte es in sachte Wellenbewegungen.

Sie gingen über die Straße und traten durch die Pforte in den Garten des Pfarrhauses, das stämmig und solide, mit roter Backsteinfassade, hinter hohen Hecken zu schlafen schien. Der Garten hingegen rebellierte mit lebendiger Pracht gegen solche Verschlafenheit. Ein Meer von Farben stemmte sich tapfer gegen die gedämpften Herbsttöne von Hecken und Bäumen. Es blühte alles, was um diese Zeit noch zur Blüte fähig war – Fleißiges Lieschen, Begonien, Stiefmütterchen, Fuchsien, Dahlien, Primeln, Verbenen und die letzten Rosen, vollerblühte Köpfe auf spindeldürren Stengeln.

Kincaid stieß einen Pfiff der Bewunderung aus. »Ich würde sagen, der Pfarrer hat eine ganz andere Gabe.« Und der Versuchung nachgebend, Deveney ein wenig zu necken, fügte er hinzu: »Würde mich interessieren, wie er mit Madeleine Wade zurechtkommt.«

Deveney warf ihm einen irritierenden Blick zu, und sie warteten eine Weile schweigend auf der Veranda vor dem Haus. Als sicher schien, daß Deveneys Attacken auf die Türglocke keine Reaktion zeitigen würden, wandte sich Kincaid ab. »Versuchen wir's mal in der Kirche.«

Er ließ Deveney durch die Pforte vorausgehen und warf einen letzten Blick auf den Garten. Die Luft flirrte ein wenig, wie gestört durch ihre Anwesenheit, und wurde still. Widerstrebend schloß er das Törchen und folgte Deveney. Er machte einen kleinen Abstecher, um die Anschläge auf dem Schwarzen Brett am Ende des Wegs zu lesen. Sie kündeten von den Aktivitäten der Gemeindekirche St. Mary und erinnerten Kincaid daran, daß die jahreszeitlichen Rhythmen seiner Kindheit und Jugend vom Kirchenkalender bestimmt gewesen waren.

Der Friedhof lag zu ihrer Linken, als sie langsam anstiegen, die stumpf grauen Grabsteine von welkem Laub bedeckt. Oberhalb, auf dem Hügel, stand die Kirche, herausfordernd beinahe. Kincaid lächelte – der Architekt hatte offensichtlich einen Sinn für das Demonstrative und eine Portion Humor gehabt; von hier aus hatte man das ganze Dorf im Blick.

Als sie sich der Kirche näherten, zog Deveney sein Heft heraus und blätterte es durch.

»Wie heißt der Pfarrer?« fragte Kincaid.

»Fielding«, antwortete Deveney nach weiterem Blättern. »R. Fielding. Oh, Mist!«

»R. Fielding O. Mist? Merkwürdiger Name«, bemerkte Kincaid grinsend.

»Ach was, ich hab einen Stein im Schuh. Gehen Sie ruhig schon voraus.« Deveney bückte sich und begann, seinen Schuh aufzuschnüren.

Das Kirchenportal war unverschlossen. Nachdem Kincaid eingetreten war, blieb er einen Moment stehen und schloß die Augen. Überall hätte er diesen Geruch wiedererkannt – kühle Feuchtigkeit und Politur, überlagert von einem Hauch Blumenduft – fromm und kirchlich und so beruhigend wie schöne Kindheitserinnerungen.

Er öffnete die Augen wieder, und als auf sein gedämpftes »Hallo, ist hier jemand?« nichts geschah, ging er weiter in den kühlen Schatten des Kirchenschiffs. Hier war die Stille beinahe greifbar. Nichts regte sich außer den Staubkörnchen, die im regenbogenfarbenen Licht, das durch die hohen Fenster fiel, tanzten.

Die Tür knarrte, und gleich darauf ertönte Deveneys Stimme: »Glück gehabt?«

Kincaid kehrte mit einem gewissen Bedauern zu ihm zurück und sagte: »Nein, aber ich glaube, wir haben noch nicht alle Möglichkeiten ausgeschöpft.« Er öffnete die Tür gegenüber vom Portal, und sie gelangten in einen Korridor mit abgetretenem Linoleum. Links befanden sich Toilettenräume und eine kleine Küche, rechts war ein Versammlungsraum mit gestapelten Plastikstühlen.

»Ein neuer Anbau«, stellte Kincaid fest. »Aber gut gemacht, von außen ist er mir gar nicht aufgefallen. Nur ist hier leider auch niemand. Wir werden den ehrenwerten Herrn Pfarrer wohl . . .«

Die Tür der Damentoilette öffnete sich, und eine Frau kam heraus. Um die dreißig, schätzte Kincaid, mit einem sympathischen Gesicht unter dunklen Wuschellocken. Sie hatte Jeans an und einen alten Pulli, und in den Händen, die in Gummihandschuhen steckten, trug sie eine Scheuerbürste und eine Flasche Putzmittel.

»Oh, hallo«, sagte sie freundlich. »Kann ich Ihnen irgendwie behilflich sein?«

»Wir wollten eigentlich den Pfarrer sprechen«, antwortete Kincaid.

Sie warf einen ratlosen Blick auf die Gegenstände in ihren Händen. »Lassen Sie mich nur rasch die Sachen hier wegstellen. Ich bin gleich wieder da.« Als sie aufblickte, bemerkte sie die Unsicherheit der beiden Männer und sagte lächelnd: »Ich bin übrigens Rebecca Fielding.«

»Ah, so«, antwortete Kincaid, das Lächeln erwidernd, und fragte sich, was für Überraschungen dieser Tag sonst noch bringen würde. Ganz so erstaunt, dachte er, hätte er nicht zu sein brauchen – weibliche Geistliche waren dieser Tage in der anglikanischen Kirche nichts Ungewöhnliches und gewiß keine Sensation. Er stellte sich und Deveney vor, und nachdem Rebecca Fielding ihre Putzutensilien in einem kleinen Wandschrank verstaut hatte, folgten sie ihr in den Versammlungsraum.

Eine museumsreife Teemaschine stand auf einem Teewagen neben einer Sitzgruppe, die aus einem zerschrammten alten

Tisch und mehreren Plastiksesseln bestand. »Bei Gemeindeversammlungen leider absolut unentbehrlich«, bemerkte Rebecca Fielding mit einem abschätzigen Blick auf das alte Ding. »Ich frage mich manchmal, warum ich mir diesen Beruf ausgesucht habe – ich konnte Tee aus der Maschine noch nie ausstehen.« Sie schob den Männern zwei Sessel hin, nahm selbst einen, und sobald sie alle drei saßen, wurde sie sachlich. »Wenn Sie wegen Alastair Gilbert gekommen sind, muß ich Sie enttäuschen. Ich kann Ihnen da nicht helfen. Es ist mir unvorstellbar, wie ein Mensch so etwas tun kann.«

»Das ist eigentlich nicht der Grund unseres Kommens«, erklärte Kincaid, »auch wenn uns natürlich jeder Hinweis, den Sie uns zu dieser Geschichte geben könnten, eine Hilfe wäre. Vor allem möchten wir Sie aber bitten, uns einige Fragen zu dem Diebstahl zu beantworten, den Sie angezeigt haben.«

»Ach?« Sie zog überrascht die dunklen, geraden Augenbrauen hoch. »Aber das ist doch eine Ewigkeit her. Es muß im August gewesen sein. Wen interessiert denn das noch?«

Die Pfarrerin hatte also den Dorfklatsch nicht mitbekommen, dachte Kincaid, oder aber sie hatte ein besonderes Talent, sich zu verstellen. »Sie wissen sicher, daß auch andere im Dorf kleinere Diebstähle gemeldet haben. Es wird gemutmaßt, daß ein Landstreicher sie begangen hat und daß Commander Gilbert ihn vielleicht in seinem Haus auf frischer Tat ertappt hat.«

»Aber das ist doch absurd, Superintendent. Diese Vorfälle haben sich alle zu ganz unterschiedlichen Zeiten zugetragen, und wenn sich im Dorf ein Landstreicher herumtreiben würde, wüßte ich das als erste. Das Kirchenportal ist im allgemeinen der bevorzugte Schlafplatz solcher Leute.« Lächelnd lehnte sie sich in ihrem Sessel zurück und verschränkte die Arme über ihrem pflaumenblauen Pullover. Sie hatte die Füße in den Tennisschuhen um die Vorderbeine ihres Stuhls geklemmt, und angesichts ihrer ausgewogenen Haltung mußte Kincaid plötzlich an eine Kunstreiterin denken, die er einmal im Zirkus gesehen hatte.

»Sind Sie als Kind geritten?« fragte er. Sie hatte etwas Frisches, Natürliches an sich, es war nicht gerade Robustheit, aber doch eine Ausstrahlung gesunder Tüchtigkeit. Ihre Fingernägel waren, wie er bemerkte, kurz und ein wenig schmutzig.

»Ja, das stimmt.« Sie betrachtete Kincaid mit einem verblüfften Stirnrunzeln. »Meine Tante hatte in Devon ein Gestüt, und ich war fast immer in den Sommerferien bei ihr. Merkwürdig, daß Sie danach fragen. Ich bin gerade heute morgen von ihrer Beerdigung zurückgekommen. Sie ist letzte Woche gestorben.«

»Sie waren also gar nicht hier, als Alastair Gilbert ermordet wurde?«

»Nein. Allerdings hat mich gestern die Gemeindesekretärin angerufen, um es mir mitzuteilen.« Sie schüttelte den Kopf. »Ich konnte es gar nicht glauben. Ich habe mehrmals versucht, Claire anzurufen, bekam aber immer nur den Anrufbeantworter. Kommt sie einigermaßen zurecht?«

»Den Umständen entsprechend, würde ich sagen«, antwortete Kincaid, der seinen eigenen Gedankengang verfolgte, ziemlich nichtssagend. »Waren die Gilberts regelmäßige Kirchgänger?«

Rebecca nickte. »Alastair hat oft den Bibeltext vorgelesen. Er hat die Pflichten, die seiner Stellung im Dorf entsprachen, sehr ernst genommen.« Sie brach ab und rieb sich das Gesicht. »Entschuldigung, Entschuldigung!« sagte sie. »Das war boshaft von mir. Ich bin überzeugt, er hat es gut gemeint.«

»Sie haben ihn nicht gemocht«, meinte Kincaid behutsam.

Sie schüttelte bedauernd den Kopf. »Nein, ich muß es leider zugeben. Aber ich habe mich bemüht, wirklich. Andere vorschnell zu verurteilen, gehört zu meinen schlimmsten Fehlern . . .«

»Und darum geben Sie sich, wenn Sie jemanden nicht

mögen, die größte Mühe, Gutes an ihm zu finden?« Kincaid lächelte verständnisvoll.

»Genau. Und ich glaube, Alastair verstand es glänzend, aus meiner Schwäche Kapital zu schlagen.«

»Inwiefern?« Aus dem Augenwinkel bemerkte Kincaid Deveneys Ungeduld, aber er war nicht bereit, sich hetzen zu lassen.

»Ach, na ja . . . er mußte bei den Festgottesdiensten die Bibeltexte lesen, er mußte bei besonderen Anlässen die Feierlichkeiten eröffnen, und solche Dinge eben . . .«

»Also, Dinge, die was hermachen, aber keine besondere Mühe kosten?« erkundigte sich Kincaid ironisch.

»Genau. Daß Alastair mal sammeln gegangen wäre oder nach einer Gemeindeversammlung die Teetassen abgespült hätte, war undenkbar. Frauensache.« Rebecca Fielding hielt inne. Ihr Gesicht überzog sich mit einer feinen Röte, und sie starrte unverwandt auf ihre Hände, die sie auf dem Tisch gefaltet hatte. »Um ganz ehrlich zu sein, ich glaube, Alastair hatte was gegen mich, auch wenn er es nie direkt ausgesprochen hat. Wahrscheinlich ist das einer der Gründe, warum ich mir immer große Mühe gegeben habe, fair zu sein . . . um mir selbst zu beweisen, daß ich über kleinliche Rache erhaben bin.«

»Na, das ist doch eine verzeihliche Eitelkeit«, meinte Kincaid.

Sie hob den Kopf und sah ihn an. »Vielleicht. Aber es war nicht sehr taktvoll von mir, so unverblümt über ihn zu sprechen. Was ihm zugestoßen ist, ist schrecklich, und ich möchte nicht, daß Sie den Eindruck gewinnen, es ginge mir nicht nahe.«

»Unglücklicherweise macht einen ein gewaltsamer Tod nicht automatisch zum Heiligen, so sehr wir das vielleicht auch wünschen«, erwiderte Kincaid trocken.

»Miss Fielding – äh – Frau Pfarrerin«, sagte Deveney, »um noch mal auf die Diebstähle zurückzukommen. In Ihrer Anzeige steht nichts davon, daß Sie Spuren gewaltsamen Eindringens bemerkt haben. Könnten Sie uns möglichst genau berichten, was damals geschehen ist?«

Rebecca Fielding schloß einen Moment die Augen, als wollte sie den Tag wieder heraufbeschwören. »Es war ein wunderschöner warmer Abend, und ich hatte vorn im Garten gearbeitet. Als ich ins Haus ging, fiel mir auf, daß die Hintertür angelehnt war, aber ich habe mir nichts dabei gedacht – ich sperre nie ab, und die Tür hat ein ziemlich strenges Schloß. Erst später, als ich mich zum Abendessen umgezogen habe, ist mir aufgefallen, daß meine Perlenohrringe weg waren.«

»Und Sie wußten genau, daß Sie sie nicht selbst verlegt hatten?« fragte Kincaid.

»Ja. Ich bin ein Gewohnheitstier, Superintendent, und ich lege sie immer sofort in den Schmuckkasten, wenn ich sie abnehme. Ich hatte sie zwei Tage vorher das letzte Mal getragen.«

»Hat sonst noch etwas gefehlt?« Deveney hielt sein Heft auf dem Schoß, den Kugelschreiber gezückt.

Stirnrunzelnd rieb sich Rebecca Fielding die Nasenspitze. »Nur ein paar Kindheitserinnerungen. Ein silbernes Armband mit Anhängern und ein paar Schulmedaillen. Es war wirklich reichlich sonderbar.«

Kincaid neigte sich zu ihr. »Und Sie haben niemand Verdächtigen in der Nähe des Hauses gesehen?«

»Ich habe überhaupt niemanden gesehen, ob verdächtig oder nicht. Tut mir leid. Ich bin wahrscheinlich ein richtiger Reinfall für Sie.« Sie sah ehrlich bekümmert aus, und Kincaid beeilte sich, sie zu beruhigen.

»Aber nein«, versicherte er und schob seinen Stuhl zurück, um aufzustehen. »Auf jeden Fall hatte ich so Gelegenheit, mir die Kirche anzusehen. Sie ist ein echtes kleines Schmuckstück, nicht wahr?«

»Sie wurde von G. E. Street erbaut, dem Architekten, der die

Londoner Gerichtshöfe entworfen hat«, sagte Rebecca Fielding, als sie sie in den Korridor hinausführte. »Sie ist ein sehr gelungenes Beispiel viktorianischer Baukunst, wenn auch ihre Geschichte recht traurig ist. Street hatte sie offenbar seiner Frau als Geschenk zugedacht, aber sie starb kurz nachdem der Bau fertiggestellt wurde.«

Sie hatten das Portal erreicht, und als sie ins Freie traten, blieb sie stehen und blickte zu dem honigfarbenen Bau auf, der sich über ihnen erhob. Versonnen sagte sie: »Ich betrachte es als ein großes Glück, diese Gemeinde bekommen zu haben, und es wäre mir schrecklich, wenn irgend etwas die Harmonie in meinem Dorf zerstören würde. Tja, die Besitzerinstinkte werden schnell wach«, fügte sie mit einem Lächeln hinzu.

Kincaid, der den Hügel hinunter zum Pfarrhaus blickte, sagte: »Die Gärtnerin sind Sie, nehme ich an.«

»O ja«, antwortete Rebecca strahlend. »Der Garten ist meine Versuchung und mein Trost. Er war völlig verwildert, als ich vor zwei Jahren hier ankam. Seitdem bringe ich jede freie Minute in ihm zu.«

»Das sieht man.« Ihr Enthusiasmus war ansteckend, und Kincaid lachte.

»Das ist nicht allein mein Werk«, erklärte sie eilig. »An den Wochenenden hilft mir immer Geoff Genovase. Die schweren Arbeiten hätte ich ohne ihn niemals geschafft.«

Kincaid dankte ihr noch einmal, dann machten sie sich auf den Weg. Doch schon nach wenigen Schritten hörten sie noch einmal ihre Stimme. »Mr. Kincaid«, rief sie, »die Dynamik, die ein Dorf zu einem gut funktionierenden Organismus macht, ist sehr zerbrechlich. Sie werden doch vorsichtig sein, nicht wahr?«

»Das erklärt, warum sie den Klatsch nicht mitbekommen hat«, bemerkte Kincaid, als sie den Weg hinuntergingen. Während sie in der Kirche waren, war die Sonne tief nach Westen gesunken, das goldene Licht war zu einem weichen Graugrün verblaßt, Bäume und Häuser warfen lange Schatten.

»Was meinen Sie?« Deveney sah von der Seite in seinem Heft auf, die er im Gehen überflogen hatte.

»Die Beerdigung der Tante erklärt, wieso sie den Klatsch im Dorf nicht mitbekommen hat«, erläuterte Kincaid.

»Was spielt das denn schon für eine Rolle?« fragte Deveney leicht ungeduldig. »Reden Sie bei Vernehmungen immer so lang um den heißen Brei herum?«

»Ich weiß nicht, was für eine Rolle es spielt. Noch nicht. Und zu Ihrer Beruhigung kann ich Ihnen versichern, daß ich nicht immer so weitschweifig bin, aber manchmal ist das für mich die einzige Möglichkeit, ein Gefühl für die Situation zu bekommen.« Er blieb stehen, als sie den Fuß des Hügels erreicht hatten, und sah sich nach Deveney um. »Das ist kein einfacher Feld-Wald-und-Wiesen-Fall, Nick, und ich möchte wissen, was diese Leute hier von Alastair Gilbert gehalten haben, und wie er in das Gemeindegefüge hineingepaßt hat.«

»Na, mit der Landstreichertheorie machen wir jedenfalls keine Fortschritte«, sagte Deveney verdrossen. »Einen Namen haben wir noch auf unserer Liste: Mr. Percy Bainbridge im Rose Cottage. Das ist nur einen Katzensprung vom Pub, da können wir den Wagen stehen lassen.« Nachdem sie die Straße überquert hatten und am Anger entlanggingen, fügte er hinzu: »Das ist übrigens unsere jüngste Anzeige, erst vom vergangenen Monat.«

Das Rose Cottage war früher einmal vielleicht so romantisch gewesen wie der Name nahelegte, doch die Äste, die sich über der Eingangstür wölbten, waren kahl und verdorrt. Nur ein paar sterbende Chrysanthemen standen mit hängenden Köpfen am Weg. Deveney klingelte, und schon Augenblicke später wurde die Tür geöffnet.

»Ja?« Mr. Percy Bainbridge krauste die Nase und schürzte die schmalen Lippen, als störe ihn ein übler Geruch. Nachdem

Deveney ihre Namen genannt und ihr Anliegen erklärt hatte, entspannten sich die Lippen zu einem gezierten Lächeln, und Bainbridge sagte in affektiertem Ton: »Oh, bitte, kommen Sie herein. Ich wußte, daß Sie mit mir würden sprechen wollen.«

Sie folgten ihm durch einen dunklen, schmalen Flur in ein überheiztes und überladenes Wohnzimmer, in dem es, fand Kincaid, schwach nach Krankheit roch.

Bainbridge war groß und mager, mit eingefallener Brust und gekrümmten Schultern. Pergamentgelb spannte sich die Haut über sein knochiges Gesicht und seinen fast kahlen Schädel. Ein wahrer Totenkopf, dachte Kincaid.

»Sie nehmen doch einen Sherry?« sagte Bainbridge. »Um diese Tageszeit trinke ich immer ein Gläschen. Das versüßt den Abend, finden Sie nicht auch?« Er goß aus einer Karaffe ein, während er sprach, und hatte die drei, etwas staubig aussehenden Kristallgläser schon gefüllt, ehe sie ablehnen konnten.

Kincaid dankte ihm und kostete vorsichtig und atmete auf, als der feine Amontillado über seine Zunge floß. Wenigstens würde es ihm erspart bleiben, sein Glas unauffällig in den nächsten Blumentopf zu kippen.

»Mr. Bainbridge, wir würden Ihnen gern einige . . .«

»Ich muß sagen, Sie haben sich eine Menge Zeit gelassen. Ich habe Ihrem Constable bereits gestern gesagt, er soll mir einen leitenden Beamten vorbeischicken. Aber setzen Sie sich doch.« Bainbridge wies auf ein verstaubtes Brokatsofa und ließ sich selbst in einem Sessel nieder. »Ich verstehe natürlich, daß Sie Opfer der bürokratischen Mühlen sind.«

Kincaid, der gar nichts verstand, warf Deveney einen fragenden Blick zu. Der sah ihn nur leer an und schüttelte den Kopf. Kincaid setzte sich vorsichtig auf das Sofa und stellte sein Sherryglas auf den Beistelltisch. »Mr. Bainbridge«, sagte er vorsichtig, »vielleicht berichten Sie uns zunächst einmal, was genau Sie dem Constable mitgeteilt haben.«

Bainbridge lehnte sich in seinem Sessel zurück. Unter seinem zufriedenen Lächeln spannte sich die sowieso schon allzu straffe Haut seines Gesichts so stark, daß es aussah, als müßte sie jeden Moment reißen. Er nippte an seinem Sherry, räusperte sich, wischte dann ein Staubkorn von seinem Ärmel. Es war offensichtlich, daß Percy Bainbridge seinen großen Moment gründlich zu genießen gedachte.

»Ich hatte zu Abend gegessen und war gerade beim Abspülen«, begann er ziemlich enttäuschend. »Ich freute mich darauf, es mir für den Abend mit meinem geliebten Shelley gemütlich zu machen«, er legte eine Pause ein und zwinkerte Kincaid zu, »ich meine, den Dichter, verstehen Sie, Superintendent. Ich halte nichts vom Fernsehen. Das war noch nie mein Fall. Ich bin der Überzeugung, daß man stets darauf bedacht sein muß, seinen Geist zu schärfen, und es ist erwiesen, daß der Intellekt eines Menschen im direkten Verhältnis zur Anzahl der Stunden, die er vor dem Fernseher sitzt, verfällt. Aber ich schweife ab.« Er wedelte leicht und luftig mit den Fingern. »Ich habe die Gewohnheit, abends immer noch einen Spaziergang zu machen, und dieser Abend war keine Ausnahme.«

Kincaid nutzte die Atempause des Mannes. »Verzeihen Sie, Mr. Bainbridge, aber sprechen Sie vom Mittwoch, dem Abend, an dem Commander Gilbert getötet wurde?«

»Aber selbstverständlich, Superintendent«, antwortete Bainbridge ungehalten. »Wovon um Gottes willen sollte ich sonst sprechen?« Er trank zur Wiederherstellung seiner guten Laune einen Schluck Sherry. »Also, wie ich schon sagte, obwohl der Abend sehr feucht und neblig war, bin ich wie immer an die frische Luft gegangen. Ich war gerade bis zum Pub gekommen, als ich eine schattenhafte Gestalt die Gasse hinaufhuschen sah.« Sein Blick schoß erwartungsvoll von Kincaid zu Deveney.

»Was war das für eine Gestalt, Mr. Bainbridge?« fragte Kincaid sachlich. »War es ein Mann oder war es eine Frau?«

»Das kann ich wirklich nicht sagen, Superintendent. Ich weiß nur, daß sie sich sehr verstohlen bewegt hat und von einem Schatten zum nächsten gehuscht ist, und ich bin nicht bereit, meine Geschichte um der Dramatik willen auszuschmücken.«

Deveney beugte sich vor, das aufgeschlagene Heft auf den Knien. »Größe? Figur?«

Bainbridge schüttelte den Kopf.

»Können Sie uns etwas über die Kleidung sagen, Mr. Bainbridge, über das Haar dieser Person?« versuchte es Kincaid. »Sie haben vielleicht mehr wahrgenommen, als Ihnen bewußt ist. Denken Sie zurück – hat irgendein Teil der Gestalt Licht reflektiert?«

Bainbridge überlegte einen Moment, dann sagte er nicht mehr so sicher wie bisher: »Ich glaubte, einen hellen Schimmer zu sehen, das Gesicht nahm ich an, aber das ist alles. Sonst war alles dunkel.«

»Und wo genau in der Gasse war die Gestalt?«

»Gleich hinter dem Haus der Gilberts. Sie lief die Gasse hinauf in Richtung zum Frauenverein«, antwortete Bainbridge wieder mit mehr Sicherheit.

»Um welche Zeit war das?« fragte Deveney.

»Das kann ich Ihnen leider nicht sagen.« Bainbridge zog einen kleinen Flunsch des Bedauerns.

»Wie bitte?« fragte Kincaid ungläubig.

»Ich habe meine Uhr in den Ruhestand versetzt, als ich selbst in den Ruhestand versetzt wurde, Superintendent.« Er kicherte affektiert. »Ich war mein Leben lang ein Sklave von Uhr und Glocke – ich fand, es wäre an der Zeit, mich endlich von solchen Zwängen zu befreien. Oh, in der Küche gibt es eine Uhr, aber wenn ich nicht gerade eine Verabredung habe, beachte ich sie gar nicht.«

»Könnten Sie die Zeit am Mittwoch abend eventuell schätzen, Mr. Bainbridge?« fragte Kincaid, bemüht, die Geduld zu bewahren.

»Ich kann Ihnen sagen, daß nicht allzu lange danach die ersten Polizeifahrzeuge bei den Gilberts vorfuhren.« Bainbridge schlang seine langen dünnen Finger um den Hals der Sherrykaraffe, die er neben sich stehen hatte. »Möchten Sie noch einen Sherry, Superintendent? Sie, Chief Inspector? Nein? Nun, Sie haben nichts dagegen, wenn ich mir noch einmal einschenke, wie?« Er goß sich ein großzügiges Maß ein und trank. »Seit ich im Ruhestand bin, bin ich direkt zum Kenner geworden. Ich habe sogar ein paar Flaschenregale in die Speisekammer einbauen lassen – der junge Geoffrey hat mir dabei geholfen –, da das Häuschen keinen Keller hat.«

Kincaid schwitzte. Die Hitze im Zimmer und der Sherry setzten ihm zu, und er verspürte ganz unerwartet eine Anwandlung von Klaustrophobie. »Mr. Bainbridge«, sagte er in dem Wunsch, dieses Gespräch so schnell wie möglich abzuschließen, »wir haben noch einige Fragen wegen des Diebstahls, den Sie . . .«

»Nun erzählen Sie mir nur nicht, daß Sie auch an dieses Märchen vom Einbrecher glauben! Nein, nein, nein, sage ich Ihnen. Das ist absoluter Unsinn.« Rote Flecken erschienen auf Percy Bainbridges Wangen, und die Knöchel der Hand, die den Stiel des Sherryglases umfaßt hielt, wurden weiß. »Ich habe sie gestern abend im Pub gehört, diese Narren. Sie glauben doch nicht im Ernst, daß irgend ein Fremder im Dorf aufgetaucht ist und ganz zufällig dem Commander eins über den Schädel gegeben hat, Superintendent?«

»Ich gebe zu, es ist nicht sehr wahrscheinlich, Mr. Bainbridge, aber wir müssen jeden . . .«

»Warum in die Ferne schweifen, kann ich da nur sagen. Oh, sie ist eine ganz beherrschte, diese Claire Gilbert. Sieht aus, als könnte sie kein Wässerchen trüben. Aber ich kann Ihnen sagen«, er beugte sich ihnen entgegen und legte einen Finger an seine Nase, »daß unsere Mrs. Gilbert kein Unschuldsengel ist. Ich an Ihrer Stelle würde mich einmal dafür interessieren, was sie eigentlich mit ihrem Geschäftspartner so treibt. Das habe ich übrigens vor nicht allzu langer Zeit auch Commander Gilbert geraten.«

»Ach was?« Kincaid vergaß die klaustrophobischen Anwandlungen. »Und wie hat der Commander Ihren Rat aufgenommen?«

Bainbridge lehnte sich wieder zurück. »Oh, er war mir durchaus dankbar. So von Mann zu Mann, wissen Sie.«

Kincaid senkte die Stimme zu vertraulichem Ton. »Ich wußte gar nicht, daß Sie mit Alastair Gilbert auf so freundschaftlichem Fuß standen. Sie haben sich wohl gut verstanden?«

»Aber ja, gewiß doch«, antwortete Bainbridge strahlend. »Meiner Ansicht nach ist der Commander von diesem Plebs im Dorf völlig mißverstanden worden, Superintendent. Er war ein zielstrebiger Mann, der genau wußte, was er wollte, ein Mann von Bedeutung. Und ich glaube, er hatte einen Blick für seinesgleichen.« Wieder zwinkerte Bainbridge wie ein alter Verschwörer und kippte dann seinen Sherry in einem Zug.

»Hat der Commander von Ihnen nicht verlangt, Ihre Unterstellungen bezüglich seiner Frau zu untermauern?« fragte Kincaid mit Schärfe.

»Oh, nein, so war es überhaupt nicht.« Bainbridge schüttelte entrüstet den Kopf. »Ich habe lediglich meiner Besorgnis darüber Ausdruck gegeben, daß seine Frau soviel Zeit in Gesellschaft eines solchen Mannes verbrachte. Ich meine, was tun denn diese beiden den lieben langen Tag hindurch? Es ist ja schließlich nicht so, als wäre das eine reguläre Arbeit, nicht wahr, Superintendent?« Um die Wirkung des Sherrys auf seine Zungenfertigkeit auszugleichen, artikulierte er mit absurder Präzision.

»Und was für einen Beruf hatten Sie, bevor Sie in den Ruhestand gegangen sind, Mr. Bainbridge?« erkundigte sich Kincaid.

»Ich war Lehrer, Sir. Mir oblag es, den Geist und die Moral junger Menschen zu formen. An einer der besten Schulen – Sie würden den Namen kennen, wenn ich ihn sagen würde, aber ich beweihräuchere mich nicht gern selbst.« Wieder zeigte er dieses affektierte Lächeln.

Kincaid gab seiner Stimme einen strengen Ton. »Sagen Sie, Mr. Bainbridge, wäre es möglich, daß die schattenhafte Gestalt, die Sie beobachtet haben, Malcolm Reid war, Claire Gilberts Geschäftspartner? Bitte überlegen Sie ganz genau.«

Alle Farbe wich aus Bainbridges Gesicht, so daß es noch hagerer aussah als zuvor. »Also, ich – das heißt – niemals wollte ich unterstellen ... Wie ich schon sagte, Superintendent, die Gestalt war sehr unbestimmt, sehr flüchtig, mit Gewißheit könnte ich gar nichts sagen.«

Kincaid tauschte einen Blick mit Deveney und nickte kurz.

»Mr. Bainbridge«, sagte Deveney, »wenn Sie uns nur noch einige kurze Fragen beantworten, werden wir Ihre Zeit nicht länger in Anspruch nehmen. Was genau ist im vergangenen Monat aus Ihrem Haus verschwunden?«

Bainbridge blickte von einem zum anderen, als wollte er protestieren, dann seufzte er nur. »Na schön, wenn Sie das unbedingt wieder ausgraben müssen. Zwei silberne Bilderrahmen mit signierten Fotografien einiger meiner Jungen. Eine Geldklemme. Ein goldener Füllfederhalter.«

»Steckte Geld in der Klemme?« fragte Kincaid.

»Das war ja eben das Merkwürdige, Superintendent. Das Geld hat er nicht genommen. Die Scheine lagen sauber gefaltet genau an der Stelle, an der die Klemme gelegen hatte.«

»Also keine Gegenstände von größerem Wert?« sagte Deveney mit unverhohlener Gereiztheit.

Gekränkt warf Bainbridge sich in seine eingefallene Brust. »Diese Dinge besaßen einen hohen Wert für mich, Chief Inspector. Das waren teure Erinnerungen an die Jahre, die ich meinen Schützlingen gewidmet habe . . .« Er griff zur Karaffe und füllte sein Glas auf, ohne sie diesmal überhaupt zu fragen, ob sie noch etwas wollten. Kincaid schätzte, daß Mr. Percy Bainbridge jetzt das Jammerstadium erreicht hatte und brauchbare Informationen von ihm nicht mehr zu erwarten waren.

»Ich danke Ihnen, Mr. Bainbridge. Sie waren uns eine große Hilfe.« Deveney sprang so hastig auf, daß er sich das Knie am Couchtisch anschlug.

Sie verabschiedeten sich eilig, und als sie das Ende des Vorgartens erreicht hatten, wischte Deveney sich die Schweißperlen von der Stirn. »Was für ein schrecklicher Mensch.«

»Zweifellos«, antwortete Kincaid. »Aber wie zuverlässig ist er als Zeuge? Warum hat Ihr Constable uns nichts von dieser ›schattenhaften Gestalt‹ erzählt? Und kann an der Geschichte von Claire Gilbert und Malcolm Reid etwas Wahres sein?«

»Tja, tägliche Nähe bringt die unwahrscheinlichsten Leute zusammen.«

»Hm«, machte Kincaid und war froh, daß die Dunkelheit die Röte verbarg, die ihm ins Gesicht stieg.

Schweigend gingen sie zum Wagen. »Und was jetzt, Chef?« fragte Deveney, als sie eingestiegen waren. »Nach diesem Besuch könnte ich einen Drink gebrauchen.«

Kincaid starrte einen Moment in die dichter werdende Dunkelheit, dann sagte er: »Ich denke, Sie sollten noch mal bei Madeleine Wade vorbeigehen und sie fragen, ob Geoff Genovase ab und zu Aushilfsarbeiten für sie macht. Ich fange an, mir so meine Gedanken über unser Dorfheinzelmännchen zu machen.

Und hören Sie sich im Dorf mal um, was man von Mr. Percy Bainbridge hält – das Pub müßte dafür gut geeignet sein. Ich möchte wissen, ob er als Schwätzer bekannt ist und wie dick seine Freundschaft mit Alastair Gilbert wirklich war. Irgendwie kann ich mir diese Kumpanei nicht vorstellen. Was Claire Gilbert und ihre Beziehung zu Malcolm Reid angeht, sollten wir morgen noch einmal im Laden mit ihm sprechen. Das wird vielleicht mehr bringen, als wenn wir ihn zu Hause aufsuchen.«

»In Ordnung.« Deveney sah auf seine Uhr. »Ich denke, im *Moon* dürften jetzt die ersten Stammgäste eintrudeln. Kommen Sie mit?«

»Ich?« fragte Kincaid geistesabwesend. »Ncin, heute abend nicht, Nick. Ich fahre nach London.«

»Alles in Ordnung«, stand auf dem Zettel, den der Major auf dem Küchentisch hinterlassen hatte. »Werde weitermachen wie bisher, wenn ich nichts anderes höre.« Kincaid lächelte und bückte sich nach Sid, der ihm mit gewaltigem Schnurren und hochgerecktem Schweif um die Beine strich. Er nahm den Kater hoch und kraulte ihn unter dem spitzen schwarzen Kinn. »Du bist offensichtlich gut versorgt worden, hm?«

In den Monaten seit seine Freundin Jasmine gestorben war und er ihren verwaisten Kater bei sich aufgenommen hatte, hatte sich zwischen ihm und seinem alleinlebenden Nachbarn, Major Keith, eine unerwartete, aber sehr befriedigende Bekanntschaft herausgebildet. Befriedigend für Kincaid, da sie ihm gestattete, seine Wohnung für längere Zeiträume zu verlassen, ohne sich um Sid Sorgen machen zu müssen; befriedigend für den Major, da sie ihm den Vorwand zu menschlichem Kontakt bot, den er sonst nicht gesucht hätte. Kincaid vermutete, daß sie Harley Keith außerdem erlaubte, eine heimliche und uneingestandene Beziehung zu der Katze, die ja ein Stück von Jasmine war, aufrechtzuerhalten.

Er gab Sid einen letzten Klaps und setzte ihn zu Boden, löschte das Licht und ging auf seinen Balkon hinaus. Im dämmrigen Licht konnte er die roten Blätter der Blutpflaume des Majors sehen, die wie Wimpel an einem windstillen Tag schlaff herabhingen, und helle Flecken in den Gartenbeeten, die letzten gelben Chrysanthemen. Er war plötzlich tieftraurig, sein Schmerz so frisch und quälend wie in den ersten Wochen nach Jasmines Tod, aber er wußte, es würde vorübergehen. Eine neue Familie war unten in der Wohnung eingezogen, mit zwei kleinen Kindern, die den Garten nur unter der strengen Überwachung des Majors benutzen durften.

Die Kälte kroch ihm in die Knochen, während er noch eine Weile unschlüssig im Dunkeln stand. Er hatte Gemma in Dorking vom Bahnhof aus angerufen, dann noch einmal vom Victoria-Bahnhof aus und den Hörer weiter ans Ohr gedrückt, als er längst die Hoffnung aufgegeben hatte, daß sie sich melden würde. Er hatte so sehr gehofft, mit ihr zu sprechen, sie vielleicht sogar zu sehen; hatte gehofft, daß er im Lauf eines Gesprächs mit ihr beginnen könnte, das, was zwischen ihnen stand, langsam abzutragen.

8

Die Summtöne drangen aus weiter Ferne zu ihr und rissen sie in unerbittlicher Wiederholung aus den watteweichen Hüllen des Schlafs. Ihr Arm schien ihr bleischwer, zäh wie Sirup, als sie ihn unter der Decke hervorzog und nach dem Telefon tastete. »Hallo?« murmelte sie und merkte dann, daß sie den Hörer verkehrt herum hielt.

Nachdem sie ihn herumgedreht hatte, hörte sie Kincaid munter sagen: »Gemma, ich habe Sie doch hoffentlich nicht geweckt? Ich habe gestern abend schon versucht, Sie anzurufen, aber Sie waren nicht da.«

Sie warf einen Blick auf die Uhr und stöhnte auf. Um eine

Stunde hatte sie verschlafen und nicht den blassesten Schimmer von einer Erinnerung, den Wecker abgestellt zu haben. Benebelt überlegte sie, ob sie ihn überhaupt gestellt hatte, als Kincaid sagte: »Wir treffen uns in Notting Hill.«

»In Notting Hill? Wozu denn das?« Sie schüttelte den Kopf, um wach zu werden.

»Ich möchte mir ein paar Unterlagen ansehen. Wie lange brauchen Sie?«

Sie versuchte, sich zusammenzureißen. »Eine Stunde.« Im Kopf überschlug sie rasch, daß sie es in dieser Zeit schaffen müßte, zu duschen, Toby bei Hazel abzugeben und mit der U-Bahn nach Notting Hill zu fahren. »Geben Sie mir eine Stunde.«

»Gut, ich erwarte Sie dann auf der Dienststelle. Tschüs.«

Langsam legte sie auf, während sie zurückdachte: der Wein, den sie bei Hazel getrunken hatte, die halbe Nacht im Sessel mit Toby auf dem Schoß. Dies war seit einer Woche die erste Nacht, die sie wieder in ihrem eigenen Bett geschlafen hatte – kein Wunder, daß sie so erschöpft gewesen war.

Mit diesem Gedanken verzogen sich die Reste von Schlafnebel, und sie wurde sich wieder bewußt, daß Duncan nicht mehr ihr vertrauter, zuverlässiger Freund und Partner war, sondern ein Fremder, dem mit Vorsicht zu begegnen war.

Es war, als wäre sie nie weg gewesen, dachte Gemma, als sie die Dienststelle Notting Hill betrat. Die blauen Drahtstühle im Vorraum waren noch dieselben, ebenso das schwarz-weiß gesprenkelte Linoleum. Sie hatte dieses Haus immer gern gehabt, ihm die unpraktische Raumaufteilung im Inneren um der symmetrischen Anmut seiner Fassade willen verziehen. Da es ein denkmalgeschützter Bau war, durften außen keinerlei Veränderungen vorgenommen werden und innen nur sehr geringfügige; man hatte sich also beholfen, so gut es ging.

Während sie am Empfangsschalter wartete, bis die Reihe an ihr war, stellte sie sich das tägliche Auf und Ab der vierhundert Beamten vor, die hier auf vier Stockwerken ihren Dienst taten, den Klatsch, die Langeweile, die plötzlichen Ausbrüche fieberhafter Aktivität, und bekam heftige Sehnsucht nach ihrem alten Leben. Alles war damals so viel weniger kompliziert gewesen. So schien es jedenfalls.

»Der Superintendent möchte, daß Sie gleich zur Kripo raufgehen«, sagte die freundliche, aber unbekannte junge Frau am Schalter. »Er ist im Vernehmungsraum B. Erster Stock.« Gemma dankte ihr höflich, obwohl sie die Kripo mit verbundenen Augen gefunden hätte.

Kincaid blickte auf und lächelte, als sie die Tür öffnete. »Ich habe Ihnen gleich Kaffee mitgenommen. Er ist wirklich gut. Von der Abteilungssekretärin.« Er wies auf einen noch dampfenden Becher, der neben einem Stapel brauner Hefter auf dem Tisch stand.

Sie nahm den Stuhl ihm gegenüber und setzte sich.

Er tippte auf den aufgeschlagenen Hefter, der vor ihm lag. »Hier haben wir alles.«

Gemma zwang sich zur Konzentration. Wenn er es bewußt darauf angelegt hatte, sie abzulenken und zu entwaffnen, hätte es ihm nicht besser gelingen können. Seine Aufmerksamkeit, ihr frischen Kaffee zu besorgen, sein Bemühen um freundliche Normalität, sein Lächeln, die kastanienbraune Locke, die ihm in die Stirn fiel. Sie schloß ihre Hände fest um ihren Kaffeebecher, um nicht in Versuchung zu kommen, ihm das widerspenstige Haar aus der Stirn zu streichen.

»Was haben wir hier alles?« fragte sie.

»Alle Einzelheiten über den Tod von Stephen Penmaric vor elfeinhalb Jahren.«

»Penmaric? Aber das ist doch . . .«

»Lucy Penmarics Vater. Sie haben damals hier in Notting Hill gewohnt, im Elgin Crescent. Er wurde von einem Auto erfaßt und getötet, als er die Portobello Road überquerte. Er war auf dem Weg zur Nachtapotheke, um ein Medikament für Lucy zu besorgen.«

»Ach nein . . .«, sagte Gemma leise. Jetzt verstand sie Claire Gilberts dunkle Anspielung während ihres Gesprächs und empfand tiefe Teilnahme mit Mutter und Tochter. »So etwas zweimal erleben zu müssen, das ist wirklich schrecklich. Aber was hat das mit unserem Fall zu tun?«

»Das weiß ich nicht.« Kincaid seufzte und fuhr sich durchs Haar. »Aber Alastair Gilbert war damals hier Superintendent. Ein Sergeant David Ogilvie war der ermittelnde Beamte.«

Gemma klappte rasch ihren Mund zu, als sie merkte, daß sie ihn aufgerissen hatte. »Ich habe gestern auf dem Präsidium mit Ogilvie gesprochen. Er ist jetzt Chief Inspector und Gilberts rechte Hand.« Sie berichtete von dem Gespräch und ihrem späteren Besuch bei Jackie Temple.

»Sie haben also viele Jahre zusammengearbeitet«, meinte Kincaid. »Und höchstwahrscheinlich hat das eine mit dem anderen überhaupt nichts zu tun . . ., aber ich denke, wir sollten uns trotzdem einmal mit David Ogilvie unterhalten.«

»Wie war das mit Stephen Penmaric? Hat man den Fahrer des Unfallwagens gefunden?«

Kincaid schüttelte den Kopf. »Fahrerflucht. Es war spätabends, und es gab keine Zeugen. Der Streifenbeamte hat noch die Rücklichter des Wagens gesehen, als sie um die Ecke verschwanden, aber bis er über Funk Hilfe anfordern konnte, war der Wagen weg.«

»Das muß sehr schlimm gewesen sein für Claire. Und für Lucy.«

»Er war Journalist, und nach dem, was Lucy mir erzählt hat, war sein Tod, ganz im Gegensatz zu dem Gilberts, für sie und ihre Mutter ein schwerer Verlust.« Kincaid schob die losen

Papiere zusammen, klappte den Hefter zu und legte ihn auf den Stapel der anderen. »Kommen Sie«, sagte er und stand auf. »Machen wir einen Spaziergang.«

Es versprach, wieder ein klarer Tag zu werden, und selbst Mitte November waren die Bäume, die sich über den Ladbroke Trove neigten noch grün belaubt. Gemma war Kincaid ohne Frage gefolgt. Jetzt ging sie schweigend an seiner Seite und atmete tief die frische Luft ein, hielt jedoch gleichzeitig ihren Mantel gegen die Kälte zusammen.

Er sah sie an, als wollte er ihre Stimmung taxieren, dann sagte er: »Ich möchte es gern sehen – das Haus im Elgin Crescent. Aus irgendeinem Grund drängt es mich, den Geistern zu begegnen.«

»Nur Stephen ist tot«, wandte Gemma ein.

»Man könnte sagen, daß auch die Claire und die Lucy von vor zwölf Jahren nicht mehr existieren.« Er sah sie lächelnd an und wurde dann ernst. »Aber ich will mich nicht mit Ihnen streiten, Gemma.« Er ging langsamer. »Ich gebe zu, daß ich ein zweifaches Motiv hatte – ich wollte endlich eine Gelegenheit, um mit Ihnen zu sprechen. Gemma, wenn ich Sie irgendwie gekränkt habe, dann habe ich es nicht absichtlich getan. Und wenn ich unsere Partnerschaft immer für selbstverständlich genommen habe, kann ich nur sagen, daß mir das leid tut; in den letzten Tagen ist mir so richtig klar geworden, wie sehr ich auf Ihre Hilfe, Ihre Interpretation der Dinge, Ihre rein gefühlsmäßige Reaktion auf Menschen angewiesen bin. Ich brauche Sie bei diesem Fall. Wir müssen miteinander reden, nicht im Dunkeln herumtappen wie zwei Blinde.« Sie erreichten eine Kreuzung, und er blieb stehen. »Können wir nicht wieder ein Team sein?«

Was Gemma durch den Kopf schoß, war so wirr wie ihre Gefühle. Wie sollte sie ihm erklären, weshalb sie so zornig gewesen war, wenn sie es selbst nicht wußte? Er hatte vollkommen recht – sie würden diesen Fall in den Sand setzen, wenn sie so weitermachten wie bisher, und das konnten sie sich beide nicht leisten. Sie, die sich soviel auf ihre professionelle Einstellung zugute hielt, hatte sich wie eine Idiotin benommen, aber die Worte einer Entschuldigung blieben ihr im Hals stecken. Mit Mühe brachte sie ein ersticktes »In Ordnung, Chef«, hervor, doch sie hielt den Blick fest auf den Boden geheftet.

»Gut«, sagte er. Und als die Ampel umschaltete, und sie auf die Fahrbahn hinaustraten, murmelte er so leise, daß sie nicht sicher war, recht gehört zu haben: »Das ist immerhin ein Anfang.«

Als sie wenige Minuten später in den Elgin Crescent einbogen, suchte sie nach einem unverfänglichen Gesprächsthema. »Es ist ein richtiges Yuppie-Viertel geworden, seit ich hier weg bin.« Jedes Reihenhaus in der halbmondförmig gekrümmten Straße war in einer anderen Farbe gestrichen, Fenster und Türen einhellig weiß abgesetzt, jedes hatte seine eigene Satellitenschüssel und ein Schild, das auf eine Alarmanlage hinwies.

Kincaid warf einen Blick auf einen Zettel, und bald hatten sie das Haus gefunden, in dem die Penmarics den oberen Stock bewohnt hatten. »Und das hier ist eines der Opfer der Yuppiefizierung«, sagte Kincaid, während er den pfirsichfarbenen Anstrich und die glänzend weiße Tür betrachtete. »Lucy hat mir erzählt, daß die Tür früher gelb war.« Er schien enttäuscht.

»Im Grunde ist diese Sanierung wahrscheinlich gut«, meinte Gemma, während sie mit der Schuhspitze ein Stück Holz herumschob, das wohl beim Transport eines Gerüstes vom Container in den Nachbargarten auf die Straße gefallen war. »Sie hebt das Niveau des Viertels, aber der Charakter, den das alte hatte, ist verlorengegangen. Damals war es hier gemütlich und ein kleines bißchen schäbig, man hatte das Gefühl, man könnte beim Nachhausekommen die Schuhe ausziehen, sich in einen Sessel fläzen ul d die Pommes gleich aus dem Papier essen.

Jetzt sieht's hier eher nach intimen kleinen Abendessen mit einem guten Wein und Delikatessen von Fortnum aus. Nicht das geeignete Ambiente für Geister.«

»Nein, keine Geister«, stimmte Kincaid zu, als sie sich abwandten und umkehrten. »Wir müssen mehr in die Ferne schweifen.«

Gemma hatte nicht erwartet, daß sie so bald schon wieder mit David Ogilvie zusammentreffen würde; diesmal jedoch zog sie ihr Notizheft mit einem Gefühl der Erleichterung heraus und überließ die Gesprächsführung Kincaid.

»Erinnern Sie sich an den Fall Stephen Penmaric?« fragte Kincaid, nachdem sie die Formalitäten hinter sich gebracht hatten.

Ogilvie zog verwundert die dunklen Augenbrauen zusammen. »Sie meinen Claire Gilberts ersten Mann? Natürlich erinnere ich mich an die Geschichte. Aber ich habe seit Jahren nicht mehr daran gedacht.« Sein Lächeln wirkte wie ein Zähnefletschen. »Warum interessieren Sie sich dafür? Glauben Sie, Claire hatte eine alte Flamme mit einer Neigung ihre Ehemänner zu beseitigen?«

Kincaid lachte ein wenig. »Die Theorie ist auch nicht schlechter als das, was wir bisher haben.« Er lehnte sich ein wenig zurück, umfaßte sein hochgezogenes Knie mit beiden Händen und betrachtete Ogilvie mit einem Blick, den Gemma im stillen als seinen Kommen-wir-zur-Sache-Blick bezeichnete. »Ich habe natürlich die Akten gelesen«, sagte er. »Absolut ergebnislos. Sie waren damals der ermittelnde Beamte, und wir wissen beide«, sein Lächeln unterstellte eine selbstverständliche Einigkeit, »daß der Beamte, der die Ermittlungen leitet, keine *Eindrücke* in einem Bericht aufnehmen darf, aber genau die möchte ich jetzt wissen. Was haben Sie in Ihrem Bericht *nicht* geschrieben? Was für einen Eindruck hatten Sie von Claire? Wurde Stephen Penmaric ermordet?«

David Ogilvie lehnte sich in seinem Sessel zurück und antwortete mit Bedacht. »Ich denke heute noch das gleiche, was ich damals dachte. Stephen Penmarics Tod war ein tragischer Unfall. Der Bericht ist unergiebig, weil die ganze Untersuchung ergebnislos verlaufen ist. Sie wissen so gut wie ich«, fügte er mit unverhohlenem Sarkasmus hinzu, »wie gering die Chancen sind, bei Fahrerflucht den Täter zu finden, wenn es keine Zeugen gibt. Und ich wüßte wirklich nicht, inwiefern diese alte Geschichte irgendeine Bedeutung im Zusammenhang mit Alastair Gilberts Tod haben sollte.«

»Hat Gilbert Claire Penmaric schon vor dem Tod ihres Mannes gekannt?« entgegnete Kincaid.

»Sie wollen doch nicht unterstellen, daß Alastair mit Penmarics Tod etwas zu tun hatte?« Ungläubig zog Ogilvie die Brauen hoch. Kleine Haarbüschel, die an ihrem inneren Rand senkrecht in die Höhe wuchsen, verliehen ihnen ein merkwürdig spitzes Aussehen, so daß Gemma unwillkürlich an Hörner denken mußte. »So verzweifelt können Sie doch nicht sein, Superintendent! Mir ist klar, daß Sie in diesem Fall unter beträchtlichem Druck stehen, aber niemand, der Alastair kannte, würde glauben, daß er fähig gewesen wäre, das Recht zu beugen, um seine eigenen Interessen zu fördern.«

»Chief Inspector, was ich glaube, ist meine Sache. Und ich bin in der günstigen Situation, Commander Gilbert nicht gut gekannt zu haben, bin also nicht geneigt, mein Urteil durch persönliche Ansichten trüben zu lassen.«

Gemma warf Kincaid einen erstaunten Blick zu. Es war nicht seine Art, auf seinen höheren Dienstgrad zu pochen, aber Ogilvie hatte es nicht anders verdient.

Ogilvies Lippen wurden schmal, und Gemma hatte den

Eindruck, obwohl das bei seinem dunklen Teint schwer zu erkennen war, daß Zorn sein Gesicht rötete. Nach einer kurzen Pause jedoch sagte er mit tadelloser Höflichkeit: »Sie haben natürlich recht, Superintendent. Ich entschuldige mich. Man sollte vielleicht offener sein.«

»Ich versuche, mir ein möglichst klares Bild von Alastair Gilbert zu machen, und ich dachte, es könnte hilfreich sein, etwas mehr über seine Biographie zu erfahren. Die Vermutung, daß er Claire im Lauf der Ermittlungen über den Tod ihres Mannes kennengelernt hat, ist doch nicht ganz unlogisch, würde ich denken.«

»Das ist richtig. Er hat Claire tatsächlich im Lauf dieser Ermittlungen kennengelernt«, bestätigte Ogilvie. »Sie war jung, hübsch und ganz allein auf der Welt – nicht viele Männer hätten der Versuchung widerstanden, ihr Hilfe und Trost anzubieten.«

»Einschließlich Gilbert?«

Mit einem Achselzucken antwortete Ogilvie: »Sie haben sich angefreundet. Mehr kann ich Ihnen nicht sagen. Es war nie meine Gewohnheit, meine Nase in die Privatangelegenheiten meiner Vorgesetzten zu stecken – oder sonstiger Leute. Wenn Sie Einzelheiten wissen wollen, sollten Sie Claire Gilbert befragen.«

Gemma sah Kincaid an, neugierig, wie er auf die kaum verhohlene Geringschätzung Ogilvies reagieren würde. Doch er lächelte nur und dankte ihm.

Sie verabschiedeten sich, und als sie aus dem Haus traten, sagte Gemma: »Ich möchte wissen, was er gegen uns hat.«

»Haben Sie heute Ihren paranoiden Tag?« Kincaid sah sie lächelnd an, als sie die Treppe hinuntergingen. »Ich nehme an, es ist nichts Persönliches – David Ogilvie hat gegen jeden was. Aber vielleicht sollten Sie noch mal auf Ihre alte Dienststelle gehen und sich mit Ihrer Freundin Jackie unterhalten, wenn Sie

sie aufstöbern können. Mal sehen, was sie von Chief Inspector Ogilvie hält.

Danach treffen wir uns im Yard und fahren mit einem Dienstwagen nach Surrey zurück.« Ein paar Minuten gingen sie schweigend nebeneinander her. Als sie die Kreuzung erreichten, an der ihre Wege sich trennten, sagte er nachdenklich: »Es würde mich allerdings interessieren, ob Ogilvie selbst gegen Claire Penmarics Charme gefeit war.«

Jackie Temple schob einen Finger unter den Bund ihrer Uniformhose und atmete tief ein. Es fiel ihr schwer zu glauben, daß man tatsächlich zunehmen konnte, wenn man jeden Tag soviel marschierte wie sie, aber die körperlichen Indizien waren unwiderlegbar. Tja, da werde ich wohl mal wieder ins Nähkästchen greifen müssen, dachte sie seufzend. War nur zu hoffen, daß noch Stoff da war, der herausgelassen werden konnte. Dabei hatte sie schon jetzt wieder einen Bärenhunger und war froh, daß es nicht mehr weit war bis zu dem Stand in der Nähe der Portobello Road, an dem sie gewöhnlich ihre Vormittagspause einlegte. Wenn sie zu ihrem Tee nur ein Kuchenteil nahm statt zwei, würde sie zwar das Gefühl haben, etwas gegen die Pfunde zu tun, aber sie würde dafür um drei, wenn sie ihre Schicht beendete, völlig ausgehungert sein.

Sie ging langsamer, um das dichte Knäuel von Fußgängern zu mustern, das vor ihr den Bürgersteig blockierte. Es entwirrte sich schnell genug – einfach ein Haufen Leute, die alle zu gleicher Zeit in entgegengesetzte Richtungen wollten –, und sie konnte wieder ihren eigenen Gedanken nachhängen. In den Jahren täglichen Streifendienstes hatte sie die Fähigkeit entwickelt, ihr Bewußtsein zu spalten. Die eine Hälfte war stets hellwach, auf alles gerichtet, was um sie herum vorging, reagierte auf die Grüße von Vorüberkommenden und Ladeninhabern, die sie kannten, sichtete und prüfte, vermerkte jeden, der ein wenig zu auffällig herumlungerte, während die andere Hälfte ihres Bewußtseins ein völlig eigenes Leben führte, von Tagträumen und inneren Monologen erfüllt.

Sie dachte an ihr unerwartetes Zusammentreffen mit Gemma am vergangenen Tag. Wenn sie auch zugeben mußte, daß sie die Freundin ein wenig um ihre Stellung als Sergeant bei der Kriminalpolizei beneidete, hatte sie doch nie andere Ambitionen gehabt, als täglich ihre Streife zu gehen. Sie hatte ihren Platz gefunden und fühlte sich wohl dabei.

Sie hätte allerdings nichts dagegen gehabt, Gemmas Figur zu haben, dachte sie mit einem Lächeln, als sie an der homöopathischen Apotheke vorüberkam und Mr. Dodd, den Inhaber, grüßte. Aber, dachte sie, als sie um die Ecke bog und vor sich schon die freundliche rote Markise des Backwarenstands leuchten sah, Gemma schien dünner zu sein als früher, und ihr Gesicht hatte etwas Durchsichtiges, als wäre sie stark überanstrengt. Jackie vermutete, daß dies nicht ausschließlich an der Arbeit läge, aber sie war noch nie der Mensch gewesen, der andere ausfragte.

Ein paar Minuten später stand Jackie, in der einen Hand den Pappbecher mit dem dampfenden Tee, in der anderen ihr einsames Kuchenteil, an die Backsteinmauer des Stands gelehnt und beobachtete das Treiben auf der Straße. Sie zwinkerte verdutzt, als sie rotes Haar aufleuchten sah, dann ein vertrautes Gesicht, das ihr mit der Menschenmenge entgegengetrieben wurde. Eigentlich, dachte sie, hätte sie überrascht sein müssen, aber sie hatte das merkwürdige Gefühl, daß dieses zweite Zusammentreffen etwas Unvermeidliches war. Sie winkte, und einen Augenblick später war Gemma bei ihr.

»Ich habe eben an dich gedacht«, sagte Jackie. »Kann es sein, daß ich dich herbeschworen habe, oder ist das so ein Zusammentreffen, von denen man in den Revolverblättern immer liest?«

»Ich glaube, zum Geist aus der Flasche bin ich nicht geeignet«, versetzte Gemma lachend. Ihre Wangen waren von der Kälte gerötet, und der Wind hatte kleine krause Strähnen ihres Haars aus dem festgeflochtenen Zopf gezerrt. »Daß wir uns hier treffen, ist deinem Chef zu verdanken. Der weiß anscheinend zu jeder Minute genau, wo du bist.« Sie musterte Jackies Brötchen und pickte sich eine Rosine heraus. »Hm, das sieht verlockend aus. Da läuft mir das Wasser im Mund zusammen. Weißt du, eines lernst du bei der Kripo – wann immer sich eine Gelegenheit zu essen bietet, pack sie beim Schopf.«

Während Gemma das Angebot des Stands überflog, musterte Jackie sie. Gemmas lose geschnittener rostroter Blazer und die hellen Jeans waren von einer lässigen Eleganz, wie Jackie sie trotz aller Bemühungen nie erreichte.

»Schick siehst du aus«, sagte sie, als Gemma Tee und ein Croissant mit Käse und Schinken bestellt hatte. »Ich hab' wahrscheinlich einfach keinen Geschmack, drum renn ich am liebsten in Uniform rum.« Kauend fügte sie hinzu: »Du siehst heute übrigens viel besser aus, frischer und so. Ich hatte gerade daran gedacht, daß du mir gestern ein bißchen fertig erschienen bist.«

»Ich habe heute nacht auch hervorragend geschlafen«, erwiderte Gemma heiter, doch sie senkte den Blick und drehte an dem Ring, den sie an ihrer rechten Hand trug. Dann lächelte sie strahlend und wechselte das Thema, und sie schwatzten über Gott und die Welt, bis Gemma ihr Croissant bekam.

Als Gemma die ersten Bissen gegessen und dazu von ihrem Tee getrunken hatte, sagte sie: »Jackie, was weißt du eigentlich über Gilbert und David Ogilvie?«

»Ogilvie?« Jackie überlegte einen Moment. »Waren er und Gilbert nicht Partner? Das war vor unserer Zeit, aber ich glaube, es gab mal Gerüchte, daß es zwischen ihnen böses Blut gegeben hat. Warum fragst du?«

Gemma berichtete ihr, was sie über Stephen Penmarics Tod erfahren hatten, und fügte hinzu: »Anscheinend haben also beide, Gilbert und Ogilvie, Claire damals bei den Ermittlungen kennengelernt. Zwei Jahre später hat sie dann Gilbert geheiratet.«

Jackie leckte sich die letzten Krümel von den Fingern. »Ich weiß, wer uns da vielleicht weiterhelfen kann – erinnerst du dich an Sergeant Talley? Der sitzt seit Ewigkeiten in Notting Hill und weiß alles über jeden.«

»Er hat mir gesagt, wo ich dich finde.« Gemma schaute auf ihr Croissant und ihren Tee. »Halt mal.« Sie drückte Jackie das Croissant in die Hand und zog ihr Heft aus ihrer Tasche. »Ich geh noch mal auf die Dienststelle und schau, ob ich . . .«

»Warte, Gemma, laß mich das machen«, unterbrach Jackie. »Talley muß man kennen. Er ist vielleicht das größte Klatschmaul von der Welt, aber er selbst sieht sich nicht so. Er würde nie im Leben einem Außenstehenden was über die Leute unserer Dienststelle erzählen – und du bist jetzt eine Außenstehende.«

»Das tut weh.« Gemma verzog das Gesicht.

»Tut mir leid«, sagte Jackie lachend. »Aber du weißt schon, was ich meine.« Und es stimmte, dachte sie. Heute konnte sie an Gemma sehen, was gestern nicht so zum Vorschein gekommen war – die Zielstrebigkeit, die Dynamik, die das Rüstzeug für eine gute Kriminalbeamtin waren. Es war nicht etwa so, daß Gemma sich wesentlich verändert hatte, diese Eigenschaften hatte sie immer besessen, aber sie hatte jetzt den Platz gefunden, an dem sie ihre Talente nutzen konnte, und damit hatte sie sich von Jackie und dem Leben, das sie einmal geteilt hatten, entfernt.

»Es würde dir nichts ausmachen, mal mit ihm zu reden?« Gemma klemmte ihr Heft unter den Arm und holte sich ihr Croissant zurück.

»Ich versuche, ihn zu einer Tasse Tee in die Kantine zu locken, wenn ich fertig bin, und laß ihn ein bißchen in Erinnerungen kramen. Es macht mir überhaupt nichts aus«, sagte Jackie. »Du hast mich neugierig gemacht. Ich hoffe nur, dieses Detektivspielen ist nicht ansteckend.«

»Er ist vorbestraft«, sagte Nick Deveney zum Empfang, als Kincaid und Gemma in den für ihren Fall zur Verfügung gestellten Ereignisraum in der Polizeidienststelle Guildford traten. Er und Will Darling saßen über einen Computerausdruck gebeugt, und das flüchtige Lächeln, mit dem er Gemma bedachte, war seine einzige Begrüßung. »Ich habe Ihre Freundin Madeleine Wade erst heute morgen erwischt, und es stellte sich heraus, daß er für sie auch gearbeitet hat. Er hat im Laden Kisten geschleppt und oben die Wohnung gestrichen.«

Verwundert über den spöttischen Nachdruck, den Deveney den Worten »Ihre Freundin« verlieh, sah Gemma Kincaid an, doch der schien nur erheitert. »Wer ist vorbestraft?« fragte sie. »Worum geht's hier überhaupt?«

»Um Geoff Genovase«, antwortete Will. »Er ist vor fünf Jahren wegen Einbruchs verknackt worden. Er hat damals in einem Hi-Fi-Laden in Wimbledon gearbeitet, und anscheinend hatten er und einer seiner Kollegen beschlossen, einen Teil der Ware aus dem Lager des Lieferanten locker zu machen. Leider wußten sie nicht, wie man die Alarmanlage abstellt, also landete Genovase in einem der besten staatlichen Hotels.«

Gemma ließ sich auf den nächsten Stuhl fallen. »Das glaube ich nicht.«

»Er hat für jeden im Dorf, der einen Diebstahl gemeldet hat, irgendwann mal Aushilfsarbeiten gemacht«, sagte Deveney. »Solche Zufälle gibt's nicht. Und wenn er die anderen beklaut hat, warum nicht auch die Gilberts? Nur ist da leider was schief gegangen.«

Sie dachte an den sanftmütigen jungen Mann, der sie so fürsorglich bedient hatte, sah das Gesicht vor sich, das voll kindlichen Eifers aufgeleuchtet hatte, als sie sich nach dem Computerspiel erkundigt hatte. »Warum haben Sie mir nichts gesagt?« Ihre Stimme schwoll an, als sie die Frage an Kincaid richtete.

Erstaunt sah er von dem Computerausdruck auf, den Deveney ihm gegeben hatte. »Es war nur ein Gefühl. Ich hatte keine Ahnung, daß es sich als richtig herausstellen würde.«

»Ich habe einen Durchsuchungsbefehl beantragt«, sagte Deveney. »Hoffentlich müssen wir nicht das ganze verdammte Pub durchsuchen.«

Kincaid reichte den Ausdruck Will Darling zurück und starrte einen Moment nachdenklich ins Leere. Dann richtete er sich auf und sagte entschieden: »Hören Sie, Nick, ich bin nicht bereit, alles andere sausen zu lassen und mich einzig auf diese Geschichte zu konzentrieren. Ich denke, wir sollten trotzdem Reid und die Londoner Möglichkeiten überprüfen.« Er wandte sich Gemma zu. »Am besten fahren Sie mit Will zu Reids Laden in Shere und reden mit ihm, während Nick und ich die Durchsuchung erledigen.«

Zorn stieg erschreckend schnell in ihr hoch, schnürte ihr die Kehle zu, machte ihr rasendes Herzklopfen, aber sie kämpfte ihn nieder und schaffte es, ruhig zu sagen: »Hm, kann ich Sie mal einen Moment sprechen, Chef?«

Kincaid zog eine Augenbraue hoch, folgte ihr jedoch in den leeren Korridor hinaus. Als die Tür hinter ihm zugefallen war, sagte sie zähneknirschend: »Gibt es dafür einen bestimmten Grund?«

»Wofür?« fragte er verständnislos.

»Daß Sie mich auf einen Metzgergang schicken, während Sie und Nick Deveney die wichtige Aufgabe übernehmen. Haben Sie vielleicht Angst, ich könnte nicht objektiv sein? Ist es das?«

»Du lieber Gott, Gemma«, entgegnete er, einen Schritt zurücktretend, »ich habe versucht, die Dinge zu klären, aber Sie sind ja dieser Tage so empfindlich wie ein Igel – fahren sofort Ihre Stacheln aus. Was soll ich nur mit Ihnen anfangen? Muß ich Sie um Erlaubnis fragen, ehe ich entscheide, wie ich eine Untersuchung führe?

Ich habe zwei Gründe, wenn Sie es genau wissen wollen.« Er hakte sie an seinen Fingern ab. »Erstens, Sie haben Malcolm Reid noch nicht kennengelernt, und ich wollte gern wissen, was Sie von ihm halten, ob Sie es für möglich halten, daß an Percy Bainbridges Behauptung, Claire habe eine Affäre mit ihm, was dran ist. Zweitens, Sie haben einen positiven Kontakt zu Geoff Genovase hergestellt, und ich möchte gern, daß es so bleibt. Sie wissen so gut wie ich, wie nützlich das bei einer Vernehmung sein kann, und wenn Sie jetzt mit einem Durchsuchungsbefehl aufkreuzen, wird das sein Vertrauen zu Ihnen gewiß nicht vertiefen.« Er holte Luft. »Reicht Ihnen das oder verlangen Sie weitere Rechtfertigungen?«

Der Zorn verflog so rasch wie er gekommen war. Sie lehnte sich an die kühle Wand und schloß die Augen. Ihr war jämmerlich zumute.

Ein Nachklang seiner Worte versetzte sie zurück in die Vergangenheit, und einen Moment lang war sie wieder ein Kind, oben, in ihrem kleinen Zimmer, über der Bäckerei. Sie hatte eine ihrer häufigen und wütenden Streitereien mit ihrer Schwester hinter sich, und ihre Mutter war zu ihr gekommen und hatte sich aufs Bett gesetzt, auf dem sie lag, das heiße, tränennasse Gesicht ins Kopfkissen vergraben. »Was soll ich nur mit dir anfangen, Gemma?« hatte ihre Mutter müde und gereizt gesagt, doch die Hand, die ihr Haar streichelte, war sanft gewesen. »Wenn du nicht lernst, dein hitziges Temperament zu beherrschen, lernst du am besten so schnell wie möglich, dich zu entschuldigen. Und wenn du den Verstand gebrauchst, den

Gott dir mitgegeben hat, tust du beides.« Es war ein guter Rat gewesen – aus Erfahrung geboren, wie Gemma später erkannt hatte –, und sie hatte sich bemüht, ihn zu befolgen.

Sie öffnete die Augen, als ein Lufthauch ihr Gesicht berührte. Kincaid hatte sich abgewandt. Seine Hand lag auf dem Türknauf, sein Gesicht war starr. Gemma berührte seinen Arm und versuchte ein Lächeln. »Sie haben natürlich recht. Ich habe viel zu heftig reagiert. Ich weiß, ich habe mich in letzter Zeit ausgesprochen blöd benommen.« Sie wandte sich ab, biß sich auf die Unterlippe. »Duncan . . . es tut mir leid.«

Malcolm Reid war groß und schlank, mit fast weißblondem Haar über einem gebräunten gutaussehenden Gesicht, ganz sicher ein Mann, auf den die Frauen flogen. Er hätte eine gute Ergänzung zu Claire Gilberts heller, zarter Schönheit abgegeben, und Gemma konnte verstehen, daß die Leute tuschelten.

Er hatte sie und Will Darling freundlich begrüßt und ihnen Kaffee aus einer schlanken Elektrokanne eines deutschen Modells angeboten, die in einer Steckdose hinter einer der modernen Küchenzeilen im Ausstellungsraum eingesteckt war.

»Ich dachte, das wäre alles nur Schau«, sagte Gemma erstaunt.

»Warum die Möglichkeiten nicht nutzen?« Lächelnd zog Reid zwei schmiedeeiserne Hocker für Will und Gemma heran. »Aber das hier ist sowieso eine richtige Arbeitsküche. Meine Frau benutzt sie für ihre Demonstrationskurse. Im Moment läuft nur keiner. ›Gesunde Küche aus dem Mittelmeerraum‹ ging letzte Woche zu Ende, und ›Italienische Klassiker‹ fängt kommenden Dienstag an.«

Die Namen der Kurse beschworen Vorstellungen von warmen Regionen und exotischen Gewürzen herauf und weckten plötzliche Sehnsüchte in Gemma. Ihre Eltern hatten zwar ausgezeichnete Backwaren hergestellt, aber ihr Geschäft hatte ihnen für mehr als die konventionelle englische Küche kaum Zeit und Energie gelassen. Und Gemma hatte nicht viel Gelegenheit gehabt, ins Ausland zu reisen.

»Das klingt köstlich«, sagte sie.

»Ist es auch.« Malcolm Reid betrachtete sie mit Interesse. Er stand in nachlässiger Pose an eine Arbeitsplatte gelehnt, seinen Kaffeebecher mit beiden Händen haltend. »Sie sollten es bei Gelegenheit einmal versuchen. – Also, was kann ich nun für Sie tun?«

Will rutschte ein wenig unbehaglich auf dem Hocker hin und her, der für sein Gesäß nicht gerade geschaffen war. »Mr. Reid, können Sie uns sagen, wie Sie den Mittwoch abend verbracht haben?«

Reid, der gerade seinen Becher zum Mund führen wollte, hielt in der Bewegung inne. »Am Mittwoch abend?« sagte er. »Verlangen Sie jetzt ein Alibi von mir? Ich weiß, ich«, er hob eine Hand, ehe sie etwas sagen konnten, »ich habe es schon von Ihrem Chef zu hören bekommen. Reine Routine, genau wie im Fernsehen, nur keine Sorge. Ich muß gestehen, besonders beruhigend finde ich das nicht, aber ich habe keinen Grund, Ihnen keine Auskunft zu geben. Sie werden meine Antwort allerdings recht enttäuschend finden.« Mit einem Schimmer von Spott im Auge sah er Gemma an. »Ich habe um halb sechs den Laden zugemacht und bin direkt nach Hause gefahren und dort geblieben. Ich habe den ganzen Abend mit meiner Frau verbracht.«

Will nickte ermunternd. »Ihre Frau kann uns das bestätigen, Mr. Reid?«

»Selbstverständlich.«

»Mr. Reid«, begann Gemma, während sie noch überlegte, wie sie das Thema möglichst taktvoll anschneiden sollte, »versteht Ihre Frau sich gut mit Claire Gilbert?«

»Val?« Reid schien ehrlich verwundert. »Val kennt Claire

länger als ich. Über sie ist Claire überhaupt erst Kundin bei mir geworden – sie hatte einen von Vals Kursen besucht.«

»Und Ihre Frau und Mr. Gilbert hatten gegen Ihre Arbeitsbeziehung mit Claire Gilbert nichts einzuwenden?«

Einen Moment lang sah Reid sie verständnislos an, dann wurde sein Gesicht hart. »Würden Sie mir vielleicht sagen, worauf Sie hinaus wollen?«

Nun, dann am besten kopfüber hinein ins Vergnügen, dachte Gemma, als sie sah, daß ihr Versuch, Takt walten zu lassen, wenig erfolgreich gewesen war. »Offenbar gibt es im Dorf Gerüchte, Mr. Reid, daß Ihre Beziehung zu Claire Gilbert über das Geschäftliche hinausgeht und daß ihr Mann darauf aufmerksam gemacht worden war.«

»Das ist eine Unverschämtheit!« rief Reid aufgebracht. »Wie ich diesen Klatsch hasse! So etwas Heimtückisches. Und man ist völlig machtlos dagegen. Wenn man den Mund hält, gilt man als Heimlichtuer, und wenn man was dagegen sagt, werden einem die Proteste als Schuldanerkenntnis ausgelegt.

Das ist alles völlig aus der Luft gegriffen.« Er wurde plötzlich wieder ruhig und sagte seufzend: »Es ist ja nicht Ihre Schuld, Sergeant. Tut mir leid, daß ich meinen Ärger an Ihnen ausgelassen habe. Aber ich hoffe doch sehr, Sie müssen nicht auch noch Claire mit diesem Quatsch belasten. Sie hat weiß Gott schon genug um die Ohren.«

Gemma gab ihre Standardantwort, auch wenn sie sich bewußt war, wie wenig angemessen sie der Situation war. »Wir untersuchen einen Mordfall, Mr. Reid, und da muß die Wahrheit Vorrang haben. So leid es mir . . .«

Der Rest der Antwort wurde ihr erspart. In diesem Moment nämlich wurde die Ladentür geöffnet, und Gemma erkannte Claire Gilberts Stimme, noch ehe sie sich umgedreht hatte.

»Malcolm, ich . . .« Claire brach ab, als sie Will und Gemma bemerkte. Sie blieb wie angewurzelt stehen, doch Gemma hatte den Eindruck, daß sie drauf und dran gewesen war, sich direkt in Malcolm Reids Arme zu stürzen.

»Claire, was tust du denn hier?« Reid eilte zu ihr hin und nahm sie bei den Händen. Sein Gesicht war besorgt. »Du wolltest doch zu Hause bleiben.«

Claire ließ Reids Hände nach flüchtigem Kontakt los. Sie hatte sich soweit gefaßt, daß sie Gemma und Will mit gewohnter Höflichkeit begrüßen konnte. »Entschuldigen Sie, ich wollte nicht unhöflich sein.« Sie nickte ihnen zu und hatte für Will sogar ein kleines Lächeln. »Aber ich habe es einfach nicht mehr ausgehalten. Wir haben das Telefon ausgehängt, und der Constable steht immer noch am Gartentor, aber sie stehen draußen vor dem Haus und beobachten uns.« Schaudernd schüttelte sie den Kopf und krampfte ihre Hände ineinander.

»Komm, setz dich erst mal«, forderte Reid sie auf, als Will von seinem Hocker glitt und ihn ihr hinschob. »Wer beobachtet euch? Wovon sprichst du?«

»Von den Reportern.« Gemma schnitt ein Gesicht. »Die sind wirklich wie die Aasgeier. Aber das geht vorüber, Mrs. Gilbert, ich verspreche es Ihnen. Diese Leute haben eine relativ kurze Aufmerksamkeitsspanne – es wundert mich, daß sie überhaupt so lange durchhalten.«

»Und wie sind Sie der Belagerung entkommen?« fragte Will.

Wieder blitzte das flüchtige Lächeln auf. »Ich habe eine von Alastairs Mützen aufgesetzt und meine Haare darunter geschoben, und fertig war die Verkleidung.« Claire wies auf ihren Anzug, und erst jetzt bemerkte Gemma, daß sie ihre sonst so elegante Garderobe gegen Jeans und eine alte Tweedjacke getauscht hatte. »Dann habe ich mich hinten rausgeschlichen, bin durch Mrs. Jonssons Garten zum Pub hinüber gelaufen und habe mir Brians Auto geliehen.« In ihrem Ton schwang eine Mischung aus Stolz und Verlegenheit, als sie hinzufügte: »Es war, ehrlich gesagt, eine richtige Befreiung.«

Claire wirkte jünger in der lässigen Kleidung. Sie brachte die zähe Kraft zum Vorschein, die Gemma zuvor schon an ihr geahnt hatte, und betonte gleichzeitig ihre körperliche Zartheit.

»Aber was tun *Sie* hier?« wandte sie sich an Will und Gemma. »Was haben Sie denn mit Malcolm zu besprechen?« Sie schlang die Arme um ihren Oberkörper, als wäre ihr kalt, und ein Hauch von Angst schwang in ihrer Stimme, als sie hinzufügte: »Ist etwas passiert? Was ist . . .«

»Routineermittlungen«, erklärte Reid lachend, ehe Gemma antworten konnte. »Nichts, worüber du dich zu sorgen brauchst. Stimmt's, Sergeant?«

»Mrs. Gilbert«, sagte Gemma. »Kann ich Sie kurz unter vier Augen sprechen?«

Gemma hatte einen Spaziergang vorgeschlagen. Sie gingen über die Brücke und nahmen den Weg am kleinen Tillingbourne River entlang. Birken standen am Ufersaum, und ihre kahlen silbrig glänzenden Äste reckten sich zum Himmel, als wollten sie die letzten Strahlen der blassen Sonne ergreifen.

Gemma überlegte, wie sie ihre Fragen am besten formulieren sollte. Claire Gilbert schien sich ganz wohlzufühlen, zufrieden, schweigend dahinzugehen. Sie warf Gemma einen lächelnden Blick zu, bückte sich dann nach einem Stein und blieb stehen, um ihn in ihrer Hand zu wägen. Mit einem Kopfschütteln bückte sie sich noch einmal und suchte einen anderen. Der Wind teilte ihr Haar und enthüllte einen schlanken, hellen Nacken. Bei dem Anblick stieg ein seltsames Gefühl in Gemma auf, als müßte sie die Frau beschützen. Es war ihr unbehaglich, und sie sah weg.

Claire fand einen anderen Stein, stand auf und ließ ihn geschickt über das Wasser springen. Als die letzten Kräuselwellen sich wieder geglättet hatten, sagte sie: »Das habe ich seit

Jahren nicht mehr getan – es wundert mich, daß ich es noch kann. Aber vielleicht ist es wie radfahren.« Dann, als führte sie ein begonnenes Gespräch weiter: »Ein Glück, daß Becca da ist. Ich weiß nicht, was ich ohne sie tun würde. Sie erledigt alle Formalitäten für die Beerdigung, wenn – wenn Alastairs Leiche freigegeben wird.«

»Becca?«

»Unsere Pfarrerin, Rebecca Fielding.«

Gemma sah einen Einstieg. Sie war bereit, Malcolm Reid für den Moment zu vergessen, um das Gespräch auf die Vergangenheit zu lenken. »Frühere Erfahrung macht so etwas wahrscheinlich nicht einfacher. Ich wußte nichts vom Tod Ihres ersten Mannes, als ich neulich mit Ihnen gesprochen habe. Es tut mir leid.«

»Oh, entschuldigen Sie sich nicht – Sie konnten es ja nicht wissen. Und Stephen war immer dafür, Vergangenes ruhen zu lassen und das Leben anzupacken. Daran habe ich immer zu denken versucht, wenn Tage kamen, an denen ich am liebsten gar nicht mehr aufgestanden wäre.« Claire blieb stehen und blickte auf den kleinen Fluß hinaus. Die Hände in den Jackentaschen starrte sie ins Wasser, das wie flüssiges Zinn über die Steine floß. »Es kommt mir vor, als wäre das alles ewig her. Ich weiß nicht einmal, ob ich die Claire von damals noch kenne.«

»Sie haben Commander Gilbert nach dem Tod Ihres Mannes kennengelernt?«

Claires Lächeln hatte nichts Fröhliches. »Ja. Alastair meinte, ich bräuchte jemanden, der für mich sorgt.«

»Und war es so?«

»Ich glaubte es«, antwortete Claire und ging langsam weiter. »Stephen und ich haben sehr jung geheiratet, gleich nach der Schule. Eine Jugendliebe. Er war Journalist, ein sehr guter.« Mit einem Blick zu Gemma fügte sie beinahe trotzig hinzu: »Wir hatten ein *gutes* Leben. Und nach Lucys Geburt war es sogar noch besser, aber wir hatten nicht das, was man Sicherheit nennt. Wir lebten sozusagen von Auftrag zu Auftrag.

Nach Stephens Tod stand ich da – allein, beide Eltern tot, eine fünfjährige Tochter zu versorgen, und keine berufliche Ausbildung. Stephen hatte eine kleine Lebensversicherung, das Geld hätte höchstens ein, zwei Jahre gereicht, selbst wenn wir jeden Penny zweimal umgedreht hätten.« Der Weg war schmäler geworden und endete jetzt unversehens vor einer Steinmauer. Claire kehrte um. »Alastair hat uns Sicherheit geboten.«

Gemma folgte ihr schweigend. Sie kamen zur Straße zurück und überquerten sie. Dann gingen sie die schmale, von Hecken gesäumte Gasse zur Kirche hinauf.

Was hätte sie ohne ihre Arbeit und ihre Eltern getan, als Rob sie verlassen hatte? Hätte sie wie Claire die Sicherheit gewählt, wenn sie ihr angeboten worden wäre?

»Und David Ogilvie?« fragte sie. »Hat er Sie auch geliebt?«

»David?« Claire blieb stehen, eine Hand an der Friedhofspforte, und sah sie bestürzt an.

»Wir mußten mit ihm sprechen. Er war ja die rechte Hand Ihres Mannes. Gerade das, was er *nicht* gesagt hat, hat mich neugierig gemacht.«

»Ach, David . . .« sagte Claire seufzend und stieß das Tor auf. Während sie durch das hohe Gras rund um die Grabsteine gingen, riß sie einen Halm ab und drehte ihn zwischen ihren Fingern. »David war . . . schwierig. Damals habe ich mir eingeredet, ich sei nur eine Anwärterin in der Vielzahl seiner Eroberungen. Er war sehr gegen meine Heirat mit Alastair, aber ich habe das gekränkter Eitelkeit zugeschrieben.«

Sie waren wieder zum Fluß gelangt. Auf dem kleinen Holzsteg blieb Claire stehen und streifte mit den Fingern das dünne Gefieder des Grashalms ab. Sie sah zu, wie die Samen zum Wasser hinunterfielen. »Aber wenn ich jetzt zurückschaue, bin ich nicht mehr sicher, daß es wirklich so war. Für mich ist gar nichts mehr sicher.«

»Das hat doch sicher Spannungen zwischen den beiden hervorgerufen, und trotzdem mußten sie weiter zusammenarbeiten«, sagte Gemma, die an das böse Blut dachte, von dem Jackie gesprochen hatte. »Sind Sie drei Freunde geblieben?«

»David hat nach meiner Heirat mit Alastair nie wieder mit mir gesprochen. Ich meine das nicht ganz wörtlich – wenn wir uns bei gesellschaftlichen Anlässen begegnet sind, war er immer höflich –, aber als Freund hat er nie wieder mit mir gesprochen.«

Und es tut ihr nach all den Jahren noch weh, dachte Gemma, die den mühsam beherrschten Ton hörte und sah, wie Claire die Lippen zusammenpreßte. Vielleicht hätte sie eine andere Frage stellen sollen – hatte Claire David Ogilvie geliebt, als sie Alastair Gilbert heiratete?

9

»Haben Sie die Liste?« fragte Kincaid, als sie auf dem leeren Parkplatz des Pub anhielten. Deveney hatte gebeten, den Rover aus dem Wagenpark von Scotland Yard fahren zu dürfen, der im Gegensatz zu seinem alten Vauxhall eine gut funktionierende Heizung hatte.

Deveney klopfte auf seine Tasche. »Bis auf das letzte Stück. Es ist wirklich ein sehr merkwürdiges Sortiment, wenn man es so zusammen sieht.« Er schaltete den Motor aus und sah sich um, während er den Sicherheitsgurt öffnete. »Der kleine Lieferwagen von Brian ist nicht hier. Hoffentlich ist überhaupt jemand zu Hause.«

Nachdem sie aus dem Wagen gestiegen waren, spähte er durch eines der Hinterfenster des Pub und sagte: »Wir haben Glück. Jedenfalls was Brian angeht.«

Als sie im Gänsemarsch den Weg entlanggingen, der vom Parkplatz zum Haupteingang führte, fügte er hinzu: »Ist es Ihnen recht, wenn ich mit ihm rede?«

»Absolut«, sagte Kincaid.

Tür und Fenster des Pub standen offen, um die Nachmittagsluft ins Haus zu lassen. Brian putzte fröhlich pfeifend den Tresen, als sie eintraten. Der ganze Raum roch nach Zitronenaroma.

»Wieder zurück, Superintendent? Und Ihr Sergeant auch?« Er warf sich das Putztuch über die Schulter und machte sich daran, die Gläser auf die Borde zu stellen. »Da wird mein Sohn sich freuen. Sie hat ihn schwer beeindruckt.«

»Wir sind hergekommen, weil wir mit Ihnen über Geoff sprechen wollten, Brian«, sagte Deveney. »Setzen wir uns doch, hm?«

So behutsam Deveneys Worte gewesen waren, auf Brian Genovase wirkten sie wie ein Schlag in den Magen. Sein Gesicht wurde plötzlich aschfahl, und sein ganzer Körper erstarrte vor Schreck.

»Was ist passiert? Ich habe ihn nur in den Laden rübergeschickt, um ein paar Zitronen zu holen . . .«

»Es ist ihm nichts passiert, Brian. Kommen Sie, setzen Sie sich, dann erkläre ich es Ihnen.«

Brian folgte ihm langsam zu der Nische neben der Bar. Das vergessene Putztuch hing keß über seiner Schulter. Als Kincaid sich einen Hocker herangezogen und bei ihnen Platz genommen hatte, sagte Deveney: »Wir haben Anlaß zu glauben, daß Geoff möglicherweise etwas mit den Diebstählen im Dorf zu tun hat. Wir brauchen . . .«

»Was zum Teufel soll das heißen, Sie haben Anlaß zu glauben? Sie haben ihn überprüft, sind auf diese alte Geschichte in dem Hi-Fi-Laden gestoßen, und jetzt wollen Sie ihm die Hölle heiß machen. Das ist eine Gemeinheit, und das lasse ich nicht zu, das sag ich Ihnen gleich.« Brian stemmte sich gegen den Tisch, um aufzustehen, aber sie hatten ihn in der Nische eingepfercht.

»So einfach ist es leider nicht, Brian«, entgegnete Deveney. »Wir hätten ihn niemals überprüft, wenn wir nicht entdeckt hätten, daß er bei jedem, der einen Diebstahl gemeldet hat, in letzter Zeit mal gearbeitet hat. Er ist der einzige gemeinsame Nenner. Wir müssen dem nachgehen, wenn auch nur, um ihn vom Verdacht reinzuwaschen.«

Brian begriff. Seine Augen weiteten sich vor Entsetzen, und seine Lippen wurden weiß. »Sie denken, Geoff hat den Mann ermordet«, sagte er heiser.

»Je schneller wir diese Sache hinter uns bringen, desto besser ist es, Brian. Wir haben einen Durchsuchungsbefehl. Wir müssen sein Zimmer durchsuchen. Wenn sich herausstellt, daß es ein Zufall war, können wir ihn streichen, und keiner braucht etwas zu erfahren. Wenn Sie uns jetzt zeigen würden . . .«

»Aber Sie verstehen gar nichts! Geoff hat dieses Problem schon seit seiner Kindheit. Er nimmt fremde Dinge an sich, aber er tut es nicht aus Bosheit oder Habgier. Es geht ihm nicht ums Geld. Er behält die Sachen einfach.« Mit flehentlichem Blick neigte sich Brian über den Tisch.

»Ich kann Ihnen sagen, was damals in Wimbledon passiert ist. Diese zwei Kerle, die mit ihm im Laden gearbeitet haben, haben ihn erpreßt, bei dem Einbruch mitzumachen. Sie hatten beobachtet, daß er ein Tonband genommen hatte, das dem Inhaber gehörte, und sagten, sie würden ihn anzeigen, wenn er nicht mitmachte.«

»Mit anderen Worten, Geoff ist ein Kleptomane?« Deveney war überrascht, doch Kincaid nickte nur, als Brian diesen Verdacht bestätigte. Er war schon einmal auf diese Krankheit gestoßen, als er noch im Einbruchsdezernat gearbeitet hatte – damals war es eine ältere Frau in einem vornehmen Wohnviertel gewesen, die ihre Nachbarn regelmäßig zum Tee besucht hatte.

»Er war in ärztlicher Behandlung, während er im Gefängnis war, und seit er zu Hause ist, scheint es viel besser geworden zu sein.« Brian sank in sich zusammen, als hätte alle Kampfkraft ihn verlassen.

»Aber man hat Ihnen doch sicher gesagt, daß diese Störung sehr schwer zu behandeln ist«, sagte Kincaid. »Haben Sie sich nicht Gedanken gemacht, als Sie von den Diebstählen hörten?«

Brian antwortete nicht, und nach einer kleinen Pause sagte Deveney leise zu Kincaid: »Bringen wir's hinter uns. Wir können das Zimmer auch allein finden.«

Sie ließen Brian am Tisch zurück, reglos, den Kopf in den Händen.

»Sieht aus, als wäre er beim Militär gewesen«, bemerkte Deveney. »Viel zu ordentlich.«

»Oder im Gefängnis.« Kincaid strich mit der Hand über die faltenlos glatte Decke des Betts. Fantasy-Poster hingen an den Wänden, aber sie waren nicht einfach mit Reißnägeln aufgemacht, sondern alle in schlichtem, unlackiertem Holz gerahmt. »Selbst gemacht, nehme ich an«, sagte Kincaid zu sich selbst.

»Hm?« Deveney blickte vom Computerbildschirm auf, wo er die sich endlos verändernden Darstellungen des Bildschirmschonerprogramms fasziniert betrachtet hatte. »Er hatte offenbar nicht vor, lange wegzubleiben, sonst hätte er das Ding ausgeschaltet. Also, gehen wir an die Arbeit.«

»Gut.« Kincaid setzte sich an den Schreibtisch und zog die erste Schublade auf. Er fand es unangenehm und seltsam faszinierend zugleich, die privaten Dinge anderer durchzusehen. Und immer hatte er dabei einen Anflug von schlechtem Gewissen.

In der obersten Schublade lagen sauber geordnet Schreibmaterialien, einige Briefe auf Papier mit einer Blumenborte, Computerspielhandbücher. In der untersten Schublade entdeckte er die vergilbte Fotografie einer jungen Frau, die die auf den Hüften sitzenden Schlaghosen der späten Sechzigerjahre anhatte. Nackter Bauch, langes glattes braunes Haar, das in der Mitte gescheitelt war, riesige Kreolen in den Ohren, ein ernster, leicht gelangweilter Gesichtsausdruck. Er fragte sich, wer die junge Frau war und warum Geoff Genovase ihr Foto aufgehoben hatte.

Im Bücherregal neben dem Fenster standen größtenteils Taschenbücher – Fantasy, Grusel, ein paar historische Romane. Kincaid sah sie durch, blieb dann vor dem Fenster stehen und blickte zum roten Dach der Marienkirche, das über den Hecken des Pfarrgartens zu schweben schien. Er versuchte, sich darüber klar zu werden, worin der Unterschied zwischen der Ordnung in diesem Zimmer und der in Alastair Gilberts Arbeitszimmer bestand. Die Ordnung in Gilberts Zimmer sprach von Pedanterie und einem Zwang zur Kontrolle, während dieser Raum eine Ausstrahlung sorgsam gehüteter und bedacht gepflegter Heiterkeit hatte. So empfand er es jedenfalls.

»Treffer«, sagte Deveney nicht im geringsten triumphierend. Auf dem Teppich kniend, hob er eine geschnitzte Holzkassette aus der untersten Schublade einer Kommode und trug sie zum Schreibtisch. Er fluchte leise vor sich hin, als er sie öffnete. »Ach, verflucht. Der arme Brian.«

Die kleinen Schmuckstücke waren säuberlich auf dem Samtfutter ausgelegt.

Sie fanden Madeleine Wades Silber und Percy Bainbridges Fotos hinter einem Schuhkarton auf dem Bord in dem kleinen Schrank.

»Er hat sich nicht sonderlich bemüht, die Sachen zu verstekken«, stellte Deveney fest, als er die Liste aus seiner Tasche zog.

»Ich glaube, ums Verstecken geht's hier gar nicht.« Kincaid

nahm eine verschnörkelte antike Brosche zur Hand und dann ein Paar Ohrringe mit in Gold gefaßten Perlen. »Sind das die Ohrringe der Pfarrerin?«

Deveney suchte auf seiner Liste. »Ja, sieht so aus.«

»Aber ein zweites Paar ist nicht dabei. Die Ohrringe von Claire Gilbert sind nicht hier. Es sei denn, wir haben sie übersehen.«

»Vielleicht hat er sie in seiner Panik nach dem, was er getan hatte, irgendwo in die Hecke geschmissen«, sagte Deveney und bemerkte, als sie von unten schwache Stimmen hörten: »Der verlorene Sohn scheint heimgekehrt zu sein. Wir funken die Freunde von der Dienststelle an, die können das Zimmer auseinandernehmen. Und wir unterhalten uns jetzt mal mit dem kleinen Geoff.«

Brian Genovase hielt seinen Sohn mit beiden Armen umschlungen, und im ersten Moment glaubte Kincaid, er versuchte mit Gewalt, ihn von einer Flucht zurückzuhalten. Aber als sie näher kamen, und Brian wegtrat, sah Kincaid, daß der junge Mann so heftig zitterte, daß er sich kaum auf den Beinen halten konnte.

»Geoff.« Deveneys tonlose Stimme sagte alles. Geoffs Knie gaben nach.

»Um Gottes willen, Mann, er wird ohnmächtig!« Kincaid sprang auf den jungen Mann zu, doch Brian hatte seinen Sohn schon um die Mitte gefaßt und führte ihn zu einer Bank.

»Kopf runter. Zwischen die Knie«, befahl er, und Geoff gehorchte. Sein Atem ging pfeifend.

Deveney eilte hinaus, und als er kurz darauf wieder kam, sagte er: »Tut mir leid, Brian. Wir müssen ihn mitnehmen. Ich habe schon einen Wagen angefordert«, fügte er zu Kincaid gewandt gedämpft hinzu.

Brian stellte sich vor Geoff hin und legte ihm die Hand auf

die Schulter. »Das dürfen Sie nicht. Sie dürfen ihn nicht von hier wegbringen. Sie verstehen das nicht.«

»Wir müssen ihn unter Anklage stellen, Brian«, entgegnete Deveney behutsam. »Aber ich verspreche Ihnen, daß ihm auf der Dienststelle nichts geschehen wird.«

Geoff hob den Kopf und sprach zum erstenmal. »Es ist schon in Ordnung, Dad.« Er strich sich das blonde Haar aus dem Gesicht und holte einmal tief und zitternd Atem. »Ich muß die Wahrheit sagen. Es geht nicht anders.«

Brian Genovase ließ es sich nicht nehmen, seinen Sohn nach Guildford zu begleiten. Als die beiden schließlich hinten in den Wagen stiegen, und Deveney sich vorn zum Fahrer setzte, hatten sich einige Nachbarn eingefunden, die die Vorgänge aus der Ferne beobachteten. Doc Wilson flitzte in ihrem kleinen Mini am Anger vorbei und bremste scharf ab, als sie das Polizeifahrzeug sah.

Kincaid wünschte jetzt, er hätte Gemma nicht nach Shere geschickt, um Malcolm Reid zu vernehmen, aber er hatte ja nicht ahnen können, daß Geoff mit derart überwältigender Angst reagieren würde. Mit einem Blick auf die Uhr hoffte er, sie würde wenigstens in der Dienststelle zurück sein, wenn sie mit der Vernehmung begannen.

Er holte den Rover und manövrierte ihn gerade rückwärts aus der Lücke auf dem Parkplatz, als er im Rückspiegel aufgeregte Bewegung wahrnahm und gleich darauf hörte, wie jemand auf seinen Kofferraum trommelte. Dann erschien Lucy Penmaric neben dem Wagen und schlug schreiend an sein Fenster. Als er den Motor abgestellt und das Fenster heruntergekurbelt hatte, wurden ihre Worte verständlich.

Schluchzend schrie sie: »Warum nehmen Sie ihn mit? Sie dürfen das nicht zulassen – bitte erlauben Sie ihnen nicht, daß sie ihn von hier fortbringen. Er könnte es nicht ertragen.«

Er stieg aus dem Wagen. Sie warf sich an ihn und zerrte so heftig an seinem Ärmel, daß er fürchtete, er würde zerreißen.

»Lucy!« Er faßte ihre Hände und hielt ihre geballten Fäuste fest. »Ich kann Ihnen nicht helfen, wenn Sie sich nicht beruhigen.« Sie schluckte nickend, und er spürte, daß ihre Hände sich ein wenig lockerten. »So, jetzt. Lassen Sie sich Zeit. Erzählen Sie mir genau, was eigentlich los ist.«

Immer noch krampfhaft schluckend stieß sie hervor: »Doc Wilson ist zu uns gekommen. Sie hat gesagt, daß sie Geoff in einem Polizeiauto wegbringen und . . .« Wieder verzog sich ihr Gesicht zum Weinen.

Kincaid drückte ihre Hände. »Kommen Sie, beruhigen Sie sich doch. Sie müssen mir erklären, was los ist.« Sie war wie ein verängstigtes Kind, weit entfernt von der selbstsicheren jungen Frau, die er am Abend der Ermordung von Alastair Gilbert kennengelernt hatte. »Wir müssen ihm doch nur ein paar Fragen stellen, weiter nichts. Es gibt keinen Grund . . .«

»Behandeln Sie mich nicht wie ein kleines Kind. Sie glauben doch, daß Geoff ihn getötet hat! Alastair, meine ich. Sie verstehen gar nichts.« Sie riß sich von ihm los und drückte ihre Fäuste auf ihren Mund in dem Bemühen, die Beherrschung nicht ganz zu verlieren.

»Was verstehe ich denn nicht?«

»Geoff könnte niemals einem anderen etwas antun. Er tötet ja nicht mal Spinnen. Er sagt immer, sie hätten das gleiche Recht zu leben wir er.« In ihrem Eifer, ihm verständlich zu machen, worum es ihr ging, sprudelten ihr die Worte nur so über die Lippen. »›Macht geht nicht vor Recht‹, das sagt er immer. Es ist aus seinem Lieblingsbuch. Und ›Der Zweck heiligt nie die Mittel‹. Er sagt, wir können immer eine friedliche Lösung finden.«

Kincaid seufzte. Er kannte diese Zitate. Es war auch eines seiner Lieblingsbücher gewesen, und er fragte sich, wieviel von der Vision des jungen König Arthur er sich im Alltag seiner Arbeit bei der Polizei hatte bewahren können.

»Geoff würde vielleicht niemals einem anderen etwas zuleide tun«, sagte er, »aber kann es sein, daß er Dinge nimmt, die ihm nicht gehören?«

Lucys Blick wich dem seinen aus. »Das ist doch schon so lange her. Und er hat Alastair nicht dafür gehaßt, daß er . . .«

»Wofür hat er Alastair nicht gehaßt, Lucy?«

»Dafür, daß er ein Polizeibeamter war«, antwortete sie hastig. Sie rieb sich das Gesicht und schniefte. »Obwohl es wahrscheinlich ganz normal gewesen wäre nach dem, wie sie ihn behandelt haben.«

Kincaid betrachtete sie einen Moment lang forschend, dann beschloß er, diese Frage zunächst einmal ruhen zu lassen. »Ich spreche nicht davon, was geschehen ist, als Geoff im Gefängnis war, Lucy. Ich spreche von jetzt und hier. Ich frage, ob er vielleicht bei den Leuten im Dorf, für die er ab und zu arbeitet, gestohlen hat.«

Verwirrt fragte sie: »Geoff?«

»Es sind keine furchtbar wertvollen Sachen, hauptsächlich Andenken, wissen Sie. Und es kann sein, daß er es tut, ohne es zu wollen.« Er berührte leicht ihre Wange. Ihre Augen waren sehr groß und dunkel, und die Pupillen waren stark geweitet unter der Einwirkung heftiger Emotionen.

Sie schüttelte den Kopf. »Nein. Das glaube ich nicht. Das ist doch nur lauter Ramsch vom Flohmarkt und so, den er für das Spiel gesammelt hat.«

»Was ist das für ein Spiel?« Sie trat einen halben Schritt von ihm weg und schloß eigensinnig den Mund. »Lucy, wenn Sie es mir nicht sagen, kann ich ihm nicht helfen. Ich muß wissen, worum es hier eigentlich geht.«

»Es ist nur ein Computerspiel, das wir zusammen spielen«, antwortete sie achselzuckend. »Ein Rollenspiel, wissen Sie, bei dem man auszieht, um etwas zu suchen. Bei dem Spiel muß man bestimmte Dinge finden, Talismane, die einem unterwegs weiterhelfen, und Geoff hat gesagt, wenn wir *Repräsentationen* hätten, könnten wir uns die Bilder viel besser vorstellen.«

»Und diese Dinge, die Geoff gesammelt hat, waren Repräsentationen?« Als Lucy nickte, sagte er: »Hätte er auch Dinge aus eurem Haus genommen?«

»Nie!« Ihr Haar flog, als sie den Kopf schüttelte.

Solch unerschütterliche Loyalität war bewundernswert, dachte Kincaid, aber er fragte sich, ob sie auch gerechtfertigt war.

»Es hätte nicht gewirkt, verstehen Sie«, sagte sie ernsthaft, bemüht, ihn zu überzeugen. »Es dürfen keine Dinge sein, die einem selbst gehören – das würde ihre Kraft zunichte machen, und sie würden einem nicht helfen.«

Kincaid beschloß, Lucys Erklärung der Spielregeln fürs erste zu akzeptieren, und kehrte zu einer anderen Frage zurück, die ihn beschäftigte. »Lucy, was haben Sie gemeint, als Sie sagten, Geoff würde es nicht ertragen, von hier fortgebracht zu werden?«

Sie zögerte einen Moment, dann sagte sie langsam: »Er hat Angst. Ich weiß nicht, warum. Brian sagt, es hat was damit zu tun, daß er im Gefängnis war. Er geht nie aus dem Dorf weg, wenn es nicht unbedingt nötig ist, und manchmal, an schlechten Tagen, geht er nicht einmal einen Schritt aus dem Haus. Und er hilft auch nicht gern an der Bar – er sagt, bei dem Krach wird ihm immer ganz komisch –, und das ärgert Brian, wenn er keine Leute hat«, fügte sie mit dem Schatten eines Lächelns hinzu. »Ich wollte, ich könnte . . .«

Ein kleiner weißer Lieferwagen fuhr auf den Parkplatz und hielt mit einem Ruck neben ihnen an. Die Fenster waren dunkel getönt, daher erkannte Kincaid Claire Gilbert erst, als sie heraussprang und vorn um den Wagen herum zu ihnen lief.

In ihrem sportlichen Aufzug wirkte sie beinahe so jung wie ihre Tochter, doch ihr Gesicht zeigte Angst und Zorn zugleich.

»Lucy! Was tust du hier draußen? Habe ich dir nicht gesagt . . .«

»Sie haben Geoff mitgenommen. Sie glauben, daß er gestohlen hat. Und daß er Alastair getötet hat.« Sie trat so dicht an ihre Mutter heran, daß die Nasen der beiden sich beinahe berührten. »Und es ist alles deine Schuld.«

Claire wich sichtlich erschrocken zurück, aber als sie sprach, blieb ihre Stimme ruhig und beherrscht. »Lucy, das reicht. Du weißt ja überhaupt nicht, wovon du sprichst. Die Sache mit Geoff tut mir leid, und ich werde tun, was in meiner Macht steht, um ihm zu helfen. Aber jetzt möchte ich erst einmal, daß du nach Hause gehst.«

Einen Moment lang standen sich Mutter und Tochter von Angesicht zu Angesicht gegenüber, und die Luft zwischen ihnen schien vor Spannung zu knistern. Dann drehte sich Lucy abrupt herum und ging weg.

Claire sah ihr nach, bis sie in der Gasse verschwand, dann seufzte sie und rieb mit beiden Händen ihr Gesicht, wie um die Muskeln zu lockern.

»Was ist alles Ihre Schuld?« fragte Kincaid, ehe sie ihr Gleichgewicht wiederfinden konnte.

»Ich habe nicht die leiseste Ahnung.« Sie lehnte sich an den Lieferwagen und schloß die Augen. »Es sei denn . . . Sagte sie, daß Sie glauben, Geoff hätte gestohlen?«

»Wir haben entdeckt, daß Geoff irgendwann für jeden im Dorf, der in letzter Zeit einen Diebstahl angezeigt hat, gearbeitet hat.«

»Ach, Gott.« Claire ließ sich das einen Moment durch den Kopf gehen. »Dann ist sie vielleicht so böse mit mir, weil ich meinen verschwundenen Schmuck erwähnt habe. Aber ich bin überhaupt nicht auf den Gedanken gekommen, daß Geoff der

Dieb sein könnte, und ich glaube es auch jetzt noch nicht. Und daß Geoff Alastair getötet hat, ist völlig ausgeschlossen.«

»Sind er und Lucy schon lange befreundet?«

Claire lächelte. »Lucy und Geoff haben sich von dem Tag an zusammengetan, als wir hier ins Dorf gezogen sind. Lucy war damals acht oder neun, und Geoff war schon ein Teenager, aber er hatte immer schon etwas Kindliches an sich. Nichts Kindisches«, spezifizierte sie, »sondern eine Art Unschuld, wenn Sie verstehen, was ich meine.

Er hat sogar für mich auf Lucy aufgepaßt, bis sie alt genug war, um allein zu Hause bleiben zu können. Als George dann von der Schule abging und die Stellung in Wimbledon angenommen hat, haben sie sich natürlich ein wenig voneinander entfernt; aber seit er wieder hier ist, hängen sie fester zusammen als je zuvor.«

Kincaid überlegte, ob die beiden miteinander schliefen – alt genug dafür war Lucy –, aber sein Instinkt sagte nein. Die Atmosphäre von Geoffs Zimmer hatte etwas beinahe Mönchisches gehabt. »Es muß schlimm gewesen sein für Lucy, als er ins Gefängnis kam.«

»Ja. Aber sie haben einander geschrieben. Es war eine schwere Zeit für sie, aber sie hat nie darüber gesprochen. Lucy war immer schon eine kleine Eigenbrödlerin. Sie kommt mit den jungen Leuten in der Schule und im Dorf gut zurecht; sie geht nur nie engere Beziehungen ein. Geoff scheint so etwas wie ihr Anker zu sein.« Sie blickte zum Pub hinüber. Unmerklich war der Abend gekommen, und aus dem Hinterfenster fiel helles Licht. »Ich muß sehen, ob ich Brian irgendwie helfen kann. Er ist bestimmt außer sich vor Sorge.« Sie wollte gehen, doch Kincaid hielt sie am Arm fest.

»Hier können Sie im Moment nichts tun. Brian ist mit Geoff gefahren. Er kann zwar nichts ausrichten, aber er wollte es unbedingt.«

»Das sieht ihm ähnlich.« Im Licht, das aus dem Pub fiel, leuchtete die Bluse zwischen den Revers ihrer Jacke weiß auf. Kincaid sah, wie der Stoff sich hob und senkte, als Claire seufzte. »Und Sie haben natürlich recht. Ich muß mich um mein eigenes Kind kümmern.«

Kincaid saß einen Moment lang da, die Hand am Zündschlüssel, dann ließ er den Motor an, nur um ihn gleich wieder abzustellen und nach seinem Handy zu greifen. Als man ihn mit Deveney verbunden hatte, sagte er: »Fangen Sie nicht ohne mich an, Nick. Ich komme bald.«

Der erste Gast fuhr auf den Parkplatz, als er ihn verließ, aber die Häuser, die sich um den Anger drängten, waren dunkel und still, genau wie der Laden, als er ihn erreichte. Mit Mühe konnte er »Geschlossen« auf dem Schild in der Tür lesen, aber aus den oberen Fenstern stahl sich gelbes Licht durch die Ritzen zwischen den Vorhängen.

Die Treppe war stockfinster, nichts zu sehen, als das weiße Geländer unter seiner Hand, aber er schaffte es bis nach oben und klopfte energisch an Madeleine Wades Tür.

»Sie sollten sich wirklich ein Licht zulegen«, sagte er, als sie ihm öffnete.

»Oh, tut mir leid.« Sie blickte stirnrunzelnd zur Lampe hinauf. »Die muß gerade durchgebrannt sein.« Sie winkte ihn herein und schloß die Tür. »Darf ich annehmen, daß dies kein amtlicher Besuch ist, Superintendent, da Sie nicht in Begleitung Ihrer Lakaien sind?«

Er lachte. »Lakaien?« fragte er, ihr in die Küche folgend.

»Na ja, das ist doch ein herrliches Wort, finden Sie nicht? Ich mag Wörter, die was ausdrücken.« Beim Sprechen kramte sie in verschiedenen Schränkchen. »Das Vokabular der meisten Leute ist deprimierend schlecht, meinen Sie nicht auch? Ah, voilà«, rief sie und zog triumphierend einen Korkenzieher aus einer Schublade. »Trinken Sie ein Glas Wein mit mir, Mr. Kincaid? Sainsbury's hat sich sehr gemausert. Man bekommt dort tatsächlich einen recht anständigen Wein.«

Sie füllte zwei Gläser mit hellem Chardonnay und ging ihm voraus ins Wohnzimmer. Flackerndes Kerzenlicht mischte sich mit dem weichen Schein zweier Tischlampen, und im Hintergrund ertönte leise Musik, die er bei seinem ersten Besuch bewundert hatte.

»Erwarten Sie einen Klienten, Miss Wade?« fragte er, als sie ihm ein Glas reichte.

»Nein, das ist alles nur für mich.« Sie schlüpfte aus ihren Schuhen und zog die Beine aufs Sofa. Die rote Katze sprang zu ihr hinauf und ließ sich an ihrer Seite nieder. »Ich versuche, zu praktizieren, was ich predige«, sagte sie mit einem leisen Lachen, während sie die Katze kraulte. »Streßabbau.«

»Das täte mir auch gut.« Kincaid trank einen Schluck von seinem Wein und behielt ihn einen Moment auf der Zunge, um das Aroma auszukosten – weich und füllig, mit einem Hauch von Eiche wie in einem guten Whisky und darunter etwas sanft Blumiges. Die Wahrnehmung war so intensiv, daß er sich fragte, ob er an einer Art Bewußtseinserweiterung litte.

»Oh, diese köstlichen, flüchtigen Moleküle.« Madeleine Wade schloß die Augen, als sie trank, und sah ihn dann an. Im Kerzenlicht wirkten ihre Augen so grün wie Moos an einem Bachufer. »Was kann ich für Sie tun, Mr. Kincaid?«

Ihm wurde bewußt, daß er in den wenigen Minuten seines Aufenthalts in der Wohnung aufgehört hatte, sie als reizlos zu betrachten. Nicht daß ihre Züge sich verändert hatten; vielmehr waren die normalen Maßstäbe der Beurteilung körperlicher Schönheit plötzlich belanglos. Er fühlte sich ein wenig beschwipst, obwohl er den Wein kaum angerührt hatte. »Sind Sie eine Hexe, Miss Wade?« fragte er, sich selbst überraschend. Dann lächelte er und versuchte einen Scherz daraus zu machen.

Sie erwiderte das Lächeln mit der für sie typischen ironischen Belustigung. »Nein, aber ich habe ernsthaft überlegt, eine zu werden. Ich kenne mehrere, und ich integriere gewisse Teile ihrer Rituale in meine Behandlungen.«

»Zum Beispiel?«

»Segnungen, Schutzformeln und dergleichen. Alles ganz harmlos, das kann ich Ihnen versichern.«

»Die Leute versichern mir ständig alles mögliche, Miss Wade, und es fängt allmählich an, mir auf die Nerven zu gehen, wenn ich ehrlich sein soll.« Er stellte sein Glas auf den Tisch und beugte sich vor. »Hier im Dorf besteht eine Verschwörung des Schweigens. Eine Schutzverschwörung sogar. Sie alle kennen doch bestimmt Geoffs Geschichte und müssen die Möglichkeit erwogen haben, daß er die Diebstähle in ihren Häusern begangen hat. Und doch hat keiner ein Wort gesagt. Ja, sie waren nur ungern bereit, überhaupt über die Diebstähle zu sprechen. Gab es noch andere Diebstähle, die nicht angezeigt wurden, nachdem man sich miteinander besprochen hatte?«

Er lehnte sich zurück und ergriff wieder sein Glas. Ruhiger sagte er: »Jemand hat Alastair Gilbert ermordet. Wenn der Mord nicht aufgeklärt wird, dann wird die Ungewißheit sich wie ein Krebs im Dorf ausbreiten. Jeder wird sich fragen, ob der Freund oder der Nachbar seine Loyalität wirklich verdient; jeder wird sich fragen, ob der Freund oder der Nachbar vielleicht ihn selbst verdächtigt. Die Schlange ist in den Garten eingedrungen, Miss Wade, und man wird sie nicht los, indem man sie ignoriert. Helfen Sie mir.«

Die Musik klimperte in der Stille, die seinen Worten folgte. Zum erstenmal sah Madeleine ihn nicht an, sondern starrte in ihr Glas, das sie langsam in ihrer Hand drehte. Schließlich aber sah sie doch auf und sagte: »Sie haben wahrscheinlich recht. Aber keiner von uns wollte die Verantwortung auf sich nehmen, einem Unschuldigen Schaden zuzufügen.«

»So einfach liegen die Dinge nie, und das wissen Sie auch.«

Sie nickte zustimmend. »Ich bin mir immer noch nicht sicher, was Sie von mir erwarten.«

»Erzählen Sie mir etwas über Geoff Genovase. Claire Gilbert beschrieb ihn als kindlich. Ist er einfältig, ein bißchen langsam?«

»Ganz im Gegenteil, würde ich sagen. Hochintelligent, aber er hat durchaus etwas Kindliches an sich.«

»Wie äußert sich das? Beschreiben Sie es mir.«

Madeleine trank von ihrem Wein und überlegte einen Moment. »Im positiven Sinn würde ich sagen, daß er eine stark entwickelte Phantasie besitzt und immer noch über die Fähigkeit verfügt, sich an den kleinen Dingen des Lebens zu freuen. Im negativen würde ich denken, daß er es nicht immer schafft, sich dem Leben auf der emotionalen Ebene eines Erwachsenen zu stellen . . . daß er sich lieber in sein Phantasieleben zurückzieht, um sich Unannehmlichkeiten vom Leibe zu halten. Aber das hat ja jeder von uns zu irgendeiner Zeit schon einmal bei sich selbst erlebt.«

Besonders in letzter Zeit, dachte Kincaid und fragte sich dann, ob sie den Anflug von Verlegenheit bei ihm erspüren konnte. »Madeleine«, sagte er, absichtlich das förmliche »Miss Wade« fallen lassend, »können Sie bei einem Menschen das Potential zu Gewalt sehen?«

»Das weiß ich nicht. Mir ist nie ein klares ›Vorher-nachher‹-Beispiel geboten worden. Ich kann chronische Wut spüren, wie ich Ihnen gestern sagte, aber ich kann nicht erahnen, wann oder ob sie zum Ausbruch kommen wird.«

»Und ist Geoff wütend?« fragte er.

Sie schüttelte den Kopf. »Geoff hat Angst. Immer. Hier zu sein, scheint ihn zu erleichtern – manchmal kommt er einfach und sitzt eine Stunde oder länger hier, ohne ein Wort zu sprechen.«

»Aber Sie wissen nicht, warum?«

»Nein. Ich weiß nur, daß ich ihn nie anders gekannt habe. Geoff und sein Vater kamen einige Jahre vor mir ins Dorf. Brian gab seine Stellung als reisender Vertreter auf und kaufte das *Moon.*« Sie setzte sich anders, und die Katze erhob sich beleidigt und sprang vom Sofa zu Boden. »Also«, sagte Madeleine abrupt, »wenn ich es Ihnen nicht erzähle, wird es wahrscheinlich dieser widerliche Percy Bainbridge tun, und da ist es mir lieber, Sie hören es von mir.

Man könnte behaupten, daß Geoff guten Grund hatte, Alastair Gilbert zu hassen. Als Geoff damals in Schwierigkeiten geriet, hat Brian Alastair angefleht, ihm zu helfen. Er hat ihm von der Erpressung und von Geoffs Krankheit erzählt und ihm erklärt, daß Geoff bei diesem Einbruch niemals aus freien Stücken mitgemacht hätte. Alastair Gilbert hätte nur beim Richter ein gutes Wort für Geoff einzulegen brauchen; dann wäre er vielleicht mit einer milderen Strafe davongekommen oder sogar auf Bewährung freigelassen worden. Aber Alastair hat abgelehnt. Er hielt einen Riesenvortrag über die Heiligkeit des Gesetzes, aber wir wußten alle, daß das nur eine Ausflucht war.« Ihr Mund verzog sich geringschätzig. »Alastair Gilbert war ein selbstgerechter Spießer, der es immer genossen hat, Gott zu spielen, und Geoffs Notlage gab ihm die Gelegenheit, seine Macht spielen zu lassen.«

Sie gingen zusammen in den Vernehmungsraum, Kincaid, Gemma und Nick Deveney. Kincaid hatte Deveney gebeten, Gemma die Vernehmung leiten zu lassen, und hatte sie über das Ergebnis der Hausdurchsuchung unterrichtet. »Ich bin bereit, wenn nötig, den bösen Bullen zu spielen«, hatte er zu ihr gesagt, »aber da er sowieso schon so verängstigt ist, glaube ich nicht, daß diese Taktik besonders wirksam wäre.«

In ausgeblichener Jeans und dünnem T-Shirt hockte Geoff Genovase zusammengekauert auf dem harten Holzstuhl, ein wehrloses Häufchen Elend. Im kalten Licht des Vernehmungsraums bot sich Kincaid zum erstenmal Gelegenheit, ihn genauer zu mustern. Hohe, abgeflachte Wangenknochen verliehen dem Gesicht des jungen Mannes einen slawischen Zug. Die Augen, in denen ein Ausdruck mißtrauischer Wachsamkeit stand, waren groß, dunkel bewimpert und von einem reinen klaren Grau. Es war ein offenes, argloses Gesicht, in dem nichts Boshaftes oder Hinterhältiges war.

»Hallo, Geoff.« Gemma setzte sich ihm gegenüber und stützte die Ellbogen auf den Tisch. »Mir tut das alles sehr leid.«

Er nickte mit einem zitternden Lächeln.

»Ich möchte diese Geschichte gern so schnell wie möglich klären, damit Sie wieder nach Hause können.«

Kincaid und Deveney saßen rechts und links von ihr, aber ein wenig zurück, um Geoff nicht von ihr abzulenken.

»Ich kann mir vorstellen, daß das für Sie sehr schwierig ist«, fuhr Gemma fort, »aber ich muß von Ihnen wissen, was es mit den Dingen auf sich hat, die wir in Ihrem Zimmer gefunden haben.«

»Ich wollte nie . . .« Geoff räusperte sich und setzte von neuem an. »Ich wollte sie nie behalten. Es war nur ein Spiel, ein . . .« Er brach mit einem Kopfschütteln ab. »Sie verstehen es ja doch nicht.«

»Ein Spiel, das Sie mit Lucy gespielt haben?«

Er nickte. »Ja, aber woher wissen Sie . . .« Auf seiner Oberlippe glänzten Schweißperlen. »Lucy hat's nicht gewußt«, sagte er beschwörend. »Ehrlich, ich hab ihr nie gesagt, woher ich die Talismane hatte. Sie wäre unheimlich böse auf mich geworden.«

»Lucy hat uns ein bißchen was über das Spiel erzählt. Und sie hat uns auch gesagt, daß sie glaubte, Sie hätten diese Gegenstände vom Flohmarkt.« Leiser Tadel schlich sich in Gemmas Stimme. »Sie hat Ihnen vertraut.«

»Lucy weiß – sie weiß Bescheid?« flüsterte Geoff. Als Gemma nickte, schloß er einen Moment die Augen und ballte in einer Geste der Verzweiflung die Hände.

Gemma neigte sich noch näher zu ihm. »Geoff, ich verstehe, daß Sie Lucy helfen wollten. Aber wie konnten Sie mit Dingen spielen, die durch Unehrlichkeit beschmutzt waren – durch Lügen und Stehlen?«

In dem Grübchen unter Geoffs Hals pochte ein Puls, und die Auf- und Abwärtsbewegung seines Schlüsselbeins war unter dem schwarz-weißen Drachen auf seinem T-Shirt deutlich sichtbar. Gemma, blaß und müde, aber voll entschlossener Anteilnahme, sah ihm fest in die Augen.

Sie besaß ein seltenes, intuitives Talent dafür, eine Beziehung herzustellen und zum emotionalen Kern eines Menschen durchzudringen, und als Geoff die Tränen in die Augen sprangen, und er sein Gesicht mit den Händen bedeckte, wußte Kincaid, daß sie es wieder einmal geschafft hatte.

»Sie haben recht«, sagte Geoff mit gedämpfter Stimme. »Ich fand es furchtbar, meinen Freunden Sachen wegzunehmen, aber ich konnte einfach nicht dagegen an. Und das Spiel hat nicht funktioniert. Ich hab mir eingeredet, ich wüßte nicht, warum, aber ich hab mich einfach zu sehr geschämt, um es zuzugeben. Dauernd hab ich Lucy gesagt, daß sie sich nicht genug Mühe gibt.«

»Wobei denn?«

Geoff hob den Kopf. »Die Person im Spiel zu *werden*. Über das Spiel hinauszugehen.«

»Was wäre denn dann geschehen?« fragte Gemma mit mäßiger Neugier.

Achselzuckend antwortete er: »Dann hätten wir *dieses* Leben auf einer anderen Ebene gelebt, wir wären engagierter gewesen, wir hätten mehr Hingabe gehabt – ich kann es nicht erklären. Aber das war ja auch nur meine Vorstellung. Wahrscheinlich ist es sowieso kompletter Mist.« Müde und niedergeschlagen ließ er sich auf seinem Stuhl zurücksinken.

»Vielleicht«, sagte Gemma leise. »Vielleicht aber auch nicht.« Sie schob ein feines Büschel Haare in ihren Zopf zurück und holte Atem. »Geoff, haben Sie aus Lucys Haus etwas für das Spiel genommen?«

Er schüttelte den Kopf. »Da geh ich nie hin, wenn ich nicht unbedingt muß. Alastair mag – hat mich nicht gemocht.«

Kincaid hatte keine Mühe sich vorzustellen, was für eine Haltung Alastair Gilbert Geoff gegenüber eingenommen hatte.

»Vielleicht war der Mittwoch abend eine Ausnahme«, beharrte Gemma. »Vielleicht brauchten Sie irgendwas, und Lucy war nicht zu Hause. Sie haben ja keine Probleme, in fremde Häuser hineinzukommen – dafür haben wir Beweise –, vielleicht dachten Sie, Sie würden nur mal einen Moment reingehen, und niemand würde was merken. Aber dann kam Alastair unerwartet nach Hause und ertappte Sie. Hat er Ihnen gedroht, Sie wieder ins Gefängnis zu schicken?«

Wieder schüttelte Geoff den Kopf, heftiger diesmal. »Nein! Ich war nicht im Haus. Ich war nicht mal in der Nähe. Ich schwöre es, Gemma. Ich hatte keine Ahnung, daß was passiert war, bis Brian die Polizeiautos gesehen hat. Und da war ich dann furchtbar erschrocken, weil ich Angst hatte, Lucy oder Claire wäre was passiert.«

»Wieso?« fragte Gemma. »Wieso haben Sie gar nicht daran gedacht, daß dem Commander etwas zugestoßen sein könnte? Er war ein Mann mittleren Alters mit einem hochanstrengenden Beruf, er hätte beispielsweise einen Herzinfarkt haben können.«

»Ich weiß nicht.« Geoff wickelte einen Finger in sein Haar und zog daran, eine merkwürdig feminine Geste. »Ich habe überhaupt nicht daran gedacht, wahrscheinlich, weil er um diese Tageszeit meistens gar nicht zu Hause ist.«

»Wirklich?« Gemmas Ton klang verwundert. »Es war fast halb acht, als der Notruf kam.«

»Ach?« Geoff rieb mit dem Daumen sein nacktes Handgelenk. »Das wußte ich nicht. Ich trage keine Uhr mehr, seit ich mich aus dem Hotel Ihrer Majestät verabschiedet habe«, sagte er mit einem unerwarteten Anflug von Humor.

»Sie wissen, daß ich Ihnen diese Frage stellen muß . . .« Gemma sah ihn mit einem Lächeln über seine letzte Bemerkung an. »Wo waren Sie an diesem Mittwoch abend zwischen sechs und halb acht Uhr, Geoff?«

Geoff lehnte sich zurück, die Hände im Schoß. »Ich war ungefähr um fünf in Beccas Garten fertig. Danach bin ich nach Hause und hab' ein Bad genommen. Ich war total verdreckt.«

Jetzt fühlt er sich sicher, dachte Kincaid, als er Geoffs entspannte Haltung sah.

»Und dann?« fragte Gemma und setzte sich etwas bequemer.

»Dann bin ich online gegangen. Ich hatte nach einer Software gesucht, mit der ich ein bißchen mehr spielen könnte als mit der, die ich bisher hatte. Irgendwann hat Brian mal reingeschaut, aber ich weiß nicht mehr, wann das war.«

Kincaid tauschte einen Blick mit Deveney. Es würde nicht schwer zu überprüfen sein, ob er sich wirklich online eingeklinkt hatte, aber wie sollten sie sicher sein, daß Geoff nicht, während der Computer automatisch Daten aus dem Netz geholt und auf seine Platte geladen hatte, über die Straße gelaufen war, um den Commander zu töten?

»Ich war gerade fertig, als ich die Sirenen gehört habe. Dann kam Brian rauf und hat mir gesagt, daß bei den Gilberts was passiert wäre.«

Das fand Kincaid etwas merkwürdig. Wieso hatte Brian, der die Bar voll kräftiger, gesunder Gäste gehabt hatte, es für nötig gehalten, seinen Sohn zu informieren, ehe er zu den Gilberts hinübergelaufen war, um zu sehen, was passiert sei?

»Hat sonst noch jemand Sie gesehen?« fragte Gemma hoffnungsvoll, aber Geoff schüttelte den Kopf.

»Kann ich jetzt nach Hause?« fragte er, allerdings ohne viel Zuversicht.

Gemma sah Kincaid an, betrachtete dann Geoff einen Moment und sagte schließlich: »Ich möchte Ihnen helfen, Geoff, aber wir werden Sie leider noch eine Weile hier behalten müssen. Wenn Ihre Nachbarn die Gegenstände, die wir in Ihrem Zimmer gefunden haben, identifizieren, müssen wir Sie wegen Einbruchs unter Anklage stellen, das ist Ihnen doch klar?«

Will Darling stand draußen vor dem Vernehmungszimmer im Korridor. Er wirkte so entspannt, als hätte er im Stehen ein kleines Nickerchen gemacht. »Brian Genovase läßt fragen, ob er Sie kurz unter vier Augen sprechen kann, Sir«, sagte er, als Kincaid herauskam und die Tür hinter sich schloß. »Ich hab ihn in die Kantine gesetzt – ich dachte mir, da wär's ein bißchen gemütlicher.«

»Danke, Will.« Kincaid hatte es Gemma und Deveney übertragen, Geoffs Aussage zu Protokoll zu nehmen, weil er gehofft hatte, in dieser Zeit seinen eigenen Papierkram erledigen zu können; er hätte wissen müssen, daß das eine eitle Hoffnung war.

Der Kantinenraum war fast leer, und er sah Brian sofort. Er saß mit gesenktem Kopf und starrte in seine Tasse. Kincaid holte sich einen Tee, der so dunkel war, daß man ihn für Kaffee hätte halten können, und setzte sich zu Brian an den kleinen Tisch mit der orangefarbenen Platte. »Scheußliche Farbe, nicht«, bemerkte er und klopfte kurz auf den Tisch, ehe er sich setzte. »Erinnert mich an Babynahrung. Ich hab mich oft gefragt, wer eigentlich für die Innenausstattung zuständig ist.«

Brian sah ihn so verständnislos an, als hätte er in einer

fremden Sprache gesprochen. »Wie geht es ihm? Ich habe unseren Anwalt angerufen, aber der ist nicht da.«

»Geoff gibt jetzt gerade seine Aussage zu Protokoll. Er hält sich ganz gut . . .«

»Nein, nein, Sie verstehen nicht«, unterbrach Brian und schob seine Tasse weg. Der Löffel fiel klirrend von der Untertasse. »Sie finden wahrscheinlich, daß ich mich wie eine alte Glucke verhalte, obwohl mein Sohn längst erwachsen ist, aber Sie kennen Geoff nicht. Sehen Sie, meine Frau hat uns verlassen, als Geoff gerade sechs Jahre alt war. Der arme Junge hat geglaubt, es wäre seine Schuld und hatte Todesangst, daß ich ihn auch verlassen würde. Ich hatte eine gute Anstellung als reisender Vertreter. Ich konnte es mir leisten, ein Kindermädchen zu bezahlen, das auf ihn aufpaßte, während ich weg war. Aber er ist jedesmal in Panik geraten. Anfangs glaubte ich, er würde mit der Zeit darüber hinwegkommen, aber es wurde nur schlimmer. Am Ende habe ich meine Stellung aufgegeben und meine Ersparnisse in das Pub gesteckt.«

»Und hat das geholfen?« fragte Kincaid.

»Nach einer Weile«, antwortete Brian. Er lehnte sich auf seinem Stuhl zurück und sah Kincaid ruhig an. »Aber erst damals bin ich langsam dahintergekommen, was sie ihm angetan hatte. Sie hatte ihm gesagt, er wäre schuld daran, daß sie fortginge. Sie hat gesagt, er wäre nicht gut genug, er ›genüge‹ nicht. Und vorher hat sie . . .« Er schüttelte den Kopf, und Kincaid fühlte sich an einen verwundeten Stier erinnert. »Sie hat diesem kleinen Jungen Schreckliches angetan. Ich sag' Ihnen, Superintendent, wenn ich dieses gemeine Luder jemals finde, bringe ich sie um, dann können Sie mich in eine Zelle stecken.« Das Kinn vorgeschoben, starrte er Kincaid aggressiv an. Als Kincaid keine Reaktion zeigte, entspannte er sich und seufzte. »Ich habe mich verantwortlich gefühlt. Verstehen Sie das? Ich hätte sehen müssen, was vorging, ich hätte es verhindern müssen, aber ich war zu sehr mit meinen eigenen Problemen beschäftigt.«

»Sie fühlen sich immer noch für ihn verantwortlich«, stellte Kincaid fest.

Brian nickte. »Im Lauf der Jahre wurde es besser. Die Alpträume hörten auf. Er ist in der Schule gut mitgekommen, obwohl er Schwierigkeiten hatte, sich anderen anzuschließen. Aber als er dann ins Gefängnis kam, begann alles wieder von vorn. ›Trennungsangst‹, nannte es der Gefängnisarzt.

Superintendent, wenn Geoff noch einmal ins Gefängnis muß, wird er nie mehr gesund werden.«

Kincaid bemerkte eine Bewegung und sah auf. Will Darling lavierte sich zwischen den Tischen zu ihnen durch. »Sir«, sagte er, als er angekommen war, »draußen ist eine – hm, eine Art Delegation –, die Sie sprechen möchte.«

Sie standen zusammengedrängt in dem kleinen Empfangsraum – Doc Wilson, Rebecca Fielding und hinter ihnen, einen Kopf größer, Madeleine Wade. Dr. Wilson hatte sich offenbar zur Sprecherin ernannt; sobald er nämlich eintrat, marschierte sie ihm entgegen und pflanzte sich vor ihm auf.

»Superintendent, wir möchten Sie sprechen. Es geht um Geoff Genovase.«

»Sie hätten keinen besseren Zeitpunkt wählen können«, erwiderte Kincaid lächelnd. »Wir hätten Sie sonst vorgeladen. Wir brauchen Sie zur offiziellen Identifizierung der gestohlenen Gegenstände.« Er warf einen Blick über seine Schulter. »Will, gibt es vielleicht einen etwas gemütlicheren . . .«

»Sie verstehen das falsch, Mr. Kincaid.« Der Ton war ungeduldig. Als hätte sie einen widerspenstigen Patienten vor sich. Die Pfarrerin machte ein besorgtes Gesicht, und Madeleine Wade sah aus, als genösse sie die Szene, bemühte sich jedoch, es nicht zu zeigen.

Rebecca Fielding trat vor und legte ihre Hand auf Gabriella Wilsons Arm. »Mr. Kincaid, wir sind hergekommen, um Ihnen zu sagen, daß wir von einer Anzeige absehen möchten. Wir sind gern bereit, die einzelnen Gegenstände zu identifizieren, aber das ändert nichts an unserem Entschluß.«

»Was zum . . .« Er schüttelte den Kopf. »Das ist ja nicht zu glauben. Miss Wade?«

»Wir sind uns völlig einig. Wenn nötig, sagen wir einfach, wir haben ihm die Sachen geliehen und es dann vergessen.« Sie lächelte mit Verschwörermiene.

»Und was ist mit Percy Bainbridge?«

»Ja, Percy macht gern Schwierigkeiten, das stimmt«, sagte Gabriella Wilson. »Aber im Moment ist Paul bei ihm. Ich bin sicher, es wird ihm gelingen, ihn zur Einsicht zu bringen.«

»Und wenn nicht?« Kincaid sah die drei Frauen skeptisch an.

Gabriella Wilson lächelte, und er sah das kriegerische Aufblitzen in ihrem Blick. »Dann werden wir ihm das Leben zur Hölle machen.«

Kincaid rieb sich das stoppelige Kinn. »Was ist, wenn Sie sich in Geoff täuschen? Was ist, wenn er am Mittwoch abend doch in Gilberts Haus war und den Commander getötet hat?«

Madeleine Wade trat vor. »Wir täuschen uns nicht. Ich versichere Ihnen, Geoff ist nicht fähig, jemanden zu töten.«

»Sie haben keinerlei Beweise«, fügte Gabriella Wilson hinzu. »Und wenn Sie versuchen sollten, ihm das anzuhängen, dann werden Sie im Nu ein halbes Dutzend Leute auf dem Hals haben, die sich plötzlich erinnern, daß sie ihn zur fraglichen Zeit ganz woanders gesehen haben.«

»Finden Sie das nicht alles ein bißchen selbstherrlich?« Als niemand antwortete, sagte Kincaid mit aufwallendem Zorn: »Ihnen ist doch klar, was Sie hier tun? Sie nehmen das Gesetz in die eigene Hand, obwohl Sie weder über das Wissen noch über die Unparteilichkeit verfügen, um das zu tun. Genau so etwas soll unser Rechtssystem verhindern . . .«

»Wir sind nicht bereit, Geoff Genovase zu opfern, um die Wirksamkeit unseres Rechtssystems auf die Probe zu stellen, Superintendent.« Die Gesichter der drei Frauen waren unerbittlich.

Kincaid starrte sie einen Moment zornfunkelnd an, dann seufzte er. »Na gut. Will, kümmern Sie sich um die Formalitäten, ja? Ich geh und sage Brian, daß er seinen Sohn mit nach Hause nehmen kann.«

Kincaid drängte sich neben Gemma auf die Bank, ehe Will oder Deveney ihm zuvorkommen konnten, und lächelte über die Enttäuschung in Deveneys Miene. Sie hatten sich in ein Pub in der Nähe des Bahnhofs vertagt, um ihre Strategie zu planen und ihren Hunger zu stillen.

»Der Chief Constable hat angerufen«, bemerkte Deveney im Konversationston, nachdem sie bestellt hatten.

Keiner schien besonders erpicht darauf zu hören, was der hohe Herr von sich gegeben hatte, doch Kincaid stellte sein Bier nieder und brach das Schweigen. »Na schön, Nick, dann lassen Sie mal hören, damit wir's hinter uns bringen.«

»Sie werden es nie erraten.« Deveney lockerte den Knoten seiner Krawatte und knöpfte seinen Kragen auf. »Er ›wartet mit großer Ungeduld auf eine Klärung‹ und wäre ›hochzufrieden‹, wenn wir Anlaß fänden, Geoff Genovase wegen des Mordes an Gilbert unter Anklage zu stellen. Das würde jedem öffentlichen Verdacht, daß wir nur rumsitzen und Däumchen drehen, augenblicklich den Boden entziehen, verstehen Sie.«

Gemma verschluckte sich an ihrem Drink. »Ist er denn bescheuert? Wir haben nicht den kleinsten Beweis. Wir würden uns zum Gespött machen, wenn wir versuchten, eine Anklage wegen Mordes durchzubringen.«

»Nicht bescheuert. Nur ein politisch denkender Mensch«, entgegnete Deveney lachend.

»Gemma hat recht«, sagte Kincaid. »Wir haben nichts als Indizien, die auf der Annahme basieren, daß Geoff *vielleicht* Claire Gilberts Ohrringe genommen hat, die wir *nicht* in seinem Besitz gefunden haben. Sie kann sie genausogut verloren oder aus Versehen ins Klo geworfen haben. Wir haben seine Fingerabdrücke mit den unbekannten, die in Gilberts Küche gesichert wurden, verglichen und nicht die kleinste Ähnlichkeit gefunden. Und es gibt weder Haare noch Fasern, über die sich eine Verbindung zu Geoff herstellen ließe.«

Deveney grinste. »Wir gehen also davon aus, daß Geoff, während sein Computer munter weiterlief, Hut, Handschuhe und eine Art Schutzkleidung anzog, über die Straße sprang und den Commander umbrachte, dann Claires Ohrringe, die Mordwaffe und die erwähnte Schutzkleidung auf dem Rückweg zum Pub verschwinden ließ. Obwohl wir natürlich jeden Zentimeter Boden abgesucht und nichts als Scheiße gefunden haben.« Dies brachte ihm allgemeines gequältes Stöhnen und Augenverdrehen ein. »Ist das alles an Würdigung, was ich für eine Großtat intellektueller Kühnheit bekomme?« Deveney zwinkerte Gemma zu, und Kincaid bemerkte, daß sie rasch wegsah.

Ehe jemand eine schlagfertige Bemerkung machen konnte, brachte die Kellnerin ihr Essen. Sie fielen darüber her wie ausgehungerte Seeleute, und eine Zeitlang war nichts zu hören, als das Klappern von Besteck.

Kincaid warf immer wieder mal einen Blick auf Gemma, die in schweigender Konzentration ihre Scholle mit Pommes frites aß. Allein ihre Nähe tat ihm gut. Sie zuckte nicht zurück, wenn er mit seinem Knie ab und zu das ihre streifte, und er fragte sich, ob das ein Anzeichen für Tauwetter sei. Einmal sah sie ihn an und lächelte offen und unbefangen, und ihn packte so heftiges Begehren, daß ihm die Hände zitterten.

»Wissen Sie«, sagte Deveney, als er seinen leeren Teller wegschob, »wenn der Chief Constable in der Sache diese Linie vertritt, dann hatte unser kleiner Dorfausschuß vielleicht ganz recht, als er sich weigerte, Geoff den Wölfen zum Fraß vorzuwerfen.«

»Ach, jetzt sind wir also Wölfe?« bemerkte Kincaid etwas pikiert. »Würden wir zulassen, daß jemand, den wir für unschuldig halten, zum Sündenbock gemacht wird?«

»Natürlich nicht«, entgegnete Deveney, »aber wenn politische Motive mitspielen, können diese Geschichten leicht außer Kontrolle geraten. Wir haben das doch alle schon erlebt.« Er sah fragend in die Runde, und sie gaben ihm, wenn auch widerwillig, nickend ihre Zustimmung.

Will tunkte einen Rest Soße mit seiner letzten Kartoffel auf, dann schob er seinen Teller weg und betrachtete die anderen mit ernster Miene. »Ich hab den Eindruck, wir trippeln alle wie vorsichtige Katzen um den heißen Brei. Die entscheidende Frage lautet doch, ganz ohne Rücksicht auf Beweise und Indizien, glauben wir, daß Geoff der Täter ist!«

Kincaid musterte seine Tischgefährten und fragte sich flüchtig, ob sie ebenso wie die Dorfbewohner der Willkürjustiz schuldig waren. Aber sie waren alle gute, ehrliche Polizeibeamte, und keiner von ihnen konnte seine Arbeit tun, ohne sein Urteilsvermögen zu gebrauchen. »Nein«, sagte er, das Schweigen brechend. »Ich halte es mindestens für sehr unwahrscheinlich, und ich werde sicher nicht zulassen, daß er für ein Verbrechen verurteilt wird, das er nicht begangen hat.« Er spürte, wie Gemma an seiner Seite erleichtert aufatmete, als sie zustimmend nickte. Deveney tat es ihr nach. »Will?« fragte Kincaid den Constable, dessen Gesicht nichts verriet.

»Oh, ich stimme Ihnen da völlig zu. Das wäre viel zu bequem. Aber ich frage mich, ob wir, wenn alles vorbei ist, nicht wünschen werden, wir hätten eine so einfache Lösung gefunden.« Er trank sein Bier aus und fügte hinzu: »Und was ist mit Percy Bainbridges schattenhafter Gestalt?«

Kincaid zuckte die Achseln. »Das kann jeder gewesen sein.«

»Ich halte sie eher für ein Hirngespinst von Percy, das er sich um der Dramatik willen ausgedacht hat«, sagte Deveney.

»Was ich jetzt sage, wird Ihnen nicht gefallen«, bemerkte Gemma langsam, »und mir gefällt es auch nicht. Aber wie wäre es, wenn Gilbert draußen herumgeschnüffelt hat, weil er etwas gegen eine Beziehung seiner Stieftochter mit Geoff hatte? Und wie wäre es, wenn er dahinterkam, daß Geoff die Diebstähle begangen hatte? Und wenn er Brian dann eröffnete, daß er beabsichtige, Geoff der Polizei zu übergeben? Brian hatte sowieso schon allen Grund, ihn zu hassen. Wie weit würde er gehen, um seinen Sohn zu schützen?«

»Sie haben recht«, sagte Deveney nach einer kleinen Pause. »Das gefällt mir überhaupt nicht. Aber es wäre ein Motiv, und ein besseres haben wir bis jetzt nicht.«

Kincaid gähnte. »Dann schlage ich vor, wir stellen morgen als erstes mal fest, ob Brian für den Mittwoch abend ein vollständiges Alibi vorweisen kann. Und wir lassen auch bei Malcolm Reid nicht locker. Irgendwas an dieser Situation ist mir nicht geheuer. Ich kann es nicht definieren.«

»Schön, dann machen wir für heute Schluß«, meinte Deveney. »Ich bin erledigt. Ich habe Ihnen zwei Zimmer in dem Hotel in der High Street reservieren lassen.« Er legte seine Hand aufs Herz und strahlte Gemma an. »Ich werde gleich viel besser schlafen, wenn ich Sie in meiner Nähe weiß.«

Das Hotel war ganz anständig, wenn auch ein bißchen muffig. Nachdem Kincaid dem anhänglichen Nick Deveney mit aller Entschiedenheit gute Nacht gewünscht hatte, folgte er Gemma mit schicklichem Abstand die Treppe hinauf. Ihre Zimmer lagen einander gegenüber, und er wartete im Korridor, bis sie ihre Tür aufgesperrt hatte. »Gemma . . .« begann er, dann geriet er ins Stocken.

Sie sah ihn mit einem unnahbaren Lächeln an. Sie hatte die Mauern wieder hochgezogen. »Gute Nacht, Chef. Schlafen Sie gut.« Die Tür fiel hinter ihr zu.

Er kleidete sich langsam aus, hängte sein Hemd auf, legte seine Hose so ordentlich über den einzigen Stuhl im Zimmer, als hinge sein Leben davon ab, daß die Bügelfalten messerscharf blieben. Alkohol und Erschöpfung hatten eine betäubende Wirkung, und er hatte das Gefühl, seine eigenen Handlungen aus der Ferne zu beobachten. Er wußte, daß sie absurd waren, dennoch machte er weiter, als wäre peinliche Ordnung sein einziger Schutz. Als er seinen Mantel im Schrank aufhängte, fiel eine zerknitterte Papierblume aus seiner Tasche.

Er hatte sie am letzten Sonntag getragen, vor einer Woche, als er zu St. John's Kirche in Hampstead gegangen war, um den Major zu hören, der beim Fauré Requiem zur Feier des Volkstrauertags mitgesungen hatte. Der Gesang hatte ihn über sich selbst hinausgehoben, alle Sorgen und Wünsche für kurze Zeit gestillt, und als er jetzt in sein schmales Hotelbett stieg, versuchte er, diesen Zustand wiederzugewinnen.

Es überfiel ihn, gerade als er in den Schwebezustand unmittelbar vor dem Schlaf hineinglitt. Er sprang aus dem Bett und warf in seiner Hast die alberne kleine Nachttischlampe um. Als er sie wieder aufgestellt hatte, knipste er sie an und begann in seiner Brieftasche zu suchen.

Er hatte die Karte schnell gefunden. Blinzelnd im trüben Licht, das durch den rosafarbenen Fransenschirm der Lampe sickerte, starrte er auf sie hinunter. Er hatte sich nicht geirrt. Die Telefonnummer auf der Geschäftskarte, die er in Malcolm Reids Laden mitgenommen hatte, war dieselbe, die er unter dem Datum des Tages vor Gilberts Tod in dessen Terminkalender gesehen hatte. ›18 Uhr‹ war daneben eingetragen gewesen.

10

Die Presseleute hatten ihre Zelte abgebrochen, der Constable war von seinem Posten am Gartentor abgezogen worden, die schmale Straße schien in der Morgensonne friedlich vor sich hinzuträumen. Als sie in den Garten traten, brummelte Kincaid ein paar Worte, von denen Gemma nur etwas wie »dieses Eden . . .« verstand.

»Wie?« sagte sie, sich nach ihm umwendend, als er noch dabei war, das Tor zu schließen.

»Ach, nichts.« Er holte sie ein, und sie gingen nebeneinander den Weg hinauf. »Nur ein altes Sprüchlein, das mir eben eingefallen ist.« Als sie um die Ecke bogen, sprang Lewis in seinem Zwinger auf, doch sein tiefes warnendes Bellen wurde zu freudig aufgeregtem, hellem Kläffen, als Kincaid ihn ansprach.

»Sie haben eine Eroberung gemacht«, bemerkte Gemma, als er zum Drahtzaun ging und durch das Gitter griff, um den Hund hinter den Ohren zu kraulen.

Er drehte den Kopf und sah sie an. »Eine wenigstens.«

Gemma errötete, und während sie noch über eine schlagfertige Antwort nachdachte, flog die Küchentür auf, und Lucy rief nach ihnen. In einem zu großen roten Pullover, mit heruntergerutschten Kniestrümpfen und einem Schottenrock, der kaum lang genug war, um diesen Namen zu verdienen, trat sie auf die Stufe vor der Tür.

»Meine Mutter ist nicht da. Sie wollte vor dem Kirchgang noch zu Gwen«, sagte sie, als sie zu ihr kamen, und bei näherem

Hinsehen bemerkte Gemma die Gänsehaut auf ihren nackten Beinen.

»Gwen?« fragte Kincaid.

»Alastairs Mutter, Sie wissen schon. Mutter besucht sie jeden Sonntag morgen. Sie wollte daran nichts ändern. Möchten Sie reinkommen?« Lucy öffnete die Tür, um sie einzulassen.

In der Küche setzte sie sich an den Tisch vor eine Schale Cornflakes, machte aber keine Anstalten weiterzuessen. »Ich bin froh, daß Sie gekommen sind«, sagte sie ein wenig unbeholfen und faltete die Hände auf dem Schoß. »Ich wollte Ihnen für gestern danken. Ich meine, daß Sie Geoff freigelassen haben.«

»Dafür sollten Sie Geoffs Freunden danken. Er scheint viele zu haben.« Kincaid zog einen Stuhl heraus und setzte sich. Gemma tat es ihm nach, aber es mutete sie immer noch seltsam an, so ganz alltäglich in diesem Raum zu sitzen.

»Ich glaube, das hat er bis gestern abend gar nicht gewußt. Er denkt immer, er ist es gar nicht wert, daß man ihn mag.«

Gemma, die das Mienenspiel des jungen Mädchens beobachtete, fragte sich, ob Geoff glaubte, Lucys Liebe zu verdienen – sie hatte nämlich plötzlich keinen Zweifel daran, daß Lucy ihn in der Tat liebte, mit der ganzen Leidenschaft ihres siebzehnjährigen Herzens.

»Lucy«, sagte Kincaid, »können Sie uns vielleicht weiterhelfen, da Ihre Mutter nicht hier ist?«

»Gern.« Sie sah ihn erwartungsvoll an.

Gemma war gespannt, wie Kincaid es anpacken würde. Ein Blick in Gilberts Terminkalender, der auf der Dienststelle lag, hatte Kincaids Erinnerung bestätigt. Als er sich mit demonstrativer Langmut erkundigt hatte, warum er von der Verbindung nicht informiert worden war, hatte der zuständige Beamte erklärt, sie hätten geglaubt, der Commander hätte nur seine Frau angerufen.

»Glauben heißt nicht wissen, Sportsfreund«, hatte Kincaid scharf erwidert. »Merken Sie sich das.«

»Arbeitet Ihre Mutter gewöhnlich über ihre normale Arbeitszeit hinaus, Lucy?« fragte er jetzt.

Sie schüttelte den Kopf. »Nein. Sie versucht immer, hier zu sein, wenn ich aus der Schule komme. Sie verspätet sich höchstens mal um ein paar Minuten.«

»Wie war es an dem Abend vor Alastairs Todestag? War da irgend was anders als sonst?«

»Das war der Dienstag.« Lucy überlegte einen Moment. »Wir waren beide um fünf zu Hause. Und später hat Mutter sich mit mir zusammen einen alten Film angeschaut.« Sie zuckte die Achseln. »Es war alles wie immer.«

»Hat Alastair Ihre Mutter manchmal im Laden angerufen?«

Einen Moment sah sie ihn verblüfft an. »Nein, das glaube ich nicht. Manchmal hat er seine Sekretärin hier anrufen lassen, um Bescheid zu geben, daß er später kommen würde. Aber oft hat er sich auch gar nicht gemeldet und ist einfach später gekommen. Alastair hat sich wegen anderer nie Umstände gemacht«, fügte sie hinzu. »Nicht mal als sich Mutter im letzten Jahr das Handgelenk gebrochen hat, ist er vom Büro nach Hause gekommen. Geoff und ich haben sie vom Krankenhaus abgeholt. Ich hatte da noch nicht mal meinen Führerschein, sondern durfte nur in Begleitung einer Person mit Fahrerlaubnis fahren.«

»Wie ist das denn passiert?« fragte Gemma.

»Ach, sie ist auf der alten Straße durch den Hurtwood gefahren und in einem Monsterschlagloch gelandet, sagt sie. Da hat es das Lenkrad so verrissen, daß es ihr das Handgelenk gebrochen hat.«

»Oh, das muß schmerzhaft gewesen sein.« Gemma schnitt eine Grimasse.

»Und es war auch noch ihre rechte Hand«, fügte Lucy mit

einem Lachen hinzu. »Ich mußte wochenlang alles für sie tun, und das hat ihr gar nicht gepaßt. Und Nägel kauen konnte sie auch nicht mehr.«

Kincaid sah auf seine Uhr. »Es hat keinen Sinn, länger auf sie zu warten. Kann ich von Alastairs Arbeitszimmer aus mal kurz telefonieren, Lucy?«

Als er gegangen war, lächelte Lucy Gemma schüchtern zu. »Er ist sehr nett, nicht? Sie haben echt Glück, daß Sie mit ihm zusammenarbeiten können.«

Verdutzt suchte Gemma nach einer Erwiderung. Vor einer Woche noch hätte sie ohne weiteres zugestimmt, vielleicht sogar mit einer Spur Selbstzufriedenheit. Ein heftiges Gefühl des Verlusts überkam sie plötzlich, aber sie brachte dennoch ein Lächeln zustande. »Ja, das stimmt. Da haben Sie recht«, sagte sie, bemüht, Überzeugung zu zeigen, und ignorierte Lucys verwunderten Blick.

»Also?« sagte Gemma, als sie wieder draußen auf der Straße waren. »Ich denke, wir können ziemlich sicher sein, daß Gilbert Malcolm Reid angerufen hat.«

»Ich hätte da viel früher drauf kommen müssen«, brummte Kincaid irritiert.

Gemma zuckte die Achseln. »Solche Vorwürfe sind doch sinnlos. Das ist ungefähr so, als sagte man, man hätte sich an etwas erinnern müssen, das man vergessen hatte. Was haben Sie jetzt vor?«

»Ich habe Reids Privatadresse, aber zuerst möchte ich mal mit Brian sprechen.«

Sie ließen den Wagen stehen und gingen zu Fuß zum Pub. Aber es war geschlossen. Kincaids Klopfen brachte keine Reaktion. »Der frühe Sonntagmorgen ist wahrscheinlich nicht der beste Zeitpunkt, einen Gasthauswirt zu besuchen. Und ich erinnere mich, daß Brian sagte, er sei ein Morgenmuffel.« Sich abwendend fügte er hinzu: »Wir müssen es eben später noch einmal versuchen. Jetzt fahren wir erst mal zu Reid und seiner Frau.«

»Ich glaube, das war's.« Gemma blickte zurück zu der Lücke in der Hecke, an der sie eben vorbeigeschossen waren. »*Hazel Patch Farm*. Ich habe ein kleines Schild am Torpfosten gesehen.«

»Ach, Mist!« schimpfte Kincaid. »Hier gibt's nirgends eine Stelle zum Drehen.« Er schaltete einen Gang herunter und kroch um die Haarnadelkurven, während er nach einem abzweigenden Feldweg oder einer Einfahrt Ausschau hielt. Sie waren in den baumgekrönten Hügeln zwischen Holmbury und Shere, und Gemma hielt es für eine Leistung, daß sie nach den dürftigen Anweisungen des Tankwarts in Holmbury St. Mary überhaupt hierher gefunden hatten.

Sie gelangten zu einer Überholbucht, und mit einigen vorsichtigen Manövern wendete Kincaid den Wagen. Wenig später fuhren sie durch das Tor des Hofs und hielten auf einem gekiesten Platz direkt hinter der Hecke.

»Ein bewirtschafteter Hof ist das nicht«, bemerkte er, nachdem sie ausgestiegen waren und sich umschauten. Das Haus stand ein Stück zurück unter einer Gruppe von Bäumen, und das, was unter der grünen Berankung zu sehen war, wirkte eher bescheiden.

Malcolm Reid kam in ausgefransten Jeans und einem alten Sweat-Shirt an die Tür, weit weniger elegant als im Laden, aber vielleicht, dachte Gemma, noch attraktiver. Wenn er überrascht war, seinen geruhsamen Sonntagmorgen von zwei ungebetenen Gästen von der Polizei gestört zu sehen, so ließ er es nicht merken, und die beiden schlanken Springerspaniel, die ihn begleiteten, empfingen sie gleichermaßen freundlich.

»Kommen Sie mit nach hinten«, sagte er einladend und führte sie durch einen dämmrigen Flur.

»Val«, sagte er, vor ihnen ins Zimmer tretend, »es sind Superintendent Kincaid und Sergeant James.«

Was er sonst noch zur Erklärung sagte, hörte Gemma gar nicht, so hingerissen war sie von dem Raum, der sich vor ihr öffnete: eine mit Terrakottafliesen ausgelegte Küche, weit weniger kühl und steril, als sie nach den blitzenden High-Tech-Einrichtungen, wie sie sie vom Laden her kannte, vermutet hätte. Puderblaue Schränke, ein sonnengelber Herd, Kupfergeschirr, das an Haken von der Decke hing, eine verglaste Sonnenveranda, deren Fenster den steilen Hügelhang hinunter auf die Downs blickten, die sanft gewellt in der Ferne verschwammen.

Kincaid versetzte ihr einen sanften Puff, und sie richtete ihre Aufmerksamkeit auf die Frau, die von einem sehr bequem aussehenden, mit Zeitungen übersäten Sofa aufstand.

»Sie haben uns bei unserem Sonntagslaster ertappt«, sagte sie lachend, als sie mit ausgestreckter Hand auf sie zuging. »Wir lesen alles – hohes, niedriges und unerträglich mittelmäßiges Niveau. Ich bin Valerie Reid.«

Selbst barfuß, in Leggins und einem Hemd, das ein abgelegtes Rugby-Trikot ihres Mannes zu sein schien, strahlte die Frau Sex-Appeal aus. Mit dem dunklen Haar, den dunklen Augen, der olivbraunen Haut und blitzend weißen Zähnen wirkte sie so südländisch wie ihre Küche, aber ihre Sprache hatte einen leichten schottischen Akzent. »Gefällt sie Ihnen?« fragte sie Gemma, mit einer Handbewegung die Küche umfassend. »Kochen Sie . . .«

»Darling«, unterbrach ihr Mann sie, »Superintendent Kincaid und Sergeant James sind nicht hergekommen, um Küchengespräche zu führen, auch wenn du dir das kaum vorstellen kannst.« Er drückte liebevoll ihre Schulter.

»Aber auf jeden Fall redet sich's besser bei Essen und Trinken. Im Rohr sind noch Vollkornscones, und ich mach' uns einen Cappuccino.«

Kincaid protestierte. »Nein, das ist wirklich . . .«

»Setzen Sie sich«, befahl Valerie, und Kincaid ließ sich gehorsam auf einem freien Plätzchen auf dem Sofa nieder. Gemma blieb in der Küche stehen und schnupperte genießerisch, als Valerie das Backrohr des Herds öffnete.

»Sie wundern sich, daß ich nicht kugelrund bin, wie?« sagte Malcolm, als er sich zu Kincaid setzte. Er wies auf die Hunde, die sich in einem Fleckchen Sonne auf dem Fliesenboden ausgestreckt hatten. »Wenn ich nicht mit den beiden täglich zweimal durch die gottverdammten Hügel hetzen würde, würde ich wahrscheinlich längst nicht mehr durch die Tür passen, geschweige denn in meine Kleider. Val kocht einfach unwiderstehlich.«

Das Zischen der Espressomaschine füllte den Raum, und als Valerie die Tassen gefüllt hatte, half ihr Gemma, den Kaffee und die Scones zur Sonnenveranda zu tragen. Nachdem Gemma sich in einen Sessel gesetzt hatte, probierte sie, von Valerie erwartungsvoll beobachtet, ihr Scone.

»Köstlich«, sagte sie aufrichtig. »Viel besser als alles, was man in einer Bäckerei bekommt.«

»Man braucht genau zehn Minuten, um die Dinger zusammenzurühren, und trotzdem kaufen die Leute Backmischungen im Supermarkt.« Mit einem verächtlichen Naserümpfen schüttelte Valerie den Kopf. »Manchmal hab ich wirklich den Eindruck, die Engländer sind hoffnungslos.«

»Aber Sie sind doch auch Engländerin, Mrs. Reid, oder nicht?« fragte Gemma.

»Bitte nennen Sie mich Valerie.« Sie nahm sich ebenfalls ein Scone. »Meine Eltern sind eingebürgerte Italiener. Sie haben sich in Schottland niedergelassen und das britischste aller Cafés eröffnet, ungefähr nach dem Prinzip, was ihr könnt, können wir schon lange. Nach diesem Grundsatz haben sie auch die Namen ihrer Kinder ausgesucht.« Sie tippte sich auf die Brust. »Man sollte meinen, daß Valerie schon schlimm genug war, aber meinen Bruder haben sie *Ian* getauft. Können Sie sich was vorstellen, was weniger italienisch ist als Ian? Und sie haben gelernt, alles in ranzigem Fett zu braten, ganz nach bester britischer Manier.

Aber ich habe ihnen verziehen, weil ich jeden Sommer zu meiner Großmutter nach Italien fahren durfte, und da habe ich kochen gelernt.«

»Val.« Malcolms Stimme klang erheitert. »Gib doch dem Superintendent auch mal eine Chance, hm?«

»Oh, Entschuldigung«, sagte Valerie, aber es klang nicht im geringsten reuig. »Bitte, tun Sie sich keinen Zwang an.« Mit der Cappuccinotasse in der Hand und dem Teller mit dem Scone auf den Knien lehnte sie sich in ihrem Nest von Zeitungen auf dem Sofa zurück.

Kincaid lächelte und trank einen Schluck Cappuccino, ehe er sagte: »Mr. Reid, soweit ich mich erinnere, sagten Sie, Sie hätten mit Alastair Gilbert vor seinem Tod keinen Kontakt gehabt.« Ehe Reid etwas antworten konnte, fuhr Kincaid fort: »Aber mir scheint, Sie haben uns da in die Irre geführt. Sie hatten am Abend vor seinem Tod einen Termin mit Gilbert, den er telefonisch bestätigt hat. Würden Sie mir sagen, was Gilbert mit Ihnen zu besprechen hatte, Mr. Reid?«

Ein geschickter Bluff, dachte Gemma, aber würde er funktionieren?

Malcolm Reid sah seine Frau offen an, dann rieb er mit beiden Händen über die Knie seiner Jeans. »Val hat gleich gesagt, es wäre Quatsch, aber ich wollte Claire nicht noch zusätzliche Komplikationen bereiten. Sie hatte genug durchzumachen.«

Als Reid nicht weitersprach, sagte Kincaid: »Das Interpretieren sollten Sie lieber uns überlassen, Mr. Reid. Wir werden uns alle Mühe geben, Claire Gilbert zu schonen, aber sie kann ein normales Leben erst wiederaufnehmen, wenn wir diesen Fall geklärt haben. Das ist Ihnen doch sicher auch klar?«

Reid nickte, sah wieder seine Frau an, setzte zum Sprechen an, hielt inne und bekannte schließlich: »Mir ist das alles sehr peinlich und unangenehm.«

»Mein Mann versucht Ihnen zu erklären«, bemerkte Valerie sachlich, »daß Alastair sich plötzlich eingebildet hat, mein Mann wäre in eine leidenschaftliche Liebesbeziehung mit Claire verstrickt.«

Reid warf ihr einen dankbaren Blick zu, als er zustimmend nickte. »Genauso war es. Ich weiß nicht, wie er auf diese absurde Idee gekommen ist, aber er hat sich höchst merkwürdig benommen. Ich hatte keine Ahnung, wie ich mit ihm umgehen sollte.«

»Merkwürdig inwiefern?« fragte Gemma, die, mit ihrem Scone fertig, ihr Heft aus den Tiefen ihrer Tasche gegraben hatte. »War er gewalttätig?«

»Nein – aber sein Verhalten war völlig irrational. Mal brüllte er los, verlangte Beweise und drohte mir, und mal machte er Scherze, lachte und war – ich weiß auch nicht, irgendwie kriecherisch.« Reid schauderte ein wenig. »Es war richtig ekelhaft. Und dauernd redete er von seinen ›Quellen‹.«

»Hat er Beispiele gegeben oder Namen erwähnt?« Kincaid beugte sich gespannt vor.

Mit einem Kopfschütteln antwortete Reid: »Nein, aber er zeigte eine fast – hämische Freude. Als lachte er sich ins Fäustchen über seine Geheimnisse. Und er sagte mehrmals, wenn ich ihm nur die Wahrheit sagen würde, würde er nichts gegen mich unternehmen.«

Kincaid zog eine Augenbraue hoch. »Sehr großmütig von ihm. Und was haben Sie getan?«

»Ich habe ihm erklärt, es gäbe nichts zu sagen; er solle seinen Hut nehmen und wieder gehen. Darauf hat er den Kopf geschüttelt, als wäre er enttäuscht über mich. Stellen Sie sich das mal vor.« Reids Stimme schwoll ungläubig an.

»Und dann ist er abgezogen?«

»Nein.« Reid rieb wieder mit den Händen über seine Jeans und lächelte ein wenig schief. »Es klingt so melodramatisch – ich komme mir schon bei der Wiederholung wie ein Idiot vor. ›Malcolm, mein Junge, ich verspreche Ihnen, das werden Sie noch bedauern‹, sagte er, als er an der Tür stand. Wie in einem schlechten Film.« Einer der Spaniels spitzte die Ohren, als er den veränderten Ton von Malcolm Reids Stimme hörte, und warf ihm verschlafen einen verwunderten Blick zu. Beruhigt streckte er sich dann mit einem Seufzer wieder aus.

»Was haben Sie daraufhin getan?« fragte Gemma. »Ihnen war danach doch sicher ein bißchen komisch.«

»Zuerst habe ich darüber gelacht. Aber je länger ich darüber nachgedacht habe, desto unbehaglicher ist mir geworden. Ich versuchte, Claire anzurufen, aber es meldete sich niemand, und später hab ich's nicht mehr versucht, weil ich fürchtete, Alastair würde zu Hause sein, und ich ihn nicht noch argwöhnischer machen wollte.«

»Aber Sie haben am folgenden Tag mit ihr darüber gesprochen«, meinte Kincaid.

»Dazu bin ich nie gekommen. Am Vormittag war sie bei einem Kunden zur Beratung. Wir sind uns nur mittags kurz im Laden begegnet, aber da waren Kunden da. Und als ich später von meinem Nachmittagstermin zurückkam, war Claire schon nach Hause gegangen.«

»Und seitdem?«

Reid zuckte die Achseln. »Ich hielt es für sinnlos, sie damit zu belasten. Was soll das jetzt noch für eine Bedeutung haben?«

Der Blick, den Kincaid Gemma zuwarf, verriet seine Skepsis, aber er sagte nur: »Und am Mittwoch abend hatte Ihre Frau, sagten Sie, einen Kochkurs?«

Valerie mischte sich ein, ehe Reid antworten konnte. »Nein, Superintendent. Die Kurse waren beendet. Sie fangen erst nächste Woche wieder an. Am Mittwoch abend war Malcolm mit mir zusammen zu Hause. Ich hatte Vermicelli abruzzesi gekocht.«

»Erinnern Sie sich stets, was Sie an einem bestimmten Abend gekocht haben, Mrs. Reid?« fragte Kincaid.

»Aber sicher«, antwortete sie lächelnd. »Und das war ein neues Rezept, das ich schon lange ausprobieren wollte. Ich habe nur nie die Zucchiniblüten bekommen.«

»Die Zucchiniblüten?« Kincaid schüttelte den Kopf. »Schon gut. Gibt es jemanden, der das bestätigen kann?«

»Höchstens die Hunde«, sagte Malcolm mit einem schwachen Versuch zu scherzen.

»Tja, ich danke Ihnen für Ihre Offenheit.« Kincaid stellte seine leere Tasse nieder, stand auf und nickte den beiden zu. »Und für Ihre Gastfreundschaft. Wir werden uns melden, falls wir noch Fragen haben sollten.«

Valerie Reid stand schnell auf. »Wenn Sie so bald schon wieder gehen müssen, bringe ich Sie hinaus. – Nein, Darling«, fügte sie hinzu, als auch Reid aufstehen wollte. »Das schaffe ich auch allein.«

Sie trat mit ihnen vor das Haus und zog die Tür hinter sich zu. »Superintendent«, sagte sie mit gesenkter Stimme, »Malcolm – mein Mann hat manchmal eine Neigung, den edlen Ritter zu spielen. Ich bewundere das an ihm, aber manchmal geht er mir in seinem Edelmut zu weit.« Sie biß sich auf die Lippe. »Was ich sagen will, ist folgendes – wenn Sie sich für Claire Gilberts Liebhaber interessieren, sollten Sie sich in ihrer näheren Umgebung umsehen.«

Damit schlüpfte sie wieder ins Haus und schloß energisch die Tür hinter sich.

»Und was halten Sie davon?« fragte Kincaid, als sie wieder im Auto saßen und zur Straße hinaus fuhren. »Eine kleine Verschwörung? Ehefrau deckt ihren Mann, obwohl er fremdgeht?«

Gemma schüttelte den Kopf. »Nein, das glaube ich nicht. Vielleicht bin ich naiv, aber ich kann mir Reid nicht als treulosen Schürzenjäger vorstellen. Die beiden leben gut zusammen, und die Zuneigung zwischen ihnen wirkt echt.«

»Gilberts Beschuldigungen waren ihm peinlich, aber er war überhaupt nicht nervös. Ist Ihnen das aufgefallen?«

»Was ist mit dem Liebhaber, von dem Valerie gesprochen hat?« fragte Gemma. »Glauben Sie, daß sie das nur gesagt hat, um uns von ihrem Mann abzulenken? Wer könnte es sein?«

»Percy Bainbridge?« meinte Kincaid. »Nein, ich würde denken, der zieht kleine Jungen vor.«

Gemma spielte mit. »Die Pfarrerin?«

»Hm, das ist ein Gedanke. Sie ist eine hübsche Person.« Er warf ihr einen schnellen Seitenblick zu und zog eine Braue hoch.

Gemma, die nicht wußte, wie die Pfarrerin aussah, verspürte einen Anflug von Eifersucht. »Wie wär's mit Geoff?« fragte sie. »Vielleicht hat sie ein Faible für junges Blut. Oder vielleicht ist es . . .«

»Brian?« riefen sie wie aus einem Mund in ungläubigem Ton. Kincaid sah sie an, und sie lachten beide.

»Tolle Kombinationsgabe«, sagte er und schaltete vor der nächsten Kurve herunter.

»Aber darauf wäre ich nie gekommen. Brian scheint mir überhaupt nicht Claires Typ zu sein. Da würde Reid viel besser zu ihr passen.«

»Man darf die Wirkung täglicher Nähe nicht unterschätzen«, sagte Kincaid ruhig. »Und auch nicht die unberechenbare Natur des menschlichen Herzens. Was . . .« Sein Handy dudelte, und er hielt inne, während er es aus der Tasche zog. »Kincaid.«

Nachdem er einen Moment schweigend gelauscht hatte, sagte er: »Gut. In Ordnung. Ich gebe es weiter.« Er schaltete den Apparat aus. Mit einem bedauernden Blick zu Gemma sagte er: »Ich werde wohl ohne Sie mit Brian Genovase reden müssen. Jackie Temple hat versucht, Sie zu erreichen – sie sagt, sie muß Sie dringend sehen.«

Gemma betrachtete Wills große, kantige Hände, die leicht auf dem Lenkrad lagen, und dachte darüber nach, ob andere ihn ebenso angenehm und beruhigend fanden wie sie. Er war auf einen Anruf bei der Dienststelle Guildford ins Dorf gekommen, um sie zum nächsten Londoner Schnellzug nach Dorking zu fahren. Er hatte keinen Versuch gemacht, sie aus ihrer Nachdenklichkeit zu reißen, doch sein Schweigen hatte nichts Gekränktes.

Sie sah wieder zum Fenster hinaus, als der Wagen eine langgezogene Kurve umrundete. Hohe Bäume mit silbrig glänzenden Stämmen drängten auf beiden Seiten zur Straße, und die fallenden Blätter schwirrten durch die Luft wie Schwärme goldener Bienen. Die Schönheit berührte sie tief – scharf und süß –, und einen Moment lang fühlte sie sich weit offen und durchsichtig.

Sie hatte wohl unwillkürlich einen Laut von sich gegeben; denn Will warf ihr einen raschen Blick zu und sagte: »Alles in Ordnung, Gemma?«

»Ja. Nein. Ich weiß nicht.« Sie holte Atem und sagte das erste, was ihr in den Sinn kam. »Will, glauben Sie, daß wir je einen anderen wirklich kennen? Oder sind wir so geblendet von unseren eigenen Wahrnehmungen, daß wir nicht an ihnen vorbeisehen können? Ich habe versucht, mir Brian als liebenden Vater vorzustellen, der fähig wäre, alles zu tun, um seinen Sohn zu schützen. Aber das war nur eine Dimension, und durch sie wurde ich verhindert zu erkennen, daß er vielleicht Claires

Liebhaber ist, ein Mann, der Alastair Gilbert aus Gründen getötet haben könnte, die mit seinem Sohn nicht das geringste zu tun haben. Und ich habe Claire nicht – ach was, schon gut.«

Will lachte leise. »Sie haben Claire nicht als eine Frau von Fleisch und Blut gesehen, die so starke Wünsche und Sehnsüchte hat, daß sie mindestens die gesellschaftliche Ächtung riskieren würde, um sie zu befriedigen.«

»Sie scheint aber auch nichts zu überraschen«, stellte Gemma fest.

»Nein, ich glaube nicht. Aber ich bin auch kein Zyniker. Dieser Beruf lehrt uns, einem Menschen zu vertrauen. Aber was bleibt denn sonst? Ich bin immer noch bereit, im Zweifelsfall an das Gute zu glauben.«

»Das ist eine Gratwanderung«, sagte sie bedächtig. War sie selbst fähig, sie zu schaffen? Unter gesenkten Lidern hervor betrachtete sie Will verstohlen und fragte sich, ob sie sich wieder einmal von ihren vordergründigen Wahrnehmungen hatte täuschen lassen; verbarg sich vielleicht hinter seinem gelassenen Äußeren etwas ganz anderes?

Sein Blick traf sie überraschend, und sie spürte, wie sie errötete. »Im Grund geht es doch gar nicht um Brian, nicht wahr, Gemma?« fragte er. Und ehe sie Einwände erheben konnte, fügte er hinzu: »Sie brauchen mir keine Antwort zu geben. Ich wollte Ihnen nur sagen, wenn Sie mal jemanden zum Reden brauchen, ich bin immer für Sie da.«

Um halb zwei fuhr Gemma, von einem belegten Brot gestärkt, das sie sich im Zug gekauft hatte, die Rolltreppe am U-Bahnhof Holland Park hinauf. Ein flotter Marsch brachte sie zu Jackies Haus, und dort blieb sie einen Moment stehen, um zu verschnaufen und das glühende Rot des wilden Weins zu bewundern, der sich auf dem braunen Backstein in die Höhe zog.

Jackie öffnete ihr freudestrahlend. »Gemma! Als ich dich zu

Hause nicht erreichen konnte, hab' ich's im Yard versucht, aber ich hab' wirklich nicht erwartet, daß du plötzlich vor meiner Tür stehen würdest. Komm rein.« Sie trug einen bunten Morgenrock, und ihre krausen Locken waren noch feucht von dem Bad.

»Sie haben mir gesagt, es sei dringend«, erklärte Gemma, als sie Jackie in den ersten Stock hinauf folgte.

»Na ja, ich hab' schon ein bißchen dick aufgetragen«, sagte Jackie etwas verlegen. »Aber ich dachte, sonst würden sie mich nicht ernst nehmen. Komm, setz dich. Ich hol' dir was zu trinken.«

Als Jackie mit zwei Gläsern Limonade aus der Küche zurückkam, fragte Gemma: »Worum geht's denn, Jackie? Und wieso arbeitest du nicht?«

Jackie kuschelte sich ins Sofa. Der bunte Morgenrock bauschte sich um sie wie die Gewänder einer exotischen Prinzessin. »Ich fang' jetzt um drei an. Sie haben mir eine andere Schicht gegeben. Viel Zeit hab' ich nicht mehr, dann muß ich los.

Weißt du, man hat mir gesagt, du seist nicht in London – ich hab' dich doch hoffentlich nicht aus Surrey hierher gelotst?«

Gemma sah ihre Freundin verwundert an. »Jackie, wenn ich es nicht besser wüßte, würde ich sagen, du weichst aus. Doch, ich bin extra aus Surrey gekommen. Also los jetzt, raus mit der Sprache.«

Jackie trank von ihrer Limonade und prustete, als ihr die Bläschen in die Nase stiegen. »Ich komm' mir ehrlich gesagt ein bißchen blöd vor. Ich mach' da wahrscheinlich aus einer Mücke einen Elefanten. Du weißt doch, ich hab' gesagt, ich würde mal mit Sergeant Talley reden?«

Gemma nickte.

»Also, ich kann dir sagen, der ist richtig sauer geworden. Ich sollte mich gefälligst um meine eigenen Angelegenheiten kümmern, sagte er und hat mich abblitzen lassen. Das hat mich ziemlich geärgert und daraufhin hab' ich mir heute morgen einen Streifenkollegen geschnappt, der schon genauso lange in Notting Hill ist wie Talley. Ich hab' ihn zum Frühstück im Café neben der Dienststelle eingeladen, als er heute morgen aus dem Dienst kam.« Jackie legte eine Pause ein und griff wieder nach ihrem Glas.

»Und?« fragte Gemma, neugierig geworden.

»Er hat gesagt, soweit er weiß, hätten die Spannungen zwischen Gilbert und Ogilvie nichts mit einer Frau zu tun gehabt. Angeblich soll Gilbert Ogilvies Beförderung verhindert haben. Er soll vor dem Ausschuß gesagt haben, seiner Meinung nach wäre Ogilvie zu eigenbrötlerisch und als Führungspersönlichkeit nicht geeignet. Die beiden waren Partner gewesen, und unter den Leuten war allgemein bekannt, daß Gilbert inkompetent war und Ogilvie ihn mehr als einmal gedeckt hatte.« Jackie schüttelte angewidert den Kopf. »Kannst du dir das vorstellen? Ogilvie ist irgendwann doch befördert worden, als Gilbert nicht mehr sein Vorgesetzter war, aber ich glaube nicht, daß er Gilbert je verziehen hat.«

»Hältst du es für möglich, daß er ihn genug gehaßt hat, um ihn nach all den Jahren umzubringen?« Gemma überlegte einen Moment mit gerunzelter Stirn. »Nach allem, was ich über Gilbert gehört habe, würde es mich nicht wundern, wenn er Ogilvies Beförderung aus reiner Bosheit verhindert hat, weil er auf ihn eifersüchtig war. Das alles ist ungefähr um die Zeit passiert, als die beiden Claire kennengelernt haben, stimmt's?«

»Ich glaube, ja, aber sicher bin ich nicht. Da müßte ich erst mal in den Unterlagen nachschauen. Gemma . . .«

»Ich weiß. Du mußt dich anziehen, sonst kommst du zu spät.« Gemma nahm ihr leeres Glas, um es in die Küche zu bringen.

»Nein, das ist es nicht.« Jackie warf einen Blick auf die Uhr, die auf einem Beistelltisch stand. »Oder jedenfalls nicht allein.«

Sie brach ab und strich mit beiden Händen über die Falten ihres Morgenrocks. Dann sagte sie zögernd: »Ich habe Verbindungen auf der Straße, Informanten. Du weißt das ja, wenn man lange genug dieselbe Streife geht – sie sammeln sich wie von selbst an. Mich hatte diese Geschichte neugierig gemacht, und da hab' ich mal vorsichtig meine Fühler ausgestreckt.«

Als Jackie wieder innehielt, begann Gemma sich unwohl zu fühlen. »Was hast du gehört, Jackie?«

»Du mußt selbst entscheiden, was du damit anfangen willst, ob du es weitergeben willst.« Sie wartete, bis Gemma zustimmend nickte, ehe sie fortfuhr. »Weißt du noch, ich hab' dir doch erzählt, ich hätte geglaubt, Gilbert im Gespräch mit einem Spitzel zu sehen? Also, Gilbert saß eigentlich viel zu weit oben, um sich mit Spitzeln abzugeben, drum hab' ich meinen Informanten gefragt, ob er mal Gilberts Namen in Verbindung mit irgendeiner schmutzigen Sache gehört hätte.«

»Und?« fragte Gemma ungeduldig.

»Drogen, hat er gesagt. Er hätte Andeutungen gehört, daß ein hoher Beamter den Dealern Protektion gäbe.«

»Gilbert?« fragte Gemma ungläubig.

Jackie schüttelte den Kopf. »David Ogilvie.«

Auf dem Yard vorbeizuschauen, war ein Fehler gewesen, dachte Gemma, als sie in der Dunkelheit langsam die Richmond Avenue hinaufging. Ein Papierstapel hatte sie erwartet, und als sie endlich dazu gekommen war, die Akten über Gilbert und Ogilvie zu durchforsten, brannten ihre Augen und ihr Rücken schmerzte vor Müdigkeit. Sie hatte das Abendessen mit Toby versäumt, und jetzt, zu kaputt, um auf dem Heimweg noch einzukaufen, mußte sie sich eben mit dem behelfen, was an mageren Vorräten im Haus war.

Thornhill Gardens kam in Sicht, ein dunkel gähnender Raum vor der schwarzen Masse der umstehenden Häuser. Als sie den Pfad zum Haus der Cavendishs erreichte, blieb sie stehen. Die Wohnzimmerjalousie war nicht ganz heruntergezogen, und durch die Ritze konnte sie das zuckende bläuliche Licht des Fernsehapparats sehen. Und dazu den warmen gelblichen Schein flackernder Kerzen. Einen Moment lang glaubte sie, leises, intimes Gelächter zu hören. Sie schüttelte sich und ging den Weg hinauf, aber ihr Klopfen war zaghaft.

»Gemma, Schatz!« rief Hazel, als sie die Tür öffnete. »Wir haben dich heute abend gar nicht erwartet.« Sie sah ein bißchen zerzaust aus, entspannt und leicht erhitzt. »Komm rein«, sagte sie und zog Gemma in den Flur. »Die Kinder waren total erledigt – ich war heute mit ihnen im Hyde Park, da haben sie sich richtig ausgetobt. Ich hab' sie früh ins Bett gebracht. Tim und ich schauen uns gerade ein Video an.«

»Ich wollte eigentlich vorher anrufen«, sagte Gemma, als Hazel schon zur Treppe ging. »Warte, Hazel. Ich lauf nur schnell rauf und hole Toby. Geh du wieder zu deinem Video.«

Hazel drehte sich um. »Es macht dir wirklich nichts aus?«

»Aber nein.«

»Na gut.« Auf Strümpfen kam Hazel zurückgelaufen, drückte Gemmas Schulter und gab ihr einen raschen Kuß auf die Wange. »Wir sehen uns morgen.«

Toby lag rücklings im Bett, Arme und Beine gespreizt, völlig entspannt. Seine Decke hatte er wie immer abgeworfen, das machte es Gemma leichter, die Arme unter seinen kleinen Körper zu schieben und mit einer Hand seinen Kopf zu stützen. Als sie ihn hochhob, rührte er sich kaum, und sein Kopf fiel an ihre Schulter, als sie ihn an sich drückte.

Ich geh auch gleich zu Bett, dachte sie, als sie Toby durch den Garten trug und das Gewicht des schlafenden kleinen Jungen auf ihre Hüfte verlagerte, um die Wohnungstür aufsperren zu können. Dann würde sie morgen früh aufstehen und noch ein

Weilchen mit Toby zusammensein können, ehe sie nach Holmbury St. Mary zurückfahren mußte.

Aber nachdem sie Toby in sein Kinderbett gepackt hatte, ging sie ruhelos in der Wohnung umher und machte Ordnung. Erst als es nichts mehr zu tun gab, öffnete sie den Kühlschrank und fand nach einigem Suchen ein Stück Cheddar, das noch nicht schimmlig war, und im Schrank ein paar übriggebliebene, schon etwas weich gewordene Kräcker.

Sie aß im Stehen, an die Spüle gelehnt, und schaute dabei in den dunklen Garten hinaus. Als sie fertig war, goß sie sich ein Glas Wein ein und ließ sich in den Ledersessel fallen. Altjungferngewohnheiten, dachte sie mit einem etwas bitteren Lächeln. Bald würde sie Strickjacken und Flanellhosen tragen.

Jackie sparte sich die Gegend oben, am Ende der Portobello Road, immer bis zum Schluß ihrer Schicht auf. Aber es war lange her, seit sie das letztemal Abendstreife gegangen war, und sie war die unheimliche Finsternis, die um diese Zeit in den Sackgassen hing, nicht mehr gewöhnt. Die kleinen Trödelläden, bei Tag voller Kunden und Neugieriger, waren jetzt dunkel und vergittert. In den Rinnsteinen raschelten vom Wind getriebene Abfälle.

Als sie in die letzte kleine Straße einbog, flackerte die Lampe an ihrem Ende einmal hell auf und erlosch. »Scheiße«, sagte Jackie leise, aber sie ging ihre Runde stets bis zum bitteren Ende und war nicht bereit, sich durch ein bißchen Grusel von ihrer Pflicht abhalten zu lassen wie eine Anfängerin. Sie stellte sich vor, was ihr Chef sagen würde, wenn sie ihm gestünde, daß sie abgehauen war, weil die Straße so dunkel und so leer gewesen war, und lachte leise vor sich hin.

Bald würde sie zu Hause sein. Susan, die mit den Hühnern aufstehen mußte, um rechtzeitig zu ihrer Arbeitsstelle beim BBC zu kommen, würde dann schon selig schlafen, würde ihr aber einen kleinen Imbiß zurechtgestellt haben. Jackie lächelte bei dem Gedanken. Ein schönes heißes Bad, etwas Warmes zu trinken, und dann würde sie sich mit dem Mary Wesley-Roman, den sie sich gekauft hatte, ins Bett kuscheln. Es hatte irgendwie was Befreiendes, mitten in der Nacht wach zu sein, während der Rest der Welt schnarchte.

Sie blieb stehen und lauschte mit schräg geneigtem Kopf. Sie hatte das Gefühl, daß sich ihr die Haare im Nacken sträubten. Dieses leise Schlurfen hinter ihr – konnten das Schritte gewesen sein?

Jetzt hörte sie nichts mehr als das leise Seufzen des Windes zwischen den Häusern. »Dumme Gans«, sagte sie laut und ging weiter. Nur noch ein paar Schritte, dann würde sie am Ende der Sackgasse sein und umkehren, um die letzte Etappe zurück zur Dienststelle in Angriff zu nehmen.

Diesmal waren die Schritte so unverkennbar wie die nackte Angst, die ihr in die Beine fuhr. Mit hämmerndem Herzen wirbelte Jackie herum. Nichts.

Sie zog ihr Funkgerät vom Gürtel und schaltete es ein. Zu spät. Zuerst roch sie ihn, eine säuerliche Ausdünstung. Dann traf das Metall eiskalt ihren Hinterkopf.

11

Kincaid brachte Gemma zum Wagen, in dem Will Darling wartete, und sah ihm nach, als er am Anger entlang davonfuhr. Sie blickte einmal zurück, aber bis er die Hand gehoben hatte, um zu winken, hatte sie sich schon wieder abgewandt. Einen Augenblick später war der Wagen aus seinem Gesichtsfeld verschwunden.

Er überquerte die Straße und blieb kurz am Ende des Wegs stehen, der zum Pub führte, um seine Gedanken zu sammeln.

Deveney war zu einem Ladeneinbruch in Guildford gerufen worden; er mußte das Gespräch mit Brian Genovase also allein führen. Mit einem Blick hinauf zur Silhouette des Liebespaares, die sich vor dem Mond abhob, dachte Kincaid, daß das Bild vielleicht passender war, als sie geahnt hatten.

Er fand Brian allein vor, mit den Vorbereitungen für das Sonntagmittagessen beschäftigt. »Roast Beef und Yorkshire Pudding«, sagte Brian statt einer Begrüßung. Er setzte einen Schnörkel unter den Speiseplan auf dem schwarzen Brett. »Sonntags gibt es bei uns immer ein richtiges Menü. Sie sollten sich rechtzeitig einen Tisch sichern.« Sein Ton war freundlich, doch während er sprach, maß er Kincaid mit einem argwöhnischen Blick.

»Ich werd's mir merken, aber ich würde gern ein paar Worte mit Ihnen sprechen, ehe es hier rund geht.« Kincaid setzte sich auf einen Barhocker.

Brian, der gerade dabei war die frisch polierten Gläser einzuordnen, hielt inne. »Mr. Kincaid, ich bin Ihnen sehr dankbar für das, was Sie gestern abend für meinen Jungen getan haben. Sie haben ihn gut behandelt im Gegensatz zu den Leuten, die ihn das letztemal in der Mache hatten. Aber ich weiß nicht, was ich Ihnen sonst noch sagen kann. Geoff ist gleich heute morgen losgezogen, um sich bei den Leuten im Dorf zu bedanken und ihnen anzubieten, umsonst für sie zu arbeiten, als Entschädigung. Und morgen melden wir ihn wieder zur Therapie an. Das scheint ja doch ein langer Prozeß zu werden. Ich hätte . . .«

»Brian«, unterbrach Kincaid. »Ich bin nicht Geoffs wegen hier.«

Brian starrte ihn verständnislos an. »Nicht . . .«

»Wir sind leider nie dazu gekommen, unsere Vernehmungen zu Ende zu führen. Können Sie mir sagen, wo Sie vergangenen Mittwoch abend zwischen sechs und halb acht Uhr waren?«

»Ich?« Brian blieb vor Verblüffung der Mund offen. »Aber – na ja, ich nehme an, Sie müssen das jeden fragen.«

»Sie haben bis jetzt nur Glück gehabt«, sagte Kincaid mit einem Lächeln. »Waren Sie hier?«

»Ja, natürlich war ich hier. Wo soll ich denn sonst gewesen sein?«

»Allein?«

»Nein.« Brian schüttelte den Kopf. »John war am Tresen, und draußen war Meghan, unsere Küchenhilfe. Wir hatten eine Menge Betrieb, obwohl es mitten in der Woche war.«

»Sind Sie irgendwann mal weggegangen, wenn auch nur für ein paar Minuten?« fragte Kincaid. »Überlegen Sie genau. Es ist wichtig, in solchen Dingen ganz präzise zu sein.«

Brian runzelte die Stirn und rieb sich das Kinn. »Ich erinnere mich nur an eines«, sagte er nach einer kleinen Weile. »Irgendwann zwischen halb sieben und sieben bin ich ins Lager gegangen und hab' einen neuen Kasten Limonade geholt. Das kann nicht viel länger als fünf Minuten gedauert haben.«

»Ist das Lager im Pub?«

»Nein. Man muß außen rum gehen, über den Parkplatz. Ganz schön lästig, wenn's schüttet«, fügte Brian in vertraulichem Ton hinzu.

»Haben Sie irgend etwas Ungewöhnliches gehört oder gesehen, und sei es auch nur eine Kleinigkeit?«

»Nur die Mäuse. Uns ist vor ein paar Monaten unsere Katze eingegangen. Wird Zeit, daß wir eine neue finden. Im allgemeinen kommen sie von selbst zu uns, aber bis jetzt ist keine aufgetaucht. Vielleicht hat sich's noch nicht rumgesprochen, daß die Stellung frei ist.« Brian grinste, offensichtlich wieder ganz sicher.

Gut, dachte Kincaid. Jetzt, wo er sich sicher fühlt, war der Moment für den Tiefschlag. »Brian, ich habe den Eindruck gewonnen, daß Sie und Claire Gilbert recht gut befreundet sind.«

Brian nahm ein Glas vom Tablett und schob es ins Regal, auf diese Weise sein kurzes Zögern beinahe erfolgreich vertuschend. »Nicht besser als die meisten Nachbarn. Wir helfen uns gegenseitig, wenn einer was braucht.« Er hielt den Blick gesenkt.

»Wie hat ihr Mann das denn gefunden?«

»Ich wüßte nicht, warum den das hätte kümmern sollen.« Brians Ton klang aufgebracht, aber er hatte Kincaid immer noch nicht ins Gesicht gesehen. »So, und wenn Sie nichts dagegen haben, werd' ich jetzt . . .«

»Ich könnte mir denken, daß es ihn sogar sehr gekümmert hat«, unterbrach Kincaid. »Alastair Gilbert war allem Anschein nach sehr eifersüchtig, und es war ihm zuzutrauen, daß er die harmloseste Geste falsch auslegte.«

»Ich hab' den Mann kaum gekannt.« Brian hatte unwillig die Brauen zusammengezogen, und die Gläser klirrten, als er sie einordnete. »Er ist nie ins Pub gekommen und hat mich sowieso nicht als Gleichgestellten betrachtet. Er hat mich mal einen lumpigen Ladenschwengel genannt, dabei war er selbst nur ein Bauernsohn aus Dorking.«

Kincaid stützte die Ellbogen auf den Tresen und beugte sich zu Brian hinüber. »Aber Sie haben ihn gut genug gekannt, um ihn um Hilfe zu bitten, als Geoff Schwierigkeiten mit der Polizei bekam. Und er hat Sie einfach abgewiesen. Sie haben ihn gehaßt, nicht wahr, Brian? Und keiner kann behaupten, er hätte Ihnen nicht guten Anlaß dazu gegeben.«

Das Weinglas in Brians Hand war zersprungen. Blut quoll aus Brians Daumen, und er hielt ihn einen Moment an seinen Mund, während er Kincaid zornig ansah. »Ja, gut, ich hab ihn gehaßt. Was erwarten Sie von mir? Er war ein Schwein. Er hatte es nicht verdient, dieselbe Luft wie Claire und Lucy zu atmen.

Aber ich hab ihn nicht umgebracht, falls Sie darauf hinaus wollen. Er hat mich ausgelacht, als ich ihn gebeten habe, Geoff zu helfen – hat mich behandelt wie den letzten Dreck. Damals war ich vielleicht nahe dran, aber ich hab' ihn nicht angerührt. Warum hätte ich's jetzt tun sollen?«

»Dafür kann ich Ihnen zwei gute Gründe geben«, erwiderte Kincaid. »Er ist dahinter gekommen, was Geoff getrieben hat, und hat Ihnen eröffnet, daß er was unternehmen würde. Ich kann mir vorstellen, daß er dabei seine Macht gern ein bißchen genossen und sich daran geweidet hätte, Sie schmoren zu lassen. Gilbert war ein kleinlicher Tyrann, stimmt's, Brian? Und Sie hätten ihm ein für allemal die Tour vermasseln können.«

»Aber ich hab's nicht . . .«

Die Küchentür flog auf. Ein mageres junges Mädchen in weißer Küchenschürze kam herein. »Kannst du mir schnell beim Gemüse helfen, Bri?« fragte sie. Dann erst bemerkte sie Kincaid und die gespannte Atmosphäre. »Oh, Entschuldigung.« Der Duft bratenden Rindfleischs stieg Kincaid in die Nase, und er schluckte unwillkürlich.

»Ich komm' sofort, Meghan.« Brian lächelte ihr flüchtig zu und richtete seine Aufmerksamkeit wieder auf Kincaid, als das Mädchen in der Küche verschwand. »Superintendent, das ist doch alles Quatsch! Sie können nicht im Ernst . . .«

Jetzt wurde die Eingangstür aufgestoßen, und eine ganze Gruppe von Leuten im Sonntagsstaat drängte sich lachend herein. Kincaid sah Brian an und lächelte. »Da reserviere ich wohl jetzt besser einen Tisch, hm?« Er wußte, wann er geschlagen war.

Wieder stand Kincaid draußen vor dem *Moon*, aber pappsatt diesmal. Obwohl sein voller Magen ein Mittagsschläfchen forderte, fühlte er sich ruhelos und kribbelig, als er an den Nachmittag dachte, der vor ihm lag. Er hatte einen Punkt erreicht, wo er nicht mehr wußte, was als nächstes zu tun war, aber ihm war auch klar, daß dies wachsende Gefühl der Frustration eher hemmte.

Was er jetzt brauchte, war ein Spaziergang. Das würde ihm helfen, einen klaren Kopf zu bekommen und das bombastische Sonntagsessen zu verdauen. Nachdem er sich von einigen Stammgästen in der Bar ein paar Tips hatte geben lassen, ging er nach oben und schlüpfte in die Turnschuhe und den leichten Anorak, die er in seiner Reisetasche hatte.

Der Westwind trieb Wolken vor sich her, aber Kincaid hielt sie nicht für ernsthaft bedrohlich. Er wählte den Weg, der durch das Dorf den Hügel hinaufführte, an Madeleine Wades geschlossenem Laden vorbei. Bald entfernte sich der Pfad von der geteerten Straße und stieg steil an. Kincaid marschierte am menschenleeren Cricket-Platz vorbei und folgte, wie man ihm geraten hatte, den Schildern, die den Greensand Way ankündigten. Etwas außer Atem erreichte er eine große Lichtung, Knotenpunkt vieler Fuß- und Wanderwege, die durch den Hurtwood führten.

Er schlug den Greensand Way ein, folgte leichten Schrittes zunächst dem sandigen Pfad, während er seine Umgebung musterte. Gemeinhin dachte man bei dem Wort Herbst an regnerisches Grau, doch dieser Wald war eine Symphonie warmer Grün- und Brauntöne. Das Heidekraut zu beiden Seiten des Wegs war zu einem bröckeligen Braun vertrocknet, gelbes und braunes Laub bedeckte den Boden unter seinen Füßen, und der verdorrte Ginster hatte die Farbe stumpfen Kupfers. Er scheute vor dem Vergleich mit Gemmas Haar zurück, der ihm in den Sinn kam, und beschleunigte ein wenig seine Schritte.

Bald verengte sich der Weg, und zu seiner Linken fiel das Gelände ab; durch die Lücken zwischen den Bäumen konnte er weit über das Surrey Weald bis zu den South Downs sehen.

Er bemühte sich bewußt, die Gedanken, die ihm durch den Kopf schossen, einfach vorbeiziehen zu lassen, und konzentrierte sich in der nächsten halben Stunde einzig auf die Bewegungen seines Körpers und die steilen Anstiege, die immer häufiger zu bewältigen waren.

Hinter einer Kurve versperrte ihm plötzlich das gewaltige Wurzelwerk eines Baums, das aus dem Felsen herauswuchs, den Weg. Er mußte so abrupt stehenbleiben, daß er beinahe das Gleichgewicht verloren hätte. Das konnte nicht mehr der Greensand Way sein. Er mußte irgendwo ein Schild übersehen haben. Da er weder Karte noch Kompaß bei sich hatte, entschloß er sich, einfach den Pfad zurückzugehen; aber zuerst suchte er sich ein trockenes Fleckchen auf den Wurzeln und setzte sich zu einer kurzen Verschnaufpause.

Als sein Atem sich langsam beruhigte, wurde er der tiefen Stille gewahr, nur durch Vogelgezwitscher und das gelegentliche Brummen eines Flugzeugs, das von Gatwick startete, unterbrochen. Kein Geräusch drang von den sacht schwankenden Baumwipfeln zum Waldboden hinunter, doch als von einem Ast über ihm ein Blatt herabtaumelte, hätte er schwören können, es rascheln zu hören.

Kincaid strich mit den Fingern über die Flechten eines knorrigen Astes und fragte sich dabei, ob Alastair Gilbert sich je die Zeit genommen hatte, die Beschaffenheit einer Borke wahrzunehmen oder dem Fall von Blättern zu lauschen. Strenge Zielsetzung zum Erreichen gesellschaftlichen und beruflichen Erfolgs ließen im allgemeinen nicht viel Raum zu stiller Betrachtung.

Er hatte sich große Mühe gegeben, seine persönliche Meinung über den Mann bei der Bearbeitung dieses Falls zurückzustellen, aber vielleicht wäre er besser vorangekommen, wenn er sich auf sein eigenes Urteil verlassen hätte. Das war schließlich der Schlüssel – was für ein Mensch Gilbert gewesen war, und welche Konsequenzen sich aus seinen Handlungen ergeben hatten. Er hatte keinen Zweifel daran, daß Gilbert von jemandem ermordet worden war, der ihn gekannt hatte; die Theorie vom einbrechenden Landstreicher hatte er nie ernsthaft in Betracht gezogen.

Was hatte Brian Genovase gerade sagen wollen, als Meghan zur Tür hereingekommen war? Hatte Gilbert keinen Verdacht gehabt, daß Brian eine Affäre mit seiner Frau haben könnte? Bei genauerem Überlegen war jetzt Kincaid ziemlich sicher, daß Valerie Reid ihnen die richtige Richtung angegeben hatte, ganz gleich, aus welchen Motiven. Brian hatte nicht gefragt – was jeder, der sich durch Klatsch verleumdet fühlt, gefragt hätte: Wer zum Teufel hat Ihnen das erzählt?

Aber wenn Brian und Claire ein Verhältnis hatten, und Brian Gilbert bei einer Konfrontation getötet hatte, warum war er dann so besorgt um Claire und Lucy gewesen? Kopfschüttelnd zerbröselte Kincaid kleine Borkenstücke zwischen seinen Fingern. Konnte Brian Gilbert in den wenigen Minuten töten, als er das Pub verlassen hatte, und dann auch noch die Mordwaffe verstecken? Das ganze Anwesen war allein schon wegen Claire Gilberts verschwundener Ohrringe gründlich abgesucht worden, aber eine Waffe, die Kate Lings Beschreibung entsprochen hätte, war nicht gefunden worden.

Nein, nur wenn das Verbrechen mit Vorsatz und gründlicher Planung ausgeführt worden wäre, kämen Geoff oder Brian als Täter in Betracht. Er war jedoch sicher, daß Gilbert in einem Moment blinder Wut ermordet worden war. Es war ein Verbrechen aus Leidenschaft gewesen.

Blieb Malcolm Reid. Wenn man annahm, daß Valerie ihn deckte, konnte man argumentieren, daß Reid die Zeit gehabt hatte, den Mord zu begehen und die Waffe sowie alle anderen belastenden Beweisstücke verschwinden zu lassen. Aber Reid schien mit seiner Frau offen über Gilberts Beschuldigungen gesprochen zu haben; was hätte er dann damit gewonnen, daß er den Mann tötete? Außerdem hatte Kincaid genau wie Gemma Schwierigkeiten, sich die beiden Reids als abgefeimte Lügner vorzustellen.

Er hatte den kleinen Ast abgeschält, bis er nackt in seiner Hand lag, glattes Holz, aber der Wahrheit war er nicht näher gekommen. Er steckte das Holz ein, stand auf und klopfte seine Hose ab, während er langsam den Rückweg antrat. Es blieb nur eines: die Nachforschungen auf dem Papierweg zu intensivieren, jede Information, und sei sie noch so unscheinbar, noch einmal zu überprüfen.

Erst da, als es schien, als hätte er alle Möglichkeiten erforscht, kam ihm der Gedanke. Und so wenig er ihm gefiel, er würde ihm nachgehen müssen, das wußte er.

Als er die Lichtung erreichte, wählte er die rechte Abzweigung, in der Hoffnung, daß sie ihn zur anderen Seite des Dorfs hinunterführen würde. Wenige Minuten Marsch zeigten ihm, daß er recht hatte; der gemächlich abfallende Weg brachte ihn zu der Lichtung am Ende der schmalen Straße, in dem das Haus der Gilberts stand. Vor ihm befand sich das Gemeindehaus, noch geschmückt mit den bunten Lichtern vom Guy Fawkes-Abend. Auch das Holzpodium des Ansagers war noch da, aber die Asche des Scheiterhaufens war längst erkaltet. Der Wind trug ihm den dumpfen Geruch zu, und er schlug einen weiten Bogen um das versengte Gras.

Resigniert kehrte er in die Pubküche zurück und fragte John und Meghan über Brians Tun am Mittwoch abend aus. Er erwartete nicht, daß sie Brians Aussage widersprechen würden, aber Vorschrift war Vorschrift.

Meghan wischte sich das verschwitzte Gesicht mit dem Schürzenzipfel und erklärte, Brian könnte nicht länger als drei oder vier Minuten weg gewesen sein und sei pfeifend mit einem

Kasten Limonade zurückgekommen. John sagte, es sei ein höllischer Abend gewesen, und ihm sei Brians Abwesenheit überhaupt nicht aufgefallen.

Kincaid dankte ihnen und ging, da die Sonne inzwischen eindeutig untergegangen war, in die Bar, wo er sich ein Bier bestellte. Er nahm es mit hinüber in die Nische am Feuer und trank in Ruhe, während er zusah, wie langsam die Abendgäste eintrudelten. Brian ignorierte ihn demonstrativ, während John, ein großer, grauhaariger Mann, der zu Jeans und Stiefeln eine Weste trug, ihm hin und wieder einen neugierigen Blick zuwarf.

Die Wärme des Feuers tat gut. Er streckte seine Beine unter dem Tisch aus und gab sich der angenehmen Müdigkeit hin, die sich nach ausgiebiger körperlicher Bewegung einzustellen pflegt. Während er sich nachdenklich umsah, wünschte er plötzlich, er wäre im Urlaub hier und könnte seinen Aufenthalt im Dorf und den Umgang mit seinen Bewohnern ohne Hintergedanken genießen, würde einfach um seiner selbst willen akzeptiert.

Lächelnd über die Vergeblichkeit seines Wunsches sagte er sich, ebensogut könnte er sich einen Fall wünschen, bei dem das Opfer ein Heiliger war und alle Verdächtigen von Grund auf unsympathisch. Das würde alles soviel einfacher machen, aber Heilige wurden, seiner Erfahrung nach, selten ermordet.

Im dichten Gedränge an der Bar bemerkte er unerwartet Lucy. Sie mußte durch die Hintertür oder von oben gekommen sein, sonst hätte er sie eintreten sehen. Sie sprach mit jemandem, und als das Gewühl sich lichtete, sah er, daß es Geoff war.

In Jeans und einem Flanellhemd, das ihr mehrere Nummern zu groß war, wirkte sie sehr kindlich, doch während Kincaid sie beobachtete, trat sie einen Schritt näher an Geoff heran und legte ihm mit einer Geste, die provokativ und besitzergreifend zugleich wirkte, den Arm um die Mitte. Geoff sah lächelnd zu ihr hinunter, aber er berührte sie nicht. Wenig später verschwanden die beiden auf einen Zuruf von Brian in der Küche.

Kincaid leerte sein Glas allein und ungestört und glitt zur Tür hinaus, ohne daß jemand von seinem Verschwinden Notiz nahm. Er ließ seinen Wagen am Anger stehen und ging zu Fuß durch das dunkle Dorf, den gleichen Weg nehmend wie zu Beginn seines Nachmittagsspaziergangs.

Madeleine Wades Treppe war immer noch unbeleuchtet, aber diesmal fand er sich schon besser zurecht. Als sie ihm auf sein Klopfen öffnete, sagte er lächelnd: »Sie dürfen ruhig sagen, daß ich penetrant bin.«

»Ich hab' den Wein schon aufgemacht und für Sie mitgedeckt.«

Sie trat zur Seite, um ihn einzulassen, und er sah, daß sie den kleinen Klapptisch neben dem Sofa aufgestellt und in der Tat für zwei gedeckt hatte.

Langsam trat er näher. »Sie werden mir richtig unheimlich, Madeleine. Betätigen Sie sich jetzt auch noch als Seherin?«

Sie zuckte die Achseln. »Nein, bestimmt nicht. Ich hatte nur heute abend so ein eigenartiges Gefühl und da hab' ich eben beschlossen, es zu riskieren, mich lächerlich zu machen. Wenn ich mich geirrt hätte, hätte es außer mir ja sowieso keiner gemerkt, und Sie müssen zugeben, die Wirkung ist gut. Im übrigen könnte ich das gleiche von Ihnen sagen.«

»Ich bin Ihnen unheimlich?« fragte er überrascht.

»Ich komme mir manchmal ein bißchen vor wie das Kaninchen vor der Schlange – es ist aufregend, aber ich weiß nie, wann Sie zuschlagen werden. Kommen Sie, setzen Sie sich, dann schenke ich uns ein Glas Wein ein.«

»Ich verspreche Ihnen, daß ich nicht gekommen bin, um zuzuschlagen«, sagte er, als er am Tisch Platz nahm. »Und da wir gerade bei den Geständnissen sind, muß ich bekennen, daß ich mich noch nicht an das Gefühl gewöhnt habe, ein offenes Buch zu sein, und ich auch nicht behaupten kann, daß es mir sonderlich behagt.«

Diesmal hatte sie klassische Musik aufgelegt – Mozart, dachte er, ein Violinkonzert –, und auf Tisch und Fensterbrett standen brennende Kerzen.

»Aber Sie tragen es mit Würde«, meinte sie, mit einem Tablett aus der Küche kommend. Sie stellte eine gemischte Platte auf den Tisch, füllte sein Glas und setzte sich ebenfalls.

Kincaid stieß einen leisen Pfiff aus, als er das Etikett auf der Weinflasche las. »Den haben Sie aber nicht von Sainsbury's.« Die Platte war genauso einladend – verschiedene Käse, Räucherlachs, frische Früchte und Kräcker. »Sie verwöhnen mich«, sagte er, das Bukett des Weins schnuppernd, ehe er den ersten Schluck trank.

»Oh, ich glaube, da besteht wenig Aussicht. Sie werden gar nicht lange genug hier sein. Sie werden diesen Fall zum Abschluß bringen – daran habe ich keinen Zweifel.« Sie sah ihn an. »Und dann werden Sie in Ihr eigenes Leben zurückkehren und Holmbury St. Mary vergessen.«

Einen Moment lang glaubte Kincaid, eine Spur Bedauern hinter der Erheiterung in ihrer Stimme zu hören. »Ich weiß gar nicht, ob ich neben meiner Arbeit ein eigenes Leben habe«, erwiderte er und legte eine Scheibe Lachs auf einen Kräcker. »Das ist ja eben das Problem.«

»Aber das ist doch Ihre Entscheidung.«

Kincaid zuckte die Achseln. »Ja, dachte ich auch. Lange schien es völlig ausreichend zu sein. Nach der Trennung von meiner Frau erschien mir alles wünschenswerter als noch einmal diese emotionalen Turbulenzen durchzumachen.«

»Und wieso hat sich jetzt daran etwas geändert?« fragte Madeleine, während sie einen krümeligen weißen Käse auf ein Brötchen strich. »Den müssen Sie probieren. Das ist ein weißer Stilton mit Ingwer.«

»Ich weiß es nicht.« Kincaid bedachte ihre Frage. »Im letzten Frühjahr ist eine Freundin von mir gestorben. Ich glaube, erst da ist mir klar geworden, daß ich einsam war – als ich die Lücke, die sie hinterlassen hatte, nicht schließen konnte.« Er war über sich selbst erstaunt. Diese Dinge hatte er sich bisher nicht einmal selbst klargemacht, geschweige denn mit einem anderen über sie gesprochen.

»Ja, manchmal trifft uns der Schmerz ganz überraschend.« Madeleine hob ihr Glas und hielt es leicht geneigt in beiden Händen. An diesem Abend war sie ganz in olivgrüne Seide gekleidet, und der Wein schimmerte wie dunkles Blut vor dem Erdgrün. Kincaid hörte ihrem Ton an, daß sie aus Erfahrung sprach, aber er fragte nichts.

Als er den Stilton gekostet hatte, sagte er: »Glauben Sie, daß Claire Gilbert um ihren Mann trauert?«

Madeleine überlegte einen Moment. »Ich glaube, Claire hat schon vor langer Zeit um Alastair Gilbert getrauert, als sie entdeckt hat, daß er nicht der war, für den sie ihn gehalten hatte. Und ich glaube, sie hat nie aufgehört, um Stephen zu trauern. Sie hatte nicht die Zeit, es richtig zu tun, weil sie Alastair geheiratet hat, aber wir treffen häufig aus scheinbarer Notwendigkeit heraus Entscheidungen, die wir später bereuen.«

»Haben Sie das auch getan?«

»Öfter als mir lieb ist.« Madeleine lächelte. »Aber niemals wie Claire, weil vor der Tür die Wölfe heulten. Ich hatte nie finanzielle Sorgen. Ich kam aus einer wohlhabenden Familie und fand nach dem Studium gleich eine gutbezahlte Arbeit.« Sie nahm sich ein paar Weintrauben von der Platte. »Und Sie, Mr. Kincaid? Haben Sie Entscheidungen getroffen, die Sie bereut haben?«

»Aus der Erfordernis des Moments heraus«, antwortete er gedämpft, praktisch ihre Worte wiederholend. Hatte sie gespürt, was ihn beschäftigte, und ihn, ahnungslos, zu diesem Thema hingeführt? »Ich würde gern sagen, es ist merkwürdig, aber ich habe langsam den Eindruck, daß nichts, wo Sie die Hand im Spiel haben, – äh – alltäglich ist. Ja, ich habe einmal eine solche Entscheidung getroffen, und Alastair Gilbert hatte mit ihr zu tun.«

»Gilbert?« fragte Madeleine verblüfft.

»Es ist Jahre her – es war wahrscheinlich um die Zeit, als Gilbert Claire kennenlernte. Ich war unmittelbar nach meiner Beförderung zum Inspector auf einer Fortbildung, und er war der Kursleiter.« Kincaid hielt inne, um einen Schluck Wein zu trinken. Er fragte sich, wieso er von dieser Geschichte angefangen hatte und warum er das Gefühl hatte, fortfahren zu müssen. »Es war ein zweiwöchiger Lehrgang, und über das Wochenende durften wir nach Hause fahren. An diesem Sonntag abend, gerade als ich wieder nach Hampshire abreisen wollte, sagte meine Frau zu mir, wir müßten unbedingt miteinander reden.« Wieder machte er eine kleine Pause. »Sie müssen wissen, daß das für Vic sehr ungewöhnlich war – sie war nicht der Typ, der wegen einer Kleinigkeit einen Sturm im Wasserglas entfesselte. Ich habe damals Gilbert angerufen und ihn gefragt, ob ich später zurückkommen könnte, weil ich noch eine dringende Familienangelegenheit zu klären hätte. Er sagte, er würde dafür sorgen, daß ich aus dem Kurs geworfen werde.« Er trank wieder, um die Bitterkeit hinunterzuspülen, die in ihm hochgestiegen war.

»Ich glaube, er hatte mich bereits auf seiner schwarzen Liste, weil ich nicht versucht habe, mich bei ihm einzuschmeicheln. Und ich war damals nicht erfahren genug, um zu wissen, daß die Drohung größtenteils heiße Luft war.«

»Also sind Sie brav hingefahren?« sagte Madeleine, als er schwieg.

Kincaid nickte. »Und als ich danach wieder nach Hause kam, war sie weg. Heute ist mir natürlich klar, daß es früher oder später auf jeden Fall so gekommen wäre. Sie wollte den unbedingten Vorrang vor meiner Arbeit, und wenn ich an dem Sonntag damals geblieben wäre, hätte sie wieder eine Gelegenheit gesucht, um mich zu prüfen – vielleicht wenn ich gerade einen wichtigen Fall bearbeitet hätte.

Aber lange Zeit brauchte ich einen Sündenbock, und da kam mir Alastair Gilbert gerade recht.« Er lächelte trübe. Dann nahm er einen Kräcker und bestrich ihn mit Käse.

Madeleine füllte sein Glas auf. »Man braucht nicht Sherlock Holmes zu sein, um zu erkennen, daß außer Ihnen und den Genovases auch andere mit Gilbert eine Rechnung zu begleichen hatten. Woher wissen Sie, wo Sie anfangen sollen?«

»Wir wissen es eben nicht. Der Mann war wie ein Virus – er hat alles infiziert, was er angefaßt hat. Wir können unmöglich jeden einzelnen aufspüren, mit dem er mal zu tun hatte.«

»Ich spüre, wie Ihre Frustration ansteigt«, bemerkte Madeleine lächelnd. »Und das wollte ich nun gar nicht.»

»Tut mir leid.« Er beobachtete sie, während sie sich vom Lachs nahm und ein Brötchen machte. Diese Frau machte ihn neugierig, aber er zögerte, ihre Grenzen zu erproben. Nach einem kleinen Schweigen sagte er vorsichtig: »Madeleine, gibt es eigentlich Menschen, mit denen Sie sich wirklich wohlfühlen?«

»Wenige.« Sie seufzte. »Die Bedürftigen sind die schlimmsten, glaube ich; die, die ständig um Aufmerksamkeit betteln, um Bestätigung ihres Existenzrechts. Sie sind noch bedrängender als die Wütenden.«

»Ist Geoff so?«

Mit einem Kopfschütteln sagte sie: »Nein. Geoff ist keiner, der einen aussaugt – so sehe ich diese Menschen –, oder wenn er doch zu diesen Leuten gehört, holt er sich seine Sicherheit bei einigen wenigen. Bei seinem Vater und vielleicht bei Lucy.«

Kincaid dachte an die Szene, die er in der Bar beobachtet

hatte. »Madeleine, was glauben Sie, wie früher emotionaler und wahrscheinlich auch sexueller Mißbrauch sich auf die Einstellung eines jungen Mannes zur Sexualität auswirken würde?«

»Ich bin keine Psychologin.« Sie biß in einen grünen Apfel.

»Aber Sie besitzen eine bessere Wahrnehmungsgabe als die meisten.« Er sah sie mit einem aufmunternden Lächeln an.

»Wenn Sie von Geoff sprechen, und das nehme ich an, da ich seine Geschichte kenne, würde ich sagen, daß es zwei mögliche Entwicklungen gibt. Er gibt den Mißbrauch weiter. Oder . . .« Sie starrte ins Leere, während sie überlegte. »Er könnte Sexualität mit Versagen und Verlassenwerden assoziieren.«

»So daß er bei einem Menschen, den er mag, niemals dieses Risiko eingehen würde?«

»Sie sollten meine Spekulationen nicht zu ernst nehmen. Das ist reine Amateurpsychologie.« Sie schob ihren Teller weg, nahm ihr Weinglas und lehnte sich zurück.

»Erzählen Sie mir ein bißchen was darüber, was Sie beruflich machen«, sagte Kincaid, der noch aß. »Behandeln Sie Verletzungen mit Massage?«

»Manchmal. Es ist ja nicht nur eine Therapie zur Entspannung – sie regt das Lymphsystem des Körpers zu wirksamerer Funktion an, und das wiederum beschleunigt die Abführung von Giften und die Heilung.« Madeleine sprach ernst und sachlich, ohne die leise Erheiterung in der Stimme, die ihr, wie er vermutete, als Schutz diente.

»Ja, das kann ich mir vorstellen. Ich hoffe, Sie sind zur Stelle, wenn ich jemals Ihre Behandlung brauchen sollte. Sie müssen Claire eine große Hilfe gewesen sein, als Sie sich diesen bösen Bruch zugezogen hatte.« Er bemerkte es wie beiläufig und hoffte, Madeleine würde von seinem schlechten Gewissen über diesen, wie er es sah, Mißbrauch ihres Vertrauens nichts merken.

»Ja, sie hat damals ziemlich gelitten. Es ist erstaunlich, wie einem so ein alberner Schlüsselbeinbruch zusetzen kann.« Sie lächelte unbefangen.

So sehr es ihn kribbelte, er hakte nicht nach. Es gab andere Informationsquellen, und er wollte sich Madeleines Vertrauen nicht verscherzen. »Ich hab mir als Kind auch mal das Schlüsselbein gebrochen. Ich bin von einem Stuhl gestürzt, man stelle sich das vor, aber ich kann mich gar nicht mehr daran erinnern. Meine Mutter hat mir erzählt, ich hätte ihr das Leben zur Hölle gemacht. Ich wollte einfach die Schlinge nicht tragen.«

Madeleine öffnete eine weitere Flasche, während sie sich unterhielten, und er ihr Dinge aus seiner Kindheit erzählte, an die er seit Jahren nicht mehr gedacht hatte.

»Ich hatte Glück«, meinte er schließlich. »Ich hatte liebevolle Eltern und ein geborgenes Zuhause, in dem die Liebe zum Lernen um des Lernens willen eine große Rolle spielte. Ich sehe soviel – so viele Kinder haben nie eine Chance. Ich weiß selbst nicht, ob ich einem Kind geben könnte, was meine Eltern mir gegeben haben. Die Arbeit, die ich tue, ist dem Familienleben nicht gerade zuträglich – fragen Sie meine geschiedene Frau.« Er lachte und sah auf seine Uhr. »Was, schon so spät?«

»Würden Sie heute wieder die gleiche Entscheidung treffen, wenn Sie zwischen einer Beziehung und Ihrer Arbeit wählen müßten?«

Mit dem Glas in der Hand starrte er sie an.

»Es gibt da doch jemanden, stimmt's?« fragte Madeleine, und ihre grünen Augen ließen ihn nicht los.

Er stellte das Glas nieder, ohne getrunken zu haben. »Gab. Ich dachte, es gäbe jemanden. Aber sie hat es sich anders überlegt.«

»Und wie geht es Ihnen damit?«

»Das wissen Sie doch«, antwortete er überzeugt.

»Sagen Sie es trotzdem.«

Er sah weg. »Ich bin stinkwütend. Ich fühle mich verraten.«

Er fuhr sich mit der Hand über den Mund. »Es war so gut – wir haben uns gegenseitig so gutgetan. Und dann hat sie mir einfach die Tür vor der Nase zugeschlagen.« Er schüttelte den Kopf und stand auf, ein wenig unsicher. »Ich glaube, ich gehe jetzt besser, sonst kriege ich noch das heulende Elend. Ich hab' zuviel getrunken. Ich kann nur hoffen, daß Brian sich erbarmen und einen armen Polizisten für die Nacht aufnehmen wird.«

Mit dem letzten Rest seines Weins prostete er ihr zu. »Sie sind eine Hexe, Madeleine. Sie haben mich mit Hexerei dazu gebracht, Ihnen mein Herz auszuschütten. Ich weiß nicht, wann ich mein Gejammer das letztemal jemandem zugemutet habe – und Sie sind immer noch so rätselhaft.«

Madeleine brachte ihn zur Tür. Bevor sie sie schloß, hob sie die Hand und berührte kurz seine Wange. »Duncan«, sagte sie, ihn zum erstenmal beim Vornamen nennend: »Es wird sich alles finden. Haben Sie Geduld.«

Die Tür schloß sich, und Kincaid stand allein im Dunkeln.

Brian gab ihm ein Zimmer, und als Kincaid seine Reisetasche nach oben trug, fiel ihm ein, daß er Madeleines Frage nicht beantwortet hatte. Angenommen, Gemma würde anderen Sinnes werden – würde er die gleiche Wahl treffen, wie er sie bei Vic getroffen hatte? War er überhaupt fähig, irgend etwas seiner Arbeit unterzuordnen? Würde er riskieren, sie und sich selbst zu verletzen?

Er fiel rasch in den tiefen, aber wenig erholsamen Schlaf, den übermäßiger Alkoholgenuß bringt. Seine Träume waren beunruhigend und seltsam, und als sein Piepser in den frühen Morgenstunden losquietschte, fuhr er mit hämmerndem Herzen und pelzigem Geschmack im Mund aus dem Schlaf.

Er tastete schlaftrunken nach dem Knopf, um den Piepser auszuschalten, und starrte blinzelnd auf die Nummer, die in

Leuchtschrift erschien. Fluchend setzte er sich auf und knipste das Licht an. Was zum Teufel konnte der Yard mitten in der Nacht von ihm wollen? Eine Meldung über einen Durchbruch im Fall Gilbert wäre aus Guildford gekommen. Und was hatte ihn veranlaßt, soviel zu trinken? Das war sonst gar nicht seine Art. Er nahm sein Jackett von der Stuhllehne und klopfte auf der Suche nach seinem Handy auf die Taschen. Nichts. Er mußte es im Wagen liegen gelassen haben. Ach, verdammt!

Im Morgenrock ging er die Treppe hinunter zum Telefon in der Nische neben der Bar. Als die Zentrale ihn mit dem diensthabenden Sergeant im Yard verbunden hatte, lauschte er mit wachsendem Entsetzen. Auf die letzte Frage des Sergeant sagte er kurz: »Nein, lassen Sie. Ich mach' das selbst.«

Nachdem er aufgelegt hatte, blieb er einen Moment wie betäubt stehen. Nur mit Anstrengung faßte er sich. Er sah auf seine Uhr. Wenn er sofort losfuhr, konnte er bei Tagesanbruch in London sein.

12

Punkt sieben hielt Kincaid den Wagen vor Gemmas Wohnung. Mit roten Augen und stoppeligem Kinn stieg er steifbeinig aus. Ihm graute vor dem, was er jetzt tun mußte.

Auf sein leichtes Klopfen kam Gemma an die Tür. Schlaftrunken und verwirrt blinzelte sie ihn an. »Was tun Sie denn hier? Ich dachte, Sie wären in Surrey.« Sie musterte ihn etwas genauer und fügte hinzu: »Sie sehen ziemlich gräßlich aus. Nichts für ungut, Chef.« Gähnend trat sie zur Seite, um ihn einzulassen. Sie hatte einen abgetragenen Bademantel in einem unvorteilhaften Rostbraun an, das ihr Haar orangefarben wirken ließ.

»Toby schläft noch«, sagte sie leise mit einem Blick zum

Kinderzimmer. »Ich mache uns Kaffee, dann können Sie mir alles erzählen.«

»Gemma.« Kincaid hielt sie an den Schultern fest, als sie sich abwenden wollte. »Ich habe sehr schlechte Nachrichten. Jackie Temple ist tot.«

Nie hätte er gedacht, daß er einmal diesen verständnislosen, ungläubigen Ausdruck auf Gemmas Gesicht würde sehen müssen; als hätte ihr jemand mit der offenen Hand ins Gesicht geschlagen.

»Was? Das ist unmöglich. Ich habe sie doch erst gest . . .«

»Es muß gestern abend am Ende ihres Dienstes passiert sein. Sie hatte sich um Viertel nach zehn über Funk gemeldet. Als sie nach Schichtende nicht erschien und man sie über Funk nicht erreichen konnte, hat man einen Streifenwagen losgeschickt, um sie zu suchen.«

»Was . . .« Ihre Augen wurden so groß und dunkel, daß sie im Kreideweiß ihrer Haut wie schwarze Löcher aussahen. Er merkte, daß sie zu zittern begann.

»Sie ist erschossen worden. In den Hinterkopf. Sie hat wahrscheinlich nichts mitbekommen.«

»O Gott, nein.« Gemma schlug die Hände vors Gesicht.

Kincaid zog sie an sich und hielt sie fest, während er ihr Haar streichelte und Koseworte murmelte. Sie roch schwach nach Schlaf und Körperpuder. »Gemma. Es tut mir so leid.«

»Aber warum?« fragte sie weinend, an seine Schulter gedrückt. »Warum?«

»Ich weiß es nicht, Liebes. Susan May, ihre Mitbewohnerin, hat darum gebeten, dich zu benachrichtigen, aber als die Meldung im Yard einging, hatte gerade der alte George Dienst, und er hat statt dessen mich angerufen.«

»Susan?« Gemma löste sich von ihm und trat zurück. »Sie glauben doch nicht . . . Es waren bestimmt irgendwelche Kerle, die sie bei einem Einbruch überrascht hat . . . Oh, mein

Gott . . .« Sie tastete hinter sich nach einem Stuhl und ließ sich darauf niederfallen. »Sie glauben doch nicht, daß es was mit . . .«

Toby kam ins Zimmer gewatschelt. »Mama, was ist los?« fragte er verschlafen und drückte sich an sie.

Gemma nahm ihn auf den Schoß und rieb ihr Gesicht an seinem Haar. »Nichts, Herzenskind. Mami muß nur früher zur Arbeit.« Sie sah Kincaid an. »Sie fahren doch mit mir zu Susan, ja?«

»Natürlich.«

Sie nickte, dann sagte sie: »Ich erzähl Ihnen unterwegs von – von gestern.« Sie sah ihn einen Moment forschend an. »Sie haben Sie in Surrey angerufen? Heute morgen?«

»Ja, ungefähr um halb sechs.«

»Wer ist Susan, Mami?« fragte Toby. Er drehte sich auf ihrem Schoß herum, bis er rittlings über ihren Knien saß, und breitete beide Arme aus. »Schau, Duncan, ich bin ein Flieger.«

»Eine Freundin von einer Freundin, Schatz. Du kennst sie nicht.« Gemmas Augen wurden von neuem feucht und sie rieb sie sich schniefend.

»Ich warte draußen bis Sie fertig sind«, sagte Kincaid, der plötzlich das Gefühl hatte, nicht hierher zu gehören.

»Nein.« Gemma stellte Toby zu Boden und gab ihm einen Klaps auf den Po. »Ich zieh mich in Tobys Zimmer an. Sie können inzwischen mit ihm Flugzeug spielen. Und dann mach ich euch beiden das Frühstück.« Mit einem kritischen Blick in sein Gesicht und dem Versuch zu lächeln fügte sie hinzu: »Sie sehen aus, als pfiffen Sie aus dem letzten Loch.«

Eine halbe Stunde später war Gemma geduscht und angekleidet und ließ Kincaid in ihr winziges Bad, wo er sich rasierte und ein sauberes Hemd anzog. Als er etwas später an dem halbmondförmigen Tisch saß und zu warmem Toast frischen Kaffee trank, fühlte er sich bedeutend besser und wünschte mit einem Blick auf Toby, der inzwischen ebenfalls angezogen war und vergnügt auf dem Boden spielte, er könnte unter anderen Umständen hier sein.

Er begleitete Gemma durch den Garten und wurde kurz mit Hazel bekanntgemacht, dann gab Gemma Toby einen Abschiedskuß, und sie stiegen ins Auto, um nach Notting Hill zu fahren. Unterwegs berichtete ihm Gemma stockend von Jackies Enthüllungen am vergangenen Tag.

Kincaid pfiff leise durch die Zähne, als sie geendet hatte. »Ogilvie korrupt? Glauben Sie, daß Gilbert irgendwie dahinter gekommen ist, und Ogilvie ihn daraufhin ausgeschaltet hat?«

»Und Jackie ebenfalls.« Gemmas Mund war eine schmale, starre Linie.

»Gemma, Jackies Tod hatte mit dieser Geschichte wahrscheinlich überhaupt nichts zu tun. Solche Dinge kommen nun mal vor, und meistens sind sie völlig sinnlos. Das wissen wir doch beide.«

»Ich mag Zufälle nicht, und das ist schon mehr als ein Zufall. Das wissen wir doch auch beide.«

»Ich weiß nicht mehr als das, was ich Ihnen gesagt habe. Meinen Sie nicht, wir sollten erst nach Notting Hill fahren und uns Einzelheiten berichten lassen, ehe wir Susan May aufsuchen?«

Gemma antwortete nicht gleich, dann sagte sie: »Nein, ich möchte zuerst zu Susan. Das ist das mindeste, was ich ihr schulde.«

Er sah sie von der Seite an, während sie vor einer roten Ampel warteten, und wünschte, er könnte ihr irgendwie Trost spenden. Aber trotz seiner beschwichtigenden Worte mochte auch er keine Zufälle wie diesen.

Er fand einen Parkplatz auf der Straße in der Nähe der Wohnung, und als sie zur Haustür gingen, sah er, daß Gemma kurz stehen blieb und Atem holte, ehe sie läutete. Die Tür wurde so prompt geöffnet, daß Kincaid dachte, die Frau, die sie empfing, müßte direkt dahinter gestanden haben.

»Ja, bitte?« sagte sie brüsk.

»Ich bin eine Freundin von Jackie, Gemma James. Susan hat mich gebeten zu kommen.« Gemma bot der Frau die Hand, und die nahm sie mit einem erleichterten Lächeln.

»Natürlich. Ich bin Cecily Johnson, Susans Schwester. Ich wollte gerade was für sie einkaufen gehen. Warten Sie, ich sag ihr, daß Sie hier sind.«

Das Wort, das Kincaid in den Kopf kam, als sie Cecily Johnson nach oben folgten, war »gutaussehend«. Sie war eine große, langgliedrige Frau mit einer Haut wie Milchkaffee, schönen dunklen Augen und einem offenen Lächeln. Sie warteten im Treppenflur, während Cecily hineinging. Als sie zurückkam, sagte sie: »Gehen Sie ruhig rein. Ich lauf' inzwischen zum Supermarkt.«

Susan May stand mit dem Rücken zu ihnen. Sie starrte durch das Wohnzimmerfenster zu dem kleinen Balkon mit den bunten Blumentöpfen hinaus. Sie sah aus wie eine schlankere, biegsamere Version ihrer Schwester, und als sie sich herumdrehte, sah Kincaid, daß sie die gleiche schöne Haut und ebenso dunkle Augen hatte. Aber ein Lächeln brachte sie nicht zustande.

»Gemma, danke, daß du so schnell gekommen bist.«

Gemma nahm ihre ausgestreckten Hände und drückte sie. »Susan, es tut mir so . . .«

»Ich weiß. Bitte sag's nicht. Ich bin noch nicht so weit, daß ich das ertragen kann. Komm, setz dich. Ich hole euch einen Kaffee.« Als Gemma protestieren wollte, unterbrach sie. »Es hilft mir, wenn ich etwas tun kann.«

Nachdem Gemma Kincaid vorgestellt hatte, verschwand Susan in der Küche und kehrte einen Augenblick später mit einem Tablett zurück. Sie sprach Belangloses, während sie einschenkte, dann setzte sie sich und starrte in ihre Tasse.

»Ich kann es immer noch nicht glauben«, sagte sie. »Ich erwarte dauernd, daß sie zur Tür hereinkommt und irgendeine alberne Bemerkung macht. ›Ha, ha, Suz, alles nur ein blöder Witz!‹ Sie hat einen gern ein bißchen hochgenommen.« Susan stellte ihre Tasse nieder. Sie stand auf und begann, im Zimmer hin und her zu gehen. »Sie hat ihren Morgenrock wieder auf dem Boden neben dem Bett liegen gelassen. Ich hab' ihr ständig gesagt, sie soll ihre Sachen nicht rumliegen lassen, und jetzt ist das ganz unwichtig geworden. Wieso hab' ich mir immer eingebildet, es wäre wichtig? Kannst du mir das mal sagen?« Sie blieb wieder vor dem Fenster stehen, den Blick zum Balkon hinaus. »Sie haben mir in der Arbeit unbegrenzten Urlaub gegeben. Wozu? Abends in die leere Wohnung zu kommen, wird schlimm genug werden; der Gedanke, hier tagsüber allein rumzusitzen, ist unerträglich.«

»Was ist mit deiner Schwester?« fragte Gemma. »Kann sie nicht eine Weile bleiben?«

Susan nickte. »Doch. Sie hat ihre Kinder für ein paar Tage zur Großmutter verfrachtet. Sie hilft mir – Jackies Sachen durchzusehen. Sie – Jackie, meine ich – hatte keine Familie. Es ist niemand da, der sich um alles kümmern kann . . .« Susan brach ab, und Kincaid glaubte, sie würde die Fassung verlieren, aber sie schaffte es fortzufahren. »Sie wollte auf keinen Fall verbrannt werden. Sie hat sich tatsächlich Gedanken darüber gemacht, und ich hab sie immer ausgelacht. Glaubst du, sie hat gewußt . . . Ich erledige die Formalitäten für die Beerdigung, dann fange ich wieder an zu arbeiten – es ist mir egal, ob sie mich für gefühllos halten.«

Sie drehte sich herum. »Jackie hat in den letzten Tagen viel von dir gesprochen, Gemma. Sie hat sich so gefreut, dich wiederzusehen. Ich weiß, daß sie dich wegen irgendwas unbedingt sprechen wollte, aber ich weiß nicht, was es war – ich hab' nur mal gehört, wie sie was von einem ›wurmstichigen Apfel‹ gebrummelt hat.«

»Ich habe sie gestern gesehen. Vor ihrem Dienst. Sie hat mir gesagt . . .«

»Du hast sie gesehen? Wie hat sie – was hat sie –«, Susan schluckte und setzte von neuem an. »Sie hat nicht zufällig von mir gesprochen?«

Kincaid sah, wie Gemma zögerte, sich dann rasch faßte. »Doch, sie hat mir von deiner Beförderung erzählt. Sie war richtig stolz auf dich.«

Die Wohnungstür wurde geöffnet, und Cecily kam mit einer vollen Tüte herein. Susan lächelte ihrer Schwester entgegen und sagte dann zu Gemma: »Du gibst mir doch Bescheid, wenn ihr irgendwas – rausbekommt?«

»Natürlich. Wir melden uns.« Gemma stand auf und umarmte sie kurz. Cecily ließ sie hinaus, und sie stiegen schweigend die Treppe hinunter.

Als sie auf die Straße traten, war Gemmas Gesicht von Tränen überströmt. »Es ist nicht fair«, sagte sie zornig, als sie ins Auto stiegen. »Susan hätte sie zuletzt sehen sollen, nicht ich.« Sie schlug die Tür so fest zu, daß der ganze Wagen bebte. »Es ist so ungerecht. Jackie sollte am Leben sein – und wenn sie meinetwegen umgekommen ist, werde ich mir das nie verzeihen.«

»Wir befinden uns hier auf sehr unsicherem Boden«, sagte Kincaid, als sie auf dem Parkplatz der Polizeidienststelle Notting Hill anhielten. »Wir haben außer unbestätigten Gerüchten keinerlei Gründe, über die mögliche Beteiligung eines höheren Beamten der Metropolitan Police an diesem Fall zu ermitteln. Ich schlage deshalb vor, daß wir äußerst diskret vorgehen.« Er schaltete den Motor aus und blieb nachdenklich sitzen, mit den Fingern aufs Lenkrad trommelnd. »Ich denke, wir müssen offen über Jackies Interesse an dem Fall Gilbert sprechen, um zu begründen, warum wir uns mit dem Mord an ihr befassen, aber weiter brauchen wir, glaube ich, im Moment nicht zu gehen.«

Gemma nickte. Sie kramte ein Papiertaschentuch aus ihrer Tasche und schneuzte sich.

»Wir könnten doch einfach sagen, Jackie hätte Ihnen von irgendwelchen dunklen Geschichten über Gilbert erzählt, aber Sie wüßten nicht, worum es sich dabei handelt. Und dann versuchen wir festzustellen, was Ogilvie gestern abend und am Abend von Gilberts Ermordung getrieben hat, aber natürlich möglichst unauffällig. Das wird ausreichen, um ihn zu beunruhigen, wenn er Dreck am Stecken hat.«

»Machen Sie sich doch an seine Sekretärin heran«, schlug Gemma vor. »Die hat ein Auge für ein hübsches Gesicht.«

Kincaid warf ihr einen Blick zu. War das ein Seitenhieb oder ein Versuch zu scherzen? Er konnte es nicht erkennen. Sie betrachtete mit konzentrierter Aufmerksamkeit ihre Fingernägel. »Wie heißt der Sergeant, der auf Jackies Fragen so sauer reagiert hat?« fragte er.

»Talley. Ich kenne ihn noch von früher.«

»Mit dem sollten wir vielleicht auch mal reden.« Wieder wünschte Kincaid, er könnte irgend etwas sagen, um sie zu trösten, aber nichts, was ihm einfiel, erschien ihm angemessen. Er widerstand dem Wunsch, ihre Schulter, ihre Wange zu berühren. »Sind Sie soweit?«

Sie nickte.

»Da haben wir Glück«, murmelte Kincaid Gemma zu, als man sie in Superintendent Marc Lambs Büro führte. Er und Lamb hatten einander in ihrem ersten Lehrgang kennengelernt, aber es war einige Jahre her, daß sie sich gesehen hatten.

»Duncan, altes Haus.« Lamb kam strahlend um seinen Schreibtisch herum und schüttelte Kincaid kräftig die Hand.

»Der Wunderknabe von Scotland Yard wie er leibt und lebt. Setzen Sie sich.«

Kincaid machte Gemma mit ihm bekannt, nicht ohne einen kleinen unwürdigen Funken der Genugtuung angesichts der Tatsache, daß Lamb, obwohl er im gleichen Alter war wie er selbst, einen deutlichen Ansatz zu Glatze und Bauch hatte.

Nachdem sie ein paar Minuten über gemeinsame Bekannte geplaudert hatten, erklärte Kincaid ihr Interesse an Jackie Temple.

Lamb wurde augenblicklich ernst. »Man glaubt nie, daß so etwas mal in der eigenen Dienststelle passieren könnte. In Brixton vielleicht, aber doch nicht hier. Jackie Temple war eine meiner besten Beamtinnen – besonnen und allgemein beliebt. Sie kennen das ja sicher – es gibt Kollegen, die fangen mit einem Sack voll guter Vorsätze an und haben keinen Funken gesunden Menschenverstand, aber Jackie hatte beides, von Anfang an.«

Jetzt fiel Kincaid auf, wie abgespannt und erschöpft sein alter Kollege aussah. Er war wahrscheinlich die ganze Nacht auf gewesen. »Gab es einen Hinweis darauf, daß sie bei einem Einbruch gestört hat?«

Lamb schüttelte den Kopf. »Nichts dergleichen. Wir haben bisher überhaupt keine brauchbaren Spuren gefunden.« Mit einem Blick auf seine Uhr fügte er hinzu: »Der Autopsiebericht müßte eigentlich jeden Moment kommen, aber ich kann Ihnen schon jetzt sagen, daß sie, nach den Pulverspuren an der Kopfhaut und der Größe der Eintrittswunde zu urteilen, aus nächster Nähe erschossen worden ist. Sie hatte überhaupt keine Chance.«

Kincaid sah, wie Gemma krampfhaft die Hände in ihrem Schoß ballte. »Und was halten Sie nun davon, Marc?« fragte er.

Lamb schob ein gerahmtes Bild gerade, das auf seinem vollbeladenen Schreibtisch stand. Frau und Kinder, dachte Kincaid, aber er konnte nur den Rücken des Rahmens sehen.

»Wir sind hier in einem ziemlich heißen Viertel«, sagte Lamb langsam. »Auf der einen Seite die Luxussanierungen und auf der anderen die verschiedenen ethnischen Gruppen, aber wir bemühen uns, es sauberzuhalten.« Er blickte auf und sah Kincaid in die Augen. »So sehr es mir widerstrebt, das über mein eigenes Revier zu sagen – das riecht nach einem Bandenmord.«

Mit Lambs Zustimmung suchten sie Sergeant Randall Talley auf, der in der Kantine seine Teepause machte. »Das ist er«, sagte Gemma mit einer Kopfbewegung zu einem kleinen, grauhaarigen Mann Mitte Fünfzig, der allein an einem Tisch saß.

Als sie zu ihm traten, bot Gemma ihm die Hand und stellte sich vor. »Erinnern Sie sich an mich, Sergeant Talley?«

Talley musterte sie, die dargebotene Hand demonstrativ übersehend, dann blickte er weg. Seine Augen waren von einem hellen, verwässerten Blau. »Ja, und?«

Angesichts von Gemmas Überraschung und Verwirrung zog Kincaid zwei Stühle heraus. Talley war offensichtlich nicht bereit, sich von einer ehemaligen Untergebenen befragen zu lassen, aber vielleicht würde er auf höheren Rang etwas kooperativer reagieren.

»Haben Sie was dagegen, wenn wir uns setzen, Sergeant?«

»Sie können tun, was Ihnen beliebt.« Er trank betont gemächlich seinen Tee aus und stieß seinen Stuhl vom Tisch weg. »Meine Pause ist vorbei.«

»Wir möchten Ihnen gern ein paar Fragen stellen, Sergeant. Mit Einverständnis Ihres Chefs. Sie waren einer der letzten, der mit Jackie Temple gesprochen hat, und wir dachten, Sie hat vielleicht eine Bemerkung gemacht, die uns einen Hinweis auf ihren Mörder gibt.«

»Sie ist auf der Straße von ein paar beschissenen Kriminellen abgeknallt worden. Was soll ich darüber wissen?« Er funkelte sie an wie eine aggressive Bulldogge, doch in seinen Augen standen

Tränen. »Und Sie sind für den Mord an Jackie Temple nicht zuständig.«

»Aber für den Mord an Alastair Gilbert sind wir zuständig«, entgegnete Kincaid. »Und Jackie hat über Alastair Gilbert Erkundigungen eingezogen. Sie hat Sergeant James erzählt, daß Sie ganz schön sauer reagiert haben.«

»Und warum nicht? Wie kommt sie dazu, Gilbert was anhängen zu wollen und sein Andenken zu beschmutzen? Gilbert war ein guter Mann.«

Kincaid zog die Augenbrauen hoch. »Oh, ein Fan in einem Heer von Kritikern. Das ist eine nette Überraschung. Und was halten Sie von Chief Inspector David Ogilvie, Sergeant?«

»Ich hab' nie ein Wort gegen Chief Inspector Ogilvie gehört, und wenn, würd' ich's nie wiederholen.« Er stand auf. »Also, ich hab' wirklich Wichtigeres zu tun, als meine Zeit mit Klatsch zu verschwenden. Einen schönen Tag noch.« Er machte auf dem Absatz kehrt und ging zwischen den Tischen hindurch zur Tür. Kincaid, der seinen schlingernden Gang beobachtete, fragte sich, ob Talley seine jungen Jahre auf weniger festem Boden verbracht hatte.

»Na so was«, sagte er zu Gemma. »Wenn Sie mich fragen, ich würde sagen, der Mann hat Todesangst.«

»Sie glauben doch nicht . . .« sagte Gemma langsam. »Der wurmstichige Apfel, von dem Jackie gesprochen hat, glauben Sie, sie könnte Sergeant Talley gemeint haben?«

Auf dem Schild auf dem Schreibtisch stand »Helene Vandemeer«. Gemma hatte recht gehabt. Das nicht mehr junge, etwas unscheinbare Gesicht Mrs. Vandemeers strahlte, als Kincaid sich mit einem charmanten Lächeln vorstellte.

»Oh, das tut mir wirklich leid, der Chief Inspector ist im Augenblick nicht hier«, sagte sie mit echtem Bedauern, als Kincaid nach Ogilvie fragte. »Er ist am Freitag zu einem

Lehrgang gefahren, den er in den Midlands leitet, und kommt erst«, sie blätterte in ihrem Terminkalender, »am Mittwoch zurück. Es wird ihm sicher sehr leid tun, Sie verpaßt zu haben.«

Ja, es wird ihm das Herz brechen, dachte Kincaid, das Lächeln der Sekretärin erwidernd. Da Gemma den einzigen Stuhl in dem kleinen Büro besetzt hatte, hockte er sich halb auf die Kante von Mrs. Vandemeers akkurat aufgeräumtem Schreibtisch. Sie war, das fiel ihm jetzt ein, auch Gilberts Sekretärin gewesen, und er fragte sich, ob sie ihrer Pingeligkeit wegen eingestellt worden war oder ob sie sich die im täglichen Umgang mit Gilbert angeeignet hatte.

»Haben Sie die Nummer, unter der er zu erreichen ist?« fragte er und fügte in vertraulichem Ton hinzu: »Es handelt sich um Commander Gilbert, wissen Sie. Wir haben noch nicht genau überprüft, was der Commander an dem Tag in der Zeit zwischen Dienstschluß und seiner Ankunft zu Hause getan hat. Wir dachten, Chief Inspector Ogilvie könnte uns da vielleicht weiterhelfen.«

»Ach, da wird er Sie enttäuschen müssen, fürchte ich. Er mußte an dem Tag nach dem Mittagessen zur Versammlung einer Bürgerinitiative, die sich anscheinend ziemlich in die Länge gezogen hat. Er ist nämlich gar nicht mehr ins Büro zurückgekommen. Und der Commander . . .« Helene Vandemeer nahm ihre Brille ab und massierte ihren Nasenrücken, als täte er plötzlich weh. »Der Commander ist punkt fünf hier weggegangen, wie immer. Er hat noch kurz bei mir hereingeschaut und ›Tschüs, Helene‹ gesagt, ›Wir sehen uns morgen.‹« Sie blickte Kincaid an, und er sah, daß ihre Augen von einem tiefen Blau waren. »Kann es sein, daß ich die letzte war, mit der er gesprochen hat?«

»Das ist schwer zu sagen«, improvisierte Kincaid. »Sie sind sicher, daß der Commander Ihnen gegenüber keine Bemerkung darüber gemacht hat, was er an diesem Abend noch vorhatte, oder daß er sonst etwas Ungewöhnliches gesagt hat?«

Helene Vandemeer machte ein Gesicht, als täte es ihr von Herzen leid, ihn enttäuschen zu müssen. »Ich wollte, ich könnte Ihnen helfen, aber leider . . .«

»Nun grämen Sie sich mal nicht«, sagte Kincaid mit Wärme und übersah Gemmas spöttischen Blick. »Wenn Sie mir nur noch die Telefonnummer geben . . .« Beim Schreiben sagte er beiläufig: »Sie wissen nicht zufällig, wie diese Bürgerinitiative heißt, bei deren Versammlung Chief Inspector Ogilvie an dem Nachmittag war?«

»Lassen Sie mich überlegen.« Die Brille wieder fest auf der Nase, runzelte Helene Vandemeer in angestrengtem Nachdenken die Stirn, dann lächelte sie strahlend. »Notting Hill Vereinigung zur Lärmbekämpfung. Sie setzen sich für Verkehrsbeschränkungen in gewissen Straßen ein.«

»Herzlichen Dank«, sagte er, steckte den Zettel mit der Telefonnummer ein, die sie ihm aufgeschrieben hatte, und ging mit Gemma hinaus.

Die Tür hatte sich kaum richtig hinter ihnen geschlossen, als Gemma flüsterte: »Warum verteilen Sie nicht gleich Belohnungsplätzchen?«

Der Anflug eines Lächelns verriet, daß die Bemerkung scherzhaft gemeint war, daher antwortete er mit gespielter Gekränktheit: »Hey, das war doch Ihre Idee. Und sie hat gewirkt, oder nicht?«

Er zog sein Handy heraus, als sie aus dem Gebäude traten, und begann zu wählen. Erst als er unten auf dem Bürgersteig stand, merkte er, daß Gemma nicht mehr an seiner Seite war. Er drehte sich um und sah sie oben auf der Treppe stehen. Ihr Gesicht war tieftraurig. »Gemma«, rief er, aber in diesem Moment meldete sich der Yard, und als er das Gespräch beendet hatte, war sie schon wieder bei ihm.

»Was tun wir jetzt, Chef?« fragte sie mit entschlossener Sachlichkeit.

Nach einem Moment des Zögerns sagte er: »Gehen wir erst mal einen Happen essen. Dann möchte ich mir was ansehen, nur um meine Neugier zu befriedigen.«

Sie standen am Beginn einer kleinen, kopfsteingepflasterten Straße nicht weit von der Dienststelle Notting Hill. Kincaid hatte einem Kollegen im Yard Ogilvies Adresse herausgekitzelt. Zu beiden Seiten der stillen Straße standen die Häuser, bunt wie Fondant-Praline – pfirsichfarben und zitronengelb, erdbeerrot und minzgrün. Einige hatten glänzende schwarze schmiedeeiserne Gitter, andere Blumenkästen, aus denen vielfarbige Blüten quollen, und wie im Elgin Crescent hatte jedes Haus eine Alarmanlage und eine Satellitenschüssel.

Kincaid pfiff leise. »Man kann das Geld förmlich riechen. Welches ist Nummer zehn?«

Gemma ging ein Stück weiter. »Hier«, rief sie. Es war in einem dunklen Gelb gehalten, mit schwarzer Tür und schwarzen Fensterrahmen.

Kincaid spähte durch eine Ritze zwischen den Vorhängen im Erdgeschoß und sah den Teil eines eleganten, hochmodernen Wohnzimmers und dahinter einen Garten. Er trat zurück, um Gemma ebenfalls einen Blick zu gewähren. »Vom Gehalt eines Chief Inspector kann man sich so was nicht leisten. Irgendwie hab ich so meine Zweifel, daß Freund David seine Kollegen auf ein Bier hierher einlädt – was meinen Sie?«

Gemma sah ihn an. »Ich meine, es ist Zeit, daß wir den Disziplinarausschuß einschalten.«

»Genau meine Meinung.«

Zurück im Yard, setzten sie sich in Kincaids Büro, um eine Kette lästiger Telefongespräche zu erledigen. Zuerst meldete sich

Kincaid bei der Kriminalpolizei Guildford und sprach, da Nick Deveney noch immer in der Einbruchssache unterwegs war, mit Will Darling. »Gehen Sie alles, was wir haben, noch einmal gründlich durch, Will. Wir haben irgendwas übersehen – ich spüre es –, und es ist wahrscheinlich so deutlich sichtbar wie die Nase in Ihrem Gesicht. Der Mann, der für die beschlagnahmten Wertsachen zuständig ist, war mit dem Terminkalender des Commanders ziemlich schlampig – wir müssen sicher sein, daß das die einzige Nachlässigkeit war.«

Ein Anruf beim Vorsitzenden der Lärmbekämpfungsvereinigung bestätigte, daß David Ogilvie am Tag von Gilberts Tod sein Erscheinen zur Versammlung der Bürgerinitiative zugesagt hatte; er war jedoch nur eine halbe Stunde geblieben.

Kincaid legte auf und zog die Augenbrauen hoch. »Und was hat er den Rest des Nachmittags getrieben?« fragte er, Gemma ansehend.

Als nächstes rief Gemma das Ausbildungszentrum Midlands an und konnte nach einigem Hin und Her in Erfahrung bringen, daß Ogilvie seinen Vortrag am vorangegangenen Abend erst um Viertel vor zehn beendet hatte. Sie schüttelte den Kopf, als sie auflegte und die Information an Kincaid weiter gab.

»Da hätte er schon fliegen müssen, um zu der Zeit in London zurückzusein, als Jackie getötet wurde«, sagte Kincaid. »Er lebt zwar offensichtlich über seine Verhältnisse, aber Hinweise auf übermenschliche Kräfte habe ich bisher nicht bemerkt.« Er seufzte. »Das schaltet allerdings nicht die Möglichkeit aus, daß er den Mord in Auftrag gegeben hat. Wenn er wirklich korrupt ist, hat er wahrscheinlich auch die entsprechenden Verbindungen.« Er sah Gemma an, die ihm am Schreibtisch gegenüber saß. Ihr Gesicht war vom dünnen Licht der Spätnachmittagssonne erhellt, das durch das Fenster fiel. »Drehen wir uns im Kreis, Gemma? Wenn Gilbert tatsächlich Ogilvie auf die Sprünge gekommen ist und gedroht hat, ihn bloßzustellen, weshalb sollte Ogilvie es dann riskieren, ihm in seiner eigenen Küche den Schädel einzuschlagen, anstatt sich etwas weit weniger Spektakuläres einfallen zu lassen?

Sollten wir nicht besser in Surrey sitzen und Brian Genovase die Hölle heiß machen? Aber wir haben keinerlei konkrete Beweise, und ich persönlich kann mir einfach nicht vorstellen, daß Brian es getan hat.«

»Außerdem ist da immer noch Jackie«, entgegnete sie.

Er rieb sich die müden Augen. »Ich habe Jackie nicht vergessen, Gemma. Ich schlage vor, wir werfen diesen ganzen Krempel dem Chef auf den Tisch und lassen ihn mit dem Disziplinarausschuß reden. Und wenn wir schon dabei sind, sollten wir vielleicht auch Sergeant Talley erwähnen.«

Nachdem Chief Superintendent Denis Childs zugestimmt hatte, daß es das beste sei, die Sache mit Ogilvie dem Disziplinarausschuß zu übergeben, folgte Kincaid Gemma mit einem Gefühl der Erleichterung in sein Büro zurück. »Sollen die Ogilvie ruhig ein bißchen unter Druck setzen. Dann fragen wir ihn, wo er an dem Nachmittag von Gilberts Tod war.« Er öffnete seinen Kragenknopf. »Aber jetzt machen wir erst mal Schluß für heute.«

Gemma hatte ihre Taschen an den Garderobenständer gehängt, und er hatte den Eindruck, sie stehe ein wenig unschlüssig da, als wollte sie eigentlich gar nicht gehen.

»Wir könnten im Pub noch ein Glas trinken, wenn Sie Lust haben«, sagte er möglichst nonchalant.

Sie zögerte, und er faßte Hoffnung, aber dann sagte sie: »Nein, das sollte ich lieber lassen. Ich habe in den letzten Tagen sowieso schon so wenig Zeit für Toby gehabt. Ich bin mir nur nicht sicher, ob ich . . .«

Das Läuten des Telefons erschreckte sie beide. Kincaid griff nach dem Hörer und drückte ihn an sein Ohr. »Ja, Kincaid.«

Will Darling meldete sich. »Sie hatten recht, Chef, aber ich weiß nicht, was es bedeutet. Auf der Rückseite eines Zettels von der Reinigung, den wir in Gilberts Tasche gefunden hatten, steht mit Bleistift eine Nummer geschrieben. Eine Telefonnummer ist es nicht, das hab ich gleich gesehen, und nachdem ich mir eine Weile den Kopf zerbrochen hatte, ist mir ein Licht aufgegangen. Das kann nur ein Bankkonto sein, hab' ich mir gedacht. Ich hab' bei Lloyd's nachgefragt, wo die Gilberts ihr gemeinsames Konto haben, aber das hat eine andere Nummer. Ich hab' den ganzen Nachmittag gebraucht, aber dann hab' ich in Dorking die Zweigstelle aufgetan, die diese Zahlenfolge benutzt, und hab' ein bißchen geblufft. Ich hab' gesagt, ich wäre vom Juwelier Darling in Guildford und hätte hier einen Scheck über eintausend Pfund und wollte nachfragen, ob der Bestand auf dem Konto ausreiche, um den Scheck zu decken. Es handle sich um den Namen Gilbert, Konto Nummer soundso . . .«

»Und?« drängte Kincaid.

»Kein Problem, sagten sie – auf *Mrs.* Gilberts Konto läge genug Geld zur Deckung des Schecks.«

13

Als Gemma am folgenden Morgen leise Kincaids Büro betrat, saß er noch genauso da wie am Abend zuvor, als sie gegangen war – einen Ellbogen auf den Schreibtisch gestützt, die Finger in sein Haar vergraben, den Blick auf einen Stapel Berichte geheftet. Er hatte seine Krawatte gelockert, und sein Hemd war ziemlich zerknittert, und er sah noch abgespannter aus als am Tag zuvor.

»Sie sind doch hoffentlich nach Hause gegangen?« Gemma hängte ihren Mantel auf und fühlte sich beinahe schuldig, sich ein paar Stunden Schlaf gestohlen zu haben, auch wenn ihr

Schlaf unruhig gewesen war, immer wieder von Träumen gestört, die ihr Jackie mit einem blonden Kind in den Armen zeigten. Am Ende war sie aufgestanden und hatte sich neben Tobys Kinderbett gekniet. Sie hatte ihre flache Hand auf seinen kleinen Rücken gelegt, so daß sie die sachten Wellenbewegungen seines Atems spüren konnte. Als das ovale Fenster zum Garten langsam hell wurde, waren ihre Beine längst völlig gefühllos geworden.

Kincaid sah lächelnd auf. »Ehrenwort. Ich war zu Hause. Aber ich konnte nicht schlafen, da bin ich schon sehr früh wieder hierher gekommen.« Er streckte sich und schob den Papierstapel von sich. »Ich komme mir bei diesem Fall langsam wie ein gottverdammter Pingpong-Ball vor. London-Surrey, Surrey-London.« Er drehte den Kopf hin und her, während er sprach. »Gestern erfahren wir, daß bei den Gilberts irgendwas nicht koscher ist, heute in aller Frühe ruft ein Kerl vom Disziplinarausschuß hier an und erzählt mir, daß Ogilvie nicht aufzufinden war, als sie versuchten, sich mit ihm in Verbindung zu setzen. Er ist einfach aus seinem Lehrgang verschwunden. Anscheinend sollte er heute noch einen letzten Workshop leiten und ist nicht erschienen. Sein Hotelzimmer war leer.«

Gemma ließ sich in einen Sessel sinken und pfiff leise. »Vielleicht hat er eine Nachricht hinterlassen, und sie ist irgendwie untergegangen. Sie wissen schon, eine Familienangelegenheit oder so was.«

»Spielen Sie den Advocatus Diaboli?« Kincaid setzte sich etwas gerader.

»Es wäre doch möglich«, gab Gemma zurück.

»Aber höchst unwahrscheinlich.«

»Na schön.« Gemma nickte. »Aber wo ist er dann, und was unternimmt inzwischen der Disziplinarausschuß?«

»Die überprüfen zunächst einmal seine Kontakte und ziehen Erkundigungen ein. Sie sind der Meinung, nicht genügend in der Hand zu haben, um gegen ihn direkt vorzugehen. Mich würde interessieren, was ihn veranlaßt hat, plötzlich Hals über Kopf zu verschwinden. Wenn er Jackies Ermordung in Auftrag gegeben hat, wieso gerät er dann erst nach zwei Tagen in Panik?«

»Wieso gerät er überhaupt in Panik?« Gemma zeichnete einen Kringel in den Staub auf Kincaids Schreibtisch. »Es sei denn, wir haben mit unseren Fragen gestern mehr Wellen geschlagen, als unsere Absicht war. Aber wer hat ihn dann informiert?« Sie zeichnete einen zweiten Kringel und verband die beiden mit einer Wellenlinie.

»Ach, da braucht ihm nur seine Sekretärin, die nette Mrs. wie heißt sie gleich, erzählt zu haben, daß wir uns nach seinem Alibi zur Zeit von Gilberts Tod erkundigt haben. Aber ich hätte von einem erfahrenen Polizeibeamten wie Ogilvie eine kaltschnäuzigere Reaktion erwartet – mindestens einen guten Bluff.«

Gemma nickte. »Ja, kaltschnäuzig ist er, der gute Ogilvie. Aber was ist mit . . .«

»Talley? Den wollen die Disziplinarleute sich heute vornehmen, und ich denke, sie werden sehr gründlich sein. Aber wir können in dieser Richtung vorläufig nicht viel tun.« Kincaid gähnte.

»Was steht dann jetzt auf der Tagesordnung, Chef?«

»Als erstes könnten Sie ein Schatz sein und uns eine Tasse Kaffee machen«, sagte Kincaid und lachte sie an.

Es war ein alter Dauerscherz zwischen ihnen, und heute morgen wollte Gemma ihn nicht enttäuschen. »Sie können sich Ihren verdammten Kaffee selber machen, Sir«, antwortete sie mit übertrieben finsterem Gesicht. »Aber ich hab' sowieso vor, mir einen zu machen. Wenn Sie schön bitte, bitte sagen, bring ich Ihnen vielleicht eine Tasse mit.« Sie stand aus ihrem Sessel auf. »Aber mal ganz im Ernst . . .«

»Tja, ich denke, wir fahren mal wieder nach Surrey. Können

Sie mit Will nach Dorking fahren und mit dem Filialleiter der Bank dort sprechen?«

Er hatte es als Bitte formuliert und nicht als Befehl, und die Geste rührte sie mehr, als sie erwartet hatte. »Okay.« Sie hockte sich auf die Armlehne ihres Sessels. »Sie wollen nicht vorher Claire Gilbert danach fragen? Vielleicht gibt es ja eine ganz einfache Erklärung.«

Kincaid schüttelte den Kopf. »Nein.« Ohne eine Spur des Übermuts, den er eben noch gezeigt hatte, sah er Gemma an. »Claire sagt nicht die ganze Wahrheit, Gemma. Da bin ich mittlerweile ganz sicher, und es gefällt mir gar nicht. Ich denke, es ist an der Zeit, daß ich mich noch einmal mit der guten Frau Dr. Wilson unterhalte.«

Im grellen Licht der Tiefgarage des Yard musterte Gemma ihren Chef mit einem gründlichen Blick und bestand dann darauf, den Rover, den sie aus dem Wagenpark angefordert hatte, selbst zu fahren. Kincaid war eingeschlafen, noch ehe sie die Westminster Brücke überquert hatten, und nicht einmal der Verkehrslärm auf ihrem Weg durch London nach Süden konnte ihn in seinem Schlummer stören. Gemma betrachtete ihn, während sie wieder einmal vor einer roten Ampel wartete, die ewig nicht umschaltete, und dachte an das letztemal, als sie ihn schlafend gesehen hatte, schutzlos wie ein Kind. Zum erstenmal erwachten heftige Zweifel in ihr. Hätte sie sich nicht wenigstens anhören sollen, was er ihr hatte sagen wollen?

Kincaid drehte den Kopf und öffnete einen Moment die Augen, als hätte er ihren Blick gespürt.

Gemma umfaßte das Lenkrad fester und konzentrierte sich aufs Fahren.

»Wollen Sie nicht erst was zu Mittag essen?« fragte Will Darling, als er den Wagen geschwind in eine Lücke auf dem Parkplatz in Dorking steuerte und einem anderen wild entschlossenen Autofahrer zuvorkam.

Gleich nach ihrer Ankunft in Guildford hatte Gemma getauscht und war zu Will Darling in den Wagen gestiegen, während Kincaid mit Nick Deveney im Rover von Scotland Yard losgefahren war.

»Es ist doch gerade erst zwölf.« Gemma lächelte dem verärgerten Fahrer des anderen Wagens entschuldigend zu, als sie ausstieg und zu Will hinüber ging.

»Sagen Sie das mal meinem Magen.« Will nahm sie beim Ellbogen und steuerte sie in Richtung High Street. »Ich weiß ein gutes Pub.«

»Irgendwie wundert mich das nicht. Aber kommen Sie mir bloß nicht mit Fisch und Fritten«, warnte Gemma in Erinnerung an ihr letztes gemeinsames Mittagessen.

Als sie die geschäftige Straße hinuntergingen und sich durch das Gedränge von Leuten schoben, die die Mittagspause für ihre Einkäufe nutzten, wurde Gemma bewußt, wie hungrig sie war. Sie konnte sich nicht erinnern, was sie gegessen hatte, seit sie am vergangenen Morgen die Nachricht von Jackies Tod erhalten hatte, aber irgend etwas, dachte sie, würde sie wohl aus reiner Gewohnheit zu sich genommen haben.

Es war wirklich ein nettes Pub und bei den Einheimischen beliebt, wie die Menge der Gäste bewies. Nachdem sie an der Bar bestellt und sich mit ihren Getränken an einen Ecktisch gesetzt hatten, sagte Will: »Kennen Sie die wichtigste Regel für jeden, der bei der Polizei ist: Erst essen! Man weiß nie, wann die nächste Gelegenheit kommt.«

»Sie haben sie sich offensichtlich zu Herzen genommen.«

»Tja, vielleicht hat auch das Militär was damit zu tun.« Will starrte zum Fenster hinaus, während er von seinem Bier trank. »Wenn man auf einem Vulkan sitzt, erkennt man leichter, was wichtig ist und was nicht.«

»Auf einem Vulkan?« fragte Gemma verwundert.

»Ich war zwei Jahre in Nordirland.«

Die Kellnerin brachte ihr Essen – gebackene Kartoffel mit Garnelenmayonnaise für Gemma und Hühnchen für Will. Gemma mischte die Mayonnaise mit der Kartoffel und sah Will nachdenklich an. Sie stellte ihn sich in Uniform und Stiefeln vor, immer noch der rotwangige Bauernjunge aus Surrey.

»Als ich rüberging, war ich genauso ehrgeizig wie Sie«, fuhr Will fort, nachdem er einen Bissen von seinem Hühnchen gegessen hatte. »Sie brauchen mir gar nicht zu widersprechen«, fügte er mit einem Lächeln hinzu. »Ohne Ehrgeiz bringt's eine Frau beim Yard nicht so weit wie Sie. Und Sie wollen noch höher hinaus, stimmt's?« Er schwenkte seine Gabel, um seinen Worten Nachdruck zu verleihen. »Bei mir war's nicht anders, nur wollte ich bei einer regionalen Polizeitruppe Karriere machen, am liebsten hier bei dieser.«

»Ja, aber dazu ist es doch nicht zu spät, Will«, entgegnete Gemma. »Sie sind doch höchstens – wie alt?« Sie erinnerte sich, was er über seinen Geburtstag gesagt hatte und rechnete nach. »Vierunddreißig? Und Sie sind ein guter Polizeibeamter, das brauche ich Ihnen nicht zu sagen.«

»Trotzdem vielen Dank.« Er wischte sich die Finger an der Serviette ab und sah sie lächelnd an. »Und ich werde dank dem Verschleiß über mir sicher auch noch ein, zwei Stufen höher klettern. Aber sehen Sie, es ist mir im Grund gar nicht mehr wichtig. Zwei meiner besten Kameraden haben eines Nachts an der Grenze Dienst gemacht.« Er legte seine Hand an sein Glas, hob es aber nicht hoch. »Leider war in dem letzten Lastwagen, den sie angehalten haben, eine Bombe.« Seine Stimme war beinahe gleichmütig, nur die Starrheit seiner Hand am Glas verriet ihn.

»O Gott, wie furchtbar«, sagte Gemma leise.

Will zuckte die Achseln. »Wir hatten alle über die Stationierung gemeckert. Die üblichen Beschwerden – langweilig, lausige Verpflegung, keine Frauen.« Der Anflug eines Lächelns spielte über sein Gesicht. »Wir haben immer nur davon geredet, wie wir auf den Putz hauen würden, wenn wir erst wieder draußen wären. Meine Mutter hat mir immer gesagt, der Weg sei das Wichtige, nicht die Ankunft. Ich weiß, das ist ein Klischee, aber an dem Tag hab ich erkannt, wie wahr es ist.«

Gemma legte ihre Gabel nieder. »Sie haben von Jackies Tod gehört, richtig?«

»Ja.« Will griff über den Tisch und berührte ihre Hand. »Es tut mir leid, Gemma.«

Sie wußte, sie würde die offene Teilnahme in seinen Augen jetzt nicht ertragen können, darum griff sie wieder nach ihrer Gabel und stocherte in ihrer Kartoffel herum. Sie dachte an Jackies eigensinnige Weigerung, ihre Streife aufzugeben, weil sie den »Polizeialltag«, wie sie es genannt hatte, geliebt hatte, den regelmäßigen Kontakt mit den Menschen, für die sie verantwortlich gewesen war. »Sie hätten Jackie gefallen, Will«, sagte sie und fragte sich, ob auch er sich irgendwie am Tod seiner beiden Kameraden schuldig gefühlt hatte.

Der Filialleiter der Bank hieß, wie das Namensschild auf seinem Schreibtisch auswies, Augustus Cokes, und sein Aussehen paßte genau zu dem Bild, das der Name, zumindest bei Gemma, heraufbeschwor. Er war ein kleiner Mann mit einem runden Gesicht, einer randlosen Brille auf der Nase und schütterem Haar. Höflich stand er auf, um sie zu begrüßen.

»Ich muß sagen, Ihr Besuch erstaunt mich«, erklärte er, nachdem sie sich vorgestellt hatten. »Ich weiß nicht, wie ich Ihnen behilflich sein kann, aber lassen Sie erst einmal hören.«

Gemma setzte sich etwas bequemer auf dem harten Stuhl und wischte ein Staubkorn vom Revers ihrer Jacke. Als Will ihr kaum merklich zunickte, sagte sie: »Die Angelegenheit ist ein wenig heikel, Mr. Cokes. Es geht hier um die Untersuchung eines Mordfalls. Sie haben sicher in der Zeitung von der Ermordung Alastair Gilberts gelesen.« Mr. Cokes' vollippiger, rosiger Mund öffnete sich leicht, als er nach Luft schnappte wie ein Fisch auf dem Trockenen. »Wir haben davon Kenntnis erhalten«, fuhr Gemma fort, »daß die Frau des Commanders, Claire Gilbert, bei Ihnen ein Konto unterhält, und wir vermuten, daß da gewisse – äh – Unregelmäßigkeiten vorliegen. Wir würden gern . . .«

»Also so was! Die Frau eines Commanders – eine gemeine Verbrecherin! Wer hätte das gedacht.« Cokes schüttelte mit freudigem Schaudern den Kopf. »Und dabei ist sie so eine gebildete Dame!«

Will beantwortete Gemmas fragenden Blick mit einem Ausdruck, in dem sich Überraschung und Verständnislosigkeit mischten.

»Aber was reden Sie denn da, Mr. Cokes?« fragte Gemma. »Wir behaupten keineswegs, daß Mrs. Gilbert sich etwas hat zuschulden kommen lassen. Wir möchten lediglich einige Fragen klären, die Gilbert selbst betreffen.«

»Aber der andere Polizeibeamte«, Cokes blickte von Gemma zu Will, »der, der letzte Woche hier war . . .«

»Welcher andere Polizeibeamte?« fragte Will geduldig.

»Sie sollten vielleicht Ihre Zusammenarbeit ein bißchen besser koordinieren«, sagte Cokes etwas selbstgefällig. Man hatte den Eindruck, er genösse ihr Unbehagen. »Bei Ihnen scheint ja die Rechte nicht zu wissen, was die Linke tut.«

»Vielleicht sollten wir einmal ganz von vorn anfangen, Mr. Cokes.« Will nahm seine Brieftasche heraus und entnahm ihr das Foto, das er und Gemma mit so geringem Erfolg im Einkaufszentrum Friary herumgezeigt hatten. »Ich nehme doch an, Sie haben Mrs. Gilbert persönlich kennengelernt?«

»Aber ja, als sie ihr Konto hier eröffnet hat. Ich kümmere

mich häufig persönlich um neue Kunden – da bleibe ich in direktem Kontakt, und ich weiß immer gern ein bißchen was über die Kunden.« Cokes nahm das Foto, das Will ihm reichte, und musterte es einen Moment, ehe er es zurückgab. »Ja, das ist Mrs. Gilbert. Ganz eindeutig. Ich muß zugeben, ich habe mich ein wenig gewundert, als sie uns bat, ihre Auszüge an ihre Arbeitsstelle zu schicken.«

»An die Arbeitsstelle?« wiederholte Gemma. »Hat sie gesagt, warum?«

»Ich hätte niemals danach gefragt – wir respektieren die Privatangelegenheiten unserer Kunden –, aber sie hat mir ganz im Vertrauen gesagt, daß sie einen größeren Betrag ansparen wollte, um ihren Mann mit einer Urlaubsreise zu überraschen.« Etwas von der Wirkung, die Claires Charme auf diesen Mann gehabt hatte, spiegelte sich noch im Klang der Stimme und in dem etwas wehmütigen Ausdruck seines Gesichts. »Sie können sich vorstellen, wie überrascht ich war, als der erste Polizeibeamte hier erschien und sich nach ihr erkundigte. Damals hatte ich noch keine Ahnung, daß ihr Mann selbst bei der Polizei war.«

Will beugte sich vor. Der windige Besucherstuhl knarrte protestierend. »Erzählen Sie uns mehr von diesem anderen Beamten, Mr. Cokes. Wann war er bei Ihnen, und was wollte er über Claire Gilbert wissen?«

Cokes summte leise vor sich hin, während er mit zusammengekniffenen Augen in seinem Terminkalender blätterte. »Wir hatten am Dienstag letzter Woche unsere Filialleiterbesprechung, und ich glaube, es war am Tag danach. Am Mittwoch also, kurz bevor wir schlossen. Er bat um ein persönliches Gespräch mit mir, und als wir allein in meinem Büro waren, zeigte er mir seinen Dienstausweis und sagte, er stelle Ermittlungen in einer höchst vertraulichen Angelegenheit an.« Cokes beugte sich vor und senkte die Stimme. »Er sagte, es ginge um einen Ring von Scheckbetrügern. Sie hätten zwar keinerlei konkrete Beweise dafür, daß unsere Kundin mit der Sache zu tun hätte, aber ein kurzer Blick in ihre Akte würde die Sache wahrscheinlich klären. Ich habe ihm natürlich gesagt, daß ich der Polizei zwar sehr gern helfen würde, jedoch meinen Kunden gegenüber zur Geheimhaltung verpflichtet sei.« Cokes schniefte einmal kurz und mißbilligend.

»Das heißt also, dieser Polizeibeamte hat Claire Gilberts Akte nicht zu sehen bekommen?« fragte Will.

Cokes räusperte sich und schob den Briefbeschwerer auf seinem Schreibtisch einen Zentimeter zur Seite. »Nun ja, mit Sicherheit kann ich das nicht sagen ...« Er wich ihren Blicken aus. »Ich wurde für einen Moment aus meinem Büro gerufen, ein kleines Problem, um das ich mich sofort kümmern mußte ...«

»Ach, und da haben Sie ganz versehentlich Claire Gilberts Akte auf Ihrem Schreibtisch liegen gelassen«, sagte Gemma. »Wie taktvoll von Ihnen.«

»Na ja, ich ...« Gemma lächelte Cokes an und dachte, daß Claire Gilbert diese Lösung sicher nicht als die beste betrachtet hätte. »Können Sie uns vielleicht den Namen dieses Polizeibeamten sagen, Mr. Cokes?«

Wieder räusperte sich Cokes. »Ich kann mich nicht erinnern. Ich habe seinen Ausweis nur ganz kurz gesehen, und ich war so durcheinander, daß mir der Name gleich wieder entfallen ist.«

»Hat er Ihnen gesagt, von welcher Abteilung er kam?«

Cokes schüttelte den Kopf. »Nein, leider ...«

»Dann beschreiben Sie uns, wie er ausgesehen hat, Mr. Cokes«, beharrte Gemma. »Daran werden Sie sich doch wohl erinnern können.«

»Schlank und dunkel.« Cokes befeuchtete seine rosigen Lippen und fügte hinzu: »Er hatte ein bißchen was Räuberisches an sich.«

Kincaid brachte Deveney während der Fahrt nach Holmbury St. Mary aufs Laufende. Die morgendliche Bewölkung war einem leichten Dunst gewichen, der die Farben der Landschaft dämpfte und ihn blendete, als er mit müden Augen zur Straße hinausblinzelte.

»Claire Gilbert hat in den letzten zwei Jahren oder so zwei Knochenbrüche erlitten und vielleicht auch andere Verletzungen. Von den Brüchen am Handgelenk und am Schlüsselbein habe ich rein zufällig im Gespräch erfahren. Für mich ergibt sich damit die Frage, ob wir es hier nicht mit häuslicher Mißhandlung zu tun haben.«

»Soll das heißen, Sie glauben, daß Commander Gilbert seine Frau *geschlagen* hat?«

Kincaid warf Deveney einen Blick zu. »Machen Sie nicht so ein schockiertes Gesicht, Nick. So was kommt in den besten Familien vor.«

Deveney schüttelte den Kopf. »Ich weiß. Aber ich hätte nie gedacht . . .«

»Glauben Sie denn, daß Gilbert auf Grund seiner Uniform und seiner Stellung so etwas nicht tun könnte?«

»Wenn Sie hoffen, darüber was aus Dr. Wilson rauszukriegen, werden Sie eine Enttäuschung erleben«, entgegnete Deveney. »Aber wenn Sie recht haben sollten, hätte Brian Genovase verdammt guten Grund gehabt, Gilbert den Schädel einschlagen zu wollen. Nur haben wir leider nicht die Spur eines konkreten Beweises gefunden, um ihm die Tat nachzuweisen.

Die Aussagen der Gäste, die am fraglichen Abend im Pub waren, bestätigten Brians Angaben, wo er in der Mordzeit war. Damit bleiben uns weniger als zehn Minuten, in denen Brian hätte rüberlaufen und Gilbert umbringen können.«

Kincaid schaltete herunter, als sie das Dorf erreichten. »Bleibt Ogilvie. Ich hab zwar keinen Schimmer, wie der ins Bild paßt, aber er gehört mit hinein, da bin ich sicher.« Er sah Deveney mit einem Lächeln an. »Vielleicht sollte ich bei Madeleine Wade Stunden nehmen.«

»Sie scheinen ein Talent dafür zu haben, mich bei meiner Mittagspause zu erwischen«, sagte Doc Wilson, als sie die Tür öffnete. »Na ja, das läßt sich wohl nicht ändern«, fügte sie resigniert hinzu, als sie zurücktrat, und Kincaid und Deveney ihr in einen Flur voller Gummistiefel, Hundeleinen und Spazierstöcken folgten.

In der Küche mußten Kincaid und Deveney sich wie beim letzten Besuch erst einen Platz freimachen, um sich setzen zu können, während Gabriella Wilson sich ohne viel Umstände wieder an ihr Mittagessen setzte.

»Die Reste vom Sonntagsbraten.« Sie deutete mit der Gabel auf ihren Teller, als die beiden Männer sich ihr gegenüber niedergelassen hatten. »Mit Meerrettich. Das reinigt die Nebenhöhlen. Paul ist übrigens in London, falls Sie mit ihm sprechen wollten. Bess hat er mitgenommen.«

Kincaid ließ sich von ihrem belanglosen Geplauder nicht täuschen – der Blick, mit dem sie ihn gemustert hatte, war von durchdringender Schärfe gewesen. »Nein«, sagte er, »wir möchten mit *Ihnen* sprechen, Doktor. Über Claire Gilbert. Ich habe gehört, daß sie in letzter Zeit mehrere Knochenbrüche erlitten hat. Hat diese plötzliche Neigung zu Unfällen nicht Ihre Besorgnis erregt?«

Gabriella Wilson aß mit viel Bedacht den Braten auf und schob ihren Teller weg, ehe sie antwortete. »Darüber müssen Sie Claire fragen, Superintendent, nicht mich.«

»Wir könnten uns eine richterliche Verfügung besorgen«, entgegnete Kincaid, »und Sie zur Aussage zwingen, aber zu diesem Mittel würde ich nur sehr ungern greifen. Das ist für alle Beteiligten nur unangenehm.«

»Ich lasse mich nicht nötigen, Mr. Kincaid, auch wenn die

Drohung noch so freundlich formuliert wird. Sie müssen tun, was Sie für richtig halten; ich werde jedenfalls freiwillig keinerlei vertrauliche Auskünfte über meine Patientin geben.« Gabriella Wilson verschränkte die Arme und preßte die Lippen aufeinander.

Kincaid begegnete ihrem herausfordernden Blick. »Hören wir doch auf, um den heißen Brei herumzureden, Doktor. Wir haben guten Grund zu der Annahme, daß Claire Gilbert von ihrem Mann geschlagen wurde, und ich bin überzeugt, Sie waren zu der gleichen Schlußfolgerung gelangt. An dem Tag, an dem Geoff Genovase Sie mit Gilbert streiten hörte – da ging es doch um Claire, nicht wahr? Haben Sie ihn da mit Ihrem Verdacht konfrontiert? Er wird es nicht freundlich aufgenommen haben, daß Sie sich in seine Privatangelegenheiten einmischten.«

»Ich gebe gern zu, daß Alastair Gilbert recht schwierig sein konnte«, erwiderte sie. »Aber ich weigere mich mit Ihnen über Claire zu sprechen.«

»Alastair Gilbert war in den letzten Wochen seines Lebens mehr als schwierig. Ich glaube, er war so von Eifersucht getrieben, daß er völlig durchgedreht ist. Gilbert hat seine Selbstbeherrschung, seine scheinbare Erhabenheit über alle Emotionen als ein Mittel benutzt, andere zu dominieren. Die Tatsache, daß er sich auf einen offenen Streit mit Ihnen eingelassen hat, zeigt doch, wie sehr ihm die Kontrolle entglitten war. Können Sie denn nicht verstehen, daß es für uns von entscheidender Bedeutung ist zu erfahren, was an diesem Tag wirklich los war?«

»Damit Sie Claire unter Druck setzen können?«

»Es geht um Mord, Doktor, und es ist meine Pflicht, nichts unversucht zu lassen, um diesen Fall zu klären. Ich werde Claire Gilbert auf jeden Fall vernehmen müssen, aber es wäre mir lieber, mich dabei auf Ihre Hilfe stützen zu können. Ich brauche

Sie sicher nicht daran zu erinnern, daß Sie nicht nur Schweigepflicht haben, sondern auch Sorgepflicht.«

Gabriella Wilson sah ihn lange schweigend an. Dann entspannte sich der trotzige Mund, und ihre Schultern sanken ein wenig herab. »Claire ist im Augenblick hochempfindlich, Mr. Kincaid. Wenn Sie jetzt mit derartigen Beschuldigungen gegen ihren Mann über sie herfallen, könnte ihr das schwer schaden.«

»Dann helfen Sie mir. Sagen Sie mir, daß Sie nicht daran glauben, daß Claire Gilbert zu irgendeiner Zeit von Ihrem Mann gewalttätig behandelt wurde, und ich werde die Sache ruhen lassen.«

Das Schweigen zog sich in die Länge. Kincaid konnte seinen eigenen Atem hören und das schabende Geräusch von Deveneys Kleidung, als dieser auf dem Stuhl neben ihm seine Haltung veränderte. Er wartete, dachte an jenem Tag in seiner Kindheit, als er eine Bulldogge mit Blicken gebannt hatte, bis Gabriella Wilson wegsah. Aber sie sagte kein Wort.

Kincaid stand auf. »Ich danke Ihnen, Doktor. Sie waren uns eine große Hilfe. Wir finden selbst hinaus.«

»Also das muß ich Ihnen wirklich lassen«, sagte Deveney, als sie wieder im Wagen saßen. »Das haben Sie raffiniert gemacht.«

Mit einer Grimasse erwiderte Kincaid: »Deswegen fühl' ich mich auch nicht besser. Aber Dr. Wilson ist nicht nur grundehrlich, sie ist auch eine sehr aufmerksame Beobachterin, und wenn sie um Claire so besorgt war, daß sie Gilbert direkt anging, dann können Sie sich darauf verlassen, daß sie guten Grund dazu hatte.«

»Und Sie haben jetzt die Bestätigung, die Sie wollten.« Deveney lehnte sich im Beifahrersitz zurück.

»Bestätigung eines Verdachts, ja, aber keinen Beweis.«

»Trotzdem«, sagte Deveney, als Kincaid den Zündschlüssel drehte, »der Verdacht reicht aus, um Claire Gilbert mit anderen Augen zu sehen.«

14

Gemma ließ sich von Will, der nach Guildford zurück mußte, in Holmbury St. Mary absetzen, wo sie sich mit Kincaid verabredet hatte. Es war fast zwei Uhr, und die Sonne hatte den Morgendunst aufgeweicht. Will fuhr los und Gemma blieb einen Moment am Rand des Angers stehen, hob ihr Gesicht dem Licht entgegen, bis Sterne hinter ihren geschlossenen Lidern zu tanzen begannen. Selten war der November so freundlich, und es war nicht damit zu rechnen, daß es dauern würde. Dies war ein Tag, um Modellsegelboote fahren zu lassen, ein Tag, um Erinnerungen an Sonne und Wärme für die langen dunklen Wintertage zu speichern.

Sie hörte, wie unmittelbar vor ihr ein Auto anhielt, und als sie die Augen öffnete, sah sie einen kleinen roten Vauxhall vor sich am Bordstein stehen. Die Frau am Steuer kurbelte ihr Fenster herunter und beugte sich hinaus. »Sie scheinen sich hier nicht auszukennen. Kann ich Ihnen weiterhelfen?« Sie hatte eine etwas rauchige, angenehme Stimme, platinblondes Haar und eine unglaublich große Höckernase.

Verlegen, in ihrer Tagträumerei ertappt worden zu sein, stotterte Gemma: »Ich – äh – vielen Dank, ich komm' schon zurecht. Ich warte nur auf jemanden.«

Die Frau musterte sie, bis Gemma sich unbehaglich zu fühlen begann. »Sie sind wohl Sergeant James. Ich habe schon von Ihnen gehört, vor allem von Geoff. Ich bin Madeleine Wade.« Sie schob ihre Hand durch das Fenster, und Gemma ergriff sie zu kurzer Begrüßung. »Falls Sie nach Ihrem Superintendent Ausschau halten, ich habe ihn in letzter Zeit nicht gesehen. Tschüs.« Mit einem Winken legte Madeleine Wade den Gang ein und fuhr davon.

Gemma, die ihr verblüfft nachblickte, klappte ihren Mund zu

und fragte sich, wieso sie das Gefühl hatte, soeben auseinandergenommen und wieder zusammengesetzt worden zu sein. Und hatte sie auf dem Wörtchen »Ihr« vor dem »Superintendent« eine besondere Betonung vernommen oder bildete sie sich das nur ein? Mit einem Achselzucken überquerte sie die Straße und ging zum Parkplatz des Pub, aber der Rover stand nicht dort.

Langsam wanderte sie die zwischen Hecken eingebettete Straße hinauf und betrachtete nachdenklich das Haus der Gilberts. Sollte sie die Gelegenheit ergreifen und mit Claire Gilbert allein sprechen, oder würde sie Kincaid damit ins Handwerk pfuschen? Sie hatte den Eindruck, daß zwischen ihr und Claire sich eine Art Beziehung angebahnt hatte, und sie vielleicht allein eher die Möglichkeit haben würde, Claires Vertrauen zu gewinnen.

Sie trat durch das Gartentor, ging aber nicht zu der düsteren, streng wirkenden Haustür, die ihr Alastair Gilberts Anwesenheit im Haus zu symbolisieren schien, sondern folgte dem Weg zum Garten.

Der Anblick, der sie empfing, war idyllisch. Auf einem Stuhl aus weiß lackiertem Schmiedeeisen, der auf ein sonniges Fleckchen im grünen Rasen hinausgebracht worden war, saß Claire Gilbert in einer viktorianisch anmutenden Bluse mit Stehkragen und einem buntgeblümten Sommerrock. Lucy hockte neben ihr auf dem Boden, den Kopf ans Knie ihrer Mutter gelehnt, und Lewis sprang übermütig mit einem Tennisball im Maul herum, den er prompt fallen ließ, um Gemma entgegenzustürmen.

»Hallo, Sergeant«, sagte Claire, als Gemma über den Rasen kam. »Holen Sie sich noch einen Stuhl und setzen Sie sich zu uns. Ist dieses Wetter nicht göttlich?« Sie hob eine Hand zum wolkenlos blauen Himmel. »Trinken Sie ein Glas Zitronenlimonade. Lucy hat sie selbst gemacht.«

»Ich hole Ihnen nur schnell ein Glas«, erklärte Lucy lächelnd und sprang auf. »Nein, Lewis«, schimpfte sie, als sie Gemma einen Stuhl brachte. »Sie will jetzt nicht mit dir spielen, du dummer Kerl.« Der Hund neigte hechelnd mit hängender rosa Zunge, die sich hell von seiner dunklen Schnauze abhob, den Kopf zur Seite.

»Ich komme mir vor wie ein Erzfaulpelz«, sagte Gemma, als sie sich auf den Stuhl niederfallen ließ.

Claire schloß die Augen. »Nichtstun ist manchmal das Beste. Wir gönnen es uns nur viel zu selten.«

»Ich habe das Gefühl, ich bekomme das heute von allen Seiten zu hören. Ist da vielleicht eine Verschwörung im Gang?«

Claire lachte. »Hat man Ihnen als Kind auch eingebleut, daß sich regen Segen bringt? Merkwürdig, wie schwer es ist, diese alten Regeln abzuschütteln.«

Lucy kam mit einem Glas Zitronenlimonade für Gemma zurück und setzte sich wieder neben den Stuhl ihrer Mutter. »Was abzuschütteln?« fragte sie, zu den beiden Frauen aufblickend.

»Dinge, die wir von Kindesbeinen an gelernt haben«, antwortete Claire in leichtem Ton und strich ihrer Tochter über das Haar. »Brav zuzuhören, zu gefallen, zu tun, was von einem erwartet wird. Richtig, Sergeant?« Sie warf Gemma einen leicht spöttischen Blick zu. »Ich kann Sie nicht ›Sergeant‹ nennen – Sie heißen Gemma, nicht wahr?«

Gemma nickte. Sie dachte an den Unabhängigkeitsgeist ihrer Mutter, die nie ein Blatt vor den Mund nahm, wenn es darum ging, ihrer Meinung Ausdruck zu geben. Aber obwohl Gemma seit ihrer Kindheit diesem Einfluß ausgesetzt gewesen war, hatte sie vor Rob gekuscht und sich jeder seiner Launen gebeugt, als wäre er der große Herrscher. Es schauderte sie bei der Erinnerung. Wodurch wurde solches Verhalten hervorgebracht, und wie schützte man sich davor?

»Ich mach' mich jetzt lieber schon mal fertig«, sagte Lucy,

Gemma aus ihren Gedanken reißend. »So kann ich ja schlecht gehen. Lewis hat mich ganz vollgesabbert.« Sie wischte sich über die Bluse.

»Ach, wohin gehen Sie denn?« fragte Gemma.

»Wir führen Gwen zum Tee aus, und Mama hat gesagt, ich soll mich ›ordentlich‹ anziehen. Ich hasse dieses Wort, Sie auch?«

»Ja, es ist gräßlich« stimmte Gemma lächelnd zu. »Wie geht es denn Ihrer Schwiegermutter?« wandte sie sich an Claire.

»Ich komme auch gleich, Schatz«, sagte Claire zu ihrer Tochter, ehe sie sich wieder Gemma zuwandte. »Den Umständen entsprechend, könnte man sagen. Der Schock scheint sie ein wenig verwirrt zu haben. Manchmal vergißt sie, was passiert ist, aber wenn es ihr wieder einfällt, macht sie sich Gedanken wegen der Beerdigung.« Claire blickte in die Bäume am Hang hinter dem Garten. Als die Küchentür hinter Lucy zugefallen war, sagte sie: »Da wir keine Ahnung haben, wann der Leichnam freigegeben wird, meint Becca, wir sollten eine kleine Gedenkfeier abhalten, ohne der Presse Stoff zu liefern.« Mit der Spur eines Lächelns fügte sie hinzu: »Alastair wäre sicher enttäuscht, daß man so gar kein Aufhebens von ihm macht.«

Sie trank ihre Limonade aus und sah auf ihre Uhr. »Tja, ich sollte mich auch noch umziehen, ehe ich nach Dorking fahre, um Gwen abzuholen.«

»Nur noch ein Wort«, sagte Gemma, »wenn Sie noch einen Moment bleiben können.«

Claire ließ sich wieder auf ihren Stuhl sinken und sah Gemma aufmerksam an.

»Es handelt sich um Ihr Bankkonto, Mrs. Gilbert. Das Konto, das Sie in Dorking eröffnet haben. Warum haben Sie alle Korrespondenz an Ihren Arbeitsplatz schicken lassen?«

»Das Bankkonto?« sagte Claire verständnislos. »Aber wie . . .« Sie zwinkerte verwirrt und sah weg. »Ich war ein sehr behütetes Einzelkind«, sagte sie, den Blick immer noch abgewendet. »Ich habe Stephen geheiratet, als ich neunzehn war. Abgesehen von der kurzen Zeit nach Stephens Tod habe ich niemals allein gelebt.« Erst jetzt sah sie Gemma wieder an. Ihre Augen brannten. »Wissen Sie, wie es ist, wenn man etwas ganz für sich allein haben möchte? Kennen Sie dieses Gefühl? Das war mein einziger Wunsch – ich wollte etwas haben, an das niemand sonst heran konnte. Ich brauchte niemanden um Erlaubnis zu fragen, ob ich dieses Geld ausgeben darf, ich brauchte mich nicht zu rechtfertigen. Es war wunderbar und es war mein Geheimnis.« Sie sah auf ihre Hände hinunter und holte tief Atem. »Woher wissen Sie von dem Konto? Malcolm hat es Ihnen gewiß nicht gesagt.«

»Nein«, antwortete Gemma, »er hat nichts gesagt. Wir haben die Kontonummer auf einem Zettel in einer Tasche Ihres Mannes gefunden.«

Gemma saß an einem Tisch im Garten vor dem Pub und beobachtete das Treiben rundherum. Brian brauste in einem kleinen weißen Lieferwagen vorüber; Claire und Lucy fuhren in ihrem Volvo los; Geoff blieb einen Moment bei ihr stehen, um ein paar Worte zu wechseln, ehe er zur Pfarrerin ging, um ihr bei der Gartenarbeit zu helfen.

Nach einer Weile schloß sie die Augen und versuchte, an gar nichts zu denken, nicht an Jackie, nicht an Alastair Gilbert, nicht an – einfach an gar nichts. Die Sonne lag warm auf ihrer Haut, und erst als ein Schatten kühl auf ihr Gesicht fiel, öffnete sie hastig die Augen.

»Gut geträumt?« fragte Kincaid.

»Woher sind Sie denn – ich habe Sie gar nicht kommen sehen.«

»Offensichtlich nicht.« Er zog eine Braue hoch und setzte sich auf die Bank ihr gegenüber.

Leicht verärgert über seinen neckenden Ton, begann Gemma

ohne weitere Umschweife von ihrer Fahrt nach Dorking zu berichten und danach, etwas zögerlicher, von ihrem Besuch bei Claire Gilbert.

Kincaids einziger Kommentar bestand darin, daß er die Augenbraue noch ein wenig höher zog. Dann erzählte er ihr in ausdruckslosem Ton von seinem Gespräch mit Gabriella Wilson.

Als er zum Ende gekommen war, starrte sie ihn einen Moment ungläubig an, dann sagte sie entschieden: »Das kann nicht Ihr Ernst sein.«

»Doch, leider.«

»Aber wie konnte er dieser Frau etwas antun? Sie wirkt so – zerbrechlich.« Gemma meinte das Geräusch splitternder Knochen zu hören und sah wieder Claires Hals unter dem auseinanderfallenden Haar, so zart wie ein Lilienstengel.

Kincaid sah auf seine Hände hinunter, die auf dem rauhen Holztisch ruhten. »Ich kann es natürlich nicht mit Sicherheit sagen, aber ich habe das Gefühl, daß vielleicht gerade ihre Zerbrechlichkeit den Mann reizte.«

Die Vorstellung entsetzte Gemma und sie kreuzte wie zum Schutz ihre Arme über ihrer Brust. »Sie haben keine Beweise.«

»Das hat Nick auch gesagt.« Er zuckte die Achseln. »Ich habe mich schon früher geirrt. Aber ich muß sie danach fragen. Ich glaube im übrigen auch nicht, daß sie Ihnen die ganze Wahrheit über das Bankkonto gesagt hat. Sie glauben, der Polizeibeamte, der beim Filialleiter war, war Ogilvie?«

Jetzt zuckte Gemma die Achseln. »Wer sonst könnte es gewesen sein? Gilbert kann man bestimmt nicht als räuberisch aussehend beschreiben. Vielleicht stimmt unsere Theorie über Claire und Brian nicht. Sie und David Ogilvie kennen sich seit längerer Zeit; vielleicht haben sie den Faden einfach da wiederaufgenommen, wo er abgerissen war.«

»Aber wenn Ogilvie Claires Liebhaber war, weshalb sollte er Claire nachspionieren . . .«

»Ob nun so oder so, wie ist *Gilbert* zu der Kontonummer gekommen? Wenn Ogilvie nichts damit zu tun hatte, ließe es sich höchstens damit erklären, daß Claire einfach nachlässig war. Vielleicht hat sie ihr Scheckbuch in ihrer Handtasche gelassen – man wird schnell leichtsinnig, wenn man sich sicher fühlt –, und Gilbert hat es gefunden.«

»Oder vielleicht haben Claire und Ogilvie geplant, Gilbert zu beseitigen, und Ogilvie hatte den Verdacht, sie könnte ihn hintergehen, und hat ihr deshalb nachspioniert.« Kincaid schien recht zufrieden mit seiner Theorie.

»Ich glaube nicht, daß Claire Gilbert vorsätzlich geplant hat, ihren Mann zu töten, ganz gleich, was er ihr angetan hat«, widersprach Gemma aus unerfindlichen Gründen heftig aufgebracht.

Kincaid seufzte. »Ich möchte es auch nicht glauben, aber wir müssen alle Möglichkeiten in Betracht ziehen. Wenn sie ihn getötet hat, dann kann sie es meiner Ansicht nach nicht allein getan haben. Deswegen haben wir sie ja zunächst überhaupt nicht verdächtigt. Man mag über Gilbert sagen, was man will, ein Softie war er bestimmt nicht, und ich glaube nicht, daß sie es geschafft hätte, sich von hinten an ihn anzuschleichen und ihn niederzuschlagen, ohne daß er rechtzeitig reagiert hätte, um sich noch zu retten.«

Mit einem Blick auf seine Uhr sagte er: »Passen Sie auf, Gemma, ich hab eine Idee. Mit Claire können wir sowieso erst sprechen, wenn sie aus Dorking zurück ist. Ich habe eben, als ich Nick nach Guildford zurückgefahren habe, im Yard angerufen – keine Spur von Ogilvie. Wir sitzen also im Augenblick erst einmal fest.« Er sah blinzelnd zur Sonne hinauf. »Kommen Sie mit auf einen Spaziergang.«

»Einen Spaziergang?«

»Sie wissen schon«, er ließ seine Finger über den Tisch spazieren, »Vorwärtsbewegung auf zwei Beinen. Ich glaube, wir haben noch Zeit, ehe die Sonne untergeht. Wir könnten auf den Leigh Hill hinaufsteigen. Das ist der höchste Punkt in Südengland.«

»Ich hab' keine Stiefel«, protestierte sie. »Und ich bin auch nicht dafür angezogen.«

»Leben Sie gefährlich. Sie haben doch bestimmt ein Paar Turnschuhe in Ihrer Reisetasche im Kofferraum, und ich leihe Ihnen meinen Anorak. Es ist warm genug – ich brauch' ihn nicht. Na, was haben Sie zu verlieren?«

Und so marschierte Gemma wenig später in seinem Anorak neben ihm die Straße hinunter. Kurz nach einem adretten Bauernhof, der Bulmer Farm, bogen sie ab und trafen auf den ausgeschilderten Wanderweg, der langsam aufwärts führte. Anfangs fiel das Gelände zu ihrer Rechten in einem steilen Hang ab, von nackten, skelettähnlich wirkenden Bäumen bestanden und mit rotbraunem Laub bedeckt. Aber bald begannen die Böschungen zu beiden Seiten steil anzusteigen und aus dem Wanderweg wurde ein matschiger, von Furchen durchzogener Trampelpfad.

Gemma sprang wie ein Kaninchen von einer trockenen Stelle zur anderen, hielt sich an Ästen und Wurzeln fest, um das Gleichgewicht zu bewahren und verwünschte Kincaid wegen seiner längeren Beine.

»Und das soll ein Vergnügen sein?« fragte sie keuchend, doch ehe er antworten konnte, hörten sie hinter sich ein lautes Surren, und ein mit Helm und Schutzbrille angetaner Bursche auf einem Mountain Bike raste mit voller Geschwindigkeit den Weg herauf, direkt auf sie zu. Gemma sprang zur Seite und krabbelte die Böschung hinauf, als der Radler an ihnen vorüberflitzte und sie mit Schlamm bespritzte.

»Dieser Mistkerl!« schimpfte sie wütend. »Anzeigen sollte man den!«

»Bei wem denn?« fragte Kincaid, während er die Dreckflecken auf seiner Hose besichtigte. »Der Verkehrspolizei?«

»Wie kommt dieser Kerl dazu . . .« sagte Gemma, als sie die Baumwurzel losließ, an der sie sich festgehalten hatte, und vorsichtig die Böschung hinunterstieg zum Weg. Plötzlich rutschte der Fuß unter ihr weg. Sie drehte sich noch im Fallen und landete unsanft auf einer Hüfte und einer Hand. Die Hand brannte wie Feuer. Laut schimpfend hob sie sie hoch.

Kincaid kniete neben ihr nieder. »Alles in Ordnung?« Sein Gesichtsausdruck verriet ihr, daß er nur mit Mühe das Lachen zurückhielt, und das machte sie noch wütender.

»Müssen Sie denn auch unbedingt mitten in die Brennesseln greifen?« fragte er, nachdem er ihre Hand genommen und untersucht hatte. Er rieb mit dem Daumen einen Schmutzfleck von ihrem Finger, und bei seiner Berührung brannte ihre Haut fast so heftig wie beim Kontakt mit der Brennessel.

Sie entriß ihm ihre Hand und rappelte sich hoch. Vorsichtig stieg sie zum nächsten Fleckchen trockenen Bodens hinunter.

»Schauen Sie, ob Sie ein Ampferblatt finden«, sagte Kincaid hinter ihr, immer noch Erheiterung im Ton.

»Wozu?« fragte Gemma unwirsch.

»Gegen das Brennen natürlich. Haben Sie als Kind nie Urlaub auf dem Land gemacht?«

»Meine Eltern haben sieben Tage in der Woche gearbeitet«, antwortete sie, ganz gekränkte Würde. Aber dann lenkte sie doch ein. »Manchmal sind wir ans Meer gefahren.«

Sie erinnerte sich daran, und hatte plötzlich wieder den Geruch von feuchter Salzluft und Zuckerwatte in der Nase. Sie spürte wieder die eisige Kälte des Wassers, die glitschige Nässe des Badeanzugs an ihrem Körper, den warmen Sand auf ihrer Haut. Sie dachte an die Zankereien mit ihrer Schwester im Zug nach Hause. Immer hatten sie danach heiß gebadet, warme Suppe gegessen, schläfrig vor dem Feuer gelegen. Einen Moment lang hatte sie Sehnsucht nach diesen Tagen, als alles so einfach gewesen war.

Als sie eine halbe Stunde später den Gipfel erreichten, setzte sie sich dankbar auf eine Bank am Fuß des Turms und ließ sich von Kincaid einen Becher Tee vom Kiosk holen. Ihre Oberschenkel schmerzten von der Anstrengung des Kletterns und ihre Hüfte von dem Sturz, aber als sie von der Höhe über das Hügelland blickte, fühlte sie sich so beschwingt, als hätte sie das Dach der Welt erklommen. Als er mit zwei dampfenden Pappbechern zurückkam, war sie schon wieder bei Atem und sah lächelnd zu ihm auf.

»Jetzt bin ich froh, daß ich mitgekommen bin. Danke.«

Er setzte sich neben sie und reichte ihr einen Becher. »Es heißt, daß man an klaren Tagen vom Turm aus Holland sehen kann. Wie wär's? Kommen Sie mit?«

Sie schüttelte den Kopf. »Höhen sind mir nicht geheuer. Das hier reicht mir vollkommen.«

Eine Weile saßen sie schweigend nebeneinander, tranken den dampfenden Tee und blickten hinüber zu der grauen Dunstglocke Londons, die im Norden über der Ebene hing. Dann zog Gemma ihre Beine hoch, drehte sich seitlich und hielt ihr Gesicht der Sonne entgegen.

Kincaid machte es ihr nach und beschirmte seine Augen mit der Hand. »Könnte das da drüben am Horizont der Kanal sein?« fragte er.

Gemma spürte das Brennen der Tränen hinter ihren Lidern. Sie konnte nicht sprechen.

Kincaid sah sie an und fragte erschrocken: »Gemma, was ist denn? Ich wollte nicht . . .«

»Jackie . . .« stammelte sie, schluckte und versuchte es noch einmal. »Es ist mir plötzlich eingefallen. Jackie hat gesagt, daß sie in ihrem nächsten Urlaub vielleicht da runter fahren würde. Sie wollte schon immer mal nach Brighton, und dann wollten sie und Susan nach Dover weiterfahren und mit dem Zug durch den Tunnel rüber nach Frankreich. Wenn ich nicht . . .«

Kincaid nahm ihr den Becher aus den zitternden Händen und stellte ihn auf die Bank. Er legte seine Hand flach auf ihren Rücken und begann langsam kreisend zu reiben. »Gemma, Trauer ist gut und richtig, aber Sie müssen aufhören, sich an Jackies Tod die Schuld zu geben. Erstens wissen wir noch immer nicht mit Sicherheit, ob es da überhaupt einen Zusammenhang gibt. Und selbst wenn ja – Jackie war erwachsen und für ihre Entscheidungen selbst verantwortlich. Sie hat Ihnen geholfen, weil sie es wollte, nicht weil Sie sie dazu gezwungen haben, und sie ist weiter gegangen, als Sie von ihr erwartet haben, weil *sie* neugierig war. Sehen Sie das denn nicht?«

Mit fest geschlossenen Augen schüttelte sie stumm den Kopf, aber nach einigen Minuten entspannte sie sich unter der warmen Berührung seiner Hand, und das Engegefühl in ihrer Brust begann zu weichen. Sie öffnete die Augen und sah ihn an. Sein Gesicht verriet deutlich seine Sorge um sie. Sie dachte daran, daß er extra mitten in der Nacht von Surrey nach London gefahren war, um zu verhindern, daß sie durch einen unpersönlichen Anruf von Jackies Tod erfuhr. Er hatte es wirklich nicht verdient, daß sie ihn so schlecht behandelte, wie sie das in letzter Zeit getan hatte.

»Die Sonne geht langsam unter«, sagte er. »Es wird bald dunkel werden. Wir sollten lieber losgehen, solange wir noch was sehen.«

Sie stolperten die letzten zwei-, dreihundert Meter des Fußwegs im dunkler werdenden Zwielicht hinunter, und als sie das Dorf erreichten, gingen in den Häusern bereits die ersten Lichter an.

Kincaid sah Gemma an, die sich im aufkommenden Wind tief in den Anorak gehüllt hatte. Auf dem Rückweg vom Turm war kaum ein Wort von ihr gefallen, aber er nahm in ihrem Schweigen nichts Feindseliges wahr, nur eine Tendenz, sich zurückzuziehen. Unterwegs hatte sie an unsicheren Wegstellen bereitwillig seine Hand gefaßt.

»Claire müßte inzwischen zurück sein«, sagte er. »Schauen wir doch gleich einmal am Haus vorbei.«

»So?« Gemma wies auf ihre schmutzbespritzte Hose und die verdreckten Schuhe.

»Warum nicht? Da wirken wir wie richtige Wandersleute.«

Das Tor knarrte, als sie es öffneten, um in den Garten zu treten, und Hecken und Büsche nahmen im Dämmerlicht unerwartet bedrohliche Formen an. Als sie um die hintere Hausecke bogen, blieb Kincaid plötzlich stehen, im ersten Moment selbst nicht sicher, was ihm eigentlich merkwürdig vorkam. Er hob die Hand, um Gemma aufzuhalten, und spähte nach hinten zum Hundezwinger. War das ein Schatten oder eine reglose dunkle Gestalt?

»Lewis?« sagte er leise, aber das dunkle Häufchen rührte sich nicht. Kincaid bekam Herzklopfen. »Bleiben Sie hier«, sagte er flüsternd zu Gemma, doch er spürte, daß sie ihm folgte, als er über das Gras zum Zwinger lief.

Der dunkle Schatten gewann an Substanz, als er näher kam, entpuppte sich als der Hund, der mit von sich gestreckten Gliedern auf der Seite lag. Kincaid kniete nieder und schob eine Hand durch das Maschendrahtgitter. Er streckte seine Finger, und es gelang ihm, den Hund zu berühren. Das Fell fühlte sich warm an, und die Flanke unter seiner Hand hob und senkte sich sacht.

»Ist er . . .« Gemma vollendete die Frage nicht.

»Er atmet.« Er bemerkte einen dunklen Fleck auf dem Beton unter dem Kopf des Hundes und hob den Kopf, um zu den dunklen Fenstern des Hauses zurückzublicken. »Irgendwas stimmt hier nicht, Gemma. Bleiben Sie . . .«

»Ich laß' Sie doch da nicht allein reingehen«, flüsterte sie. »Glauben Sie das ja nicht.«

Gemeinsam eilten sie über den Rasen. Als sie die Hintertür erreichten, zog Kincaid sie vorsichtig auf, und sie schlichen leise wie Gespenster durch den kleinen Vorraum. In der Küche blieben sie im Dunkeln stehen. Kincaid drehte sich einmal langsam um sich selbst, wobei er angespannt in die Finsternis spähte und in die Stille horchte.

Nach einigen Sekunden ließ das Hämmern seines Herzens nach, und er spürte, daß auch Gemmas Körper sich entspannte. Gerade wollte sie etwas sagen, da vernahmen sie das Geräusch. Blitzschnell schlang er seinen Arm um sie und drückte ihr die Hand auf den Mund. Ihre Zähne schlugen an seine Handfläche, als sie einen Aufschrei der Überraschung unterdrückte.

Dann hörte er es wieder, ein kaum wahrnehmbares Knarren. »Das Handy«, hauchte er Gemma ins Ohr. »In meiner Jacke im Auto. Gehen . . .«

Die Stimme drang aus dem dunkleren Rechteck der Tür in den Flur zu ihnen. »Das würde ich an Ihrer Stelle lieber nicht tun.«

15

»Chief Inspector Ogilvie, nehme ich an?« Kincaids leichter Plauderton konnte Gemma nicht täuschen. Sie spürte die Spannung in der Hand, die immer noch auf ihrem Mund lag. Vorsichtig hob sie einen Arm und tippte seine Hand an, um ihn wissen zu lassen, daß sie verstanden hatte. Er ließ sie los und trat einen kleinen Schritt von ihr weg, während er zu sprechen fortfuhr. »Sie haben uns eine Menge Mühe erspart. Wir suchen Sie schon eine ganze Weile.«

»Rühren Sie sich nicht von der Stelle«, befahl der Mann

scharf. Ein Knacken, und das Licht im Flur hinter ihm flammte auf. Es umriß seinen Körper, ließ jedoch sein Gesicht im Schatten. Und es schien auf einen Gegenstand in seiner Hand – flach und kompakt, es sah aus wie ein Spielzeug. Eine Pistole. Gemma versuchte verzweifelt, sich an das Kapitel über Faustfeuerwaffen in ihrem Lehrbuch zu erinnern, um die Waffe identifizieren zu können – eine Halbautomatik, eine Walther vielleicht –, während ein anderer Teil ihres Gehirns fragte, wozu überhaupt. Sie konnte das Kaliber nicht schätzen. Sie hatte nur den Eindruck, daß das Loch des auf sie und Kincaid gerichteten Laufs groß genug sei, um sie zu verschlingen.

Er trat noch einen Schritt in die Küche, und die Waffe verschwand wieder in der Dunkelheit, doch Gemma hielt ihren Blick auf die Stelle geheftet, wo sie sich ihrer Berechnung nach befinden mußte. »Sie beide sind mir ein bißchen zu schlau«, sagte er in spöttischem Ton. »Die Frage ist, was fange ich jetzt mit Ihnen an?«

»Warum sind Sie nicht einfach vorn rausgeschlüpft, als wir hinten reinkamen?« erkundigte sich Kincaid in einem Ton, als spräche er über das Wetter.

»Das wollte ich ja.« In Ogilvies Stimme – Gemma zweifelte keinen Moment, daß es Ogilvie war – schwang ein Anflug von Belustigung. »Dieser verdammte Alastair und seine Paranoia! Die vordere Haustür kann man nur mit einem Schlüssel öffnen, und ich habe leider keinen. Und die Fenster gingen auch nicht auf. Sie sehen also, ich stecke in einem Dilemma. Sie beide stehen einem sauberen Abgang im Weg.«

Gemma hatte das Gefühl, als klebte ihre Zunge an ihrem Gaumen, dennoch versuchte sie, Kincaids sachlichen Ton zu übernehmen. »Es wäre sinnlos, uns zu töten. Wir haben alles was wir wissen, bereits dem Disziplinarausschuß übergeben.«

»Sie täuschen sich, Sergeant. Für meine plötzliche Abwesenheit hätte sich schon eine plausible Erklärung finden lassen.

Etwas Konkretes hat der Ausschuß gegen mich nicht in der Hand. Aber jetzt, da Sie mich hier gesehen haben . . .«

»Warum sind Sie überhaupt hier?« unterbrach Kincaid. »Befriedigen Sie meine Neugier.«

Ogilvie seufzte hörbar. »Alastair ist es leider gelungen, sich einige ziemlich belastende Beweise meiner Aktivitäten zu beschaffen. Ich hielt es für klug, sie mir zurückzuholen, aber leider scheint er raffinierter gewesen zu sein, als ich ihm zugetraut habe, und für mich wird die Zeit knapp.«

Gemmas Augen hatten sich mittlerweile soweit an die dämmrige Beleuchtung gewöhnt, daß sie Ogilvies Gesicht erkennen konnte. Statt des eleganten Bond-Street-Anzugs trug er Jeans und Anorak, und sie fand, ohne den Anstrich städtischer Kultiviertheit wirkte er noch gefährlicher. Die Waffe in seiner Hand beschrieb einen kleinen Bogen, als er sie von Kincaid zu ihr schwenkte und dann wieder zu Kincaid.

Kincaid trat einen Schritt näher und legte seinen Arm um sie. Seine Finger ruhten leicht auf ihrer Schulter. Sie war sicher, daß sich hinter der Geste mehr verbarg als nur der Wunsch, sie zu beschützen. Aber was wollte er von ihr? All das, was sie hätten tun *sollen*, ging ihr durch den Kopf. Sie hätten Verstärkung anfordern sollen, als sie den Hund entdeckt hatten. Sie hätte draußen bleiben sollen, aber hätte sie bemerkt, daß Kincaid in Schwierigkeiten steckte, bevor es zu spät war?

Sie spürte, wie Kincaids Hand sich spannte und zu versteinern schien, als Ogilvie lässig sagte: »Aber wie dem auch sei, es ist alles recht gut gelaufen, und ich habe ein ganz nettes Sümmchen drüben auf dem Festland auf der hohen Kante. Ich denke, ich werde Chief Inspector Ogilvie vielleicht lieber aus dem Verkehr ziehen und ein neues Leben anfangen, anstatt Sie beide ins Jenseits zu befördern. Solche Schweinereien liegen mir nicht. Ich mag einige Fehltritte gemacht haben, aber zu Mord habe ich mich nie herabgelassen. Nur kann ich natürlich nicht zulassen, daß Sie zu früh Alarm schlagen, nicht wahr? Sergeant . . .«

»Und was ist mit Jackie Temple?« rief Gemma. »Sie ist auf offener Straße niedergeschossen worden. Zählt das etwa nicht? Oder war das ganz in Ordnung, weil Sie sich dabei die Hände nicht schmutzig gemacht haben?«

»Damit hatte ich nichts zu tun«, entgegnete Ogilvie, zum erstenmal gereizt.

»Und Gilbert?« fragte Kincaid. »Sind Sie schon einmal hier gewesen, um belastende Unterlagen zu suchen, und wurden dabei von ihm überrascht . . .«

Draußen fuhr ein Wagen vor. Der Kies knirschte unter den Rädern. Dann wurde eine Autotür zugeschlagen. Ogilvie fluchte, dann lachte er leise. »Na, da können wir ja jetzt auch Licht machen. Das wird ja die reinste Versammlung.« Er drückte auf den Lichtschalter, und Gemma zwinkerte, als die Lampen in Claires Küche angingen. »Los, bewegen Sie sich«, fuhr er Kincaid und Gemma an und wies mit der Waffe zur anderen Seite der Küche. »Weg von der Tür.« Dann lächelte er, und Gemma wurde eiskalt. Der Glanz in seinen Augen erinnerte sie an die Bilder keltischer Krieger vor der Schlacht, die sie einmal gesehen hatte. David Ogilvie amüsierte sich.

Stimmen, dann Schritte. Die Tür zum Vorraum wurde geöffnet. Claire Gilbert kam in die Küche und sagte: »Was ist denn hier . . .« Sie brach ab. »David?« Ihre Stimme schnappte fast über vor Überraschung.

»Hallo, Claire.«

»Aber was – ich verstehe nicht.« Claire blickte von Ogilvie zu Gemma und Kincaid.

»Ich würde ja sagen ›lange nicht gesehen‹, aber das entspräche nicht ganz der Wahrheit.« Ogilvie schüttelte bedauernd den Kopf. »Du weißt, daß du damals die falsche Entscheidung getroffen hast, nicht wahr, Claire. Es hätte mich so und so meine

Beförderung gekostet – Alastair war nicht nur eifersüchtig, sondern auch rachsüchtig –, aber wenigstens hätte ich dann dich gehabt, um mich zu trösten ...«

»Mami!« Beinahe weinend stürzte Lucy in die Küche. »Lewis hat irgendwas. Er rührt sich nicht. Ich kann ihn nicht wecken!« Rutschend hielt sie neben ihrer Mutter an. »Was ...«

»Er ist nur betäubt«, sagte Ogilvie. »Du solltest ihm beibringen, von Fremden kein Fleisch anzunehmen. Er wird bald wieder zu sich kommen.« Er richtete seine Aufmerksamkeit wieder auf Claire. »Aber du hattest Angst vor mir. Weißt du noch, daß du mir das gesagt hast, als du mir mitgeteilt hast, daß du Alastair heiraten würdest? Du hast gesagt, ich hätte etwas Ungezügeltes, und du müßtest an Lucy denken, sie brauche ein stabiles Zuhause.« Er lachte geringschätzig.

Claire zog Lucy an sich. »Ich habe nur getan, was ...«

»Er hat mich dazu erpreßt, dich zu überwachen. Sein Mißtrauen hat ihn aufgefressen wie eine Krankheit. Monatelang habe ich meine ganze freie Zeit damit zugebracht, dich zu beobachten. Du führst wirklich ein ziemlich langweiliges Leben, meine Liebe, abgesehen natürlich von der gelegentlichen Ausnahme.« Er sah Claire lächelnd an. »Du solltest froh sein, daß ich ihm nicht alles erzählt habe, was ich gesehen habe.«

Sein scharfer Blick kehrte zu Gemma und Kincaid zurück. »Tja, das war sehr unterhaltsam, aber ich denke, wir haben genug geplaudert. Oben gibt es doch gewiß ein Zimmer, das man absperren kann?«

Claire nickte.

»Also dann, Herrschaften, alle zusammen nach oben.« Ogilvie wies mit der Waffe zum Flur.

Draußen fiel die Hintertür zu. Sie drehten sich alle um wie die Marionetten.

»Mrs. Gilbert, die Tür war offen, und Sie haben Ihren Schlüssel ...« An der Küche blieb Will Darling wie angewurzelt stehen. »Was zum Teufel . . .« Im Bruchteil einer Sekunde registrierte er, was vorging, wirbelte herum und sprang zur Tür.

Ein Schuß krachte, und mit einem Schmerzensschrei ging Will zu Boden. Mit beiden Händen seinen Oberschenkel umfassend, wälzte er sich hin und her, und Gemma sah, wie sich ein großer Blutfleck auf dem hellen Stoff seiner Hose ausbreitete. Ihr taten die Ohren weh von dem Knall, und sie schluckte, als der beißende Pulvergeruch ihr in die Nase stieg.

Zuviel Blut, dachte sie angstvoll. Lieber Gott, laß es nicht die Hauptschlagader sein. Dann verblutet er. Sie versuchte, sich an ihre Erste-Hilfe-Ausbildung zu erinnern. »Üben Sie Druck direkt auf die Wunde aus.« Ohne auf Ogilvie zu achten, packte sie ein Geschirrtuch, das auf dem Herd lag, und kauerte neben Will nieder. Nachdem sie das Tuch zu einer Kompresse zusammengelegt hatte, drückte sie es mit ihrem ganzen Gewicht auf Wills Bein. Will wollte sich aufrichten, fiel aber sogleich mit einem Stöhnen wieder zurück. Er grapschte nach Gemmas Arm und zog an ihrem Ärmel. »Gemma, helfen Sie mir. Ich muß Verstärkung anfordern. Was ist pas . . .«

»Schsch! Es kommt schon alles in Ordnung, Will. Bleiben Sie jetzt ruhig liegen.« Erst da sah sie zu Ogilvie hinauf. Seine Lippen waren so fest zusammengepreßt, daß sie nur einen schmalen, blutleeren Strich in seinem Gesicht bildeten. Sein Arm war stocksteif. Es kann so oder so gehen, dachte sie. Er hatte die Barriere durchbrochen, die die meisten Menschen vor der Anwendung von Gewalt zurückhielt; jetzt konnte alles geschehen.

»Hören Sie, Ogilvie.« Kincaid ging vorsichtig einen Schritt auf ihn zu. Dann noch einen. »Sie sehen doch, daß es sinnlos ist weiterzumachen? Was wollen Sie tun – uns alle niederschießen? Sie werden Lucy oder Claire niemals etwas antun, also geben Sie auf.«

»Zurück.« Ogilvie richtete die Pistole auf Kincaid, hob sie in Höhe seines Herzens.

Kincaid blieb stehen, die Hände erhoben. »Okay, Sie könnten uns einsperren, aber Sie können den Constable nicht ohne ärztliche Hilfe hier liegenlassen. Er hat nur seine Pflicht getan – möchten Sie das auf dem Gewissen haben?« Er trat noch einen Schritt auf Ogilvie zu, die Hände immer noch erhoben. »Geben Sie mir die Waffe.«

»Ich sage Ihnen . . .« Ogilvie hob den linken Arm, um seinen rechten zu stützen.

Schußposition, dachte Gemma, die ihn in hilflosem Entsetzen beobachtete. Nein!

»Mir ist kalt, Gemma«, sagte Will. Wieder zupfte er sie am Ärmel, schwächer diesmal. »Die Autoscheinwerfer. Sie hatte die Autoscheinwerfer angelassen. Warum ist mir kalt?« Sein Gesicht war weiß geworden und schweißfeucht. Das Geschirrtuch unter Gemmas Hand war warm und naß.

»Hilf ihm doch jemand«, sagte Gemma und biß die Zähne zusammen, damit sie nicht aufeinanderschlagen konnten.

Claire schob Lucy mit einer raschen Bewegung hinter sich und trat vor. »David, hör mir zu. Du darfst das nicht tun. Ich kenne dich. Ich habe mich vielleicht in Alastair getäuscht, aber in dir täusche ich mich nicht. Wenn du ihn erschießt, mußt du mich als nächste töten. Bitte gib doch auf.«

Gemma hörte Lucy leise weinen, aber sie konnte ihren Blick nicht von dem Trio wenden, das wie versteinert stand – Kincaid, Claire, Ogilvie.

Einen Moment lang glaubte sie zu sehen, wie ein Zittern Ogilvies Arm durchrann, und sein Finger sich am Abzug spannte. Dann lächelte er: »Man muß auch mit Anstand verlieren können. Und ich kann mir denken, daß eine Leiche auf dem Küchenboden dir schon mehr als genug zu schaffen gemacht hat, meine Liebe.« Er nahm die Pistole in die linke

Hand und reichte sie Kincaid mit dem Kolben voraus. Doch seinen Blick ließ er auf Claire gerichtet. Leise, im Ton des Bedauerns, fügte er hinzu: »Ich konnte dir noch nie etwas abschlagen.«

Claire trat zu ihm und legte ihre Hand an seine Wange. »David.«

Mit der Pistole in der Hand ging Kincaid rückwärts durch die Küche, griff nach dem Telefon, das auf dem Tisch in der Frühstücksnische stand, und wählte den Notruf.

Kincaid stand allein in der Küche der Familie Gilbert. Gemma hatte Will im Krankenwagen begleitet, und ein Streifenwagen hatte David Ogilvie abgeholt, der keinen Widerstand geleistet hatte. Aufgeschreckt von Blaulicht und Sirenen, war Brian herübergelaufen gekommen und hatte die tief erschütterte Claire in den Wintergarten geleitet, nachdem er ihr einen steifen Whisky eingeschenkt hatte.

Auch an Kincaid war der Schrecken nicht spurlos vorübergegangen. Er hob eine Hand, um zu prüfen, ob das Zittern sichtbar war. Es würde sich schon geben, dachte er, bis er zur Dienststelle kam und mit der Vernehmung David Ogilvies begann. Später würde er über die möglichen Konsequenzen des Geschehenen nachdenken.

Er hörte, wie die Tür zum Vorraum knarrend geöffnet wurde und leise jemand hereinkam. Dann erschien Lucy in der Küche. Sie trug noch das wadenlange dunkelgrüne Kleid mit der hochangesetzten Taille, das sie am Nachmittag zum Tee angezogen hatte. Sie sah wie ein altmodisches Kind darin aus, unschuldig und weit entfernt von Blut und Gewalt. Er sah sie lächelnd an.

»Mr. Kincaid?« Sie berührte ihn leicht am Arm. Bei näherem Hinsehen konnte er die Tränenspuren auf ihren Wangen sehen und die leichte Schwellung ihrer geröteten Augenlider. »Es ist wegen Lewis. Ich kann ihn immer noch nicht wecken, und ich weiß nicht, was ich tun soll. Könnten Sie nicht mal nach ihm schauen?«

»Ja, sehen wir mal, was wir tun können.« Er folgte dem breiten Pfad, den das Licht ihrer Taschenlampe aufs Gras warf, und kniete neben dem Hund nieder.

Lucy, die neben ihm kauerte, sagte: »Ich habe den Tierarzt angerufen und bei seinem Auftragsdienst eine Nachricht hinterlassen. Aber sie haben gesagt, er käme vielleicht erst in ein paar Stunden zurück.«

Kincaid legte wieder seine Hand auf die Flanke des Hundes, um zu spüren, ob er atmete, dann zog er eines der schlaffen Augenlider hoch und inspizierte im Licht der Taschenlampe das Auge. »Es ist zu dunkel hier draußen. Nicht mal mit der Lampe kann ich was sehen. Wollen wir ihn hineintragen?«

»Ach ja, bitte«, antwortete Lucy. »Ich hab vorhin versucht, ihn hochzuheben, aber allein habe ich es nicht geschafft.«

Kincaid schob seine Arme unter den Hund und richtete sich mühsam auf. »So, vorsichtig jetzt.« Der Körper des Hundes war beruhigend warm. Gemeinsam mit Lucy trug er das Tier durch den Garten. Nachdem sie es in die Küche bugsiert hatten, ließ Kincaid es erleichtert auf den Boden hinunter, und Lucy zog seinen Kopf auf ihren Schoß.

Kincaid zog die Lefze des Hundes hoch und betrachtete das Zahnfleisch. »Sehen Sie, da? Sein Zahnfleisch sieht rosig und gesund aus. Das bedeutet, daß sein Kreislauf in Ordnung ist. Und er atmet ganz regelmäßig«, fügte er hinzu, während er das Auf und Nieder der Hundebrust beobachtete. »Ich weiß nicht, was wir sonst noch tun können, bis der Tierarzt kommt. Aber wir können ihn ja auf jeden Fall mal warm halten. Haben Sie eine Decke?«

Lucy, die unablässig die Ohren des Hundes streichelte, blickte auf. »Am Fußende von meinem Bett liegt eine. Würden Sie . . .«

»Ich bin gleich wieder da.«

Er fand Lucys Zimmer ohne Schwierigkeiten und blieb einen Moment auf der Schwelle stehen, als er die Tür geöffnet hatte. Was er sah, überraschte ihn. Abgesehen von einer Sammlung von Stofftieren auf dem Bett hatte das Zimmer keine Ähnlichkeit mit Teenagerzimmern wie er sie kannte – keine Poster von Rockgruppen oder Filmstars an den Wänden, keine Kleiderhaufen auf dem Boden, die jeden Gang durch das Zimmer zum Hindernislauf machten. Es verströmte die gleiche Atmosphäre heiterer Schlichtheit, die er in Geoffs Zimmer im Pub angetroffen hatte, und er fragte sich, ob Lucy von dem jungen Mann beeinflußt war, oder ob dies natürlicher Ausdruck ihrer eigenen Persönlichkeit war.

Die Möbel waren alt, erfreuten sich jedoch offensichtlich liebevoller Behandlung, und auf dem schmalen Bett lag eine irische Wolldecke in schönen Grün- und Lilatönen. Er nahm den verblichenen, an manchen Stellen zerschlissenen Quilt, der sauber gefaltet auf dem Fußende des Betts lag, aber er ging noch nicht.

Gerahmte Ausschnitte aus Zeitungen und Zeitschriften hingen an der Wand über dem kleinen Schreibtisch. Die einfachen Holzrahmen, dachte Kincaid, hatte wohl Geoff gefertigt. Als er näher trat, um sie sich genauer anzusehen, stellte er fest, daß alle Artikel von Lucys Vater, Stephen Penmaric, stammten.

In den Hängeregalen zu beiden Seiten des Fensters standen Bücher; am auffallendsten placiert war eine Gesamtausgabe von C. S. Lewis' Narnia-Büchern, die sogar noch in ihren Schutzumschlägen steckten. Er nahm eines heraus, um zu sehen, um welche Ausgabe es sich handelte, und pfiff leise vor sich hin. Es waren Erstausgaben und sie waren in tadellosem Zustand. Seine Mutter hätte wahrscheinlich ihr erstgeborenes Enkelkind für diese Bücher gegeben.

Neben den Büchern stand ein kleiner Käfig mit einem

Laufrad und Sägemehl auf dem Boden. Er klopfte leicht an das Gestänge und lächelte, als er gleich darauf ein leises Scharren hörte, und eine weiße Maus aus dem Sägemehl schlüpfte. Sie blinzelte ihn mit rubinroten Augen verschlafen an, ehe sie wieder in Deckung ging.

Kincaid knipste das Licht aus und nahm den Quilt mit nach unten.

Lucy sah ihm erwartungsvoll entgegen, als er in die Küche kam. »Haben Sie Celeste gesehen? Ich hatte vergessen, Ihnen zu sagen, daß ich eine Maus habe. Hoffentlich haben Sie keine Angst vor Mäusen.«

»Überhaupt nicht. Ich hatte selbst mal welche, bis sie der Familienkatze in die Klauen gerieten.« Er kniete nieder und packte Lucy zusammen mit Lewis gut in den Quilt ein, denn der Fliesenboden war kalt. »Sehr gemütlich sieht das nicht aus«, meinte er. »Wollen Sie nicht lieber nach oben gehen?«

»Ich kann Lewis doch jetzt nicht allein lassen.« Sie sah Kincaid einen Moment nachdenklich an, dann fragte sie zaghaft: »Mr Kincaid, wer war dieser Mann? Irgendwie ist er mir bekannt vorgekommen, aber ich weiß nicht, wo ich ihn hintun soll.«

»Er hat mit Ihrem Stiefvater zusammengearbeitet und war nach dem Tod Ihres Vaters ein Freund Ihrer Mutter.« Er wollte es lieber Claire überlassen, ihrer Tochter die komplizierten Einzelheiten dieser Beziehung zu erklären.

»Ich habe oben Ihre C. S. Lewis Bücher gesehen. Wissen Sie, daß sie ziemlich wertvoll sind?«

»Sie haben meinem Vater gehört. Er hat mich nach der Lucy in den Geschichten getauft.« Sie blickte an Kincaid vorbei und hörte einen Moment auf, den Hund zu streicheln. »Ich wollte immer so werden wie sie. Tapfer und mutig und fröhlich. Die anderen Kinder haben sich verleiten lassen, aber Lucy nie. Sie war wirklich gut, durch und durch. Aber ich bin es nicht.« Sie sah Kincaid an, und es schien ihm, in ihren Augen spiegele sich eine Traurigkeit, die weit über ihre Jahre hinausging.

»Vielleicht«, sagte er langsam, »war das eine zu hochgespannte Erwartung.«

»Den scheinen wir festgenagelt zu haben«, sagte Nick Deveney zu Kincaid. Sie saßen in der Kantine der Dienststelle in Guildford und gönnten sich einen Kaffee und ein Sandwich, während David Ogilvie in einem der Vernehmungszimmer wartete.

»Er hat nichts zugegeben«, entgegnete Kincaid, Käse und Tomate kauend. »Und ich glaube nicht, daß wir ihn mit Warten nervös machen können. Er hat zu oft an der anderen Seite des Tisches gesessen.«

»Nie im Leben kann der sich aus dem Mord an Gilbert rauswinden nach dem, was er getan hat. Mit Jackie Temple wird's vielleicht ein bißchen schwieriger, wenn er beweisen kann, daß er an dem Abend unterrichtet hat.« Deveney schnitt eine Grimasse. »Das ist mit das Schlimmste, was ich mir vorstellen kann – ein korrupter Polizeibeamter. Und dann auch noch auf einen Kollegen schießen!« Er schüttelte angewidert den Kopf.

»Er konnte nicht wissen, daß Will ein Kollege war«, versetzte Kincaid und fragte sich sofort, warum er Ogilvie verteidigte und was Ogilvies Unwissenheit an der Verwerflichkeit seiner Tat ändere. »Haben Sie inzwischen was Neues von Will gehört?«

»Er liegt auf dem Operationstisch. Gebrochener Oberschenkelknochen, vermuten sie, und Verletzung der Schlagader.«

Kincaid schob den letzten Bissen seines Brots in den Mund und knüllte die Folie in der Hand zusammen. »Er war schnell. Schneller als ich. Wenn ich raus gekommen wäre und Verstärkung angefordert hätte, wäre das alles vielleicht nicht passiert.«

Deveney nickte und gab sich gar keine Mühe, ihn zu entschuldigen. »Bei der Kripo wird man langsam. Da verliert man den Kick. Man hockt zuviel auf dem Hintern und schreibt blöde Berichte.«

»Hm, ich denke, Sie werden feststellen, daß David Ogilvie nichts von seinem Kick verloren hat«, meinte Kincaid.

Ogilvie sah nicht im geringsten mitgenommen aus. Er hatte seinen Anorak ordentlich über die Lehne seines Stuhls gehängt, und sein weißes Baumwollhemd sah so frisch aus, als wäre es eben aus der Wäscherei gekommen. Er lächelte, als Kincaid und Deveney hereinkamen und sich ihm gegenüber setzten.

»Das dürfte eine interessante Erfahrung werden«, bemerkte er, als Deveney das Tonbandgerät einschaltete.

»Ich könnte mir denken, daß Sie eine ganze Menge neuer Erfahrungen machen werden«, sagte Kincaid, »und dazu gehört auch ein sehr langer Aufenthalt in einem der besseren Hotels Ihrer Majestät.«

»Ich wollte sowieso ein bißchen mehr lesen«, entgegnete Ogilvie. »Und ich habe einen außergewöhnlich guten Anwalt, der übrigens schon auf dem Weg hierher ist. Ich könnte es ablehnen, vor seiner Ankunft überhaupt mit Ihnen zu sprechen.«

Und warum tut er es nicht? fragte sich Kincaid, während er versuchte, den Ausdruck in Ogilvies dunklen Augen zu deuten. David Ogilvie war hochintelligent und mit den Vernehmungsregeln bestens vertraut. Hatte er den Wunsch, vielleicht sogar das Bedürfnis zu sprechen?

Kincaid warf Nick Deveney einen warnenden Blick zu – bei diesem Mann würde Aggression sie auf keinen Fall weiterbringen. »Erzählen Sie uns von Claire«, sagte er zu Ogilvie und lehnte sich mit verschränkten Armen auf seinem Stuhl zurück.

»Können Sie sich vorstellen, wie schön sie vor zehn Jahren war? Ich konnte nie ergründen, was sie in ihm gesehen hat.« Ein ungläubiger Ton schwang in Ogilvies Stimme, als hätten die Jahre seine Verwunderung nicht dämpfen können. »Sex kann es nicht gewesen sein – sie kam immer völlig ausgehungert zu mir, und ich vermute, sie hat die Fassade der Eiskönigin aufrechterhalten bis nach der Heirat. Vielleicht hat sie instinktiv gespürt, daß er genau das wollte – ich weiß es nicht.«

So war es also gewesen, dachte Kincaid. »Ich nehme an, er wußte nicht, daß sie mit Ihnen schlief?«

Ogilvie schüttelte den Kopf. »Ich habe es ihm bestimmt nicht gesagt.«

»Auch nicht, nachdem sie Ihnen mitgeteilt hatte, daß sie ihn heiraten würde?«

»Beleidigen Sie mich nicht, Superintendent. So etwas würde mir nie einfallen.«

»Obwohl es Gilberts Pläne vielleicht zunichte gemacht hätte?«

»Was hätte mir das eingebracht? Claire hätte mich dafür verachtet, sie verraten zu haben. Und ich glaube, zu diesem Zeitpunkt war er schon so entschlossen, sie zu seinem Besitz zu machen, daß nichts ihn davon abgehalten hätte. Sie war seine Trophäe, das Prunkstück, mit dem er sich schmücken konnte. Aber er hat sie unterschätzt. Ich habe mich oft gefragt, wie lange er gebraucht hat, um zu merken, daß er keine Porzellanpuppe geheiratet hatte, sondern eine Frau aus Fleisch und Blut.«

Ogilvies Züge hatten sich beim Sprechen über Claire entspannt, und zum erstenmal konnte Kincaid sich vorstellen, was sie vielleicht an *ihm* gefunden hatte.

»Sie hatten keinen Kontakt mehr mit ihr?«

»Nein, bis heute abend nicht.« Ogilvie trank einen Schluck Wasser aus dem Becher auf dem Tisch.

Kincaid beugte sich vor. »Welcher Art waren die Beweise, die Gilbert gegen Sie in der Hand hatte?«

»Versuchen Sie, mich zu überrumpeln, Superintendent?« Sofort kehrten Spott und Mißtrauen in Ogilvies Gesicht zurück. »Ich denke, das ist etwas, worüber ich lieber zuerst mit meinem Anwalt sprechen möchte.«

»Und welcher Art waren die Aktivitäten, an denen Sie beteiligt waren?«

»Auch darüber spreche ich lieber zuerst mit meinem Anwalt.«

»Jackie Temple glaubte, Sie ließen sich von den großen Drogendealern Protektionsgelder zahlen. Ist das der Grund, weshalb Sie sie töten ließen?«

»Ich habe es Ihnen vorhin schon gesagt: Ich habe mit dem Tod von Constable Temple nichts zu tun, und mehr gedenke ich zu diesem Thema nicht zu sagen.« Ogilvie preßte seine Lippen zu einer schmalen Linie zusammen.

Deveney rutschte unruhig auf seinem Stuhl hin und her. »Wie wär's, wenn Sie uns erzählen, was an dem Tag passiert ist, an dem Commander Gilbert starb«, sagte er. »Was ist geschehen, nachdem Sie auf der Bank gewesen waren.«

»Auf der Bank?« wiederholte Ogilvie und wirkte zum erstenmal unsicher.

Schwitz du ruhig, verdammt noch mal, dachte Kincaid und lächelte ihn an. »Ja, auf der Bank. Wo Sie den Filialleiter mit List und Tücke beschwatzt haben, Ihnen Claires Akte zu zeigen.«

»Wie in Dreiteufelsnamen . . .« Ogilvie zuckte die Achseln. »Ach was, es spielt wahrscheinlich keine Rolle.« Er trank wieder von seinem Wasser und schien sich zu sammeln, ehe er zu sprechen fortfuhr. »Das Problem bei der Überwachung von Claire war, daß ich es nicht riskieren konnte, von ihr erkannt zu werden. Ich durfte ihr deshalb niemals zu nahe kommen. Ich hatte sie mehrmals in die Bank gehen sehen, und ich wußte, daß sie und Gilbert all ihre Bankgeschäfte über die Midlands in Guildford erledigten. Es hätte natürlich sein können, daß sie nur irgendwelche Aufträge für Gilberts Mutter ausführte, aber mir fiel auf, daß sie jedesmal von ihrem Arbeitsplatz kam und dann wieder dorthin zurückkehrte. Das hat mich stutzig gemacht. Zu der Zeit war das Spiel schon ein bißchen langweilig geworden, und diese Sache reizte mich.

O ja, anfangs war es ein Spiel, das gebe ich zu, eine Chance, alte Fertigkeiten wieder zu nutzen, die Spannung wieder zu spüren. Und es war eine Herausforderung – es kam darauf an, Alastair gerade soviel an Informationen zu liefern, daß ich ihn mir vom Hals halten konnte, aber nicht genug, um Claire wirklich zu gefährden. Er hatte einen weniger parteiischen Spitzel erpressen sollen.«

Deveney rieb sich mit dem Daumen das Kinn. »Ich hätte gedacht, Sie hätten die Gelegenheit nur zu gern ergriffen, sich an ihr zu rächen, nachdem sie Sie seinetwegen hatte abblitzen lassen.«

»Damit hätte ich diesem widerlichen Gilbert doch nur einen Gefallen getan. Er hat ja förmlich gewünscht, daß ich ihm erzähle, daß seine Frau ihn betrügt. Er schien eine perverse Art der Genugtuung daraus zu ziehen.«

Kincaid fragte gespannt: »Und hat sie ihn betrogen?«

»Auch das werde ich Ihnen nicht sagen. Was Claire getan hat, ist ihre Angelegenheit.«

»Aber Sie haben Gilbert von dem Bankkonto berichtet.«

»Es erschien mir harmlos genug. Ich habe ihn an dem Nachmittag angerufen und gesagt, ich wolle ihn sprechen. Ich habe ihn dann am Zug in Dorking abgeholt, habe ihm die Informationen gegeben und ihm mitgeteilt, daß der Fall damit für mich erledigt sei. Ich hätte Claire monatelang beobachtet, und das sei das einzige, was ich herausbekommen hätte, sagte ich, und womöglich spare sie nur, um ihn ein Geburtstagsgeschenk zu kaufen. Ich hätte jedenfalls die Nase voll.«

»Und das war's?« Kincaid zog skeptisch eine Braue hoch.

»Er war einverstanden«, sagte Ogilvie.

Kincaid schlug mit der Faust auf den Tisch. »Blödsinn! Nie

im Leben wäre Gilbert einverstanden gewesen. Das weiß ich nun zufällig ganz genau, und ich habe ihn nicht halb so gut gekannt wie Sie. Ich glaube vielmehr, er hat Sie ausgelacht und Ihnen gesagt, daß er sie niemals laufen lassen würde. Und Sie haben ihm geglaubt, nicht wahr?«

Kincaid lehnte sich zurück und sah Ogilvie mit unverwandtem Blick an, während er den Ablauf der Ereignisse entwickelte wie er ihn im Kopf hatte. »Ich glaube, Sie sind ihm an diesem Abend von Dorking zu seinem Haus gefolgt, weil Sie auf eine Gelegenheit hofften. Sie ließen Ihren Wagen auf dem Parkplatz des Pub stehen, wo er nicht auffallen würde, oder vielleicht auch oben am Ende der Straße. Sie haben geläutet und irgend einen Vorwand gebraucht; vielleicht sagten Sie, Sie hätten vergessen, ihm etwas mitzuteilen. Und inzwischen vergewisserten Sie sich, daß sonst niemand im Haus war.

Und ich glaube, *Sie* waren derjenige, den Gilbert unterschätzt hat. Er drehte Ihnen den Rücken zu, und das war für ihn das Ende.«

Die Stille im Raum wurde beinahe greifbar. Kincaid bildete sich ein, den kontrapunktischen Schlag ihrer Herzen hören zu können, und das Brausen des Bluts, das durch ihre Adern strömte. Ogilvie stand jetzt der Schweiß auf der Stirn, die glänzte wie in Öl gebadet.

Mit einer ungeduldigen Bewegung wischte er sich über das Gesicht. »Nein«, sagte er. »Ich habe Alastair Gilbert nicht getötet. Und ich kann es beweisen. Ich bin von Dorking aus direkt nach London zurückgefahren, weil ich am Abend einen Termin mit einem Malermeister hatte, mit dem ich über die Renovierung meiner Wohnung sprechen wollte.« Er lächelte. »Ein Alibi von einem absolut neutralen Zeugen, Superintendent. Sie werden feststellen, daß es auf festen Beinen steht.«

»Wir werden sehen«, versetzte Deveney. »Jeder hat seinen Preis. Wie Sie ja wissen sollten.«

»Das war ein Schlag unter den Gürtel«, sagte Ogilvie. »Eins zu null für Sie, Chief Inspector. Aber wenn hier schon Punkte vergeben werden, muß ich sagen, daß man in meiner alten Dienststelle dem Beschuldigten wenigstens eine Tasse Kaffee anbietet. Glauben Sie, Sie würden das hier auch schaffen?«

Deveney warf Kincaid einen Blick zu und schnitt ein Gesicht. »Ich denke schon.« Er gab die Uhrzeit ins Bandgerät ein, vermerkte, daß man eine kurze Pause machen würde, und schaltete den Apparat ab.

Als sich die Tür hinter ihm geschlossen hatte, maß Ogilvie Kincaid mit taxierendem Blick. »Bleibt das Folgende unter uns, Superintendent?«

»Das kann ich nicht versprechen.«

Ogilvie zuckte die Achseln. »Ich bin nicht im Begriff, ein großartiges Geständnis abzulegen. Ich habe nichts zu gestehen, außer daß ich müde bin. Sie scheinen mir ein vernünftiger Mensch zu sein. Gestatten Sie mir, Ihnen einen Rat zu geben, Duncan. Sie heißen doch Duncan, stimmt's?«

Als Kincaid nickte, fuhr er fort: »Lassen Sie niemals zu, daß Bitterkeit Ihr Urteil trübt. Gilberts Stellung hätte mir gebührt. Ich war der besser Qualifizierte, aber er hat sich besser darauf verstanden, sich bei den Obrigkeiten lieb Kind zu machen, und er hat mich sabotiert. Ich war überzeugt, Besseres verdient zu haben. Ich glaubte, der Staat sei mir etwas schuldig geblieben. Damit entschuldigte ich die kleinen Übertretungen. Dann findet man weitere Rechtfertigungen – wenn man selbst nicht mitmacht, tun es andere, sagt man sich, warum also nicht selber den Nutzen daraus ziehen?«

Ogilvie machte eine Pause und trank sein Wasser aus. Dann wischte er sich den Mund. »Aber nach einer Weile zermürbt es einen. Ich wußte, ich müßte aussteigen, aber ich habe es immer wieder hinausgeschoben. Ich wollte nie, daß jemand dabei zu Schaden kommt. Dieser Constable – wie geht es ihm?«

»Ich habe gehört, er wird gerade operiert, aber er scheint auf jeden Fall durchzukommen.« Wie leicht war es, Schritt für Schritt die Unschuld zu verlieren.

Kincaid sah Ogilvie an und wünschte, er hätte ihn vor Jahren kennengelernt, als er sich noch nicht schuldig gemacht hätte. »Aber das entschuldigt nicht, was Sie getan haben. Und Jackie Temple – Sie mögen ihre Ermordung nicht in Auftrag gegeben haben, aber sie wurde getötet, weil sie über Sie Erkundigungen eingezogen hat. Damit sind Sie für mich schuldig.«

Ogilvie begegnete seinem Blick. »Ja, damit werde ich leben müssen.«

Ganz gleich, wieviel Mühe sie sich gaben, so einen Warteraum angenehm und freundlich zu gestalten, das Krankenhaus ließ sich nicht verhehlen. Der Geruch kroch durch die Türritzen und das Ventilationssystem und kam einem aus allen Ecken entgegen. Gemma saß allein auf dem Sofa und wartete. Sie fühlte sich sehr eigenartig. Die Zeit schien fließend zu sein, etwas unberechenbar Willkürliches. Den Blick auf das Muster der Tapete gerichtet, hörte sie wieder den Schuß und sah Will fallen, immer wieder, als liefe in ihrem Kopf in ewiger Wiederholung ein Stück Film ab. Sie erinnerte sich, daß eine Schwester mit freundlichem Gesicht sie in die Cafeteria hinuntergeschickt hatte, und sie keinen Bissen anrühren konnte. Aber sie wußte nicht mehr, wann das gewesen war. Jetzt mußte Will doch bald aus dem Operationssaal kommen. Jetzt mußte doch bald jemand kommen und ihr Bescheid sagen.

Ihre Hose war mit Dreck bespritzt und an Knien und Oberschenkeln blutverschmiert. Sie war froh, daß sie noch immer Kincaids Anorak anhatte, weil er warm war, aber sie betastete unaufhörlich die steifen, verkrusteten Ärmelenden, während eine Stimme in ihrem Kopf wie beschwörend flüsterte, Wills Blut, Wills Blut.

Mit einem Ruck hob sie den Kopf. War sie eingeschlafen gewesen? Die Stimmen und die Schritte waren real; sie hatte nicht geträumt. Mit hämmerndem Herzen stand sie auf, als Kincaid und Nick Deveney zur Tür hereinkamen.

»Gemma, alles in Ordnung?« fragte Kincaid. »Es gibt doch keine schlechte Nachricht über Will?«

Mit weichen Knien setzte sie sich wieder, und Kincaid nahm den Stuhl an ihrer Seite. Sie schüttelte den Kopf.

»Nein. Es ist nur – ich dachte, es wäre der Arzt . . . Tut mir leid. Sie haben niemanden gesehen, als Sie hereingekommen sind?«

»Nein.« Kincaid sah sich in dem leeren Raum um. »Hat Will keine Familie?«

»Er hat mir erzählt, daß seine Eltern tot sind«, antwortete Gemma.

»Aber er hat Ihnen sicher nicht erzählt, wie sie gestorben sind«, bemerkte Deveney. Als Gemma und Kincaid ihn fragend ansahen, seufzte er und senkte den Kopf. »Seine Eltern waren immer ganz füreinander da. Und für Will. Sie haben es sehr schwer genommen, als er in Ulster stationiert wurde. Kurz nach Wills Heimkehr wurde bei seiner Mutter Alzheimer festgestellt, und ein paar Monate später bei seinem Vater unheilbarer Krebs. Sein Vater hat zuerst seine Mutter erschossen und dann sich selbst. Will hat sie gefunden. Sie lagen wie ein Liebespaar aneinandergeschmiegt in ihrem Bett.« Deveney räusperte sich und wandte sich ab.

»O Gott«, sagte Kincaid, und Gemma konnte überhaupt kein Wort sagen. Der arme Will. Und jetzt dies. Es war ungerecht. Die Tür wurde geöffnet, und wieder sprang ihr das Herz in den Hals hinauf. Diesmal schaffte sie es nicht aufzustehen.

Der Arzt hatte noch seinen blaßgrünen Kittel an. Den Mundschutz hatte er heruntergezogen, er hing ihm wie ein Lätzchen unter dem Kinn. Er war klein und rundlich, und seine

Brillengläser funkelten im Licht. Er lächelte. »Es war ein ganz schönes Stück Arbeit, Ihren Kollegen wieder zusammenzuflicken. Er hat eine Menge Blut verloren, aber ich denke, jetzt hat sein Zustand sich stabilisiert. Sehen können Sie ihn allerdings frühestens morgen.«

Gemma war schwindlig vor Erleichterung. Sie überließ es Kincaid und Deveney, dem Arzt zu danken, und ließ sich von ihnen in den Korridor hinausführen.

»Ogilvies Anwalt ist angekommen«, sagte Deveney zu Gemma, als sie durch den Flur gingen. »Aalglatt wie ein amerikanischer Politiker und wahrscheinlich genauso reich. Er hat Ogilvie natürlich als erstes den Mund verboten, aber den kriegen wir schon. Für Will. Und für Gilbert, ganz gleich, was er uns von einem Alibi erzählt.«

»Da wäre ich nicht so sicher«, meinte Kincaid, und sie blieben stehen und sahen ihn erstaunt an. »Erinneren Sie sich, Nick – Ogilvie hat gesagt, Gilbert habe Claire unterschätzt. Ich fürchte, das haben wir vielleicht auch getan.«

16

Gemma erwachte vor Tagesanbruch. Einen Moment lang wußte sie nicht, wo sie war, dann erkannte sie, daß das erleuchtete Rechteck neben ihrem Bett ein Fenster mit einem Store war, hinter dem eine Straßenlampe brannte. Natürlich, das Hotel in der High Street in Guildford. Die Ereignisse des vergangenen Tages kamen ihr wieder ins Gedächtnis. Will im Krankenhaus. David Ogilvie hatte ihn angeschossen.

Sie blieb im Bett liegen und sah zu, wie der Schein der Straßenlampe im zunehmenden Tageslicht langsam verblaßte. Dann stand sie auf, wusch sich, holte frische Sachen aus ihrer Reisetasche und kleidete sich an. Nachdem sie Kincaid eine kurze Nachricht geschrieben und den Zettel unter seiner Zimmertür hindurchgeschoben hatte, verließ sie das Hotel und ging über die High Street entlang zur Bushaltestelle. Keine Autos fuhren vorüber, keine Fußgänger begegneten ihr. Sie fühlte sich so allein, als wäre sie der letzte Mensch auf der Welt.

Dann kam sie an einem Lieferwagen vorüber, von dem gerade frisches Obst abgeladen wurde, und der Fahrer rief ihr einen freundlichen Gruß zu. Als sie in die Friary Street einbog, hob sie den Kopf und sah einen rotgoldenen Glanz am östlichen Himmel. Ihre Stimmung hob sich, und sie begann flotter zu gehen. Bald hatte sie den Bahnhof erreicht und fand ein Taxi, das sie über den in Nebel gehüllten Fluß zum Krankenhaus brachte.

»Sie sind zu früh dran, Miss«, sagte die Schwester freundlich. »Wir sind mit unserem Morgenrundgang noch nicht fertig. Setzen Sie sich solange. Ich hole Sie, wenn Sie zu ihm können. Oder noch besser, gehen Sie runter und frühstücken Sie erst mal in Ruhe.«

Erst bei diesem Vorschlag der Schwester wurde Gemma bewußt, daß sie tatsächlich hungrig war. Sie nahm ihren guten Rat an, verspeiste ohne einen Funken Schuldgefühl Schinken und Eier und Toast, und als sie wieder in die Station hinaufkam, führte die Schwester sie zu Will.

»Aber bleiben Sie nicht zu lange«, warnte sie. »Er hat sehr viel Blut verloren und wird schnell müde.«

Wills Bett stand am Ende des Zimmers. Die Vorhänge waren halb geschlossen. Er schien zu schlafen, sah blaß und verletzlich aus in den weißen Laken. Leise setzte sich Gemma auf den Stuhl neben seinem Bett.

Er öffnete die Augen und sah sie lächelnd an. »Gemma.«

»Wie geht es Ihnen, Will?«

»Also, ohne ärztliche Bescheinigung komm ich in Zukunft nie mehr durch die Kontrollen am Flughafen – sie haben mein

Bein genagelt.« Das Lächeln wurde einen Moment lang breiter, dann jedoch fügte er ernst werdend hinzu: »Niemand hat mir irgendwas erzählt. Der Mann war Ogilvie, stimmt's, Gemma? Hat er Gilbert getötet? Und Ihre Freundin?«

»Ich weiß es nicht. Sie überprüfen jetzt seine Aussage.«

»Und Claire ist nichts passiert?« Er schüttelte voller Bewunderung den Kopf. »War sie nicht toll, wie sie sich gegen ihn behauptet hat?«

»Der mutige waren Sie, Will. Ich bin so froh, daß alles noch gut ausgegangen ist. Ich hätte . . .«

»Gemma.« Er hob die Hand, um sie zum Schweigen zu bringen. »Manches, was gestern abend passiert ist, ist noch verschwommen, aber ich erinnere mich genau, was Sie getan haben. Der Arzt hat gesagt, Sie haben mir das Leben gerettet.«

»Ich habe nur . . .«

»Widersprechen Sie nicht. Ich verdanke Ihnen mein Leben, und das werde ich nie vergessen. So, und jetzt erzählen Sie mir mal schön alles von Anfang an.«

Sie war noch nicht einmal bis zu dem Punkt gekommen, an dem er eingegriffen hatte, da fielen ihm schon die Augen zu. Sie neigte sich über ihn und küßte ihn leicht auf die Wange. »Ich komme wieder, Will.«

»Wie geht es ihm?« fragte Kincaid, als sie gemeinsam die Dienststelle Guildford verließen. Gemma hatte ihn dort nach ihrem Besuch im Krankenhaus getroffen, und er hatte sofort bemerkt, daß sie weit fröhlicher aussah, als am Abend zuvor. Flüchtig verspürte er Eifersucht auf Will, um den sie so besorgt zu sein schien, dann schalt er sich sofort wegen seiner Kleinlichkeit und fragte sich, ob nicht nur sein eigenes Gefühl des Versagens dahintersteckte.

»Ach, eigentlich ganz gut, wenn natürlich auch noch ein bißchen mitgenommen«, antwortete Gemma lächelnd. »Aber die Schwester hat mir hinterher gesagt, daß die Heilung ein langwieriger Prozeß werden wird.«

»Und Sie werden ihn besuchen«, sagte Kincaid, als er die Tür des Rovers öffnete, und gab sich größte Mühe, seiner Stimme einen Ton freundlicher Gelassenheit zu verleihen.

»So oft ich kann.« Sie warf ihm einen Blick zu, ehe sie sich angurtete. »Wenn dieser Fall abgeschlossen ist.«

Ogilvies Malermeister war gleich am Morgen gefunden und vernommen worden und hatte in der Tat Ogilvies Alibi bestätigt. Deveney war jetzt mit der zähen Beharrlichkeit eines Terriers dabei, nach einem Loch in der Geschichte des Mannes oder nach einer Verbindung zwischen den beiden Männern zu suchen. Eine zweite Durchsuchung von Gilberts Arbeitszimmer hatte nichts erbracht, und sie konnten nun nur noch hoffen, daß die Disziplinarleute bei ihren Nachforschungen über Ogilvies Verbindungen zur Drogenwelt mehr Glück haben würden als sie.

Als hätte sie seine Gedanken gelesen, bemerkte Gemma: »Sie glauben Ogilvie, nicht wahr, Chef? Warum?«

Sie umrundeten den Kreisverkehr und bogen in die Straße nach Holmbury St. Mary ein.

Achselzuckend antwortete Kincaid: »Das weiß ich selbst nicht so genau.« Dann sah er sie lachend an. »Das berüchtigte Gefühl im Bauch. Nein, im Ernst – in manchem hat er gelogen, und ich habe es sofort gemerkt. Zum Beispiel, als er sagte, Gilbert wäre einverstanden gewesen, als er ihm mitteilte, er würde in Zukunft seine schmutzige Arbeit nicht mehr für ihn erledigen. Aber ich glaube, in bezug auf Gilbert und Jackie lügt er nicht.«

»Selbst wenn Sie da recht haben sollten, und ich bin mir da sehr unsicher, warum gerade Claire Gilbert?«

Er glaubte, einen Vorwurf in ihrem Ton zu hören, und seufzte. Er konnte es ihr nicht übelnehmen. Auch er mochte Claire Gilbert – bewunderte sie sogar. Und vielleicht, vielleicht täuschte er sich ja. »Erstens haben wir nicht ein Härchen, nicht eine Faser in der Küche aufgestöbert, die beweisen würden, daß er dort war.

Und dann bedenken Sie doch mal alles, was wir über Alastair Gilbert erfahren haben. Er war ein eifersüchtiger und rachsüchtiger Mann, von Machtgier besessen. Er hat es genossen, andere zu quälen, ob körperlich oder psychisch. Wer hat das alles wohl am härtesten zu spüren bekommen?« Er warf Gemma einen Blick zu und sagte dann mit Nachdruck: »Seine Frau. Ich habe von Anfang an gesagt, daß dieser Mord in blinder Wut begangen wurde, und ich glaube, daß Claire Gilbert ihren Mann gehaßt hat.«

»*Wenn* Sie recht haben«, entgegnete Gemma, »wie wollen Sie es dann beweisen?«

Claire kam ihnen an der Hintertür mit besorgter Miene entgegen. »Ich habe im Krankenhaus angerufen, aber sie wollten mir keine Auskunft über Constable Darling geben. Haben Sie schon etwas gehört?«

»Ich war sogar bei ihm«, antwortete Gemma. »Gleich heute morgen. Und es geht ihm gut.«

Kincaid blieb im Vorraum einen Moment stehen und musterte die Mäntel, die dort an einer Reihe von Haken hingen. Als er entdeckte, wonach er gesucht hatte, wußte er nicht, ob er triumphieren oder bekümmert sein sollte.

»Und – David?« fragte Claire, als sie in die Küche traten. Sie sah Kincaid an.

»Er ist uns noch bei unsren Ermittlungen behilflich.«

Lewis lag auf Lucys Quilt, aber er hob den Kopf und klopfte mit dem Schwanz auf die Decke. Kincaid ging in die Knie und kraulte ihm die Ohren. »Ich sehe, auch diesem Patienten geht es besser, wenn er auch noch nicht wieder ganz der alte Wildfang ist.«

»Lucy hat die ganze Nacht bei ihm gewacht. Erst als vor einer Stunde der Tierarzt kam, konnte ich sie überreden, sich wenigstens im Wintergarten aufs Sofa zu legen.« Claire zögerte. Unschlüssig zupfte sie an dem seidenen Schal, den sie um den Hals trug. »Um noch einmal auf David zurückzukommen – er war ein guter Mensch. Ganz gleich, was in den letzten Jahren aus ihm geworden ist, ich kann mir auch jetzt noch nicht vorstellen, daß er fähig wäre – jemanden zu töten.«

»So geht es mir auch«, sagte Kincaid und merkte, daß Gemma ihn mit scharfem Blick ansah.

Claire lächelte erleichtert. »Danke, daß Sie hergekommen sind. Das beruhigt mich sehr. Möchten Sie vielleicht eine Tasse Kaffee oder Tee?«

Kincaid holte Atem. »Eigentlich sind wir hergekommen, weil wir Sie gern noch einmal gesprochen hätten. Vielleicht an einem etwas privateren Ort, wenn Sie nichts dagegen haben.«

Ihr Lächeln wurde unsicher, aber sie war sofort einverstanden. »Wir können uns ins Wohnzimmer setzen. Lucy möchte ich jetzt lieber nicht stören.«

Sie folgten ihr in das Zimmer, das an dem Abend von Alastair Gilberts Tod so freundlich und einladend erschienen war, und ließen die Tür angelehnt. Das Feuer im Kamin war lange erkaltet, und die roten Wände wirkten knallig im grauen Tageslicht.

Kincaid setzte sich steif in den chintzbezogenen Sessel. Er hatte eine Möglichkeit nach der anderen erwogen, wie er sie überraschen, überlisten, zu einem falschen Wort verleiten könnte, doch nun begann er einfach und direkt.

»Mrs. Gilbert, ich habe in der vergangenen Woche einiges gehört, was mich vermuten läßt, daß Ihr Mann Sie körperlich mißhandelt hat. Vielleicht ist das nur ein-, zweimal geschehen, vielleicht war es seit Beginn Ihrer Ehe gang und gäbe. Das weiß ich nicht.

Ich weiß jedoch aus anderer Quelle als David Ogilvie, daß Ihr Mann Sie einer außerehelichen Affäre verdächtigt hat. Er ist sogar soweit gegangen, Malcolm Reid zu beschuldigen und ihm zu drohen.«

Claire drückte eine Hand auf ihren Mund. Reid hat ihr nichts gesagt, dachte Kincaid. Was sonst noch hatten Claire Gilberts Freunde ihr verheimlicht, um sie zu schonen? Und was hatte sie ihnen verheimlicht?«

»Aber Reid hatte sich nichts weiter vorzuwerfen, als daß er Ihnen geholfen hatte, Ihre finanzielle Heimlichkeiten vor Ihrem Mann zu bewahren. Er hat Ihren Mann hinausgeworfen. Aber wie nahe war Ihr Mann der Wahrheit, Mrs. Gilbert? Hat er auch Brian Genovase gedroht?«

Das Schweigen zog sich in die Länge. Dies war die Wasserscheide, das wußte Kincaid und wurde sich bewußt, daß er den Atem angehalten hatte. Wenn sie ihre Beziehung zu Brian Genovase bestritt, hatten sie keinerlei Handhabe gegen sie. Dann blieben nur seine eigenen wilden Vermutungen. Ihr Gesicht wirkte verschlossen und unzugänglich, als ginge das alles sie nichts an. Dann aber atmete sie einmal kurz durch und sagte: »David hat es gewußt, nicht wahr?«

Kincaid nickte und versuchte, nichts von seiner Erleichterung merken zu lassen, als er sprach: »Ich glaube ja, aber er hat es uns nicht gesagt.«

»Es war keine große späte Leidenschaft, wissen Sie. Ich meine, das zwischen Brian und mir«, sagte sie mit dem Anflug eines Lächelns. »Wir waren beide einsam und bedürftig. Er ist ein guter Freund.

Malcolm habe ich nie die ganze Wahrheit über Alastair gesagt; nur soviel ich selbst ertragen konnte, habe ich ihm erzählt. Ich habe gesagt, ich sei es müde, mit ständiger Herablassung behandelt zu werden, wie ein Objekt, und Malcolm hat mir geholfen, wo er konnte. Ich habe mein Scheckbuch nie mit nach Hause genommen. Sogar im Laden habe ich die Unterlagen versteckt, für den Fall, daß es Alastair irgendwann einmal schaffen sollte, meinen Schreibtisch dort zu durchsuchen. Er konnte sehr überzeugend argumentieren, wenn er wollte, wissen Sie. Ich hatte Angst, er würde eines Tages vorbeikommen, wenn er wüßte, daß ich unterwegs sei, und Malcolm sagen, ich hätte angerufen und ihn gebeten, etwas abzuholen. Was hätte Malcolm in so einem Fall tun können? Manchmal habe ich mich wirklich gefragt, ob ich nicht an Verfolgungswahn höchsten Grades leide, ob ich vielleicht geistig nicht ganz gesund sei.« Sie schüttelte den Kopf und lachte erstickt. »Aber ich weiß jetzt, daß meine Ängste mehr als berechtigt waren.«

Sie sprudelte das alles in einem Schwall hervor, als wäre ein Damm gebrochen, und Kincaid hatte den Eindruck, daß die Fassade, die sie um sich herum hochgezogen hatte, vor seinen Augen bröckelte. Und hinter den einstürzenden Mauern erschien die wahre Claire – verängstigt, zornig, bitter und überhaupt nicht mehr verschlossen.

»Er kam überhaupt nicht auf die Idee, sich darüber zu wundern, daß ich so wenig Geld nach Hause brachte. In seinen Augen war meine Arbeit sowieso nichts wert. Und das war natürlich auch der einzige Grund, warum er mir überhaupt erlaubte zu arbeiten. Ich bin nicht sicher, daß er es noch viel länger geduldet hätte.

Ich habe eine alte Schulfreundin in den Staaten, in North-Carolina, und ich hatte mir gedacht, wenn Lucy mit der Schule fertig wäre, hätte ich vielleicht genug Geld beisammen, um mit ihr zusammen einfach – zu verschwinden.«

»Und Brian?« fragte Gemma in einem Ton, als fände sie, er brauchte jemanden, der seine Interessen vertrat.

Langsam sagte Claire: »Brian hätte es verstanden. Die Situation zwischen Alastair und mir hatte sich – im letzten Jahr zugespitzt. Ich hatte Angst vor ihm.«

Gemma beugte sich vor. Ihr Gesicht war gerötet vor Empörung. »Warum haben Sie sich nicht einfach von ihm getrennt? Sie hätten ihm doch nur zu sagen brauchen, daß Sie sich scheiden lassen wollen, und basta.«

»Sie verstehen noch immer nicht. ›Es ist doch so einfach‹, denken Sie. ›Kein Mensch mit ein bißchen Rückgrat würde sich solche Behandlung auf die Dauer gefallen lassen.‹ Aber so etwas geschieht nicht plötzlich, es schleicht sich ein. Es ist ein allmählicher Prozeß, als ob man eine Fremdsprache lernt. Eines Tages wacht man auf und merkt, daß man auf Griechisch denkt, und man war sich dessen nicht einmal bewußt gewesen. Man hat sich auf seine Bedingungen eingelassen.

Ich habe ihm geglaubt, als er mir erklärte, ich sei unfähig, allein zu stehen. Erst als ich bei Malcolm zu arbeiten angefangen habe, ist mir langsam aufgegangen, daß das vielleicht gar nicht stimmt.« Claire hielt inne. Ihr Gesicht war angespannt, ihr Blick auf etwas gerichtet, das sie nicht sehen konnten. »Es war der Beginn einer Auferstehung, einer Wiedergeburt des ganzen Potentials, das in mir steckte, als ich Alastair zehn Jahre vorher geheiratet hatte.« Sie seufzte und sah Kincaid und Gemma wieder an. »Aber ich hatte im Lauf der Jahre gelernt, daß es besser war, diese Veränderungen für mich zu behalten.«

Leise sagte Kincaid: »Aber es hat nicht geklappt, nicht wahr? Sie haben innerhalb eines Jahres zwei Knochenbrüche erlitten.«

Instinktiv, als wollte sie es schützen, umschloß Claire ihr rechtes Handgelenk mit ihrer linken Hand. »Ich vermute, er hat gespürt, daß meine gesammelte Aufmerksamkeit nicht mehr ihm galt. Ich habe plötzlich die subtilen Signale ignoriert, die sonst immer genügt hatten, um mich zu manipulieren, und das hat zu Wutausbrüchen geführt.«

»Hat die körperliche Gewalt da angefangen?«

Sie schüttelte den Kopf, und als sie sprach, war ihre Stimme kaum zu hören. »Nein. Das hat eigentlich gleich zu Beginn unserer Ehe angefangen, aber es waren Kleinigkeiten, die er mit einem Lachen abtun konnte. Püffe, Kniffe und ähnliches. Sehen Sie, gleich nach unserer Heirat habe ich entdeckt . . .« Claire schwieg und strich mit der Hand über ihren Mund. »Mir fallen nicht die Worte ein, um es taktvoll auszudrücken. Im Sexuellen wollte er – er wollte mich nur fügsam haben. Wenn ich eigenen Wünschen oder Bedürfnissen Ausdruck gegeben habe, oder auch nur Lust, hat ihn das absolut wütend gemacht – dann hat er mich gemieden wie die Pest. Ja, und als meine Abneigung gegen ihn dann immer stärker wurde, brauchte ich nur vorzugeben, ich wollte etwas von ihm, dann hat er mich sofort in Ruhe gelassen.

Verstehen Sie? Es war ein ziemlich kompliziertes Spiel, und schließlich hatte ich es einfach satt, dieses Spiel. Ich habe ihn ganz unverblümt zurückgewiesen, und da hat er begonnen, mich zu beschuldigen, ich hätte einen Liebhaber.«

»Und hatten Sie einen?« fragte Kincaid.

»Nein, damals nicht. Aber mit seinen Beschuldigungen hat er mich auf die Idee gebracht. Wenn ich schon in seiner Phantasie gesündigt hatte, warum dann nicht in der Realität?« Sie lächelte, sich selbst verspottend. »Irgendwie war es so leichter zu rechtfertigen.«

Ausgehungert, dachte Kincaid, der sich des Wortes erinnerte, das David Ogilvie gebraucht hatte. Ausgehungert nach Zärtlichkeit, ausgehungert nach Wärme. Bei Brian hatte sie beides gefunden. Aber war es für sie den Preis wert gewesen?

»Mrs. Gilbert.« Er wartete, bis er ihre ungeteilte Aufmerksamkeit hatte. »Bitte sagen Sie uns, was am Abend des Todes Ihres Mannes geschehen ist.«

Sie antwortete nicht, hob den Blick nicht von ihren gefalteten Händen.

»Soll ich Ihnen sagen, was ich glaube?« fragte Kincaid. »Lucy ist am Nachmittag allein zum Einkaufen nach Guildford gefahren. Sie ist eindeutig identifiziert worden, aber niemand erinnert sich daran, Sie gesehen zu haben. Ihr Mann hatte Ihnen gesagt, er hätte am Abend einen Termin, aber zu Ihrer Überraschung kam er kurz nach seiner üblichen Zeit plötzlich ins Haus. Er hatte sich gerade mit Ogilvie am Bahnhof in Dorking getroffen, und Ogilvie hatte ihm von Ihrem geheimen Bankkonto berichtet.

Ihr Mann war so wütend, wie Sie ihn noch nie gesehen hatten. Er war außer sich darüber, daß Sie es gewagt hatten, ihn zu hintergehen, ihn zum Narren zu halten.« Kincaid machte eine Pause. Er hatte die hastig abgebrochene Geste gesehen, den nervösen Griff an ihren Hals. »Öffnen Sie bitte Ihren Schal, Mrs. Gilbert.«

»W-was?« Sie räusperte sich.

»Machen Sie Ihren Schal auf. Sie waren an dem Abend heiser – ich weiß noch, daß ich mich darüber gewundert habe, wie rauh Ihre Stimme klang. Heute morgen ist mir aufgefallen, daß Sie die ganze Woche Ihren Hals versteckt haben, hinter Schals und hohen Krägen. Jetzt möchte ich ihn sehen.«

Er dachte, sie würde ablehnen, aber nach einem kurzen Zögern hob sie langsam die Hände und löste den Knoten des Schals, der doppelt um ihren Hals geschlungen war. Sie wickelte ihn herunter, zog, und die Seide fiel in ihren Schoß.

Die Daumenabdrücke auf beiden Seiten ihres Kehlkopfs waren deutlich zu sehen. Die violetten Druckstellen hatten schon begonnen, zu einem häßlichen grünstichigen Gelbton zu verblassen.

Kincaid hörte, wie Gemma mit einem unterdrückten Laut die Luft anhielt. Sehr langsam und betont sagte er: »Ihr Mann ist nach Hause gekommen und hat Sie gewürgt. Er hat Ihnen die Hände um den Hals gelegt und gedrückt, bis Ihnen schwarz vor Augen wurde. Dann hat irgend etwas ihn einen Moment abgelenkt, und er hat sich von Ihnen abgewandt. Er hatte ja keine Angst vor Ihnen. Aber Sie wußten, daß er diesmal vernünftigen Worten nicht mehr zugänglich war, und Sie hatten Angst um Ihr Leben. Sie packten den nächstliegenden Gegenstand und schlugen ihn damit. Es gab noch einen Hammer, nicht wahr, Mrs. Gilbert, der hier in der Küche lag?

Und als Sie sahen, was Sie getan hatten, schlüpften Sie in den alten schwarzen Regenmantel, der draußen im Vorraum hängt, und brachten den Hammer weg. Percy Bainbridge hat Sie gesehen, eine schattenhafte Gestalt, wie er uns gesagt hat. Was haben Sie mit dem Hammer getan, Claire? Haben Sie ihn in der Asche des Feuers von Guy-Fawkes-Abend vergraben?«

Noch immer sagte sie kein Wort, sah nicht von ihren Händen auf.

Kincaid fuhr zu sprechen fort, ruhig und gedämpft. »Ich traue Ihnen nicht zu, daß Sie einen anderen dafür büßen lassen werden – nicht Geoff und nicht Brian und auch nicht David Ogilvie. Was ich nicht verstehe, ist, warum Sie nicht gleich auf Notwehr plädiert haben.« Er wies auf ihren Hals. »Sie hatten doch den unwiderlegbaren Beweis.«

»Ich dachte, niemand würde mir glauben.« Claires Stimme war so leise, daß man hätte meinen können, sie spräche mit sich selbst. »Er war doch Polizeibeamter. Ich habe überhaupt nicht daran gedacht, daß ich einen Beweis hatte.« Sie hob den Kopf und lächelte schwach. »Ich war wahrscheinlich nicht recht bei Sinnen. Es hat sich genauso abgespielt wie Sie gesagt haben. Aber ich wollte ihn nicht töten. Ich wollte ihn nur daran hindern, mir etwas anzutun.«

Sie rutschte nach vorn, zur Sofakante, und ihre Stimme wurde lauter, als würde es mit Übung leichter, die Worte auszusprechen. »Aber ich *habe* ihn getötet. Ja, ich habe meinen Mann getötet.«

Sie ist zu ruhig, dachte Kincaid und sah, daß ihre im Schoß

liegenden Hände sich nicht entspannt hatten. Im Gegenteil, sie waren so fest ineinandergekrampft, daß die Knöchel weiß waren, ebenso wie die Fingerspitzen mit den abgeknabberten Nägeln. Eine merkwürdige Gewohnheit für eine so gepflegte Frau, dachte er, und im selben Moment erkannte er mit Entsetzen die Wahrheit.

Er erinnerte sich an die kleinen Risse in Gilberts Hemd, auf die die Pathologin, Kate Ling, ihn hingewiesen hatte. Diese Risse konnten nicht von Claire Gilberts Fingernägeln verursacht worden sein. Und Claire Gilbert hatte auch niemals sich selbst schützen wollen mit ihrer erfundenen Geschichte von fehlendem Schmuck und offenstehenden Türen.

Er schluckte, um die aufsteigende Übelkeit zurückzudrängen und sah Gemma an. Hatte auch sie die Wahrheit erkannt? Wenn nur er sie wußte, sollte, durfte er dann Claire ihre Geschichte lassen?

Die Tür öffnete sich. Lucy kam herein und schloß sie sorgfältig hinter sich. Im grünen Kleid, mit nackten Füßen und vom Schlaf zerzausten dunklen Haar sah sie aus wie eine Waldnymphe.

»Ich habe gelauscht«, sagte sie und trat neben Kincaid. »Das ist alles nicht wahr. Mami hat Alastair nicht getötet. Ich habe es getan.« Sie sah ihre Mutter fest an.

»Lucy, nein!« Claire wollte aufspringen. »Hör sofort auf. Geh rauf in dein Zimmer.«

Gemma hob abwehrend die Hand, und Claire sank wieder auf das Sofa, den Blick auf ihre Tochter gerichtet. Als Lucy entschlossen neben Kincaid stehen blieb, wandte Claire sich mit flehentlich ausgestreckten Armen an ihn. »Achten Sie nicht auf sie. Sie ist durcheinander. Sie will mich nur schützen.«

»Es ist genauso passiert, wie meine Mutter gesagt hat«, fuhr Lucy fort. »Nur daß ich aus Guildford nach Hause gekommen bin. Ich hab' mich gewundert, als ich Alastairs Auto in der

Garage stehen sah, weil meine Mutter gesagt hatte, er würde erst später heimkommen.

Die Tür zum Küchenvorraum war nur angelehnt. Sie haben mich nicht reinkommen gehört. Er hat sie mit beiden Händen am Hals gehalten und hat sie beschimpft, in so einem leisen drohenden Ton. Sein Gesicht war ganz rot, und die Adern an seinem Hals waren dick angeschwollen. Im ersten Moment habe ich gedacht, sie wäre tot. Sie hat ganz schlaff ausgesehen, und ihr Gesicht hatte eine komische Farbe. Da hab' ich ihn angeschrien und ihn bei den Schultern gepackt. Ich wollte ihn von ihr wegreißen.«

Lucy brach ab und schluckte, als wäre ihr der Mund trocken, aber sie wandte ihren Blick nicht vom Gesicht ihrer Mutter. »Er hat mich weggeschlagen wie eine Fliege und ist sofort wieder auf meine Mutter losgegangen.

Ich hatte den Hammer auf der Arbeitsplatte in der Küche liegen gelassen. Ich hatte ein neues Bild aufgehängt, für das Geoff mir einen Rahmen gemacht hatte. Ich hab' ihn gepackt – den Hammer, meine ich – und Alastair damit geschlagen. Nach dem zweiten- oder drittenmal ist er zusammengebrochen.«

Lucy schwankte ein wenig. Sie hob die Hand und legte sie leicht auf Kincaids Schulter, als reiche allein menschlicher Kontakt, sie auf den Beinen zu halten. Ihre Mutter beobachtete sie wie gebannt, jetzt nicht mehr imstande, ihr Einhalt zu gebieten.

»Was danach geschehen ist, weiß ich nicht mehr genau. Als meine Mutter wieder atmen konnte, hat sie gesagt, ich soll meine Kleider und meine Turnschuhe ausziehen. Wir haben alles mit ein paar anderen schmutzigen Sachen in die Waschmaschine gesteckt und ein Fleckenmittel reingeschüttet, das Blutflecken beseitigt. Sie hat mir gesagt, ich soll auch noch die Hände eintauchen. Dann bin ich rauf gegangen und hab mir was Frisches angezogen.

Als ich wieder runtergekommen bin, war der Hammer weg. Meine Mutter hat gesagt, wir sollten sagen, wir hätten die Tür offen vorgefunden und es wäre was von ihrem Schmuck verschwunden. Als die Wäsche durch war, haben wir die Sachen in den Trockner gesteckt und dann die Polizei angerufen.«

»Sie ist ein Kind«, sagte Claire flehend. »Man kann sie dafür nicht zur Verantwortung ziehen.«

Lucys Finger an Kincaids Schulter spannten sich. »Ich bin siebzehn, Mama. Ich bin vor dem Gesetz eine Erwachsene. Ich glaube nicht, daß ich Alastair töten *wollte.* Aber ich habe es getan.«

Claire schlug die Hände vor ihr Gesicht und begann zu schluchzen.

Lucy ging zu ihrer Mutter und legte ihr den Arm um die Schultern, doch sie sah Kincaid an, als sie sprach. »Ich habe versucht, einfach nicht dran zu denken; so zu tun, als wäre es nicht geschehen. Aber das hatte ich schon seit Jahren getan. Ich hab' genau gewußt, was mit Alastair los war, und meine Mutter hat gewußt, daß ich es wußte, aber wir haben nie darüber geredet. Hätten wir's getan, dann wäre das alles vielleicht nicht passiert.«

»Sir?« sagte Gemma sehr förmlich und sehr drängend. »Ich würde Sie gern einen Moment sprechen.« Sie wies mit dem Kopf zur Tür, und sie ließen Mutter und Tochter im Zimmer allein, als sie in den Flur hinaustraten.

»Wir können das doch nicht zulassen?« flüsterte sie, als sie die Wohnzimmertür hinter sich geschlossen hatten. »Gilbert war ein brutales Schwein. Sie hat nur getan, was unter diesen Umständen vielleicht jeder getan hätte. Aber das hier zerstört ihr Leben. Sie bezahlt für die Fehler ihrer Mutter.«

Kincaid nahm sie bei den Schultern. Er liebte sie für ihr leidenschaftliches Eintreten für das junge Mädchen, für ihre

Hochherzigkeit, für ihre Bereitschaft, den Status quo in Frage zu stellen, aber das konnte er ihr nicht sagen.

Statt dessen sagte er: »Das gleiche ist mir durch den Kopf gegangen, als ich die Wahrheit erkannt habe. Aber Lucy hat recht, und sie hat uns die Entscheidung aus der Hand genommen. Wir müssen ihr erlauben, Wiedergutmachung zu leisten. Nur so wird sie in Zukunft mit sich leben können.«

Er ließ Gemma los und lehnte sich müde an die Wand. »Und wir können keine Kompromisse eingehen, nicht einmal für Lucy. Wir haben geschworen, das Gesetz aufrechtzuerhalten, niemanden zu verurteilen, und wir dürfen diese Linie nicht überschreiten, ganz gleich, wie gut wir es meinen. Ich möchte Lucy so wenig leiden sehen wie Sie, aber wir haben keine Wahl. Sie muß unter Anklage gestellt werden.«

17

Kincaid hatte Gemma bei Claire zurückgelassen und Lucy selbst auf die Dienststelle gebracht. Nachdem sie sich umgezogen und Lewis auf Wiedersehen gesagt hatte, setzte sie sich ruhig und entschlossen zu ihm in den Wagen.

»Ich habe mir gerade überlegt«, sagte sie, als sie die Außenbezirke von Guildford erreichten, »daß ich jetzt vielleicht das Spiel beenden kann.« Sie sah ihn an und schien zu zögern. »Wissen Sie«, sagte sie langsam, »wenn Sie mehr wie *er* gewesen wären, wäre es viel leichter gewesen, einfach weiter so zu tun als ob, und der Realität nicht ins Auge zu sehen. Aber Sie erinnern mich ein bißchen an meinen Vater.« Und nachdem sie ihm dieses höchste aller ihr zur Verfügung stehenden Komplimente gemacht hatte, versetzte sie ihm den letzten Schlag. »Kommen Sie mich mal besuchen, wo immer ich dann sein werde?«

Nun hatte er sie, nachdem er diese Ehrenpflicht durchaus nicht widerwillig auf sich genommen hatte, Nick Deveney und dem Anwalt ihrer Familie übergeben. Er bezweifelte, daß ein Gericht sie mit mehr als einem Klaps bestrafen würde – es hatte schon Fälle gegeben, da waren mißhandelte Ehefrauen, die ihre Männer im Schlaf erschossen hatten, auf Bewährung freigelassen worden; vielleicht würde die Kronanwaltschaft das Verfahren sogar einstellen. Den schwersten Kampf würde sie mit sich selbst auszufechten haben, aber sie konnte sich auf die Unterstützung all jener verlassen, denen sie wichtig war, dessen war er sicher.

Während der ganzen Fahrt auf der gewundenen Straße, die nach Holmbury St. Mary führte, wo er Gemma abholen wollte, konnte er die quälende Traurigkeit, die ihm aufs Herz drückte nicht abschütteln. Alles mischte sich da – sein Bedauern um Lucy, um Claire, sogar um David Ogilvie.

Und die Gedanken an Gemma. Die Vorstellung, Tag für Tag mit ihr zusammenzuarbeiten, ihr so nahe zu sein und doch nicht nahe genug, brannte wie Salz in einer offenen Wunde. Doch die Alternative war, sie überhaupt nicht mehr zu sehen . . . Er dachte an David Ogilvie, der ihn vor Bitterkeit gewarnt hatte, und wußte, daß er diesem Weg niemals folgen würde.

Eine Verwegenheit ergriff Besitz von ihm, als er daran dachte, wie er sein Leben so lange geführt hatte, abgeschottet hinter Mauern, die er selbst hochgezogen hatte. Er würde Gemma nicht aufgeben und er würde nie wieder so werden, wie er gewesen war, bevor er mit ihr geschlafen hatte.

Als er den Anger vor sich sah, überkam ihn ein plötzlicher Wunsch, Madeleine Wade noch einmal zu sehen. Er fuhr an der schmalen Straße zum Haus der Gilberts vorüber und durchquerte das Dorf, um an der Straße abzubiegen, die den Hang hinauf zu Madeleines Laden und, dahinter, zum Hurtwood führte.

Er sah vom Fenster aus, daß Madeleine selbst hinter der Theke stand, und war enttäuscht, ihre Wohnung nicht noch einmal sehen zu können. Sie blickte auf, als das Glöckchen bimmelte, und sagte: »Es tut mir so leid.«

»Es hat sich also schon herumgesprochen?«

»Ja. Es hat sich verbreitet wie das sprichwörtliche Lauffeuer.«

»Ich bin gekommen, um mich von Ihnen zu verabschieden.«

Sie kam um die Theke herum und bot ihm die Hand. »Ich würde mir Lucys wegen keine allzu großen Sorgen machen. Sie ist stark. Sie wird es schaffen, das zu werden, was sie werden möchte.«

»Ich weiß.« Ihre Finger lagen warm in seiner Hand. »Sie könnten ihr vielleicht ein paar Stunden geben.«

Madeleine lächelte. »Vielleicht werde ich das wirklich tun.«

Er fuhr mit solcher Präzision, dachte Gemma, die sein konzentriertes Gesicht im Schein der vorüberhuschenden Straßenlampen betrachtete. Es schien ihr, als seien sie ständig im Auto unterwegs, ankommend oder scheidend, während ihr Leben in einer Art Niemandsland zwischen diesen Fahrten hängenblieb.

Sie hatte die stillen Stunden des Nachmittags mit Claire verbracht. Am Küchentisch sitzend hatte sie eine Tasse schwachen Tee nach der anderen getrunken und vor allem über Belangloses gesprochen. Einmal jedoch hatte Claire von ihrer Tasse aufgeblickt und gesagt: »Man wird mich auch anklagen, nicht wahr? Wegen Beihilfe?«

Gemma nickte. »Ich fürchte, ja. Sie werden einen Beamten aus Guildford zu Ihnen schicken.«

»Ich bin froh. Wirklich«, hatte Claire gesagt. »Es ist eine Erleichterung, daß alles vorbei ist. Jetzt, wo die Wahrheit herausgekommen ist, können wir endlich lernen, wir selbst zu werden.«

Gemma dachte an Will, der so ein natürliches Gespür für die

Wahrheit zu haben schien, und an den zurückhaltenden Abschied, den sie von dem enttäuschten Nick Deveney genommen hatte. Wieder sah sie Kincaid an und fragte sich, ob sie den Mut habe, ihrer eigenen Wahrheit ins Auge zu sehen.

»Kommen Sie doch noch mit rein«, sagte sie, als er den Wagen vor ihrer Wohnung angehalten und den Motor ausgeschaltet hatte. Durch das Laub der Bäume im Garten konnte sie im Kinderzimmerfenster des großen Hauses Licht sehen. Toby war also noch wach, aber sie war bereit, das Wiedersehen mit ihm aufzuschieben.

»Es war ein harter Tag, Gemma, und ich weiß, daß Sie müde sind«, antwortete Kincaid, der selbst erschöpft wirkte. »Ein ander . . .«

»Bitte. Ich würde mich freuen.« Sie kramte in ihrer Handtasche nach dem schweren Schlüssel, und als sie aus dem Wagen stieg, folgte er ihr.

Drinnen warf sie ihre Tasche und ihren Mantel auf die Truhe neben der Tür, eilte geschäftig durch die Wohnung, um Jalousien herunterzulassen und Licht zu machen. »So, das ist schon besser«, stellte sie fest und sah sich befriedigt um. Hazel mußte in der Wohnung gewesen sein; sie sah frisch gefegt aus, und auf dem niedrigen Tisch stand eine Vase mit dunkelgelben Rosen. Hatte sie nicht irgendwo gelesen, gelb sei die Farbe der Trauer?

»Ich hole uns eine Flasche Wein.« Sie öffnete eine Flasche guten Burgunder, den sie für eine besondere Gelegenheit aufgehoben hatte, und stellte sich auf Zehenspitzen, um vom obersten Bord des Küchenschranks die guten Gläser zu nehmen.

Kincaid, der sich an die lange Arbeitsplatte unter dem Fenster zurückgezogen hatte, um bei dem Wirbel von Aktivität nicht im Weg zu sein, beobachtete sie, ohne ein Wort zu sagen. Erst als sie ihm sein Glas reichte, sagte er: »Gemma . . .«

»Ich wollte mit dir reden.« Sie verhaspelte sich beinahe in

ihrer Hast. »Aber ich weiß nicht, wie ich anfangen soll. Was in den letzten Tagen geschehen ist – es hat mir Anstoß gegeben, über vieles nachzudenken.«

Unfähig, seinem ruhigen Blick zu begegnen, wandte sie sich ab und ließ ihre Hand über die gelben Rosen auf dem Tisch gleiten. »Du mußt verstehen, daß meine Arbeit mir sehr wichtig ist, und daß ich auch noch andere Pflichten und Bindungen habe. Ich habe Toby. Und ich habe Will versprochen, ihn zu besuchen so oft ich kann . . .«

»Gemma, hör doch auf. Du brauchst dich bei mir nicht zu entschuldigen für das, was du fühlst oder nicht fühlst. Du hast das . . .«

»Nein, laß mich ausreden.« Sie wandte sich ihm wieder zu und strich sich mit einer ungeduldigen Bewegung das Haar aus dem Gesicht. »Du verstehst nicht, was ich dir zu sagen versuche. Ich habe alles nur in Schwarz oder Weiß gesehen. Dich und auch die Arbeit. Ich hatte Angst, daß ich mich von den Gefühlen für dich einfach auslöschen lassen würde. Ich hatte Angst, ich würde mich verlieren und alles verlieren, wofür ich so hart gearbeitet habe.

Aber . . .« Sie hielt inne und starrte auf ihr dunkles leise schwankendes Spiegelbild in der Tiefe ihres Weins. »Ich habe gesehen, wie Claire Gilbert ihre Kraft gefunden und ihr Leben wieder in Besitz genommen hat, obwohl sie so Schlimmes durchgemacht hatte. Mir ist klar geworden, daß wir immer eine Wahl haben, und daß *ich* mich dafür entscheiden kann, die, zu der ich mich selbst gemacht habe, niemals fortzulassen.«

Gemma sah zu ihm auf, schluckte, holte Atem. Sie konnte das Pulsen ihres Bluts in ihren Ohren hören. »Ich weiß, ich drücke mich nicht besonders gut aus. Was ich sagen will, ist, daß ich glaube, ich muß dieses Risiko eingehen. Ich will nicht den Rest meines Lebens anderen Menschen hinterherschauen und mich fragen, wie es wohl ist, wenn man geliebt wird.

Das, was Will passiert ist – und Jackie –, das hätte dir passieren können. Die Chance, die wir haben, ist so zerbrechlich – ich will sie nicht ausschlagen.«

Sie wußte nicht mehr weiter. Jetzt konnte sie nur noch auf seine Antwort warten. Sekunden vergingen, während er sie ansah, ohne etwas zu sagen. Sein Gesicht war ausdruckslos. Ihr wurde eiskalt vor Angst. Hatte sie zu lange gewartet?

Dann lächelte er, das vertraute, übermütige Lächeln, und zog fragend eine Augenbraue hoch. »Wer nicht wagt, der nicht gewinnt?«

Gemma nickte, unfähig zu sprechen.

Er hob sein Glas und sagte leise: »Auf uns, Liebste.« Er trank, dann stellte er das Glas auf den kleinen Tisch. »Wie lange haben wir, ehe wir Toby holen müssen?«

MINETTE WALTERS

»Die Geschichte vom bizarren Tod der Mathilda Gillespie fesselt durch eine Atmosphäre überwältigender und unentrinnbarer Spannung. Der englische Kriminalroman ist bei Minette Walters dank ihrer Souveränität und schriftstellerischen Kraft in den denkbar besten Händen.«
The Times

»Minette Walters ist Meisterklasse!«
Daily Telegraph

43973

GOLDMANN